南无袈裟理科佛 著

# 金蚕往事 ⑩

上海社会科学院出版社

本故事纯属虚构。

# 目录

## 第二十九卷　工厂诡事　　　　　　　　001

第二章　医托，愤怒，无奈　　　　　　001

第三章　一个通缉犯的酸楚　　　　　　005

第四章　牛皮吹破天　　　　　　　　　009

第五章　骗子自首，不速之客　　　　　013

第六章　书房里面的大师兄　　　　　　017

第七章　重回东宫　　　　　　　　　　021

第八章　拿什么来哄你，我的雪瑞　　　025

第九章　事务所前的两个人　　　　　　028

第十章　来自伟相力的求助　　　　　　031

第十一章　大师兄的请求　　　　　　　034

第十二章　奔驰上的男女　　　　　　　038

第十三章　同行济济　　　　　　　　　041

第十四章　尸检中的诡异发现　　　　　044

第十五章　彷徨的等待，最后一跳　　　048

第十六章　小鬼闹闹，再次登场　　　　051

第十七章　停用厂房恐怖记　　　　　　054

第十八章　附身老鬼　　　　　　　　　058

第十九章　战闵魔　　　　　　　　　　061

第二十章　肥虫逆转，分神夺舍　　　　064

第二十一章　闵魔门徒　　　　　　　　067

| 第二十二章 | 砍瓜切菜，无端凶猛 | 070 |
| 第二十三章 | 肉身布施，咫尺天涯 | 073 |
| 第二十四章 | 罡风拂面，人化飞灰 | 077 |
| 第二十五章 | 事件猜测，燃符问路 | 080 |
| 第二十六章 | 鬼来电，苍茫的天涯是我的爱 | 083 |
| 第二十七章 | 悬棺救人，杂毛发怒 | 086 |
| 第二十八章 | 壮汉脱裤，老头清醒 | 090 |
| 第二十九章 | 陆左哥哥大战坏人 | 093 |
| 第三十章 | 绝对黑暗领域 | 096 |
| 第三十一章 | 援兵锋芒尽显 | 099 |
| 第三十二章 | 闵魔现身 | 102 |
| 第三十三章 | 闵魔的招揽 | 105 |
| 第三十四章 | 人身魔体，触脚怪兽 | 108 |
| 第三十五章 | 败势初显 | 111 |
| 第三十六章 | 水中剧斗，斗转星移 | 114 |
| 第三十七章 | 混沌万棺阵 | 117 |
| 第三十八章 | 小澜身死，举手立杀 | 120 |
| 第三十九章 | 忆往昔，竹马青梅 | 123 |
| 第四十章 | 腥臭的墨绿色药丸 | 127 |
| 第四十一章 | 大忽悠 | 130 |
| 第四十二章 | 援兵，援兵 | 133 |
| 第四十三章 | 闵魔成魔，真魔 | 136 |
| 第四十四章 | 我……不好吃啊 | 139 |
| 第四十五章 | 嗨，大师兄 | 142 |

| 第四十六章 异变陡生，急转直下 | 145 |
| 第四十七章 隐约泪光 | 148 |
| 第四十八章 天亮了 | 151 |
| 第四十九章 苏醒 | 154 |
| 第五十章 我的行为，并不代表我的意志 | 158 |

## 第三十卷 神仙诡地     **161**

| 第一章 飞抵泉城 | 161 |
| 第二章 "泰山三宝" | 165 |
| 第三章 龙涎液的消息 | 168 |
| 第四章 盗宝 | 171 |
| 第五章 事情轻易，必有蹊跷 | 174 |
| 第六章 闭口禅，阴阳界 | 177 |
| 第七章 大人发威，百鬼夜行 | 180 |
| 第八章 是谁，打扰了我的睡眠？ | 183 |
| 第九章 水遁趵突泉 | 186 |
| 第十章 得与失 | 189 |
| 第十一章 宫老七酒醉奇遇 | 192 |
| 第十二章 山林诡事 | 195 |
| 第十三章 人心险恶，性情大变 | 198 |
| 第十四章 与"飞机场"同坠溪中 | 201 |
| 第十五章 洛小北 | 204 |
| 第十六章 进击的狼人 | 207 |
| 第十七章 才出狼窝，又入虎穴 | 210 |
| 第十八章 乱拳打死老师傅 | 213 |

| 第十九章 如坠深渊 | 216 |
| --- | --- |
| 第二十章 神仙诡地之迷宫 | 219 |
| 第二十一章 二小姐 | 222 |
| 第二十二章 东夷迷幻杀戮阵 | 225 |
| 第二十三章 娇蛮小公主 | 228 |
| 第二十四章 法阵达人 | 231 |
| 第二十五章 悬空浮岛，大阵中枢 | 234 |
| 第二十六章 杂毛小道，什么情况？ | 237 |
| 第二十七章 兄弟相残 | 240 |
| 第二十八章 大梦一场，杂毛遭殃 | 244 |
| 第二十九章 驭兽斋，名二毛 | 248 |
| 第三十章 兄弟相聚 | 251 |
| 第三十一章 战斗模式 | 254 |
| 第三十二章 莲竹禅师和他的小伙伴们 | 257 |
| 第三十三章 东夷杀戮阵之人肉砌墙 | 260 |
| 第三十四章 好歹是亲戚，我来看你死 | 263 |
| 第三十五章 尸墙化怪，堆叠而来 | 265 |
| 第三十六章 破阵杀敌，夺路而逃 | 268 |
| 第三十七章 狼人僵尸，魔舍利 | 271 |
| 第三十八章 洛氏姐妹 | 274 |
| 第三十九章 周林啊周林，你在作死吗？ | 277 |
| 第四十章 周林之死，而或重生 | 280 |
| 第四十一章 我欲成佛，奈何奈何 | 283 |
| 第四十二章 南无阿弥陀佛 | 286 |

| 第四十三章 | 小道清理门户，周林恶贯满盈 | 289 |
| 第四十四章 | 诛杀尸怪，同坠崖间 | 292 |
| 第四十五章 | 地底大殿，修为屏蔽 | 295 |
| 第四十六章 | 释方的病情 | 298 |
| 第四十七章 | 握手言欢 | 301 |

# 第二十九卷　工厂诡事

## 第二章　医托，愤怒，无奈

　　我一直都以为自己是一个很坚强的人，然而在见到我老娘那佝偻的身影和又多了几分花白的头发时，心中那一点点小坚硬，就被轻松地击碎了。泪水止不住地奔流出来，将眼眶儿都模糊了。有一口气在心头堵着，让我窒息。
　　儿行千里母担忧，更何况是像我这种犯了事儿的呢？
　　我很小的时候听我老娘讲过一个故事。说有一个男人坐牢了，他老爹老娘离监狱几百里的路程，几年都没有来看他。有一天他忍不住写信回家，想让家人来看自己。过了几个星期，他老爹老娘来了，还给他带了一袋子硬邦邦的馍。他不解，问怎么回事。管教告诉他，他老娘腿脚不灵便，他老爹用拖车拉着干粮和他老娘，走了十几天，才到的这里……
　　这故事不知道真假，但是我老娘每回拿这个教育我的时候，都哭上一回。而如今，她儿子我，也成了一个法律意义上的坏人了。
　　我望着我母亲的身影，热泪肆流，身后被人推了一把，回过头，只见杂毛小道的眼睛红红，抬起下巴，示意我赶紧过去。
　　我擦干眼泪，见暮色四合，左右也不见什么人了，于是沉心静气，沿着人家的屋头檐角，快步朝着我家那边跑去。母亲正在翻看屋前几串火红的干辣椒，突然见到一个黑影从屋角蹿出来，吓了一大跳，待回过神来，仔细看，竟然是近一年没见的我，不由得喊了一声"我儿"，接着眼泪就流了下来。
　　见到母亲哭泣，我顿时就慌了手脚，脑子一热，就学着电视剧上面的桥段，跪在我家屋门口的青石板上面，呜咽地说道："妈，孩儿不孝……"
　　我母亲哭了一会儿，想起我此时的处境，顿时惊醒过来，见我还跪在地上难过，走上前，一把就将我给拉起来，左右瞧了一下，见没人，忙将我引到屋子里面去。进了屋子，我母亲刚想关门，但见一袭青衣挤进来，杂毛小道嬉皮笑脸地打招呼："阿姨晚上好……"杂毛小道曾经在我家住过一段时间，我母亲自然是认得的，点了点头，正想关门，又挤进来两位，一个是小妖，一个是虎皮猫大人，口中皆喊："老太太好……"

终于将门关上，我母亲抹着泪水，露出笑容说，好，都好。

她招呼我们在堂屋坐下，不放心地检查了一下堂屋的门闩，然后用刻意压制的声音朝里屋喊道："老三，你家伢子回来了……"喊完话，她又回头跟我讲："左左，你吃饭了没得？"

我摇头说，没有，家里面还有没有剩饭？我们将就凑合一点就得了。

我母亲不同意，说，你也就算了，这里还有客人呢，你等等，我给你做去。

见母亲转身要奔厨房，我忙拉住她的手，说，妈，你忙啥子，坐下来说话，一顿不吃，我未必会饿死啊？我母亲听到我这么说，眼泪又下来了，坐下来，问我去年子到底出了什么事情，搞成这个样子。

我问，他们都跟你说了什么？

我母亲告诉我，说她和我父亲本来在马海波在黔阳给我们置办的新房里，准备妥当，就等着我带一个女朋友回去，然后着手筹办婚事呢。结果有公家的人找上门来，说起我故意杀人的事情，当时我父亲就惊得住院了，在医院住了两天，又听说我在押运途中逃跑了，心里面更加担心。她跟我父亲两个人，在黔阳没着没落的，又为了我的事情担惊受怕，结果没几天，就从黔阳回到了老家，大半年都没有我的消息，一向难过得很，而我父亲又病了。

说着话，我父亲从里屋披着一件衣服走出来，我抬头一见，吓了一跳。我父亲从脖子到脸的皮肤上面，有大片的潮红糜烂面，好多脓疱及脓痂，分泌物有一股难闻的臭味。瞧得这一幅场景，我们不由得站了起来，而我父亲见到我回来，也很激动，走上前几步，似乎想到什么，又止住了脚步，眼睛里面溢满了泪水，颤抖地说："你回来了？回来就好，回来就好……"

我父亲是一个很老实内敛的人，也不会说话，一辈子都只是勤勤恳恳地干着手里的活计，与我的交流，并不如我母亲多，但是这无法抹杀他对我那深沉的爱。瞧着父亲这副模样，我心里面难受极了，忙问这是怎么回事。

我父亲却不肯说，只是追问我的案情清楚了么，到底是怎么判的，怎么就回来了呢？

我见我母亲也十分关心这个问题，便告诉他们，我这个案子的情况有点复杂，人是我杀的，不过我只是正当防卫，是不用负责的。不过我现在牵扯到了派系斗争里面，讲不清楚，所以暂时还是见不了光，本来这次打算回家来瞧瞧他们，便去找组织的领导，洗清楚罪名。无事，水是水，油是油，总会有水落石出的一天。

我母亲抹着眼泪哭，说："都怪你外婆。你以前一直都好好地做着小生意，要不是她那个老不死的弄这一出戏，说不定你根本就不用遭这罪，说不定崽都有喽……"

我着急父亲身上这吓人的燎泡，赶紧问，怎么回事儿这是？瞧这模样，好像是中毒了。

父亲梗着脖子不肯说，母亲则在旁边哀声叹气，说："从黔阳回来没几天，你爸爸身上就长痘子。开始不肯讲，到了今年二月份，一片一片了，才说出来。我带着你爸爸去靖州大医院看，下车就被人拉到一个老医师那里，开了两千多块钱的药，回来之后也没有见好，反而越来越严重了，就又跑到大医院去看，结果医生说是什么天疱疮，讲是因为免疫性的皮肤病，不传染，不过也不好治。他住了一个月的院，好多了，现在配了点药，在家里面休养。"

我父亲告诉我不妨事的，前段时间好大一片，现在好了许多，慢慢养着便是了。回来就好，挺高兴的事情，不要因为他影响心情。先搞点饭吃，也是饿了好久了吧？

我忍住愤怒，点头说，是啊，倒是有些饿了，吃饭，吃饭先。

我说是这般说，不过心情却是郁闷得很。我虽然不是很懂医，不过因为身为蛊师的缘故，多少也知晓一些，这天疱疮是一种很复杂的慢性皮肤病，跟病毒无关，而是因为自身免疫能力低下、心情郁结，以及体内的电离子环境紊乱所致，究根结底，还是跟我出的事情有一定关系。

我们县地处十万大山的东首，湘黔交界，山路重重，医院的医疗条件并不是很好，去市里面又比较远，一般人得了大病，都会去湘湖省靖州的怀化第二人民医院。可恨的是，我父母毕竟都是老实巴交的乡下人，没怎么见过世面，而且年纪也大了，脑子不是很好使，容易相信人，居然还被那医托骗去了小诊所里。钱倒是小事，只是耽误了治疗的最佳时间，真正让人窝火。

我没有问后来的事情，想来也是不了了之。我心里面清楚，之所以会这样，都是因为我这段时间在逃亡中，而我父母连一个商量的人都没有。

我母亲手脚麻利，说了一阵子话，就跑到厨房里面去忙活，没多久，就整治出了一桌子菜来。我坐在饭桌前，吃着母亲做的菜，挟着好久没有吃过的干蕨菜炒腊肉、清蒸血肠还有泡萝卜，饭吃了整整四大碗，肚子都快要撑破。杂毛小道和小妖也吃了好多，我母亲煮了一大锅的饭，本以为多了，结果被吃得干干净净。看着我们这副模样，母亲难得地露出了笑容，说："你们还真的是受苦了。不要急，没了我们再做。"

饭后，小妖这个大小姐脾气的小妮子，难得地主动抢着收拾碗筷，并且跟着我母亲去厨房洗碗收拾，让我母亲眉开眼笑，说这小姑娘真勤快，人又漂亮，可惜就是年纪小了一点，才十一二岁吧？

我让杂毛小道将我们的行李送到我的房间放下，然后叫来肥虫子，给父亲疏通了一下身体。不过效果甚微，金蚕蛊也不是万能的，毕竟我父亲这个不是中毒，而是因为自身免疫能力低下而产生的一系列并发症，还是需要依靠现代医学来治疗。我也无奈，只有想着什么时候，把父亲送到南方那边的大医院去治疗。

当天晚上，我跟父母聊了很久，二老一致表示，他们倒是没什么，半截入土了，就是想着我什么时候能够结婚生子，弄个大胖孙子给他们带一带。镇子上与我父母同龄的老人，基本上都有孙子孙女了，有孩子结婚比较早的，都已经四代同堂了。

父母的期望给了我很大的压力，抵挡不住，赶紧回房歇下。

一夜无话，次日清晨，我听到屋外有车子的喇叭响，条件反射地跳起来，往窗外一看，竟然是一辆警车。

## 第三章　一个通缉犯的酸楚

刚刚睡醒的我有一点儿迷糊，想到自己目前的处境，直以为是西南局专案组的人寻味而来，下意识地想找一个地方躲起来。还没有所动作，便见到马海波的身影，从驾驶室中下来。看到这老哥们，我紧绷的心不由得就放松了些，毕竟是同生共死过好几回的老朋友，而且我还救过他几次，老马的人品秉性我也是清楚的，即使他坐在现在这个位置上，也断不可能会做出出卖朋友的事情。

不过我并没有现身，而是看着他走下车，来到我家门口敲门，然后喊我母亲。

我母亲起得早，六点多就忙活了，听到声响去开了门，然后将马海波引到堂屋落座。我站在门口听了一会儿，大致是在劝我父母，想带我父亲去省城的大医院瞧一瞧，莫耽误了病情，免得到时候陆左回来，怪他照顾不周。

听到马海波的话，我的心头不由得暖暖的。所谓朋友，真的不是喝过无数次酒，拍着肩膀乱下承诺的人，而是即使你落难了，依旧对你如初，对你的家人，可以当作自己的亲人一般的家伙。

我父母的脾气我是知道的，说白了也就是穷怕了，不怎么敢去医院。昨天我母亲还跟我唠叨，说上次我父亲住院，就花掉了好多积蓄，一天的医药费，就要八百多，虽然有农村医保，但他们还是有些接受不了，所以才回家慢养。我以前给家里面打了不少钱，不过他们总是说要留给我结婚，对自己未免太过吝啬。

果然，我父亲说了几句，含含糊糊，就是不肯去，无论马海波费尽唇舌，都不肯。

马海波只有作罢，最后问起，陆左最近有没有打电话回家来？

我母亲倒是一个很警觉的人，一听到这里，立刻摇头，说没有。马海波有点失望，叹了一口气，说家里面有什么事情，都可以找他，然后起身，准备离开。听到这里，我将房门推开，喊住他，老马，先别走，进来说话。

马海波扭头一看，见是我，又惊又喜，下意识地往大门外望去。

我母亲刚刚还不肯承认知道我的消息，见我露了面，不禁有些尴尬。我抱歉地对她说，老马是信得过的朋友，无妨。

马海波匆忙进了我的房间来，紧紧抓着我的手，问，你怎么跑回来了？去年局里面就接到通知，结果大肆发通缉令，与你相熟的人都知道你犯了事，在家里面可不安全呢。

我笑着说我就潜回来待几天，看看父母，过几天就离开，然后把身上的案子给澄清，到时候我就可以光明正大地回来了。我的案子毕竟涉及很多不能够外传的内容，像马海波这个层次的，也只能知晓我杀了人，正在被上头通缉，具体的事宜，他也不是很清楚，只是凭着跟我往日的交情，才会说出这话，心里面还有些纠结，感觉对不起头上的国徽。

当我把内中缘由跟他作了解释，他终于松了一口气，说："原来你真的进了那个组织。那便好，说起来我们也都算是体制内的人了。你说的事情比较复杂，不过我相信你的人品，既然是这样，我倒也不用因为隐瞒你的消息，而受到内心的煎熬了。"

我们也是久未见面，于是聊了很多东西。马海波告诉我，青山界那一块地方已经被省林业厅列为了保护区，封山锁林了。他去年年初，还见到那个贾巡视员带着一些人员出入，今年都没有见到了，不过多了一支部队在附近驻扎；马海波还告诉我，杨宇那小子升官了，去了市里面的一个分局当副局长，比他的级别都高了。这臭小子，真的是朝中有人好做官，不过他女朋友在这里，经常会回来，还老提起你，说他今年国庆结婚，不知道你能不能赶回来参加。

我笑了，说，应该可以，不过如果我罪名洗脱不了，可得给我单独安排一个包厢，不然还真的是要妨碍到他的前途。

马海波哈哈笑，说，都是经历生死的老兄弟，谁还能因为这些东西，坏了交情？

很长时间没有见面了，我们聊了好久，不过马海波到底是个忙碌的人，其间接了好几通电话，不得不离开。走的时候，他紧紧握着我的手，说："陆左，你的身份现在有些敏感，能小心些，就小心些。你们的层次太高，老哥哥我也帮不上什么忙，不过家里面很多小事，你只管讲便是了，跑跑腿，我还是可以的。"

听他这么说，我想起来一事，便将我父母在靖州被医托骗了的事情给他讲起，问能不能查一下，把那家小诊所搞倒，免得他们再坑害更多的人。

马海波大讶，说，居然还有这等事情，怎么没有听叔叔阿姨讲起过？

我叹气说，他们两个老人家，总是有些东西搞不透，没办法。

马海波想了一下，告诉我他在兄弟县有朋友，可以帮忙查一下底细，如果真如我所说，便让朋友推动一下，不过至于效果，他也不敢肯定，毕竟跨了省。

我说，这东西，尽力而已，我也只是一提，到时候再说呗。

马海波见我说得淡然，有些慌，说："陆左，你别到时候自己撸着袖子上啊。像那种杂碎，你犯不着把自己牵连进去。"我笑了，说没事，我自己清楚的。

马海波忧心忡忡地推门离开。我心中咯噔一下，还是忍不住地叫住他，犹豫地问道："黄菲，最近怎么样？"

马海波愣了一下，然后说："不知道啊。那妮子去了黔阳，都没怎么跟我们联系了。今年过年的时候她回家了一趟，据杨宇说是谈了一个男朋友，都准备谈婚论嫁了。不过也不知道是不是真的，按理说，她结婚，一定会请我们这些老同事喝酒的……"

我愣住了神，心中忍不住地痛，迷迷糊糊的，连马海波离开了都不知道，脑海里一直回响起一句话："她要结婚了，她要结婚了啊……"

我痛苦地闭上眼睛，是啊，黄菲比我大两岁，到今年，差不多也二十六岁了，在我们这儿，已经算是老姑娘了，她准备结婚，也是很正常的事情，毕竟我和她，已经分手了。然而虽说如此，一想到当年那个宛如花娇的女孩儿，即将属于别人，我的心，又忍不住地痛。

杂毛小道见我脸色苍白，笑了笑，说，你既然还喜欢人家，干吗不去追回来，一个人在这里暗自神伤，有个毛用啊？我苦笑，说，我一个通缉犯，她一个人民警察，我追个毛啊？真正要做什么，先把自己身上这一身污泥，都洗干净了再说吧。

虎皮猫大人在我那从小用起的老旧书桌上嗑着瓜子，不屑地把头扭了过去，嘴里咕哝道："软蛋儿一个，呸！"

我在家里待了好几天，几乎是足不出户，就怕被邻居给看到。在这些时间里，我大部分时间都在跟杂毛小道探讨给我父亲治病的事情，我还从"十二法门"里找出来一个固本培元的方子，让我母亲去抓来药材，给我父亲先熬着喝，将身体恢复好一些再说。

其间我打过电话给雪瑞的父亲李家湖，没接通，倒是和顾老板打通了电话，问他一些最近的事情。

顾老板告诉我，茅晋事务所还在开，不过在陈局长的主持下，已经将股份都转移到了雪瑞的名下，基本上撇开了与我们的关系。当然，这是名义上的，茅晋事务所的灵魂，永远都是我和杂毛小道。至于他，一切安好，最近经济复苏，他的生意又开始有了起色，经常在东南亚那边跑，南方省这边，倒是顾不上。

顾老板没有问我们在哪里，只是说要不要到香岛来，到时候先帮我们安顿好，要不然就去南洋，出国待几年，隐姓埋名，到时候改头换面返回来，又是一条好汉。

我说不用，不至于。

他笑说，也对，在陈局长的麾下，倒也不用他来考虑。

我问李家湖怎么样了，怎么电话打不通？

他叹了一口气，说李家湖那边出了一点事情，在缅甸仰光那个分公司的经理是个二五仔，勾连外人将他的货给坑了，他正带人过去处理呢，说不得还会影响到总公司。我回忆了一下，问是不是那个叫做郭佳宾的？顾老板听了就火大，说是的，就是这个吃里爬外的杂种，狗娘养的白眼狼。

我依稀记得这么一个人，似乎还算是一个不错的年轻人，我还参加过他的婚礼呢。不承想会有这档子事情。不过我也无心多掺和，只是表示知道，不再问起，然后说我最近可能回到南方，到时候再聊。

我们离开了熟悉的生活差不多小半年，感觉发生了好多事情，物是人非。

我没有再四处打电话，只是跟董仲明又联系了一次，让他帮我在南方找一家好的皮肤病医院，过几天，我想把父亲接过去治疗。他一口答应，第二天就回了话，让我赶紧去南方，他在南方市军区医院找好了专家，随时过去治疗。

就在我准备出发之时，马海波给我传来消息，说我托他的那件事情，有点儿难搞。

## 第四章　牛皮吹破天

我问怎么回事？

马海波告诉我，那家小诊所别看小，但开在火车站那边这么多年，一直这样行骗，都没有被关闭，其实还是有一点儿门道的。他找朋友查了一下，结果朋友反馈，说那家诊所老板的一个亲戚，在那边很吃得开，各个部门都打点妥当，方才会如此猖獗。

所谓求人办事，别人举手之劳自不必说，如果真的要伤筋动骨地去弄，实在没有必要。

他朋友也是局子里面的，将这件事情说了之后，那边表示这件事情可以私了，将医药费一分不少地归还给我们，并且摆酒给我们赔礼道歉。在我们那里，一般讲到了这个分上，已经算是很给面子了。然而马海波知道我的脾气，所以回话的时候，就有些小忐忑，问我接受不接受这和解。

我当时也只是这么一提，没想到马海波还真的上了心，想必有这番结果下来，他也是费了不少人情。我并不愿意再麻烦他，点头说可以，钱可以赔，道歉可以领，我明天跑一趟靖州，将这件事情给和解了吧。

马海波将信将疑地说好，他这就跟他朋友回话去。

董仲明派来接我们的车还有两天才到，我问杂毛小道要不要陪我走这么一趟。

他也是一个唯恐天下不乱的家伙，嘻嘻笑，说，既然有好戏，自当一同前往才是。

当天晚上我跟我父母商量了去南方市治病的事情，母亲对父亲的病情其实还是蛮担忧的，既然有我做主，能够去大医院治疗，那么自然是点头同意的，而我父亲则有些担心医疗费用的问题。我笑着忽悠他说，我虽然身份特殊，但其实已经是公家人了，国家干部，爹娘老子的医药费用，都是公费，自己不出钱的。

他听到这里，才放下心来，说好嘛好嘛，要是这样，就去南方看看病嘛，这么多年，都没有出去过。

看着我父母那高兴得像个小孩子一样的模样，我的心里，不由得有些酸楚。

次日清晨，我和杂毛小道戴上了杨操以前给的人皮面具，出门乘车去了县上。

见了马海波，一番解释之后，他对我们的公然露面也就放下了担心。身为领导，他平日里的工作也比较忙，不能够陪我们去靖州，但他还是叫来了一辆车，载着我们过去。

山路盘旋，行了差不多三个小时，我们才到了隔壁县，然后见到了马海波的那个朋友封子澄。他很热情地跟我们握手，说他已经通知了对方，中午会在这县里面最好的酒楼摆一桌，给我们赔礼道歉。马海波这朋友姓封，我们暂且叫他老封，在办公室里，他侃侃而谈，言语中似乎颇为自得，对方关系那么强，但还是低声下气地赔礼道歉，这都是看在了他的面子。

我一个劲儿地奉承他，不过心中还是有些无奈。

这所谓和解，还真的不是我所希望看到的。对方之所以肯低头，确实是看在这位封大哥的面子，也只是因为我认识马海波。然而那些如我父母一样，不认识这些弯弯绕绕的普通农民呢？有钱的、有身份的人，自然会去实力雄厚的大医院，只有那些没什么见识的普通人、乡下人，才会被医托骗到那小诊所。可是，他们凭什么就应该要被骗，而没有地方可以伸张呢？

我并不是正义感强烈的那种人，不过对这种建立在别人痛苦、甚至生命之上敛财的肮脏货色，却十分反感。当然，老封也是受人所托，我们并没有多说什么，约好十二点在某酒楼就席。还有两个小时，我们便先告辞，不打扰他工作。

走在靖州的大街上，我提议去那家诊所看看。杂毛小道点头称是，于是我问了路人，沿街寻去。路上碰到几个好心的本地人，都悄悄地告诉我们，不要去，那儿就是个黑诊所，雇了几个职业医托，专门在汽车站、火车站和中医院、二医院门口，骗些外地人、乡下人，不过好像有背景，所以才一直开着。

我们顺便打听了一下，发现这家诊所还真的是恶迹累累，一个仅有普通行医执照的老卫校生，竟然就胆敢自称大师，外科内科妇科皮肤科，什么都敢瞧，治不好就说疗程不到，要么就是病情复杂，反正只要不治死人，至于其他，便完全不管。

我和杂毛小道远远地看着这个位于火车站附近的诊所，门面不大，上面牌子响亮，内里挂着无数锦旗，中药盒子满柜，端的是冠冕堂皇。里面有两个医师，老家伙三缕长髯，道骨仙风，中年人国字脸，道貌岸然，只可惜门可罗雀，并无病人。

过了不到十分钟，有一个老头子带着十四五岁的孙女，被一个穿得珠光宝气的中年妇女领到了这里来。中年医师稍微给那女孩儿检查了一番，就开始昏天暗地忽悠起来，似乎有各种威吓，搞得那个老头子眼睛瞪大，不断垂泪。

半个小时之后，杂毛小道匆匆找到去取款机提钱的老头。聊了一会儿，他又找到那个女孩了解情况，回来跟我说，真黑，普通痛经，居然被忽悠成了子宫癌，这样子的黑诊所都能办下去，太惊人了吧？我问他那两人怎么处理，杂毛小道说给他劝着去了大医院，走了。

我没再说话，和杂毛小道十二点准时去了马海波的朋友处，一同到了那个酒楼。快到的时候，之前见到的黑心诊所的那两个医师早已在门口等候。远远看到那个老头子正在说中年医师，显然他们对刚刚那笔生意被莫名其妙搅黄，有些不爽快。

下车之后，老封给我们作了介绍。马海波并没有完全告诉他，所以只知道是受害人的家属，我们自我介绍的时候，用的都是化名。至于这两个家伙，老的叫做田炳华，年轻的是老田的儿子，田夜廖。随后一辆黑色奥迪停在我们旁边，下来一个肥人。他便是这两人那个神通广大的亲戚，叫做虞姝霞，这是个女人名，不好听，我们只有叫他虞老板。人便这么多，我们入了包厢，各自落座，肥人开始活络气氛，菜都没上，就开始劝了几杯酒。

老封貌似对这肥人也有些敬意，气氛十分好。然后田炳华开始说起来，说当时给我父亲看病的，是他儿子田夜廖。这熊孩子，医术不精湛，结果弄成这个样子，按理说这药也煎服了，病也瞧了，是不可能退费用的，不过既然封科长发了话，那么自然是要给个说法的。

他咽了咽口水，说所以今天就摆这么一桌，一呢，是表达一下对我父亲的歉意，二来也是想交一个朋友。这人生在世，可以没钱，但不可以没朋友，你们说是吧？

这个老头子的嘴皮倒也利索，忽悠人的水准十分高明，不过见识过杂毛小道的手段，我倒也是能够免疫许多，只是笑着听他侃。

他说我父亲这个事情，虽然夜廖有些判断失误，不过主要也还是疗程没到，然后我父亲就断然停药了——不然再用两个疗程，那么现在一定就已经没事了。他开始吹嘘起来，说自小受过某中医大师的点化，医药学术上面的造诣非凡，曾经治好过谁谁谁（列了一堆官员和名人）的病，并且还获得过国家中医学术论坛颁发的"当代名师"的奖杯……诸如此类，不一而足。

宴过半程，他举杯与我们又喝了一轮之后，拍着桌面说，你若是信得过我，我亲自给你父亲治一回，保管半年之内就见效，如果无效，分文不收。

我听得这老骗子言之凿凿的话语，心中冷笑，然而脸上却没有表现出来，只是推托说我已经在南方市那边联系好了医院，过几日就去治疗了，不劳费心。

田炳华叹了一口气，痛心疾首地说中医乃国粹，是老祖宗留给我们的财富，可惜你们这些年轻人，到底还是相信那一板一眼、副作用极大的西医，唉……

他十分惋惜，似乎有中医大师的感伤。杂毛小道却来了兴致，开始跟这个老骗子攀谈起了中医的理论方子来。老骗子虽说也有些货色，但是涉及深处，说无可说开始绕圈子，胡编乱造起来，场面尴尬。我也不点破，倒满了酒杯劝酒，说：喝酒，暖肺。

对于我的及时圆场，田炳华十分感激，和他儿子田夜廖与我连干了几杯。他说他崇尚养生，平日是不沾酒的，只是这酒逢知己，方才会如此豪爽。我竖起大拇指，说不错，酒逢知己千杯少，话不投机半句多。

杂毛小道在旁边冷笑，然后问这老骗子，你对这苗疆风传久矣的蛊毒之术，可熟？

田炳华傲然一笑，说你算是问对人了，他便是这方面的行家里手，对于解蛊，手到蛊除。

我说，哦，这倒是一门真正的手艺活，不过您老人家说得这么自信，却怎么能够证明呢？他急了，一口饮尽杯中酒，说，那是没碰着，倘若是碰着了，待叫你们看看老夫的真本事。他的话音还未落下，在他旁边的老儿子田夜廖突然脸色一暗，捂着肚子皱眉头。

旁人上前问怎么回事，他眼睛流出了血泪，强忍不了那疼痛，一开口，哇的一声，从口中吐出了一大团蚯蚓一般的红色虫子来，喷溅在了饭桌上，汤汤水水，溅满一地。四处都是游动的虫子，席间所有的人都吓了一跳，而杂毛小道却夸张地大叫："老神仙果真好本事，说来就来，好！今个儿，就看您的了！"

## 第五章　骗子自首，不速之客

当时的场面，简直就是恶心之极。饭桌是圆形的，铺着洁白的桌布，上面有十几盘碟碟盅盅，都是些湘西特色菜，正中间还有一盅黄精炖老王八，十分滋补，然而因为之前聊得热烈，所以基本上都没有动过几筷子。

此刻这一桌子菜，被中年医师口中喷涌而出的红色蚯虫给占领了，这些细线一般的小虫子在桌子上游绕着。有好几根，正好喷到了对面肥人虞老板的衣服上，死命往里钻，吓得他脸色惨白，哇哇大叫，拼命地拍打胸脯。

旁边的老封也吓着了，不过他好歹是警察出身，退到墙边之后，望着场中，若有所悟地皱着眉头。

我和杂毛小道自然是早有准备，带着椅子往旁边躲开。我捏着鼻子不说话，静静地看着杂毛小道调侃这行骗多年的父子俩。

老头子田炳华又惊又疑地看着幸灾乐祸的杂毛小道，总算是感觉到有一些不对劲了，脸色憋得铁青，似乎快要窒息一般，豆大的汗珠也浮现在额头之上，伸出手往前指，刚刚说了一声："你……"他肚中便轰鸣如雷，一大口血就吐了出来。

他这情形，与他儿子田夜廖那状况又有所不同，吐出的是一块血淋淋的肉团。这肉团由无数细密的小虫子组成，在餐桌中间蠕动了一会儿，跟那些红色蚯蚓打成一团，场面十分怪异。老头儿吐完这口血，气息终于顺了过来，脸色苍白得惨无人色。

他倒也是一个闯过码头、见过世面的角色，眼招子厉害，知道自己和儿子此番的表现，是遇上了高人。二话不说，拉着比自己高一个头的儿子跪下，伏地不起，悲恸地说道："小老儿有眼不识泰山，冲撞了您老人家。求高人放过小老儿吧，放过小老儿的这傻崽吧……"

他倒也是一个演技实力派，说话间，眼泪就不要钱地奔涌出来，头磕在了包厢光洁的瓷砖地板上，也猛，好几下就有鲜血渗了出来。

我从状况发生开始，便没有说过话，而杂毛小道却一直在调侃这爷俩，使得老头儿一直以为他才是正主，磕头如捣蒜，声泪俱下。旁边的田夜廖则捂着嘴巴，也跟着磕头，场面一时间十分悲情。

旁边的老封实在看不过去了，咽了咽口水，斟酌完语气之后，小心翼翼地跟杂毛小道说："得饶人处且饶人，林森兄弟，要不然……你放过了他们两个吧，一大把年纪的。"那胖子虞老板也跟声附和，说，对对对对，这位兄弟，你看看他们两个，都磕成这副模样了，就饶过他们了呗？

杂毛小道讶然，一脸的天真无邪，说，天啊，你们居然认为是我做的？不要血口喷人好不好？我们同桌吃饭，有谁看过我动手脚了，你们不质疑这饭店的卫生状况，反过来还诬陷起我来，这是什么道理？

他说得激动，无比愤怒，委屈地举手发誓道："这两个人现在这个样子，跟我真的没有关系，不然，不然我……"他刚刚要发毒誓，我拉住了他，说，老林，你何必如此激动，反倒像是你心中有鬼似的，何必？说完我又转头对老封和肥人虞老板说道："他们二位都是当世的名医，这点小状况，是难不倒他们自己的，所以这里就不用劳我们操心了。事情闹成这样，这顿饭也没有什么胃口了，既然歉都道了，我们的气也消了，不过，答应的医药费可都还没有说还呢。我看他们今天状况似乎不好，改日我们再来取钱吧，先走了！"

说完我拔脚就走，杂毛小道跟在我的后面。趴在地上的那个老家伙悲声震天，哭嚎道："两位小兄弟饶命啊，饶命啊。我们可不是什么名医，只是招摇撞骗，勉强混口饭吃而已，吹的牛皮也只是图个嘴快，哪里当得了真？别走啊，你们走了，我们就死定了！"他人老成精，知道倘若死扛下去，自己真的就扛死了，而且没有一点儿证据，死也是白死，还不如痛快地交待，或许还能留下一条小命儿。

听到这里，走到门口的我不由得回过头来，脸色阴沉地盯着这个留着白胡子、如同世外高人的老头儿，眯着眼睛，淡淡地说道："好一个混口饭吃！你就为了混一口饭吃，诓骗了多少心急治病的老实人，延误了多少病人的最佳治疗时间，让多少穷苦人兜里面那可怜的钱钞进了你的囊中？混一口饭吃，你就要勾连上下，让那些被你诓骗钱财的人，连找个主持公道的地方都没有，你摸摸自己的良心，问一问自己，你对得起谁？"

我将自己心中的怒气，用最为冷静的方式表达出来，而这老头只是像个磕头虫一般，不断地求饶："嘎老儿（方言，小老儿的意思）该死，嘎老儿该死……"

包厢里面出了状况，酒店的老板和服务员，以及客人都围了上来，瞧这场面，顿时议论纷纷。

杂毛小道冷着脸，嘲笑道："你说你自己该死，干吗不去死啊，在这里跟我们磕头有什么用？这是老天的报应，关我何事？"

事情到了这个地步，老封也算是看出了一点门道来，拦着我们好声劝解，不让我们离开。然后掏出手机来，在过道上面，给马海波打电话。没多时，他折回来，把手机递给了我，说，王黎，老马电话。

我接过来，马海波在电话那头叹气，说："陆左，你果然还是出手了。老兄弟，你不知道你现在的状况吗？事情一闹大，到时候官面上追查下来，你们的身份岂不是都暴露了？"

我透过半掩的房门，看着在里面哭天抢地的这对黑心诊所老板，冷笑道："老马，我当你是兄弟，所以才跟你说实话。好男儿有所为、有所不为，我有真本事，但向来不会用于普通人,这是我的底线。不过别人倘若是欺辱到了我父母的头上来,而正常的法律手段也不能够撕破这点龌龊的话,我并不介意匹夫一怒。一个男人,如果连自己的家人父母都保护不了,要裤裆里面的蛋蛋有什么用!"

马海波慌忙劝解我,说:"陆左、陆左,你别冲动,这种人渣虽然不对,但是你犯不着跟他们计较。我了解你,你肯定不会要他们的性命的,说吧,要怎么样办才行?"

我眼睛眯了一下,说,老马,这事儿是老天的报应,跟我没关系,不过呢,如果他们能够将自己的黑心诊所关张,去局里面投案自首,将自己这些年犯下的罪行交待清楚,并且承担罪行,该赔的赔,该坐牢的坐牢,我估计老天应该不会让他们就这样死去的吧?

电话那头沉默了一会儿,说好,他跟老封说说,去沟通一下看。

我说,好,你跟老封说吧,不过我明天中午就要离开晋平了,到时候出了什么事,都别找我。我把电话递给老封,然后看了一眼那个自称神通广大的倨傲胖子,笑了笑,跟杂毛小道说,走吧,这里面的空气,实在有些难闻,我们换一个地方去继续吃饭吧。

我们出了这酒店,沿着大街走,正好一中的学生放学,好多少男少女骑着单车欢快地从我们面前走过。杂毛小道见我脸色依然有些阴霾,便笑说,好了,就这么几个小杂鱼,你至于这么不开心吗?我望着那些洋溢着灿烂笑容的学生好久,才摇摇头,说,没有,我只是在想,倘若我没有被外婆种下金蚕蛊,碰到这样的事情,我会怎么样呢?

他好奇,说会怎么样呢?我摇摇头,表示不知道。其实,还就真的是没办法。

这几年来,我失去了许多,也得到了许多,很多对于普通人来说棘手的事情,我都可以轻松面对,能够对很多不公平的事情坚定地说不,我决不妥协。想一想,所有的艰辛和委屈,其实也是可以承受的吧?

我们另外找了一家比较有特色的餐馆用餐,这家的土鸡炖茯苓,有股浓浓的药味,不过倒也鲜美,苦中有甘。饭没吃完,我临时买来的电话就响了。老封告诉我,经过一番思考,这诊所的父子俩决定投案自首,将自己这些年所做的事情悉数供认,至于以后怎么判,要看法院,而那个虞老板也表示尊重他们的意见。

我说,好,事情就这样吧,我知道了,希望老天能够因为他们的幡然悔悟,原谅他们,这件事情我会一直关注的。

我们在靖州待了一下午,四处游玩了一番。可惜不是六月天,杨梅不成熟,不然定可以大快朵颐一番。下午的时候,我们确定了那爷俩已经去投案自首了,松了一口气,让肥虫子偷偷地去给他们解除了所中蛊毒。

其实我当时虽然愤怒,但是也有些担忧。生怕这些家伙不知敬畏,闭上眼睛、梗着脖子跟我硬抗,到时候,说不定我手上就真的多了两条性命。不过还好,他们都怕死，知道传闻已久的苗疆蛊毒，是他们所不能够理解的世界。因为敬畏，所以做出了最正确的选择，如此最好。

　　我回到晋平，跟我父母说那黑心诊所的两个医师，都投案自首去了，他们被骗的钱，说不定以后会补回来。他们都很高兴，说老天有眼。

　　次日中午，我接到董仲明的电话，说接我们的车子已经过了湘湖，很快就到我们家了，让我准备一下。我点头。然而还没等到这车子，我家里来了一个不速之客。

## 第六章　书房里面的大师兄

最早发现这个不速之客的是小妖,她听到屋后有鬼鬼祟祟的动静,脸色一变,大叫一声"有贼"就飞出了房间。正在收拾行李的我抬起头来,正好碰到杂毛小道看来的目光,都叫不好。

我们先后跑到了房子后面,见小妖正在和一个身穿黑色中山装的男人在拼斗,那个男人明显不敌小妖这个泼辣的小狐媚子,节节败退。看到这典型的黑中山装,我先是一惊,再看这张脸,不由得笑了——竟然是杨操。

既然是杨操,很明显他对我们不会存着别的什么心思,眼瞅着自己快要掉沟里面去了,杨操着急大喊:"嘿,陆左你管不管啊,再搞老子真急了!"

小妖一开始也是以为来了对头,后来发现是杨操,也就知道错了,不过还是依着性子一番敲打,见杨操真急了,这才收敛住手脚,叫声道:"原来是杨操大哥,怎么偷偷摸摸地走了后门?害人家还以为是遭了小偷呢……"

杨操只是在鬼城酆都与小妖见过面,但也知道这小姑娘心狠手辣,自己多半也惹不起,于是举手投降,苦笑道:"你们现在的身份,你觉得我光明正大闯进来,合适吗?"

我母亲从堂屋走过来,问这是怎么回事。

我回头招呼她,说,刚刚来了一个朋友,没事的,你们赶紧收拾行李,车子一会儿就到了。

我母亲嘱咐两句后离去。我们将杨操带到了我的房间,刚一落座,他便疑问道:"怎么,听这意思你是要离开?"我点头,说是,我父亲生了病,我想带他到医疗条件更好的地方去。

杨操恍然大悟,说你是要回南方省吧?

我迟疑了一下,没有说话。杨操笑了,指着我说,你小子还真的是够谨慎的,那干吗昨天还那么张扬,在靖州搞出那么一档子事情来?

我诧异,说:"不会吧?真的是好事不出门,坏事传千里,这么快就找上门来,你们的反应也太快了吧?"

杨操跟我解释,说他正好在我们市里面办事,听到公安系统里面的同志提了一嘴,就上了心,查了一会儿,就知道我们已经回家来了,这才忙不迭地跑过来见我。

我往外面看了一眼,说你一个人来的?

他笑了,说你也知道怕了吧?他说完,伸出手来说,上次托赵兴瑞带给你们的人

017

皮面具，还在吗？我点头说，昨个儿还用呢，咋了？

杨操见我一副理所当然的样子，忍不住吐槽："你们两个混蛋这么快就暴露了，还好老子这东西没给人看过，要不然就给牵连了。不过我倒是跟陈老大搭上了线，升了官儿。现在也是受他所托，给你们两个家伙送来两副新的面具和身份，你们小心点，不要再张扬了。"

我笑了，说你家压箱底的东西还真多。

杨操不耐烦地说，少废话，把旧的给我，回收再利用。我点点头，让小妖去拿给他。杨操接过来，回头望了一眼，问，朵朵呢？我翻白眼说，白天啊，老大。

杨操将两个黑色绒布袋递给我们，说明了身份，然后跟我们交流了一番过去半年的情况。说到后来，他忍不住举起大拇指，赞服道："你们两个真是好样的，连茅山几个长老在你们面前都铩羽而归，看来以后老哥哥我，可就得跟你们混了。知道吗？听说赵承风为了你们的事情，都摔坏了五个杯子……"

杂毛小道一笑，说，果真？杨操哈哈笑，说，坊间传闻，坊间传闻，我也是听刘思丽提起的。

聊了不多会，杨操起身准备离开，说他也只是路过，可不敢久留。本来想着能够喝一顿大酒，不过要看以后了。待到云开雾散时，不醉不归。他跟我们紧紧握手，说祝你们早日重归阳光之下，不用再靠我这祖传的小玩意儿，行走江湖。

对于杨操这及时送来的人皮面具，我们表示了感谢，将他送至了屋后。他身子一纵，跳过墙头，不见了踪影。

我们刚收拾妥当，就有电话进来。电话那头是余佳源，曾经的七剑之一，后来跟随大师兄一起到了东南局，我与他有过数面之缘，算不得熟悉，也说不上陌生。没想到居然是他过来接我们，可见大师兄对我们，还是蛮重视的，又或者说他认为能够有资格参与进来的人，太少了。

我们自然不会让他将车子开到我家门口来，徒惹议论，而是约定好地点，自行前去。

我父母离家，少不得要跟左右邻里打一声招呼，让他们帮忙照看一二，如此啰嗦很久。我和杂毛小道将杨操送来的面具戴上。这两张面具，一个是清秀的娘炮小白脸，一个是眼神呆滞的理工男，倘若戴上黑框眼镜，只怕会更加传神。拿出布袋里面的身份证，这小白脸叫做谷陆鸿，理工男叫做刘长亚。根据肤色，小白脸被杂毛小道给选中。收拾好东西，我们背着包裹从后门溜出，在大敦子镇外的两公里处，找到了前来接应的余佳源。

余佳源和我同年，长相有些偏柔弱，像个女孩子，自号布鱼道人，擅长文字更多于道术，给我感觉似乎比董仲明更加适合秘书职位。

来的有两辆车，另外一辆车里的司机沉默不说话，军人模样，跟他打招呼，也只是腼腆地点点头。余佳源跟我们介绍：郑逸风，老郑就是这个样子，当兵当傻了。等了小半个小时，我父母姗姗前来，老郑立刻开车过去，帮二老将行李放到车厢里。

人都到齐，便各自上了车，离开晋平，朝着南方省行去。这长路漫漫，其中艰辛自不必言，我们坐了十五个小时的车，在次日凌晨五点的时候，到了南方市。

因为之前已经联系好，我们就没有在市内作停留，直接前往军区医院。

余佳源是个干练精细的人，到了医院，因为我们不方便出面，他便帮我父亲办妥了所有的住院手续，然后陪同我父母专门去拜访了医院最著名的皮肤病专家黎君仪教授，在得到了一个肯定的答复之后，这才放宽心下来，又给我母亲办理了陪床手续。

如此忙碌一早上，安顿好一切之后，大家伙儿人困马乏。我在了解了父亲的病情还算安好，只需要在医院里慢慢治疗便可痊愈之后，跟母亲说了一声，送走了余佳源，然后在附近的酒店开了房间睡下。

傍晚时分，我被一阵电话铃声吵醒，是董仲明打来的，问我晚上有没有空，若有，他过来接我，陈老大要跟我们见一面。

我匆匆洗漱完毕，叫醒了隔壁房间的杂毛小道，和他刚刚吃完晚餐，董仲明就过来接我们了。东南局的总部在花都一处隐蔽的地段，不过大师兄没有在那里接待我们，而是让董仲明直接将我们拉到了他的住处。

大师兄调到东南局任带头大哥，在天星湖附近配有一处宅院，那是民国时期的老建筑，维修保养得当，相当不错。到了地方，我们在董仲明的带领下进入这座老宅子，但见整栋宅子都沉浸在黑暗中，唯有书房处，有昏黄的灯光传过来。

我突然心生八卦，问杂毛小道大师兄结婚了没有。他摇头，说没有。

我奇怪，茅山门下是可以娶妻生子的，为何他不找一个呢？杂毛小道的脸色有点儿古怪，支支吾吾地说道：“你怎么知道他没有找，问那么多干吗？”

说话间我们已经进了内宅，穿过黑暗的大厅，到了书房，推门而入，但见一个中年男人正在一边吃着泡面，一边看文件。中年男人眉深目重，肩膀宽厚，正是茅山宗外门弟子中的大师兄陈志程。

这个平日里风光无限的男人见我们走进来，点了点头，说："你们先坐，我看完这份文件再说。吃饭了没有，没有的话，给你们也泡两碗？"董仲明一边带着我们到沙发区落座，一边抱怨道："陈老大，你又没有吃饭啊？"

大师兄文件翻得飞快，一边点头说道："唉，忙忘了，回来的时候才知道，结果尹悦这笨蛋又只会泡面……"

董仲明叹气，拦住他伸往泡面盒的手说，得，你们谈事情，我去给你做个炒饭。

说完，他扭头朝着门外大喊："尹悦，你个懒虫在哪里？"

大师兄也有点吃怕了泡面，并不拒绝。飞快地浏览完文件，拿起桌子上面的签字笔，在那文件上面重重地签上了名字，然后朝着走出门口的董仲明喊道："仲明，你一会儿帮我把桌子左边的文件整理后发出去，特别是我刚刚签的这一份，让尹悦马上送给东官小曹……"

说完这些，他站起身来走到我们面前，拍了拍想要站起来打招呼的杂毛小道肩头，让他坐下，然后跟蹦跶出来的小妖和朵朵打招呼，说，嗨，两位小美女，最近过得不错啊，越来越漂亮了……

小妖朵朵噘着嘴巴，说，哪有，最近被人追杀得精神崩溃了！

大师兄慌忙摸了摸衣兜，然后拍拍手，说，得，今天没礼物，改天给你们吧。说完这话，他回过头来瞧着我和杂毛小道，笑了，说："你们两个，心里面不会也有怨气吧？"

## 第七章　重回东官

我没有什么思想准备，听到大师兄这话，一时不知道如何接茬，而杂毛小道则哈哈一笑，就说了一句："大师兄，我们可不是黄鹏飞。"

与聪明人沟通，不必话多。我们不由得都是哈哈一笑，没有再说别的。

大师兄坐在我们对面，仰头靠在沙发上，闭上眼睛深呼吸，好是享受了一会儿，然后睁开眼睛来，说道："都说改革难行，主要是不想做事的人太多，想做事的人太少。年轻而富有激情的人，总是会被周遭的际遇磨圆，然后同流合污，劣币驱逐良币，最后便是一潭死水。江湖上貌似太平，湖面下风波险恶，湖面上死气沉沉，作为一根想做事的搅屎棍，我表示压力很大啊……"

啊哈哈……我和杂毛小道都忍不住笑，第一次感觉这个长得酷似唐国强的正派男子，居然还可以这样幽默。

不过从大师兄这淡淡的疲惫笑容中，我还是能够感受到他所面临的巨大压力。

大师兄来到东南半年多时间了，局面虽然已经打开了，但是手下的可用之人还是太少，以致如此忙碌，连晚饭都顾不上。

笑完，大师兄很欣慰地看看面前的我和杂毛小道，以及在一旁玩耍的两个朵朵，说："不错，你们两个现在的实力，远远超出了我的想象，而且入藏一趟，眼界也更加宽广了。说实话，后生可畏，我都没有信心，独自面对你们两个人咯……"

杂毛小道谦虚地笑，说："大师兄，茅山宗若论资质第一，舍其谁？只不过你的胸怀不在茅山一派一宗，而在于天下，所以才没有在宗内有所建树而已。但是你的本事，却不是小弟所能够比拟的！"

如此表扬与自我表扬，聊了几句。大师兄关于我杀黄鹏飞一事，看的都是卷宗，颇多疑点，想听我细细道来一番。我说好，仔细回想了一会儿，然后把当时的情况给他做了说明。

这故事说来话长，谈话期间，董仲明端进来一盘热腾腾的什锦炒饭，又将闹腾的两个朵朵领出了书房，到别处去玩耍。

听完之后，大师兄沉吟了一番，说，如此说来，这全部的过错都是由黄鹏飞引起来的，你倒是做得有理有节。

我点头，说："的确如此，当时的全部过程，小妖知道，而白露潭也全程在场，黄鹏飞还拿枪威逼她做出选择……整件事情的来龙去脉，白露潭最清楚不过，所以只要她肯提供最必要的口供支持，那么一切真相大白。只可惜，这死娘们刚开始的时候还没什么表现,结果回过头去后,不但没有顾及我们的同学之谊,而且还将我给陷害了!"

大师兄看着义愤填膺的我,沉声问:"那她怎么又突然会翻脸了呢?"

我回想着,说我在监牢里面的时候,白露潭来看过我,告诉我她其实也是被逼的,而且说"他们"的势力很大,我反抗不了的。至于"他们"是谁,她不肯讲。我疑惑地问大师兄:"'他们'是谁?是西南局的赵承风吗?"

大师兄摇摇头,说:"赵承风上面还有老古在盯着,他这个人很精明谨慎,是不会在这上面留下把柄的。所谓'他们',要么就是杨知修,要么就是像吴临一这种潜伏在我们内部的邪灵教分子……"

我想起吴临一来,问,他现在在哪里?

大师兄说:"吴临一招了,交待了所有的事情,他就是鬼面袍哥会的首席蛊师,而上次病蛆柑橘事件,其实是张大勇策划的一起报复事件,主要目的就是一报怒江之仇,当然,也有将你引入酆都鬼洞里面的心思。现在的吴临一已经在白城子入监了,估计这辈子,都没有重见光明的希望了。"

我想起一事,说:"那白露潭呢?她可是我翻案中最重要的证人,她跑哪里去了?我上次记得有人跟我说她失踪了……"

大师兄说他当然知道,当时他安排人过去,就是准备从白露潭身上着手,然而她在我们开始逃亡的第五天清晨,突然就消失不见了,到现在都没有人弄清她是自己跑了,还是被人抓走了,倘若是被人抓走了,那么是被谁抓走了呢?同样的疑惑,也在其他人的眼里,这里面透露着浓浓的阴谋味,这也是上面的人开始试图给我翻案的缘由。

他想起一事,说,对了,仲明告诉我,你不认识许映愚?

我摇头说,真不认识,为什么你们都会问这么一个问题?这位到底是谁?

大师兄说:"这位是总局创立元老中少数还活着的,最早是中央警卫局出身,后来受命组建特勤局,可以说他是幕后主要创建者之一,地位很高。许老背景神秘,没有人知道他的来历——反正我是不知道。不过听说他和你一样,也是一个蛊师,是最顶尖的那种!"

蛊师?我心中不由得一阵激动,本来以为像我们这种旁门左道,都是下里巴人,地位低下得很,没想到居然在总局里,还有这么一位顶级大佬,跟我是同样的身份。

我顿时有种恍然大悟的感觉,难怪到了后来,追缉力度突然就松弛了,原来是这位发了话,下面的人摸不清楚情况,按兵不动了。

有了这么一位大神发话,想来我这小日子,终于否极泰来了啊。我们摸不透大人物的想法,于是不再猜测。大师兄告诉我,目前在南方这一片区域,我们拿着杨操给的新身份,只要不张扬,基本上是没事儿的。至于恢复清白,这个还得看杨知修的态度。师父他老人家没有按时出关,这事情颇有些蹊跷,所以他最近准备回一趟茅山,预定是七八月份。他看着我俩，说到时候会带着我们同去，整个事件的首尾，应该就会在那时候，水落石出。

大师兄又问起我父亲的病情。我说早上专家已经看过了，说治疗不成问题，主要是需要时间，而我也有一个固本培元的方子，希望能够在一年左右，将病情稳定下来。

他点头，说："军区医院的医疗条件和安全保卫措施都是不错的，住进去的话，你就不用多担心了。你要不要回你的事务所去看一看，你们两个离开的这段日子，可都是雪瑞那个小姑娘，帮你们撑起来的。"

我们看董仲明端过来的什锦炒饭都已经有些冷了，便起身说，事情既然都这样了，那我们先回去，到了七八月，再同去茅山。

大师兄站起来，揽住我和杂毛小道的肩膀，说："咱们都是自家人，也不说什么虚头巴脑的话。杨知修倒行逆施，弄出这一堆事情来，让你们平白蒙了这么多冤屈，这事情我是有责任的。不过你们放心，大师兄一定会还你们一个公道，绝对不会让你们永远这样，生活在阴暗之中。对了，小明，你上次说的桃元，我找人查过了，在鲁东那边好像有分布，到时候给你具体消息。"

我们说，好，你先吃饭吧，人是铁饭是钢，一顿不吃饿得慌。

大师兄没有听，而是一路把我们送到了宅院门口。小妖和朵朵正在客厅里跟尹悦玩得开心，见我们要走了，依依不舍，好是一番劝。

出了大师兄的住所，董仲明问送我们去哪儿。

我说先去医院吧，然后再回宾馆，睡一觉，明天去东官，瞧瞧那些久违的朋友们。

在医院，我和父母待了半个晚上。老两口对此处的条件很满意，说护士亲切，医生也和善，照顾得挺周全的，就是语言沟通有点障碍，不过不妨事。我爸的病对于这老两口来说，一直都是心结，此刻得以解决，虽然还没有好，不过多少也舒心了。其间我母亲还给我小叔大伯等亲戚报了平安，脸上也都是笑容。她告诉我，说那个小余下午又来看过他们了，说起我在这边有很多事情要忙。我母亲表示只管去做便是，她和我父亲在这里挺好，就是这高级病房住得有些不习惯，也没个聊天的人。

我告诉她我可能要回东官几天，照看一下公司。她说，你自去，不要耽误了工作。

有了母亲这般态度，而且医院条件也还不错，我就没有守在跟前。第二天，去大师兄那里办了些杂事，到了下午才离开南方市，谁也没有通知，由之前载我们到南方省的司机老郑，送往东官市。

两个城市相距不远，一个多小时的车程。一路上的风景和建筑，我十分熟悉，然而相离足有大半年，却多了许多陌生感。重新回到这个我闯荡多年的地方，我感觉到了一种古怪的满足，仿佛城市就在自己的脚下，如一个老朋友般。

我们在万江附近的一个广场下了车，也不着急回去，四处逛了一圈。杂毛小道闹着去放松放松，我看正是吃饭时间，于是提议先去吃饭，再回雪瑞的空中花园。本来想在第二天才和事务所的诸人见面，哪知在餐厅，竟然见到了财务简四，以及一个意想不到的人。

## 第八章　拿什么来哄你，我的雪瑞

"嗨，老林，没想到会在这里碰到你，这真是巧了哈……"

乍看到身后的我和杂毛小道，林齐鸣这个总局精英不由得吓了一大跳，有一种被抓奸在床的惊恐；而简四更是瞪起了一双大眼睛，里面装着满满的惊讶和不解，她不知道身为通缉犯的我们，为何会光明正大地出入这城区热闹的餐厅，而且一点都不避讳身为有关部门里小头头的林齐鸣。

然而林齐鸣是知晓其中蹊跷的。平静下来后，跟我们握手，问，你们这是跟陈老大见过面了吧？

我耸耸肩膀，说是，今天刚碰过头，这不是跑这儿来了么。肚子好饿，不介意请我们吃一顿饭吧？

林齐鸣摇头，说当然不会。然后叫服务生添椅子餐具，一番忙乱。安坐下之后，他问我们是什么时候到的，现在什么情况？

杂毛小道喝了一口柠檬水，说你都到这边来了，却什么状况都搞不清楚，还没有跟大师兄照过面？

林齐鸣笑了笑，说他这次过来，本来是为了鹏市大观区一桩闹得沸沸扬扬的事情。不过刚刚飞机落地，就接到陈老大通知，叫他们不要插手，让当事人自己去处理，于是他就得了闲。路过东官时正好碰上了简四，就请她吃一顿饭，谁曾想还被我们给撞到了，又浪费一笔饭钱。

我笑了，说："你们总局的出差补助这么高，至于一顿饭都请不起吗？不会是嫌我们碍事吧？若是，我们很自觉的，知道回避。"

旁边的简四脸上挂不住了。这个外号叫做猫儿的女孩子工作的时候严肃得要死，没曾想还有腼腆的一面，羞红着脸，跟我们很认真地解释了一番。我和杂毛小道脸上都挂着暧昧的笑容，瞧得她都快要钻到地下去，才点头表示肯定她的解释。然后问她最近事务所还好吧？

简四摇头说，不是很好，自从你们两个……

她说到一半，想起我们此刻的身份，惶然地四处看了一眼，见没有人关注自己，方才吐了一下舌头，接着说："……生意淡了很多，不过雪瑞小姐很争气，通过她在香岛宝岛的关系，还有自己的本事，留住了一些客源。而艾妮姐和另外两个风水师也还算有本事，勉强支撑下来，但跟以前你们在的时候，是没法比了。"

我笑了，说雪瑞一个小女孩子，能够支撑到现在，如此已经是很厉害了。

简四问要不要打电话，叫雪瑞她们过来见我们一面呢？我认真地说，你们是准备好把关系公开了吗？简四娇嗔说，哪有？我哈哈大笑，说今天我们这就回去了，明天应该就去事务所，不急在一时，先吃饭。

我们也没有说太多，彼此都有些饿了，于是开始专心对付起陆续端上来的晚餐。

吃完饭，杂毛小道问林齐鸣，刚才话说到一半就停住了，接着讲，这回来到底是怎么回事？

林齐鸣用洁白的餐巾纸擦了一下嘴巴，笑着说道："其实也没有多大的事情。主要就是最近新闻闹得凶，说有一家叫做伟相力的台资工厂，最近发生了好几起工人跳楼事件，比较频繁，外面又闹得凶，有领导批条子，让我们来看看。结果过来了，才知道陈老大对那工厂老板有些看法，具体是什么事情就不说了，反正我们这边不出手了，由他们自己解决……"

南方省这边是改革开放的前沿阵地，也是很多外来势力的桥头堡，林齐鸣不愿意细讲其中的脉络，我们也不会傻傻地去打听，只是表示知道，说不搞就不搞呗，得空闲了，去我们事务所走一走，检查一下工作呗，好歹你现在也是领导了。

林齐鸣笑了，说就是一个小队长而已，算不得什么领导，见笑了，见笑了。

杂毛小道说，话可不是这么说，大师兄以前就是在你这个位置做，现在还不是当上了大区的带头大哥？只要你做出了成绩，足够耀眼，还怕前途无量？林齐鸣拱手，说托福托福。我和杂毛小道见他和简四两人眉目传情，似乎有好多体己话儿要说，于是便不再逗弄他们，起身告辞，说明儿再见吧。

告别这两个不知道怎么凑到一起来的情侣，我和杂毛小道走在大街上，看着四周灯火明亮的店面和拥挤的人群，我感叹说，到底还是藏区或者乡下好得多，空气清新，就是视野也开阔。他点头，说是啊，在城市里，不过是人挤人，人堆人，无趣得很。就如同林齐鸣这个家伙一样无趣。还真是的，倘若让董仲明、余佳源这些家伙来，说不定我们事务所，真的就变成了特勤局的家属收容处了。

我一愣，说什么家属收容处？除了简四这个可爱的小妞儿，还有哪个被特勤局的人骗了？

杂毛小道下意识地捂了一下嘴，说："不，就简四一个，没其他了。雪瑞小美眉归你，小澜归我，都瓜分完了。"我哈哈笑，指着他说："都说兔子不吃窝边草，你这是要逆天了吗？说实话，你什么时候把小澜给吃了，我怎么就不知道？"

杂毛小道连忙否认，说开玩笑，就这么随口一说，当不得真的。

我们两个就这般互相打闹取笑，在夜色阑珊中，带着头顶的虎皮猫大人，以及寄居在槐木牌中的两个朵朵，上了出租车。刚想说去厚街，结果想起来那地儿都已经租给简四、张艾妮等人住了，于是便来到了雪瑞的复式小区。

一路逃亡，我们早就不知道将房子的钥匙给丢到哪儿去了，所幸小区的保安没有换，倒也依稀记得我们，将我们放了进去。在楼下，看到房间里没有亮灯。这么晚了都还没有回来,难道这雪瑞在我们离开的大半年里,学会了泡吧等恶习,夜不归宿了?

一想到这个可能,我的心中,就忍不住地有些不舒服,觉得应该不会这样。转念一想,雪瑞做什么,自有她父亲李家湖和母亲Coco来管教,关我何事?想到这里,我忍不住自嘲,看来我果真就跟杂毛小道说的一样,像个小孩子,表面上与世无争、淡泊名利,然而内心里还是有一些自私,总想着让身边的大部分人围着自己转,而不容许别人有着自己的生活。

有小妖、朵朵和肥虫子这些小家伙,门锁对于我们来说,实在起不到什么阻拦的作用,很快我们就进了屋,久违的小清新扑面而来。里面黑沉沉的,有清新的氧气拂面,这些都是房间里面的植物所制造出来的。

打开灯,我发现里面的格局并没有变,连我们寻常使用的拖鞋,都仍然准备在鞋柜里面,顿时就有一种回到家里面的感觉。小伙伴们从各自的居所飞出来,在这个雪瑞和小妖给我们置办出来的家中,快乐地闹腾起来。

我提着行李来到威尔以前住过的房间放下,心中一动,顺着楼梯来到了二楼,突然看到花厅中有一双晶晶亮的眼睛,璀璨仿若夜星,正在凝望着我。

看到这双美丽得让人心悸的眼睛,我的心在骤然间变得无比柔软,轻声说道:"啊,雪瑞,怎么不开灯啊,我们还以为你没有回家呢?"

花厅秋千上面的那个身影并没有说话,只是直勾勾地看着我。

我走上前去,刚刚靠近不到两米,便见这身影从秋千上一跃而下,右手一扬,朝着我的脸上扇来。瞧此情形,我的身体下意识地要扭身闪开,右手都已经蓄足了气力准备回击,然而我很快反应过来——这可不是生死决斗,我反抗啥?于是完全放弃反击的心思,被这柔软的手掌轻轻地扇了一巴掌。这一下并不重,雪瑞的手掌冰冰凉凉的,但还是有"啪"的一声脆响传了过来。

我没动,便感觉一具火热的娇躯扑进了我的怀里,头拱在我的胸口上,像个小猫儿一样,有压抑不住的哭声传来,过了一会儿,我的胸口又热又湿,一大片的泪水。

我这个人天不怕地不怕,就怕女孩子哭泣,僵直着身子,一动也不敢动,待怀中的这位姑娘情绪稍微和缓了一点,才将她扶起来,问她这是咋了。

雪瑞抹着眼泪,想到自己这样子,又气恼又好笑,砰,给了我一拳。这位大小姐可不是普通人,拳头上面的力量充足,擂得我挤眉弄眼,疼得厉害。

对面这个女孩儿咬牙切齿地说道:"你们这两个老板,一跑路就是半年多,连个电话都没有回,好不容易回来一趟,居然还跑去跟人家吃西餐,害我白白等了几个小时,到现在还饿着肚子,你自己看看怎么办?你说说,你们到底把我当成什么了?"

我顿时就暗叫一声苦也,本来还准备回来给雪瑞一个惊喜,结果简四那妞,转过头去便将我们给卖了个一干二净。这下可好,惊喜变成了惊吓,雪瑞此刻怒气满满,我们可该怎么哄这个大小姐啊?

## 第九章　事务所前的两个人

收敛好情绪之后，我尴尬地解释了一番，雪瑞一时仍难释怀，不过见到杂毛小道、小妖和朵朵陆续上楼来，却也端正起态度来，与我保持距离，没有再闹。

在藤蔓和花香环绕的花厅里，雪瑞跟我们说起了这半年的情况。

我们去年十一月份走了之后，不到一个月，便有一个中央的调查组前来事务所进行调查，并且持续一个月的时间，所有人的行踪和电话，都被监控了。后来一个叫林齐鸣的人前来事务所，总算将那些个麻将脸给轰走，接着又有一个叫董仲明的男人，过来给事务所办理股份转移的相关手续，说是获得了我和杂毛小道的同意，暂时将事务所的主导权转移到雪瑞名下，这样才可以维持事务所的正常运转。雪瑞求助了她父亲李家湖和股东顾老板，得到认可之后，方才答允。

说到这里，雪瑞跟我们小心解释，说当时也只是权宜之计，这个茅晋风水事务所，无论什么时候，都是你们两个人的，没有了你们，这事务所就没有了灵魂，也就没有什么存在的意义。

我们笑说，都是同生共死的老朋友，谁还会计较这个？

雪瑞告诉我们，说听到我们出事的消息后，她托了好多人，帮着打听我们的下落。当得知杂毛小道在滇南丽江落网了之后，当时就急得不行，准备离开东官西进，去营救，结果被大师兄派着董仲明过来拦住了，并向她保证，说我们两个不会有事的。后来才知道我和杂毛小道入了藏，从此音讯全无……

雪瑞几乎是咬着牙说这些话的，看着我和杂毛小道精神抖擞、气场强劲，眼神锐利而清明，便知道这半年的时间里，功力已然有了长足的进步，害她白白地担了心。

知道雪瑞还饿着肚子，朵朵很自觉地去冰箱里面找来食材，给她做了一顿简单的两菜一汤。闻到久违的香味，雪瑞一双眼睛都亮了起来，食指大动，连筷子都来不及拿，便捻了一点儿吃，大呼"好食"。

她埋怨我，说自从吃惯了朵朵的手艺，她的胃口就被养刁了，再吃别人做的饭菜，就索然无味了，总感觉少了一些什么东西。

待这个小姑娘吃完饭，我问起她父亲的事情，雪瑞告诉我，说事情好像跟李致远，也就是那个许鸣有关系。郭佳宾就是勾结了那个家伙，将一批玉石调了包，结果他父亲的大部分流动资金都陷在了里面，十分麻烦。不过他父亲近日都在缅甸，托了契奴卡黑巫僧联盟的头面人物出马斡旋，至于情况怎么样，这个可能要到时候才知道。

事情竟然有这么复杂？我们都表示了惊讶，对雪瑞说，此事如果需要我们两个出手，尽管吩咐。就现在的许鸣而言，对我们根本就构不成什么威胁的，不过就是个小角色。

雪瑞问我们现在是什么处境，已经恢复自由身了吗？

杂毛小道摇头，说暂时还不行，现在最重要的证人失踪了，而案件牵扯到茅山宗内部的斗争中，现在的茅山宗话事人一日不倒，估计我们便很难有出头之日。当然，杨知修垮台的日子也不久了，并且东南这一片地界，都是我大师兄的地盘，有他罩着，虽然不至于横着走，但也不用担心会随时都会有警车前来，将我们给铐上车带走。我们现在，只须低调地做事做人，没有几人会一直盯着我们瞧的。

雪瑞指着我和杂毛小道说，听闻你们两个在逃亡途中，将茅山宗的三个长老都给挫败收拾了，一时间名声大振，这说话的口气，倒也牛了许多呢。

我汗颜，说以讹传讹，瞧这架势，是准备捧杀我们吗？俗话说"文无第一，武无第二"，那咬文嚼字的东西各有所长，总不能够撸上袖子分个胜负；武却不行，随便就可以打个桃花开。这世界上人分千种，未必个个都淡泊名利，倘若有这么一两个对我们看不惯的狠角色找上门来，那岂不是麻烦死？打得赢还好说，倘若打不赢，落败了，那就更加难过，而且还会平添对头……

好久没有见面了，我们在花厅里聊到了凌晨。女人们精神奕奕，而我和杂毛小道则呵欠连连，困得不行，可见在心理上，应付女人比应付追杀还要难。

雪瑞见我们都困得不行，便将我们踢出花厅，让我们都滚到楼下睡去，至于小妖和朵朵，她们要夜谈到天明。

我们如蒙大赦，连忙告辞下楼。我准备回威尔的房中歇息，杂毛小道却是精神抖擞，将自己衣冠整理清爽，拉住我，说，小毒物，长夜漫漫，孤枕难眠，不如我们去那红尘世界，颠扑一番，将这几个月的霉气都一洗而空，你看怎么样？

瞧着这家伙眉飞色舞的兴奋模样，我叹气说，算了，我是真困了，要玩你找老万吧。

我刚一转身，他又拉住了我，右手拇指和食指不断搓动，猥琐地笑着。我知道这位大爷身上没有银两，我们的银行卡被冻结了，跟雪瑞拿肯定是要被扁死的，无奈之下，我只有返回房间，将上次亚也给我们留下来的跑路基金拿了一些给他。

他嘿嘿一笑，拍着我的肩膀说好兄弟，转身离开。

我叹气，本以为这兄弟经历了这么多事情，性格变了很多，然而一回到这繁华都市，那不正经模式一开启，又变成了如此这般的模样来。

一夜无话，次日的早餐时间，在三个女人狐疑的目光中变得气氛紧张。

朵朵指着正在旁若无人地大吃大嚼的杂毛小道说："萧叔叔又去找坏女人了……"

在这小萝莉面前，老萧倒也还要一些面子，赶忙反驳道："谁说的，不是，萧叔叔是出去办事儿了，正经事呢！"朵朵说，那怎么有一股香粉的味道？杂毛小道答曰：

是给那些可怜无依的小姐姐们送温暖去了，自会沾上一点儿胭脂气，无妨，无妨……

旁边正在用刀叉切牛排的小妖不怀好意地看着我，我莫名其妙地回了她一眼，但见那银质餐刀，已然无声无息地将那骨瓷餐盘，给切了一个角下来，这个小狐媚子阴恻恻地说道："你要敢学杂毛叔叔，不给朵朵树立一个好榜样，你就等着吧……"

她笑得邪恶，话还没有说完，我的冷汗已经湿了一身。

用完餐，我们准备去事务所跑一趟，见一见事务所里面的人，也算是稳定人心。

雪瑞的红色奔驰小跑只有两个位，而我的蓝色帕萨特又因为枪击事件后，返厂维修的时候低价处理了，雪瑞问要不要叫老万开公司的车过来接我们，我说不用了，你载小妖去，我们坐出租得了。

到了位于第一国际的茅晋风水事务所，我们受到了最热烈的欢迎，所有的员工都在门口等待，欢声震天，老万和小俊激动地冲上前来，将我和杂毛小道抱得喘不过气来。

相比之半年前，事务所的人事又发生了一些变动，苏梦麟被顾老板抽调回香岛去支持总公司事务，顶替他的是顾老板另外一个老手下王铁军，老王这个人办事的手段一般般，并不如苏梦麟那么八面玲珑。当然，这也符合常理，而且顾老板也跟我们解释过，毕竟我们离开了，他把手下大将搁在这，确实有些大材小用。

除此之外，事务所多了两位风水师，这我们也是知道的。一个是香岛来的李悦，梅花精算出身，祖籍建福莆田；一个是赵中华介绍过来的唐道，习的是《滴天髓》、《增删卜易》的路子，算不上神通，但也还是能够撑一撑场面的。

我们此次回返，自然不能说身份还是在逃犯，只说年前去了西川藏区办事，闹了些误会，现在误会解脱了，于是就回来了。不过我们现在的身份特殊，在全国各地都有生意，不一定会在这里常待，只有碰上那棘手的事情，方才会亲自处理。

欢迎会后，雪瑞搬了一堆账本到我的办公桌前，说要跟我对账单，讲一讲经营。杂毛小道听到这个就头大，便表示自己就不参与了，他要出去，跟事务所的每一个成员谈心，说些鼓励人的话语，增强凝聚力。

如此忙忙碌碌到了中午，老王去附近的餐厅订了一个包间，吃了一顿简单的工作餐，以示庆祝。回来的时候，我们发现事务所门口有两个西装笔挺的男人正在守候。一个年龄四十来岁，戴着眼镜，另一个是小年轻，都文质彬彬的。见到我们一伙儿人返回来，中年男人走上前来，稍微鞠了一个躬，朝着我们问道："请问你们是茅晋风水事务所的员工吗？"

## 第十章　来自伟相力的求助

这两个人长得都很斯文，模样十分平常，并无什么可说的地方，但从气质上面来讲，却总让人感觉有点怪异。走到我们面前的这个眼镜中年人一开口，看过几部宝岛电视剧的我立刻反应过来，原来这是两位宝岛的同胞。

我们中午工作餐的时候，虽说不能喝酒，但毕竟不是什么正规企业，老万这家伙一起哄，而刚来的那两个风水师傅跟我们见面又有些忐忑和局促，总是需要酒水来缓和场面的，所以大家伙儿多少也喝了几杯。看到我们这一伙人脸色潮红，后面那个男的眉头就有些皱起来，露出不屑的表情来。

听到有人这么问起，杂毛小道越众而出，说，然也，请问两位找谁，有什么事儿？

眼镜男从怀里掏出一张名片来，递给杂毛小道，说道："鄙人谢一凡，常听关知宜小姐谈起贵事务所，所以特来拜访，有些生意相商……"

杂毛小道接过名片，低头一看，念道："伟相力集团……行政课长谢一凡……"

他没念完，收入袖中，拱手哈哈笑道："贵客，贵客。自我介绍一下，我是这家事务所的老板萧克明，茅山道士出身。旁边这位是我的合伙人，也就是你要找的陆左先生，既然是生意，那么我们进去谈，站在这门口，倒是怠慢了贵客……"

小道一向是个八面玲珑的角色，带着谢一凡走进了事务所，直接领着到了他的办公室，我自然是要跟上的，还让小澜去泡两杯咖啡进来。

在办公室里面我们又是一番寒暄。谢一凡旁边的这位是他的助理罗喆，一个寡言少语的年轻人，有着俊朗帅气的外表和高人一等的些许姿态。不过这并不影响我们的交流。谢一凡告诉我们，他们老板的朋友认识关知宜，得知我们茅晋事务所在这南方一带，是很有影响力的风水公司，而且对于某些事务的处理，更是有着独到之处。正好他们集团最近遇到了一些麻烦事，在寻求这方面的合作，所以便一路找寻过来了。

待小澜给诸人上了茶水，我给这两位介绍，对于寻常毒物降头之术，我颇擅长；至于风水堪舆的门道，却是这位萧先生独到的领域，不知道两位前来，所为何事？

谢一凡叹了一声气，说，实不相瞒，此番前来，确实是有要紧事相求。原来谢一凡就职于一家大型的台企集团伟相力，这家集团的背景神秘，资金雄厚，在鹏市有着一家不小的工业园，依托着市场和资源，以及相对廉价的密集劳动力，公司的发展蒸蒸日上，目前承接了多家世界知名公司的代工业务，正雄心勃勃，准备扩大在华的产能，并且实现企业的转型。然而天有不测风云，自去年开始，公司便频繁地发生事故，而且订单也开始锐减，特别是从今年四月份以来，就有工人莫名其妙地从住宿楼顶坠楼轻生，一连好几起，这使得他们在舆论上面颇为被动。一开始他们还在反省自己的管理模式，到了后来，有一个家中礼佛的高管便提出疑问，说莫非是这里面，有什么邪门的地方？于是就起了这方面的心思，开始四处找寻这方面相关的专业人士。我们的名声也就是这时传到了他们经理的耳中，所以专门前来相请。

关于跳楼员工的背景和细节，以及相关的一些处理措施，谢一凡说了很多。当然，我能够感觉到他话语里，似乎也有所隐瞒。这并不重要，关键是从他口中所说的疑点中，我们并没有听到太多的线索，从整个事件上来看，我更多的是愿意相信他们这种沿袭自日本企业军事化的管理模式，太过于苛刻，以至于员工的心理压抑，才会断然起了轻生的念头。

说实话，在南方省闯荡多年，我对于这方面，还是有一些切身体会的。

在21世纪的第一个十年末，来到南方这里打工的人群，特别是进入这些工厂里打工的人，大部分都是80后90后，而且很多都是来自贫困的边远山区。他们是新生代的农民工，一方面渴望了解世界、活泼好动，另一方面又无比的脆弱，而且还缺乏自我保护的意识和法律知识，很多人冲动、迷茫、彷徨、无助……而且还很无知。他们在懵懵懂懂中，便进入了这种密集型劳动企业，在流水线上，重复着简单而机械的操作，日复一日，年复一年。这种机器人式的作业方式，再加上企业沿袭自日企的那种生硬而冷漠、级别分明的管理手段，使得很多年轻员工在恋爱、考核、奖惩及人际关系处理中困惑，从而带来了情绪波动、思想郁闷、精神痛苦，一时间心理崩溃，这是必然会发生的。

正如我在鹏市的那两个工友阿培和孔阳以前一样，日复一日的机械化工作，以及长年累月的加班无休，使得他们渴望解脱，逃离这样的环境，而又因为生活圈子的狭窄，使得他们并没有什么门路，即使离开工厂，说不定还找不到比现在工资更高的地方，所以才会犹豫、烦躁和苦闷。

这是近两亿农民工所面临的新问题。很多年轻的打工者背井离乡，他们比自己的前辈更加有知识、有诉求，也有理想，不过比起自己的前辈，也有着吃不了辛苦、耐不住寂寞、受不得压力的诸多缺点。

新产业工人的整体状况，这是一个大问题，并不是我们这种小人物所能够解决的，我能够帮助的，也只有像阿培和孔阳这样少数一些相熟的朋友，以及，事关邪门的诸般事宜。

谈完这些，杂毛小道表示这些事情唯有实地考量，方才能够准确判定，倘若是道听途说便能胡诌一番，相信你们也不会信任我。谢一凡点头，说是的，这位道长说得实在。他问我们能不能在最近这几天，抽出时间来，去一趟鹏市，陪他们走一遭，去现场考察一趟。

见我们有些犹豫，旁边那个很少发言的罗喆出声说道："酬劳不是问题，我们董

事长,出手一向阔绰,只要事情能够圆满解决,那么这些都好谈。"

杂毛小道瞅了我一眼,我没有表示,他沉吟了一番,说:"这倒不是钱的问题。这样吧,你们先回去,我们这里开一个会议,评估一下这件事情的风险和其他相关事宜,然后再通知你们我们到底接不接这个单子。另外,我们还有一个要求,那就是不论是谁,你们都不能够告诉别人,你们在这里,见过我俩!"

谢一凡愣了一下,没有说话,倒是旁边的罗喆说道:"你们两个是老板,难道还做不了主吗?"

我翻了一下眼皮,瞧了一眼这个略微有些喧宾夺主的助理,笑了笑,而杂毛小道则直接跟他甩脸子道:"我们倘若是要赚钱,放出风去,分分钟的事情,你们是过来求助的,所以不要这么跟我们说话。一个单子接与不接,这都是需要评估的,这是我们严谨的态度,贸然答应超出自己能力范围之外的事情,这才是愚蠢的表现,也是一个事务所最不成熟的地方。所以,如果你们诚心,等候我们会议结果,如果觉得无所谓,那么——不送!"

听杂毛小道将架子一端起,说得强硬,爱接不接的样子,两人反倒是觉得他颇有些高人风范,顿时就软了下来,连忙道歉,说既然如此,那么他们先回去,静候佳音。

两人离开之后,雪瑞推门进来,问我们到底是怎么个情况。

我想起来了,说昨天碰到林齐鸣那个小子,不是也说起了伟相力这家工厂吗?难道他们讲的,是同一件事情?

杂毛小道翻了一下白眼,说:"这么明显的事情,你还需要猜吗?事情倒是蛮简单的,而且宝岛人的钱也多,好赚,正好给事务所开一下张,唯一的担忧在于,这事情好像跟大师兄牵扯上了关系,需要打听清楚,不然大水冲了龙王庙,自个儿打擂台,那可不好——猫儿!"

杂毛小道扯着脖子朝外面喊,没多久,简四跑了进来,手上还拿着中午吃饭的发票,问,怎么回事?

我说,林齐鸣那贱人呢,我们有事情找他!

简四红着脸,说她怎么知道啊?昨天看完电影,各自就散了。我惊讶,说他不会回帝都了吧?她摇头,说今天晚上还约了吃饭来着。我让她打电话叫林齐鸣过来,我没号码。简四退出了办公室,没过半个小时,一脸稳重的林齐鸣推门进来。

## 第十一章　大师兄的请求

林齐鸣上来与我们热情握手，说两位相召，所为何事？

我们请他落座，屁股刚挨沙发，杂毛小道就开始发难说，你把我们事务所的一朵花儿偷偷摸摸给摘走了，是不是要给我们这当老板的，一个交代？

林齐鸣哈哈笑，说两情相悦，何来挂碍？你们不要提防我，得防着点董仲明那小子，据说他对雪瑞有那么一点儿小意思，总是缠着雪瑞发点小短信、晚餐邀请啥的，这才是你们真正的大敌呢……

听到林齐鸣这般说，杂毛小道面色古怪地瞧着我，哈哈大笑。

闲话扯完，我问林齐鸣最近打算什么时候回去。他想了一下，说明天去南方跟陈老大见一面，然后回去述职。杂毛小道问他，你这次来办的事情还没有搞定，是不是需要去跟我大师兄讨一个说法？

林齐鸣一愣，继而摇头，说这件事情，本来就是对方的责任，跟陈老大没有太大的关系，这里面的门道很多，弯弯绕绕，并不是你们所能够理解的。站在陈老大的立场，这样的袖手旁观，其实反而是更加合理，也符合上面的意图……咦，等等，你们两个什么意思？

杂毛小道将之前收到的名片递给林齐鸣，他看了一眼，露出古怪的表情来，说他们倒是神通广大，竟然会找到你们。

我点头，说老林，我们这事务所开门做生意呢，天职就是给你们拾遗补缺，做那润滑油，处理各种你们这些官老爷顾及不来的事情，勉强混口饭吃，别人找上门来了，总不能够将他们给推出门外去吧；但是呢，我们又怕与官方这里会有什么冲突，所以才会找你过来了解一下，免得稀里糊涂地做错了事情。

听我说明缘由，林齐鸣笑了起来，说："原来如此，其实你们倒是多虑了。陈老大有他的考虑，不过并不反对民间组织来参与此事。而且他不仅不阻拦，甚至还请了人暗中帮助，主要就是因为受害者，都是我们自己的普通工人。总之一句话，你们只管去，狮子大张口，能搞定的话，皆大欢喜。"

我们虽然不太清楚这里面有什么曲折存在，但既然林齐鸣给了我们这么肯定的回复，那么也就没有什么心理负担了，于是就不再纠结，聊了一些轻松的话题。

讲到最近的局势变化，林齐鸣感叹，说有一位很欣赏陈老大的老同志去世了，所以最近陈老大的日子有点微妙，而林齐鸣他自己在总局，也没有什么存在感。不过最近整体还算是比较太平，各地皆无什么要紧的事情，去年闹得比较凶的邪灵教，也处

于蛰伏状态，所以他们这会儿倒是悠闲一些。

聊不过几句，他便与我们告辞，找简四去了。

我跟杂毛小道、雪瑞商量要不要接这单子。虽然我们在大师兄的治下，各方面都有打点，就这般素面出去，也不用担心被请吃茶，但多少还是要低调一些好，不然事情倘若是真的计较起来，我们毕竟还不是清白之身，一个小警察，都可以拘我们。

杂毛小道提议雪瑞过去，雪瑞不肯，说凭什么卖苦力的活儿都让她来干，我们却坐享其成？

我摸着脸苦笑，说别人慕名而来，结果却吃了个闭门羹，他们出去只会说我们事务所没人，虚名而已，到时候传出去，可真的不好听。

几个人好是一番商量，都达不成统一意见，突然办公桌上面的电话响了起来。杂毛小道跑过去接通，说了几句，脸色古怪地扫了我们一眼，然后点头，说，好，没问题。挂了电话，他走到我们面前苦笑，说林齐鸣那家伙转身就卖了我们，伟相力的人来到事务所的事情，大师兄已经知道了，他在电话那边请我们务必去一趟，也算是给他私人帮一个忙。

杂毛小道说他答应了。我们都有些摸不着头脑，不知道大师兄这卖的到底是什么关子。不过既然他开口了，那我们便也不好拒绝，于是拿着谢一凡留下来的名片，照着电话号码打了过去。很快，那两个宝岛人便来到了事务所，问我们考虑得怎么样了。

杂毛小道告诉谢一凡，说此事我们可以参与，不过有两点需要提前说明：这一是我们现在的身份不便公开，所以到时候我们不会在媒体和公众的视线中露面；第二点，我们需要积极的配合。

谢一凡表示了解，做这一行的，五弊三缺，大部分人都喜欢低调，也有忌讳；至于配合，我们是怀着极大的诚意前来的，我的助手罗喆会全程陪同，有任何问题，都可以找他解决。

我们点头说，好，那就没问题了，何时出发？

谢一凡说自然是越快越好，不过有一件事情，可能要提前说一下……他的语气有些迟疑，不怎么好说出口。杂毛小道眉头一掀，说，怎么？有什么事情，直接提便好，我们要提前沟通好，免得到了合作的时候，有许多不便利。

许是杂毛小道这一警，气场太强，谢一凡擦了擦额头上面的汗水，吞吞吐吐地说道："除了两位之外，我们还请来全国各地的其他风水师，所以，到时候……"

一女不嫁二夫。同一个任务居然会请来不同的人，这个做法确实有些行业忌讳，不过这也能够说明他们确实是有些着急上火了。茅晋事务所自出道起，便是踩着同城金星、萃君、福通源等风水公司上的位，最不怕的就是竞争了，于是杂毛小道哈哈一笑，说如此甚妙，还以为此行会十分平淡，多了这些个同行，不但能够交流心得，而且还能够同场竞技，岂不妙哉？

听杂毛小道如此自信的言语，谢一凡不由得竖起了大拇指，说："萧先生不但本事过人，而且还心胸豁达，不愧是成名人物。如此的话，那我们先将合同签署，然后折回公司汇报，明天就会有人过来接你们……"

我摆摆手，说无妨，事务所有车，到时候直接过去便是。

商量完毕，我们将这两位宝岛同胞送出了事务所，然后与雪瑞商量。她这两天与小妖、朵朵打得火热，并不想跟我们去鹏市办事，让我们自去，留下两个朵朵陪她，她坐镇家中即可。

我不同意。小妖这小狐媚子我倒是管不着，朵朵现在每天晚上，都会在我的一米之内打坐练气，吸收几乎没有人能够看得出来的尸丹气息，这功课是鬼妖婆婆交待的，可耽误不得。

然而朵朵好不容易能够放一天假，就犯了懒，耍着赖，要跟着雪瑞一起玩儿。也不知道这三个女孩子拢在一起，怎么会有那么多的事情可以聊。最后杂毛小道无奈，说要不算了吧，反正东官和鹏市相隔不到一个小时的车程，又不是去多远，便让这两个小妮子待这儿呗，凭咱们两个人，还弄不了那点儿小事？

我一想，也拗不过这些小家伙，只得作罢。

当天下班的时候，我们事务所聚餐，也算是一个正式的欢迎会，林齐鸣和闻风而来的赵中华、曹彦君都有参加，至于阿根和古伟这些普通人虽然同城，但为了保密，就没有叫。赵中华和曹彦君都知晓我的酒量，故而除了之前的礼节外，浅尝辄止，然而林齐鸣这个总部领导却并不知晓，而且我和杂毛小道两个又恼恨这个家伙跑到我们事务所来泡妞儿，于是开始纠集人给他灌酒。

林齐鸣本来是个稳重的性子，不过在心爱的女人面前，却也有些自尊心膨胀，于是跟我拼酒。在连着喝了十杯52度的白酒之后，他盯着我那挂着淡淡微笑的脸，幡然醒悟："你作弊！"

他可算是想起我肚子里面，还有一条嗜酒如命的肥虫子来。不过为时已晚，酒劲上头，林齐鸣栽头倒下，接着我们安排简四去照顾。作为哥们儿，我们的安排也算是仁至义尽了，能不能攻入这临门一脚，就要看林齐鸣这个家伙的本事了。

当晚事务所大部分的成员都喝了个酩酊大醉，恣意欢谑。老万抱着我哭，说知道我犯事的消息，他这大半年过得都难过，连那事儿都没有兴趣了，昨天萧老板过来找他，激动得他泪流满面，一夜七次郎，妥妥的……

几个新来的成员跟我们喝过几杯酒，也放开了，都是不错的人，彼此交心，也少了许多隔阂。

次日早晨，开完早会之后，老万开着公司配置的商务车载着我们，前往鹏市。我们并没有直接前往伟相力的工业园区，而是先找到了在附近开自助餐厅的阿培和孔阳。我们差不多有一年多的时间没怎么联系了。当日开张时还颇为冷清的水晶烤肉，此刻方才是早上十一点多钟，就差不多满场了，不大的店面，也算得上十分火爆。我在服务台找到了正在忙着记账的阿培,看到我们的到来,他又意外又惊喜,飞快地绕过服务台,"啊"的一声大叫,将我给紧紧地抱住。

## 第十二章　奔驰上的男女

　　我的到来让阿培喜出望外，他叫来了一个服务员给自己顶岗，然后把我和杂毛小道拉进厨房旁边的隔间去，然后小心地问道："阿左，我听阿东说你犯了点事情，不知道现在怎么样了？"我摇摇头说，事儿呢是有，不过情况特殊，具体情况也不好跟你多讲，你只要知道我没问题便好。

　　他很高兴，说孔阳去上货了，等他回来，咱哥几个整几杯，不醉不休。

　　我说，得了吧，就你这酒量，几杯就倒，行不行啊？

　　阿培哈哈笑，说，士别三日，当刮目相看，人怎么能够用过去的眼光看问题呢？咱做餐饮行业也这么久了，几杯大酒，那也是喝得的。谈话间，阿培不住地笑，爽朗而直接，跟最开始我与他相逢时那种迷茫和彷徨的状态相比，简直就是两个不同的人。

　　我们之所以过来找阿培，除了是来探看朋友外，主要还是因为他以前曾经在伟相力做过，而且这一带人脉也熟，虽然不一定有什么进展，但是总是能够给我们不同的截面，远远比谢一凡那一面之词要来得准确。我问阿培有没有时间，倘若有，我们去找个安静的地方坐一坐，我有些情况想跟他了解一下。

　　听我说了这句话，阿培一愣，下意识地问道："你们过来，是因为伟相力跳楼的事情吧？"我的事情，在朋友圈里知道的人不多，但是阿培等人正好是少数能够了解的几个。他一听这话便能够联想到跳楼事件，说明此事已经被炒得过火，太敏感。

　　阿培跟店里面的伙计交待了几句，然后带着我们在附近的一家糖水店里坐下，点了两杯烧仙草和一份双皮奶。

　　南方这边天气热得早，待坐定，阿培擦了一把额头的汗水，说："这事情闹得挺凶的，久了，便有人传言是有妖邪作怪。不过说来也奇怪，往年这种事情虽然有，但只是偶尔发生，今年却有些扎堆了，搞得我们现在说起此事，就像开奥运会点金牌数一样，没事就问：'第几个了？'"

　　阿培并没有把这当作是什么严肃的事情，跟我们侃侃而谈："一开始都没有人当一回事儿，那么大的一个集团，死几个人，都是闲谈逸事，真的没几个人计较。不过从今年三月份开始，事情就有些集中了。其他人不说，上个月七号死的那个滇南妹儿，我倒是认识的，是孔阳女朋友的一个小姐妹，人老实，踏实肯干，而且家里面负担也比较重，也没有什么好想不开的事情，莫名其妙就去了，实在可惜……"

　　我回忆了一下说："听讲是因为感情问题？"

阿培摇头说:"没有,那个妹儿虽然有好几个娃崽追,不过也没有同意哪个,不存在感情问题,你听谁说的?"他叹气,接着说:"现在小道消息太多,都不值得信,真正知情的人都不敢讲了。为什么呢?上两个星期连续四个人坠楼身亡,结果搞得伟相力行政部的人到处灭火,在员工里面也实行了禁口令,不准跟外面的人谈论这些事情,一旦发现,就没得班加。你也晓得,他们这些员工工资本来就不高,一个月要是没有加班费撑着,还不够在这个地方生活,所以大家都三缄其口了。"

关于伟相力保安人员的执行能力,这个我以前就听过阿培和孔阳的一些抱怨,多少也知道一些。因为伟相力部分工厂是做电子成品代工的业务,为了防止员工从厂房往外携带终端产品,所以十分严苛,但凡有所怀疑,都会毫不留情地进行搜查,甚至恶言相向,拳脚相加。

孔阳曾经跟我开玩笑,说伟相力是实行半军事化的模块式管理,这些鸟保安,是一群战斗力不逊于城管的队伍。这话虽是戏言,却也有几分神似。然而没有人是天生讨人厌烦的,这些保安人员的出身,跟这些被他们管制的人员一样,大部分都如我一样,来自农村或者边远地区,一样的同龄青年,之所以会变成如此,多数还是因为制度的关系。

与我相比,阿培的打工经历比我丰富得多。他告诉我,他干过很多台资厂,制度大部分都沿袭日企,等级分明,冷漠得很,台干高高在上,如同皇军。福利方面,台企比起日企来说远远不如。这样的落差,使得这些工厂的名声并不是很好,或者说,极差。当然,这也只是部分。在薪酬和待遇上面,伟相力要比周边的一些小厂,高上太多。

制度方面的事情,我们无从改变,此番过来,主要集中在这些跳楼事件里,是否有一些非自然的东西参与其中。从阿培这里,我们得到了最底层产业工人的基本生存状态,以及他们的一些真实而原始的想法,至于其他,可能还需要进一步勘查才行。

我们谈了很多。十二点钟左右的时候孔阳闻讯赶了回来,非要请我们去附近最好的一家酒店吃饭。我说不用了,就在自助餐厅里面吃点就好,何必便宜外人?

对于我,阿培和孔阳是十分尊敬的。毕竟他们能跳出自己的生活圈子,成为一家自助餐厅的老板,从启动资金,到培训策划,都有我帮忙出的力。这些对于我来说虽然只是举手之劳,但对他们确实是改变人生的大事。

看到他们现在的状况,我也很开心。我一直觉得,一个人成功与否,不在于他多有钱,而在于他能否让自己和身边的人,朝着更好的方向前进。

吃完中饭,老万找过来,说伟相力那边的谢课长,打电话过来催了几次,听语气好像很急,问我们到了哪里,需不需要派人过来接我们?

听到这话,我们就没有再作停留,而是让老万直接将车开往工业园区,通知谢一凡过来接我们。阿培他们的自助餐厅就在园区附近,车子拐过几道路口,就到了地方,我们没有准行证,所以进不去。等了一会儿,谢一凡带着助理罗喆跑过来,与我们握手,然后带着我们来到了一栋四层高的综合楼前。

下了车,谢一凡小声跟我说他们集团在这个时候,正处于舆论的风口浪尖,园区外面说不定蹲着多少记者在等待采访,所以一切行事都很低调,也没有隆重地接待我们,还请见谅。

我和杂毛小道都笑了,说如此正好。我们本来准备改头换面,现在一看,却不用多费这些儿劲。

从综合楼的大堂往里面走,转过一处隔断,我看到屏风后面坐着几个人,怎么看都有些眼熟。当有一个短头发的精干女人站起来的时候,我骤然想起,这不就是跟茅晋事务所同城的萃君顾问公司吗?这个女人,是萃君顾问公司的老板吴萃君,而我看着眼熟的那个中年眼镜男,跟杂毛小道当初在锦绣阁论道的时候有过交流,好像叫做老庄吧,至于名字,就不记得了。

这边的沙发区,除了萃君顾问公司外,还有六七个人,分属两三个团体,看来伟相力真的是病急乱投医,但凡有些名气的公司,都给请了过来。

见到我们在谢一凡的引导下走过来,吴萃君笑容满面地迎上前来,热情说道:"我道是哪位先生这么难请呢,原来是茅晋事务所的陆老板和萧老板啊。不错,两位都是有着真本事的人,锦绣阁上一举扬名,整个东官业内无人不晓,确实是这方面的行家里手。不过,两位这个时候不是应该在跑路吗?"

老庄在旁边附和道:"就是啊,难道去年到处流传的通缉令,是假的吗?"

谢一凡本来还准备给大家介绍一下我们,听到吴萃君和老庄这一唱一和地将这样劲爆的消息抖出来,惊讶地回过头来瞧。我没想到会遇到这个娘们,而且还疯狗一样上来就咬,没有说话,杂毛小道却是个靠嘴皮子吃饭的人,直接瞪眼回去:"吴萃君,你是开警察局的吗?"

吴萃君摇摇头,说不是。杂毛小道便淡淡地说道:"不是便闭嘴,小心永远开不了嘴!"

他说得霸气,像吴萃君这么强势的女人,按理说应该会第一时间反驳的,然而她却是深吸了一口气,再没有说话,坐了回去。我看向大为吃惊的谢一凡,说谢课长,我们和萃君顾问公司有些故事,见笑了。谢一凡摇摇头,说通缉令是怎么回事?

杂毛小道眉头都没有动一下:"业内的事。如果我们真的有问题,还敢正大光明出现在这里?"

谢一凡瞧我们面无所惧的表情,笑了笑,没有说话,然后走到场中来,开腔说了几句场面话,拱手请求大家多多帮忙,尽快将这件事情鉴定处理,避免给集团公司再招惹麻烦。在这里,他也只是一个跑腿的,没说几句,我突然隔着玻璃看到综合楼的大厅外驶来了几辆黑色奔驰。

谢一凡眼睛一亮,让罗喆招呼我们,自己小跑步,朝着门口跑过去。

车门开,走下了一老一少两个人来。

## 第十三章　同行济济

这两人，一个青裤白衫黑布鞋，年貌古稀，颌下有飘逸的白色长须，面带微笑，一副有道老神仙的打扮；另外一个则是妙龄女郎，高跟鞋，穿着一件修身蓝色旗袍，鸦色秀发盘在头上，鹅蛋儿小脸上面写满了高傲和自负，冰山美人儿，颇有种大家闺秀的豪门气质。一同走出来的，还有一个大腹便便的中年男人，跟这两个气场很强的贵宾聊着天，谈笑颇欢。

谢一凡上前招呼，神情恭谨得很，说了几句，然后手往回伸，朝向了我们这边儿来。那个妙龄女郎眼睛往这边斜了一眼，正好与我们的目光对上，眉毛一挑，似乎颇为不屑。我微微皱眉，瞧这架势，仿佛是同行的样子，不过不知道是在哪儿混饭吃的。就这劲儿，倒也看不出高人的架势。

真正有本事的人，哪个不是低调再低调，态度哪里会流露得这般明显？

很快，这一老一少在一群人的簇拥下，越过大厅，走到了我们的面前。

谢一凡给我们做介绍："各位，这位是宝岛花莲的姜钟锡大师，师承宝岛皇极风水派，著有《阴宅风水》、《梅花算术预测》等多部著作，曾经给著名的金门朱秀华女士鉴定过借尸还魂的真实性，在东亚一带，是顶级厉害的风水师。这位是姜大师的徒弟张静茹，宝岛易经文化研究院代理副院长，清华大学国学讲师，被业内誉为中国最有潜力、最为年轻的风水专家之一……"

这响当当的名号一报出来，宝岛人只以为我们都会起立鼓掌，夹道欢迎，然而除了吴萃君站起来外，其余如我一般的人，都装作没听到，摸摸鼻子不说话。

这也是同行相轻的一种。毕竟能够闯出一些名头来的，都不是初出茅庐之辈，谁的头顶上没有几个光环？我们这种野鸡路子，不是还花了钱搞了一个中华易学研究会荣誉教授的名头？可是这中华易学研究会的门往哪里开，我们依旧也不知道。所谓风水师，名头真心不重要，大家真正看中的，是手里面有没有活儿，能不能够镇得住场面。

不过这般敷衍的态度，确实也有些不是很和谐。白胡子老头儿姜钟锡年纪大了，气儿顺，倒也没有说什么，那个妙龄女郎张静茹，显然是气坏了，狠狠地瞪了一眼我们这些家伙，然后回头跟那个胖子说了几句话。

她说话声音虽小，却堪堪能够进入我们的耳朵里："李经理，你们从哪里，请来这么些个……"

她话没有说完，然而意思却表达到了，我旁边的好几个人都是脸色一变，恼怒上了心头。

我之前说过,诸种秘术,因为一些众所周知的原因,隐匿失传甚多,许多人不知不晓不闻,反而是香岛、宝岛之地,繁荣昌盛,流派纷呈。这些地方的同行,普遍都不怎么瞧得起其他地方的师傅,如此态度,也算是正常。

我特意关注了一下杂毛小道,这厮也是脸色一变,然后一双眼睛几乎变成了灯泡,闪现精光,咽着口水,几乎有冲上去,将这件蓝色锦缎旗袍给撕开来的冲动。

我略微有些无语,这个家伙并没有听到我们面前这小妞儿的羞辱之意,反而更加注重别人胸脯前那高耸的起伏曲致。不过他这一招也算是有效,在那贪婪的、几乎想要将人扒光的目光注视下,这个女郎收敛了一些骄容,下意识地拉了拉裙角。

我们没有说话,倒是那个吴萃君走了上去,拱手说道:"竟然是姜世伯,侄女吴萃君,这厢有礼了。"

姜钟锡听到这见礼,略微有些讶异,没有想起来面前这个短发精明女人,是何方人物。不过吴萃君很快提醒了他,说家父吴珈,匪号玄三狼,不知道姜世伯可曾记起来了?她话音刚落,这姜钟锡恍然大悟,哦,原来是三狼的女儿啊,没想到啊没想到,上次见你,还是一个梳着羊角辫的小姑娘,这一晃眼几十年,竟然这么大了。听你父亲说你开了一家公司?

吴萃君立刻递上名片,说道:"萃君顾问,开在东官,侄女也是凭着父亲教的手艺,勉强维持些生计,还请姜世伯多多指教才是……"

姜钟锡接过名片瞧了一眼,然后递给旁边的妙龄女郎张静茹,颇为谦虚地说道:"你父亲与我本事相若,谈不上什么指点,今番能够在一起共事,也算是有缘,不必多礼。"

这熟人见面,一番攀谈,之前那种剑拔弩张的气氛一下子就给冲淡了很多。那个中年胖子走到中间来,举着双手喊道:"诸位,鄙人李皓,是集团行政部的经理,今天请大家过来呢,想必大家多少也清楚是怎么回事了。在这里呢,我代表我们董事长恳求大家,希望能够尽早解决此事,恢复集团的正常生产和稳定,至于外界对我们集团血汗工厂的种种指责,我想说,对于同类企业来说,我们已经做得足够好了。当然,我们的工作也在继续,希望能够更加人性化……"他到底是一个领导干部,说话跟我们这边差不多,废话连篇,官话套话一堆堆。

说完之后,他引着大家到了二楼的会议室,将此次事件的具体细节和过程,用PPT放映的形式,给我们做了详细的介绍。

因为之前做了一些功课,我对这些细节并不是很在意,而是左右看了一下。发现参与此次事件查探的,主要有六家:我和杂毛小道的茅晋事务所算一家,萃君顾问公司算一家,宝岛大师姜钟锡和他徒儿张静茹算一家,还有三家,一家来自鹏市,一家来自南方市,还有一家,居然来自朱晨晨和欧阳指间老先生的家乡江门。

如此人才济济,又相互间有着竞争关系,所以会上热烈发言的人很多。我和杂毛小道都有一个相同的性子，就是不爱张扬。杂毛小道虽然爱耍弄嘴皮子，但是也特别分场合，倘若是自个儿摆摊算命，那小嘴吧嗒吧嗒能说一天，但是在这种场合，却并不吭气。同样的还有宝岛来的两位大师，也都眯着眼，不说话，只是扫量着场中的各位。我感觉那个叫做张静茹的妙龄女郎，她的目光似乎总是有意无意地朝着我们这边扫量过来。

哎呀妈啊，这是要看上我的节奏吗？

我在心中恶意地揣测着，对这个长得像模特多过像风水师的妹子，有着不是很好的观感。或许是因为我这个人向来都是在底层摸爬滚打，接受过太多的白眼和不屑，所以下意识地对那些自我意识十分强烈的人，抱有一种疏离的态度。无论是谁，我们生而平等，在人格上都是一样的，何必摆出一副高高在上的骄傲模样呢？

会议开了差不多有两个小时，一群人讨论得脸红脖子粗，将此事的种种疑点都列举出来，借以彰显自己的眼光和专业，我和杂毛小道默然不言，时而观察周围诸人，时而埋头看了看桌子上给的资料。其间杂毛小道接到一个电话，他出去说了两句，回来的时候，说是董仲明打过来的，说有人举报我们两个在伟相力工业园露面，问是不是在逃通缉犯，小董已经把这件事情给抹平了，不过让我们尽量小心一点儿，倘若事情真闹大，陈老大这边可能也罩不住的。

我瞥了一下正在慷慨陈词的吴萃君，想来就是这个娘们暗中做了手脚。自锦绣阁讲数比斗以来，我便能够感觉到这个女人的心机和好胜心，不是一般的强烈，乃至有些疯魔的状态。我问杂毛小道怎么办，要不然我们先撤吧，免得沾染了这些污垢。

他摇头，嘴角浮现出了古怪的笑容，说，既然是大师兄托办的事情，搞好便是，至于这女人，我找她好好地、深入地谈一谈。

这会议对于某些人来说是舌辩群雄的表现机会，然而对于我们来说却有些无聊，到结束的时候，我得到三条信息：一，入夜之后，在场各位在安保人员的陪同下，至工业园各处观风识水；二，如有必要，可以前往停尸房察看最近两个死者的尸首；三，集团公司还从五台山请了一位高僧，会在这两天到达。

听到第三个消息，我不由得有些好笑。这两位宝岛同行自视甚高，然而他们的雇主却并不是完全信任，不但请来了我们这些周边名家，还不远万里，跑去晋西请人，真不知道他们打的是什么主意。

会议结束之后，集团行政部给我们安排地方暂住，之后的时间可以自由行动，至晚上会合。如果需要巡厂以查风水，他们会派人员陪同。这个工业园实在太大了，一个人在里面转，说不得就会迷路了。

刚才进来的时候，我也大概瞧了一下，能够看出这里的格局，是请人专门看过的，倒也中规中矩，瞧不出什么花样来，于是没有再浪费时间，准备静待晚上。散会之后，杂毛小道去找吴萃君谈事，我刚要走，便听到身后有人用台腔国语叫道："喂，你，站住！"

## 第十四章　尸检中的诡异发现

我回过头来，但见张静茹从转角跑到我面前来，盯着我瞧了好半会儿，突然说道："你就是关知宜口中所说的妙手回春陆左吧？"

我愣了一下，这美人当前，脑子就有点儿转不过弯来。就客户来说，关知宜并不算是我们所遇到过最棘手的，仅仅几个小时的时间便完成了，这个女明星虽然并不为我们所喜欢，却实在为茅晋事务所的名声推广，做了很多工作。人便是这么奇妙。

见我没有说话，张静茹恶狠狠地瞧着我，说听说你本事很大啊，不过像你们这些邪门歪道，再厉害，也不能够明了正途，有何用？

我摸了摸下巴，说张小姐，我听不懂你在说什么，如果没有事情，那么就让开，我想回去休息了。

张静茹退后一步，上下打量了一番我，说也对，徒有虚名而已，我何必跟你计较？只是以后低调一点，免得碰到有真本事的，被人笑话。

这小妞儿脑袋一扭，回过头，马尾辫一甩一甩，朝着走廊尽头走去，杂毛小道鬼魅一样出现在我的旁边，看着张静茹一扭一扭的丰臀，用胳膊捅了捅我，说怎么，这个妞看上你了？我莫名其妙地摸了摸头，说不是，她跑过来告诉我不要太张扬了，低调一点。咱高调过吗？

杂毛小道眯着眼睛说，瞧这个女人，倒是有那么一点意思。

我问，吴莘君那边怎么样，是不是这个死女人在阴我们？需不需要我的肥虫子出马，给她疏通一下肠子？让她也知道"敬畏"这两个字，有的东西不是想说就能说的。杂毛小道摇头说不用麻烦，他已经解决了。

我奇怪，说这么快，怎么搞定的？

杂毛小道嘴角含笑，说跟你混了这么久，这巫蛊之道也算是了解个粗略，再加上以前在耶朗祭殿中瞧见的东西符文，将其融入符箓中，倒也有些收获，正好想找个实验对象，所以……

这个巫蛊结合符箓的想法，是杂毛小道在我家里闲着无聊的时候想起来的，我不知道他竟然会在这么短的时间里，就出了成品。我笑了，问，效果如何？杂毛小道说还不错，至少现在，吴莘君给吓得半死，算是老实了。

我们两个说着话，谢一凡的助理罗喆跑了过来，问我们要不要去医院的停尸房，看一下上周的死者。因为公司目前已经做好了死者家属的思想工作，所以最迟明天就会火化了。

杂毛小道瞧了瞧我，点头说，既然如此，那我们就去送死者一程吧。

在罗喆的带领下，我们来到了存放死者尸体的医院，同去的还有来自江门的两个风水师，为首的那个叫做沈瑜，倒是个不错的人，我们喊他老沈，他助手刘雷，我们叫他小雷。一路行至停尸房，这是医院偏楼的地下室，灯光昏暗，即使是大白天，都有一种阴森寒冷的感觉。

罗喆告诉我们，人早就应该火化了的，不过因为家属一直不肯答应他们的赔偿价钱，所以在拖着。这两天媒体盯得特别紧，总部生怕跳楼工人的家属闹事，所以就特批了，正准备着送殡仪馆火化呢。他说着话，停尸房的管理人员将铁门打开，一股寒气袭来，我旁边的老沈忍不住地打了一个冷颤。

停尸房里面灯光昏暗，空气也不是很好，有一股陈腐的冷冻剂的味道。医院的停尸房存放尸体，是采用抽拉式尸盒的方式，管理员对着记录查找，然后带我们到南墙边的一个门柜前，将两个盒子上的锁分别打开来。罗喆忍不住提醒我们，说这摔死的人，模样可不好看啊。

我耸了耸肩说，你放心，我们见过的东西比你能够想象的恶心，还要重口味，这点儿小事，并不算什么。

旁边的沈瑜和他的助手小雷已经掏出了罗盘，往上面洒了些净水，准备检测。

说话间，管理员将上面的一个抽屉一下子拉出来，齐腰高，朦胧的灯光下，我们俯身一看，这是一个很年轻的男人，浑身挂霜，嘴唇上面的绒毛都还没有褪干净，脸上有一些青色的尸斑，眼窝黑青，脑壳少了一小半，身子蜷缩着。瞧这脸，上面写满了痛苦和不甘。在死亡的那一刹那，他应该是遭受了前所未有的痛苦。想来也是，脑壳摔坏了半边儿，这疼痛可不是谁都能够忍的。

再看另外一具，都是很寻常的尸体，除了因为从高空坠落，摔丢了某些零件外，并无什么不同。

旁边的罗喆瞧了一眼，肚中就翻腾想吐，往后面挪动了几步，见我们一副漠然无视的表情，这才觉得不好意思，强忍着吐意走上前来，问旁边肃容观察罗盘天池的沈瑜说道："沈先生，请问一下，您可是有什么发现啊？"

沈瑜皱着眉头沉吟了一番，然后回答道："没有！"

他的话让满心期待的罗喆一阵无语。沈瑜并不理会他，而是拱手向我们问候，说，两位大名，沈瑜也有听说过，请教一下，你们可有瞧出什么蹊跷来？

我们摇头，说没有。这尸体已过时间，三魂消散，便是问魂索引，也找寻不得，既然他已经魂归幽府，得享安详，何必再召来呢？

沈瑜点头，说得也是，难怪其他人不想过来瞧这尸体，原来早就料到如此。他叹了一口气，又说，其实倘若此番真的只是社会心理学方面的范畴，那么我们也就只有布一个疏通人心的风水局，再立一个大鼎镇压人心即可，你们说是与不是？我点头说，确实如此，药医不死人，倘若不对病症，我们便是有通天的本事，也解决不了其他的问题，还是得请他们公司对自己的这套制度，好好研究整改一番才行。

我们两人说着话，旁边的杂毛小道居然挽起袖子，然后用右手食指，在死者的脖子内侧挤压了三下，手法古怪。他按完，脸色突然变得严肃起来，又俯下身，开始对另外一具尸体做了同样的动作。

完了之后，他站起身来，缓慢说道："也许他们的猜测，可能是有道理的。"

我问发现了什么，他回答说，这两人死之前，天魂便已经消失。

他说完，从怀里掏出一张静心符，无火自燃，在这微微的火光中，他用沾有尸液的手在死者的额头画了一个古怪的符文。只见那尸体紧紧闭着的眼睛，开始缓缓睁开来，猛然与我们对视。啊——在昏暗阴森的地下室停尸房里，这诡异的情景让人毛骨悚然。罗喆和旁边的那个管理员一声惨叫，跑到了门口，瑟瑟发抖，而我们四个人则围在柜枢前察看，死者眼睛睁得滚圆，似乎死有不甘。

我不清楚杂毛小道是怎么断定死者生前就已经天魂丧失，但倘若果真如是，那么说明他们的跳楼轻生，确实是有蹊跷和古怪。

我们没有再继续，杂毛小道找到一个池子洗了手，然后过去拍了拍罗喆的肩膀，说，不用害怕，人都已经死了，怕什么？记住了，活人总比死人恐怖。

我们离开医院，没有去别的地方，回安排的宾馆睡了一个回笼午觉，养精蓄锐。晚上九点钟，我们又在白天那综合楼大堂落座，等行政部的人领我们一同巡厂。

代工企业的竞争比较激烈，为了争取客户的订单，尽快完成任务，伟相力集团各个分厂普遍都有夜班，所以走在园区里，倒也不会显得冷清。夜幕下，巨大的厂房里面灯火辉煌，身周人流拥挤，都是上下班的工人，穿着各色工衣，与我们擦肩而过。

我发现这些工人普遍比较年轻，而且女工比较多。下班的人流都是兴高采烈，而上班的，则是睡眼惺忪，脚步匆匆。从整体上面来看，工人们并没有像资料或者媒体刻意报道的那么沉闷，他们和我们一样，都是很普通的年轻人，有喜有乐，并不会因为一些极端的事件，就否定全局。集团行政部和安保部的陪同人员，用园区代步车载着我们，绕着偌大的园区巡视，速度不急不缓，正好够我们望气。

如我之前所说，伟相力建园时应该有请高人来看过，整体布局并没有太大的纰漏，这样走马观花一番瞧，也没有看出个异常来，我看前后都有行内专家，便没有多么费心，只是四处观察，并没说话。

差不多行了半个小时，最后车子停在了一处成排的宿舍楼前。我们下了车，才知道前面不远处正是上次的事发现场。谢一凡带着我们来到了一处平地前，给我们指点状况。现场在经过警察确定之后已经清洗过，不过当我蹲下身来仔细瞧的时候，仍然可以看到角落有喷溅的血迹。

我仰头看，高高的宿舍楼，无数窗孔里，有着许多我们所接触不到的人生，里面的喜怒哀乐，我虽然也经历过，但是现在也只是局外人。

同行们开始工作起来，罗盘、法螺、定星针……楼上有人看到我们这一行人，皆有些好奇,伸头来瞧。我和杂毛小道走到旁边,尽量让自己不是那么凸显,刚刚要说话,杂毛小道突然眉头一皱,沉声道:"好厉害的煞气啊!"

## 第十五章　彷徨的等待，最后一跳

一抹清风从身后游去，仿佛那情人最深沉的温柔，然而它并不是那么让人愉快，幽湿阴冷，如同花斑蝮蛇在皮肤上缓慢地爬行着，让人毫毛直竖，鸡皮疙瘩止不住地往外冒出来。

然而这种奇怪的阴冷稍纵即逝，当我们沉下心来，准备去寻找的时候，却发现暖意回升。南方省的五月份已经是相当炎热了，即使是晚上，也有一点儿闷热，之前的那种奇怪感觉，立刻化为乌有，不再出现。

来自南方市的那两个同行和江门、鹏市的同行以及吴萃君等人都拿着手中的风水罗盘，皱着眉头查看；唯有两个来自宝岛的同行已然知晓了瞬间的变动，抬起头，朝着四周张望，试图从这纷繁复杂的环境中，找到一些线索。看得出来，这个姜钟锡大师是个高人，即便是叫做张静茹的骄傲美女，也是有着比旁人更厉害的灵识，虽然没有仔细较量或者考量过，但是比之吴萃君之流，要厉害许多。

至此，我方才对谢一凡之前介绍她的诸般头衔，有了初步的认可。

不过我们认可他们，别人却未必认同我们。瞧得我和杂毛小道像两个无所事事的酱油党，连必备的天星罗盘都没有拿出来，装模作样的架子都没有摆，旁人不知道的，只以为我们是陪同人员呢。短瞬之间，没有几个人能够瞧出异常，在作了一番调查后，几组人围拢过来，探讨得失。

虽然都有着职业的敏感，但是大家意见不一。沈瑜和小雷说要到西区出现第一跳的宿舍区去，而其他人则各有各的说法，都觉得自己的判断是正确的。我打量了一下仙风道骨的姜钟锡大师，只见他皱着眉头，若有所思的模样，没有说话，而旁边的张静茹，则双手抱在胸前冷笑。

意见不一，于是各自前去求证。请来不同的人马，各有助理陪同，开始分散前往各处探查。罗喆负责我和杂毛小道，便跑过来问我们，需要去哪里瞧一瞧不？

杂毛小道瞧了一眼我，我则往宿舍楼左边的那排大树指了一下，然后淡淡笑道："今天晚上闷热，就树下有风，那里又正好有一排石椅，不如坐在那里歇息一会儿，脑子清醒了再说？"

听我说得如此轻松，罗喆眉毛一跳，似乎有些不爽。在他看来，我们拿钱不办事，还没怎么搞呢就开始歇息了，确实是有些不地道。不过罗喆许是听了人教训，收敛起性子，也没有直接跟我们反驳，只是用沉默来表达自己的不满。

我并不管这个年轻的台干，自顾自地朝着大树下走去，杂毛小道跟在我后面。在大树前的石椅坐下,有风吹来,徐徐拂过,舒爽得很。我看着没有跟过来的罗喆,低声问道:"老萧,刚才那一下,感觉怎样?"杂毛小道掏出怀里的血虎红翡,刮了刮胡子,低声说道:"应该是被一位鬼修或者灵修的大拿,用神识扫过,或者直接是如同浩湾广场里面的那种大鬼,不过它很谨慎,一触即收,并没有停留,除了两个宝岛人之外,其他人都不知晓……"

我看着停留在原地的那两个宝岛人,说,他们的气息颇为熟悉啊,你有没有这种感觉。

杂毛小道脸色没有丝毫变化,只是淡淡地说道:"就像清华分为北京清华和宝岛清华一般,其实在宝岛,也有我们茅山的前辈过去。这个什么皇极风水派的姜钟锡,如果我猜得不错的话,修的应该是我们茅山的功法。"

我诧异,说不会是你师叔或者太师叔之类的吧?

他摇头,说都已经分家了,还叫什么师叔不师叔?再说了,我也只是一个弃徒而已,没有资格。我嘿嘿笑,说有你这样子的弃徒吗?瞧大师兄待你,就如同自家弟弟一样,你知足吧。他摇头,说,你不懂,大师兄当年和我姑姑,呃……

杂毛小道没有再说话了,我刚想追问八卦一番,感觉身后有人急速走近,刚一扭头,便见到一个黑脸儿男人扬手朝我的肩膀拍来。我下意识地反击,直接将来人给按倒在草丛中。那个人受力,大喊道:"陆左,嘿,陆左,我是杨振鑫啊,你有没有这个必要啊?"

我听这声音,连忙将这人扶起来一看,竟然是我高中的同学,差不多有七八年没有见过面的杨振鑫。确定来人之后,我好是一番道歉,然后扶他坐下,开始寒暄起来。

杨振鑫告诉我,他大学毕业之后辗转各地,后来进了伟相力的一个部门,负责数据库维护。跟普通的生产线工人不一样,杨振鑫这种叫做储干,无论是待遇还是环境,都要好得多,收入也比同行高,现在正在努力存钱,准备在这里买一套房子,成为真正的鹏市人。不过鹏市的房价实在是太高了,这个愿望,还比较遥远,所以他目前暂时还住在宿舍里。

老同学见面本来应该有很多聊的,不过我们分别多年,彼此过着不同的生活,一开始只是稍稍介绍了一下自己的情况,我自然也不会如实交代,只是胡编了一番,说自己是陪朋友过来玩的。如此说了二十几分钟,大家发现竟然没有什么共同的话题了,一时语塞。杨振鑫上班其实也是比较累,所以给我留了电话号码之后,便离开了。

望着杨振鑫远去的背影,我一时间发了愣,杂毛小道在旁边推我,说干吗呢?我说看到这些都被遗忘在记忆角落里的老熟人,居然有一种没有活在现实中的感觉,仿佛我这两年来,过得都有些虚幻,与以前的生活,完全脱了节。

杂毛小道叹气,说也是,每一种生活都有好有坏,有得有失,只是在于你怎么看罢。

之后我们便没有说话，静静地在石椅上坐着，各自想着心事，看着宿舍楼的灯，一盏一盏地关闭。

其间雪瑞打了电话过来，电话那头略微有些吵，她告诉我们，她和朵朵、小妖还有虎皮猫大人在钱柜唱K，开心快活着呢，问我们这边怎么样。我很郁闷，感觉雪瑞这个小妮把小妖带到了那种地方，倘若一时学坏了，到时候我还真的就管不住了。

我告诉她，我们这边有些复杂，同行多，但大部分都是观风看水、堪舆阳宅的风水师，真的要拉出来打架，估计三两个厉鬼，都能够将他们给生吞活剥了，并不靠谱；而且此番敌人诡异，根本无处可寻，从稍微露出来的那一点儿气息来看，是个很恐怖的高手。说实话，我有点儿后悔了，少了两个朵朵，我的实力恐怕得打五折，而少了虎皮猫大人坐镇，我们的心里也是没着没落的。往日还不觉得，此番苗疆小伙伴们都没在身旁，便浑身都感觉不自在。

雪瑞没有说话了，不过听筒那儿传来了一声叫春儿般的歌声："我爱你，爱着你，就像老鼠爱大米……"听到这尖锐而独特的嗓音，我顿时冷汗就流下来了。

虎皮猫大人的歌声，真的是毁三观啊。

挂了电话，我发现杂毛小道不停地在摩挲着血虎红翡。他的雷罚因为无法使用，所以留在了东官，而缺乏了桃木剑，他便仿佛缺乏安全感一样。一剑在手，天下我有，杂毛小道是剑客型的道士，对剑的依赖很强，这是他强势的地方，也是弱点。

时间一点一点在流逝，树上有虫子的叫声，啾啾、啾啾，夜开始凉了下来，如水，而在我们的视线中，两位来自宝岛的风水师也和我们一样，一直都没有离开这一片区域，默默地等待着。

我们其实都有预感，在这一片区域里，似乎应该会发生一点什么事情。

没有为什么，就只是刚才那一阵如同幽蛇冰冷的灵觉触摸。

我感觉事实离我们，越来越近了。

那天晚上，其实我并不是一直都很清醒。我坐在石椅上行气，几个周天之后，就有些疲累了，靠在椅子上十分舒服，脑袋就有些往下栽。到了差不多凌晨四点，是夜梦最死的时候，我却感觉自己的意识越来越清晰了，一种说不上来的诡异感觉，浮上了心头。

我扭过头，见杂毛小道已经站了起来。

从西边掩映的树林中有一阵风吹过来，我猛地站起来，睁开眼睛，面前的宿舍楼除了路灯，基本上没有什么灯光，万籁寂静，唯有虫鸣，而就在此刻，我突然听到一声很轻微的声音——"咚！"

这声音从西面传来，然后我看到不远处的两位宝岛风水师的身影出现在路灯下，朝着西面飞速跑去。杂毛小道突然出声："又有人跳楼了！"

## 第十六章　小鬼闹闹，再次登场

在我们一群行内精英的看守下，还恰恰是刚到达的当天夜里，居然又出现了跳楼事件，而且就在我们的眼皮子底下，倘若是内中真有古怪，这到底是巧合呢，还是对方在向我们挑衅？

一想到后面的这个可能，我全身的血液就往头顶上涌过去，燃烧起来，拔足便往西边狂奔而去。我们所在的区域是伟相力一整片的住宿区，光宿舍楼都有十好几栋，越过高高耸立的楼房和周边附属的花坛，我们很快就来到了事发现场。姜大师和他的美女徒弟已经到达，正在落地处勘查。

黑乎乎的楼背后看不分明，我们缓慢走到前面来，借着远处昏黄的灯光，瞧见一摊黏腻的血肉，有一个瘦弱的黑影正趴在那里，没有动弹。身后有脚步声传来，行政部的谢一凡和罗喆带着几个保安跟随着我们赶到。看到这副场景，大惊失色，他们刚要大叫，杂毛小道伸手拦住他们，冷冷说道："勿扰！"

我走到近前，地上趴卧着一个穿着短裤汗衫的黑影。仔细一看，这是一个很年轻的男人，仿佛一根没有长开来的豆芽儿，柔弱得很。我不知道他从第几层楼跳下来的，反正很高，使得他现在的模样有些变形。很多人可能没有见过摔死的人，现场会是什么模样，但是我可以很肯定地跟你们说，真不好看。上百斤的人体，在重力加速度的加成作用下，由高而下，不摔散架，就已经算是很不错了。

有强光照来，这是一个保安开了手电。地上喷溅着好多的血，有白色脓状的液体在缓缓流淌，那是死者的脑浆子。他是头部着地的，即使脑壳子再硬，也抵不过坚硬的水泥地儿，碎了好大一块。我估摸了一下，即使是最好的殡葬美容师，不花上两个小时，估计也弄不好这场面。

就在我们瞧着血泊满地的惨状之时，姜大师开始在左手上面结了一个剑指，上下翻飞，似乎在捕捉空气中残留的东西。我眼皮子一跳，心中对杂毛小道之前跟我说的判定，大约也有了肯定的答案。这手势，正是茅山《登真隐诀》下半阙的"醒鬼式"，此诀秘而不宣，是茅山宗偌大经文中的精华所在，便是我与杂毛小道熟络得同穿一条裤子般，他都没有传我半个字。

这边做法热闹，杂毛小道却后退一步，在这血腥味浓重的场中深吸了一口气，回头问我："小毒物，有感觉没？"

我点了点头说，虽然朵朵不在，但我还是能够感觉到，天魂不在了。

这个结论让我们的心头沉重。要知道人的精神分为三魂七魄，各有用途，这七魄是最容易散去的，即使生病遭灾，都会丢去一二，继而复返。但是三魂却一直凝于精神之中，到死了，这一名胎光，一名爽灵，一名幽精，才各自离去，然而倘若早已离散，说明此人必定中了邪法，或者受了惊吓，须得喊魂方可。到底是谁，将这死者的天魂给拘了？

认真阅读本书的朋友应该有点概念：这天魂又名胎光，乃生命孕育之时，先天眷顾而来的神光，对于灵魂滋养，有着曼妙无比的作用，我一开始懵懵懂懂地带着朵朵跑遍东官各处医院，因为没有修行之法，让她吸一点儿残留的天魂能量，滋养灵体，便是如此。

不过这天魂虽好，但是也只是针对于特定的灵体，而且也要是散乱意识之后，方才可行，不然吸收多了，若无法门，便自然而然地携带着他人的生命印记，无数意识在灵体里斗争，最后不是灵体混乱崩溃，便是被其他意识给占据，反倒失去了意义。

如此看来，似乎有专门精修此术的人在此作乱，只怕又要有一场恶斗了。

我们站在旁边，仔细感应有可能出现邪异之处，而身后伟相力行政部和安保部的工作人员都围了上来。宿舍楼内也有听到动静的一些员工，将窗户打开，伸头出来看。不过因为是凌晨四点，人倒不多。

姜大师指出如剑，喃喃念着经诀，突然间，他的手指朝着楼顶右上角处猛然一指，口中大喝道："妖孽，竟敢在此放肆！"旁边一直蓄势待发的张静茹出手如电，朝着那处甩出一物。

我们的目光顺着瞧去，发现在那高高的楼顶处，露出一个黑黢黢弧形来，似乎趴着一个人形物体。那东西先前安静地伏在楼顶黑暗处，我们并没有感应得到，然而当姜钟锡大师将其伪装撕破的时候，我看到这东西竟然用一种难以言叙的仇恨感，看着我们这里。那种感觉之强烈，是根本没有接触，便让人浑身发麻，心中不由自主地惊悸起来。

杂毛小道掐诀，而我则口中低喝一声九字真言，将心神稳住，但见那黑影微微地偏了一下身子，躲开了张静茹的一枚星光暗箭。

瞬间，箭光将这货的整体模样，给闪现了出来。那形象一闪即逝，在我的视网膜中留下了一个狰狞的鬼物，别的瞧不仔细，但是那头颅，居然有笋筐那么大，上面的青筋如细蛇一般游动，一双眸子空洞无神，但是蕴积着无边的怒火和邪恶，让人不寒而栗。

我正想着此物甚为眼熟，旁边的杂毛小道却已经大声喊了出来："闹闹……"

我心头剧震，对，对，就是闹闹，曾经与我有过一段故旧的那个小男孩。

那个虎头虎脑的小家伙，他被炼成鬼的时候我也在场，知道化身为鬼灵的闹闹与风尘女王姗情以及她新拜的师父、邪灵教十二魔星中的闵魔有着一定的联系。那么，今天它出现在此处，是不是也代表着邪灵教参与了此事？

回想起此次事件种种的怪异情形，又想起之前我们参与傅小乔被下降头的任务中

捎客黄一的供述，我突然感觉到这一切，似乎都有了答案。

然而此刻并不是解谜的时间，无论如何，我们都要先将那小鬼闹闹给擒获，并且超度之。如此，为的是不让它再次害人，也是给它父母一个交待，让孩子安息于幽府。我又想起来一事，这孩子的父母，不就是在伟相力工业园区里面工作吗？

所有的线索，都汇聚到一点上来了。杂毛小道最先启动，身如猎豹，朝着楼边跑去；我身边的两个宝岛风水师也开始了行动，张静茹从胸口摸出一张小纸鹤，瞬间燃烧，化作了一道火光，朝着楼顶飞了过去。

我跟在杂毛小道的身后跑，看到那个头颅硕大的黑影摇晃一下，消失于楼顶，心中恼急。杂毛小道也是一阵大骂，说肥母鸡这厮见色忘友，此回倘若是它在场，哪里能容这小鬼头嚣张？这会儿可怎么追啊？

我也心中不爽，别说是肥母鸡，便是朵朵或者小妖在，我们也能够让那小鬼无所遁形，哪里会像现在，受限于身体的束缚，根本无法追踪？我们跑到楼下，感觉那道气息已然飘往远处，我急红了眼，双手合十，开始将始终陪伴我左右、不离不弃、荣辱与共的肥虫子，请了出来："有请金蚕蛊大人现身！"

肥虫子闪亮登场，牛烘烘，它是个极为懂事的小东西，知道我们要追寻的东西已然远去，并不与我们打招呼，而是化作一道暗淡的金光，从我们头顶飞过。

有了肥虫子作为定位导航，我便知晓了大致的方向，稳住身上所携带的零碎物件，拔足狂奔。肥虫子速度极快，我和杂毛小道一阵猛跑，越过了宿舍楼群，朝着西边的厂区跑去。我跑了一段时间，感觉身后除了杂毛小道，似乎有人紧紧跟随，回过头去，却是满头白发的姜大师和身材曲致的骄傲女郎张静茹。见我们回望过来，张静茹瞪了我们一眼，说，你干吗跟着我们？

我眉毛忍不住地直跳，又好气又好笑，说，小姐，好像是你们在跟着我们跑吧？

张静茹还待再反驳些什么，她旁边的师父挥手阻止道："静茹，不要再说。这作鬼的家伙实力十分厉害，说不得我们两个都敌不过。这两位小兄弟神色内敛，不露真相，却都是有真本事的人，到时候一同迎敌，并肩作战，可不要相互恶了心思……"

这个老头儿倒是个明事理的人。我们也不再计较，一阵狂奔。跑了差不多二十几分钟，道路两旁都是高大的厂房，有的灯火通明，有的却是黑沉沉的。代工企业是分淡旺两季的，这个要看市场，倘若有的产品没单，整栋整栋的厂房关闭这种情况也有。它们在黑暗中，如同巨兽，显得十分吓人。

终于，我们停在了一处关闭的厂房前。肥虫子在里面，指引着方向，两个宝岛风水师的纸鹤也停在了这里，我们一起缓步走到了斜对面的员工出入口。

本应该紧锁住的门，此刻虚掩着，我感觉有一点儿不对劲，一个箭步冲上去，将门一把推开，突然头顶上腥风骤起，一个黑色的身影朝着我扑面袭来。

## 第十七章　停用厂房恐怖记

面对这突然扑过来的黑影子，我并不着急反击，而是往后面连退了几大步，谁知正好和紧紧跟上来的张静茹撞到一起。好在我们两人的平衡感都足够好，没有跌倒在地。瞧这黑影子晃到我身前几寸处停下来，然后又荡了回去，这时我才发觉"它"是一个被吊起来的人，脖子上面有一根白色尼龙绳，所以才会这样晃晃悠悠。

我感觉脸上冰凉含腥，摸了一把，是血，已然冷却了的血液，有说不出来的腥臭。

员工出入口的小门洞开，黑乎乎的一个死人吊着晃荡，这场景显得无比诡异。待那个死人稍微停住的时候，我才发现，这个人竟然是之前陪我们一起去停尸房查探死者的江门风水师助理小雷。

此刻的他，双目被剜，猩红的舌头伸出长长，四肢耷拉，有滴滴答答的血顺着身子流落下来，在门口这里汇聚成了一摊血浆，散发着浓烈的恶臭。我们是在晚上差不多十点左右分别的，不承想相隔不久，他就已然变成了一具死尸。

我们心中惊异，想找寻他的同伴。身后有灯光打来，原来是谢一凡、罗喆和四个园区保安开着园区参观电瓶车过来了。谢一凡大喘气说道："姜大师，刚才的事情我已经通知了我们李经理，目前正在现场处理，这边到底发生了什么事情，你们这么急过来……啊！"

他话还没说完，看见被吊死在员工出入口前的小雷，与其狰狞铁青的脸面对面地瞧上了一下，吓得一屁股跌坐在地上，放声大叫起来。

不过他的叫声只起了一个高音，就被一双手稳健地给捂了回去。杂毛小道死死地盯住黝黑的厂房里，淡淡地说道："不要闹，将人捽跑了，到时候你们公司说不定就会一直鸡犬不宁呢……怎么样，心情平复一点儿没有？"

谢一凡眼睛睁得大大，深呼吸，然后猛点头。

杂毛小道放手，指着旁边吓得呆住的几个工作人员，提醒道："有时候惊叫虽然能够舒缓惊恐和高压的情绪，但是也能够引来不测。所以你们最好还是平复自己的情绪，不要将脏东西招到身上，引来横祸。"

看着面前这一群人如同呆头鹅一样机械地点头，杂毛小道叹了一口气，没有再理会他们，转过头来问我："小毒物，还在里面吗？"

我点点头说，在的，我们进去瞧一瞧，到底是何方神圣，在此捣鬼吧。说完话，我将背上的鬼剑取下来，缓步朝门口走去。杂毛小道回头问谢一凡，你们这厂房里面灯光的总开关，在哪里？谢一凡回过神来，慌忙回答说，为了省电，厂房里面除了应急开关，其他的都已经停了，他需要打电话给总控机房。

我们没有再等，绕过门口正中吊着的小雷，缓步走进厂房里面。进入厂房的一共四人，都是我们这些风水师，其余人瞧着门口这尸体，惴惴不安，进退不得。员工出入口对面的房间是更衣室，我往里面望了一眼，没有什么发现，便直接走进了厂房里的长廊。整个空间昏暗，静悄悄的，每隔十几米有一盏幽绿的灯——那是消防应急灯。借着这幽幽的灯光，我们在厂房里面穿行着，路过一个又一个车间，里面都是黑乎乎的，一直走到了长廊尽头。我凭着肥虫子的指引往二楼的楼梯爬去，而身后则传来一声喊叫："喂，在这边啦！"

我回过头，那个穿着蓝色修身旗袍的美女叫住了我，指着左边的一个车间说道："在这里，你们上楼干吗？"我笑了笑，说我感觉应该在楼上。说完我继续往上走，身后传来了那个女人气愤的喊叫："哎，你这个人怎么这个样子，一点纪律性都没有……"

转过楼梯，我们来到二楼，杂毛小道在我背后嘿嘿笑，说，那女人是不是有点儿害怕了啊，非要叫住你。对了，你确定真的是在二楼？

我点头说，肥虫子在二楼前面的一片区域，至于是不是，我就不知道了。

我话刚刚说完，从思维末端传来一阵古怪的悸动，暗叫一声不好，快步往前跑去。杂毛小道不明就里，跟在我后面喊怎么了。我闭上眼睛，能够感觉到一股庞大的压迫力正在施加于肥虫子的身上，心中焦急，说有敌人，正在竭尽全力围攻肥虫子，这个家伙很厉害啊。

肥虫子遇伏，我心中焦急得要死，顺着长廊快步往前跑。刚刚冲到拐角处，便感觉前面阴风一阵，下意识地往后一躲，但见一个脸如平板的黑影朝着我袭来，黑暗中，一道极细的凌厉锋芒闪过。

我几乎是180度的铁板桥弯身，避开这攻击。身后一道风声响起，杂毛小道冷冷地喝道："大胆邪物，敢尔！"

我翻身起来的时候，见到黑暗中一张幽黄的符火燃烧，将袭击我的那个黑影子给整个点燃，如同焰火。没有雷罚的杂毛小道依然凶猛。这符火宁静安详，然而对这凝如实质的鬼物却有着极大的杀伤性，如同火星掉入油桶中，轰然一下，火焰大盛。熊熊火光中，我突然想起来，这张五官统统挤在了一起的平板脸容，不就是谢一凡给我们看的资料中的一个员工吗？他们死后，竟然还被人炼成了厉鬼，这是怎么回事？

我的脑筋还没有转过弯儿来，便又有三道黑影从转角处冲了出来，张牙舞爪，形如最恐怖残忍的鬼魅恶魔，朝着我们扑来。刚才只是猝不及防，没有准备，此番恶鬼扑来，经历过大风大浪的我哪里会怵这等小阴沟？

脸上略一冷笑，我点燃了恶魔巫手，力量从心脏处涌集而来，流至双手，蓝色光芒将我这一双手给映得鬼气森森，面对着一个矮个儿女性幽鬼，我先是退后一步，然后猛然跨步上前,一举抓住她的双手,紧紧握着。被我控制住,这恍惚的黑影子青面狰狞,现出古怪而邪戾的笑容,牙齿张开,朝着我的脖子处就咬了过来。

我以前说过,类似此等灵体,与人本来是两个不同的世界,并不能够伤人,也无交集。我的恶魔巫手可以直接抓住灵体,便是十分神奇,而这些鬼物能够作用于物,那必定是被邪恶之人炼制过,方能够有此效果。

我的手上传来了巨大的反抗力道,仿佛我捉住的不是一头女鬼,而是一匹暴烈的马驹。我倒也不慌,恶魔巫手一激发,将这恶鬼的神魂燃烧如灰烬,再无力道,头冲到一半,便软软地趴在了我的脖子边,如同恋人一样依偎着。

我认识这个女鬼生前的模样,她是孔阳女友的小姐妹,在会议室里我见过照片,不漂亮,但是长得蛮乖巧的,可惜如今竟变成如此模样。

就在我将怀中这头女鬼点燃魂消的时候,杂毛小道已然三下五除二地将旁边这两个恶鬼,给焚烧超度了。毕竟是还没有怎么成型的灵体,纵然是被精心炼制了一番,也并不用费我们什么手脚。快速地将其解决完之后,我们冲进了里面的车间。

这是一条流水生产线,术语也叫做一条"拉",往日堆积着货物和元件的地方此刻已经被清空了,就剩下机器,被塑料薄膜封住,等待订单来的时候,再行开工。这条拉的空间很大,大部分都是黑乎乎的,唯有中间的一个地方,有暗淡的金光闪亮。

我的心一跳,提着鬼剑便冲了过去,半途中,一阵耀眼的金光有如太阳般闪耀,接着有破帛撕裂的声音传来。整个空间里只有肥虫子的小小身影,除此之外,旁边还残留着些许阴寒之气。

杂毛小道冲到我的旁边,看着肥虫子,吸了吸鼻子,说,好浓重的鬼气,看来肥肥跟此处鬼物发生了好一场恶斗。

我皱眉说,是那头小鬼吗?他摇头说不知,刚要再说些什么,突然左耳一动,眼睛左右转动了一下,心虚地说道:"小毒物,你听到了什么没?"我四处打量一番,说,没有啊,你听到了什么?他缓缓地说道:"好像有一个女人在尖叫……"

我们对视一眼,异口同声地喊道:"张静茹!"杂毛小道拔腿就往房间的门口跑去,而我则招呼着肥虫子,朝着楼梯口跑。

很明显的调虎离山之计,虽然不知道这幕后之人到底在搞什么,但是从被吊死的小雷身上,我们就知道他并不是一个和善之人。匆匆来到楼下,我们正想朝着刚才张静茹、姜大师所在的车间跑去,突然发现路口处有人影闪动,便厉声问道:"是谁?"

对面跑来几个身影,领头一个大叫:"陆先生,萧先生,是我,谢一凡,我们怎么出不去了,所有的门都被堵住了!"

出不去了?我没有明白过来,突然看到他们身后出现了一个身影,缓步朝着他们走去,便高声喊道:"小心背后!"

谢一凡等人转过身,惊讶地喊道:"咦,李经理,你怎么过这里来了?现场处理好了?啊,不对……"

谢一凡话音未落，走在最后面的一个保安突然被行政部经理李皓抱着脖子，一口咬下。

## 第十八章　附身老鬼

当瞧见李皓从黑暗中缓步走过来的时候，我就感觉有些不对劲了，然而在我的警告之下，谢一凡等人还遗留着寻常的思维，对这已然变得诡异的领导并不提防，使得离我们最远的那个保安被一口咬住脖子。

当发现平日里高高在上的行政部经理抱着自己啃起来的时候，那个年轻的保安终于知道了恐怖，一边大声叫唤，一边奋力挣扎。然而身为普通人的他，哪里是魔怔之后李经理的对手，只三两下，半边脖子就被啃了个干净。瞧着这保安的惨状，包括谢一凡、罗喆在内的四个人全都吓得尖叫着往我们这边跑来，而我们则朝着他们的方向冲去，与这四个惊了魂的家伙错肩而过。

我冲得最快，举起了手上的鬼剑，朝着李经理的印堂刺去。

李经理显然是被附了身，迷惑了心神，一边大口咀嚼着脖子肉，一边阴沉着脸瞧我。我与鬼剑已然达到了一定程度上的默契，剑出如箭，轻点在了李经理的额头之上，一接触到肉，我的劲气吐发，试图将盘踞在他识海中的恶鬼，给逼将出来。然而此法并无用处，我的鬼剑被他的右手紧紧抓住，然后往左边移开。

鬼剑乃槐木精体所制，比不得桃木驱鬼的效用，所以就这样被缓缓移开。剑尖传来的力道甚大，沉重得很。倘若真的较量，这鬼物自然不如我，然而我却心疼鬼剑，恐有闪失，倒也没有僵持，而是回头问杂毛小道，这家伙还能够活不？

我指的这个家伙，自然不是摔倒在地上、半个脖子都没有了的倒霉保安，而是嘴里面不断在咀嚼人肉的李经理。

杂毛小道盯着这个家伙红彤彤的眼珠子，叹气，说，这是谁在搞鬼，手段竟然这么毒辣？说着，他从怀中掏出一张朱砂绘边的黄色符箓来，一口唾沫喷上去，右手手指在空中画了一个诡异的图形，然后"啪"的一下，贴身而上，直接拍在了李皓狰狞扭曲怪脸的额头之上。符箓贴额，李皓如同僵尸一样，眼睛直勾勾地，被杂毛小道给定在了当场。

将此物定住，杂毛小道脸上并没有半点得意之色，而是凝重得几乎挂霜，盯着李皓转动不停的眼眸子瞧了几秒钟，眉头紧紧蹙起。我感觉鬼剑上面集附的力道全无，生怕上面附着的精金将这宝岛同胞的手给削下，但瞧那鲜血已然随着剑刃流下，于是小心地想抽回来。

然而当我刚刚抽回，杂毛小道惊声叫道："不可！"

我一愣，停住了手，正想问为何之时，杂毛小道又是一声大叫道："蚀骨阴雷，快跑！"他猛然拽着我的衣服就往后跑，我在那一瞬间也猛地心头狂跳，这是气场敏感者的副作用。当下也顾不了什么，我抽回鬼剑，死命朝着回路跑开。危急关头，我和杂毛小道爆发出了巨大的潜力，从启动到奔逃，一秒钟就有近十米的距离。

一股低沉的雷声从我们的身后冒出，就像将爆竹往水里面扔了之后爆发出来的那种压抑炸响——咕咚！接着，有满天的血雨骨碴，朝着我们的背后袭来。这一下的威力堪比炸弹，手法跟我们在鬼城酆都鬼洞附近所遇到的奈河冥猿，几乎是差不离。

在这生死攸关的时刻，昏暗的走廊里突然爆发出一大片的暗金光芒，拇指粗的肥虫子撑起了偌大的防护网，将呼啸而来的碎肉骨渣，悉数挡在了我们半米之外，前进不得一寸。

啊……惨叫声依然响起。在我身后两米处，有一个保安翻倒在地。他整洁的保安服上面出现了无数的血窟窿，鲜血汩汩冒出，浸染在了绿色胶皮蒙住的地面上。我诧异地往前看了一下，谢一凡、罗喆和另外一个年龄稍长的保安队长，也是一脸惊恐地看着我们这边。

我这才想起来，估计刚刚死去的这名保安，没有跟其他人一般继续往前跑，大概也是抱着就近看一下热闹的想法，然而他这强势围观的态度，将他生存的希望给断绝了。一大蓬高速爆发的血肉和破碎骨碴，直接穿透了他的身体，将其变成了一具漏筛一般的尸体。杂毛小道冲上前去，将手指拭向地上那个保安的鼻下，片刻，朝我摇了摇头，叹息说，不行了。短短不到十分钟时间里，这古怪的厂房里竟然已经死了四个人，谢一凡等人不由得浑身发抖。

这个宝岛同胞冲上来，拉着我的手，恐惧地说道："陆左、陆先生，怎么办？刚才我们尝试着进来了，然而一阵风吹起，结果将门给死死锁上，怎么都出不去了，外面也没有人听到我们的喊声，我们的手机、对讲机……所有的联络手段，都没有信号了，这如何是好？"

杂毛小道眉头一挑，寒声说道："诸般恶鬼，好厉害的手段，经过这么久时间的铺垫，今天这是准备爆发了吗？"

他并不理会旁边这惶急不安的三人，而是扭头朝着两位宝岛风水师消失的车间跑去。

我瞧见身前围着我的这三位一副失魂落魄的模样，快速念了一遍九字真言，手结不动明王印，然后在三人额头快速地点了一遍，口中清喝道："灵！"此言一出，空间一震，将我所理解的那"临事不动容，保持不动不惑"的意志，悉数传达在他们的心神中，总算是安定了一些。我担心杂毛小道的安危，拍拍三人肩膀，说道："跟我来！"谢一凡、罗喆和那个老保安跟着我，一直来到了车间的入口。

我朝着黑暗中喊道："老萧，缓着点，别着了道。"

前面的那身影这才停了下来，我一边走一边问谢一凡，这厂房停产多久了？谢一凡告诉我，三个月吧，年后摩托罗拉减产，手机线就准备技改，挪到A4区去，结果就停下来了……

我们说着话，走到杂毛小道跟前时，这才发现这个身影跟杂毛小道相差甚远，根本就不是他。

我的脊梁一绷，左手食指蘸了一下舌尖，将唾液抹在眼角上，瞪眼一瞧，但见面前这身影死气浓重，透着一股诡异。旁边的谢一凡还待跟我说这厂房的情况，被我一把给拦住："小心！——你是谁？"

感觉到我们都停了下来，那个身影缓缓转了过来，竟然是和小雷一块儿消失不见的老沈。这个来自江门的风水师脸色铁青，左眼角止不住地跳动，表情木讷，想来是中了邪——不过杂毛小道怎么会在转眼之间，就不见了人影呢？

老沈淡淡地看着面前的我们，并没有立即扑将上来。他眼角的肌肉抽动更加厉害了，好一会儿，他居然开口了，口音怪异："没想到，你居然也参与进来了。陈老魔真的狡猾，死不入套，竟然将你们两个给派过来应招，实在是可恨啊！"

我有些发愣，说：陈老魔是谁？还有，我们认识吗？

老沈的声音阴恻恻，飘忽不定，含着恨意说道："我知道你，你也应该知道我。不过即使不换面目，你也不会知道我是谁的。呵，听老秦说起当年的你们，只是两条小杂鱼，随意可捏死，没想到几年过后，你居然能够将茅山的烈阳真人给打趴下，三大长老或死或伤，无功而返。成长得如此之快，难怪他会对你另眼相看。不过那又如何，你再快，不过区区几年光景而已，也只能说明茅山宗自虚清道人、李道子这黄金一代之后，越发不成气候了。总不成我们这些练了一辈子功法的老家伙，还弄不过你这小毛头吧？"

我一头雾水，不过听他扯起了茅山宗陶晋鸿之前的著名人物，年代似乎很久远的样子，故而恭声问道："呃……前辈，在下有些摸不着头脑，到底是怎么回事，还请明示！"

老沈的眼睛明暗不定，里面似乎闪烁着些许难以言叙的光芒。终于，他深深吸了一口凌晨的寒气，淡淡说道："没有大鱼，小虾也可，总不能够空手而归，今天也算是给我乖徒儿一个交代。好吧，不多说，老夫送你上路！"

此话已了，我眼睛一花，面前三米处的这身影倏然已到我的面前，举掌便拍。这一掌，气势滔天，无尽烈风从不可知的地方狂涌而来。我身后的谢一凡等人站立不住，纷纷往后跌去。

鬼剑来不及，我咬牙，硬着头皮顶上，单掌击出，大喊一声："镖。"

九字真言，最重的就是气势和心灵契合，倘若心境对，便能够从不可知的佛陀之处，援引神通。我当日在藏区，与小喇嘛江白，以及日喀则诸僧参详，颇有收获，所以也有信心，与之对决。然而双掌相击，我感觉脚已然抓不稳地下，身子腾空飞起，像断线的风筝往高处飞去。

## 第十九章　战闵魔

两相接触，我发现原本绝不算是高手的老沈，此刻已然将人类身体的潜能发挥到了最极致，浑身肌肉绷紧，一掌挥出，竟然有不可抵御的力量。我身子腾空而起，那家伙身子微微一蹲蓄力，又轰然跳起，化掌为爪，五指之上的指甲又黑又尖锐，朝着我的脚踝处抓来。

经过这些年的生死相搏，我早已非那下阿蒙，自然不可能一招便被弄倒。身子还在空中，无力可借，于是深憋一口气，稍微延缓一些速度，然后右手手腕一转动，抽出鬼剑回身削去。中了邪的老沈似乎并不在意是否受伤，速度竟然又快了一分，爪子与我的鬼剑砰然相撞，擦出了些许火花来。

我借着这撞击的机会，运用劲力一激，将鬼剑吸收邪灵的特性发挥出来。接着我一个翻身着地，鬼剑死死地粘住了老沈的右手，如同武侠剧中的吸星大法，试图将他体内的邪气给吸收过来，炼化镇压。老沈一击不成，反而被我给防守反击，略微惊异，不过他并不会惧怕这成型不过半年的鬼剑，用鬼气一震，我的右手立刻感受到如同电击一般的酥麻。我往回一扯，终于与他分离开来。

见我难缠，老沈并没有太过惊讶，而是微微一笑，僵直的脸上有说不出来的诡异："不错，不错，还真的是有一些本事啊，难怪能够力扛茅同真那玩火的老小子，既然这样，那我倒是要跟你好好地玩一玩了！"

我担忧消失不见的杂毛小道，也担心身后的谢一凡、罗喆等人的安危，见这个家伙有着我想象不到的厉害，暗自紧了紧手中的鬼剑，一边联络隐匿暗处的肥虫子伺机偷袭，一边施礼唱诺道："清水江流、敦寨苗蛊，陆左！"

我之所以搞得这么正式，是指望对方也会与我一样，来一场君子之战，互通姓名。

然而我还是失策了，在我面前的这个家伙根本就没有搭理我这一茬，而是冷哼一声道："清水江流，哼！被人陷害得差点儿死掉，结果却转眼就忘记了仇怨，又屁颠屁颠地来给人卖命，卑贱如你，且莫污秽了你前人那血溅五步的冲天傲气！"

话音刚落，他再次袭来，我也是有所准备，以鬼剑迎击。

此时的老沈相当厉害，速度快得几乎超出了人体的极限，仿佛控制他的并非意识，而且力量甚大，倘若是一年前集训营时的我，只怕根本扛不住这暴风骤雨般的攻击。然而此时，经历过无数次的生死之战，数次的脱胎换骨，即使不将下丹田的那股力量爆发出来，我也是能够安稳以对，并且伺机还手。

杂毛小道给我特制的鬼剑，采用的是一棵被雷意劈死的槐树精体，上面不但篆刻了许多符文，而且还镀上了一层来自宇宙的复合金属，集法器、利器于一身，并非凡品，再加上我习练多日的剑意，此番生生顶住了这家伙的进攻，倒也是轻松。

附身老沈的这个老鬼头虽然口气很大，但是拼斗起来，还是差我一些。但我顾忌遭附身的老沈，总是不能下重手，只得利用鬼剑的极端锋利，在老沈的身上划拉出了好几个口子，让失血的虚弱延缓他的速度。

然而被附身之后，老沈的力道大得惊人，而且完全不管自己的死活，发疯一般，多少也让我有些难以招架，几次想下重手，都强自忍住了。几分钟之后，我的左臂突然被那个家伙抓中，嘶溜一声，好大几个血口子，火辣辣地疼。

我有点火大了，往后面一跳，从怀中掏出震镜来，大叫一声："无量天尊！"莹蓝色光芒笼罩在了老沈的身上，这玩意儿便是那恐怖的牛头来，也要被定住，何况是被附身了的老沈，顿时身形一滞，没有动弹。我面露喜色，大叫一声"好"，弃剑用手，快速结了一个内狮子印，大喊了一声："洽！"

此乃沟通神佛"自由支配自己躯体和别人躯体"的力量，用来对付此类事况，实在是再好不过。经历过藏区的洗礼，我对真言的理解越加深刻了，这一印结在了老沈的额头上，咚——有洪钟大吕的回响传出来，这声音如天籁，老沈血红的眼睛顿时就清明许多。

然而他身上的那东西实在是太厉害了，当震镜的效果消失之后，他往后飘飞数米，然后眯着眼睛瞧我，缓缓说道："我终究还是小瞧了你，世界上，除了他，竟然还有进步这么厉害的人！"

我淡淡地装着波伊道："他是谁？小觑我的人多了，不差你一个。不过你也太抬举我了，这么说吧，我的兄弟萧克明，就比我厉害！"

老沈摇摇头说，不，他和你，不是同一类人，不可比；你和他，才是一种人。

我听得有点儿绕，说话能够不要那么多的代词吗？到底在说谁呢？然而他没有再跟我闲扯，而是说道："我不会再犯轻敌的错误了，来吧，你的人间路走到头了，我们送你一程吧……"

他说到"我们"的时候，我突然浑身一阵毛孔舒张，寒毛根根竖起，感觉到身后一阵异动，回头一看，刚刚躲出车间去的谢一凡、罗喆和另外一个我叫不出名字的保安缓步走了进来，神情呆滞。我下意识地瞧了一下他们的眼睛，居然和老沈一般，都是通红如血。

一个"老沈"我都有些招架不住了，这四个人一起上来，这是让我自刎的节奏吗？

自从"误杀"了黄鹏飞之后，我的胆子就有些小了，想着这些家伙还都是人，只不过被脏东西附了身，倘若我出剑取了性命，到时候我身上，又背负了几条人命债。如此一想，我就是各种不爽。

一朝被蛇咬，十年怕井绳，我此刻就是这般状态。

还没有等我的思想斗争结束，四个人，从不同的方向朝着我汹涌扑来，除了老沈的实力十分卓著之外，其余人等，居然也只差他一线。我瞬间就陷入了被多人围攻的险恶境况，左冲右突不得解脱。

身陷重围的经历，我其实并不算少，多少也有些应对经验，知道不同的个人，即使平时配合再默契，一旦交锋起来，必然会有差异，使得彼此都会有所妨碍。然而过了几招，我发现不对劲，我所面对的这四人，无论从进攻的节奏，还是协同的默契，都如同一个人一般，攻击层次丰富，连绵不断，让我错愕间，竟然有心力交瘁、招架不来的颓败感。

我一手剑、一只肉掌招架着，不多久身上就中了好几下，心中不免有些惊疑。要知道，我自出道以来，经历过无数的恶战，从丽江脱胎换骨后，旧疾全消，新力丰沛，又与当世一流的高手交过手，而且战绩斐然，多少也有了满满的信心，觉得自己也算是一方人物了。然而在这工业园的封存厂房里，随随便便出来一个不知来历的家伙，居然就将我逼得如此狼狈。

这是什么意思，真的当我是小杂鱼了吗？我的内心中有一个声音在愤怒地狂喊着，有着不屈的孤傲和对敌人轻视的磅礴怒意，这些感受就如同一团火，将我浑身都烧得火热，当下也顾不得误伤无辜，左手上面阴寒彻骨，对着谢一凡抓过来的双手就是一掌，轰——我感觉自己快要爆炸的气息，终于找到一个可以倾泻的地方。劲力汹涌而去，化作一个点，将入了魔怔的谢一凡一掌击飞，重重地摔在一台包裹起来的机台上，发出巨大的响声。一击得手，我矮身往左闪，拼得被拍一掌，一剑戳在了罗喆的屁股上，鬼剑运转，有一大股乌黑的气息，就从他身上吸了过来。剑尖粘于屁股，而后移至菊花。与此同时，我的背脊被那个保安一掌劈中，气血翻涌，一大口血都已经冲到了喉头来。我强忍着不吐，将罗喆当做了我的盾牌，跟老沈和保安绕圈子，不让他们抓住我的衣角。罗喆被我粘住身子，身体里面的黑气不停地被鬼剑吸收，手却一直往后抓，试图抓到我的身体，然后再将其撕烂。我不停地躲开身体，与这三个魔怔了的家伙周旋，场面一时僵持着，我不断地压制心中的怒火，不让它烧起来，以免再一怒杀人。

勉强维持了几分钟，罗喆在老沈的帮助下，挣脱了我的鬼剑，虽然他神情有一些茫然，但还是跟跟跄跄地挥手朝我袭来。我见旁边的谢一凡又费力爬了起来，朝着我这边缓慢移动，心中发狠，想着既然已经被附身，那么说不定早已死去，我何必如此矫情呢？挥起剑，我准备直入要害了，突然身后传来了一声厉喝："闵魔，你以为你区区小手段，能够困得住小爷吗？"

## 第二十章　肥虫逆转，分神夺舍

一道身影在黑暗中狂奔而来，周身隐隐散发着青色光芒，而在来人身前一米处，有一大团浓黑如墨的雾气在旋绕。借着远处幽绿的安全通道灯光，我能够从雾气中，看到杂毛小道那张瘦削而不屈的脸庞。

老沈大讶，吃惊地喊道："你怎么可能冲出我布置的九宫迷格玲珑阵？我……"

此人大惊失色的时候，突然感到有一点儿不对劲，菊门一滑，有一物钻入腹中，拼命扯动。虽然这具身体的痛觉意识已然被切断，似乎并无妨碍，但是内中那物，似乎在开始与他抢夺身体的控制权，这方是根本所在。至此，他僵直木然的脸上终于露出了一丝惶急。

然而这尚不足以阻止对手的进攻。但见老沈怪笑一声，速度更如鬼魅，竭尽全身之力，趁着我疲于躲闪的一个间隙，轰出一脚来，正中我的小腿处。

"啊……"我惨叫一声，连人带剑，在地上滑行七八米，脑袋重重撞在了一台塑料薄膜包裹起来的机器上面。砰——我的耳朵发麻，感觉脑袋似乎撞到了尖角，破了口，眼前一黑，整个人都要被剧烈爆炸弥漫出来的疼痛给淹没，几乎就要昏迷过去。

不过我深深地知晓，此时倘若昏迷过去，我这辈子都没有再醒过来的可能。当下将舌尖一咬，精神顿时一振，睁开眼睛，挣扎着爬起来。预料中接踵而至的攻击并没有到来，在我面前，一道身影挡住了四个中邪魔症的家伙，不让他们得以寸进。

当然是杂毛小道。刚刚转眼就消失不见的他，此刻又出现在我的面前，拼命嘶吼着，劲气吐发，青光冒出，光凭拳脚，与这四人较量着。面对着这样凶猛的拼命四人组合，杂毛小道似乎也有一些吃力。他边战边退，连头都来不及回过来招呼我："小毒物，你没事吧？"

我左手往脑后一摸，热乎乎、湿漉漉，一手的鲜血。我感觉头晕得厉害，使劲甩甩头，但见一道如同空中游蛇般的黑雾，在我头顶盘绕，朝着我脑后的伤口钻来。我虽然不知道这东西是什么玩意儿，但还是下意识地伸手去阻挡。黑雾穿透了手掌心，我感觉到自己好像被一坨屎甩在脑袋上，腥臭，是那种积年老粪坑所蕴含的极品味道，其底蕴是化学药品所不能够比拟的，五味杂陈。接着我的头皮一阵发麻，有一股强烈的意志开始侵袭我的大脑，我的眼神一直，感觉自己的身体好像被别人操控了一般。更加奇怪的事情是，我竟然觉得这种感觉，似乎常常发生，习以为常一样。

当然，这只是很短暂的一段时间。我瞬间就明白了，这股游蛇一般的黑雾，应该就是一段意识体，如同侵入老沈、谢一凡、罗喆和保安身体里的那种。对手应该是想

吞噬我的意识和思想，把我变成木偶一样的东西，任其操控。

只不过，我堂堂陆左，岂是这么容易就范的？

我二话不说，顿时双手就结了一个"内狮子印"，口中高呼了一声："洽！"因为心中又是愤怒，又是惶急，此番的感受似乎真正能够沟通到了未可知之处。真言一出口，音波震荡，我所有的血液、细胞、肌肉、骨骼都被这磁场所波及，顿时感觉从身体到灵魂，轰然热烈，像被热开水泼过一样，忍不住大声叫喊起来。这一番剧痛过后，我感觉浑身神清气爽，仿佛刚刚从桑拿房里出来一般，浑身污垢，全然洗脱；然后似乎还有一声惊恐的叫声，隐隐在空间里面回荡。

一只温暖的手抓住我的肩膀，我还有些迷茫，下意识地伸手反击，很快就被拨开，那熟悉的声音又喊："小毒物，你没事儿吧？"我抬头，看见杂毛小道那张极有特色的脸孔上面，写满了焦急。

点了点头，我看见一道黑影快速奔来，向他身后逼近，大叫小心，然后伸脚踹去。这一脚，踹中来人的小腿处，使得他重心失衡，砰的一下，直接撞上了我刚才磕到的机器上，顿时，一大摊的鲜血就迸射出来。"嗬！"我大声叫了一下，感觉神魂稳固，阴寒全消，于是朝杂毛小道问道："什么情况这是？"

见我虽然一脸鲜血，但是眼神清亮，他放下心来，一边应付周遭的攻击，一边沉声说道："此处应该是掌管南方整个邪灵教鸿庐、十二魔星中闵魔的休养之地，去年他与镇虎门张伯拼了个两败俱伤，我本以为他要消停几年，没想到他居然会在这人烟密集之地，利用工人沉闷的怨气和惨死者夭魂养伤。你须得小心了，十二魔星，个个都是当世之人物，各自都有绝学。这闵魔平日里极端神秘，非亲近者不得一见，不知虚实，今天一看，他应该是练就类似于'分神夺舍大法'之类的法门……"

听到杂毛小道的述说，砸在机器上面的那个人爬了起来，是谢一凡，只见他的脸上全都是鲜血，狰狞地怪笑道："不愧是茅山自陈老魔之后的又一天才门徒，你竟然能够知晓'分神夺舍大法'。不错，不错，此番虽然弄不成陈老魔，但把你弄陨落了，只怕那闭死关的陶晋鸿也会吐血三升而亡了！"

这声音与谢一凡根本不同，而与刚才老沈所发出来的语调，是一模一样的。

我的心顿时往下一沉，邪灵教十二魔星啊，这样顶级的存在，我们如何可以与之硬抗？这个闵魔居然可以化身千万，每一个被他附身成功的人，都是另外一个他，这到底怎么打？

我的心情还没有回复，敌人再次冲了上来。我和杂毛小道背靠背，战了几个回合，都因为束手束脚，投鼠忌器，发挥不得。如此下去不是办法。杂毛小道朝我叫道："这样不行啊，小毒物，把鬼剑给我，我来布阵驱敌！"鬼剑在我手上，并不能够发挥它最大的功效，所以杂毛小道这么一说，我立刻将鬼剑反转，平递给他。

一剑在手，杂毛小道的眼睛一亮，整个人顿时就变得无比自信，他嘴角含笑，精神洋溢，稳声道："这个家伙的本体并不在此间，小毒物，帮我扛一下，我将这空间隔离开来！"他说罢，便跳出战圈，脚踩罡步，步踏斗星，左手配合着简单而凝炼的印诀，念念有词，开始作起法来。

杂毛小道腾身出了战圈，我这里的压力陡然大了几分，拳影爪风，在我身周密布，全都是不要老命，个个都有着中邪之后的恐怖巨力，虽然分出了一个保安去追逐杂毛小道，但是我坚持了半分钟，还是有些抵不住。

就在我一拳将谢一凡给再次撂倒的时候，罗喆从我的身后冲上来，将我拦腰抱住，使劲往机器上面撞去。我被他推着冲向机器，即将撞上之时，伸脚抵住，不承想罗喆张开嘴巴，一口腥臭的气息扑来，准备咬我脖子。我被束缚了双手，唯有用还有创口的后脑勺，去硬磕罗喆，磕了两下，感觉脑壳昏昏的，迷糊得不得了。

危急之际，身后紧紧贴着我的那具散发着寒气的躯体陡然被扯开，我回过头，但见四人中最为凶猛的老沈突然出手，将罗喆给拉扯开去。这家伙骤然反水归正，将罗喆拉开之后，硕大的拳头高高举起，朝着他的肚子死命地擂去。我能够从老沈身上嗅出肥虫子的味道，想来是在他体内的肥虫子终于战胜了闵魔寄生在其体内的意识，然后将老沈身体的操控权给夺了回来。连续的受创，让我的头有些迷糊，不过肥虫子的得手也代表着形势开始逆转，最为厉害的老沈变成了我方成员，至于其余三人，已经被我和杂毛小道伤得不轻，实力不济。

顿时，我信心满满，俯身过去，将爬起来的谢一凡给压住，双手结了"内狮子印"，以"切克闹"的节奏，不断地拍击他的额头，试图将里间的意识给镇压住。就这般，罗喆被肥虫子控制的老沈压制，谢一凡被我打得丝毫没有还手之力，而另外一个保安，则追着杂毛小道迷踪不定的身影，跑得脸色铁青，但是连一片衣角都摸不到。

又过了几分钟，被我压制在地上的谢一凡突然不再躲闪我的大手印，眼睛开始变得莫测迷离，口中似乎有痰，嗬嗬地咳弄一阵，笑了："果然是江湖闻名的左道组合，我倒是小觑你们了，看来这小孩子过家家的玩意儿，真的对付不了你们！那么……"

他的声音开始拉长，似乎在积蓄气力，我心中一紧，想到了刚才浑身骨肉化作满天血雨的行政部经理李皓，刚想跳起来，结果被谢一凡伸手紧紧拉住衣袖，死命也挣脱不开。

## 第二十一章　闵魔门徒

血肉之躯，岂能抵挡得住那种恐怖？

我暗道一声"完了"，闭上眼睛，心里犹存一丝希望，大叫道："肥虫子！"

对于炁场极其敏感的我，已经能够感应到有一股力量，正在催动着身下谢一凡整个的精气神集聚，然后开始慢慢地攀至临界点。可以想象，倘若突破那一个极点，只怕我也就会如同刚才在外面走廊上面那个打酱油的年轻保安一样，化作无数的窟窿，血流满地了。

然而就在此刻，一股庞大的气息出现在我右边，谢一凡体内那股强行催动的意识被打断。我睁开眼睛，扭头看见杂毛小道将鬼剑指向了北斗星的方向。在他周身一米处，漂浮着三张缓慢燃烧的黄色符箓，正闪耀着让人心灵慰藉的光芒，从九天之上，隐隐落下来一股看不见、摸不着的力量，将他整个人都衬托得无比伟岸，仿佛我们在藏区所见过的那种山峦，有无比沉重和苍莽之感。

从杂毛小道的身上传来让人呼吸一滞的力量，我身子一矮，紧紧和谢一凡挨在了一起，头相对，几乎就是嘴唇对嘴唇。这恶心的感觉让我勉力别过头去。我感到谢一凡体内那股邪恶的气息开始紊乱，被无形的炁场给竭力挤压，他嘴里面缓慢挤出几个字来："小、东、西……啊！"一声忍受不住的闷哼声从他的喉咙中吼了出来，接着谢一凡双眼一翻白，昏死过去。

我翻身坐起，瞥见肥虫子从老沈的嘴巴里面爬出来，惊惶地朝我扑来，一下堵在了我火辣辣的后脑勺伤口上面。一阵清凉传来，我长舒了一口气，感觉那一阵又一阵的头晕目眩，终于离我而去了。

清创治淤，疏通经脉，金蚕蛊，你值得拥有。

我伸出手，感受了一下，发现有一股磅礴的气息，以杂毛小道为圆心，在这方圆十来米的地方震荡排斥，形成了一个稳固的场域。在此之内，所有属性偏阴寒的力量，包括肥虫子在内，都受到了压制。至于刚才还在竭力猛攻我们的那四个人，全部软绵绵地趴在了地上，恶狼化作小绵羊，獠牙不再。

时间长达三十几秒。然后杂毛小道睁开眼睛，瞧了不断喘着粗气的我一眼，得意地笑道："怎么样，小毒物，哥哥我这一招帅吧？"这个本来颇为威严的家伙一笑，脸上猥琐尽然显露出来。我点头说，小伙子不错，不过你这些招式，到底是怎么弄出来的？

杂毛小道颇为自得，傲然说道："此乃紫薇昙藏环心阵，是茅山锁魂守虚的不传秘法。刘学道、茅同真那些老糊涂，都以为是我师父和师叔祖给我开了小灶，将引雷术那些秘而不宣的掌门绝学，传授与我，其实他们哪里知道，这些都是我从见过的符箓之中，自行领悟出来的。真正的天才，不是像李腾飞那样在温室里面，用丹药给喂出来的，而是在修行的道路上，痛苦地参悟、思考、失败以及命悬一线之间，将所有的法则融会贯通而成。"

我想起当日雷罚碎纹之后，杂毛小道曾经很平静地提起，说不能够永远凭借着雷罚之威，而是需要不断地锤炼自己，将自己的潜能给激发出来，方才不会太过于脆弱，原来竟然是如此。

我们两个说着话，旁边有呻吟声响起来，刚才被我暴揍的谢一凡"哎哟、哎哟"叫唤着爬起来。听他这声音，倒不像是被附身的样子，便走过去，只见谢一凡已经爬了起来，然而还没有爬起一半，就再次栽倒在地，摸着身上浸染鲜血的伤口，杀猪一般地叫喊。

在刚才的拼斗中，我虽然屡次吃亏，但还是将他们四人给伤到一些，腿脚和身体，都被我的这鬼剑划出好多血口来。之前他们因为身体受制，不知疼痛，此刻意识觉醒，自然痛得止不住叫唤。

呻吟声陆续响起，除了最开始出现的老沈之外，其余人都醒了过来，望着自己一身的伤，莫名其妙。见到杂毛小道提着滴血的鬼剑伫立，罗喆大叫道："你们对我都做了些什么，为什么我浑身是伤？"

他的话使得谢一凡和保安队长对我们怒目以向，以为是着了我们的道。我见他们个个眼神清醒，这才放下心来，从随身背包中掏出了常备的止血药，丢给稍微稳重一些的谢一凡，说，自个儿涂上，还记得刚才发生了什么事情？我丢得准确，谢一凡抓着手中的瓷瓶，指着地上躺着的老沈，仔细回忆道："刚才你和他在打斗，我们往门外面跑开，结果刚刚一跨出门口，就感觉眼前一黑，好像自己的灵魂都飘向了空中……"

我回头来，问杂毛小道，你刚才怎么眨眼间就不见了人影？

杂毛小道叹气，说："这整个厂房已经被人为地改造过了，刚才我跑进来，准备找寻姜老头儿和那个火辣辣的台妹子，结果冲过两台机器之间时，便感觉不对劲，回头一瞧，感觉眼前的景物变幻莫测，一下子就陷身于黑暗中，不见你们的踪影。我差不多运算了十五分钟，经过数次尝试，方才将这个小阵法给破解。小毒物，闵魔一定在这栋厂房之内，而且他的实力，肯定超出我们的想象，说实话，我们今天可能又是一次凶多吉少了！"

我叹气说，倘若朵朵、小妖还有虎皮猫大人都在，这还可堪一战，现在我们的实力打了对折，可怎么与这个老魔头打？

杂毛小道挥舞了几下鬼剑，唰唰的风声响起来，他微微一笑，说，无妨，总是依靠外物的帮助，永远都强大不了自己，一个真正的强者，唯有逆境而上，前路再艰难险阻，也要冲上去，硬拼，并且战而胜之，方才可称豪雄，岂能因为几个老不死的名头，而弱了自己内心的志气？

我被杂毛小道说得有些热血，问，接下来该怎么办？

他沉思一下，说既然是闵魔在此，就不可能太平出去，将他们四个人放在我刚才劈出来的气场中，可保鬼神不侵，我们两人则去与宝岛的姜大师汇合，争取突围出去，再求来援兵，与其慢慢磨斗。如此可好？

我点头同意。商量完毕，我们准备离开，谢一凡拉住了我们，说，两位大师，带我们一起走吧，留在这里，我们都会死的。我看着这个眼中惶惶的宝岛同胞，拍了拍他的肩膀，安慰道："我们去救姜大师，你们在此处安歇。这里已经被我们布了阵法，邪魔外道是进不来的，你们也不会被鬼魂上身，比跟我们安全！"

"俺们刚才是被鬼上了身？"旁边那个保安捂着胳膊走过来。

我点头，拱手问道："老哥贵姓？"

保安说道："俺叫王潇，南河商丘的。"我笑了一笑，说，你这老哥真实在。老王，你们就在这里用对讲机持续呼救求援，我们去去就来。说罢，我跟着杂毛小道出了刚刚他引落九天星辰之力而布置出来的法环气场。

为了防止刚才失散的情况再发生，我跟他挨得紧紧，缓步前移。

我们绕过十数台机器和两条流水线，通过胶皮隔断的门口走入，突然感觉到前面有淡淡的白光生气，在空敞的车间里面，有一道黑影给吊在空中，离地三米，摆出一个耶稣受难时的造型来。我定睛一看，却是先前惊声尖叫的宝岛妙龄女郎张静茹。

此刻的她，全身被拇指粗细的绳索给紧紧捆住，如同一头待宰的羔羊，绳子将她玲珑曲致的身材给完全地展现出来，有一种邪异古怪的性感。

杂毛小道见到这副场景，眼睛都直了，下意识地咽了一下口水，咕咚，声音很夸张。

我的心头一紧，四处张望，并没有发现那个姜大师。

正在我四处望的时候，突然身后风声一起，脖子生凉，回过头去，但见一道雪亮的银光，朝着我的脖子砍来。我抽身后退，避开这一击，杂毛小道纵身向前，手持鬼剑，转眼间与这银光的主人已然拼斗了好几个回合。

电光火石之间，我看到这个突然袭击我们的短发少女，正是当日我们在东官抓捕王姗情时，与小妖力敌的那个。

雪亮的刀光闪耀，从我们身后又跑来了几个身影，当头那个魁梧身材者发出了如熊黑一般的嚎叫："天堂有路你不走，地狱无门你闯进来！既然你们都到了这儿，那就不要回去了，留下来受死吧！"

## 第二十二章　砍瓜切菜，无端凶猛

看到这个大汉，我不由得大吃一惊："田咸？"

杂毛小道一剑将那个短发少女逼退，然后回头过来瞧，与我异口同声地喊道："大猛子？"

这几人走得近了些，我发现出现在我们面前这个一脸胡碴的男人，正是当日与我们有过一战之缘的闵魔座下大弟子田咸，匪号大猛子。他曾败于杂毛小道和雪瑞的合手联击之下，附身魔灵也被雷罚斩杀，重伤获擒，然而在押运途中又被闵魔给劫走，没想到他居然又出现于此处，而且瞧这气势，似乎比以前更加惊人。

在大猛子旁边，还有两个表情麻木的男人，一个缺了半边耳朵，一个左边脸上有一条蜈蚣一般的难看刀疤，颇为狰狞。在黑暗处，似乎还有几个人影在闪动，速度极快。

这四人出现，气场顿时一阵凝滞。听到大猛子口出狂言，杂毛小道不屑地激道："手下败将，还敢如此嚣张？还不赶紧把你那瘸子师父叫出来，给我们兄弟俩虐待一番，好消一消心头火气？"

听杂毛小道说得狂妄，大猛子不由得火气顿生，粗豪的声音大叫道："就你们两个，还需要请我师父出马，你们太看得起自己了吧？想见我师父，先踩着我的尸体过去！"

杂毛小道这人平日里说多过于做，但是关键时刻，他却从来不废话，那个大猛子话都还没有说完，他已冲了上去，挺剑往大猛子的胸口刺去。

大猛子不慌不忙，从身后掏出一条荆棘满满的铁鞭，此鞭为硬鞭，跟我乡下门口贴着的那尉迟敬德所使铁鞭，一般无二。他手上一搓动，顿时浓烟滚滚，朝着杂毛小道身上打来。

我正待冲上前去护翼，身后又是寒风一闪，被杂毛小道逼开的那个短发少女，手持银刀冲了上来。这少女的刀法十分凌厉，泼洒开来，简直是大蓬刀球扑面，无数的劲风横起。她根本没有作法，仅凭着一身武艺与我敌斗。倘若拼武艺，我从小学的是语文、数学、自然和思想品德，而人家却是日日练刀，自然是不能够比拟的。然而一法通，万法通，我却也不惧，眯着眼，凝住心神，一边周旋，一边去查探此人刀法中的破绽。

很快，我发现她的刀法轻而快，凌厉有余，而力道似乎有些欠缺，周身的防备也有些松懈。于是，暗自联络肥虫子，同时有意识地往旁边退却。

过了一会儿，我见她突然脸色一惊，脚底软了七分，有气而无力，知道肥虫子得了手，顿时心中狂喜，左手将她挥来的刀光挡住，右手捏着硕大的拳头，朝着她的面门揍去。短发少女脑门中了我一拳，头顿时就往后一仰，满脸是血，桃花开遍，然而她并不放弃，银刀转了一下弯，朝我腹部捅来。我哪里能够让她得手？左手探出，准确地抓住她握刀的手腕，一用力，喀嚓一声响，她的手骨便开始发出了让人牙酸的响动。

危急关头，除了那些初出茅庐的多情公子，没有人会因为外貌和性别等因素去轻视对手，倘若如此，早死了八百回。我也不例外，根本就没有怜香惜玉的心思，照着这个短发少女的脑袋就是一阵猛敲，拳头和那坚硬的颅骨紧密接触，只三下，她五官皆有鲜血流出，显然是被震到了脑子，昏迷过去。

我虽然全力与此女拼斗，但是余光还在关注身后，知道杂毛小道一对三，总是有些吃力，当下也顾不得许多，揪起这个少女娇弱的身子，就朝着前方甩去。

杂毛小道稍微一闪身，少女的身子飞向前方，狠狠撞在了缺耳朵朵身上。我用的劲儿大，两人一撞上，滚地葫芦一般倒去。杂毛小道也趁此机会，摆脱了三人的纠缠，身形一缩再弹起，如同利箭一般，飞向半空中，鬼剑轻挑，将被紧紧束缚吊着的张静茹给解救下来。

我果断跟上，将这个手脚皆被捆住的大美妞儿抱住。张静茹闷哼一声，五官都挤在了一起，我刚刚把她扶起来，落下地来的杂毛小道立刻默契地将鬼剑递了过来，唰唰唰七八剑，将张静茹身上捆束的绳子全数割裂，竟然不伤她丝毫肌肤。这高明的手段，便连他的对手大猛子，都忍不住喊了一声好。

然而对手之间的惺惺相惜，并不代表着他们因此不再生死相搏。此时的大猛子比之以往更加敏捷，一根铁鞭挥洒出漫天鞭影，旁边的蜈蚣刀疤脸也是凶猛得很，一把廓尔科弯刀在手，与大猛子形成了极为默契的配合。

两人拼命，使得杂毛小道一时之间，招架竟然有些吃力。茅山道士专攻鬼物精怪，对人倒是没有太顶端的必杀技，唯有徐徐图之。反正比起耐力，他们远不及我俩。

我将张静茹扶起来，只见她裸露在外的肌肤上全部淤青红肿，浑身无力，努力站了一下，脚又有些软了。我抓着她的胳膊，不让她倒下，焦急地问道："宝岛妹，你师父呢？"

张静茹咬着牙站立，表情坚毅，雪白的脖子处有青筋暴出来，蚯蚓一般游动，似乎在蓄力。见我问起，她焦急地说道："我师父在那边的房间，被一个骚女人引去斗法，不知道现在怎么样了！"

我眉头一跳，"骚女人"三个字，不由得让我想起了王姗情此人。放开手，我发现张静茹已经完全能够站立，便不再管她，冲上前去，加入战团，去支援杂毛小道。瞧我冲了过来，大猛子脸上恨意浓重，张开嘴，露出一口雪亮的牙齿，恶狠狠地说道："向尚、贾子依，先将这个小子弄死，我来对付杂毛道士！"

缺耳朵和蜈蚣刀疤脸道了一声"是，大师兄"，撇下杂毛小道，朝我这边冲来。

缺耳朵手持一根两头冒尖的银色短矛，蜈蚣刀疤脸则是一把廓尔科弯刀，听语气也是闵魔弟子。此番朝我冲来，凶猛异常。我的鬼剑被杂毛小道所用，手上没有趁手的兵刃，不由得后退两步，想去捡短发少女落在地上的银刀，结果头顶一物闪过，感觉头皮凉飕飕，一把短矛擦着我的脑袋过去，深深地扎在了我面前三米的地面上。

我有一种死里逃生的恐惧。捡起银刀，那两个家伙已经冲到我的身后，我回手一刀，正好与蜈蚣刀疤脸的弯刀撞上，巨力传来，我的手腕一阵发酸。

倘若比气力，自然是我更胜一筹，然而我并不是用刀的行家里手，连握刀的手法都不专业，故而吃了些亏。缺耳朵正待冲上来，一根绳索朝他卷去，只见张静茹银牙咬红唇，将刚才捆束自己的绳索选了根长的当作武器，朝我这边支援而来。

张静茹手段也还算是不错，极大地分担了我的压力，短短几个回合，我的心思暗动，又唤起了肥虫子，这回得给大猛子来上一记狠的。然而他似乎知道我的想法了，朝着我们面前两个家伙喊了一声："可以了，我们走！"

这话一说完，他根本不顾昏迷的短发女子，返身遁入黑暗。

想来便来，想走便走，世间哪有这么便宜的事情？

杂毛小道鬼剑前指，冲上前去追击。却见大猛子跳下一个窟窿，然后一阵黑雾涌起，那窟窿霎时不见踪影，反倒是呛了杂毛小道，咳嗽不已。老大撤退，缺耳朵和蜈蚣刀疤脸都知晓不能力敌，各自逃逸。

然而肥虫子早已埋伏多时，再次一个绝招（你们懂的），蜈蚣刀疤脸身形一滞，接着就被张静茹的绳子缠住腰身，不过他还是奋力朝着机器旁边的那个窟窿跳下，我哪里肯放过，冲上前，银刀一挥，硕大头颅冲天而起，无数温热的鲜血喷溅而出，将被蜈蚣刀疤脸挣扎着拉近的张静茹，喷了一身淋漓。

见此动静，杂毛小道冲了过来，看了一眼，然后抓着有些呆住的张静茹问道："你师父本事如何，此刻是否还在坚持？"

他的意思是她师父倘若已然被擒，那我们还是先逃命的好。得了杂毛小道的提醒，一身血浆的张静茹终于恢复了一些，惊叫道："师父。"捡起地上的廓尔科弯刀，朝着里间冲去。

杂毛小道没有说话，朝着地上的那个短发少女补了一刀，跟在后面。

冲到另外一个车间，我们并没有看见鲜血横飞的场面，而是十二个穿着比基尼的曼妙少女，正在围着姜钟锡大师跳舞。舞蹈火辣，臀波乳浪，不一而足。

## 第二十三章　肉身布施，咫尺天涯

冲过这道门之前，我设想过各种场景，甚至于想到姜钟锡大师已然身死魂消。这是最坏的猜想。然而我们所见到的，却是如此一幅旖旎淫奢的场面，十二名美女，都是天上人间的妖女级别，长发飘飘，肉光济济，曼妙的舞姿便是那瑶池仙女也有所不及，美丽的脸庞好似那天上的仙人，凡间的圣女，一时间长腿如林，光着细嫩的脚丫子秀美婉约。说是比基尼，其实就是情趣内衣，让人看了，忍不住血脉贲张，鼻血肆流。

姜钟锡大师盘坐在地上，默默念着咒诀，在他的身周，有隐隐青光透体而出，似乎正在极力地抵御这种种诱惑。

看到这些妖精一般的美人儿，我心中忍不住一阵狂跳，也能够理解刚才张静茹的愤怒，看到旁边的杂毛小道眼睛都瞪得直愣愣，不由得出言笑道："这待遇还真的是差别好大，怎么我们撞上的要么是长相抱歉，要么就是清一色猛男，咱啥时候能有这待遇？"

平日里色迷迷的杂毛小道并没有附和我，而是咽了一下口水，流着冷汗说道："看来闵魔继承的是白莲教一脉，只怕我们面前的，是那著名的无欲天魔肉菩萨阵！"

我见他说得严肃，也不由得紧张起来，说，这名字怎么这么拗口，到底是什么来头？

杂毛小道面色凝重，跟我解释道："我们之前知道，邪灵教是一代奇人沈老总，集合好多个民间教派而成，这白莲教即为主体。谈到白莲教，它是源于南宋佛教的一个支系，崇奉弥勒佛，教内真义复杂，还有人援引密宗欢喜佛，故而衍生此法，以邪法和肉身布施为主旨。在此阵中，入阵者会精神隔绝，与万千美女交合，倘若能够心中无欲，便能够直达天魔境地，成就业果，而布阵女子则为肉身菩萨，鲤鱼跃龙门；但倘若是动了一丝色欲，即会化身枯骨，神识永坠沉沦，化为恶魔，供人驱使，生生世世，永无断绝。"

听得杂毛小道这番说法，我不由得心惊肉跳。

人食五谷杂粮，便有七情六欲，万千美女而不动凡心色欲，此等人物，不是还未有出生，便是已然成佛升天，哪里还会在人间停留？姜钟锡大师此番入阵，妥妥的精尽人亡，化身恶魔的节奏。不过这也能够瞧出他的不凡，这么长时间过去了，居然还在坚持。老姜就是老姜，辣得很。

我们在旁边这般说着，张静茹却忍耐不住，口中一声"师父"，就准备冲上前去。

然而她刚走两步，挥动绳子想抽那窈窕魔女时，却一下落了空。原来在我们面前那栩栩如生的画面，竟然只是虚妄，是幻影。张静茹哪里知道内中蹊跷，打了几鞭，都落了空，又跑到姜钟锡大师面前跪倒，大叫一声师父，伸手去摸，哪知也是一阵空。

她这时方才反应过来，身为此行中人，自然知道这世界上很多东西，眼见未必真。于是回头来问对此侃侃而谈的杂毛小道，口中恭敬说道："萧先生，这是怎么回事？"

她原本的性情极为高傲，目光朝天，并不太习惯与我们好生说话，然而刚刚我们将她给救下，而且将制服她的人给震慑住，死的死，逃的逃，此刻她多少也收起了骄傲，只是有些不自然而已。

杂毛小道并不计较，平心静气地说道："传言这无欲天魔肉菩萨阵极为玄妙，一入阵中，不在三界。当然，这也只是传言而已，也许是世人为了夸大或者贬低，往往会将事实的真相掩盖。我个人认为，这个就好比一场影像，事情应该有所发生，只不过，在另外一个地点而已。"

听杂毛小道说得如此玄妙，张静茹担忧地望着自家那盘坐在地上的师父，说，这么厉害的法阵，为何会布置在我师父身上来？

杂毛小道摸了摸鼻子，说，这个说不好，就跟我们之前所见到的那个大头娃娃一样，邪教的某些手段，其实也来自道家真谛、宇宙天机，也许是你师父他的生辰八字，或者其他东西，与之相符合吧？

张静茹又问："那可怎么办呢？"

怎么办？我笑了笑，说，我们此刻最好的办法，是先退出这厂房，然后让特勤局的专业人士过来处理，而不是由我们这些民间的杂鱼在此搅和。说实话，我们真的玩不起。

"特勤局，这是你们专门处理此类事件政府部门吗？"张静茹紧紧拉我的手，不让我跑掉："怎么可以走呢？我师父还在这里，说不定他下一秒就会死去的！"

杂毛小道望着前面那十二名曼妙起舞的漂亮女人，脸上没有一点儿表情，淡淡地说道："我们不走，说不定就会死在这里。你师父是人，我们也是人，而外面的那三个幸存的普通人，也是人。哦，对了，其中还有两个是你们宝岛同乡。"

显然，杂毛小道和我已经达成了一致意见。我们是好人，但不是滥好人，我们不会被一些所谓的正义高帽子冲昏头脑，丧失判断力，既然已经救出一个，那么我们也算是尽了人事。此刻最好的办法，就是折回去，将谢一凡等人先带出去，然后报警，让更加强力的人员来与这里面的家伙拼斗。

我们转身回走，而张静茹并不愿，在场中的影像中徒劳地捞着，试图将自己的师父给抓在手里。然而依旧不能，她终究是失败了。她返身跟着我们，口中不断地唠叨道："你们这些人，见死不救，倘若我师父有个三长两短，你们就是罪魁祸首！"

我能够理解她此刻的心情，但还是被她的神逻辑给气到了，停下脚步，冷冷地看着她，说，你不是自称很厉害么，你不是说我邪门歪道吗？为何还指望着我们，用生命去解救你师父？

张静茹被我问住了，一双水汪汪的大眼睛里面满是泪水，带着哭腔说道："你好过分啊，怎么可以这样对女孩子说话？谁知道竟然会有这么厉害的人物，连我师父都着了道……"

经历了这一系列事情，张静茹也有些崩溃，使得她堂堂一个"研究院代理副院长"，竟然如同一个小姑娘一般哭泣。倘若在平时，我或许有心情哄哄她，不过此时的我，心里面却是乱糟糟的，想必杂毛小道也如此，于是不理不顾，匆匆往谢一凡等人所在的地方跑去。

然而到了那地方，谢一凡、罗喆和那个姓王的保安以及地上的老沈，竟然再次消失不见了。

如此诡异，我们离开其实并不久，怎么会是这样呢？

杂毛小道一个箭步走到自己刚刚划定的圆形环阵中，伸出左手的食指，开始与此间的炁场勾连，过了几秒钟，他摇摇头，对我说没有任何外力作用，应该是他们自己走出去的。

走出去？他们是因为太害怕了，所以才会没有听从我们的警告，试图逃脱吗？

我们心中压抑，颇有一种顾此失彼、分身无术的无奈感，也知道在这种恐怖的环境里，让他们完全无碍地相信我们，其实是一件很困难的事情。我想起了在这厂房内刚见到谢一凡的时候，他告诉我出不去了，门锁住，窗关紧，所有的联络方式都被封闭了，当时他们在外面的总共有六个人，而出现在厂房里面的有五个，那么也就是说，只有一个人在外面看车。倘若那个人也被害了，只怕没有人会知道，偌大的工业园，无数的厂房、生活区和集体宿舍，我们到底在哪里。没有人知道，也就说明，没有援兵，此间的主人倘若想要拿捏我们，那可是随意而为。

思路总是在电光火石之间完毕，我和杂毛小道对视一眼，相互点头说道："走窗！"

为今之计，最快的逃脱路线，自然是走窗户，此处厂房虽大，但是为了确保采光性能，贴近外面的墙壁都会有一排排的窗户。情形危急，我们没有再作思考，没有返回长廊，而是快步找到了一个临近边缘的房间，杂毛小道飞起一脚，将那硬度极高的玻璃窗给一脚踢碎。

静静的夜里，哐啷一声响动，十分刺耳。

杂毛小道待那玻璃碎片悉数落下，跑窗边一看，脸色顿时一变。我不知道发生了什么事情，跑过去探头一看，但见窗外并不是成排的树木，以及低矮的观赏绿化带，这些原有的景物悉数不见，在我视野中，是空空荡荡的悬崖，深渊万丈，黑乎乎，有阴森的寒风刮来，吹在脸上，如刀割肉，忍不住地就流下眼泪水来。

张静茹冲到我们身边来,低头看了一眼,惊恐地喊道:"这是传说中的咫尺天涯吗?"

## 第二十四章　罡风拂面，人化飞灰

我毕竟进入这个行当并不久，难免会有生疏纰漏的知识点，把目光从那深邃不已的黑暗深渊中收回来，皱着眉头问道："什么是咫尺天涯？"

张静茹听到我这般问，不由得有些小自得，说这咫尺天涯，是道家洞天福地、佛家须弥芥子的一种说法，我也只是听我师父提过几次，不是很清楚，大概就是在稳定空间处制造出一处极不稳定的所在，将某一片区域，给单独隔离出来……

她说得含糊而玄幻，而杂毛小道却清楚得很，跟我解释道："这就是一种空间迷阵，与我们在香岛和合坟山、巴东黑竹沟里面的道理是一样的，整个空间给折叠起来，化作了一个迷宫，让我们无论如何跑动，都只能够困于此内，如果不将其打破，只怕我们一辈子，都走脱不出去。类似的东西，很多地方，包括我们茅山宗后院也有，都是前人遗留下来的，现在懂这个东西的人，几乎没有，差不多是在南宋末年的时候，出现的断层。"

提到南宋末年，我立刻想到了崖山之战，十万军民投海，文明断隔。不过现在也不是追寻历史的时机，我望着窗外那黑黢黢的悬崖，说我倘若从这里跳下去，是直接逃脱迷阵，出现在原本的厂房之外，还是跌落深渊，再无归期？

杂毛小道望了一眼那令人生惧的悬崖深渊，咽了咽口水，说道："我劝你最好不要这么尝试，据我所知，在茅山迷阵中贸然跳崖的，通常都已经脑死亡、植物人了，固执地认为自己死了，除了我师叔祖李道子之外，百年以来，没有人能够活过来！"

听到杂毛小道两次提起茅山，张静茹终于反应过来，迟疑地看着面前这个脸容瘦削的青年，说道："你居然是茅山道士？你师父是谁？"

我听杂毛小道说过，张静茹她这一脉，其实是茅山的分支，所以倘若算起来，两者应该是有些关系的，不过杂毛小道似乎并不愿意攀谈这些东西，只是淡淡地说道："一介弃徒，不敢在外人面前自认茅山了，惭愧，惭愧……"

我忍不住笑了一下，这个家伙也是在拣菜吃饭。当年与我相识的时候，还不是一口一个茅山门下，脸皮厚得要死，此刻却又矜持起来。

没想到张静茹正吃他这一套，顿时也好似找到知音一般，安慰他道："其实我的师祖也是当年虚清真人的徒弟，后来参与抗战，投入军队，便被除了名籍，算起来也是个弃徒。"两人一番攀谈，似乎颇有相见恨晚之意。

客观地说一句，杂毛小道长得并不帅，然而他那瘦削的脸和此刻表现出来的沧桑，却还是蛮有男人味的，也确实能够迷倒一些女人。倘若他没有骨子里那股天生的猥琐，并将其表现为具体的猥琐笑容，我个人觉得还行。

不过值此危急关头，两人在此热络聊天，似乎有些不合时宜。我不得不剧烈咳嗽，打断了他们的谈话，严肃地说道："两位，既然这阵如此厉害，那么我们要如何做，才能够脱困呢？"

杂毛小道正兀自装着高人范，听到这句话，下意识地说道："很简单，将这阵中的驱使者找到，将其击败，就可以破阵而出了。"

我摸了摸自己的下巴，说，在这里面坐镇的，可是邪灵教十二魔星中的闵魔？

当我说到闵魔的名字之时，杂毛小道这才从美人温柔中清醒过来，脸色有些不自然，眯着眼睛说道："人死鸟朝上，不死万万年，这一回，我们只有拼了！走，去正门看看！"

常人有怜悯之心，上天有好生之德。无论是什么阵法，它总是有生死之门，倘若走对，其实还是能够出阵的。杂毛小道精修符箓之法，对于阵法，也从虎皮猫大人那里沿袭了半部《金箓玉函》，多少有些眼光，于是带着我们绕过长廊，朝着正门的员工出入口行去。

因为知道这停用厂房已经成为邪灵教在此的据点，许多高手潜伏于此，我们也不得不打起了十二分的精神，小心翼翼地行走，生怕中了什么机关，或者被人设伏偷袭，故而速度并不算快。

终于来到了长廊的尽头。隔壁是员工更衣间，里面一股浓重的咸鱼脚臭味，尽头则是员工出入口，那里还有一张保安的台子，以及刷卡、安检等设备。我没有看到门口吊着的小雷，不知道是被谢一凡等人取下来，还是被邪灵教的人带走了。

凌晨四点多，万籁俱寂，在这个停用了的厂房中，即便是我们，也忍不住地一阵心慌。

员工打卡口有铁条拦着，我从安检的格子里走过，突然一阵警铃声响起，头顶上的报警灯不断闪烁，将我吓了一大跳。一下子冲出去，回望安检口，上面红灯闪烁，而杂毛小道早已将鬼剑举起，小心看着头顶。

我咽了一下口水，狐疑地说道："谢一凡不是说整个厂房除了安全照明标识的线路，其他区域都已经停电断闸了么，这鬼东西怎么这会儿又叫了起来？"

杂毛小道摇头表示不知道，在这警报声中与我一同来到了员工出入口门前。我们脚下有一摊血，已经凝固了，上面散发着浓重的尸味，连门上的把手，都是湿黏黏的。我望着这扇铁门，用胳膊拐了一拐身边的同伴，说，推门吧。

杂毛小道从包里面拿出一条红布，缠住沾满鲜血的把手，然后轻轻扭动，在我们沉重的呼吸中，一声清脆的喀嚓声响起。杂毛小道沉住气，将门往外面推开，一道清冷的风灌进来。我顺着敞开的门往外瞧去，园区水泥路、路灯、厂房、周边绿化带以及一台白色的园区游览车，这一切，都和我们进来的时候，一模一样。

我紧紧绷起的心在那一刻终于落了地，原路竟然就是出口，这阵还真的是简

单啊。

当我欣喜地看向杂毛小道的时候,发现他的脸色依旧很凝重,倒是旁边的张静茹,变得轻松很多,欣喜地大声叫道:"我们出去吧,赶紧联络你们的特勤局,让他们派人过来救我师傅。特勤局不行,警察局也可以。"

我伸出脚,刚准备往外迈出去,一直跟着我们的肥虫子突然拦在了我的面前,金光大放,而杂毛小道犹豫的心也因为肥虫子的举动而变得肯定,伸手拉住我说道:"且慢,有蹊跷……"

然而他拉住了我,旁边的张静茹却快步走出了房门,沿着台阶往下走,杂毛小道吓得惊叫道:"不可!"他的惊叫引来了张静茹的回头,结果在那一瞬间,有一种说不出来的力量蔓延上了她的身体,那张娇俏迷人的脸庞开始七孔流血,雪白滑腻的皮肤开始衰老,鸦色秀发变得雪白,接着她整个人就变成了碎片,一阵阴风吹过,刚才还活生生的张静茹,竟然就随风而逝了。

这陡然的变故将我们两个都惊住了,我感觉到那股规则之力正沿着风,朝着我们这边袭来,杂毛小道也急了,顿时将门一关,将所有的恐怖全部都停留在了门外。我们吓得一身冷汗,双双跌坐在地上,大喘气。

这是怎样一种力量啊,在它的面前,似乎什么手段都没有任何效用,眨眼之间,人便化作了飞灰。我止不住地后怕,倘若不是肥虫子及时阻止,只怕此时的我,也如同张静茹一般,消失无踪,不留痕迹了。

杂毛小道喃喃说道:"罡风,罡风,这不是存在于九天之上,或者幽府门前,洗涤所有灵物的罡风么,怎么会出现在这里?"我回过神来,问他,张静茹这是死了吗?还是阵法的错觉?

杂毛小道摇头表示不知道,这阵法太厉害了,他完全搞不清楚。

我叹息,难怪闵魔会借老沈之口,说此番最初的目的,是为了大师兄呢。以这阵法的厉害程度,大师兄即使比我们高明许多,只怕也要跪在这里。那么,我们此番所遭受的危机,大师兄是否也知晓呢?倘若知晓,他为何会让我们前来呢?我对大师兄向来的形象,似乎变得有些模糊,感觉他这一次,真的有些坑我们了——还是说,他根本不知情?

我正想着,觉得屁股上黏糊糊的,这才想起来我们惊慌之下,竟然坐在了小雷留下来的血滩之上。虽然经历无数,但是我依旧觉得有些恶心,连忙扶着杂毛小道站起来,并且将肥虫子收于体内。我们两个对视一眼,发现久经考验的对方,眼睛里都有一些慌乱。而就在此刻,寂静的空间里,突然传来了脚步声。这声音,竟然来自我们旁边的员工更衣室。

## 第二十五章　事件猜测，燃符问路

我们的心其实早就已经绷得紧紧，乍一听到这脚步声，顿时就跳了起来，朝着员工更衣室，快速跑去。从传出声音到我出现在更衣室门口，仅仅两秒钟。

更衣室里足足有一百多平方米，在我面前的，是一排一排的鞋柜，间隔而立，刷的是淡银色的油漆，虽然有三个多月没有用，但还是传出一股咸鱼一般的味道来。这间厂房很多地方都是无尘车间，进入之前，都需要更换工厂提供的工鞋。人一多，味道自然不是很好。

那拖着鞋子的脚步声，是从靠里面的地方传来。视线被鞋柜所遮挡，整个房间里，只有门口顶上有一盏安全通道灯，淡淡的绿光照耀在我和杂毛小道的脸上，古怪之极。在这样的情况下，房间内里传出来的声音，就格外瘆人，杂毛小道将鬼剑提在身前，而我则点燃了恶魔巫手，一步一步，分成两边，包抄靠近。当我与那脚步声隔得只有三四米远的时候，我一咬牙，双脚一蹬，猛然出现在更衣室的角落。昏暗的环境中，我看到一张血肉模糊的脸孔，正面无表情地朝我看来。

小雷？我的心跳骤然停止，但见刚刚死去的小雷正在更衣室角落里作无意识的运动，双手双脚随着身子移动而摆动着。我的突然闯入，使得小雷发现了我，他伸出双手，朝我脖子掐来，喉咙里还有雄狮一般的闷吼，獠牙张起。

这么快就进入了僵尸的节奏，这效率，也实在太快了吧？

在一开始的惊吓过后，我稳住心神，一个大脚将凶猛扑来的小雷踹了个狗啃屎。从生命炁场来看，小雷已然死去，那么他就不是人类，我自然也不会手下留情。将大腿高高抬起，然后一个下劈，将试图爬起来的小雷再次击倒在地。

杂毛小道挽着剑花冲了过来，看到这景象，惊讶地喊道："小雷？"

地上的小雷试图再次爬起，杂毛小道伸出鬼剑，在它后脖子处挑断了一条筋，一道黑气冒出，他大叫一声："小毒物，震镜！"我听得盼咐，将震镜掏出，兜向那股黑气，经过牛头蓝血滋养的震镜立刻运转，久未与我交流的人妻镜灵开始勤恳地转化起这道气息来。

杂毛小道深深吸了一口气，除了臭咸鱼味，似乎还感受到了不一样的东西。他皱着眉头说，小毒物，有没有感觉，这个地方，仿佛一块死地一样，很压抑，似乎被动了什么手脚——只是他们为何会选在这么一个人流密集的地方呢？一般来说，像闵魔这样身份的人，他待的地方，不是应该在深山老林或者偏僻海岛吗？怎么会跑到这里来？

我想起之前我的猜测,说,倘若这并不是他的决定,而是来自邪灵教掌教元帅小佛爷,以及他们身后的老东家呢?

杂毛小道依旧皱眉,说,吃力不讨好,那他们到底是什么目的呢?

我说你还记得傅小乔案件的黄一没有,他接受到的指令,就是尝试着用非常手段,将马炎磊的生意盘子弄过来;同样的情形,似乎也在做灯饰的郑立章郑老板身上上演过。倘若这些都不是巧合的话,这意味着邪灵教有一个庞大的计划,使得他们现在对于资金有着异常的渴求,正规做生意,他们不行,但是可以通过种种手段敛财,"劫富济贫"。

商业恶性竞争,说不定这便是此次跳楼事件的背后原因。

邪灵教的海外后台是影子政府,那是一个又一个大型财团和银行组成的基石,并不缺钱,而邪灵教现在又表现出了对资金的渴求,是不是也间接表明了,他们与那个恐怖的庞大组织也有着不合,甚至有分道扬镳的可能性?

倘若真的如此,其实最高兴的,应该是像大师兄这样身份的人,因为终于可以闲下来了。

没有足够财力支撑的组织,永远得不到长足的发展和进步。

看着地上已然没有动静的小雷,我们两个对视一眼,正想商议下一步的计划,哪知从员工出入口那里,又有声音传了过来,听这动静,似乎有些古怪。我犹豫了一下,问,莫非是那股阴风,将门给吹开来了?杂毛小道并不愿意猜测,扭身朝着更衣室的门口冲了过去。

我蹲下身子来确定了一下小雷的死亡,然后跟着出去,却见在门口出现了两个我根本没有想到的人——吴萃君和她顾问公司的高级风水咨询师老庄。这情况不仅我诧异,杂毛小道诧异,便是走进来的吴萃君和老庄也是诧异万分。

当我们还在怀疑这两人的真实性的时候,吴萃君率先开口了:"那个、那个,萧老板,我们只是看到这间厂房的罗盘指数很高,就进来瞧上一眼,没想到两位居然都在这里。既然是这样,那我们先告辞了……"我不知道杂毛小道到底对吴萃君做了什么,好像她很害怕的样子,慌忙想要逃离。

杂毛小道连忙叫住她,说,你们是怎么进来的?

吴萃君有些忐忑,旁边的老庄举着手中的罗盘说,萧老板、陆老板,我们刚才听到东区宿舍楼那边发生了一起跳楼事件,于是赶忙跑过去,结果路过这里的时候,发现罗盘一直都在晃动,反应很大,于是就摸黑过来了,想着也许会有一些发现……

我阴沉着脸说,你们在外面,没有发现什么东西吗?他摇头说没有。我追问,连一个人影都没有见着?他点头说,是啊,外面空荡荡的,也没有人,所以我们不知道你俩在这里。我们这就走。

他回头将门推开,正想往外面走,眼睛瞧过去,顿时就傻了眼。

这外面,哪里还有进来前的形象?分明就是一处万丈深渊啊!

我们怕出现刚才张静茹那种惨状,快步跑过去拉扯住两人,伸头一看,之前那种平静的场面没有了,依旧是恐怖的万丈深渊——这个地方,居然还会变幻无常,根据不同的人,出现不同的景物,还真的是有些可怕啊。

吴萃君和老庄看到我和杂毛小道这一脸的紧张,也有些吓到了,哆哆嗦嗦地问到底怎么回事。杂毛小道将我们在厂房里面所遇到的事情,简略地告知了他们,当听到出不去了,两人顿时就傻了,说这可不就是一个牢房般,许进不许出了吗?

老庄有些不相信,说莫非是障眼法吧。他从衣兜里面摸出他的大诺基亚,看了一下,信号格打叉。这手机用了有些年头,所以也不可惜,断然将手中的大诺基亚往外面扔去。手机一出门口,立刻有一阵无形的罡风吹来,唰唰唰,无数零件散落,掉下无尽深渊中去。

瞧到这副场景,两人吓得脸色苍白,吴萃君颤颤巍巍地说道:"往日曾听我父亲说过,在和合坟山附近有一处迷宫阵,走进去,便出不来,最终饥渴而死。我曾去过几次,并未碰上,也不信世上还会有这般神奇的事情,没想到今朝却是巧合了……"

从吴萃君和老庄的描述中,我们得知了一件不好的事情,那就是在这偌大的工业园中,没有人知晓我们的存在,也没有援兵到来,这意味着我们需要自己拼搏,将这间工厂里面的幕后凶手给找出来,方才能够平安脱身。

人在被逼到绝路的时候,总是会爆发出一种霸蛮而一往无前的气势。将吴萃君和老庄的情绪稳定了之后,我们将现在的境况说与他们听,让他们跟着我们走,最好不要离开我们视线,否则我们都不能够保证他们的安全。吴萃君和老庄虽然都是行内人,但他们都是文职,也就是掐指推算耍嘴皮子的,比不得我们这些武夫子,所以此刻尤为忐忑。

我们沿着走廊往回走,朝着之前出现无欲天魔肉菩萨阵的车间摸去,尝试着从那里找到线索。这一刻,我们都无比地怀念及时雨虎皮猫大人,倘若它在的话,我们基本上都不用动脑子了,这么复杂的阵法奥妙,还是留给肥母鸡这种用生命在研究的家伙去操心吧。唉,只可惜世上没有后悔药买,整个厂房里,除了我们的脚步声,一路上再无动静,仿佛之前的一切都是梦幻。

我们走得慢,用了十来分钟才走到那里,姜钟锡大师依然在坚持,只不过人非圣贤,小兄弟已经开始反应起来,情况十分危急。我瞧着那些翩翩起舞的美人儿,个个都长得绿茶妹的模样,多胞胎一般,似乎跟王姗情,又有一些相似。

吴萃君和老庄的惊异不必细说,杂毛小道也将他的祖传红铜罗盘拿出,仔细地查探了一番,然后从怀里掏出三张符箓来,喃喃说道:"我信了你的邪!"

这符箓乃祝香神咒符,寻找邪魔,我自己也会画,然而这三张符却是升级版,秘法绘制,一经燃烧,立刻有烟生成,直指角落某处。

## 第二十六章　鬼来电，苍茫的天涯是我的爱

　　我们沿着这提示来到角落，一直在旁边的吴萃君捧着罗盘惊喜地叫道："哎呀，我这里有反应了，天池的指针乱动呢！"其实不用罗盘，我们也能够感觉得到，这片区域不对头，阴气森森的。尤为古怪的是，倘若仔细观察，就会发现在那机器后面的地下，绿色胶皮与旁边的地面，似乎有着一些色差，而且还凸了一块出来。

　　杂毛小道没有说话，走上前用鬼剑往可疑的地方缓缓地刺去。在将这方圆两米地胶刺出了好多破口后，他突然一动，顺着一个圆弧，将这一大片区域的地板胶皮给划拉下来，接着用鬼剑一挑，掀开到一边儿去，露出了一块灰白的水泥地来。我们小心翼翼围上去，但见这水泥地上，有一道方形印记，缝隙明显，显然此处是可以打开来的。

　　从闵魔门徒的逃遁中，我们已经知道敌方在地下有空间，但是找不到入口，现在终于发现了。其实我们整体的思路也是对的，既然这个车间出现了无欲天魔肉菩萨阵的灵光投影，那么本体自然也不会很远。

　　不过让人疑惑的是，这间厂房落成也有了些日子，而且听谢一凡的口气，已运行很久，竟然没有人发现这里面有地下室。要么就是当年的承建单位有猫腻（就如同浩湾广场的鬼楼），要么就是这里面有人内外勾结。

　　不过不管怎么样，坐以待毙，永远都是下下之策，既然找到了路口，那么我们便要下去瞧一瞧，看看敌人的虚实，最好捉两个人来审问一番。

　　我伸出手，试着拉了一下盖板，感觉颇为沉重，根本就不能够凭着手劲起开来，杂毛小道也蹲下来帮忙：一二三、一二三，嘿哟……搬得青筋直暴，依旧没有任何成效。旁边的吴萃君抱着手看了一会儿，见没动静，出声问道："要不要我和老庄来帮忙？"

　　我松开手，叹气，说算了，我们两个大象都弄不了，再添两个老鼠，也无济于事。我这话儿是有些气愤她袖手旁观，故而说得有些重了。吴萃君也是一个强势的女人，听完顿时眼睛一瞪，然而想到还有求于我们，故而将这口气给生生咽了下去，不过还是有些不舒服，脸色很不自然。

　　虽然在商业上，萃君顾问公司是茅晋风水事务所地位相当的竞争对手，但是就个人实力来说，吴萃君只是一个得蒙父荫的二代女，身上或许有些玄学本事，却与我们这些生死边缘拼斗的家伙，有着本质的不同。在目前环境里，她不过就是一条小杂鱼，我们也只是出于人道帮助她。如此而已，至于小杂鱼在想什么，我们根本就不会去理会。

我站了起来,双手合十,请来了肥虫子。这小家伙围着口子绕了几圈,终于找准了一道稍微深些的缝隙,准备朝里面钻去。

且不谈吴萃君和老庄表情之惊讶,也不谈吴萃君的口型有多销魂,但见肥虫子稍微稳住身子,朝下钻的时候,一道黑气喷出。此处似有阵法,抵御外物,然而肥虫子毅然不惧,黑豆豆眼一瞪,嘴巴微微张开,竟然将这些黑气,悉数吸入腹中。将这些黑气吸收殆尽之后,肥虫子唧唧叫了几声,似乎颇为满足,隐约还有打嗝响——想来佛道两家对于它的针对压制比较厉害,但是邪灵教传承都是巫术以及旁门左道,自身的属性都不是光明,自然难以形成对肥虫子的绝对压制,这也是肥虫子频频偷袭成功的主要原因。

还没待我们反应过来,肥虫子往下一冲,不见了身影。我深呼吸,闭上眼睛,开始与肥虫子的意识勾连起来:这是一个黄蒙蒙的世界,似乎有无数符文在流动。过了一会儿,我瞧见这是一个通道,有暗淡的LED灯镶嵌在通道两旁,而在前方,有一个落满灰尘的操纵台,上面的仪器很简单,似乎是依靠液压来工作。

肥虫子看着蠢笨,其实智商颇高,只是智者不语而已。它飞抵在了那个操纵台前,然后用头去拱操纵杆,随着它身子往前倾斜,我的耳边开始传来轰隆隆、轰隆隆的声响,似乎地皮也在颤动。

我毕竟还是不能够适应肥虫子的视觉世界,睁开了眼睛,只见刚才我们拼死也撬动不了的那块地方,中间裂开来,往两边收缩,在所有人的注视下,一个足够宽敞的洞口出现,一级一级的台阶,出现在我们的眼前。杂毛小道抬头瞧了一眼那有些暖黄色光线传来的地道,咽了咽口水,回头问我:"小毒物,下面没有埋伏吧?"

我不确定地说,没有,不过只是一段路程。至于其他地段,我也不知道。

杂毛小道四周打量了一番,最后看到了场中的那个仙风道骨的姜钟锡大师早已经面红耳赤了,说,再这样等下去,老头儿估计就扛不住了,救人一命胜造七级浮屠,咱们反正也是逼到了绝路,临死前捞回本来再说。说罢,他带头往下走去。吴萃君和老庄都还在犹豫,而我则跟在杂毛小道身后,缓缓走下了台阶,到了一处通道中。

这是一条狭长的通道,两壁不时有黄色的灯光闪动,瞧这整体的建筑风格,我联想到了当初在浩湾广场的地下室,似乎跟这里有着关联。楼梯的左对角就是操纵台,肥虫子在上面蠕动着,似乎在闻什么东西。我少部分时间能够与它心意相连,而大部分时间,却搞不懂这个小家伙脑子里面,到底在想着什么。于是也不去管,瞧着前路幽暗,咽了咽口水说,这里的电源系统,似乎另成一套啊?

杂毛小道点头,说是,平日里的闵魔等人,应该就是在这里潜伏着。好一个大隐隐于市。大师兄自接任以来,一直想拿闵魔开刀,结果就是找不到。任谁也没有想到,重伤之后的闵魔,不但没有跑到什么偏僻的深山老林子去,而是寄身于这熙熙攘攘的工业园中,端的是走了一步妙棋。

杂毛小道将鬼剑前指，回头跟我说了一声"小心"，缓步在前面领路。通道不长，鬼气森森，我们很快就来到了一个房间前，在门外听了一会儿，确定没有人之后，推门而入。还没有仔细瞧那房间的布置或者别的什么，所有人的目光，都已经被房间正中的一樽黑色棺柩给吸引住了，怎么都移不开。

这樽棺柩是木质的，看着似乎是香樟木，然而靠底的一面似乎有些黑色的角质，略微反光。不过它真正吸引人眼球的，是棺柩四角都被婴儿臂粗的铁索链给拉着，离地半米而悬立。

房间里除了这樽黑色棺柩之外，再也没有其他的东西，甚至连一个石凳、一点儿垃圾都没有。在这样的环境里，骤然看到这个玩意儿，我们的心脏都不由得狂跳不止。然而杂毛小道却根本不为所动，走上前，开始围着这棺材打量起来。我的心中发毛，而身边两位萃君顾问公司的风水师，早就已经吓得牙齿打颤。

就在这个时候，突然传来了一阵清脆的铃声："苍茫的天涯是我的爱，绵绵的青山脚下花正开，什么样的节奏是最呀最摇摆……"

这声音骤然响起，让我们的小心脏都不由得砰砰乱跳，而旁边的老庄的脸色则开始古怪起来。那刺耳的声音一直在响，我这才发现它来自棺柩之中。老庄脸色十分难看，我捅了捅他的胳膊说，怎么了？一副棺材而已，至于这样吗？老庄摇了摇头说，不，这个手机铃声，是我用的……他说话很缓慢，脸上的肌肉不断抽搐。我想起来了，他的手机，刚才不是被切碎，跌落深渊了吗？而且，这里有信号吗？

杂毛小道没有说话，而是拍了拍棺材盖子，示意我将其掀开来。我们试了一下，这棺材盖子已经被钉子给契合住了，好在钉得匆忙，所以不是很紧。我和杂毛小道都是大力汉子，很快就将这黑漆漆的棺材盖子给弄得松动。从那缝隙中，有浓重的血腥味传来，而且似乎有急促的呼吸声——难道里面躺着的，是一个活人？

就在我们两个踮着脚尖，即将推开棺材盖子的时候，手机铃声停了下来，嗡嗡的震动声，也随之消失。我和杂毛小道互使了一个眼色，一起用力，将这个棺材板子给掀开来。

我探头进去一看，顿时吓了一大跳。里面躺着的，竟然是刚才已经死去、化作飞灰的张静茹！

## 第二十七章　悬棺救人，杂毛发怒

此刻的张静茹几乎是半裸着平躺在棺材中，她的嘴被一朵白色布莲花给堵着，四肢被桃木钉固定在棺材底，脖子和小腹处有带着荆棘木刺的环套，将其圈禁在底部，不得动弹。有艳得似火的鲜血，缓缓地从她全身的伤口中流淌出来，汇聚在棺材底部，浅浅一层。

见到我们之后，眼神本来已经黯淡无光泽的张静茹突然猛地睁开眼睛，里面的神光亮得吓人。这是生命的企盼。她发不出声音来，唯有用绝望而无辜的眼神看着我们，大滴大滴的眼泪，不断地从眼角滑落，滴在血泊中。

瞧见这幅场景，我们吓了一大跳。因为悬空，这棺材几乎平齐着我的脖子，杂毛小道要比我高一些，接触这个小师侄女那蕴含着无边痛苦的眼神，大声叫道："小毒物，快救救她！"

几乎不用我招呼，肥虫子很自觉飞到张静茹苍白得如同一张纸的嘴唇上面，然后三两下，将堵在她口中的白色布莲花给剪落，接着奋力拱动身体，通过张静茹的樱唇爬进去。

张静茹哪里有过这种经历，想到一条软绵绵的虫子从自己的口中爬入，即使是已经虚弱无力，也还是发出了一声嘶哑的叫声来。然而肥虫子依旧很坚持，没几秒钟，便消失在了檀口中。

肥虫子入体，张静茹的脸上顿时就多了几丝血色，我也松了一口气。皱着眉头看着这吊起来的棺材，说，她刚才不是死去、化作飞灰么，怎么这会儿又出现在这里？

杂毛小道回答我："对于阵法来说，这并不奇怪，它有可能是幻境，也有可能是空间折叠，那扇门所对应的，说不定就是这棺材之内……"他从血泊中捡起老庄的那个手机，说，这里没有信号，它怎么会响呢？

只见他刚刚拿起来，那电话突然又响了起来，民族风的优美旋律，在地道里不断回荡。

我下意识地瞧了一眼自己信号格打叉的手机——在这个信号屏蔽的地方，手机响起，难不成是鬼来电？

老庄凑过来看了一下号码，惊喜地喊道："是我家里的座机，一定是我儿子睡不着，打过来的……"他伸手过来抢，然后接通，从电话那头传来一个迷糊的童声："爸爸，你在哪儿啊，小新好害怕……"

老庄激动地说:"小新,爸爸在伟相力工业园的一间厂房里,你赶紧叫你妈妈起来,让她报警……"老庄的语速很快,那个小孩子根本就没有管他,而是一直说道:"爸爸,你在哪儿啊,小新好害怕……"

"爸爸,你在哪儿啊,小新好害怕……"

"爸爸……"

两个人各说各的,讲了好久。突然间,一声惊栗的尖叫从电话那端传了过来,有着深入灵魂的恐惧,接着老庄贴在脸上的手机一阵杂乱,杂毛小道突然伸出手去夺了下来,往前一扔,砰,那手机的电池居然爆炸了,零件碎落一地。

老庄一屁股坐在地上,像刚刚被救上岸的溺水者,贪婪地喘着粗气。几秒钟之后,这才反应过来,拉着杂毛小道的裤脚说道:"萧老板,我儿子没事吧,他刚才是怎么回事?我儿子他不会……"杂毛小道将他给扶起来,说,不用着急,这只是一种小小的鬼把戏,障眼幻术而已。

面对着一个父亲的担忧,我们也无力劝阻。正在此时,悬空的棺椁中发出一声长长的呻吟,经过肥虫子的治疗,张静茹终于恢复了一些精神。我们不再理会老庄,而是将注意力集中在了棺中。

张静茹身上虽然不再流血,但是四肢上的桃木钉还是深深扎穿其内,而她脖子和小腹间的荆棘木环,使得她连动一下都不可能。这棺材极高,我们根本无法攀进去,给张静茹松开。要把她给救出,唯有将这悬棺给放下来。杂毛小道的手摸上了那根婴儿手臂粗细的铁链,轻轻地拽动了一下,很硬,根本扯不下来,而这铁链与棺材相连之处颇深,弄脱下来,估计需要很长一段时间。

我有些困惑,隐藏在暗处的敌人到底想干什么?之前将张静茹捆在半空,此刻又将她置入悬棺,就是不让她着地,难道这里面有什么讲究,如同炼制小鬼闹闹、姜钟锡大师一般?

我们商量一番,最后决定由杂毛小道骑在我脖子上面,配合肥虫子将张静茹救出来。

杂毛小道体重一百三,对于我来说实在很轻,我低着头,轻松地将他托起,只听到头上有挥舞鬼剑的声音传来,过了一分多钟,杂毛小道在上面提醒道:"小毒物,我将她抱出来了,你担着点儿!"我点头说,来吧。话音刚落,我的肩头一沉,分量重了一倍,还有湿漉漉的血滴在我的脑门子上,腥臭得很。

杂毛小道在上面指挥着,过一会儿,我们小心将张静茹放在地上。只见她奄奄一息,虽然睁开的眼睛表示她还活着,但是这生命已经如同风中之烛火,随时都可能熄灭。

面对一身血窟窿的美艳宝岛妹,我和杂毛小道好是一番忙碌,又是上药粉,又是清理创口。好在我们随身都带着伤药,倒也是充足的。吴莘君和老庄也放下了自己的心事,在旁边帮忙,过了好一会儿,张静茹才缓过气来,睁开楚楚可人的眼睛,泪水迷蒙地哭了："我以为再也见不到你们了呢，呜呜……"

杂毛小道好是一番安慰，问到底发生了什么事情。

张静茹抽抽噎噎，说自己刚刚跨出门去，便如坠深渊，立刻昏迷过去，当她醒过来的时候，感觉浑身刺痛，一波又一波深入骨髓的疼痛朝着脑海袭来，四周皆是黑暗，自己好像在船上一样，有些摇晃，体内的血每一秒钟都在流逝，越来越冷，她甚至以为自己到达了地狱，正在受着无边的刑罚。而就在这个时候，她看到了杂毛小道，踩着七彩祥云，出现在她面前……

这个女孩在此刻表现出了无比的软弱，说话的时候，手紧紧抓着杂毛小道的衣角，脸色虽如白纸，眼睛却闪耀着光辉。我把脸扭了过去，暗自腹诽——明明是一起察看的，为何只是看见杂毛小道如此帅气逼人，而我却只是围观群众甲的角色？不过我很快就想通了，估计杂毛小道对御姐类型的美眉，杀伤力更大一些吧。

当然，此刻不是计较这个的时候。从张静茹口中也问不出个所以然来，她四肢的桃木钉虽然被拔除，而且有肥虫子帮她清理，但是此刻的她，伤痕累累，根本连路都不能走动。敷完药之后，我叫来吴萃君和老庄，说我们要在前面防备敌人，你们两个轮流背着宝岛妹吧。

吴萃君沉默地点了点头，倒是老庄，犹在担心自己的儿子，喃喃问我，我瞪了他一眼，说，你还是关心一下你自己吧，说不定，下一个死去的就是你。听我说得严厉，老庄闭上了嘴巴，将张静茹扶在了肩头，然后背了起来。

我们接着走。这个房间的对面还有一个通道，不过墙壁上的灯光间隔稍远，整体显得十分晦暗。走了十几米，突然身后传来一声闷哼，扭过头去，只见吴萃君蹲倒在地，在她的右腿之上，竟然有一根羽箭。

这悄无声息的袭击让我们的精神立刻紧绷起来，四周寂静无声，并没有什么可疑之处，走到近前，才发现这这羽箭是从通道的墙上射出，此刻孔洞早已紧紧关闭。

吴萃君捂着大腿上面流淌出来的鲜血，银牙紧咬，疼得额头冒汗。我们将箭矢剪断，然后将箭头挖出来，吴萃君疼得龇牙咧嘴。向来娇生惯养、在商场驰骋风云的她不由得大怒，朝着空荡荡的走廊大声骂道："你们这些扑街仔，有本事出来啊，丢你老母啊……"

女人一旦发起飙来，那骂脏话的水平简直令人汗颜。在她叫骂了一阵之后，突然有一声阴恻恻的声音在回荡："死、死、死……"这声音阴森，还夹杂有隐约的怪笑声，让人听着后脑勺都是一阵发麻，仿佛幽府里面发出来的声音。

吴萃君、老庄和张静茹都吓得瑟瑟发抖，而杂毛小道则沉静下来。他的双耳不停耸动，似乎在追寻声音的来源，左手则在不停掐算着。几秒钟后，他停止了所有的动作，眼睛瞧向左前三米处，狂喊一声："装神弄鬼的家伙，当我们智商为零吗？"此话一顿，他的身子倏然冲出，一脚踹在了坚固无比的墙壁之上。

第一脚，墙壁微微颤动；第二脚，开始摇晃；第三脚，杂毛小道脖子上面青筋直

冒,犹如小蛇在游动。

他也是陡然怒到了极点,将脖子上面的血玉拽出来,咬破舌尖,一口精血似箭喷上,身形隐约间,陡然大了几分,再次出动,犹如猛虎,又一脚,他刚才踹的那个点就出现了蜘蛛网一样的裂纹,杂毛小道一个翻身,亮出血虎红翡,大喊道:"出来吧,血虎!"

一头红光四溢的红色猛虎从杂毛小道手中跳出,将这一面墙给撞得四散,然后朝着前面出现的十几人扑去。在我视线中,大猛子一群人,正错愕地朝这边看来。

## 第二十八章　壮汉脱裤，老头清醒

敌方故意弄出这吓人的鬼嚎，弄巧成拙，反倒使得杂毛小道发现破绽，突然爆发，将这墙壁撞碎，使得我们没再朝这通道深处走去，而是以这种形式，陡然出现在了诡异工厂的这些幕后操纵者面前。

在我视线中的十几个人，为首的依然是闵魔首徒大猛子，除了他和刚才露面逃遁的缺耳朵之外，还有一些其余的人，有一两个我还颇为眼熟，但又想不出来哪儿见过。当我左右扫量时，发现在左侧一块空地上，有两个我颇为熟悉的女人。

第一个女人我并不惊讶，她曾经是我手下的店员，一个漂亮机灵的普通西川姑娘，然而她此刻的身份是闵魔弟子，邪灵教的核心成员；第二个女人着实让我们大吃一惊——虽然我们曾经无数次猜测她就是身边的内线，但又无数次否决，因为她毕竟是我们最不希望的人选，而且杂毛小道似乎对她还有一些情愫存在。

这两个人，一个是王姗情，外表美艳而内心蛇蝎的女人；而另外一个，是清纯可人的茅晋风水事务所美女前台，张君澜。

看到小澜，我瞬间就想明白了茅晋事务所里面的很多事情，也想明白了虎皮猫大人和两个朵朵为何会没有与我们同来。并不是雪瑞有意为之，这里面，多多少少也有着这个内应的怂恿和挑唆，使得本来没有什么警觉心的雪瑞，间接成了此番计划的助力。

惊讶的并不只有我和杂毛小道，当看到血虎破墙而入，目光与我们对视在一起的时候，小澜顿时也吓得魂飞魄散，颇有一种高考作弊时被监考老师抓到，或者被丈夫捉奸在床的那种惊慌，想要躲起来已经来不及了，唯有低下了头，不敢看我们。

看看杂毛小道喷火的眼睛，我虽然不知道他是通过什么方式知道了小澜在此，但多少也能够理解他为何会如此癫狂。

其实就我而言，小澜不但是我们事务所里面的员工，而且也一直当作朋友在相处，万万没想到这个贱女人竟然真的就是邪灵教的卧底，而且还屡次陷害我们，背后捅一刀。她此刻的身份，使得我们之前的感情付出，便如那镜中花、水中月，这种被人背叛的感觉让我们恶心到了极点。

血虎破墙而出之后，并没有扑向面前这一群闵魔门徒，而是守在了洞口，不让其余人偷袭。我制止了吴莘君和老庄的跟随，让他们在稍微安全的通道内照顾好张静茹，与杂毛小道并肩走进这处大厅。

杂毛小道并没有瞧向大猛子等人，而是直愣愣地瞧着小澜，沉声说道："那

么……潜伏在我们事务所里面的内奸,就是你咯?"

小澜没有答话,低着头,恨不得钻进了地缝里。

她不答,倒是她旁边的王姗情开始说话了:"这位道士小哥哥,对待女孩子,可不能这么严肃哦,女孩子是用来疼的,不是用来吼的,你吓着我们了……"

杂毛小道恶狠狠地看着这个化妆之后如同女神一般的女人,眉头一挑,说:"果然是居移气、养移体,做了闵魔的弟子,人也变得邪里邪气了。黄鳝,你的资质倒是不错啊,这无欲天魔肉菩萨阵居然是由你来主持的,让人意外。这肉身布施手段,想来是你这几年生活的真实历练吧?"

在两人对话的过程中,我这才发现在王姗情和小澜的后面,有十二个仅着丝缕的女人在疯狂舞动身躯,而场中盘坐不动的,正是消失很久的姜钟锡大师。

这场面与我们在地上所见的几乎一样,唯一不同的是,这十二个女舞者跟上面的图像投影,有着本质性的区别。写到这里,对于怎么形容这些女舞者的外貌我有些犯了难,倘若我把凤姐拿来作对比,她的形象便顿时拔高了许多,勉强比较的话,《西游降魔篇》中空虚公子身旁的四大美女,那气质,或许能够勉强与之抗衡。

如此歪瓜裂枣、长相奇葩的十二舞者,简直让人瞬间显露出怀孕的征兆,让我彻底理解了"电视上都是骗人的"这句话的真正内涵,也知道了杂毛小道之前谈及此阵时,那种淡定和从容是因何而来。然而身处阵中的姜钟锡大师,却并没有这般感受。他的脸色潮红,显然已经是被虚幻中的无数美女给撩拨到了忍耐的意志极限。

听到杂毛小道这夹枪带棒的一番言语,王姗情不但没有羞耻,反而更加放荡地浪笑起来,百媚横生,惹得旁人纷纷侧目,忍耐性低一些的,都开始咽起了口水来。

然而在见过这女人丑恶德性的我的眼中,她还不如一坨猪肉美丽。笑罢,王姗情媚笑着说道:"成王败寇,天下间的道理,莫不如此,何必问太仔细?呃,陆左哥,我们好久没有见,为什么你一见我,就这一副喷火的表情,是对我念念不忘吗?"

我冷笑,说,是啊,好久没有见过了,我们是应该好好亲近一下才是。

想起闹闹的遭遇,我没有再多说一句话,大步朝着王姗情冲上去。然而此间的王姗情哪里还是以前我的小店员,护花使者何其多也,立刻冲出两个彪形大汉,挡在我的面前。我冷笑,这两个夯货虽然人高马大,但是修为到了我们这一个层次,决定胜负的,永远都只有力量。这力量包括速度、敏捷、反应力和爆发力,拥有这等力量的我,哪里会被两个壮汉给吓住,脚步根本就没有停,冲到近前,错身躲开一直拳,抬腿就朝着左边的那个两米壮汉肚子踹去。这灌注了我浑身精气的一脚踢中了那汉子的小腹,预料之中的情形没有发生,这个汉子只是身子晃了一下,竟然站得稳稳,反而是我,仿佛踢到了钢板上面一样。

猝不及防的我不由得后退几步,抖了抖发疼的脚尖,抬头瞧这汉子,只见他脸上颇有得意之色,嘿然说道:"小子,听说你蛮厉害的,不过,咱家自幼习练金钟罩铁布衫的硬派气功,哪里会怕你这等小小气力?"

我站稳身子，瞧见旁边另一个肩膀宽得上面可以跑马的壮汉也是嘿嘿笑，说："不过就是一个猴儿一般的小子，居然能够引得师父如此重视，真的不知道你有何本事。老子捏你，就像捏死一只蚂蚁一样，居然还敢亵渎我们的女神，简直就是不想活了！李长志，弄死他！"

这两人像两座肉山，如熊瞎子一样，朝着我扑了过来。

瞧这两位的身子板，确实都是练过硬气功的家伙。所谓硬气功，注重的是肉体，强调以呼吸来引导，以不断地锤炼击打为方法，辅以药物和其他手段，将身体练得如同那钢铁一般。然而人体柔软，即使练得再刚硬，也会有功力不及的地方，也就是所谓的罩门。

对于氘场灵敏的我，寻找罩门的时间并不用很久，三秒钟，我往空中一个后翻，手指那个两米巨汉，一声大喝："着！"话音刚落，那个刚刚还趾高气扬的家伙突然就跪在了地上，捂着肚子，刚要说话，口中的白沫就喷溅出来——噗！这白沫喷在了宽肩膀的腿上面，一股酸臭不可闻的味道，就在空中飘散开来。

宽肩膀瞧着腿上面的白沫开始变成了密密麻麻的小虫子，这个儿比我高出两个头的家伙顿时吓得脸色苍白，啊的一声大叫，手伸向了腰间。我发了愣，不知道这哥们要干吗。

就在众人注视下，他竟然将裤子给脱了下来，然后发疯似地蹦跳。

看来再怎么刚硬的男人都有着不可触碰的柔软处，这个宽肩膀想来是怕极了虫。然而他似乎并没有想到，在他面前的这个小子，正好是一名招牌响亮的蛊师。

对付这些邪灵教的邪恶之徒，我再也没有什么所谓的仁慈之心。肥虫子一经得手，立刻开始发挥起它恐怖的功效来，那个大个子李长志捂着肚子开始翻滚，喊得撕天裂地，仿佛他在生孩子一般，可见他肚中的小家伙，有多翻江倒海。

就在我与这两名壮汉开始交手的时候，手持鬼剑的杂毛小道也与以大猛子为首的闵魔门徒，开始拼斗起来。此时的我和杂毛小道，虽然已是一方人物，不过还略显稚嫩，所以对付这样的围攻，还是有些吃力，即使有肥虫子在后面偷袭，也没有达到一锤定音的效果。

就在我们即将陷入重围的时候，一直盘坐在地上的姜钟锡大师突然站了起来，眼神亮如恒星，双爪如坚铁，一抓便插入一个女舞者粗糙的脖颈，一捏，这人便如同小鸡，没有了气息。

## 第二十九章　陆左哥哥大战坏人

　　谁也没有想到，身处于无欲天魔肉菩萨阵中，早已经血脉贲张的姜钟锡大师，不但没有沉浸于肉山欲海之中，束手就擒，反而骤然发难，出手即杀人。
　　或许是想借暴戾的杀气来冲刷内心的欲念，这老头儿表现出了与他年纪不相符的狠戾果决，一双手黑沉如铁，先是将一个丑陋女舞者的脖子扯下半边，然后飞身上前，朝着旁边另一个舞者干瘪瘦的胸脯就是一抓。他这一抓可不是韦小宝前辈那温情脉脉的抓奶龙抓手，青光弥漫之下，半个胸脯竟然都给他掏了下来——文字的苍白已然不能够表达当场的血腥。我们平日见人打架，所谓抓，除了抓头发和给脸上挠几道血口子，哪里会有这般凶猛的场面出现？那人就仿佛是面团儿一样，根本不结实，抗日神剧一般。被大阵久困的老头儿因我们的闯入、致使主阵者疏忽而得解脱，变得尤为恐怖，敌方的后阵顿时大乱，剩下的十位"美女"作鸟兽散。
　　激烈的场景并不仅仅那一处。杂毛小道手执鬼剑虽然没有雷罚之威，然而神出鬼没，更胜一筹，这柄镀上了精金的木剑，此刻比那百锻成钢的宝剑更加锋利，而且轻巧，走的是速度与灵敏的路子，像一条饥渴难耐的毒蛇，专门朝着敌人最薄弱的位置钻去。但凡一见血，立刻一道阴气打入，中者寒风入体，身如木僵。
　　一时间剑影闪动，围攻上前的好几人都中剑，一息之后，有一个长发飘逸的男子捂着脖子仰天倒下，身体抽搐，没一会儿，已然身死魂消。怪只怪这个家伙不但长得帅，而且头式留得跟杂毛小道一般无二。
　　我这边倒还好一些，主要是我刚才惩戒那个人形金刚的时候，手段过于恐怖，使得敢于朝我出手的人，实在稀少。然而我蛊师的身份对方也是知晓的，怎么会没有克制我的手段呢？但见王姗情往后一跳，大叫一声："师父赐福！"
　　随着这声音，从头顶上面冒出来一条两米长的带角游蛇，婴儿臂粗，如蛟一般，颈子有着白色花纹，背上则有蓝色的古怪花纹，胸是赭色，身体两肢像锦缎一样有五彩的色泽。此物四脚，尾巴尖上有着坚硬的肉刺，眼睛上眉部分有突起的肉块交叉。
　　这物一出，游弋空中，朝着肥虫子附身的壮汉身上蜿蜒游去。它的气息有些像薄荷，让人凉意顿生，肥虫子感觉到了这股气息，却并不畏惧，反而将大汉给弄得更加欢腾。
　　真正恐怖的事情发生了。这条带角游蛇，飞临上空后，满是利齿的嘴巴张开，发出"嘀呀、嘀呀"的声音，然后朝着大汉的肚中钻去。
　　啊……这大汉发出了这辈子最响亮的一声惨叫，高亢的喊声使得在场打成一片的所有人，都忍不住回头去瞧了一眼。但见他的肚皮被掀破开来，里面的肠子被撕扯，隐隐见到一点暗金色的光芒在与之缠斗，血肉纷飞中，无数细小的虫子附在带角游蛇身上，肥虫子表现出了惊人的速度，与其在狭窄的战场中厮杀。瞧到这一幕，我不由得想象起了它往日在陶罐之中，战胜无数同类，终于成就蛊身的景象来。

虽然对肥虫子的战斗十分牵挂，然而我却不能够分心，因为在我面前，已经出现了三个对手：一个是刚刚脱了裤子、整装待发的宽肩膀；另外一个，是弄了个火烈鸟头式的杀马特（smart）少年，他硕大的鼻环和忧郁的眼神，颇有一股落寞牛魔王的气质，像极了妖怪；最后一个，打扮得跟黑白无常一个德性，手持招魂幡，高高的尖帽子使得身型消瘦的他更显阴森。

就是这么三个货色，将我团团围住。我一声冷笑，没有了肥虫子，以为我就改吃素了？当下我气沉体内，使劲儿一震，浑身肌肉噼里啪啦作响，侧身让过杀马特少年一记锋锐的刀腿，与那个宽肩膀硬拼一拳。宽肩膀练的是铁马硬桥的硬气功，又是闵魔门徒，筋骨早已揉练成了钢筋一般的强度。不过我习自《正统巫藏》中的三条行气法门，正奇结合，最适合爆发，此番劲气膨胀，最后由拳骨喷出，威力甚为刚猛。宽肩膀见我体格瘦弱，狞笑着，以为我会被他一拳击飞，却不曾想到自己的左手臂骨竟然发出了"喀嚓"的一声脆响，接着巨大的疼痛将他的痛觉神经淹没，狞笑的脸变得十分扭曲可笑。

不过这样集中全力的一击也让我无暇旁顾，被黑白无常一幡打在头顶上，力量并不重，然而我的灵魂一荡，眼前竟然出现了无数重影，轻飘飘的，似乎自己已经飞了起来。

这招魂幡有鬼！

我暗叫一声不好，然而身子迟滞，身体反应跟不上意识，被那个杀马特少年再次杀回来，一脚踢中了我的后腰处。这个家伙的脚尖凸起，而且速度极快，出脚如刀，锋利得很。我下意识地将腰间肌肉绷紧，然而还是疼得厉害，人也随着这一脚飞了出去，重重跌落在了地上，疼得翻白眼。好汉架不住群狼，除非是实力达到一个不可触摸的高度，不然再厉害的修行者，也经不住一群人的围攻，更何况这些家伙，都是闵魔的杰出门徒。

杀马特少年乘胜追击，丝毫不给我喘息的时间，再次飞脚而来。

我翻爬着站起来，一道枯瘦的身影挡在了我的面前，与杀马特少年对拼了两记，速度不但没落下风，而且更胜一筹。是姜钟锡大师出现在我的面前，双手血腥，仙风道骨的身架子上面尽是鲜血。

我回头去看，见小澜和王姗情在三个男人的簇拥下，朝着大厅东北角的一扇小门跑去，而之前的那十二个女舞者，死了四个，其余八个则跑散了，有的跟着王姗情走了，有的在大猛子一群人的身后，有的甚至跑到了黑暗中，抱着头，蹲在地上。

我看出来了，这些面貌丑陋的女舞者似乎精神有问题，智障或者别的什么，和常

人有着很明显的区别。

我的腰疼痛欲裂。不过这一脚并没有白挨,我刚才的一击,将敌方一员大将给打折了臂骨,剧烈的疼痛使得他嗷嗷叫唤,提前退出了战团。

眼看着王姗情再次逃走,我心急如焚。瞧见杂毛小道正一人单剑对抗五六个闵魔门徒,肥虫子正在与那条有角游蛇苦战,而我这边正好有姜大师顶住,我告罪一声,抽身出来,大步朝着东北角冲去。

我一旦盯上一个人,绝不会喊"站住",而是埋头一阵猛跑。大猛子在战团之外运筹帷幄,见到我突然冲出来,立刻叫了旁边两人,过来截我。我哪里有这般好相与?一个急速转弯骤停,甩开一个人,再用沙钵大的拳头,将另一人的鼻子打得桃花满天开,一秒照面便栽倒在地。

我很快就冲到了王姗情的身前,双手拱起,化拳为抓,准备将这个贱人抓住,直接送她往西天一游。

然而这个女人一扬手,一道阴寒的冷气喷出,我感觉不对,闭上眼睛往旁边一闪,但见我刚才立足之处,竟然出现了一个篮球大的深坑,水泥不断腐蚀,我和她之间,又多出了一个头颅般硕大的小娃娃。

这个小名叫做闹闹,大名叫做米小哲的孩子,曾经是一名活泼可爱的小娃娃,如今这头颅畸形硕大,眼神里面除了凶狠和阴森毒辣之外,再也找不出一点儿天真无邪的影子。看到它,我的心情总是矛盾得很,既想将其超度,早归地府,又可怜它今世的命运,不忍下手。

我这里还在犹豫,鬼娃娃却已经露出了昆虫口器般的獠牙,迎面朝我扑来。

这等邪教炼制之物,不知费了多少工夫,做了多少罪孽。瞧它这狰狞模样,我立刻点燃恶魔巫手,挥手抓去。鬼娃娃飘忽不定,我一把抓了一个空,目光来不及跟上,便感觉背上传来一阵剧烈的疼痛,无数尖锐的利齿深入皮肤中,然后开始拉扯。

我的愤怒随着这剧烈的疼痛提升,极端浓烈,反手朝背上抓去。那闹闹见一时撕不下我的血肉,倒也机灵,腾身飞于空中,避开我这针对灵物的恶魔巫手。

突然,轰然一声响,小门关闭,我的身后传来一声厉喝:"没想到你们竟然能够到这里来,那么,脚步就终于此吧!"

大猛子粗豪的声音在大厅里面回荡,无数的黑雾从墙壁间喷出来,伸手不见五指,身子如坠深渊,只有呼啸的鬼气阴森,在我们周边游绕着。

## 第三十章　绝对黑暗领域

阵中有阵，无数阵法勾连，相依相克，这才是闵魔有信心让大师兄折戟于此的真正手段。

阵法，是利用某些科学未曾证实的规律，驱使外物的力量来达到一个真实的目的。它厉害的不是本身，而是因为规则太复杂，使得阵中的人们毫无头绪，找寻不到最根本的所在，被困，最后致死。

此番黑雾翻涌，视线受阻，我听到对方的脚步声顿时就变得很轻，悄悄朝着墙壁边缘行去。我的心中略有些着急，感觉阵中氘场紊乱，而我的感应也似乎逐渐地被压迫缩小，只能照顾到身边的一米见方。我知道在这样的阵中，第一是不能心慌，第二是不能久留。当下也不犹豫，凭着印象，朝一名正在靠向墙壁的家伙抓去。

我的手递到一半，并没有摸到任何温暖的物体，反而感到阵阵寒意，疼痛自拳头间袭来。感受到那锯齿一般的咬合力，我便知道又是小鬼闹闹。不知道它对我有着怎样的仇怨，竟然就盯着我，伺机而动。倘若是正常情况下，拥有恶魔巫手的我倒也不是很怯这小鬼头，防着便是，然而现在一片漆黑，着实让我吃亏不少，有些心慌。

被咬的是右手，我在一受疼的时候，便启动恶魔巫手，将灼热的力量随着手间这血液，流到了小鬼闹闹的口中。这热度是惊人的，小鬼闹闹属性为阴，自然抵受不住我巫手的反噬，嘎地叫一声，迅速逃开。

闹闹飞开之后，周围顿时静了下来，仿佛黑雾将一切都给隔离开来。

我听到了自己沉重的呼吸，以及怦怦不停的心跳，这种绝对的孤立感让许久不曾真正恐惧的我，开始感受到了那种让人心悸的知觉，觉得双手麻麻的，不知道如何是好。我有高声大喊的冲动，然而这样一来，我无疑会变成绝对黑暗领域中的灯塔，众矢之的，接下来的结局，无疑就是妥妥的死亡。

无数次死亡边缘的经历使我深深明白，无谓的慌乱只会让情况变得更糟，越是危急，越得冷静。我沉下心来，双手快速结了一个外缚印，接着默默念起了"金刚萨埵普贤法身咒"，让自己的心绪平缓如镜，这样的状态使得我能够知人心，预感危机，更有可能生存下来。

当一遍"金刚萨埵普贤法身咒"念完，我的心情终于没有了一开始的慌乱，平稳呼吸，默默地移动步伐，朝着通道那边行去。

走了差不多有七八步，警兆骤生，我身子下意识地蹲下来，然后感觉到有一股死气朝着我扑来，凌厉的风声从我的上方飞过。我伸出手，正好摸到两只绷得僵直的

脚，反手扣住，感觉到这具身子一点儿温度都没有，而且也没有了血液流动。

死人？僵尸？控尸？

一瞬间我的脑海里闪现出了三个字眼，根本不作犹豫，手上没有武器的我暗叫一声"好"，往下一顺，抓住了此物的脚踝，一个鲁达拔柳，将袭击我的这死物，给掀倒在地。这并不算完，刹那间我能够感受到有三四个人朝着我这边袭来，这不是冘场感应，也不是声音五感，而纯粹是一种直觉。双手抓住这沉重的僵尸躯体，我一个无敌风火抢，将这个家伙抡圆了猛甩，在我身周，形成了一个接近两米的攻击范围。

有过相关经验的朋友或许能够理解，这甩人转圈，一开始是有一些费力，但是当它形成一个恒定的轨迹，拥有圆心力之后，就成了一件简单轻松的事情。

甩了四五圈，就撞到了一个攻击而来的人。因为我抓的是脚，末端我也看不到，不是脑袋便是双手，甩得速度飞快，砸上去的力量也是十分惊人，不知道是不是错觉，我听到了一声闷哼，有人倒地。见此有效，我甩得更加来劲，呼呼呼，能够听到有凌厉的风声响起，陆续又碰到了四五次，咯噔一下，根本不作停留，来人立刻倒地。最后一下，那人是速度型的，直接冲到我近前，与我手中的这具躯体轰然相撞。

因为惯性的缘故，他竟然能够在受创之后，扑到了我的身上。黑暗中根本看不清此人的脸，只是感觉他（她）的头发略为有些长，刮在我的脸上痒痒的，而当我们两个在地上翻滚了几圈的时候，从相贴的胸口和此人身上浓重的汗臭中，我肯定对手是一名男性，妥妥的纯爷们。

他是一个身手极为利落的家伙，在翻滚中，手往腰里抽，而且与我搂抱的动作和手法也十分专业，正宗的柔道摔技，根本不让我的手脚近身。当初我与加藤原二在江城会馆见面的时候，那个家伙就是凭借这样的手法，将我制服。

然而此一时彼一时，现在的我哪里能够被这个家伙弄着？再次压着他的时候，我果断伸手，将暗地握着匕首捅过来的手腕，给紧紧抓住，一用狠力，"喀"的一声脆响，我身下的这个家伙手骨断裂，顿时间嘶嚎起来。那种叫声，我们乡下过年杀猪，也不过如此。

将这个家伙的杀招解决，我的右手摸上了他的头颅，一摸到那一丛古怪的长发，我就笑了，搞了半天，原来偷袭我的这个家伙，居然就是之前围攻我的那个杀马特少年。

我很早的时候听过赵中华谈及南方省的坐地虎闵鸿，此魔头嗜好收徒，而且是有教无类，跟东北的那位座山雕老大有得一拼，致使他手下极好管理，但是良莠不齐。

我身下的这个杀马特少年应该不超过十七岁，行内的手段不知如何，但是手上的功夫倒是凌厉了得，不然也不会参加此次行动。然而他厉害，我也不是吃素的。但想到他那忧郁而迷茫的气质，本来想用大摔碑手将其颅骨震碎的我，不由得心软了。要知道，能够信奉沙马特教义的少年，都是涉世未深的孩子，他们或许真的没有什么坏心思，只不过是颅骨里面的脑组织还没有发育完全而已。十六七岁花样年华的他，还有着大把的青春可以挥霍，我应该给他一个悔过自新的机会。

如此一想，我手上的力道就轻了一些，劈歪了，将其击晕过去，便不再管。

之后我又与几位来袭者对拼了数个回合，无论是冰冷的僵尸，还是闵魔门徒，皆下重手，使用在集训营中所学到的一击必杀之技，尽量最大可能地杀伤敌人，好缓解杂毛小道那边的压力。数分钟之后，身周再也无人袭来，我喘着粗气，双手立于身前，开始用心灵与肥虫子作沟通。

这迷雾如同实质，将我们心灵畅通无阻的沟通给阻隔，我并没有联络到肥虫子，也不知道它与无角游蛇的战斗孰胜孰败。不过对于这个小伙伴，我向来十分信任它的能力，即使不敌，自保也是绝对没问题的。

我眯着眼睛等待，突然感觉到一股庞大的意识从我的心头扫掠而过，令我大为惊恐，如同当日面对浩湾广场地下大鬼的情形。惊悸过后，我后心冰凉，感觉头上痒痒的，一摸，有东西闪动，我大惧，蹲身下来一个翻滚，还未爬起来，在我身前五米处突然有一股明亮的火符燃起，顺着这火符，我看到了杂毛小道消瘦而冷峻的脸。

他正用鬼剑挑着一张符箓四处查看，见到地上的我，他脸色骤变，大声叫道："小毒物，小心头上。"

我扭头一看，闹闹的脸已经变得无比的狰狞和怨毒，嘴中滴血，满是碎肉，浓重得几乎滴出水来的黑色雾气在它的身体间穿行，而它的手，十指修长，化作了十把尖锐的角质匕首，正朝我的头顶刺来。按照这指甲的坚硬程度，倘若刺中，我绝对不会再见到明天的太阳。

我就地一个翻滚，朝着杂毛小道那边滚去。闹闹浑身狰狞，长出了细碎的黑毛，力量大了许多，冲上前一抓，我的后心一辣，感觉一股阴气袭入体内，腹中鲜血翻腾。杂毛小道出手了，一把鬼剑翻飞三两下，便将那东西给逼回黑暗中。

我与杂毛小道会师，然而在这黑暗里，已成了众矢之的，感觉敌人无处不在，正在缓慢地朝着我们逼近。如此下去，我们可真就要栽在这里了。

一个久违的声音在空荡的大厅中响了起来："还真有料啊。这魔波旬蔽天阵，破起来还真费工夫啊！"

## 第三十一章 援兵锋芒尽显

这声音让我们喜出望外，四处望去，想要找到虎皮猫大人的方位。

很快我又想起来，这诡异的黑雾能够隔绝声源，相隔一定距离，断然不会有声音传入我们耳中，难道这声音是幻觉？在我疑惑不定的时候，无边的黑暗开始变淡，如同杯中的药水被持续注入的清水给稀释了一般。

黑雾淡去，我发现身边围着十来个人，额头上面都贴着黑色符箓。他们本来是准备偷袭的，结果这大阵中的黑雾逸散，就如同潮水跌落，全都露了出来。不过他们人数众多，偷袭不成，那便强攻，那个戴高帽的黑白无常摇动手上的招魂幡，顿时有四五头猛鬼从上面飘了出来，如烟雾环绕不止，怪声连连，让人心头发麻。

我和杂毛小道背靠背，看着这么一堆人围攻上来，想，此番肯定是不能善了了。

我突然想到，大猛子人呢？这一群人，不是以大猛子为首的吗？想到这里，我的目光越过人群，朝远处望去。在我们刚才破墙而入的地方，大猛子怒发冲冠，身上有鬼影游动，身形也大了好几分，与当日出租楼前那波诺附身的情景，一般无二，似乎正在跟什么东西缠斗。

张静茹浑身是伤，吴萃君和老庄又都是文夫子，谁能够将大猛子逼得如此狼狈，甚至还将法相真身，给显露出来了呢？

很快，我的眼睛终于瞪圆了，一袭白衣在大猛子宽阔的背影中闪现，还有一个娇俏的身形，在大猛子法相之上纷飞——是雪瑞，还有小妖朵朵！

昨晚通电话的时候，她们还在东官公司附近的钱柜唱歌，没想到凌晨时分，她们竟然如同神兵天降一般，出现在了这里。

雪瑞师承天师道北宗罗恩友老爷子一脉，虽然是半路出家，但已经被点化开了天眼，又从缅北百年传奇蛊丽妹习过艺。这二位都是顶级修行者，"名师出高徒"，她自然也不会太差，脚步移转，身法如同凌波微步一般，无论大猛子如何攻击，都沾不了她的片衣。

小妖则轻松很多，看向颇为狼狈的我们，大声笑道："嘿，没想到我们不在身边，就把自己搞得这么狼狈，真麻烦啊，想不操心都不行……嘿，波诺，你这个多手怪，挺有本事的嘛，死而复生，生而复死，蛮有毅力的嘛！"小妖嘴上调侃着，跟大猛子的法相真身斗作一团，一时间青光黑雾萦绕，分不出你我。

见朵朵也从黑暗中冲了出来，她朝着我们这边飞，口中大叫："陆左哥哥……"随手打出一道白光，将围攻我们的众人身形凝滞。

然而她还没有抵近，有一道黑影将她扑在了地上，满是獠牙和腐液的嘴巴大大张开，朝着朵朵的脖子咬去。是闹闹，正在拼杀中的我心中不由得一阵紧张。朵朵被闹闹扑到了大厅的一个角落，那鬼东西脑袋足有两个篮球一般大，十足的畸形，瞧见同为鬼体的朵朵，它兴奋得直叫唤，与朵朵厮打成一团。

朵朵鬼妖之体，癸水涤身，修炼《鬼道真解》多日，又向鬼妖婆婆学了无数妙法，醍醐灌顶，哪里会比这小鬼娃娃弱上半分？她立刻翻转过来，将小鬼闹闹给压制在地。两者正在缠斗，又有一条白影划过，是雪瑞的咒灵娃娃，它以吉娃娃的面貌出现，然而气势凶悍，不比在缅北少上一分，有它在旁边帮衬着，朵朵绝对吃不了亏。

我一下子安心下来，认真对付已经近身的攻击。我发现围攻我们的这些人，以缺耳朵和黑白无常为首。缺耳朵持着一柄短矛，身手凌厉，黑白无常则在外围摇幡，摧动空气中有摇摆不定的气流吹过，数道丝滑的黑雾在头顶盘旋，不时俯身下来，凭空出现一只指甲尖锐的利爪来偷袭，风声呼啸，牵扯着我们的心神。稍不留神，就会被周身的这些家伙击中，没多时，我身上便开始出现了伤口。

此刻，大厅里面的黑雾全都消失无踪了，一只肥硕的身影出现在我们头顶。它甫一现身，就逮到一头幡上恶灵，俯身一吸，那凶煞的东西发出一声惨叫，然后化作扭曲的形象，给吸入那坚硬鸟喙上方的鼻孔中。

吸完之后，虎皮猫大人不由得打了两个寒颤，舒爽地大叫道："好爽！"这喊声刚完，它身子一闪，又逮到一头恶灵。这样恐怖的效率，使得黑白无常摇下来的幡上恶灵吓得四处逃散。少了这些牵绊，我和杂毛小道终于可以全力对付围殴上来的闵魔手下与门徒。这些家伙手段各异，有持刀的，有使拳脚的，还有一个手上反扣着一把手枪，在旁边鬼鬼祟祟，伺机偷袭。

我们其余不怕，就怵这热兵器，要知道以我们的反应速度虽然可以跟上子弹，但倘若是分了神，很容易就被人阴了。

然而，手持利器者最引人注目，最容易被人攻击。那个家伙刚刚往后躲去，想掏枪来射，突然身体僵直，动弹不得。我的炁场感应中，在那个家伙体内多出了一条小东西，正在全力控制他的心神——是雪瑞的青虫惑，正在与狂化之后大猛子拼斗的雪瑞，放出了萤丽妹送给她的传承，将这个准备偷袭的家伙给控制住，使不得坏。

这些掣肘都没有了，我们终于可以放胆放手拼杀。

杂毛小道手中的鬼剑恍若一条游龙，在我们身边起舞，这哪里是在拼死作战，分明就是在挥洒艺术的光辉。剑光中，敌人那如同潮水袭来的攻击，总是在最恰当的时机给瓦解不见，即使再凶险，也多了许多平和。即使是在被围攻，我们也不放弃重创敌人的机会，虽然我身上的各个地方火辣辣地疼，却更加激发出了怒火，血热得如同汽油，一点即燃，没三两下，在我的手上，已经又多出了两条人命，相应地，我的左胳膊和臀部，也多了两道刀伤。

我们这边斗得正酣，角落处，在那里翻腾的是姜钟锡老头，他的对手则是青面獠

牙的谢一凡、罗喆和老沈，至于之前那个王姓保安，则不见了踪影。

激烈的搏斗依然在继续，这样高强度的生死对抗，每一秒钟，对于我来说都是一种考验，虽然下腹中的气息开始沸腾起来，并且源源不断地给我提供力量，但是持续的失血感，让我脑袋发晕，头昏昏的，自己的每一动作，都像是在透支，极度地考验着我的耐力。在背部又中了一刀之后，我终于感觉心中的猛虎出了笼，口中不由自主地大声念喝道："镖！"

此言一出，我纵身上前，一拳击中了那个手持短矛的缺耳朵胸口。劲力喷涌而出，缺耳朵狂喊一声"啊"，脸色瞬间就变成了赭红色，背上的衣服悉数裂成了碎片，他张得大大的嘴巴里面，一口老血喷出，里面夹杂着内脏碎块。下一秒，缺耳朵目光涣散，人飞到了半空中，生命已然消逝。

这一招使得我心力交瘁，往杂毛小道身后躲去，避开周围人疯狂的追杀。

随着缺耳朵以这种悲惨的方式结束生命，旁边的邪灵教众虽然还在拼死，然而心中就有了恐惧的阴影，明白这两个看着并不怎么出众的家伙，并不是他们所能够力敌的对手。此刻，凭着一己之力对抗雪瑞和小妖围攻的大猛子终于扛不住了，他身上的那头多手黑魔被小妖揍得奄奄一息，他庞大的身体也被雪瑞以先知先觉的优势，在身体上面击打出无数的伤痛来。

东北角那一直紧闭着的门突然被打开，王姓保安出现，朝着大猛子高声喊道："外面有条子来了，不要纠缠，扯呼！"

话音一落，正在与我们缠斗的众人四面散开，身形一阵恍惚，不见踪影。

虎皮猫大人见此情形，大声叫道："五行遁术。又来这套？"

## 第三十二章　闵魔现身

看到那个王姓保安的时候，我反应过来：原来如此。在这工厂之中布置这么一个大阵，没有伟相力的内部人员配合，是一件不可能的事情。这名叫做王潇的保安队长，他无论是身份，还是职位，都能够给予邪灵教配合和遮掩。也正是因为有他在场，全程参与，使得我们此番行动一开始就落入了邪灵教的掌控中。

唯一的变数在于，敌人并不知道我和杂毛小道会变得如此难缠，还有就是雪瑞和我们的小伙伴们，会及时赶到。

事情发生得太快了，我们根本来不及与前来援助的朋友说上一句话，敌人就开始逃逸了。此处是他们的主场，天时地利皆占了全，然而对方没有想到的是空中那个看似痴肥的鸟儿，却是当代阵法界的顶级大拿，哪里会束手无策？但见虎皮猫大人情急之下，将身子一抖擞，从它艳丽的翅膀间，顿时飞射出十来支羽毛，朝着大厅不同的地方扎去。

大人好久没有使出这一招了，可见此番的情形已经危险到了极点。

羽毛射出，那些准备遁入墙壁和地面的邪灵教徒发现阵法被锁，平日可以行走的通道，根本就逃脱不得。我们则是一鼓作气，趁着敌方心慌意乱，赶紧抓住机会，穷追猛打，能拖住一个，就拖住一个。

我正抓着一个四十多岁的中年妇女，不让她逃脱，身后传来一声巨吼，如同爆雷一般。回过头去，见大猛子浑身皮开肉绽，整个人如同庞大的狗熊，身上的血混合着纹身上面的黑气，像是来自地狱的恶魔。其凶煞的气焰使得雪瑞和小妖往后退开，他则返身朝着我们这里冲来，如同那高速行驶的东风重型卡车。

我和杂毛小道也都不敢撄其锋芒，侧身闪开，大猛子趁势呼啸而过，带着剩余人等，朝着东北角的小门处冲去。我正想追，看到正在与姜钟锡大师缠斗的谢一凡突然发了疯，朝着我们这边快速狂奔而来。我感觉到一股毁灭的力量在他的体内诞生，并且迅速膨胀起来。在他离我们5米的时候，他身体的组织已然稳固不住体内膨胀的邪恶力量，崩溃了，砰的一声，那人便化作了漫天的血雨，朝着四处飞溅而去。我们曾经见识过李皓经理自爆的惨状，不由得心中忐忑，下意识地往身后疾退。杂毛小道深吸一口气，将鬼剑舞成了一个大圆轮，风扇一般。

然而再密的风扇，也不可能完全挡住迎面射来的血肉。我在往后退开的同时，紧绷肌肉，只期待不要被击中要害。然而预想中的攻击并没有到来，一道白色的光华闪现，在我们两人面前站着一个粉装玉琢的小娃娃，平举双手，支撑起一道白中隐有黑

色的光芒，将这些血肉稳稳挡住。

是刚才还在跟小鬼闹闹缠斗的朵朵。

经过鬼妖婆婆醍醐灌顶之后的朵朵，本领已经不在我的想象范围了，她的这一招，如同佛家里面的大金刚轮，有金光辉映，佛心那种平淡的境况陡现，将这邪门厉煞的骨血给屏蔽住了。杂毛小道见这边无恙，丝毫不作停留，身子如同一道风，跟着邪灵教众，朝着东北角的那扇即将关闭的门，冲了过去。他根本就没有来得及招呼我，整个人就化作了一道青线，消失在了我们视线的尽头。他几乎是追着最后一个邪灵教徒的屁股后面，冲进去了。

姜钟锡大师还在跟两位被控住心神的家伙缠斗，其中老沈因为被肥虫子入侵，有些迟钝，被姜大师弄了一张黄色定尸符给粘住；另外的罗喆，双目赤红，然而没有自爆的意图，我看见姜老头儿双手一直在作印结，显然尝试隔断此人和外界的联系。

想起老头儿刚才破阵之时那凶狠的模样，再瞧他此刻小心谨慎的行为，如此鲜明对比，使得我知道他和我一样，虽然能够将这两人都直接灭杀，但还是有着仁慈之心，不想害人性命。虽然这般做实在是有些耽误事儿，但是我对他的好感却是在倍增。

每一个对生命敬畏的人，都是值得尊重的。

闲话不提。见到杂毛小道只身赴险，我哪有闲工夫左右细瞧？招呼了雪瑞、小妖和朵朵一声，朝门口奔去。还没有冲到门口，从西面飞来一物，张牙舞爪，浑身滑腻，吓了我一大跳，反手便抓，竟然是之前与肥虫子作战的有角游蛇。

一看到这玩意儿活灵活现地出现在我的面前，我就大怒不已，手都已经掏在怀中，震镜一级准备了。

然而这货居然朝着我"唧唧"叫了两声，一听这声音，我一愣，仔细感受，才发现这游蛇被肥虫子这死家伙寄居了。看着这条游蛇四脚模样，我心道莫非还真的是一条蛟蛇？不然的话，怎么会耗费肥虫子这么久的时间，才将其搞定呢？

肥虫子的出现，代表着我们这里的豪华阵容，终于齐全了。我回头看，一地伤者和尸体，雪瑞带着青虫惑与她的吉娃娃飞奔而来，小妖、朵朵落在我们的面前，虎皮猫大人哆嗦着身子，往朵朵的怀里面凑去，血迹斑斑。

之前与朵朵她们缠斗的那头小鬼闹闹，不知道跑到哪里去了，想来是随着邪灵教的大部队，逃入了铁门那一边。

见众人到齐，我不再言语，朝着铁门冲去，本以为迎接我们的又是一场艰苦绝伦的战斗，然而我发现杂毛小道只是将鬼剑横于胸前，站在门口处，并没有前行，而是沉身静气，眯着眼睛瞧面前的景物。

这里有一个房间，比起之前的那个地下室大厅，要小了一半以上。这房间的大部分，都被一个大池子给占据了。

自从缅北归来，我对于这样的池子就有一些犯怵。有丝丝热气翻涌于空中，我低头瞧去，这宽阔的水池之中，黑乎乎的，上面尽是黏稠的液体，像是红色，又像是黑色，在昏黄的壁灯照耀下，区分并不是很明显。池子上面水波荡漾，有好多块状的东西沉浮。我眯着眼睛仔细瞧了一下，腹中酸水不由得翻腾而起，呕意顿生。

这些块状的东西，根本就是人头、碎肢以及切成一大块、一大块的人肉。

正瞧着，突然间有一串的白色圆球冒出，七八颗，全部都是眼球，那种还带着肉丝粘连的眼球。

在这热气蒸腾的池子里面，唯有的活物，是一个身体浸泡在池子中，一双臂膀撑在岸上的老头儿。老头儿眼睛瞎了半边，是左边那个，所以看人有些斜视。在他的身后，王姗情穿着三点式，展露出美好的身材，正在温柔如水地给老头儿按摩。

她娴熟的手法使得老头儿闭上了仅剩的右眼，美得直哼哼，哼着南方戏曲小调，悠然自得。

邪灵教撤退的众人，全部聚拢在池子的后方，十六七个，目不转睛地瞧着池子中的那个老头儿，仿佛他便是自己世界里面的神，是至高无上的存在，虔诚无比。

场面是如此诡异，我走上前与杂毛小道并肩而立，小伙伴们各自站定，虎皮猫大人睁开了眼皮子，咕哝了一声"傻瓜"，然后往朵朵的怀里挤了挤，十分惬意。

瞧得这么一副场景，我在努力压制恶心的同时，想着，邪教之所以被叫做邪教，主要就是因为他们的观念不仅跟我们正常人类的思维有着很大的不同，又和世界上主流宗教宣扬劝人为善的观点不同，根本拿人不当人，反人类反社会，所以才会被弄得人人喊打，见不得阳光。

我们站稳，目光聚集在老头儿身上，这个面目普普通通，随便跑到菜市场去，一副卖菜大爷脸的家伙，想来应该就是掌管整个南方省邪灵教鸿庐的十二魔星之一，闵鸿。

老头儿似乎觉察到了我们的注视，掀起眼帘，看了一下我和杂毛小道，又瞧了一眼我们身边的小伙伴们，从喉咙里面温吞吞地吐出两个字："来了？"

杂毛小道抱剑而立，点头说，来了，来取你狗命！

闵魔坐直身子，几根肠子挂在脖子上，哈哈大笑："取我性命？两个被黑手双城耍得团团转的小东西，你们的胆子倒是不小啊！"

## 第三十三章 闵魔的招揽

听到闵魔这番说法，杂毛小道将鬼剑前指，一声冷笑道："大师兄与我两人关系深厚，岂是你们所能够揣测的？至于他做事的深意，自有他来给我们作解释，轮不到你来搬弄是非，忽悠我等。当真以为你是春秋战国的苏秦张仪，而我们是那无脑无心的糊涂之辈，任你挑唆反目？"

听杂毛小道说得慷慨，闵魔不由得哈哈大笑起来，似乎在看糗事百科，又或者听到了什么极端好笑的笑话儿。笑完之后，他抹了抹自己稀疏的头发，顾不得头顶上面滑落下来的血水，脸上的笑意不减，说："你当真以为我在挑拨离间，蛊惑你的心灵？"

我见杂毛小道似乎有些愤怒了，他咬着牙，一字一句地说道："不然又是为何？"

闵魔摇了摇头，露出了可惜的神色："萧克明，十年以前我曾经听到过这样一个说法：茅山宗陶晋鸿收了三个好徒弟——那算谋深远、运筹帷幄、决胜千里的外门大弟子陈志程为帅才，可立足于庙堂之上，为门派争夺国家资源和大气运，此为外王；那习道成痴，天地万物皆为一种至理的内门大弟子符钧，成就不弱诸位长老，假以时日便又是一个顶端高手，可镇山门，万邪莫入；而你则是第三个……"

他闭上眼睛，似乎陷入了回忆当中："人都说若论天资聪颖，你不如符钧，人际智虑，你不如黑手双城，然而你却是陶晋鸿卸任之后唯一想要指定的掌门弟子。茅山宗上下几百号人，风光如你者，没有几个……然而呢？黄山一役，你功力尽失，被革出门墙，漂泊流落于江湖，连家都不能回。茅山待你的恩，早已抵消，而你此时功力精进，返修巅峰，何必又去捧茅山的臭脚呢？"杂毛小道默然不语，似乎在回首往事。

我跨前一步，问道："你们在此，为何又说是大师兄耍弄我们呢？"

闵魔此刻出奇地好讲话，淡然说道："这世间事，并不是如同你们所见的那般简单明了。你以为这一次，就只是几个人跳楼的小事儿？你知不知道，这次计划，事关全球电子合约制造服务商市场细化和瓜分几百亿元利益，哪里是你们所能够了解的？黑手双城应该能够察觉，然而伟相力集团这里根本就反感他的介入，不予配合；他的顶头上司又盯着他没有证据，根本就不给他出手的机会。他定是急上了头，才会让你们两个人，来冒这样的险。在他眼里，你们根本就只是棋子而已……"

闵魔在池子里侃侃而谈。我回望了一眼雪瑞。

这样的池子，曾经和缅北苗寨中的百年传奇蛊丽妹学过一段时间的她十分熟悉，不过那儿是虫子尸体浸泡，人在茧中，闵魔却如同泡澡一般躺在里面，实在是有些让人看着发怵,哪里还有心情听他唧唧歪歪说这么一大堆?

闵魔将大师兄黑得屎都出来之后,停下了话语,扭头吩咐了一句,王姗情立刻从身后摸出一个太空杯来,倒了一杯黄色的液体,服侍着闵魔喝下。

闵魔说了这么多,杂毛小道不为所动,只是平淡地说道:"阁下谆谆教诲,不知道想表达什么?"

老头儿本来昏黄浑浊的眼球在这一刻,陡然爆发出了闪烁的光芒,他直勾勾地盯着杂毛小道,仿佛在看一个身材火爆的全裸美女,好一会儿,他才收回目光,缓缓说道:"很多人都会有这样的误会,认为我们走歪路了,证不了道,见不了自己的信仰。然而你是这行内的人,自然知道'大道万千、殊途同归'的道理……"

杂毛小道接茬说道:"那么,然后呢?"

闵魔盯着杂毛小道,一字一句地说道:"你现在的身份还是通缉犯,而且还是在逃,他们如此待你,你心中应该已经郁积了很多的怨气,不如……加入我们邪灵教吧?"他见杂毛小道没有说话,沉吟了一番,下定决心之后开口说道:"你倘若入我门中,当我百年过后,这闵魔的名头和地位,便可由你继承!"

他的这句话让我大吃了一惊,不了解邪灵教的人自然是不知道这里面所蕴含得有多大的魔力。

要知道,这邪灵教十二魔星可是邪灵教内的高层,个个都是一方人物,手上掌握的资源、财力和权力,那可都是一笔让人疯狂的东西。没有人知道邪灵教的产业究竟有多大,但是我们所知道的是,它与洪门比起来,就如同一个大人和婴孩一般,无比强大,无所不在,潜伏在社会各阶层里。当日在龙虎山的时候,青虚这个家伙之所以会做出丑恶之事,也就是因为黑魔孙承茹孙老太(前任黑魔的遗孀)答应他,会将他推荐给邪灵教总坛,接任黑魔的名头——可见其吸引力有多大。

然而闵魔此言一出,我们都还没有来得及反应呢,他身后的那些人不由得都炸开了锅,议论纷纷。我看到王姗情的脸上挤露出了一丝古怪的微笑,似哭一般,而人群中最为激愤的,要属大猛子。身为闵魔首徒的他,其实是最有希望继承闵魔衣钵的,就等着闵魔早日归西,他好继承位置,哪里会料到半路杀出一个程咬金,竟然将他的期待化作了水中月、镜中花,这哪里肯罢休?

他自恃一身好本领,忍耐不住心中的失落,壮了壮胆,昂起头来大喊道:"师父,不可啊!这个小子心怀鬼胎,像那墙头稻草,随风飘荡,你怎么能够让他来继承你的衣钵,成就闵魔之声誉呢?"

有人带头,自然便有打酱油的随声附和,说了好几句。我看到闵魔本来平淡如水的脸上开始扭曲起来,一瞬间,无比狰狞,终于发作了。正在喋喋不休的大猛子突然觉得嘴巴一腥,伸手一抓,只见嘴里面已经塞着一大坨人肉,瞧这部位,应该是来源于一位男性的臀部,或者小腹位置。

大猛子的嘴巴被堵,闵魔缓缓地坐起身来,一股庞大而恐怖的气息将那些站起身来，试图走上前来理论的门徒给全部压垮，根本就动弹不得。那些家伙也是有了经验，知道自家师父生气了，顿时纷纷跪在地上，大声喊道："师父饶命，我们只是建议而已，一切都依着师父的指令行事，但有所指，无不服从！"

这样的话三呼完毕，闵魔似乎觉得这些个徒弟还算是诚恳，挥挥手，缓缓说道："我说过的话，落地便是一口唾沫钉！我的指令，谁赞同，谁反对？"

他的话语颇有马龙白兰度的教父风范，一切都恢复了平静。闵魔掀开了眼帘子，瞧了一眼我们，缓缓说道："怎么样，考虑清楚没有？要么死，那么投入我门下，没有第三条路可选。依你的本事，倘若小佛爷的计划成功，新世界必定会有你的一席之地，到时候所有的尊崇、荣华和巅峰感受，你都是可以拥有的……"

杂毛小道无语，而躺在朵朵怀中的虎皮猫大人则打着呵欠，颇为无聊地说道："一百年过去了，几百年过去了，到现在还是那老一套的东西，什么破而后立啊，什么改天换地啊，为毛总要用这样的手段呢？而且每次一提起来，都跟打鸡血了一般！一群傻瓜，呸！"

杂毛小道与我对视一样，心里面都感觉到自去年与镇虎门张伯一战，两败俱伤之后的闵魔，似乎变得有些啰嗦了，而且交锋的时候都是在背后阴人，要么控魂，要么就利用机关险境，现在又这么好说话，肯定是实力并没有完全恢复。如此的话，我们不是有机会收拾这丫的？

我和杂毛小道配合多年，早已心意相通，一个眼色，立刻下了杀心，当虎皮猫大人这一声"呸"落了音，我和杂毛小道都紧绷着身子，如同猛虎出了笼，朝着池子里面的闵魔冲过去："受死吧，你这贱人！"

见我们二话不说，冲上前来，闵魔极为失望，身子从池子中站了起来，冲向水池的我看到他腰部以下的部位，差一点儿吓得魂飞魄散。

## 第三十四章 人身魔体，触脚怪兽

此刻的闵魔根本就不是一个人类，完全就是一头披着人类皮囊的恐怖魔怪。在他腹部以下，有着细腻如婴儿皮肤一般的软体组织，粉红色，再之下，便是十来根手臂般粗细、三两米长度的章鱼触脚，柔软如缎。

闵魔一浮出池面，十来根游绕滑腻的触脚分出数根，朝着我席卷过来。因为身在空中，我根本就来不及闪避，刚刚点燃激发的恶魔巫手，准备朝着他的脑壳抓去，还没触及，便发现腰间骤然一紧，一股软中带硬、硬中又有软的劲力附在了上面。很快我就发现自己呼吸不过来，所有的血液都在往头上聚集。

再之后，我的双脚也被紧紧缠住，世界一片颠倒，还没有反应过来的我被三根触脚给死死绞住，朝着血池里面摔去，而旁边的杂毛小道却剑出如电，将飞射而来的袭击给悉数刺回。

轰——我浑身一阵温热潮湿，身子就浸入了血池里面，接着重重地砸在了池子底部。我根本摸不清楚这池水有多深，也不敢睁开眼睛来瞧看，只觉得腰间那沉重的压力几乎将我整个人的骨头给弄松散了。这当然只是一种错觉，修炼了三年"十二法门"，我的身体比起寻常人来说，其实已经非常坚固了，这样力度的紧箍对我来说，还构不成威胁。

我被沉溺入血池之中后，闵魔并没有让我出来透一口气的想法，他的下盘不断移动，似乎在跟杂毛小道以及其他人对抗，而那三根触脚，却死死地将我往池子底下压着，试图将我给溺死于此。

我当然没有这般脆弱，有源源不断的力量从小腹中生出，让沉浸在池中的我变得没有那么难受，气从无中生有，将我几近枯竭的肺部变得舒畅。

我开始蓄力，几秒钟之后，大喝一声："统！"

大股的气泡从口中冒出，内外宇宙共鸣，绝境中反涌出无数斗志，那将我箍得几乎晕过去的触脚开始绷不住，上面的吸盘和肉芽不断蠕动，开始朝着四周扩散，以缓解我身体给它带来的张力。

我没有睁开眼睛，然而炁场感应却一刻都没有停止，不断地扫量着身周的力量。这血池中并没有之前那个大厅那种恐怖的触感隔绝，有温度，有湿度，也有流动的水和块状的人肉、器官以及其他让人毛骨悚然的零件、杂碎，而我也终于能够毫无阻碍地操纵自己的身体，将能量已经攀至极限的恶魔巫手翻转，抓住那有着无数肉芽的滑腻触脚，使劲儿一捏。

下身化为章鱼魔体，此刻的闵魔成了名副其实的恶魔，他身上必然有着黑暗的力量，那么我的恶魔巫手便能够克制他。

果然，当我的双手接触到缠在我腰间的那一条触手时，它顿时就是一阵痉挛，下意识地抽搐，接着我腰间那股绞杀的力量开始消退。我闭上眼睛，整个世界都是黑暗的，唯有靠着炁场感应一切，知道自己的恶魔巫手有效，便紧紧抓住那条触脚，开始持续不断地施加压力。

然而我的对手并不是一个光挨打不还手的老实孩子，他可是闵魔，战斗经验何其丰富？他或许不怎么适应此刻的魔体，毕竟光触脚都有这么多条，并不是习惯了两条腿走路的普通人类所能够短暂时间接受的。不过他想让我死，方法自有千百种。就在我狠力掐触脚的时候，感觉到身子又是一阵腾空，人便终于飞出了血池。我还没有来得及呼吸一口空气，"呼"的一声，身子就重重朝着池子边缘砸去。

那水池的边缘，是用正宗的花岗岩石修砌，而且用的是自己人，绝对没有普通装修公司那般偷工减料，我倘若是撞实了，以这般迅猛的速度，估计除了屁股之外，基本上妥妥的重伤无疑。甚至可能变成一摊烂泥？

结果，我的身子触及一片清凉，往下的去势也陡然一滞。

我睁开眼，见朵朵出现在我的前方，双手结了一个古怪的手印——双手交叉，拇指反扣，尾指朝上，她精致的小脸鼓得如同苹果圆，口中一声低喝："讷铭……"此话为藏语，接着从她柔嫩的小手出现了黑色的光芒。

这光芒迅速蔓延到了那条缠在我腰间的触脚之上，接着我听到"噼里啪啦"一阵响，如同电击一般。

朵朵单手托住了我的身子，我腰间的触脚无力，软软垂下去，然而我双脚脚踝上面的触脚，力道却依然凶猛，使劲儿一甩，想把我拖下池去。朵朵自然不肯，伸手抓住了我的肩膀，往回拖。朵朵和闵魔，或者说是和闵魔的触脚，将我作为了战场，开始了一场激烈的争夺战。

闵魔下盘的触脚力量巨大，朵朵却也不惧。火娃当日给我服用的尸丹如同石沉大海，毫无反应，我也根本察觉不到，别人也是，唯有朵朵和鬼妖婆婆，能够感受到其中蕴含着的力量，如同夜晚的太阳，虽然看不到，却依然散发着蓬勃的热力，滋润着朵朵，使得她仿佛生出无穷的力量，与闵魔对拔。

这两股力量对抗，只可惜苦了夹在中间的我。顿时骨头咔咔响动，倘若不是平日里勤练固体，这会儿妥妥的五马分尸。就在这时，一条如同触脚一般的东西出现了，是肥虫子控制的有角游蛇，或者说是条蛟，它一口咬在了我足部的触脚上面，一股肉眼可见的黑气，朝着触脚蔓延而去。

我听到一声怒吼，仿佛耳边炸雷，嗡嗡嗡，使得我颅腔的压力陡增，眼前一黑，便什么都感觉不到了。当知觉回复之时，我感觉自己的双手触摸到了实质的地面，这种脚踏实地的美好感觉让我欣喜若狂，睁眼一瞧，自己身处于池子边上，而在我旁边，已经跌倒了几个人。这些都是闵魔门徒，不知死活，也不知道是被谁下的手。

战场瞬息万变，我不敢有半点懈怠。四下一望，但见闵魔出水之后，他的徒弟们都退守到了池子东边的通道处，任由闵魔大战杂毛小道以及跟上来的小妖、雪瑞和吉娃娃，至于虎皮猫大人，它被朵朵甩在了对面的地上，躺在血泊中，正破口大骂。

当然它肯定是不敢骂朵朵的，于是闵魔的徒弟们就中了枪，各种尖酸刻薄的骂声齐出，让人听了，恨不得冲上前去，将这头肥母鸡身上的羽毛给全部扒光，然后裹上淀粉和面包糠，扔进油锅里炸至焦黄——鸡肉味，嘎嘣脆！

然而能够被闵魔看上的门徒自然都不是蠢货，都知道这头肥硕的鸟儿是要转移他们的注意力，并没有冲上去，而是小心翼翼地注视着战场。我见杂毛小道手持鬼剑，正在被闵魔那游蛇般的繁复触脚，暴风骤雨一般地攻击，而雪瑞在旁边也颇为被动。

一伙人上前围攻，结果反倒是被浑身黑烟滚滚的闵魔打得伤的伤，跑的跑。

我心中焦急，将腹中的力量运转到了极致，这才如同炸弹一般，朝背对着我的闵魔扑去。

顿时，有几根触脚鞭甩过来，此刻我早有准备，恶魔巫手分光捉影，将触脚迅速拨开，冲到闵魔身前，抬手便拍。

我这蕴积了一身潜能的掌力，疯魔起来，便是连烈阳真人茅同真也抵挡不住，然而闵魔甚至都没有回头，直接甩回来一巴掌，与我对拼。我贯足力量的一掌，仿佛拍在了一堵厚重的墙上，力量根本就喷发不出去，反而折冲回来，让我气息翻腾，一口血箭喷出，射在了他的头顶。

我这血箭本来只是受伤之后的应激反应，然而正在与杂毛小道等全力拼斗的闵魔一被浇中，突然脸上露出了惶恐的表情，大声叫道："巫咸遗脉？怎么可能，你身上的血，怎么会有巫咸遗脉的精神印记？天啊……"

他下盘那十来根支撑其直立行走的触脚开始变得紊乱，不断地痉挛抽动，使得本来如同魔王返世的他，像一个恐怖片里面的小丑鬼怪。

我捂着嘴边的鲜血，也疑惑了：巫咸遗脉？说的可是怒江峡谷中的那具绿毛僵尸？

## 第三十五章　败势初显

　　我隐约记得我们在怒江集训中所遇到的那头深潭僵尸，它那丑恶的形象，便是巫咸遗族。传说中的巫咸遗族，那可是上古遗民，真正大神通时代所留下的传说物种，到了我们这末法时代，自然是见闻不得的，所以这个词眼我早就忘记。

　　然而我根本就是莫名其妙，其余人等，更是摸不着头脑，不知道这个凶煞如同恶魔的家伙为何会在鲜血浇头之后，就变得如同醉酒的大汉，歪歪扭扭，失去了平衡。

　　杂毛小道的战斗意识极佳，他哪里会管这些缘由，见闵魔此番状态，顿时如同打了鸡血一般，手中的鬼剑荡出一大蓬的金色剑花，朝着跟跄跌入池中的闵魔罩去。至于雪瑞，她的反应更快，身具天眼的她有着料敌先机的绝佳天赋，早一步抢先冲到池子边缘，一抖手，一把黑色粉末洒下。没有几秒钟，那些本来翻腾着肉块的血水，突然冒出密密麻麻的白色蛆虫，吞噬着周边的所有肉块和器官，不一会儿，小半个池子，白茫茫的一片虫子翻腾。

　　我学过"十二法门"，通晓目前出现的大部分蛊毒，雪瑞这东西，应该是蚂蟥蛊。

　　何为蚂蟥蛊？此物最早出现于西川彝族，取一只生于重阳的公鸡，剖开放在池塘蚂蟥最多的地方，蚂蟥就会自动集中到鸡身上来（以身扁而黑黄色者为佳），当这鸡给吞噬干净之后，将蚂蟥收集起来，晒干研末，并且加上血乌、鸡蛋壳、人耳屎等物，置于五瘟神像之前日日祭奠，小心参拜，至第二年的九月重阳日，便可取之，将这粉末置于饭食中，食者将遭百虫钻心，万虫吞噬。而倘若将其置于水中，则能够自我繁衍，取食水中的荤物。

　　瞧到这白茫茫的一片，我知道雪瑞用的这粉末，比之我所知道的蚂蟥蛊，还要恐怖许多。想来这东西，应该是她第二个便宜师父送给她防身的吧，要不然怎么可能有这般神奇的效用？

　　战斗在继续，池子中被雪瑞下了这般诡异的蛊毒，此刻的闵魔虽然已不是人类，然而身具十几根触脚的他依然是血肉之躯，似乎也有所忌讳，并不再朝着池边靠近，而是与我们再次拼斗。不过这一番拼斗比起之前来，闵魔似乎虚弱了许多。先前还像是在逗弄我们，此刻却能够下黑手的，那便下黑手，急功近利，似乎想着赶紧逮着一个人就弄死，免得遗祸不断。

　　与此同时，那些一直保持着酱油党姿态的闵魔门徒瞧见自己师父并不占上风，为了表现自己，纷纷冲了上来，与我们纠缠，试图帮助自己的师父将我们给制服。

　　闵魔被我鲜血喷头之后，身体协调性似乎变得错乱，速度也缓慢许多，不过他并没有立刻丧失清醒,一边避开了杂毛小道、雪瑞、小妖朵朵的全力围攻,一边指挥着自己的徒弟围攻而上。

这个形如章鱼的古怪魔头嘎嘎直笑:"巫咸精血那又怎么样?这个末法世界上早已经没有当年那一人打遍天下的时代,现在我们拼的是人力,是财力,是综合实力。尽管我被你这个可恶的小子给克制了,那又怎样?我的徒弟们,个个都是好本事,一拥而上,还怕你们能够翻出天来不成?"

他说得倒是有几分道理,至少当大猛子、王姗情和黑白无常等人一齐冲上来的时候,我们先前那如虹的气势顿时一滞,被阻隔了,层层围攻之下,离闵魔越来越远。

因为闵魔所忌讳的巫咸精血就在我的身上,所以我受到了巨大的压力,面对这样悍不畏死的围攻,颇感吃力。没有几个回合,虽然我拍飞了两个家伙,但是左腿上面,又添一道伤痕。伤口痛裂,猝不及防之下我跪倒在地,倘若不是小妖朵朵救援及时,说不得我已经死在了乱刀之下。

我翻爬起来,看到小妖朵朵那鄙视的眼神,心中不由得有点儿冤。

其实这并不是我太菜了,而是因为我们的对手,个个都是气血行于周身的修行者,比我或许还差一些,然而架不住人多啊。

战斗还在继续,这时战场又多出了一位高手,身形利落,飞纵而起,朝着王姗情等人扑去,手骨虚张,如鹰爪,呼呼的风声。这个人是在铁门之后与中邪的罗喆、老沈激斗的姜钟锡大师,他的出现,定然是因为闵魔自身危急,顾不得分神他处,所以才会瞅了空当,朝着这边冲来。

他一出现,便盯着王姗情那里冲过去。大概是因为老爷子在记恨之前身陷无欲天魔肉菩萨阵中的遭遇,招招凶狠至极,与他对待罗喆、老沈这些人的态度,完全就是两个对立面。

然而王姗情又岂是那么好惹的?她双手一挥,立刻有如烟一般的绸缎出现,朝着姜钟锡大师卷去。那绸缎看似温柔,然而老爷子人老成精,鼻子灵得很,知道这里面定有蹊跷,回身一躲,绸缎甩在了他身前的地上,顿时间黑雾缭绕,大理石铺就的地板上面出现了一个深坑。

王姗情入行并不久,在此之前也仅仅是一个普通的美女而已。她能够如此厉害棘手,倘若说她天资卓越,生而不凡,我基本不信,然而见她手上的这如烟绸带,顶端厉害的法器一件,我便知道,这个女人应该也如李腾飞一般,是用丹药、邪法和资源堆积出来的佼佼者。

混战一起,谁也顾不得谁。我也只是抽空瞧了几眼,便被大猛子给缠上了。我与大猛子交手几个回合,小妖从侧里冲出,一双小拳头攥得紧紧,朝大猛子打去。狂化之后的大猛子身上黑雾缭绕,哪里会将这个少女模样的小女孩放在眼里,沙钵大的拳头砸下来,几乎有小妖半个脑袋大。

然而小妖很轻松地挡住了大猛子势若万钧的一拳,平托起,朝着我大声吩咐道:

"擒贼先擒王,你快去帮萧叔叔缠住闵魔,不可让他逃脱,不然那个家伙倘若将臭屁猫封锁隔绝出来的法阵开启,只怕我们都跑不掉!"

听到那被虎皮猫大人压制的绝对黑暗领域还有重启的可能,我顿时就有一股恐惧的气息冲到了头顶,任由小妖接过了大猛子和旁边两人的凌厉攻击,一个急步前冲,朝闵魔冲去。

此刻的闵魔并没有动手了,而是从口中呜呜地吹着让人听不懂的号子,经过这么长时间的缓冲,他终于走出了被我血泼的痛苦,只是还在喘着粗气,除了三四根触脚撑地保持平衡之外,其余的触脚都在无意识地摆动着。

三个门徒正在闵魔前面与杂毛小道激战,老萧有着与我同样的想法,认为将闵魔给压制住,基本上这一波战斗也即将结束。故而剑锋凌厉许多,三四个照面,左边的一个中年妇女捂着脖子倒了下去,另外两个见到杂毛小道如此凶狠,不由得吓了一大跳,稍微露出了一点儿空隙,被我抓住,急冲而去。我一下子冲到闵魔身前,点燃恶魔巫手,去抓这个满是章鱼触脚的真实恶魔。闵魔冷笑,三两下便将我给打得溃不成军,胸中翻腾,感觉一股气息憋在胸中,吐不出去。我灵机一动,深呼吸,一咬舌尖,将身体里郁积的淤血给全数逼了出来,一口朝着闵魔射去。

本来嗜血的闵魔见到这血就恐惧,向深潭退去,其中的一条触脚往水面轻扫,一股看不见的光波蔓延,那些蚂蟥蛊都散到了角落去。闵魔往水里面一跳,杂毛小道看着水池中的波纹,大叫不好,说这池子底下有通道。

他扭头瞧向了我,喊,小毒物,带上天吴珠,赶紧追上他!

我一摸胸口,不由愣住了神:哎呀,这么重要的东西,我放哪儿了?

## 第三十六章　水中剧斗，斗转星移

正犹豫，一道倩影从我身后冲出来，拉着我的手，就朝着池子冲过去。是小妖。只见这小狐媚子右手暗扣着一颗灰扑扑的珠子，可不就是天吴珠？

我还来不及想明白小妖是何时从我怀里偷走的这东西，感觉周身一沉，已然浸入了这腥臭的血水中。一入水中，小妖将天吴珠塞在我的怀里，然后咬着牙，冲出了天吴珠的范围。我知道小妖这是准备拦截闵魔，但是想到闵魔先前散发出来的那种恐怖气势，心中就焦急得很，毫不犹豫驱动天吴珠朝前游去。

没走几米，便看到小妖正在和闵魔战斗，回到血池中的闵魔全然不复岸上的颓势，腰身下盘的那些肉色触脚不断飞舞，像极了章鱼，个个如同森蚺出洞，全方位360度无死角地袭来，将小妖朵朵小小的身子给围了一遍。

然而小妖朵朵既然有胆追来，自然有自己手段，她手中拿着一根黄白相间的绳子，不断地抽打，每一根飞袭而来的触脚都被这绳子抽中，绳端之上有一种神秘的力量，使得触脚一触即收，根本不敢与之抗衡。

这黄白相间的绳子便是杂毛小道添加了剑脊鳄龙最具韧性的一根粗筋后的升级版九尾缚妖索，细小的龙筋之上，被杂毛小道用微雕技术，刻上了密密麻麻如同小点儿一般的符文，威力相当不错。

手执九尾缚妖索的小妖朵朵，颇有女王风范。然而她面前的可是跺一跺脚，整个南方省的地下世界都要颤抖的闵魔，老家伙见面前这个小妖精如同刺猬一般难缠，于是举起右手，一股黑乎乎的光芒裹挟着池水，朝着小妖整个人压去。

巨大的压力让身手灵活的小妖行动变得迟缓，每一个动作都像耗尽力气，小妖脸上显露出了难过的神色，咬着牙，朝前硬顶上去。瞧见这情形，我果断冲到小妖身边，将左手捂在胸口，驱动天吴珠。这天吴珠又名避水珠，江河湖海，再大的压强在它面前，也只是浮云而已，所以在我接近小妖的那一瞬间，水压一扫而空。

见我们再次袭来，本来准备深潜池底，驱动法阵的闵魔不由气得暴跳如雷，大声怒骂道："黄口小儿，居然敢仗着自己身上的法器，如此欺我，今朝若不将你们这些扑街仔全部弄死，我闵鸿这辈子的名字，那就倒着写！"

我忍不住笑了，这闵魔看着浑身恐怖如同恶魔，然而话语里面还有着一些小可爱。

不过我虽然笑，但也瞧出了此魔所说的话是认真的。不敢怠慢，掏出随身的小刀，眉头都没有皱一下，朝着胳膊就抹了一下。这刀子是我们离开西省的时候，我那小徒弟莫赤硬塞给我留作纪念的藏刀，十分锋利，一刀抹下，那口子先是自我保护地收缩一下，然后有鲜血渗出来。

不一会儿，我身周一米处，皆是这血液笼罩。

这血液虽然稀释，却很管用。当我靠近闵魔之时，他哇啦哇啦一声叫唤，好似硫酸泼了脸，难过得很，身形就有些涣散，一个劲儿地往后退。当时的场面十分搞笑，一个凶猛如同魔王的怪物在奔逃，而另外一个根本不能与之抗衡的家伙，则在一边给自己放血，一边飞蛾扑火，将怪物赶得连连后退。

我追了闵魔十来秒，突然一道黑影冲到我的面前，当头就是一抓。我果断后撤，然后伸手一个劈砍，正好击中了来袭者，竟然是小鬼闹闹。

此刻的闹闹比起先前，又有更大的不同，它的浑身长满刚毛，如同白线蚓一般呈棍棒状，头颅硕大无比，根本不似人类，那一双眼睛里面所装载的邪恶，让人透不过气来。没有人知道小鬼闹闹为何会变得如此凶猛，当我一把抓在它胸口的时候，它的嘴巴立刻张开，上面有着昆虫一般的口器以及米粒细小的密齿，不合常理地朝着我的手背咬来；与此同时，它剧烈地挣扎着，力度之强烈，几乎将我的手骨给震松散。

坦白地说，此刻的小鬼闹闹，根本就不是鬼体，似乎已经进化成了另外一种恐怖的生物——难道这就是采用邪法，运用生辰八字和五行秘术，通过精心安排和培育，让死亡变成一种进化吗？

对此我不得而知，只知道倘若自己的手背被这么一咬，恐怕半只手都要永远离我而去。匆忙间我换了一边手，抓住闹闹的身背，避开了它的一咬。这小东西拥有着巨大的力量，一咬不成，拼命挣扎，而且还有一股阴邪力量，通过我与它接触的地方蔓延而来，让我心慌意乱，整个人如同过电一般的酥麻。

然而越是如此，我心中反而越加地生出不屈意志，想着非要将这货给超度了，免得它自己真正的灵魂不得安息，遗祸人间。

我运用起小腹之中的那股磅礴力量，将其转换为恶魔巫手所需要的能量，左手阴寒如冰，右手灼热似火，两者一激发，本来被那小鬼闹闹带得四处踉跄的我终于稳住了身形，感觉到闹闹身上的力量开始幻灭。然而就在我准备一鼓作气，将小鬼闹闹给湮灭灵体的时候，突然池中一股震动，闵魔愤怒的声音传入我的耳朵里："不可！"话音一落，池子里顿时就有滔天巨浪一般的压力，朝我挤压过来。

我的心中咯噔一下，暗觉不妙。小鬼闹闹刚才这么一插手，给了闵魔充分的时间，他定然是已经将虎皮猫大人封锁这片区域的布置给破坏了，使得这恐怖的力量，从四面八方狂涌而来，让我根本就立不住脚。一股虚无的力量从池子深处注入了小鬼闹闹的身体里，它突然爆发出了前所未有的恐怖力量和敏捷，如同滑腻的泥鳅，一下子就滑出了我的掌控，然后双手交叠，朝我击来。

我感受到了恐怖的水流之力击打在我的身体上，即使有天吴珠的缓冲，我还是腾身而起，朝后摔去。这并不算完，四五条滑腻的触脚缠上了我的脖子、腰和大腿处，死死箍着，然后往池子底下拖去。至于我的双手，因为有着恶魔巫手的力量附着，反倒是没有遇上什么束缚。缠在我身体之上的触脚，那些本来柔软的米粒肉芽陡然变异，化作尖锐的骨刺，扎在我的身上，疼得我哇哇直叫唤。

然而，身体越疼痛，我的精神却是越加清醒，知道今朝倘若是让闵魔逃走，或者将阵法驱动，我们定然是死无葬身之地。我不由得强打精神，往怀里一掏，摸出震镜来。

此时，我们已经没有在那血池之中，而是通过血池地下的通道，不知道被拖到了哪里。当时的速度实在是太快了，小妖也唯有拉着我的衣角，方才没有被甩脱。水道狭窄，宽不过一米五，倘若不是小妖朵朵在给我把持平衡，这么高的速度，只怕我早已经撞死在水道的石壁上了。

情形危急，震镜在手，虽然不知道闵魔会不会中招，我也只有硬着头皮一声大喊："无量天尊！"话音一落，蓝光骤起，前面正在飞速游动的闵魔身形突然一滞，不再前行，而我也顺着这惯性，冲上去毅然抱住了这个家伙干瘦的上半身，顾不得他浑身的血污碎肉，张口就朝着他的脖子咬去。

当时的我根本就想不出什么招式来了，脑子有些迟钝，就想着弄死这个家伙。

然而当干牛筋一般韧劲儿的口感反射到我的脑海之时，我才发现我怀里面的这一位，可是一个真正的怪物和魔头，他咬我还差不多吧？当我想起运用自己的恶魔巫手，消磨闵魔身上的魔性之时，他嘿嘿一笑，将我的震镜一把夺过去，揪着我的脖子狞笑道："小子，既然到了这里，就让你尝一尝生不如死的滋味吧？"

他伸手一划，左边出现了一个模糊的空洞，将我往前一推，我顿时昏迷过去。不知道过了多久，当我再次醒过来的时候，感觉到自己四肢剧痛，仿佛全身被固定在了一个悬空的地方，晃荡不休。

## 第三十七章　混沌万棺阵

　　我深呼吸，让自己的肺中充满氧气。然而很快我就发现，我的呼吸开始变得有些困难了，空气稀薄，仿佛置身于一个狭窄而封闭的区域里。动了一动，身体上传来的剧痛让我的脑海里基本都被痛觉反射弧给占据，不能思考。

　　我皱着眉头想了好半天，才想起来，只怕我此刻是被闪魔那个家伙开启了法阵，送入了另外一个地方，所以才会如此。只是我身处的这个地方，莫非就是我们之前解救张静茹所遇到的那个悬棺？从我现在所面临的种种情况来看，我几乎肯定如此。

　　我又想起了小妖，刚才在水道里面，她好像一直跟着我，此刻有没有一同过来呢？我浑身都动弹不得，唯有用比蚊子粗上一点点的声音喊道："小妖，小妖，你在吗？"

　　我连续呼喊几声，均无回应，这种死一样的寂静让我心中难受，心情一点儿、一点儿地往下沉去，感觉世界末日即将来临一般。消沉几分钟之后，我突然咬了一下舌尖，骤然清醒——我是怎么了？怎么会变得如此颓丧呢？我还是那个遇事不气馁、至死不放弃的陆左吗？

　　我也不敢仔细想，失血的虚弱让我意识活动变得极为缓慢，我快速地念动了几遍九字真言，在脑海里观想着"内狮子印"的法门，然后口中低喝一声："洽！"此言一出，其中蕴涵"万物之灵力，任我接洽"之意，立刻弥漫了我的全身，有无穷的意志和力量，充斥到我的身体和精神中来。

　　当灵台恢复一片清明之后，我才发现自己身处的这"悬棺"之中，有着一股阴郁的气息。它笼罩了这空间里的全部，让里面的人，无法跟外界交流探索，而且试图操控我的情绪，进而将我的意识吞噬。它并不激烈，只是在小心翼翼地试探，故而难以发觉。这也就是我之所以会如此颓丧的主要原因。知晓了这一切之后，四肢被钉、全身都无法动弹的我开始凝练起了意识来。

　　平日里我即使能够分神化念，也集中不得精神，此刻却是死地求生，我唯有高度集中精力，才能够与这股气息作斗争。精神世界的斗争，与身躯所具备的力量完全无关，比的唯有意志，让自己充满强大的自信和必赢的精神，以及可以扛过一切精神冲击的不败信念，咬着牙包谷，拼命死顶。

　　我无法述说当时的情形，时间仿佛绵延了亿万年，而现实却仅仅弹指一瞬间，当我脑袋快要爆炸的时候，那股气息终于淡了下去，消失不见。

　　我快速思索着自救的法门，很快，我想到了一个办法，闭上眼睛，试图与肥虫子建立沟通，观想起它的世界，并将它引导过来。

我心中忐忑，毕竟身处于这诡异的大阵之中，意识的阻断也是常有的事情，倘若我联络不上肥虫子，只怕就要在这里流着血，默默等待死亡了。或许是上天眷顾，或许是因为我和肥虫子一命两体，这种交流似乎能够跨越空间，故而在观想不一会儿之后，我便联络上了肥虫子。

这家伙依然是寄居在那条有角小蛟的身体里，视野中一片血肉，很快，我将自己的处境与它做了沟通。肥虫子听闻，一秒钟也不停顿，身子一弓，驱动着有角小蛟就顺着我的意识方向飞来。它过了几处房间，终于来到一扇锁得严严实实的大门，没有什么孔洞可供出入。周旋好一会儿，焦急的它终于决定放弃那条有角小蛟的身体，几口将这小蛟的脑部给啃了个精光，然后飞出来，顺着石门的间隙钻了进来。我感觉到肥虫子已经离我不远了，于是切断与它的联系，让高度紧绷的神经放松下来。

我开始深呼吸，将肺里面的废气缓慢吐出来，一点点，一点点……

过了不到一分钟，黑暗的空间里面多了一点儿光，我死死地盯着这道光，发现它是从肥虫子身上所自然散发出来的，有一种让人心灵镇定的效果。

这个小家伙的出现终于让我平静下来，借着光亮瞧头顶，发现我确实就是在一樽悬棺之中，在头顶的盖子上面，用古朴高超的手法描绘着三头六臂、怒目狰狞的神像。这玩意儿是大黑天，邪灵教所崇拜敬仰的恐怖邪神。与我正面相对的，就是它的脸，我盯着它的眼睛仔细瞧，感觉上面闪耀着光芒，栩栩如生，似乎正在俯瞰着我一般。

肥虫子甫一出现，周身立刻有那丝线一般的氤氲出现。这些光芒如同实体，开始将我的身体缠绕住，特别是我那被木钉钉住的四肢伤口，更是如同蚕茧一般，给包裹得严严实实，不留一丝缝隙。绝对的宁静中，除了心跳和呼吸之外，我听到了几声清脆的响声，稍微一抬头，感觉到锁在我的脖子、腰间以及脚踝处的固定套圈，已经被肥虫子给解开来。

金色的光芒温暖如冬日太阳，在这暗淡的金光蔓延下，棺材顶上的大黑天神像渐渐淡去，最终消失不见，而我身体内的疼痛也开始缓慢减低，从让人疯狂尖叫的程度，渐渐地变得让人可以接受。就在这和缓的节奏中，我感觉钉在四肢的木钉陡然一松，被肥虫子给取了出来，血肉与空气接触，顿时一阵火辣辣的疼痛出现，倘若不是强忍住，我都怕自己叫出声来。

肥虫子消失了，它钻入了我的体内，但是身体表面上的暗金光线还在伤口处缠绕。

我深呼吸，感觉到力量重新涌回了我的身体里，虽然疼痛仍在，全身各处的伤痕依旧，不过比之以前，已经有了很大的改善。悬棺的盖子已经被肥虫子给撬开，我将其推开，露出一道口子来，然后坐直身子，四处张望。此处是一个巨大的石厅，看不到边，在我视野中的，是密密麻麻的悬棺，几十上百樽，或者更多，一眼根本就打量不完。它们全部如同我身处的悬棺一样，凭空悬挂着，离地半米。香樟木、黑色山漆，还有每樽悬棺上面那一盏幽暗如豆的长明灯，将气氛渲染得阴森恐怖，不似人间。

我愣愣地盯着这地方，足足有半分钟。有响动传来，抬头望去，西面的一扇巨大石门，开始缓缓移动。有人来了，是敌是友？

我勉力站起身，爬到地上，又咬着牙将棺材盖拉平，然后朝着一处承重柱的后面躲去。我刚刚藏好身子，便听到有脚步声从西边传来，石门则被重重锁上了。

我惊魂未定，心中非常压抑，总觉得有什么事情遗漏了一般。

四处张望一下，又瞧到了我刚才跳出来的棺柩，心中剧震——所有的悬棺顶上，都有一盏幽暗如豆的长明灯，唯独我刚刚出来的那一处，没有。

然而脚步声渐近，根本来不及去点燃，我已经听到有谈话声传来，于是尽量平复自己的心情，竖着耳朵听。

来人有三个，其中有一个人声音最大，尖锐得像被人掐住了脖子一样："怎么办？大师兄竟然被那个茅山来的杂毛小道给一剑捅死了！师父从万骨蚀化登仙池中遁走，外面的大阵又面临陈老魔率众攻击。小师妹，我们现在可怎么办啊？"

一个寒意凛然的声音响起："慌什么？这大阵乃师父精心布置，专门针对陈老魔而设，岂是那么好破解的？再说了，即使被攻陷那又怎样？有师父在，你还怕什么？天塌下来，都有他老人家顶着呢。"这声音是王姗情，这个女人在闵魔面前，娇柔百媚生，而在私底下，却如冰块般寒冷。

我伸直腿，努力地回复力量。突然又听到一个声音说道："情姐，闵魔大人变成了这副模样，他到底还是不是人类啊？"这是好久未见的小澜。

小澜的话让王姗情语气更加阴沉了："张君澜，你好好做你的事便是，问多了，你妈和你弟弟就会更加危险。师父他老人家不过就是为了快速恢复实力，好在小佛爷的计划中出一把力，才会如此。等到了新世界，他便是神了。这话你以后休得再提，倘若被师父听到了，你就真完了。你，张小黑，赶紧去查看一下混沌万棺阵上面，看看哪樽长明灯最亮！师父刚刚传来消息，说那个陆左已被他弄到了这里制住，说不定我们就可以和陈老魔谈一谈条件了呢！"

## 第三十八章 小澜身死，举手立杀

"好的，小师妹！"有人恭声回应。脚步声渐远，估计是从这巨大的石厅边缘，开始盘查起来。

我看了一眼离我不远的那樽熄灭灯盏的棺椁，捏了捏拳头。虽然肥虫子在我体内不停地为我修复，然而它毕竟不能够让我马上就活蹦乱跳起来，那四根桃木钉打出身体，基本上我能够正常行走就已经是谢天谢地了，倘若与人拼斗起来，恐怕不出十秒钟，我就真正跪了。

王姗情和小澜在我藏身之处的六七米外站定，从她们的交谈中，我能够感觉到，小澜应该不是邪灵教成员，至少不是正式成员，想来她可能是有把柄掌握在邪灵教手上。在家人的生命安全受到威胁的时候，仅仅是一个柔弱女子的她也没有办法，唯有按着邪灵教的指令行事。

相比起良心未泯的小澜，王姗情的心完全就是那灶台的黑色锅底一般。这个女人能够在加入邪灵教短短几年的时间里，就成了闵魔面前的红人，地位比同门兄弟高上许多，其心机和手段，都远远超出了她的同龄人，阴狠毒辣得很。她告诉小澜，说别看陈老魔带着特勤局的人赶了过来，准备将她们一锅端，殊不知一切都在她师父的掌控之中。她自信地表示：陈老魔此番前来，必然是有来无回，性命定然要交待在这里了。

小澜问她为何会有这样的自信。王姗情笑而不答，只说过了今天，一切自然都会见分晓了。小澜迟疑了一阵，说既然陆左、萧克明都被困于阵中，她的任务是不是就已经结束了，可以过上平静的日子了呢？

王姗情哈哈大笑，说，既入我门，怎么可以放弃这么宝贵的机会呢？上面自然还会有新的任务安排给你的，倘若做得足够优秀，到时候你弟弟，以及你的家人都会过上好日子，而且完全不会受到任何的威胁。

我忍不住探出头来，瞧了前面一眼，在昏黄的灯光下，我能够看到小澜洁白莹亮的小脸上，一瞬间露出了绝望，咬着牙，似乎十分不满。而王姗情则根本没有在意小澜的看法，朝着远处的一个壮汉喊道："张小黑，怎么样，找到没有？"

张小黑回答没有，王姗情颇有些不满意，埋怨道："快点啊，师兄弟们都在拖延那个厉害的道人呢，你若不行，我把你派过去抵挡作战便是了！"

她这话说得骄横，我以为那个长相粗豪的张小黑会反驳一二，没想到他脸上虽然露出了羞恼的神色，却并没有发作，而是开始加速寻找起来。王姗情继续对小澜说道:"刚才师父传信给我,说陆左已经被他囚困于此,让我过这里来将其带出,到时候就可借机与陈老魔谈条件,将其诱入阵中,一举捕杀了!"

小澜诧异,说以陈老魔那等的城府和见识,他怎么可能会上当?

王姗情笑了,说:"不一定哦,陈老魔对待你这两个老板的感情一向很好。那个家伙理智的时候,就如同一块冰冷坚硬的生铁,一台高速运转的计算机,然而一旦意气用事,根本就是一个疯子。不过说起来,陆左和萧克明也当得起陈老魔的高看和栽培,谁也没有想到,这两个家伙现在居然会如此厉害,竟然能够将我师父逼得如此狼狈,只是到了水池深处,才将其转移至此。师父他老人家发给你的锦囊记得带好,可防蛊虫,免得一会儿,反倒被他给阴了……"

她的话还没有说完,张小黑突然一声大喊:"小师妹,你看这怎么回事?"

张小黑惊讶的大叫打断了王姗情和小澜的对话,一道黑影从我的身边飞过,已换成一身劲装的王姗情站在我刚才受困的悬棺之下,盯着那盏熄灭的长明灯,脸色阴郁地说道:"每一樽棺椁之上都有一盏灯,它代表着布置在棺椁里面的阵法和灵体存在。而这里没有……难道那个家伙就在里面?"转头瞧向张小黑,下巴一抬,缓慢说道:"你,打开来瞧一瞧!"

张小黑不敢违背王姗情的指令,咽了咽口水,握紧了手上那把黑色军刺。他之前见识过我的本事,不由得有些忐忑。不过害怕归害怕,他还是一个心理稳定的男人。将军刺轻轻插入棺材盖子与主体之间的缝隙,缓缓推开来,探头往里面一瞧,脸色大变。王姗情个子不高,瞧不见,忙问怎么了?

张小黑伸出手,在里面一阵掏弄,竟然摸出了两根带血的桃木刺来。瞧见这东西,王姗情的目光开始往四周扫瞄:"显然,他进来了,不过独自逃离了。这里出口只有一处,而我们又来得这么快,他怎么可能逃得出去?他还在里面,搜!"

她说完,没有再袖手旁观,带头开始四处搜查。一边搜,一边拿出一个古怪的蛐蛐笼,朝着里面嘀咕,似乎是在通过这东西与其他人联络,找寻援手。

我浑身疼痛,伤口虽然均已结痂,但是四肢都使不上力,一捏拳头,便疼得厉害,即使有肥虫子在也不怎么管用。我藏身的这处承重柱还算隐秘,但倘若真的有心找寻,它反而成了最有嫌疑的所在,我唯有强忍着疼痛,将身子往里面挪动。

然而我刚刚移动了一个身位,一双美腿出现在了我的视野里,我心中狂跳,抬起头来,正好与小澜那诧异的目光对视上。小澜脸上竟然有比我还要浓重的惊慌,张了张樱唇,终于没有叫出声来。

我见自己已经被发现,反而坦然了,平坐在地上,似笑非笑地看着我面前这个"前下属"。短暂的诧异之后,小澜收回了目光,深深吸了一口气。在她身后不远处传来了王姗情的问话:"小澜,你那边有什么发现吗?"

"哦……没,没有!"做过这么长时间卧底的小澜,心理素质自然也是极好的,她很快就稳定下来,然后目光越过平坐在承重柱后面的我,视我为无物,与我擦肩而过。

在那一刻，我的心中不由得一阵激动，被一种温暖所包围着。

一瞬间，我突然能够理解小澜的悲哀：一面是自己的亲人，一面又是自己的朋友，她总试图选择对自己更重要的一方，然而又对另一方心怀愧疚。她是一个善良的人，是一个柔弱的人，也是一个可怜的人。她无法掌控自己的命运，甚至反抗的能力都没有。

搜查几分钟后，三人又聚到悬棺底下。王姗情的表情颇为狰狞，低声咆哮道："怎么可能？他怎么可能突然就消失不见了呢？师父交了这个任务给我，我怎么能够弄砸呢！"

此时我已经站了起来，心里盘算着这三人身上所携带的东西，是否真的对肥虫子有克制作用，如果没有的话，我是不是就可以先发制人，将王姗情和张小黑给制伏了？然而当我刚刚想要探头出去的时候，突然就跟一个冰凉的头颅碰到一块儿。

我定神一瞧——我的天，小鬼闹闹怎么会出现在此处呢！

小鬼闹闹的出现让小澜之前的努力成了虚妄，毫无悬念，四肢皆伤的我被这头鬼娃娃一番撕扯，又添无数伤痕，倘若不是王姗情下了命令，只怕我已经一命呜呼了。

王姗情走到我面前，居高临下地看着我，嘴角上面的笑容在这一刻，阳光灿烂。她并没有先跟我说话，而是扭头看向了小澜，颇有玩味地说道："小澜，你刚才是真的没有看到吗？"

小澜惊恐地摇头，一边后退一边解释道："我没有，我真没有……"

她话还没有说完，王姗情身形一闪，出现在小澜的面前，当头一掌拍在小澜的额头之上。小澜浑身一震，接着双眼、鼻子和口中，涌出许多鲜血来，将她清丽秀美的脸容染得尤为恐怖。她气息一闭，竟然就这般死了过去，生命终结。

王姗情笑了，深深吸了一口气，仿佛在品味着生命的味道，然后吩咐道："张小黑，将她给放到棺柩里去，师父应该会喜欢这种鲜活的身体！"

张小黑一言不发，将小澜的尸体搀扶了起来，朝着我刚才藏身的棺柩走去。王姗情蹲下身，看着浑身累累伤痕的我，笑了笑，说："老板，你做梦都没有想到会有今天吧？"

## 第三十九章　忆往昔，竹马青梅

骤然听到这个女人喊起"老板"这两个字，我在恍惚间，似乎又看到了 2006 年饰品店刚开张，我和阿根招聘店员的时候，那个穿着白衬衫和一条肥大西装裤、操着一口西川普通话的少女。我想起了那一双溢满井水般的明亮眼睛，还有无数我本来都已经忘记了的岁月。

时间真的是一把杀猪刀，当日的少女已经变成了阴狠毒辣的邪教骨干，而我则成了一名历尽沧桑的苗疆养蛊人。

我笑了笑，爬起来，背靠柱子而坐，说，是啊，真的想不到，我们竟然会变成这个样子……

王姗情也很感慨，坐在我的对面，瞧着我这一副狼狈模样，脸上带着胜利者的微笑，缓缓说道："老板，你知道么，我曾经很感谢你，是你手把手地将我从一个普通的农村女孩儿，带成了饰品店里的业务骨干，记得我超过小美成为饰品店业绩第一的那个月，你给我发了一盒巧克力，我当时就高兴疯了！巧克力好甜，甜得让我想要嫁给你……"

我苦笑，说那巧克力是阿根要送给你的，只不过借由我手而已。

王姗情点点头，说她知道，后来她听阿根说过了。她说这话的时候，眼睛亮晶晶，如同黑色宝石，美丽极了，让人很难想象她刚刚还若无其事地杀了一个人。

王姗情继续说道："你也许不知道，当我笨拙地借口跟你开玩笑，说喜欢你的时候，被你拒绝，我有多么伤心；你也许不知道，我之所以跟着赵刚那个混蛋，就是因为伤心被你拒绝，出去喝酒，被他夺去了身子；你也许不知道，当我看到你跟小美在一起的时候，我心里面那发疯的嫉妒，就像长满荒草的田地；你也许不知道，我跟阿根在一起的时候，你那无所谓的祝福和隐约防备，让我整夜整夜睡不着，心里面被愤恨所包围……"

我听着王姗情回首往事，静默不语。

坦白说，我是一个有着自知之明的人，知晓这个世界并不是围着"我"而转动的，所以从来不会强求其事。而我在情感上面又向来都是比较迟钝的，故而并不清楚王姗情对我竟然还有这么多感情纠葛。在我眼里，以前的王姗情就只是一个业务能力很强的下属，而今的王姗情，只是一个让我恶心的女人。除此之外，我对她基本没有什么多余的感情。所以听她这般说的时候，我就仿佛在听别人的故事，里面的主角，跟我半毛钱关系都没有。王姗情见我一点表情都没有，仿佛事不关己一般，脸色不由得阴沉下来，寒得几乎能够滴下水来，她用难以置信的语气问道："我为你付出这么多，你居然一点儿反应都没有？"

我汗颜，摸了摸鼻子说："一个人做什么事，不做什么，完全都是由他自己的内心作主导。你之所以做出这些泯灭人性的事情，都是因为你自己的自私，与我何干？"

我这淡然的态度和话语触伤了她，这个女人如同一头母狮子一样暴跳起来，揪住我的衣领，愤怒地咆哮道："你怎么可以不领情呢？你怎么可以不领情！完全就是你背叛了我，我被你抛弃了，我……我要杀了你！"

我看到她双手都有着活灵活现的刺青，是九头毒蛇，从手上传来了巨大的力量，将我的脖子给死死地掐住，让我的呼吸困难。这个一切都以自我为中心的女人是如此疯狂，而我的心中却是一阵狂喜。她身上确实携带了隔离蛊虫的巫符法器，使得肥虫子根本近身不得，但倘若是她主动靠近我，那就另当别论了。

当她的双手虎口紧紧卡住我脖子的时候，正在我体内进行紧急修复的肥虫子见机不可失，果断沿着我们接触的皮肤，从王姗情的手指处，哧溜一下，直接滑入她的体内。

肥虫子虽为半灵体，但是触感还是有的，王姗情能够很清晰地感觉到有一个又软又硬、似乎还颇为熟悉的东西钻进自己的手掌中，收手一看，却什么都没有。她疯狂的脸上出现了一丝惊容，死死地盯着我说道："你到底对我做了些什么？为什么我会有如此奇怪的感觉？"

肥虫子一进入王姗情的体内，局势立转，我一直紧绷着的心情也松了一些，笑道："我现在除了能够对你放电，还能够做什么呢？"刚才还是一副怨女状态的王姗情此刻变得异常冷静，死死地盯着我，说："你是不是对我下蛊了？"

我丝毫不惧地与她对视，说道："放了我，我便告诉你！"

王姗情的脸霎时变得通红，像一个疯子般地大声尖叫："闹闹，咬他！"

一直悬于上空的闹闹得了命令，朝我飞扑下来，然而几乎在同一时刻，王姗情捂住肚子，痛苦地叫道："啊……"接着她就如同要生孩子一般，满地打滚。我的伤口已经恢复了一些，勉强激发恶魔巫手，去抵挡闹闹的攻击。

闹闹在水下骤然的爆发之后，此刻似乎也是有些虚弱，故而我能勉强挡住几个回合。这时听到王姗情杀猪一般地叫喊："停，停下来！"那闹闹倒也听话，说停就停，我自然也不敢硬拼，肥虫子随后也停止了动作。张小黑这个时候也冲了上来，大声喊问怎么回事。

王姗情刚刚尝到了那求生不得、求死不能的绝望。她没有回答张小黑的问话，而是死死地盯着我，喘着粗气说道："给我解开！"她这种颐指气使的语气让我好笑，她似乎忘记了自己的身份，以及和我之间的关系，我盯着空中那面目狰狞的大头娃娃，又看着旁边的张小黑，平淡地说道："小情，是这样的，你想活，我也想活，那么我们就差不多能够达成一个共识了，对吧？至于接下来的细节，就需要我们本着公平、

公正、公开的原则，仔细商量了……"

听我这般说，王姗情断然拒绝道："不行，师父他指定要抓到你，如果把你放了，我就活不成了！"

我沉声说道："闵魔自去年受了重伤，就已经不行了，不然他怎么会变成今天这般人不人鬼不鬼的模样，而且扛不住我和老萧的攻击呢？他都自身难保了，你何必为他卖命？记住，你若不答应，我们同归于尽，共赴黄泉；倘若是答应了，说不定还能够留有一线生机！"

旁边的张小黑虽然不明白状况，但是从我们的交谈中，多少也知道了些梗概，悲愤地叫道："什么你们两个人啊？你们一伙人六七八九个，个个厉害无比，还好意思说自己是两个人？太无耻了吧！"

我也懒得争辩，平摊双手说道："事情就这样吧，很简单的选择题，你自己做决定吧。"

王姗情盯着泰然自若的我，不说话，脸色阴郁。我并不是很着急，要知道，一个人拥有得越多，地位越高，就越害怕失去。王姗情爬上这个位置，想必是费了不少功夫，她还没有真正享受胜利的果实，怎么可能为了邪灵教的事业抛头颅洒热血呢？

邪灵教有这么强的号召力吗？扯淡吧！

就在她陷入沉思的时候，西面的石门再一次轰然作响。王姗情站起身来，扭头过去，看见七八个人朝着这边跑来，心中不由得紧张地大叫道："我就叫了两个人来，你们怎么都跑来了？"有领头的人回答她，说顶不住了，二师兄让我们退到这里来，布阵防守。

他的话音刚落，我便见到杂毛小道矫健的身影冲进石门，一身的血，然而眼睛却精光四射，手上的鬼剑宛如游龙。再之后，还有雪瑞皎洁素白的身影。

援兵来袭，我自然也不会留在这里与他们扯淡，趁着这段时间蓄积下来的力量还足够，当下一个转身，朝着旁边跑去。我这一动，在旁边等待的闹闹立刻就炸了毛，想要冲上来。我回头瞪了一眼王姗情，她立刻明白了我的威胁之意，张开的嘴巴又闭拢了，没有说话。

闹闹得不到命令，自然不动，反而是旁边的张小黑没有顾忌，朝着我就是一阵拔足狂奔。我双腿疼痛，没跑十几步就熬不住了，失去平衡，重重地跌倒在地，刚一回头，便看到张小黑45码的大脚，朝我身上踏来。我往旁边一躲，摸出那把小藏刀，正准备反击，却见一声响动，张小黑的身子重重地摔在了我的旁边。

哐啷一下，他手中的军刺也掉落在地。我仰起头，见朵朵飘于半空中惊喜地大喊："陆左哥哥，你在这里啊？"

杂毛小道和雪瑞风一般地冲到我的身边，杂毛小道焦急地大喊道："小毒物，你怎么了？闵魔呢？"我还没有答话，便听到石门关闭，那个戴着高帽子的黑白无常大声喝道："万棺悬空，上不着天，下不着地，怨气凭空而起，起风了，威武呼哈哦……"

话音一落，这大厅里面百来号悬棺，突然就是一阵乱颤，风铃一般响。

## 第四十章　腥臭的墨绿色药丸

对于这满厅的悬吊木棺，我心里本来就有些畏惧，此刻见有人发动阵法，也顾不上答话，在朵朵的搀扶下站起来，焦急地说，怎么办？

杂毛小道见我浑身皆是鲜血，衣服破烂之处有狰狞恐怖的伤口出现，遍布全身，追问道："你怎么样了，还行不？"

我苦笑，说刚才被闵魔转移到了悬棺里，结果就跟张静茹一般模样了，不过好在有肥虫子在，伤口给止住了，走是能走，但就是使不上力……

雪瑞看我这番惨状，小脸儿惨白，眼圈通红。她强忍住，不敢说话，生怕一说就哭了出来。朵朵和她一样，不过小孩子没有矜持，哇的一声哭，朝着我怀里扑来，大声地叫道："呜呜呜，陆左哥哥……"朵朵的哭声倒是让我发笑了，我一面看着身边这些颤动的悬棺，一面安慰她，逗她开心。

这时雪瑞哎呀一声叫，从怀里面摸出一个黑色的粗瓷瓶，拔出口子上的红布木塞，从里面小心翼翼地倒出一颗花生米粒大的墨绿色药丸来，递到我面前，说道："陆左哥，你吃了这个！"

我望着雪瑞一脸期待的表情，疑惑地将这颗墨绿色药丸拈起来，放在鼻子下面闻了一下，一股比薄荷还要强烈上百倍的清凉气息，直贯头顶。这种古怪的感觉吓了我一大跳，眼睛都不由得瞪得硕大，屏住呼吸，回味间似乎还有屎壳郎或者蟑螂死后的那种腥臭之味，回旋徘徊，不绝于脑。

我将这药丸拿远一些，惊讶地问道："这是什么？"

雪瑞也不解释，咬着银牙，瞧见远处虎视眈眈的邪灵教众，急迫地说道："陆左哥，你快吃啊，不然一会儿打起来，那可就晚了！"她的话音一落，在远处突然一声"哗"的巨响，但见一樽悬棺的棺材盖子重重掉落下来，砸在了花岗石地板上。

我看着手中这颗墨绿色药丸，怎么瞧都觉得古怪，不过情形危急，我又想到雪瑞师从蛊丽妹，或许是得了些灵丹妙药，不再犹豫，张开嘴巴，将这颗药丸吞入口中。药丸一进嘴巴里，并没有想象中的入口即化，而是化作了一大团散沙，有大有小，十分硌牙。这还是其次，关键是有一股说不上来的怪味，直冲我的头顶。霎时，我浑身火热，脸色通红，感觉热得难受，像被塞进烤炉里，仿佛要爆炸一般。

雪瑞见我吞得艰难，从怀里掏出一个小瓶子，拧开瓶盖，说了一声"喝"，我二话不说，用这水送服，终于吞入腹中。然而我不吞还好，这一口下咽，肚子里面仿佛有一颗炸弹爆开，咕嘟一下，胃和肠子就搅动纠结起来。我眼前一黑，脑壳轰然作响。为了缓解那遍布全身的疼痛,当下我也顾不上形象,满地打滚,大声地叫唤起来,仿佛这样能够缓解我肚子里面的痛苦。

我已经很久没有体会到这样的痛苦了,上一次还是肥虫子刚进我身体,还没有被降服之前,我给那个小家伙恶整的时候。

报应啊!刚才我还在让王姗情体会这种痛苦,此刻我就立刻亲身感受到了。

这深入骨髓的剧烈疼痛,让我忘记了所有东西,根本就不能关注其他的任何事情。只是觉得随着腹中的那丹药在身体里扩散,绞痛一波一波地袭来,而且还一波高过一波。唯有翻滚喊叫,才能够让我感觉到轻松一点点。

不知道过了多久,药效散去,疼痛终于没有那么让人绝望的时候,我终于恢复了意识,睁开眼睛,正好看见一个烂了半边脸的男人,张开粉红色筋肉的嘴巴,朝着我的头颅咬来。瞧见这家伙的吓人模样,我下意识地挥手,一拳将这男人的另一边脸也打了个稀烂。腥臭潮湿的血浆洒满了我一脸,闻到这恶心的尸液,我不但没有反感,反而觉得活着是一件多么美好的事情。一拳得手,我不明情况,往后退开,只见在我身周几米处,散乱倒伏着一圈儿的尸体,个个都是卖相凄惨,碎肉一地。

我看到杂毛小道、雪瑞、朵朵、吉娃娃和一缕青光围在我周围,正在与一群从悬棺之中爬出来的死尸交锋。这些死尸不知道存放了多久,浑身都是湿漉漉的,脸上身上的肉很多都已经腐烂,有的还长着白色或者绿色的绒毛。它们跟平日所见的僵尸,又有着一些区别。除了这些死尸之外,还有失去知觉的人类,十来个的样子,有的我并不认识,不过有几个,竟然是我们此番同来的风水同行,包括南方市和鹏市的那四个男人,无一例外地被控住了神魂,眼神呆滞,却展露出恐怖的力量来。

我感觉到自己浑身轻松,身上的伤口竟然全都消失不见,有源源不绝的力量充斥在我的身体里。我捏了捏拳头,发现自己居然在这短暂的时间里,重回到了之前的巅峰状态。

对于那颗墨绿色药丸,我是又爱又怕,也有些迷糊,于是心有余悸地朝着雪瑞大声问道:"雪瑞,你刚才给我吃的,究竟是什么?"

雪瑞正在与一名被控魂魄的男人交锋,她手上是一根青灰色的短木杖,有点像我们家里面常用的擀面杖,这东西名叫蟠龙檀木杵,是道家的一种法器,也是她师父罗恩平从美国给她带过来的。

有天眼在身,她倒是比其他人轻松,一边用那木杵的龙头点击对手要害,一边娇声说道:"陆左哥,要我说可以,但是你不准骂我。"

我一听就有些不对劲,不过还是按捺下心中的好奇,点头说好。

雪瑞见我说得肯定,终于放下心来,忍不住哈哈大笑起来:"陆左哥,这是我们家小青拉的便便啊。它有激发潜能、恢复身体的功效,我平日里舍不得扔掉,便收集起来,就是防备着危险和不测的。不过这东西我一直都没勇气尝试,所以才积了这么大一颗……哈哈……"

雪瑞的话还没有说完，自己倒是笑岔了气，眼泪花儿一大丛。杂毛小道和朵朵一边御敌，一边也没心没肺地大笑，便是那不会言语的吉娃娃，也汪汪两声，以表达心中的愉悦之情。

听到我刚才吃的那像丹药的玩意儿，竟然是青虫惑拉出来的屎，我的脸顿时就黑了，一股邪火没处发，身形一扭，朝着前方横扑而去，也顾不得脏臭，拳打脚踢，倒是又杀了好几头腐烂的湿尸。

我们这边杀得畅快，不过敌方并非没有杀招，那些悬棺爬完尸体之后，靠右边的一些，开始喷溅出一团团的黑气来，上面有一种古怪的气息，极其不稳定，我开始并未留意，然而眼角余光之中，瞧见一头腐尸被黑气笼罩之后，整个身子就不见了一大半。看到这里，我的心不由得狂跳起来，这些棺材是一个个阵法通道，连通各处，但倘若将这东西给破碎了，化作这一团团的黑雾，而我们又沾染上了少许的话，恐怕短瞬间就会少上那么一两份零件——我的亲娘啊，这谁受得了？

这东西实在是太歹毒了。我们集中起来，不敢妄动，以防被这些黑雾附着。

正在我们退却彷徨之际，一道肥硕的身影出现，虎皮猫大人飞临上空，将翅膀快速扇动。一开始，还只有缓缓的风，不过很快，以虎皮猫大人为中心，出现了大股的风，迎面而上，便有刀子一般的强度。那些黑色的雾气被吹得凌乱，朝着大厅的角落飞去，我听到有人在惨叫，举目望去，但见有一个倒霉的邪灵教徒躺在血泊里，而他的下半身，再无影踪。

眼看着我们又占了上风，这所谓的混沌万棺阵，对于我们这些人来说基本上没有什么效用，很快便可以破阵而出。朵朵想起来一事，仰头问我道："陆左哥哥，小妖姐姐呢？"我的脸色一变，惊讶地说道："小妖，她没有跟你们在一块儿吗？"

众人大惊，说小妖不是跟你一起去了水里的么，怎么没有见到她呢？她没有回来啊！

我的心中狂跳，莫非小妖见闵魔抢了我的震镜，跟着跑过去了？

我与小妖冥冥中有着一丝联系，当下也顾及不了别的，立刻闭上眼睛，观想着小妖的踪影。当我一闭上眼睛，就感觉小妖近在眼前；睁开眼睛，却什么也没有看到。我还在诧异，便看到离我们足有七八米远的地面，突然裂出了一条巨大的地缝来。

## 第四十一章　大忽悠

地缝一出，立刻就在瞬间扩大许多，然后沿着东西方向裂开去。

在众人的惊愕中，一道身影冲出裂缝，瞧着这娇小可人的模样，可不就是之前与我分散开去的小妖朵朵吗？我的心中狂喜，而小妖瞧见我们，也是高兴得要命，飞到我的面前，用春笋一般的手指捅了捅我，笑颜如花："你……没事？"

我苦笑，说本来有事的，不过干了一碗米旺共，之后就没有事了。

我说这话的时候，旁人都在哈哈大笑。小妖不明白这句话的笑点在哪里，伸手摸了摸怀里，掏出一把铜镜子来，扔给我，然后批评道："好好拿着，做事情丢三落四的，你知不知道，小娘为了追回你这玩意儿，都差一点儿丢了小命，要不是你镜子里面的那个漂亮姐姐帮忙，只怕什么也没能拿到！"

她说得快速，有点儿像小孩子邀功，但是我却能够感受到这里面的凶险——形单影只，从闵魔手上抢东西，我不用问，闭上眼睛想一想，都觉得凶险万分。

接过震镜，我摩挲了一下它的表面，从镜子里面，浮现出一个长发遮脸的女人，正冲着我微笑。

杂毛小道跨前一步，问小妖朵朵，这裂缝是怎么回事？

小妖还没有说话，裂缝之中就传来了声音："果然厉害，刚才在那里，居然都困不住你们。不过既然来到这混沌万棺阵中，我倒是要看看，你们还能怎么逃出去？来人，先给我将天空中的那只肥母鸡给射下来，要不是它耽误事儿，只怕我们早就已经在痛饮庆功酒了！"

正在天空飞翔的虎皮猫大人立马成了众矢之的，无数暗器飞舞，朝着虎皮猫大人射去。更有一个家伙，掏出了一把黑色手枪，扬手就朝着虎皮猫大人瞄准，砰砰砰几枪。倘若不是大人躲闪得快，此刻已经妥妥地光荣就义了。

看到有人用枪，我们都愤怒了。火器推动了战争的发展，很多修行者没有死在拳脚道法之下，而是被暗枪给打死的。就像无声电影抵制有声电影一样，很多执着于传统的修行者，都不会去使用火器，这一来是江湖上的名声不好听，第二则是使用热兵器亮相的人都具有极强的威胁，往往会成为众矢之的，成为最优先打击的对象，死得最快。如此循环，便越来越少了。一般修行者，即使是邪灵教，都少有用火器的，这就是行业内不成文的规矩，也是优胜劣汰之后渐渐形成的一种传统。

当看到有人用了手枪，而且对准的还是受人尊敬和爱戴的虎皮猫大人，我们还没有反应过来，在那人旁边的王姗情，其实是肥虫子，不干了，伸出尖尖的指甲，一把掐在了那个枪手的脖子上,尖锐的指甲居然将脖子上面的细肉,给掐得尽是鲜血。

虽然王姗情是最近闵魔跟前的红人,但是那个枪手却也有着脾气,见这女人不问青红皂白便动了重手,举起手枪,顶在王姗情的额头之上,大声叫骂着。

王姗情丝毫不让,那个枪手脖子上的皮肤憋得通红,青筋直冒,似乎有些下不来台,紧紧握着手枪的右手在抖动,就准备扣扳机了。

不过一声巨喝打断了这个人的企图,闵魔裹挟着重重黑雾从裂得最宽有两米的地缝之中缓缓升起来,一挥手,那个枪手就往后方腾飞而去,重重跌落在了地上,手枪都不知道甩到了哪儿。

闵魔冷哼说,蠢货,跟了我三年,居然连小妹儿被人控制了,都看不出来,真的还不如去死呢!闵魔话儿说得虽然厉害,但是因为此刻己方的实力并不占优,倒也没有真的要了这个家伙的小命。

他缓缓回过头来,盯着我、杂毛小道、雪瑞和身边的这些小伙伴们,摇了摇头,长叹一口气说道:"没想到啊,没想到,你们这些人,居然变得如此厉害,害得我这老家伙奔东跑西,忙活得几乎累死。不过,也就到这里吧。将你们解决了,我得好好准备一番,才能够给你们大师兄,留下一些纪念来。"

虎皮猫大人一番狼狈躲避之后,终于抽出空来,看到黑烟缭绕的闵魔,举手投足间就有转换天日的能量,不屑地大骂道:"小闵你这个扑街仔,毛都没有长齐,装什么大尾巴狼?老子好久没有发威,结果什么小猫、小狗都跑出来,在大人我面前撒尿了。东施效颦的家伙,这'万骨蚀化登仙池'倘若真的能够成仙脱圣,王新鉴这浑蛋可不是已经修成正果了?瞧瞧你,从宝岛佬那里拾了些深渊巫传的牙慧,却将自己弄成这人不人、鬼不鬼的模样,当真让人笑掉了大牙!"

虎皮猫大人就是个真相帝,擅长攻心,三言两语就将对手的底裤给掀开来,同时还摆出浓浓的高手风范,算得上是第一等的装波伊能手。

果然,本来准备痛下杀手的闵魔一愣,仔细回想起来,多少年了,能够叫他小闵的人,都已经作古了,然而如今听入耳朵里,不但没有刺耳的感觉,反而有一种淡淡的怀念。

他凝望着这头肥板油满身的鸟儿,冷冷地说道:"你到底是何人?"

看到闵魔眉头展开,杀意稍减,虎皮猫大人在上空飞舞数圈,并不言语,而我的耳内突然有它的声音传来:"小杂毛、小毒物,这个闵鸿练岔了功法,现在的他就是个空壳子,极好对付,不过此处地下有一地煞,伴生着一头混沌凶兽,十分难缠。他在此设阵的原因就是为了引这地煞凶手上身融合。他自己搞不定,所以才会吸引我们或者黑手双城前来,作那驱虎吞狼的勾当。他这大阵的要害是空间折叠,倘若给他足够的时间将那地煞恶兽召唤出来,只怕我们都搞不定。闵鸿这小子此刻是外强中干,大家一拥而上,先弄死他,千万不可给他驱动阵法的机会!"虎皮猫大人一边跟我们做战斗动员,一边装神弄鬼地忽悠闵魔:"你来猜猜啊……"

遇见这么一个无赖，闵魔也真够无奈的，他的脸色数变，突然想起一事来，惊讶地指着空中挥动翅膀的虎皮猫大人说道："难道你就是老秦所说的……"

　　他的话音未落，小妖已经冲上前去，宛若流星。

　　小妖此刻是蓄势待发，闵魔却是心神剧变，故而小妖到了身前方才意识到伸手去抵挡。小妖这狐媚子别看个头只有十一二岁的小女生一般高，但是她乃麒麟胎身孕育，天生自带神力，身体一旦布气，坚硬如玉，这一拳，必然是势若万钧的。然而闵魔这仓促一封挡，身形仅仅退了几步，小妖却是倒飞回来。看来虎皮猫大人所说的话语，还是需要打一些折扣。不过小妖飞回，我们这些人却都已经快速赶到，出剑的出剑，挥杵的挥杵，凭着双手撕扯的，便贴身而上。

　　闵魔却也不惧，浑身黑雾化作无边厉鬼，在我们的周身旋绕，气势惊人。不过这些东西平日里看着鬼气冲天，凶煞莫名，但是在朵朵、吉娃娃这些鬼道强者面前，却也弱上一分，至于将这些鬼气视作食物的虎皮猫大人，更是笑而不语，开心地挥动翅膀，大补刚才损失的元气。

　　这一番争斗凶险无比。闵魔或许真如虎皮猫大人所说，不复全盛时的状态，但是对付我们的围攻，却也毅然不惧，左右还有七八个门徒相帮，周遭更有腐尸、控魂者凶猛袭来，若以人数论，反倒是我们陷入了重重包围中。闵魔一边挥舞着下盘滑腻的触脚，一边哈哈大笑道："黄口小儿，待我启动大阵，将尔等绞杀吧！"

　　他挥起双手，正要唱咒，突然在裂缝附近的几具悬棺，开始晃动起来。

## 第四十二章　援兵，援兵

这变故显然出乎闵魔的意料之外。他不满地瞪着在外围摇幡耍旗的黑白无常，大声喝道："徐亚军，不可胡乱驱使法阵，浪费了能量，本座还须留些法力，来驱动周转的！"

他平日里积威甚重，黑白无常吓得脚软，带着哭腔回应道："师父，有您在此，徒儿就是长了熊心豹子胆，也不敢擅自动那阵眼。这动静，可真的不是我弄的啊！"

黑白无常急迫的辩白让闵魔疑上心头，正要说话，从西边跑来一个戴着眼镜的男人，大声叫道："师父，大阵的景门被人攻破，敌人杀进来了！"

我听这声音略为熟悉，扭头一看，竟然是我的高中同学杨振鑫。

这个昨晚还跟我故人相见的家伙，没想到居然也是闵魔门徒？这实在是太让人震惊了，难道这一切，都是闵魔算计好了的吗？还未待我回过神来，闵魔的脸色也是勃然一变，扭曲狰狞地说道："好、好、好，来得正好，让你们瞧一瞧本座的本事！"

他话还没有说完，几个被他控制魂魄的普通人突然就加快了速度，朝着我们这里狂奔而来。生命在奔跑的过程中湮灭，在闵魔的指令下，这些人全身的精血都集中于一点，最后诡异地爆炸开来，漫天的血肉骨刺，朝着我们劈头盖脸地激射而来。我们根本避无可避，好在两个朵朵和吉娃娃三个小家伙瞬间反应过来。朵朵和小妖手拉手，憋红了脸，用自己的力量在我们身周形成了一个以青木乙罡为主体的屏障，青蒙蒙的，吉娃娃则在旁边堵漏补缺。

一瞬间爆了三个，当第四个再次冲上来的时候，这青色屏障已经摇摇欲坠，根本就不能够承受再一次打击了。但见一道青光闪耀，竟然直接钻进了那人的脑袋里去。

那个男人浑身一阵抖动，瘫软在了地上，不再动弹。雪瑞打了一个响指，笑颜如花——她的青虫惑对付此等精神占据和迷惑的领域，绝对是专家级别，并不比研修过分神夺舍大法的闵魔差，故而能够一举控制住。

我们正战作一团，先前抖动的那些悬棺又是一番扭动，下饺子一样，簌簌掉落下好几个身影来。瞧这些人统一的中山装打扮，我们的心头狂喜——大师兄果然给力，没有在事情结束之后才过来扫场或者收尸。

这些从棺材中翻身下来的，总共有五人，其中的一个便是曹彦君。他们并没有受到任何伤害，显然是法阵被破了。瞧见我们，曹彦君大喜，与我们打招呼，说果然在这里。

毕竟是专业人士，他们进来之后，一个招呼打完，不再废话，四处打量了一下之后，便各占要点，全力戒备着。曹彦君皱着眉头，对着面前这个卖相恐怖的怪物说道："闵魔，你投降吧，束手就擒的话，还可以留下一条性命！"

闵魔见棺材里面就出现了这么几个人，不由得哈哈大笑，难以置信地说道："就你这几个人，还好意思叫我投降？"他话音未落，手已经高高扬起来，五指之间，有黑色的电光缠绕，如同风暴一般。

瞧见闵魔这等状况，站在曹彦君身后一个颧骨高高的俊朗青年一声冷笑，说：老匹夫，长着这么副鸟样儿，还敢口出狂言，也忒目中无人了。看道爷教训你！

他的话语一落，背上青锋剑跳起，反手抓住，便朝着闵魔劈去。此子的剑法、力量以及对时机的把握，都是十分厉害，让人不敢小觑，故而才会如此高傲。

不过闵魔岂能让这等小辈所鄙视了？当下也是发了狠，双手不动，一根触手绕了一个圈子，朝这青年的后腰捅去。青年的反应十分迅速，回身就是一剑，斜斜削在触脚之上。他本以为凭借着自己千锤百炼的锐利青锋剑，定能削下一层皮肉来，哪知闵魔身下这章鱼一般的触脚看似柔嫩，然而有一层一层的伞状边缘凸起交叠，外覆滑腻的体液，形成了极为坚韧的组织层，杂毛小道的手中的鬼剑比这锋利数倍，照样只划拉下少数丝状突起，并不能伤及其本体，何况是这个青年呢？

闵魔与这个傲气冲天的青年一交锋，没几下便占据绝对优势，正待痛下杀手的时候，一个矮胖的中年人斜冲上来，手掌一翻，拍在急袭而来的滑腻触手之上。

"砰"的一声炸响，那粉红肉色的触手惊惶地收回去，闵魔后退几步，将那只触手游到眼前来瞧，只见已然被炸去了一大截，断开的豁口处有蓝色的浓浆呈现，皮肉在不断地收缩，应该是承受了巨大的痛苦。

闵魔越瞧越气愤，声音明显地在颤抖着："掌心雷？你这是道家掌心雷！"

那个矮胖中年人却是个颇为稳重的人，他将傲气青年给扶好，然后拱手说道："正是，南海李彦，向老前辈问好！"

闵魔眼睛一转，点了点头说，南海李家的人，难怪，这掌心雷的手段，确实厉害……开！

他前一句还点着头说话，后一句，表情已经狰狞到了极致，原本干瘦的老脸上面有着许多红色蚯蚓一般的东西，在血管之下游动着。他深呼吸，一口气，竟然将这混沌万棺大阵中大部分悬棺上面的长明灯，给吸食吞入自己的腹中，在我们眼中，以闵魔为中心，整个空间倏然暗了下去。

长明灯上面附着的力量将被闵魔所吸收，不用旁人提醒，我们都知道此刻应该立即朝他进攻，不然当他完全吸收了这上面的力量，只怕我们所有人，都抵挡不住这个家伙了。

我和杂毛小道，一人舞爪，一人持剑，左右夹击，而那个傲气青年的青锋剑也扬起，朝着闵魔冲了过去。闵魔正在享受着力量增长的快感，突然见到自己被好几个人的意志锁定，高声叫道："挡住他们！"

他的几个徒弟都挥舞着武器，拼死冲了上来。不过除了这几个人，其余的似乎已经开始往角落撤退，我特意瞧了一眼王姗情，她被人用一束黑色的丝绸捆住了手脚，动弹不得，闹闹在旁边照料。

瞧见小鬼闹闹，吉娃娃和朵朵都不由得战意燃起。像它们这样的同类，其实一点儿都不和谐，总是筹谋着将对方吞噬。除了朵朵这样乖巧理智的孩子，其余的都是天性。倘若不是雪瑞管束，只怕吉娃娃就会整日找朵朵麻烦。这里也是一样，一瞧见了小鬼闹闹，吉娃娃"汪汪"一声叫唤，朝着小鬼闹闹扑去。

朵朵却知道此处最重要的敌人，从头到尾都是闵魔，倘若将此人除掉，我们才能够有真正的安全，所以她并没有走，而是帮着我们偷袭闵魔。她身具癸水青木两种力量，而且自身又有《鬼道真解》和鬼妖婆婆的藏密传承，认起真来，还算是一位主力战将，不过她到底还只是一个小女孩儿，战斗意识并不强烈，主要还是靠爆发，所以此时也只是做一些辅助的工作。

我们很快就将闵魔这些弟子给击溃，死的死，伤的伤，一哄而散。不过闵魔并不急，他还有大把的腐尸可以指挥。这些家伙在爬出棺材之后，终于没有那么潮湿了，身手也灵活了，力量增大，而且还悍不畏死，颇有一些难缠。

眼看闵魔快要完成吸收和布阵，杂毛小道心急如焚，从怀中摸出一道金光闪闪的符箓来。他口中一声大叫，一道血箭喷在了这张符箓之上。

此物在一瞬间化作了烈焰，将我们身前的一大堆腐尸燃烧殆尽，就在杂毛小道提剑准备硬冲的时候，天地一阵摇晃，一道苍凉凶横而原始的吼叫，从那地缝里面，缓缓地传了出来。

## 第四十三章　闵魔成魔，真魔

幕天席地的威压自下而上，又自上而下地压过来。

闵魔的瞳孔变得通红，里面又有隐隐游动的青色漩涡，有熊熊燃烧的力量在他古怪的身体里生成，青灰色的鳞甲开始迅速覆盖住他原本粉嫩滑腻的下半身，原本如同章鱼一般的身子，此刻却变成了好莱坞电影《异形》中的黑色甲壳，黑色的黏液汩汩冒出，有黑烟出现，焦糊的味道四处飘散。

与此同时，整个石厅开始摇晃起来。我的双脚也开始随之颤抖，脚掌发麻，站立不住，整个小脑嗡嗡嗡地响。包括现场剩余的闵魔两个门徒在内的很多人，都失去了平衡，跌倒在地。

啪！功力不够的曹彦君一屁股摔在地上，看着周边那些没有被符火烧灭的腐尸，大叫："各位撑住，陈局正在调度全局，围剿邪灵教外面的成员，很快就能和总部的林队长赶到了。坚持，坚持住！"

他这是在给旁边的人打气鼓劲，其实也是在威胁闵魔，让他晓得我们的援军源源不断，倘若此刻不逃遁离开，那么很可能就走脱不了了。

然而闵魔并没有理会曹彦君的话。此刻，他浑身冒着黑气，骨瘦如柴的上半身变得通红发烫，似乎在承受着莫大的能量灌注，有些膨胀。此刻的他，双手一直在结印，一个个古怪的手印生成，然后拍出来，在他周身形成了一个又一个隐隐的符文，强横的意念似乎在与某种伟大而古老的存在进行交流，紊乱而辽阔的脑电波已经明显得连我们都能够感应到。

想起虎皮猫大人的话，我不由得大声叫道："攻击，攻击，他在请魔上身，倘若成功了，只怕我们所有人都要死，这一整个工业园，都不会有几个活人了！"

我的话让曹彦君等吓了一跳，立刻和我们一齐向闵魔冲击。

闵魔原本个儿并不算高，之前虽然有一些触脚，但也仅与我们平齐，而此刻触脚角质化，人陡然便有三四米，我们根本够不着，许多人都还没有冲上前去，便被挥舞而来的触脚给一鞭抽得飞了出去。

大家伙儿都有些急了，那个傲气青年从一口悬棺之上爬起来，脑门上面全是血，他心急如焚，嘶吼着，从怀里摸出三枚骨针，口中一段咒文飞快念动，抬手一甩，那骨针便化为三道白光，射向闵魔。

闵魔被人纠缠着，避无可避，唯有挥动触脚去挡。

这一挡不要紧，那几根可硬可软的触脚被白光所破，蕴含着黑气的内腔破裂，碎出了好多淤血一般的黑色物质来，似气似水，黏稠如墨，而之后，那三根触手便垂了下去，像废弃的塑料水管。

事实再一次证明了"围殴乃王道"。尽管闵魔此刻已经将自己的潜能给逼到了最巅峰，然而在众人舍生忘死的攻击下，败势渐生，他的那些徒弟，包括我的老同学杨振鑫，则在黑白无常徐亚军的带领下逃逸，没有再管他。

闵魔三根触脚被废，就在我们以为光明即将来临的时候，这个遍体狰狞阴森的魔物突然将头使劲往上仰起，那头颅居然都与脖子分离开来，唯有十数根触须一般的软体组织，将它给紧紧连着。他的脸上满是欢愉，长声叹道："来了，来了。这就是万骨蚀化登仙池真正的奥义，我明白了，那恐怖的魔头，不过就是心无挂碍，天地随我，万物皆如蝼蚁，杀杀杀！"

随着他杀气凛然的狂吼，一道墨绿色的光芒笼罩在闵魔身上，先前出现的那股苍凉而雄浑的气息终于正式出现在了我们的面前。这种恐怖，比起缅北小黑天以及怒江阴司牛头来说，更多了几分凶戾和狂暴。

情形已然恶劣到了这个地步，除了咬着牙包谷顶上，我们还有什么路可以走？

当下我的眼睛也是一阵通红，瞧着朵朵被一条青灰色触脚给卷着朝地缝里扔去，心中的战意熊熊燃烧。我一遍又一遍地念着九字真言，每一个字蕴含的真义都在我的心间萦绕着，随着这念诵，我仿佛达到了巨人的高度，体会到佛意。几息之后，我避开了好几道袭来的触脚，冲近闵魔身边，将小腹下丹田位置蕴含的气海搅动，腾空而起，一掌拍在了闵魔后背的肩胛骨之上。

砰——

这一击可不是开玩笑，我感觉自己浑身的劲力如同决堤之洪水，从我的手掌喷发出来。手掌在与闵魔背部接触的那一瞬间，我不由得狂吼起来："啊！"

手掌疼痛欲裂。闵魔此刻的背脊之上全都是密密麻麻的鳞甲，指甲盖大小的鳞甲之间还有滑腻黏稠的液体，我一掌拍去，大半的力道都被卸往旁边，他的黑甲上生成许多倒刺，插入了我手掌，瞬间就是血肉模糊。

一击之下，闵魔仅仅退后两个身位，而我则朝着反方向惨跌出去，眼看着就要摔到黑黢黢的地缝中去。我的身子被一双小手给托起来，脸上有荧荧光芒的小妖朵朵目视前方，冷静地说道："他要成魔了！"

"成魔？"

我的屁股已经着地，看到那个叫做李彦的矮胖男子再次轰出一枚掌心雷之后，被一根触脚挥中脖颈，整个人就像一颗人肉炸弹，重重地撞上一樽棺柩。巨大的力量将那棺柩撞烂，李彦大半个身子也被塞进了棺柩里，仅仅余出一双脚在外面颤抖着。

被击飞的不止他一个，曹彦君、高傲青年还有雪瑞，都有受伤，有一个特勤局队员从怀里拿出一把造型古怪的枪，有点像是三连发，扣动扳机，从里面射出弹头有着古怪液体的子弹来。这子弹不多，被闵魔避开了几发，最后一发击中了他的胸膛，顿时间水银乍现，冰冷的寒光将他大半个胸腔冻得铁青，上面挂满了白色寒霜。

须发怒张的闵魔仿佛受到了极大的伤害，整个人陡然又高了数分，一道青灰色的触手如鞭抽来，凌厉恐怖，那个队员避无可避，人就腾飞起来，射到了西面的石门上，轰隆一声响，软趴趴地滑落下来，墙上留下一个清晰的血人印儿。

见这魔头气焰嚣张，一直在外围游而不击的杂毛小道那一圈蕴含至理的罡步终于踏完，朝着我喊道："小毒物，掩护我！"

听到"掩护"二字，我下意识地掏出震镜，高声叫道："无量天尊！"一道蓝莹莹的光芒打在闵魔身上，未曾临体，那已然不复人型的怪物鳞甲内就喷出一团黑气，竟然将这震镜之威给屏蔽住了。我大吃一惊，要知道我这震镜自成镜以来，对付黑暗生物，不管级别高低、力量强弱，都是能够定住一下的，区别也只在于时间长短而已。便是那恐怖的阴司牛头，也栽在了此法器上，没想到今天，居然被人给抵挡住了。

在我激发震镜的同时，杂毛小道口中呼喝着："天罡茅棘，无动为风！"话还没念完，他整个人便毅然冲了上去。没有震镜的掩护，杂毛小道这蕴含着茅山至高剑意的一招就变得危险至极。虽然一剑挑开了两根触手，直入闵魔胸口，但很快，四五根触手便将鬼剑紧紧缠绕住，即使杂毛小道携着罡步之威，也不得寸进。鬼剑虽然是他篆刻铸就而成，但毕竟没有经历过养剑过程，与鬼剑并不算熟络，无法完全发挥鬼剑所独有的特性，匆忙间想往后退，结果被闵魔下盘的触脚给缠绕住，不得逃脱。

此刻，闵魔终于停歇下来，平静了，稳定成一个四米多高的人形怪物，浑身都是滑腻的鳞甲和黏液，头颅古怪，呈圆滑的倒三角形，宽阔的额头处开了一只裂缝一般的眼睛，外翻的鼻孔不断地翕动。

此刻的闵魔，业已成魔，真正的魔头。

## 第四十四章　我……不好吃啊

瞧见闵魔变成了如此模样，一直在周围盘旋的虎皮猫大人像被人掐住了蛋蛋，丝毫不顾高人形象，惊声尖叫道："天啊，它被放出来了！它被放出来了！闵鸿这个蠢货，这个脑子里面除了粪还是粪的家伙，他以为被附身之后的他还是他自己吗？我躲进这肥硕鸟儿体内，我还是一只普通的鸟？老子这么高端大气上档次！白白修了这么久的功法，闵鸿这龟蛋儿居然连最基本的东西都没有搞懂。邪教就是邪教，就知道铤而走险，贪功冒进……"

虎皮猫大人这一番口不择言的话语骂完后，招呼我们道："小毒物，小雪瑞，你们反正是跑不掉了，有什么遗言，赶紧跟我说，我好给你们家人转达。媳妇儿，跟我走，赶紧跑路，不然真就一命呜呼了！"

朵朵从角落里灰头土脸地爬了起来，一点儿也不领情，撇了一下嘴巴说，就不，我要死，都要跟陆左哥哥死一块儿。

朵朵的话语让虎皮猫大人很受伤，它骂骂咧咧地说了几句不堪入耳的脏话，心一横，说，娘咧，拼了！

它落在我旁边的一具棺材之上，大声招呼我："小毒物，这个家伙原本是那冥河恶灵，逃逸到人间来，寄居在地煞之中沉眠，其实也是山神土地公的一种。不过这东西在冥河受到了无数年头阴风的洗刷，心思早就已经变得邪恶无比，心里面只有无边的杀戮。它是恶神，猛虎出笼，生灵必定惨遭荼毒……"

我紧绷着身子，死盯着被触手缠绕着的杂毛小道，不断地调整呼吸，将自己体内的气息压缩囤积，脸色阴郁地打断道："告诉我，这狗东西弱点是什么？"

"在脑袋的眉间正中，神凝天池。任何一个请神入体的人，融合都会发生在上丹田，'神失守位，即神游上丹田'，《素问·本病论》中说到……"虎皮猫大人急速地说着，还未完，我便已经化作一道黑线，朝着恐怖的闵魔冲去。

在我身边的是小妖和朵朵，这两个小家伙护住我身侧两旁，那青灰色的鳞甲触手如鞭甩来，她们便帮我挡开。仅仅两息时间，我已然冲到了闵魔的身后。

正在与闵魔拼斗的是特勤局的一个队员。这个小子是个滑头，身手灵活得可以与雪瑞一拼，脚下凌波微步，身形柔软得像面条，竟然能够在七八条触手组成的暴风骤雨间，丝毫无损。看得出来，特勤局此番前来的都不是弱者，倒是我们认识的曹彦君，本事最低。

瞧见魔化之后的闵魔被吸引开注意力，我拔出那把小藏刀，腾身而起，朝着闵魔的后脑勺捅去。

我刚刚临空而起,那一颗如同榴莲一般的后脑勺上,突然睁出一只拳头大小的眼睛来,里面的白色多过于黑色,死鱼眼一般,露出了极度深寒的冰冷,有着诡异的光芒。看到这东西,我吓了一大跳。然而事到临头也退缩不得,将心一横,朝着这颗眼睛,抬刀就是一刺。我起始的速度飞快,冲势凶猛,所以这一刀的力道十分恐怖,然而就在刀尖即将要刺入这颗眼球之中的时候,从它旁边湿淋淋的眼睑周围,伸出了许多粉红色的柔软触脚来,将我的藏刀给紧紧缠绕住。我顺着惯性撞上了闵魔,刀子被阻,接着身子一紧,也被闵魔给缠住了。

我手中的这把藏刀是很普通的那种,根本对付不来这看似柔软,其实跟牛筋一般的触脚。当下我也不管不顾,松开手,将蓄积已久的恶魔巫手瞬间点燃,朝着这眼珠子掏弄进去。或许是我出手太快,闵魔根本就没有反应过来,被我一下给抓中,双手仿佛捅进了烂泥潭中,里面黏糊糊的,还有一颗硕大的晶状体。

我心中欢喜,顾不得腰间的力道更紧,猛使劲儿,准备将那一颗眼球给拔出来。

我的双手在之前与闵魔的交锋中就已经满是鲜血,此刻又点燃了对黑暗生物有着极强克制力的恶魔巫手,这血脉和能量两者一叠加,又恰好伤及的是最敏感的眼球部位,所以我这儿刚一用上劲力,便听闵魔口中一声恐怖的叫喊。

这喊声如同那钱塘海潮,铺天盖地,整个空间里就是一声炸响——轰!

我感觉自己的身子瞬间移动了好几十米,闵魔带动着我痛苦地在这个大阵之中飞纵着,一连撞掉了好多樽棺椁。那种刺激,过山车与之比起来,简直就是小菜一碟。

想着杂毛小道被这怪物滑腻腻的触手死死箍住,我当下也是发了狠,口中大叫大骂着,使劲儿地将那眼球往外扯动。然而到底是化了魔,这颗生长在后脑勺的眼球末端有着好多坚韧的肉芽勾连,死死拉着就是不松动,无论我用多大的气力,都将其扯脱不得。

我不是一个不知变通的人,扯不下来也不着急,将双手激发到了极致,胡乱地掏弄闵魔的后脑勺,试图将里面弄成一坨糨糊,将这蕴积着浓重魔气的地方给破坏殆尽。

或许是我的双手与鲜血对于魔化的闵魔来说,实在是针锋相对了,使得他终于放弃了杂毛小道,将其扔在了一旁,然后所有的触手全部倒卷而来,朝着我的身上紧紧缠住。

此刻的我已经是进了铁扇公主肚子里面的孙猴子,即使我抓住的这个地方并不是魔化之后的闵魔大脑,但是也就在隔壁,此时的伤害对他来说也是最严重的。当下咬紧牙关,任凭周身的景物风驰电掣,就是死死不放手,使劲儿抠动。

闵魔越是痛苦,施加在我身上的手段便越繁复,他的背脊之上出现了很多骨质化的倒刺,那些柔嫩的粉红色肉芽顺着我的身上爬来,触脚紧紧拽着我,往外面甩去。我咬着牙坚持了一会儿,终究是人而不是一块坚铁,烈女缠郎的招式抵不过身体的极限，在即将崩溃的那一瞬间，我松开了双手，整个身子腾空而起，朝着东首边儿飞去。

一双素手接住了我，是雪瑞，有着天眼的她往往能够看得比别人更早一些。

我回过头，发现雪瑞也受伤了，雪白的下颌上面一道血痕，想来应该是嘴角渗出来的。刚才的场面实在是太过混乱了，大家都胡乱战成了一团，彼此都不配合，虽然人人都有一手，但是力量不往一处儿使，所以才会陆续落败，而且还败得如此惨。

将我这个肉中刺给甩开之后，闵魔环视全场，从喉咙里面发出一种低沉得类似呼麦的叫声，呼、呼、呼……这声音听得我浑身直起鸡皮疙瘩，忍不住发颤。差不多一分钟到一分半的时间，他呼号结束，将脖子扭了扭，终于开始说出了人言来："好饿啊……"果然如虎皮猫大人所说的一样，这个人无论是说话的口音，还是行为动作，都跟之前的闵魔截然不同，完全就是另外一个东西了。

闵魔扭动古怪的头，环绕一圈，然后看向了脚下。在他脚下有一个女人，双手双脚都被黑色绸带给绑住，不过意识应该是清醒的，睁着一双惊恐的眼睛，瞧着面前这个恐怖的怪物。闵魔瞧见她，不假思索地抓了起来，深深嗅了一下，说，好香啊，有日子没有吃过这么香的食物了……

这个食物则惊恐地大叫道："师父，师父，人家是小情儿啊！你不认识我了吗？"

王姗情惊恐尖叫，然而闵魔根本就没有理会她，硕大的蓝色眼睛如同最迷幻的梦，紧紧盯了一会儿不断大叫的王姗情，摇了摇头，接着将满是利齿的嘴巴大大地张开。

闵魔准备享受一顿美好的食物了，王姗情终于陷入了绝望，胡乱地大叫起来："你这个无情的混蛋，不要啊，不要吃我……我……不好吃啊！"

## 第四十五章  嗨，大师兄

王姗情在那短短十几秒钟的时间，完成了她一生中，最后一段表演。当闵魔吓人的嘴巴即将咬到她的胸口时，王姗情终于对闵魔失去了最后的一丝信心，瞧见旁边的大头娃娃，不由得一声大叫："闹闹，救我！"

我不知道闹闹对于闵魔和王姗情是怎么样的存在，它似乎一会儿跟着王姗情，一会儿又听命于闵魔。这次，闹闹竟然听从了王姗情的召唤，冲到了闵魔和王姗情之间，试图将王姗情从闵魔的手中救下来。然而闹闹再怎么厉害，对于变异闵魔，那也只是一个小麻烦而已。很快，闹闹被闵魔一巴掌，不耐烦地甩开去，飞得老远。然而这个变异得颇为恐怖的大头小鬼儿对王姗情倒是十分忠心，再次扑了上来。

不过这回闹闹扑的并不是闵魔，而是王姗情。只见即将被吞噬的王姗情眼中流露出了浓浓的怨毒，口中喃喃自语，似乎在默念着什么咒文，就在闵魔一大口咬在她胸前时，这个女人张开嘴，半个舌头都被她狠心咬了下来，然后一口鲜血精元喷在了小鬼闹闹的额头顶上。按道理，小鬼闹闹就是灵体，本来这血会喷到地下的，然而此刻不知道王姗情又用了什么邪法，那鲜血竟然将闹闹染得满头皆是。

这是王姗情最后的动作。下一刻，她的胸口被闵魔一阵扯，发出了杀猪一般的喊叫；再之后，她的左手连着臂膀被饥渴的闵魔给整个儿卸了下来。闹闹则是飞离不见。

王姗情这恐怖的死法和悲惨的叫声让我们所有人都惊呆了，我们连滚带爬地聚拢到了一起，感觉到唯有和旁边的人群挤挤，方才会有那么一丁点儿的安全感。

太残忍了！太恐怖了！太血腥了！

我们围拢在一起，杂毛小道咳着血，用背包里面的材料布置防御法阵。旁边好几个人在慌手慌脚地帮忙，那个傲气青年的手都在颤抖，给杂毛小道眼睛一瞪，说，会不会？不会闪开。

傲气青年刚才也看到了杂毛小道对付闵魔时的凶猛，收敛起了脾气，像个小媳妇儿，更加认真起来。

无论什么时候，强者都是受人尊敬的，唯有失败者，才会被人鄙视。这很势利，但也无疑是一种被默认的规则。

就在我们匆忙准备的时候，闵魔却并不管我们。他似乎是饿极了。王姗情身高一米六八，体重九十多斤，结果没用十分钟，就被啃得只剩下了骨架子，还有一颗美艳如初的头颅，给闵魔抱在了怀里。

稍微填饱了一些肚子的闵魔在这会儿，方才想起了一点这个美艳的女徒弟，似乎跟自己还有着那么一点儿露水情缘。瞧着眼睛瞪得凸起的美人头颅，闵魔那已经不似人类的五官上露出了一丝不舍，轻轻啄了一下早已经没有了温度的红唇，回味这唇间的温柔，摇头苦叹。

这样一个恐怖的怪物，当他表露出了如同人类一般的表情来时，反而显得更加吓人。

杂毛小道等人或者忙着布阵，或者在往肚子里面灌丹药、紧急疗伤，而我则死死地盯着闵魔和王姗情，心中焦虑得很：肥虫子之前在王姗情的肚子里作怪，此刻也不曾出来。

在我的记忆中，肥虫子向来对这类深渊魔物有着天然的恐惧，倘若这小东西被闵魔给吞入口中，只怕是凶多吉少啊……不过此刻让我单打独斗，冲上去解救，我也无能为力，当下只有紧张地关注着，静观其变。

然而当我瞧见王姗情此刻的造型时，心中又在惊讶，这美人头颅，秀美头发如丝顺滑，脖子以下，血肉模糊，倘若抛开那一副被啃得狼藉的骨架，这不就是妥妥的飞头降造型吗？

果然，我刚刚一念及此，那闵魔已将一道黑气打入王姗情的脑袋当中，原本已经失去生命的王姗情，又缓缓地睁开眼睛来，苍白脸孔上，流露出了诡异的微笑，眼睛血红一片。

此时的混沌万棺阵在经过闵魔的一番冲撞之后，早已经是一片狼藉，那些悬挂棺椁的婴儿臂粗锁链断的断、残的残，无数碎木块儿四散，在大厅中央形成了很大一片空地，四周还有一些长明灯在亮着，给这阴森的空间里更添了一丝寒冷。

此刻的闵魔气势滔天，原本毁掉的触脚已经恢复，而且还多出好几根来，青灰色的鳞甲触手胡乱舞动，根本无法数清楚；那脸经过数次变化之后，最终形成了一张冰冷无表情的中年光头男形象，冷峻的脸如同大理石削制，散发出一种异类生物似的威严。

杂毛小道不管不顾，手掐道诀，口中念念有词，朱砂、香灰、糯米粒……与特勤局几人在旁边摆弄，雪瑞则闭上眼睛，似乎在观想某物，两个朵朵也抓紧这宝贵的时间，尽力把自己的状态调整至最好。

望着朵朵那幼稚中又带着倔强的可爱面容，我的心中不由得一阵神伤。今番过后，不知道我们还能不能再见到明天的太阳，而我将这个小丫头从鬼妖婆婆手中带回来，到底是对是错啊？

正在我一边调整呼吸，一边自责的时候，闵魔凝神看着我们，用那种诡异的语调说道："自三百年前，被那个老匹夫镇压此处后，多少年没有重回人间了，甜美的空气，美味的食物，不堪一击的修行者、驱魔人……哈哈哈。我得感谢这副身体的主人，是他让我拥有了第二次生命，所以，我得完成他的遗愿，让你们所有人，都生不如死,痛不欲生……哦哈哈,多么美妙的一件事情,对吧,徒儿?"

他对着已然悬空独立的美人儿头颅说道,而那个头颅居然睁开眼睛,嘴唇上面洋溢着诡异的微笑,点了点头。

能够留在现场而存活的,自然都是见识过不少大场面的角色。特勤局五人虽然好几个都受了重伤,但是还都没有死,不过瞧着这副场面,不由得都心中发虚。李彦是个老成持重的人,他捂着头上不断流下来的鲜血,跨前一步说道:"这位前辈,不知是何方神圣,晚学后辈多有得罪,还请见谅……"

闵魔瞧着这个矮胖子一副彬彬有礼的模样,不由得冷声哼笑,说:"人类啊人类,你的名字叫做虚伪。实力强的时候打杀你就是没商量,实力弱的时候却装着一副要讲道理的模样。对不起,我就是魔,我来自你们所不能够想象得出的空间里,我就是邪魔外道,与你们这些人天生对立,不要跟我多说话,对不起,我们没有那个交情,亮拳头吧……"

闵魔说着话,我的心情反而平静了一些。

怎么讲?我一向认为真正有实力的人,通常都会在战斗的时候寡言少语,直接亮爪牙便是。唠唠叨叨,这一来容易分散注意力,二来还丧失了神秘感。你看看小黑天,天生一副美女模样,然而除了虎皮猫大人之外,无人可与之沟通,这种未知的恐怖就会如同爬山虎,悄悄蔓延上心头。恐惧一升,实力和心态都会跌下几个等级。然而这个闵魔亏得长了一副恐怖的身型,却唠唠叨叨得跟邻家大叔一样,恨不得在脑门子上面贴一个标签,上面写着"我是坏人",如此的性情,我们或许还是有机会对付的吧?

正当我们准备决一死战的时候,从西边传来了如雷的轰响,将整个大厅震得一片颤抖,所有人,包括闵魔在内,都回头瞧去,但见那道厚重的石门颤抖了两下,居然从中间裂开来,朝着里边坍塌。

尘烟中,一个沉稳的中年人走了出来,看到场中情形,他冷峻的嘴角一咧,冷哼道:"闵鸿啊闵鸿,你还真的是很疯狂呢!"

## 第四十六章 异变陡生，急转直下

来者正是大师兄，黑手双城陈志程。只见他迎着闵魔散发出来的凛冽气势，空着双手，缓步踏前，凝视着面前这头四米多高的怪物，不屑地说道："你终究是放弃了人类的尊严，甘愿成为欲望之魔的奴隶，可惜啊可惜，我的老友！"

大师兄站定之后，负手而立，他的身后有人影闪动，是林齐鸣、董仲明、尹悦、余佳源等出现在缅北的七剑原班人马。身佩"羽麒麟"玉符、朱砂桃木剑的七剑，代表着大师兄所能够召集的最强战力，这些早已分布在全国各重要岗位的特勤局精英，此刻长剑如林，脚踩天罡，迅速占据了最紧要的方位，将场中这头恐怖魔怪，给围在当场。

瞧见七剑这飒爽的英姿，我在心中大定的同时，也暗暗感觉大师兄对东南局的掌控，似乎还有一些不稳，要不然东南局也是高手济济，不至于千里迢迢地将七剑借调于此。

闵魔黑色的瞳孔转动，盯着面前这个气势不凡的中年人，思考了一会儿，似乎在调取闵魔原来的记忆，过了一会儿，他才缓缓说道："陈老魔？"

听到这个邪灵教给自己取的外号，大师兄哈哈一笑，说："对，是我，从阁下身上散发出来的气味，只怕是此处地煞的附着之灵吧？人间太凶险。我要是你，便直接舍弃掉这一身的皮囊，放弃融合，回归你那寄居之所，借由地煞之力缓慢修行，或许还能够修成正果，位列仙班，何必如此冒险呢？"

闵魔嘿嘿一笑，说："任你说得天花乱坠，我自岿然不动。没有经历过那种地煞熔体的痛苦，怎么会珍惜人间的美好岁月？我既已从阵中得脱，自然是要恣意妄为，不负这天赐良机，管你南北和西东？哈哈哈……"

闵魔恣意地狂笑着，不再废话，直接移动身子，朝着对自己威胁最大的七剑袭去。我曾经在缅北丛山中见过七剑同时出手，当时入行不久，看的只是一个热闹，眼花缭乱中并没有真正瞧出一点儿什么来，然而现在，却发现这七人无论是出剑还是移动，又或者躲避回击，脚步挪动、人影错乱之间，无不是意味深长，蕴涵至理。

他们的行动，仿佛对这阵法已经是运算到了极致，每一种情况都有着相对应的套路和机制给予支持，无论对手是谁，对手的力量是如何的恐怖，他们都如同弹簧一般，敌强则暂退，敌弱则层层进击，攻击的层次和先后，简直就是一种艺术，有让人说不出来的美感。

很快，身形庞大的闵魔仿佛被收进了一张渐渐收缩的网里面，根本就挣脱不得。

不过这天地之间，自有至理，那阵法再微妙，也只能将个人实力做了叠加。此刻的闵魔吸收了混沌万棺阵上数百道灵体，又将地煞之中的恐怖恶灵吸收结合，实力已然达到了让人无法触及的高度，七剑虽然暂时将其困住，但也是相当勉强。

大师兄露面自然不是来装波伊的。他右手凭空一抓，出现了一把青墨色的长剑，这剑似乎是木器，然而又铮然有金属声，应该是和我的鬼剑一样，做过了表面处理。

大师兄的剑法与杂毛小道一般，师出同门，不同的是他的剑势又疾又重，化繁为简，目的性极强，极少有变招，但是往往能够攻到最为关键的地方。而且，无论是七剑的朱砂剑，还是大师兄的青墨剑，对于闵魔的触手都有着极强的克制效果，但凡沾上，必定一阵黑烟。这七剑与大师兄就如同北斗七星和北极星，相生相连，简直就是浑然天成。

特勤局就是特勤局。背靠政府和人民，底蕴自然不是一门一派，或者某些个体所能够比拟的。眼看着大师兄出现后力挽狂澜，我们的心头都不由得十分欢喜，欢欣鼓舞地在旁边看着，然而杂毛小道的脸色却没有一点儿轻松，他依旧在忙碌着手上的活计，一刻都没有放松。

几分钟之后，闵魔在浑身被捅得黑烟滚滚的时候，终于爆发出了极大的愤怒："人类，人类，你们成功地激怒我了！"他的头颅高高昂起，触手挥舞间，突然爆发出一大股气息，如同爆炸一般，凭空而来的冲击波将我们冲得向后翻滚。当我爬起来的时候，发现七剑的阵型已然七零八落，那个叫做白合的女孩子挂在中间裂开的地缝边，差一点儿就要跌落下去。

杂毛小道站了起来，剑指北斗星位，口中大喝道："火离七截阵，捷！龟蛇演义，急急如律令！"

话语一落，立刻从他布置的法阵之上，升出熊熊的烈焰来。这火焰幽蓝如梦，色彩迷离，在一瞬间便化作了七条火蛇，围绕着闵魔旋转不定。这火蛇表面的温度足足有上千度，以闵魔此刻的状态，自然是极为不喜的，不过所幸的是他的气息还能够压制住这些如有生命的火蛇，一时间并不会有什么伤害。即使如此，闵魔也是忍不住大声嚎叫起来，滑腻的触脚乱舞，似乎被这热力给激发得更加暴怒。

杂毛小道用鬼剑引导着火蛇的游动，回过头来对着大师兄喊道："大师兄，这家伙身上的魔性太重，倘若让他将这具身体彻底融合，只怕挥手即可将火焰熄灭。我快顶不住了！"

大师兄眉头紧皱，问，还能够坚持多久？

杂毛小道将鬼剑舞动成一片剑影，皱眉喊道："三十息……啊不，二十息！"

这一息即是一秒，以杂毛小道这精心布置的阵法，居然只能够困住闵魔二十秒？

我心中惊讶，即使这火离七截阵没有如上次一线天峡谷中那么长时间的准备，但是也不至于如此吧？很快，我的猜测就破灭了。闵魔再次敛息，然后狂喷出来，一大股阴寒的狂风扑面而来，将我们吹得站立不稳，与周遭的木棺和碎块一起往后退去。

杂毛小道布阵所用到的符箓、红线、朱砂、瘦骨等物皆被吹飞，散落各处，那七条火蛇也熄的熄，散的散，剩下的三条也是明暗不定，仿佛下一刻都要消失。

这阵法被闵魔一招气息爆发破掉，牵引气机，杂毛小道胸口一闷，一口老血喷出，在身前形成了一道血雾。大师兄并不慌忙，将青墨木剑在身前画了好几个圆圈，口中骂道："孽障，你真的是嫌自己活太久了！"

他口中说着话，整个身子在不停地蕴积力量，见闵魔冲将上来，他那把一直颤动不休的青墨色木剑陡然一扬，一道斜风吹拂，唰——凌厉的剑气便从剑身之上激发出来，化作一道清脆的响声，直扑前去。

闵魔来不及抵挡，用触手将身子层层裹起，但见那一道肉眼看不见的剑气划过，闵魔四五根坚硬如铁一般的角质化触手，齐根而断，露出了黑乎乎的肉芽来，上面蓝色血液飘射。

不过此剑一出，大师兄似乎也有些用力过度，脚步轻浮地朝后退却。

成魔之后的闵魔哪里受过这样的挫败。这头来自地煞之中的凶魔本来以为它复生之后，一路彩虹，却不曾想屡屡受挫，不由得狂性大发，放弃了用这具身体进攻，而是一声狂吼。

轰隆隆，轰隆隆——我们浑身发麻，头顶上面的石块，纷纷跌落下来。曹彦君和另外一个倒霉蛋被砸中，倒地不起。在闵魔身旁环绕的王姗情头颅，则倏然一飞，朝着大师兄这边来。

瞧见这大厅即将崩溃，本来淡然自若的大师兄脸上起了一丝怒色，一剑劈开飞头，朝着七剑和我们喊道："这混蛋要将大阵破了，趁机逃逸，瞧这大厅支撑不了几分钟，你们扶着伤者先行离开，我来对付这狗东西。"大师兄不怒则已，脸色一沉则霸气外露，展现出了一代高人的形象来。

七剑与大师兄配合默契，听了这话一言不发，带着曹彦君和李彦等人便匆匆往石门处冲去，而我们则放心不下大师兄独自面对闵魔，围在他身边，问这可如何是好？

大师兄不答话，只是催促我们离开，说他自有办法。

杂毛小道似乎知道大师兄要做什么，坚决摇头，说不可，师父曾经明令禁止你这样做！大师兄叹气道："我若不做，这魔头一旦到外面去，只怕这几十万的生灵，都要遭到他的荼毒了！"

杂毛小道还待争辩，场中那将气势攀升到了顶点的闵魔却突然一声凄厉尖叫，压在我们心头的那股气势也随之一松。大师兄见到这场景，忍不住抚掌大笑道："果然不出我所料，成了，成了！"

## 第四十七章　隐约泪光

我有点儿没有反应过来。扭头朝场中看去。见已经生长至六米多高，头颅都快要碰到岩石顶部的闵魔，浑身僵直不动，本来是黑雾缭绕的身子此刻也恢复了原本青灰色的面貌，就连上面的鳞甲也都失去了光泽。闵魔的脸上写满了惊恐，这惊恐定格到了一瞬间，仿佛画面成了永恒。

我的身体其实已经不能够再进行高强度的战斗，瞧见这诡异的场面忍不住心虚，不知道是什么样的力量，让闵魔变得如此。然而我的身体虽然虚弱，炁场感应却更加敏感，很快，我惊奇地发现，闵魔的气息，消失了。

就在我丈二和尚摸不着头脑的时候，在我身边的雪瑞突然出声喊道："虫、虫、虫！"我顺着她洁白的手指瞧去，支撑闵魔站立的那些触脚全部软化，整个古怪的身子轰然倒地，从庞大的体内，冒出了好多手指大、蚂蟥状的蠕虫来。这些虫子五彩斑斓，偌大一堆，说不出来的怪异。

瞧见这家伙如那风吹而过的沙雕一般，化作无数密密麻麻的虫子，倾泻于地，我的脑海中电光火石地一闪，反应过来，是肥虫子在这里面捣鬼。

然而我还是有点不敢相信。上天总是公平的。蛊毒虽然上手容易而且危害甚广，但总是上不得台面，经常容易被各种手法克制，肥虫子也是如此。此刻的闵魔与矮骡子这种深渊生物性质一样，而且更甚，肥虫子天性便恐惧于它，刚才它寄身于王姗情体内之时我便担惊受怕，没想到它不但没有受到伤害，而且还逆袭成功了。

对吗？是逆袭成功了，没错吧？

这样急转直下的情形就比如两国交战，都城都快要被人攻破了，结果第二天清晨一觉醒来，敌人跑过来说投降了。

我和杂毛小道都难以置信，面面相觑。大师兄他那宽厚的手掌拍了拍我的肩膀，温和地笑了起来："陆左，不错，多亏了你，要不然这魔头一出世，只怕有无数的生灵就要遭殃了……你是这一役的首席功臣啊！"

大师兄这一项大帽子盖下来，让我有些不知所措。谁能够告诉我，这到底是怎么一回事？明明我们都已经准备开始逃命了，为毛最主要的敌人却突然崩溃了？明明我什么都没做，担惊受怕大半天，却成了大功臣？

大师兄见我双目圆瞪，一副百思不得其解的抓狂模样，不由得笑了起来，收回手，指着四周散乱狼藉的现场，说，我们还有很多事情要做，先将这里处理完了，我回去跟你们慢慢谈，你觉得可好？

我环顾四周，满地的尸体、棺柩以及碎石，还有的人未死，在角落里发出痛苦的呻吟，除此之外，在外围还有好多邪灵教的余孽需要清理。既然闵魔的死去已经成了一个事实，那么他是如何死的，就没有那么重要了。接下来我们最需要做的，是后面的收尾事宜。要知道，这里可不是什么穷乡僻壤、荒山野岭，而是有着十数万人的工业园，以及成倍的居住人群。这里的情况一旦传播出去，无论是企业，还是我们组织，都承受不了后果。

我点头说，好的，你忙你的。

大师兄上前小心察看这一堆恶心到极点的软体爬虫，然后呼叫人员返回，确定安全。我也围上去，发现这些粉红色的软虫有些畏惧我，并不敢靠近，远远避开我。杂毛小道看着这些密密麻麻的虫子，咽着口水问道："这些虫子有没有毒，需不需要进行清理？"

大师兄回过头来，瞧向了我，也问道："是啊，陆左，你是专家，这些虫子到底是什么东西，有没有可能会影响到水源，或者疯狂繁殖，危害到附近居民的安全？"

这些蚂蟥一样的软体蠕虫让我看得遍体生寒，我完全没有一个养蛊人的觉悟，愣了一下，张了张嘴巴，却没有说话。忙在意念中与消失良久的肥虫子勾连，期待那个小东西能够给我一个答案。

也是巧了，我刚刚思及肥虫子，立刻有一股强烈的饱腹感传入我的脑海里。要知道我们忙活了一夜，激烈的战斗让体力迅速消失，饿得前胸贴后背，哪里会有这种感觉？我立刻便想起来，是肥虫子，这个小东西想来是吃到了什么好东西，吃撑了。仔细搜寻一番，我在闵魔原本躺下来的位置，看到了肿成了婴儿拳头一般大、圆滚滚的肥虫子。

我勒个去，这还是肥虫子吗？这、这……简直就是肥包子了！

此刻的肥虫子已经不能够飞行了，皮肤被撑得光亮透明，呈现出了白色来。它见到我，唧唧地叫了两声，颇为得意，美得黑豆子眼睛都不见了踪影。小妖飞过去，将这个白乎乎的小包子捻起来，瞪着眼睛惊叫道："天啊，它到底吃了什么，这个饿死鬼投胎的家伙，不怕把自己吃爆炸啊……"小妖飞到我的面前，将肥虫子放在我的手上，这家伙一接触到我的手掌心，便渗入我的体内。不一会儿，它爬到了我的中丹田位置，盘踞不动，呼噜呼噜地休眠起来。

我当时简直就惊呆了。这小家伙倒是功成身退，深藏功与名了，然而到底怎么回事，我们却一无所知。不过肥虫子入体，那种温暖的力量又开始游遍我的全身，灌溉着我几乎崩溃的身体，我的脑子也正常起来，很快就从"十二法门"里面，想到了面前这些虫子的来历。

这些虫子叫做肉扁栖虫，其实都是很简单的环节生物，有头、有尾、有口腔、肠胃和肛门，整个身体就像由两条两头尖的管子套在一起组成的，布满体液，可以再生，跟蚯蚓一样富含很高的蛋白质，通常出现于苗疆的山林中，有微毒，不过不能吸收太多的氧气，不然很快就会死亡。

　　我之所以知道这些，是因为"十二法门"中有讲，金蚕蛊体内有大量肉扁栖虫的基因（我自己的理解），可以在对手的体内进行快速的繁殖生成，并且以此作为食物。

　　我将这些告诉了大师兄，他用皮鞋鞋尖踩死几条后，用手捡起来，捻了捻，然后闻了一闻气味后方才放心。点头说好，不用管了。

　　我们瞧着这数万条肉扁栖虫蜿蜒爬下地缝中去，能够估计得到它们最终还是会死去，化作肥沃泥土的一部分。刚才的战斗已经完全透支了我和杂毛小道的体能，身体多少也受了一些小伤，于是不再动弹，找了个位置坐下来，问旁边照顾我们的雪瑞是怎么过来的。

　　雪瑞这个女孩儿心地善良，看到地上那些邪灵教的伤者在呻吟，有些不落忍，安顿好我们之后便准备去查看那些人的伤势，听我问起，回头指了指朵朵怀里的虎皮猫大人，说，问它吧，你们打第一个电话过来的时候，它就催促着我们启程了！

　　雪瑞离开之后，石门处陆续走进来一堆人，与大师兄商议了一番之后，又各自散去，尽力抓捕那些在逃的邪灵教徒。

　　闵魔死去，虎皮猫大人的情绪却并不是很高，神情怏怏地窝在朵朵的怀抱中，问它话儿也不答，我便与杂毛小道交流起我们在血池分别之后的事情。杂毛小道告诉我，我们走了之后，他在雪瑞和吉娃娃的协助下将闵魔首徒大猛子给刺死，然后雪瑞用青虫惑发动了迷幻阵，将那些家伙给吓得一路逃走……

　　我则告诉杂毛小道：张君澜死了！

　　听到我口中的这五个字，杂毛小道本来轻松无比的表情顿时凝滞，身子一震，好半天儿没有说话。

　　我知道杂毛小道跟小澜好像有一段感情，至于深不深，我也不知晓，于是也不敢说话。

　　过了好一会儿，他才苦涩地笑，说，好，好，这样子，大家都能够保留回忆。我心中一动，忍不住说道："她其实也是被迫的，她母亲和弟弟的性命都在邪灵教手里，没有办法。她刚才其实还救了我，我知道她应该是不想这样的……"

　　我话还没有说完，便看到杂毛小道伸手拦住了我，不断地吸气，眼睛血红，仿佛竭力在忍着某种情绪。好一会儿，他深呼吸，然后缓缓说道："不要说了，我都知道的。她现在在哪儿？走，带我去看看她吧……"

　　他站起身来，扭过头去。借着大厅角落的长明灯，我看到了他眼角处有隐约的泪光。

## 第四十八章　天亮了

　　我们在靠石门处一片破烂棺材木堆中，找到了小澜还散发着余温的尸体。她算是幸运的，只是胳膊上有着几道擦伤的口子，先前脸上的血污似乎被张小黑给处理过了，露出一张白净秀美的脸庞来，安静祥和，双手捧心，仿佛在沉睡一般。看到小澜的这幅秀美模样，杂毛小道凝结如冰的脸变得更加铁青。

　　他单腿跪倒在地，缓缓地将头埋在了双手里面。

　　从我的角度，完全看不到他当时的表情，只见他瘦削的双肩在不断地抖动。在我的印象中，跟前的这个兄弟向来都是一个没心没肺的二皮脸形象，或者说沉着内敛，几乎没有在我面前流露出悲伤痛苦的神情，天大的事情，哈哈两声，一笑而过。

　　男儿有泪不轻弹，只是未到伤心处。看来这一次，他是动了真情了。

　　对于这个家伙的过往，我了解不多。只是大概知道小澜长得跟他师父陶晋鸿已故的孙女很像，而杂毛小道似乎又跟那个青梅竹马的师侄女儿，有过一段很深的感情。

　　说起来，杂毛小道的性格跟我很像。有时候命都可以给，就是不会跟人分享自己的伤心往事，以及一些年少时光的情愫。我虽然平日里也是有着熊熊燃烧的八卦之心，此刻却没有说话，只是默默地站在一旁，看着杂毛小道尽情宣泄自己内敛的情感，感受着这个兄弟那像洋葱一样温柔的心。

　　我们两个一站一跪，静静待着。因为我们就在通道附近，所以不断有人来往，然而这些特勤局的成员都是行色匆匆，忙得几乎都要飞起来。林齐鸣、董仲明等与我们相熟的七剑本来还待上前打招呼，结果看到这幅场面，都没有过来，将这私人的空间留给了我们。

　　杂毛小道是一个很有自制力的人，沉静了五分钟左右后，他抬起头来，眼圈红红的，眼泪都已擦干了。他咳嗽了几声，似乎想要缓解这尴尬，然后故作轻松地跟我说道："小毒物，不管怎么讲，小澜毕竟是我们事务所的员工，她死在这里，我们也是有责任的。这些丧葬费、抚恤金以及其他精神损失费，事务所也是要出的……"

　　听到他用控制不住的颤抖声音，跟我一本正经地谈小澜的身后事宜，我不由得一阵神伤，勉强笑了笑，说："无论如何，小澜都是我们事务所的人。至于这个事情，你也是老板，多少你都可以说了算。不过，小澜既然是邪灵教派过来的卧底，那么她很有可能就不会用真实的姓名和档案，那么表格上面的家属，也许都是不存在的。至少我没有听说过小澜还有一个弟弟。"

　　我的话让杂毛小道好一阵沉默，过了一会儿，他轻轻叹道："唉，尽人事，听天

151

命吧。"

这时雪瑞也已经忙完了，跑过来，瞧见小澜安详的尸体，尽管知道小澜是邪灵教安插在我们内部的奸细，但想起了这一年以来朝夕相处的美好时光，仍不由得潸然泪下，豆大的泪珠顺着脸颊滑落，伤心不已。

我们三人在这里默默伤心，朵朵、小妖和吉娃娃在旁边守着我们。大师兄快步走了过来，声音洪亮地招呼我们道："哎，都围在这里干什么呢？走吧，我们出去，伟相力的老板紧急从对岸赶过来了，我们要跟他谈一谈……咦，陶陶？"

看到地上的这个女子，泰山崩于前而面不改色的大师兄也不由得倒吸了一口凉气，露出见鬼一般的神情，大声叫道："不可能啊，她明明……"

他的声音变得细小，蹲下身来，将手掌贴在了小澜的脑门之上，闭上眼睛仔细感受，过了一会儿，他说道："这个女人没有什么修为，刚刚死去，是三阴化神掌，一掌致命！嘶，是谁这么狠毒？"

我看着余佳源用朱砂桃木剑刺着王姗情的脑袋跑过来，指着那个美人头儿恨恨说道："是她，闵魔新收的弟子，王姗情。"

"这假冒伪劣的控尸降？"大师兄一招手，余佳源将美人儿脑袋抛过来，那东西还没有彻底死去，一脱离桃木剑，张开嘴巴便要咬。大师兄接过来，啪的一巴掌，抽得这鬼东西晕头转向，目光呆滞。

大师兄摸了摸小澜光洁的额头，耳朵不停地在动，几秒钟之后，他口中喃喃自语道："奇怪啊，怎么回事呢？"他话不停，回头问道："这个女孩子是谁？"

董仲明上前轻声回答道："张君澜，茅晋风水事务所的前台接待。不过此时她出现在这里，应该是有着其他的身份。"大师兄看着平躺在地下的小澜，叹气说，唉，其实我早应该到你们事务所去看一看的，不然也不会错过……

感伤之后，他没有再说话，只是重重地拍了拍杂毛小道的肩膀，然后带着一群人离开。

董仲明对被拍得差点跌倒的杂毛小道和旁边的我说道："我们走吧，很快就会有专门人员过来清理现场。"杂毛小道点了点头，但是并不理会董仲明的话语，而是弯下腰，俯身将小澜给抱起来，然后朝着门外走去。

我跟在他的后面，问他要不要帮忙搭把手。他摇头，说不用了。

我们跟着人群往外走，看来大师兄的人马已经完全控制住了场面，一路上灯光明亮，陆续有戴着头套的人被特勤局的人押送出去，我试着找了一下，没有看到我的那个高中同学杨振鑫，不知他是死在了石厅里面，还是被抓捕了，又或者，这小子命大给逃了出去。

余佳源跟在我们旁边介绍，说这个工厂的地下有一处难得一见的地煞，名曰黑鸾煞，被邪灵教人为改造过后，就变成了之前的那副样子，一旦驱动起来，外面依然如常，但是许进不许出，大部分人最终被困在了那一口口黑木棺材内，流血而死。

他说完这些，没有跟我们说更多的事情，只是陪同我们行走。

过了血池，到了之前我们下来的那个通道口，我看到姜钟锡大师、吴萃君和老庄三人正在跟特勤局的工作人员说些什么，似乎还起了争执。看到我们陆续出来，姜老头儿朝我们挥了挥手，高声叫，小伙子，你们没事吧？

我们迎上去，摇头说没事。问起他的女徒弟张静茹，姜老头儿说被送出去救治了，他担心我们有危险，所以没肯走。

我点头道谢，看到旁边的吴萃君，她的关切之情倒少了许多，反而显得有些惶恐。

我知道这是因为她身上被杂毛小道动了手脚，担心我们都挂了，没人给她解药。刚刚经历一场生死，大难不死的我对这些反倒是显得特别宽容，笑了笑，也不说话，与他们寒暄两句之后，回到了地面。

眼看就要出厂房了，我将累得一塌糊涂的两个朵朵召回来，不让她们出现在普通人的视野里，免得引起惊慌。顺着厂房的过道行走，此间灯火通明，在这明晃晃的灯光之下，连影子都稀疏，早已不复之前的那种阴森恐怖之情景。很快我们就来到了员工出入口，旁边有一具尸体，盖着白布，我知道这是死去的小雷。

看着大师兄带人从门口鱼贯而出，我停在门口，久久没有迈步。过了好一会儿，杂毛小道在后面催促，我才深呼吸，抬脚出去。没有罡风，没有深渊，没有所恐惧的一切，只有初夏的一缕光亮，从天际越过一幢幢厂房和高楼，缓缓照在我的额头，晨风吹拂脸庞，无比温柔。

此时天色已经蒙蒙亮，厂房周围的道路上有三十多个伟相力的保安在维持秩序，不让员工靠近，而我看到大师兄朝着一个谢顶的矍铄老者走过去。

那个人时常在新闻上露面，是伟相力的老板。

我们出来以后，立即有医务人员围上来察看伤情。杂毛小道只是受了一些内伤，而我的卖相则颇有些凄惨，血肉模糊的，吓得那些医生赶紧推着担架车过来，将我按倒在上面，我无所谓，安然从了，不过杂毛小道却不肯将小澜放下来。

一番争执之下，董仲明跑了过来，告诉他，说张君澜的尸体陈老大特意嘱咐了，由特勤局的人带走。杂毛小道瞧了一眼远处正在与人交谈的大师兄，正好碰到他回过头来，点头肯定，老萧这才作罢，将小澜交给了董仲明。

我看着董仲明将小澜小心翼翼地放入一辆贴满符文的黑色商务车中，心中不由得疑虑：大师兄这是要干吗呢？

## 第四十九章　苏醒

我们在医院里面躺了一整天。大战过后,我困倦得很,什么也不管了,闭上眼睛就睡。

这一觉睡得无比惬意。其间似乎有人过来找我,在病床前叫我,我想睁开眼睛,但是根本就睁不开,睡魔袭上心头,衷心地觉得沉睡是一件无比幸福而又美好的事情,什么也不用想,什么也不用干,世界就是一个点,无牵无挂,永恒存在……

如此静谧的沉睡,不知道过了多久,我感到一阵抑制不住的饥饿,肚子咕咕的叫声已经响遍了静谧睡梦中的整个世界,我既留恋沉眠,又扛不过这种火烧火燎的饥饿,意识终于从海底浮出,当到达海平面的时候,我睁开了眼睛,身子一下子绷紧,坐直了起来。

"啊……"

一声娇呼在我的耳畔响起,我的眼里出现了一张滑若凝脂的俏脸,鸦色的秀发将她的脸型勾勒得分外明媚,一双眼睛恍若秋水,里面的眼眸闪耀若星空,有着让人说不出来的深邃之美。雪瑞看到我直愣愣地瞧着她,脸上不由得飞起红霞,娇嗔道:"你这个家伙,干吗一惊一乍的,吓死人了!"

我眼睛一转,闷声说道:"好饿啊……"接着我抓住雪瑞的手腕嗅了嗅,用闵魔那种独特的语调缓缓说道:"好香啊,有日子没有吃过这么香的食物了……"

雪瑞大窘,挣脱开我的手,恨恨地拍着我的头,大声叫道:"让你吃,让你吃,果真的是中了邪,一觉睡了三天三夜,醒过来就不知道说人话了。打死你,看你还吃……"我连忙抱着头跟这小姑奶奶求饶,说了一堆好话,待雪瑞停下手来,我才问道:"啊,我睡了三天了啊?"

雪瑞点头说:"是啊。医生本以为你是受伤昏迷过去了,结果某人呼呼睡得舒爽。后来大师兄过来找你,说你是进入了'原始入定'的状态,这种状态一般是专门研修辟谷的苦修士才会有的,属于道学里面的'坐忘'。他说的很玄乎,似乎是能够进入这种状态的人很少,说你这是有大机缘,让我们不要打扰你,自然醒来便好……"

听到雪瑞的话,我穿着病号服就下床来,雪瑞绕过来拦住我,说,你干吗去,你是病人知不知道?

我摊开手苦笑,说你们倒是没有打扰我,可我这都活活饿了三天,跟闵魔那龟孙子一样,看到食物眼睛就发绿,我感觉自己饿得都能够吞下整整一头牛了,小姐姐,能赏小的一口吃的吗?

瞧我一副可怜巴巴的样子，雪瑞就想发笑，说，这就打电话叫餐过来。我摇头说，出去吃吧，医院的伙食闻着就想吐。雪瑞瞧我精神抖擞的模样，点头说好，起身给我拿了一套新衣，然后背过身去，让我换上。我一边往身上换衣服，一边问，其他人呢？

雪瑞没有回头，背着手说这里人来人往，两个朵朵都休息了，虎皮猫大人不知踪影，萧大哥被董秘书叫走了，老万知道小澜死了之后，伤心不已，现在也不知道跑哪里去了，就我，傻乎乎地在这里陪着你这个猪头……

我想起来了，老万和小俊似乎都对事务所这个美丽的前台小姐，有那么一点儿意思，心中女神死去，自然是悲痛欲绝的。不过我并不怎么担心老万，这个人油滑得很，三两天过去，也就没有什么事情了，倒是杂毛小道，不知道他能不能够走出心中阴影。

换好衣服，饿得头昏眼花的我与雪瑞一同出了病房，在过道口被人叫住了："陆左、陆左……"

我回过头去，看见一个真正的"猪头"坐在轮椅上招呼我。

我眯着眼睛瞧这个脑袋被白色纱布包裹得严严实实、只留下眼睛和嘴巴出来的朋友，想了好一会儿，都记不起来什么时候认识过此君。这人倒也识趣，知道自己这副模样实在有碍观瞻，主动上前自我介绍："南海，李彦！"

我想起来了，这哥们不就是那个掌心雷吗？

我依稀记得此君被甩入一口棺材中，砸了个稀巴烂后就再无消息了，没想到命这么大，居然活下来了。我笑着跟他握手寒暄，说久仰久仰，问了他的身体状况。他说没事，只是伤到头，轻微脑震荡而已。说完他又颇为敬佩我，说我受的伤比他严重好多倍，现在居然可以活蹦乱跳的，真不愧是曾经将茅山长老撵得到处跑的新人王。

我大窘，当初与茅同真打斗，是我和杂毛小道两人伏击，费尽了功夫才稍微占了上风，怎么此刻就变成了将茅同真撵得到处跑了？这谣言不知道是谁传出来的，这莫非是传说中的捧杀？

不过看着李彦一脸敬佩的模样，我也不点破，故作矜持地"谦虚"几句，然后离开。

我和雪瑞在医院附近找了一家自助餐厅，我一口气吃了一个多小时，雪瑞笑颜如花，像花丛里面的蝴蝶翩飞，不断地给我拿食物。当我吃得打着饱嗝停不下来的时候，盘子堆叠如山，旁边的服务员简直就吓尿了。填饱了肚子，我才有闲心问雪瑞我昏睡这几天发生的事情。

她告诉我，说大师兄应该是和伟相力高层达成了协议，他的团队已经进驻了那间停用的工厂，对相关的人员和事情进行了全面的调查，也将一些涉及案件的伟相力人员给带走了，事件也开始慢慢平息下来，相信再过不久，应该就会渐渐淡出人们的视野。

我说，闵魔死了，其他人呢？有没有跑掉的？

雪瑞说总会有一两个漏网之鱼的，不过也无碍。这次行动，邪灵教在南方省的闵魔一脉，基本上都落网了，而且通过对抓获的人员审讯，应该还能够深入地挖掘到更多的教徒。经此一役，邪灵教在南方省，乃至整个东南的势力将遭到最沉重的打击，只怕几年都缓不过来。

我继续问，大方向雪瑞都知晓，但是细节的东西，她也不是很清楚，无从得知。我们歇了一会儿，很快杂毛小道的电话就打到了雪瑞这里来，他知道我醒了，问我们现在在哪里。

我把地方告诉了他，问他吃饭没，没有就过来一起，量多味足。杂毛小道说不用了，他正好就在大师兄这儿，让我如果没事，就直接过去，大师兄有话儿要跟我说。

我问了地址，然后问雪瑞要不要一起去？雪瑞摇头说："不用了，你们男人的事情，我才懒得听。王铁军从东官赶过来了，准备跟伟相力结一下账。毕竟费了这么多力，开门做生意，该得的钱还是要拿的，总不能白办事，对不？"我笑着点头，说的确如此。吃完饭，结账的是雪瑞，我在服务员鄙视的目光中走出了餐厅。

雪瑞开车送我到了杂毛小道说的地方，比起东官和南方市的特勤局，鹏市的要显得现代一些，没有大院，是一整幢楼。不过也可以理解，因为鹏市从一个小渔村发展成为这么一个国际大都市，必然都是全新的建筑。

来的路上我已经通知了这边，曹彦君早已在楼前等候，寒暄一番，然后将我引上楼去。到了一间休息室门口，他指了指隔壁，说陈老大正在开会呢，你先在这边等一下，萧道长也在里面。那会议室的门没有关严，隐约传来大师兄的咆哮声。隔着门，听得不是很仔细，但是我却能从这声音中听到压抑不住的愤怒来。

曹彦君见我露出疑惑的表情，耸了耸肩膀说，上行下效，这是组织架构的理想状态，然而麻木的人却很难做得到。很多人，混吃等死，麻木不仁，不骂上一骂，他们是不知道厉害和深浅的。

我没有多说什么，推开休息室的门进去。杂毛小道在里面，手上是他那把结痂凝固的雷击桃木剑雷罚，他不断地擦拭着这丑陋的血胶棍子，像最珍贵的宝贝。见我进来，上前来与我紧紧抱了一下，然后擂了我胸口一锤，说，"原始入定"的感觉，怎么样？

我摸了摸圆鼓鼓的肚子，打着饱嗝说，还好，就是饿，这不，刚刚填饱肚子。

曹彦君离开之后，我们简单地聊了几句，杂毛小道说姜钟锡大师和张静茹两位宝岛同胞对我们很感兴趣，说有时间想去我们那儿拜访，还说此次任务算是小赚了一笔，还说……我瞧他说得心不在焉，直接问："小澜的家人，找到了吗？"

杂毛小道愣了一下，叹气道："没有。"

我又问，小澜安葬了吗？他的脸色黯然，说没，在大师兄那里呢。我奇怪，小澜活着便罢了，人都死了，不入土为安，还真指望能够研究出一个鸟儿来？

杂毛小道似乎隐约想到什么,支吾不说话。又过了十几分钟,休息室的门被推开,大师兄春风满面地走了进来。

# 第五十章　我的行为，并不代表我的意志

大师兄走进了休息室，与我们寒暄几句之后，各自落座。

瞧着他脸上洋溢的微笑，我实在很难相信他刚才还在会议室里面发了火，甚至大声咆哮。大师兄能够坐到现在这个位置，自然是一个极为聪明的人，瞧见我这副表情，笑了笑，说，刚才你进来的时候，听到我吼人了啊？

我摸了摸鼻子说，没想到大师兄凶起来，还真的是有些吓人，我估计那些相关部门的负责人，当时脸应该都白了吧？

大师兄无奈地耸了耸肩，笑着说没办法，都说响鼓不用重锤，但是这些家伙被先前那位惯得惰性太大，不敲打，什么事情都做不成。我们点头，表示理解。大师兄见我和杂毛小道兴致都不高，便用手指叩了叩茶几，温和地笑道："怎么了，有情绪？是不是在怪我之前没有提前通知你们？或者说，怨我把你们当枪使？"

杂毛小道没有说话，我则嘿嘿地笑，说，哪有，大师兄你倘若真想要拿我们当枪来使，就不会亲自破阵而入，过来营救我们了。

大师兄见我说得勉强，知道我们心里面还是有一些疙瘩，于是温和地笑了笑，从公文包里面掏出一沓红头文件来，放在桌子上让我们看。我不知道是什么，捡起草草翻了翻，都是些公文，大意是几个一定职务的领导干部落了马，以及关于此次事件的一些调查报告。

大师兄在旁边解释，说此次闵魔设伏于此，他隐约是知道的，但并不晓得太多的详情。之前与伟相力的老板有过冲突，又受到钳制，所以才让林齐鸣停止此次事件的公开调查，而转为暗地调集。然而他虽然转为地下，对那些陆续死去的员工却还是十分担心，听说我们接受邀请前来此处，觉得或许是一个解决办法，所以才会请求我们前来，尽可能让人死得少一些。他本来是打算第二日前来，与我们秘密会晤的，没想到闵魔居然当天夜里就狗急跳墙，发动了法阵。他也是听到了内线的报告，才匆匆召集人手前来，紧赶慢赶，到底还是赶上了……

对于大师兄的解释我将信将疑，而杂毛小道则直接提出了异议："大师兄，你最开始的时候，干吗不告诉我们，难道你以为你把事情的真相告知了我们，我们还会因为害怕，而不答应吗？而且这样的事情不是一次两次了，我和陆左两个次次都在搏命，死里逃生，这一切，到底是什么原因，你总要给我们一个说法才是？"

杂毛小道跟大师兄的感情其实是蛮好的，按理来说，他应该不会计较这些事情，不过他此番这般提出来，我知道他并不是为了自己，而是因为我的缘故。

听到杂毛小道这略带埋怨的话语,大师兄张了张嘴,没有说话。他从怀里摸出了一包没有拆过的香烟,很普通的红双喜,拆开,掏出一根点燃,深深地吸了一口,然后将那烟雾给缓缓吐了出来,在淡蓝色的烟雾中,他的脸色显得格外疲惫。

他没有理会我们,而是将这一根烟慢慢抽完,掐灭了烟头,咳嗽了几声,这才缓缓说道:"小明,很多事情我不能够跟你们讲得太细,不是不能讲,而是不敢讲。我只想告诉你和陆左,很多时候,你大师兄所做的事情,往往并不是完全代表着我自己的意志。但是我可以拍着胸脯保证,我做的任何事情,都无愧于心,无愧于这天地、君师以及你们这些我所关爱的人。或许有一天,你们知道真相,但是它不是由我的口中说出来的,这个我跟别人保证过。所以,我请求你们,相信我!"

听到大师兄这诚恳的话语,杂毛小道稍微一愣,脱口而出道:"难道是……"

大师兄一挥手,说:"小明,勿说太多,也不要乱猜,我不会给你答案的。你和陆左,是璞玉,需要仔细雕琢,方能够成大器。这一次你们两个辛苦了,先回去休息吧,至于其他的事情,我来处理。小明,小澜的尸体我留有他用,你不要挂记;陆左,你似乎和我的内线有点儿关系,你要不要见一见他?"

"啊?"大师兄突然这么说,我的好奇心不由得被他成功地吊了起来,问是谁?

大师兄说,今天就到这里吧,有什么事情你们都可以找小董了解。至于内线,你到楼下的会客室去,他在那里等你呢。他瞄了一眼杂毛小道,我知道大师兄应该有些话要跟杂毛小道单说,于是站起身来,说我去见一见那个内线吧。

在曹彦君的带领下,我在五楼的会客室里面见到了内线,这家伙居然就是我的高中同学杨振鑫。

那天走的时候我特地留意了一下,并没有见到他,原来这个家伙做起了双面间谍。见面好是一阵紧紧相拥,我与杨振鑫再次互道身份,他大学毕业之后考公务员,进了特勤局,后来被培训成一个卧底,开始在鲁东,后来到了南方省,加入了邪灵教,再之后,渐渐得到信任,成了闵魔的门徒……

谈话间,两人不胜嘘唏,感觉青春往事,仿佛神马浮云,万万没想到居然还会再见,而且还是这种身份。

我问杨振鑫今后的打算是什么。他笑了笑,说不知道,听安排,不过估计应该还要继续卧底,一直到完全将以小佛爷为首的邪灵教弄倒。到了那个时候,他说不定就会被安排到一个比较偏僻的地方,安安稳稳地过着他剩余的人生。这就是卧底的命运。

我和杨振鑫聊了一会儿,临别的时候,因为他长期从事卧底工作,所以也就不留电话,约好倘若有机会,可以一起回老家聚聚。

离开特勤局大楼,我在门口等了一会。杂毛小道面色严肃地走出来,问他话也不回答,似乎有一些走神。我见他这状态,便不再追问。有特勤局安排的司机将我们送回了之前的住处,收拾好行李之后,我们与雪瑞、老万一同回了东官,就留王铁军在这里，跟伟相力收账。

回到东官，我们基本不再去事务所，就在家中修行，调养前几日因为耗力过度而略微疲惫的身体。肥虫子在我的体内安眠，我数次与它联系，然而无果。这样的状况我已经遇见过两次了，知晓这是要蜕皮三变的节奏。

这个小东西也不知道吃了什么东西，也不知道要何时醒来，总之它若不在，我的心里面就是空落落的。这么久的相处，它仿佛就是我身体的一个重要器官，就如同我的老三一样了，没有还真不习惯。

经过工厂一役，大师兄一举稳固了自己在东南的重要地位。而我们也是收获良多。最重要的，还是与闵魔这种变身为魔的家伙的作战经验。

我曾经经历过好多重量级的战斗。在藏边之时，也曾经与茅同真做过生死对决，然而很少与这种大型魔怪进行过战斗，在一定程度上，缺乏经验。当然，这与闵魔的独特性有关。这厮魔化之后的模样，跟我们所能够想象到的东西，都实在差了太远。

日子仍在继续，小澜死后，我们又招了一个前台，长得依旧很养眼，让人走进来一看，就会觉得事务所是高端大气上档次的那种。不过斯人已逝，这个长相颇为甜美的妹子并没有小澜那般，能够和诸位同事打成一片，无论是老万、小俊，还是我们和雪瑞，都只是把她当做了最普通的同事和下属。

小澜，她终于成了往事，活在了我们的记忆中，接受缅怀。

我以为杂毛小道会借花疗伤，再次频繁出入夜店，一如老万一般。然而这个家伙似乎转了性子，整日就研究着各种符文，以及他那把雷罚，画了无数的草图，画了扔，扔了再画，我不知道他要做什么，一问，才知道这个家伙居然构思着在雷罚之上篆刻飞剑的符文。不但如此，他还打起了我那六芒星精金项链的主意，想要如同鬼剑一般，镀一层精金上去，加强硬度。

然而飞剑这东西他只参考过老君阁李腾飞的那把除魔，即使这家伙天才，繁复的符文也让他头昏眼花。每当没有灵感的时候，他就会拿着以前的家伙什，跑到居民区去摆摊算卦。

我问他为什么，他告诉我，世事人情皆文章，红尘炼心，看的是人生百态，尝的是苦辣甜酸，只有用平常心，慢慢经历这些，方能够有所领悟。闭门造车，终将是一条死胡同。

日子便这么缓慢过去。到了六月中旬，我突然接到了林齐鸣的一个电话，他问我们是不是在找一种叫做"桃元"的东西，若是，他这里倒是有消息的。

## 第三十卷 神仙诡地

### 第一章 飞抵泉城

林齐鸣的话让我眉头一跳，忙问他，哪儿来的信息？

他笑了笑，说信息的具体来源就不告诉你了，不过可以肯定的是，确定度有六成，你就说你们要不要过来吧？

我说你在哪儿呢？他说鲁东，鲁东高密你知道吧？高密市东依海滨名城青屿，西依世界风筝之都潍坊。倘若时间再往后推两年，我们或许还知道那儿出了一位2012年诺贝尔文学奖获得者莫言先生，但是在2010年的6月，从来没去过北方的我却只能隐约有一些零碎记忆，模模糊糊。

我很老实地说我不知道，怎么个情况啊这是？

他说他最近在鲁东执行任务，吃饭的时候听当地的一个朋友谈及这样一件事，说有一个地方比较奇怪，鬼打墙、桃花瘴、山回路转，很容易迷路，不过有人曾经走进去过，发现桃花烂漫、遍地生香，有灵气游动，精灵飞跃……我打断他，你确定你的朋友不是在跟你复述《桃花源记》吗？

林齐鸣似乎很忙，放下电话跟别人说了几句话，然后匆忙问我，你就说来不来吧？来的话找个人接待一下你，不来的话算球，要不是看在你是猫儿老板的分上，我才懒得管这破事呢。

我说这事我得跟老萧商量一下，到时候给你准信。林齐鸣说好，就这样了，哦，还有一件事情需要跟你提前讲，这个事情呢，你们别跟陈老大讲，不然别怪我翻脸不认人啊！

我奇怪，说这是为何？林齐鸣说："陈老大讲过了，你们两个现在身份特殊，在南方他还罩得住，别的地方，还是比较危险的。而鲁东呢，又是崂山派的地盘，崂山和龙虎山走得比较近。说实话，你们倘若曝光，还是真有一定的危险。我只是提供一个信息，至于来与不来，自己衡量，千万不要跟陈老大说是我拖你们下水的，懂了不？"

"对了，"他补充道，"要来尽快啊，这个消息知道的人不少，来晚了可就被人捷足先登了。"

与林齐鸣通完话之后，我坐在花厅的小秋千上陷入了沉思。

的确，我和杂毛小道现在的身份比较尴尬，没人追究的时候逍遥自在，倘若上面认真起来，那就颇为头疼了。按理说我们现在最好的办法就是以静制动，默默地待在东官这个小窝里，等下个月中旬的时候，与大师兄一同前往茅山拜见陶晋鸿。相信以陶地仙的修为和威望，还我们一个清白，那是分分钟的事。

只是那雷罚之于杂毛小道，仿佛肥虫子之于我一般重要，杂毛小道工厂一役，寒酸到借用我的鬼剑才能勉强保身。而那雷罚就是缺了一份先天桃元精体融合，才会于此刻在剑匣中静静躺着，并无作用。雷罚是因为杂毛小道救我而损伤的，而小澜死后，他也有些意志消沉，我们总要找点儿事情来做，转移转移注意力才好。

杂毛小道白天在外面摆卦练摊，到了傍晚才姗姗归来。饭桌上，我与杂毛小道、雪瑞谈及林齐鸣的来电，杂毛小道皱着眉头说，林齐鸣怎么说话不清不楚的，到底是不是真的啊？

他话虽这般说，眼睛却发亮，显然是被林齐鸣的这个消息打动了。

雪瑞却旗帜鲜明地表示了反对。她是女孩子，心思细腻一些，总担心我和杂毛小道去北方会有危险："陆左你的金蚕蛊在沉眠，不知道何时苏醒，而萧大哥手头上则连一件趁手的武器都没有，要不然先让林齐鸣继续打听，等有了准信再说，可别误了与大师兄七月的约期。"

雪瑞到底是女孩子，渴望安定的生活，完全不能够理解旁边这两个男人所追求的，恰恰就是这动荡不安的刺激。我和杂毛小道对视一眼，没有再说话，匆匆吃完饭，各自回了房间。

到了半夜，我起来放水，路过客厅的时候，看见一双亮晶晶的眼睛正在看着我，吓了一大跳。

是雪瑞。我与她打招呼，大半夜的，干吗还不睡？

雪瑞直勾勾地瞧了我大半天，然后轻轻问道："你们是准备要走吗？"

我坐在她旁边，点了点头，说，嗯，准备去鲁东看看，说不定真的就碰上运气，找到那桃元之呢。雪瑞露出了不满的表情，气鼓鼓地说道："为什么我劝了这么多你们都不听，你们这样去真的很危险你知道吗？你不知道我们有多担心你么……"

雪瑞恨铁不成钢地唠叨着，我等她说完，才淡淡笑着说："雪瑞，人生在世，总免不了生老病死，这都是寻常的事。我能够明白你的担忧，不过那桃元是雷罚复原的希望，而你或许还不能够理解一把完整的木剑，对于一个道士的重要性。老萧为了我赴汤蹈火，从来没有说过半个'不'字，那么我又有什么理由，不为这样的兄弟效力奔走呢？"

雪瑞迟疑地说道："话虽如此，但是你们可以晚些去啊，等你们两个的身份洗白了，想干什么都可以的……"

我摇头说："机会是需要把握的，而不是用来等待的。倘若八月我们再去，说不定早就已经人去楼空了。"雪瑞见劝不动我，最后问一句："那你们决定了？"我点头，是的。雪瑞说，那就带上我吧，我可不想被当成一个看客，在远方默默地担心你们呢。

我心里面虽然有顾虑，但是见到雪瑞一副咬牙切齿的难缠模样，却鬼使神差地点了点头。

然而世事难料，第二天我和杂毛小道在用假身份证订飞机票的时候，雪瑞突然接到一个电话，草草聊了几句之后，脸色一变，返回房间里面收拾行李。我们都不知道发生了什么事情，遣小妖进去问，才知道雪瑞的父亲李家湖在缅甸那边，出了事情。

等雪瑞带着行李出房门时，我问具体情况，她告诉我们，她父亲公司在仰光的一个仓库烧了，很多东西被盗，财产蒙受了重大的损失。据她父亲说是郭佳宾那个吃里爬外的二五仔动的手脚，可是那个狗东西不但没跑，反而勾结当地势力，反客为主了。

雪瑞告诉我们，她准备去仰光一趟，给她父亲撑撑场面。

我担忧地说，没事吧，不然我们陪你走一遭？雪瑞笑了，说关心收下，轻视自己收回，虽然陆左哥你很厉害，但是也别小瞧我哦，说起来，缅甸可是我的主场。我笑了，想起她的师父可是蛊丽妹，倒也没有什么好担心的。

当天早上雪瑞便匆匆驱车前往鹏市，过关到了香岛。而我和杂毛小道则去事务所将工作作了安排之后，用小白脸谷陆鸿和理工男刘长亚的身份订了最近一班飞机，直飞泉城。

飞机落地时已经是傍晚，有一个戴着黑框眼镜的年轻人，举着牌子过来接我们。年轻人叫康亦珂，自我介绍叫小康，见到我们后，热情地招呼谷哥、刘哥，说他是林领导叫过来接我们的。听他这称呼，我们便知道小康应该不是很清楚我们的真实身份。林齐鸣这个家伙不愧是跟大师兄办过事的，谨慎，说话做事，自有一套。

出了机场，杂毛小道问起林齐鸣现在何处，小康说林领导临时有事，带队去了高密，他这会儿先领我们去市里面的宾馆住下，回头林领导会亲自打电话过来与我们解释的。

到了人家的地头，自然听人家的安排。我和杂毛小道均无异议，将托运的行李和塞在有氧舱的虎皮猫大人领出来，便钻进了小康开来的黑色奥迪。

因为跟小康不熟，所以杂毛小道一路上便在跟他套话，大概知道这个年轻人就是鲁东特勤局的普通工作人员，而且考上公务员不久，给支使过来，办这些杂事。不过他倒并不觉得有多辛苦，性子也开朗，跟杂毛小道一路上倒也聊得欢快。

我知道在特勤局里面，除了像林齐鸣和我们这样的人之外，还有很大一部分工作岗位招收的都是普通的应届毕业生，做的也都是表面上的业务，知晓的东西并不比寻常百姓多，估计小康就是这样的人。

虎皮猫大人烦透了坐有氧舱，一出来就骂骂咧咧，一开始小康还以为这头肥鸟儿学过几句脏话，并不在意，然而虎皮猫大人一旦甩开腮帮子骂人，那花样儿可真不是吹的，天花乱坠，吓得小康一愣一愣的，而我们都不敢搭腔，生怕这肥鸟儿胡乱撒气，搞得当时的气氛，颇为古怪。

小康一路上照顾得十分周到，看得出是一个机关小油子，让我们享受到了领导的待遇。不过我们此行前来，为的是林齐鸣口中的桃元，并不是来游玩的，故而没有心思仔细欣赏泉城的夜景。给林齐鸣打了几个电话又都不在服务区，不由得有些着急。

一直到了夜间十一点，我的手机响起，传来了林齐鸣气喘吁吁的声音："抱歉，抱歉，这边出了点问题，过不来了。"

## 第二章 "泰山三宝"

接到电话的时候我正在和杂毛小道察看鲁东的地图,因为没有来过,所以要先大概熟悉这一带的地形和道路,免得以后行动不便。小妖在发呆,而朵朵则在我旁边闭目修炼,吸收我体内尸丹的精元。

听到林齐鸣的声音,我急忙打开手机免提键,问他怎么回事,怎么这么不靠谱?

他在电话那头连声道歉,说本来中午还在泉城的,结果下午高密出了点事,急匆匆地赶过去,一通忙碌,估计这几天都回不来了。

我皱着眉头说,到底是什么事情这么麻烦,要不然我们直接过去找你吧?

林齐鸣支支吾吾一会儿,才说道:"这件事情本来还在保密阶段,不过既然是你们哥俩,那我也不瞒你们——高密这里的一个山村里,有村民目击到由数百条狼组成的狼群,在山岭间呼啸而过,引发了当地的恐慌。我们傍晚的时候匆匆赶到,确实看到了好多狼行的痕迹和排泄物,摸黑排查了大半夜,刚刚轮换下来,这不就赶紧打电话给你们了吗?"

我表示不信,说:"鲁东乃孔府故里,早就开发了几千年,还有狼群呼啸而过,忽悠谁呢?"

林齐鸣在电话那头沉声说道:"恰恰因为如此,才奇怪,所以才会找到我们啊。要不然,关我们什么事,直接找林业局以及部队猎杀捕捉了便是,何必费这么多周折呢?要知道,林队长我的出场费,可不是一般人能够给得起的。"

我没有理会他的调侃,问现在情况怎么样了?

林齐鸣告诉我,双羊镇、阚家镇一带都已经戒严了,相关部门都在积极配合,不过问题在于,行动人员跟踪那些痕迹到了一处山窝中,结果一切都陡然消失了,不知道到底是怎么回事。目前上面的要求,基本上还是在保证当地居民的财产和生命安全,至于其他的东西,还要等待明天天明的时候,出动人手进行调查才知道。

我问,这就是你此次前来鲁东执行的任务?

林齐鸣骂了一声晦气,说,本来这狼群是出现在泰山南麓的泰安附近,结果几天时间不到,又转移到了东海之滨,这事情实在太过诡异,这样大规模的狼群在鲁东到处乱窜,愣没有人能够捕捉到它们的行动路线,神出鬼没的,所以才让人十分头疼。

我看到桌子上面的地图,说,这高密不就在崂山附近么,传说中的崂山道士,有没有参与进来?

说到这里林齐鸣就来气,说:"之前派了局里协调处的人去崂山求援,结果这伙一心求道的杂毛道士直接回复说特勤局的内务,他们不好参与。他们好像也是归属统一战线的吧,这会儿倒是端起架子来了,真的让人心里不爽,保境安民的责任都不负,白白吃了那么多拨款,享受了那么多供奉。"

我不说话,想着这种事情,其实跟我和老萧这两个在逃犯也没有什么关系,我们太过于介入,指手画脚的,也不好,便问起了桃元的消息,说这东西是不是也在高密。

林齐鸣说,不是,在肥城,肥城你晓得吧?

肥城我自然知晓,这个位于泰山南麓的小城以盛产肥桃著名,而且我知道天下的道士,所使用的桃木剑,大部分都来自此处。因为肥城桃木,质地细密,木体清香,为辟邪镇宅之神物,故而深得道家方士之宠爱青睐。何谓桃元?此乃汇集无数桃木灵气而蕴生的天地灵物。上次林齐鸣提高密,我直以为桃元在高密,此番听他这么一说,反倒觉得在肥城是理所应当了。

肥城种桃的历史已经有几千年了,是世界上最大的桃园,也唯有此处,方才会诞生出那种汇聚天地精华、万物灵气的桃元出来。

我问林齐鸣发现的具体地址在哪。他笑了笑,说那个人也是迷迷糊糊的误入其中,包括后来出来的时候,也是糊里糊涂,有朋友曾经顺着当日的路线进去过,发现根本就没有什么桃元,也没有任何灵气焕发之处。倘若知道了具体地址,他也不必打这个电话,让我们千里迢迢地赶过来了——当然,大概的范围,他还是可以告诉我的。

"大概就是泰山南麓这一带,至于能不能够碰到,那可就真的是靠运气了。还有,这个消息已经被传播了出去,这桃元可是重铸灵身、除鬼驱邪一等一的融合剂,无论是将其融入桃木剑中,使剑有灵,还是分封入印,制作桃印,或者布阵斩旗,都是可以的,所以估计会有不少行内的人前来,对这东西进行抢夺。所以呢,好东西都是有德者得之,祝福你们,希望你们人品够用。"

我一听这家伙这么说,心里面就直犯嘀咕:这什么地址都没有,找个毛线啊?

不过林齐鸣一点儿自觉性也没有,说今儿太困了,明天还要去追查神秘狼群的事情,所以就不跟我多聊了。我们在鲁东一行中,有什么事情都可以找他安排给我的工作人员小康,这孩子挺实诚的,相信如果不出什么意外,都可以帮我们处理。

林齐鸣挂了电话,我嘴里面还在嘀咕,说这狼群的事情,仿佛在哪儿听说过啊。

杂毛小道说:"可不,以前我们坐火车的时候,有个鲁南的商人就曾经说过他们那儿1995年的时候,闹过一阵子狼人,你还记得不?"他这么一说,我倒是想起来了,好像确实有这么一回事。此事有林齐鸣他们这些总局的专业人士处理,我们也没有什么好担心的,于是便说起桃元之事来。

我对着杂毛小道苦笑:"林齐鸣这个家伙估计也只是道听途说,听风就是雨,消息都还没有确认;上回说是在高密,这回说是在泰山南麓的肥城,连个具体地址都没有,就急吼吼地叫我们过来,拿咱当猴儿耍了。现在什么头绪都没有,这可如何是好?"

杂毛小道笑了笑,说:"你没听那个家伙说么,不光是咱,还有别的人也在打桃元的主意呢,我们只要注意一下,或许就会有发现呢。再说了,其实这种不确定的东西,若要真的找起来,除了虎皮猫大人说过的黄金鼠,或许小妖和大人更占优势,你们说对不?"

杂毛小道瞧向了正在发呆的小妖,后者感受到注视的目光,摇摇头说,小娘才不会给你们找那没有蕴积成精的灵物呢,那可是我的同类,造孽不造孽啊?

这小狐媚子就是两个字——"矫情",她乃修罗彼岸花出身,哪里会将这种没有诞生意识的灵物当做同类。我和杂毛小道自然知道她的脾气,于是好言相求,哄得这小狐媚子高兴了,半推半就,也就点了头。

林齐鸣说小康这个年轻人实诚,果不其然。第二天清晨就拉着我们跑到共青团路那儿去尝他们这儿有名的孟家扒蹄。他另外还外带了泉城大包,香浓的杂碎汤拌着肉汁鲜美的大包下肚,美极了。扒蹄和排骨让我和杂毛小道这两个肉食动物吃得满嘴油,赞不绝口。

还别说,这家铺子别看门脸儿不大,生意却兴隆得很。我们吃着鲜美的泉城特色小吃,正兀自美哉,突然听到旁边有人在谈"泰山三宝"。

说咱中国人,自古都将泰山视为心中的神山,历代皇帝,也都喜欢来泰山封禅或者祭祀,昭告天下和神灵。所谓"登泰山而小天下",讲的便是这个道理。其实泰山最高海拔也不过一千五百米,算不上什么高山,但是它在古代人的心中有相当神圣的地位。相传写诗特多但是不咋地的清乾隆帝,曾经去过十次"天下第一山",留下一百四十多首咏颂诗、一百三十多块碑碣,除了热爱涂鸦文学之外,这个顶级的"高富帅"还御赐泰山岱庙祭器三十多次,祭器数量多达三百余件。其中,温凉玉圭、沉香狮子、黄釉青花葫芦瓶被誉为"泰山三宝"。

这"泰山三宝"被泉城及泰安人民所熟知,并不足奇,然而邻桌这边侃侃而谈,说了好一会儿之后,那个主导话题的大脑袋低声说道:"你们可知道,平日里在岱庙展厅里面展示的,那都是赝品?"

旁人点头,说晓得,那国宝级的珍品,自然是得放在条件适宜的库房里。

那大脑袋神神秘秘地说道:"你们可知,这三件,为什么能够在这数百件御赐贡品里面脱颖而出,成为镇守咱泰山的三件宝贝儿吗?"

他的小伙伴们都摇头,说,李旭男,老李,你个球啊,不卖关子你会死啊?

见自己引起了众怒,大脑袋咳了咳,清完嗓子之后说道:"我也是偷听住我们旅社那三个家伙说的,说那葫芦瓶里面,可装着真龙的口水呢……"

## 第三章　龙涎液的消息

"什么口水？"

旁人纷纷表示听不明白，而那个大脑袋老李则咽了一下口水，重复一遍："真龙的口水，龙涎水！"他言之凿凿的话语让旁人都笑了开来，啃着扒蹄的朋友都笑岔了气，而我和杂毛小道的脸色，却开始严肃起来，一边小口地吃着泉城大包，一边支棱着耳朵倾听。

大脑袋看见自己的朋友们笑得哈哈的，都不信，就有点急，一本正经地解释道："这三宝之所以能够有这么大的名气，位列泰山众宝之首，是有道理的——温凉玉圭能够凝神静气，是修行者度过心魔必需的法器；沉香狮子封存了一头远古雄狮的魂魄在里面，但凡扣弄一点儿烧了，闻到的人战意凛然，实力倍增；至于这黄釉青花葫芦瓶最为神奇，相传清乾隆五十二年间，乾隆皇帝登临泰山，为了给百姓祈福，感动了东海一条真龙，在里面留下了一口唾液，可安宁静气，舒缓心神，甚至有起死回生之功效。这黄釉青花葫芦瓶原是一对，早年被一大贼盗去，辗转返回了岱庙，可惜里面的龙涎水早已无影无踪……"

大脑袋老李这番徐徐道来，旁人听得津津有味，可是完了之后，又有朋友笑了，说："拉倒吧你，老李，你也就是一个开旅馆的大老粗，说得跟自己是那古玩街里面的角儿一样，还什么修行者？你大清早的，没喝酒吧？来，吃肉，吃肉，多吃排骨，补脑子！"

听到这话儿，大脑袋不由得气急败坏，说，老子这也是听三个客人谈起的，你们这些没文化的家伙，爱信不信，好像我李旭男骗了你们就有钱赚一样……

看得出来，大脑袋和一同吃早餐的这帮人都是熟识，他谈及"泰山三宝"呢，也不过是茶余饭后的一些谈资。我和杂毛小道面面相觑，感觉这个家伙的话虽然不能完全当真，但是似乎也有一些蛛丝马迹。

三叔头上的病也有一年多时间了，虽然后来萧家大伯陆续找了一些药来治，勉强拖延着，但是用龙涎液来疏通经脉，通达全身方才是正途，不然即使萧爷爷和萧家大伯有天大的本事，也阻止不了三叔瘫痪在床、脑瘤生长的结果发生。所以一听到有龙涎液的消息，虽然不知道是真是假，我和杂毛小道立刻留上了心。

杂毛小道长身而起，走到邻座前双手一拱，说道："各位安好，如蒙不弃，这饭钱不如记在小弟我的账上。"此时的杂毛小道，用的是谷陆鸿这小白脸的身份，看着也就二十啷当岁，瞧他这一副无事献殷勤的样子，大脑袋老李倒是有一些莫名其妙。

他是开旅社的,见惯了人来人往,世事人情,知道这类没事套近乎的,必然有所求,有心不理会,不过他到底年老成精,颇为圆滑,推脱道:"不用,不用,这吃个早点的钱,倒是真不缺,不用劳烦小兄弟你了……"

杂毛小道这个人,沾上毛就整个儿一猴子,精明得厉害,自然知道大脑袋在顾虑什么,于是咳了咳,让小康把证件亮出来,完了之后,说,老哥能不能借一步说话?

瞧见了小康那特勤局的证件,大脑袋老李更加不怕了。倘若是工商税务或者各个执法部门,他倒是要给个几分面子,至于特勤局这种部门……呵呵,没犯事儿谁在乎。大脑袋老李抱着胳膊,说借一步就算了,有事说事,没有的话,哥几个儿还没有吃完呢。

见亮证件这一招不好使,杂毛小道也不在意,毕竟特勤局知名度不高也是正常的事情。他这人啥都不说,最厉害的就是一张嘴,当下就忽悠开来,好是一通说,终于将大脑袋老李引出了门外,探听他刚才那一番话儿,特别是这"泰山三宝"的本来面目,是从何而来。毕竟大脑袋老李这样的人,是说不出刚才那一番话的。

许是杂毛小道忽悠得当,那个老李倒也是竹筒倒豆子一般,将他所知道的一切,都告知了我们。

原来这老哥在附近开一家青年旅馆,刚才那些话都是现学现卖,学着他店里面的三个顾客说的。那三个家伙看着贼眉鼠眼,都不像好人,不过懂的倒是蛮多,大部分话儿是从其中一个叫吕尤的眼镜男口里面传出来的……

老李笑着告诉我们,这三个人对这方面好像都挺有研究的,瞧那架势,好像是想去博物馆里面偷了那三件宝贝似的。

我和杂毛小道对视一眼,我问道:"老哥,那三个人还在你那儿不?"

老李说不在了,前儿个就离开了,说是去了泰安,准备爬山去了。

我们问清楚了那三人的长相,然后点头表示感谢。老李临走时有些莫名其妙,说:"咋么的,难道那'泰山三宝'真的给人偷了不成?若真是,我这算不算是提供线索,到时候案子破了,是不是还有奖金呢?"

我们笑了,说,东西好好还在呢,我们只不过是听你说得有点儿意思,所以就听一听罢啦。

大脑袋老李将信将疑地回了铺子里去。我看了一眼杂毛小道,说,老萧,你觉得这事情有几分真?杂毛小道眯着眼睛想了一下,说:"不管有几分真,这龙涎液的消息一旦有,就应该去瞧一瞧,毕竟时间越来越久,三叔这可真是拖不起了。上回还听小叔说,三叔上回下地,突然间就摔倒了,躺了好几天呢。"

想到生龙活虎的三叔变成这副模样,我不由得对周林这个混蛋恨得牙痒痒。

事有轻重缓急,那桃元对杂毛小道再重要,也不如三叔跟他亲。我们权衡了一番,决定先就近去一趟泰山,瞧一瞧那黄釉青花葫芦瓶中,到底有没有龙涎水。

此计定下,我们找到小康,让他带我们去泰安,登泰山玉皇极顶,去瞧一瞧那初生的朝阳，到底有多么美丽。对于我和杂毛小道的临时意向，小康表示了不理解，他说都已经准备前往肥城了，怎么又突然改变了方向？

杂毛小道解释说，总听人说起泰山这"天下第一山"的名头，如今这都到了跟前儿，总还是要见上一面的，不然不就白来了一趟泉城吗？

小康毕竟是林齐鸣派给我们的接待，一切皆以我们的意愿为主，既然我们坚持，他也没有再说什么意见，只是打电话回去确定了行程，完了以后，告诉我们说可以，上面同意了，一切皆由着我们，无论做什么，他们支持便是。

吃完了早餐，我们与还在享受美食的老李一伙人挥手告别，然后上了小康的奥迪。又通过小康委托局里面的工作人员确定老李旅社的登记手续，获得了那三个人的第一手资料。

有关部门的办事效率若慢起来，让人抓耳挠腮，但若真的快起来，其实还是很高效的。我们在前往泰安的路途中，就得到了答复：这三个人都来自东北的一个重工业城市，为首的吕尤几进宫，其他人没有案底，应该都是新手。

听到那个城市的名字，我的心中一跳，那个地方，不就是八手神偷的发源地吗？而吕尤，这个家伙几次进去，犯的都是盗窃罪。

在接到消息之后，我的电话又有人打了进来，我一看号码，居然是董仲明董秘书。我想了一会儿，还是接通了，电话那头传来了董秘书急迫的声音："陆左，你和萧道长两个人，是不是已经不在东官了？"

我下意识地想了一下，觉得瞒也瞒不过，不如将话儿挑开来，应该会好一些。

当得知了我和杂毛小道都已在泉城，电话的声音突然停了。过了好一会儿，传来了大师兄沉缓的声音："你们两个啊，还没有安歇，又到处乱跑了。林齐鸣这个家伙，自己人手不够，工作展开不了，就想着找你们去撑场面。不过既然到了鲁东，那么你们就好好地待着便是，不要出去徒惹是非，在当前的这个局势里，千万不要被人给瞧破了身份。"我们两个都说好，点头答应。

中午到达了泰山附近，由小康安排我们住进一家名叫御座宾馆的地方。放下行李，我们前往泰山脚下的岱庙看了一看。我们并没有说太多的话，只是默默地左右瞧着，记住地形。

时间一点一点地嘀嗒过去，夜幕降临了。我们将两个朵朵和虎皮猫大人召集起来，朝着岱庙后门摸去。

## 第四章　盗宝

　　此番前来，我和杂毛小道自然没有一上来就能摸到东西的侥幸期望，对老李吹得天花乱坠的"泰山三宝"前两样珍贵国宝，其实也没有什么兴趣。我们的目标一开始便是想确认一下他话里话外的真假，倘若这黄釉青花葫芦瓶中真有那龙涎液的存在，我们倒不介意顺手带走。至于那具有文物、艺术和历史等珍贵意义的瓶子，则留下来，供后人瞻仰便是。上帝的归上帝，恺撒的归恺撒，如此最好。

　　即便如此，我们对这个传言其实也不是很信，要知道龙涎液可是一等一的宝贝，倘若真有，从我们看过的历史书上了解，以乾隆那个老家伙的德性，还不赶紧拿回宫里，让他的萨满教大祭司好好研究？

　　而且此行估计不会一帆风顺。白天我们游园的时候，感觉这岱庙城堞高筑，庙宇巍峨，宫阙重叠，气象万千，隐隐有股气直冲云顶，似有高人潜伏看守。对这严阵以待的架势，我们心中就不由得直打鼓。

　　不过既然来了，而且还要做贼，我们也就秉承着贼不落空的精神，多少也要落一个心里安稳才是。

　　避开小康，我们趁着夜色轻身出了宾馆，缓步来到了相隔不远的岱庙外围，仔细查看。

　　这座宏大的古建筑始建于秦汉，拓建于唐宋，经元明清多次重修，与北京故宫、山鲁曲阜三孔、承德避暑山庄和外八庙，并称中国四大古建筑群。皇权威仪，不一而足，远远瞧去，如真龙盘踞，散发宏威。时值华灯初上，晚风吹拂，如那情人的吻，分外温柔。

　　我们倒也不是很着急，牵着两个朵朵的手，围着外围缓行。小妖向来是活泼的性子，不一会儿便挣脱我的手，朝着四处探去，反倒是朵朵十分享受这难得的温馨，任我牵着手，像真正的亲人一样漫步。

　　走了一阵，我瞧见朵朵蹙着眉头，貌似有一些憋气，便问她怎么了。

　　朵朵皱着鼻子，指着高墙里面的岱庙告诉我，这里面有让她喘不过气来的压力，不过还好，她朵朵可不是一般的小鬼，才不怕呢。

　　我点点头，表示知晓。这岱庙历来都是古代帝王奉祀泰山神、举行祭祀大典的场所，浩瀚气息直通青天，内中必有布置，像朵朵这样的阴灵之体自然会受到逼迫，不得安宁。这也是符合情理之事，不过瞧着朵朵能够在这样的威压之中，还保持着稳固身形，基本上还算淡定的模样，倒也间接地说明了小丫头的功力见长，已非吴下阿蒙了。看着朵朵一天一天成长，渐渐地越发厉害，我的心里面就有着不可名状的成就感。

走了一会儿，当我们来到塔林西侧的时候，杂毛小道突然拉住了我，下巴朝前点了点。我顺着他指的方向看过去，看见有两个人站在围墙外面小声地说着话，还不时指指点点的，待见到我们，又收敛起来，装作普通游客一般，左瞧右看。

杂毛小道目不斜视，压低嗓门说道："怎么样，左边那个是不是吕尤？"

我点头，说，看着确实有点儿像，好像是伪装起来了。

我们默不作声，从他们旁边走过，见我们还带着一个粉妆玉琢的小女孩，这两人并无戒备之心，有一个土鳖见朵朵长得可爱，还忍不住多瞧了几眼。我们走了十几米，然后转入旁边的树林中，没有再走，而是静静地等待。在林子里，我们远远地瞧着岱庙的轮廓，从炁之场域的感应中，能够感觉到每一处的气息有什么不同。

那两个貌似要来偷窃的土贼在围墙外观察了一会儿之后，转身离开。

夜幕越来越深，林中的雾气更重，草叶上面有水珠生成，周围有蚊子嗡嗡嗡的声响，不过怯于肥虫子的威势，都止步于几米之外。

到了后半夜，我们面前的这个古建筑群，灯光终于渐渐暗淡下去。我们的视线中出现了三个黑影，背着包囊来到我们前面的林子里换装，不多时，便将自己弄成了全身漆黑、包头包脚的专业形象。瞧他们这一身打扮，我不由得想起了《疯狂的石头》里面的三个笨贼。

不过他们的本事却比电影里面的贼们高出许多，左右瞧了没人，便有一个家伙跑到外墙那儿去动了点手脚，大约十分钟，三个人轮流冲刺，仿佛借助了什么工具，身子弹跳，很轻松地就翻墙而入了。

杂毛小道问我，这三个土贼能将"泰山三宝"偷出来吗？

我苦笑，说，这样三个傻货儿都能够将闻名中外的"泰山三宝"偷出来，说明那里面根本就没有我们想要的东西，那我们又何必冒险呢？

不过话是这样说，我们终究心中挂记，请出虎皮猫大人空中侦察。瞧着大人遁入夜空中的肥硕影子，我摇头叹息："这庙里的气息，让小妖和朵朵都受到克制，不然倘若由这两个小东西出马，神不知鬼不觉地，说不定就能够成功了。"

小妖坐在我们头顶的枝头上，不满地说："这里虽然有那香火供奉、信仰意念而凝结的神灵在，但小娘我未必会怕它，倘若你们两个罩得住，我过去把它勾引出来，然后你们去取那龙涎液便是了。"

听到小妖挑衅的话语，我们都不接招。本来我们就带着案子在身上，倘若此番再无所顾忌地闹上一闹，只怕便是大师兄亲至，也洗脱不掉我们身上的污垢了。

几个人在林中徘徊一会儿，发现里间全无动静，杂毛小道好奇，便让我在这里等候，他低伏着身子、贴地而行，很快就来到了刚才几个贼登墙的地方，顺着先前的布置，攀上了围墙朝里看。过了一会儿，便见他朝着我招手。

我知道小妖和朵朵进入岱庙之中，会遭压抑，便让她们原地等候，自己则悄无声息地潜出林中，来到了围墙之下。

我刚到，便听杂毛小道低声对我说："那三个土贼在前面探路，我们在后面潜行，倘若能够进入西面博物馆的地下室，我们便将龙涎液取走，倘若情况不对，我们立刻遁走，这个地方能够硬拦住我们的，应该也没有几个。"

他说得颇为自信。虽然此法有些冒进，但我一想也是，凭哥们儿的本事，能够留得下我们的人不多，即便是有，也不会搏命与我们较量。我点了点头，掏出一块面巾蒙住脸，表示同意，杂毛小道嘴角朝上笑了笑，翻身跳入墙内。

我这时才来得及看这墙上的突起物，却是三根马桶塞一样的棍子，附着在墙上形成支撑点，依次向上，稍微受过训练的人便能够很轻松地翻墙而入。当下我也不犹豫，深吸一口气，将劲力运于脚下，纵身而上，一个翻身，便下了围墙。

我蹲在黑暗中仔细扫量着内里的景物，虽然白天我们也来过，不过这大半夜的过来做贼，在心理上确实比较刺激。

杂毛小道给我指了一下前方，转角处蜷缩着一个黑影，他轻轻告诉我，这个家伙是留下来守后路的，别看他们三个是普通人，手段倒老到得很，并不像寻常的土贼，看来为此计划也费了苦心。我点头，表示知晓，然后顺着另外一边阴影，缓慢移动，朝着旁边的博物馆行去。

这岱庙由鲁东文物局管理，凌晨不营业，那"泰山三宝"虽然展在各处，但是真品应该在博物馆的地下室里收藏着。我们选定的这处围墙离博物馆并不远，很快便避开了摄像头的监控位置，到了前面。我们潜伏着，看到吕尤和他的小兄弟动作熟练地从西面的一处窗户潜入博物馆里。

我刚想动，杂毛小道拉住了我的肩膀，沉声说等一等。过了几十秒，便看到一个身穿青黑色道袍的家伙出现在视野中，手持拂尘，负手而立。

我暗叫一声好险，虽然没有直视这个道人，但是从他站在那儿的气势来看，定然是此处博物馆的守夜人，一个颇为难缠的角色。重宝之地，必有防守，如此看来，这两个土贼是逃脱不得了。我们按捺下急切的心情，蹲在黑暗中瞧，直以为这个道人会跟进去，将那两人像小鸡一样给收拾了。没想到这人根本就没有动，反而隐没于黑暗中。

我心中奇怪，难道这个家伙也是过来盗宝的？时间大概过了十五分钟，吕尤和另一个小兄弟各背着一个硕大的包裹从原来的窗口爬下来，那个道人从阴影中冲出来，正要拦住时，突然一道黑色的曼妙倩影，出现了道人身前。

瞧见这身影，我和杂毛小道面面相觑，心神大震："怎么会是她？"

## 第五章　事情轻易，必有蹊跷

万万没想到，藏边一别，我们竟然会这么快地又见到这位邪灵教的美女右使，洛飞雨。瞧见她骤然出现，我们都不由得心中发紧，当真是小瞧了吕尤这三个土贼了，没想到他们竟然是受了邪灵教的指派，来盗取这"泰山三宝"的。而既然能够得洛右使护驾，想来这三个家伙必然是三只手行当里面的翘楚，手上的活计都是硬本事，那么他们的包中，莫非真的就是那"泰山三宝"？

一想到里面有可能装有那"钟天地之灵秀，蕴山水之华英"的龙涎液，我们不由得激动起来，也管不得岱庙里的防备力量以及洛右使这等强敌在前，决定插手一把。

我们这边心潮澎湃，而博物馆门口则战况激烈。洛右使为了保证秘密不泄露，争取更多的逃跑时间，出手狠辣之极，甫一出现，手上一道青光闪耀，便朝着那冲出来的道人头顶削去。手法之精妙，剑势之凌厉，真的是有出手杀人之心。

那道人也是吓了一大跳，他原先瞧那两个蟊贼的身手，虽然在普通人里面算得上翘楚，但是与他比起来，却根本不值一提。长夜漫漫，颇为无聊，于是就起了猫捉耗子的玩弄心思，没承想这耗子一转身变成了豹子，仓惶之间躲闪不及，挽起的发髻被洛飞雨给削了下来。

他头顶这么一凉，便是青丝飞散，四处张扬。

不过他到底是一个厉害的修行者，先前是异变陡生，又是高手出招，故而被抢了先机，回过神来，手中的精钢拂尘立刻展现出万般丝线，将洛飞雨的凌厉快攻给一举抵消。

洛飞雨虽然在藏边受了些伤，那鼓弄恶鬼的旗幡也损了，但到底是邪灵教的右使，比肩十二魔星的大拿，并不是这个名不见经传的守门道人能够比拟的，三四个回合，便将那人弄得血气翻涌，每一秒钟都徘徊于生死边缘。

道人知道自己面临的敌手是个惹不起的人物，便也不硬拼，后退三步，一边大声示警，呼唤同伴，一边从怀里抽出一道令牌，一口精血喷在上面，口中急念咒文。

两秒钟之后，一束金光从那令牌上射了下来，直接照耀在道人身上，只见他金光闪闪，顿时甲盔增长，倏然间便成了一副金甲门神的形象，一股肃穆庄严的威势从上而下，朝着舞剑的洛飞雨笼罩下来。

这双方斗得激烈，吕尤和另外一个土贼却沿着原路快步退回，由洛右使在那里阻挡敌兵。因为早已计划妥当，他们的脚步飞快，倘若正常，半分钟之后他们便可撤离岱庙，远走高飞。然而他们能吗？答案显然是否定的。就在他们快步冲过角落的阴

影，准备朝外墙跑去的时候，突然脚下一绊，人腾空飞了起来。

吕尤两人脑袋和青石砖面重重接触，摔得五荤六素，而我和杂毛小道早已各自接过一个略感沉重的狭长背囊，一秒钟都不敢停留，朝着最近的围墙跑去。

这几人高的外墙，普通人或许还需要借助工具，但我和杂毛小道却完全不是问题。就着最近的墙体一个冲刺，我的脚尖轻点墙面，将丹田的那一口气使劲儿一提，人便跃上了墙头。我双足立于围墙之上，忍不住回头瞧了一眼，四五个道人已经出现在了博物馆门前，洛右使虽然脱不得身，却还是朝我们这边，投过愤懑怨恨的目光来。

我不确定她是否认出了我和杂毛小道的身份，不过也能够理解她对于中途截和家伙的那种愤恨。不过危急时刻，我也不多想，跃下墙头，朝着树林方向拔足狂奔。

我和杂毛小道如同一阵狂风，冲入树林中，小妖和朵朵隐在暗处接应我们。刚深入林中几步，准备转一个弯儿绕道回宾馆时，听到身后一阵破空的细响。我的头皮发麻，翻滚在地上，扭头瞧去，见一柄光亮的剑插在我刚才驻足的地方，尾端还在不停发颤，发出"仙翁、仙翁"的响声。我当时就吓得胆寒，知道是那个叫做洛飞雨的女人发了狠，竟然驱动手上的秀女剑，一剑飞来。

正在此时，一道绿光降落，小妖素手一抬，许多青黑色的藤蔓和杂草便从土地之中茁壮生长而出，将这柄秀女飞剑给紧紧缠绕住，不得动弹。瞧着我翻身而起，小妖额头上有青筋游动，咬着贝齿喊道："你们快走，小娘拖住这把飞剑，立刻赶来。"

对于小妖的能力，我们都是信任的，倒也没有多废话，转身飞奔离开。

刚刚跑出这个树林子，头顶上面落下来一物，正是虎皮猫大人，它嘎嘎地笑了，幸灾乐祸地叫嚷道："傻瓜们，岱庙来增援的那些家伙将前后的路都给封死了，要跑，只有登山，徐徐图之。走，走，趁着这夜色迷人，晚风吹拂，我们故地重游，登山去！"

故地？这个死肥母鸡是个玩闹的性子，越乱越闹腾，不过大敌当前，它倒也不会忽悠我们，既然说让我们登山，那便顺着左边的山路直走。当下我们也是管不得太多，迈着大步飞奔。

很快我们就奔出了岱宗坊，顺着天门一路往上狂奔不止，沿途倒也有灯光照耀，并不会显得昏暗，反而别有一番美景。六月初夏，一些游客发了兴致，夜里登山，瞧见我和杂毛小道拔足飞奔，纷纷驻足，移至道左，可能想着这两个年轻人莫不是运动员，不然怎的跑得如此飞快？所幸朵朵隐去了身形，在空中飞遁，少去了许多大惊小怪。

我们冲上了登山石阶，回头看来，见一袭黑影，出现在山脚下，正向着山上狂奔而来。说实话，即使以我和杂毛小道全盛时期的状态，也未必能够敌住这个来历恐怖、宝物多多的邪灵教右使，更何况还有那些尾随而来的老道士们，以及秃头儿法师呢。想到这里，我和杂毛小道完全没有了先前轻松截和的欢喜心情，不由得惆怅起来。

貌似这一次，我们真的如大师兄所预料的一般，惹了大祸。

我背上的包裹其实并不算重，中途几次想要停下来将其打开，奈何身后的洛右使跟得太紧，极大的压迫感使得我们唯有将所有的心思都集中在双腿和前方的道路上，方才不被追上。

小妖在半途追上了我们。洛右使的飞剑太过厉害，她乃麒麟胎身，修炼青木乙罡的时日并不算久远，故而也没有心思多缠，点到为止之后便匆匆赶来和我们会合。

冲到半山的时候，虎皮猫大人让我们翻下登山道，朝着黑乎乎的林子里跑去。我们也不犹豫，因为直接沿道而上那玉皇顶，也逃脱不得关注，还不如遁身黑暗中，寻机摸一个空隙，溜下山才是正经的。

长期奔波忙碌的生活锻炼了我和杂毛小道超强的林间奔行能力，在翻身下了登山道，远离主峰之后，我们开始感觉到身后的那种压迫感，渐渐地减缓了，空中仍然有一道又一道的破空声划过，但是显得漫无目的，失去了方向。

又是一番匆匆奔行，那晚星空晴朗，又有小妖在前面开路，林间的夜路倒也还算是好走。我们跑了大半个小时，终于感觉到已经甩脱了追兵，然后在一个岩峰坳口处停了下来。

长时间的奔行是很耗体力的，我和杂毛小道两人一屁股坐在旁边的岩石上，然后大喘气，感觉肺叶枯竭到了一个危险的境地。

小妖催促，说，赶紧把你们身后的包裹给解开来啊，看一看到底是不是正品。

她的话提醒了我，我伸手往后，将包裹放到了身前来。这是一个很大的黑色吸光尼龙袋子，端口处用绳子紧紧系住，里面裹着几层防止摔伤的泡沫，我将包裹竖起来打开，将捆绑其上的缓冲物小心撕下，一层一层，直到最里面的箱子，打开来，果然是之前提及过的沉香狮子。这东西长宽皆有四十厘米左右，栩栩如生，不过仅有一只。

我来不及分明真假，见到最下面有一个狭长的硬壳纸盒，颤抖着手，小心将其拿出来，揭开纸壳，里面确实有一只束腰葫芦状的瓶子。

我心中一阵激动，将那通体施黄釉、绘满青花云纹的瓶子拿出，仔细端详一番，心不由得往下沉去，又急忙将那瓶盖打开，往里面一瞧，暗叫一声"苦呀"！

我脸色沉重，而杂毛小道则抱着那六十多斤重的玉圭苦笑。虽然我们不是古董专家，但是从这三样东西的卖相上来看，即使它们真的是传说中的"泰山三宝"，也绝对不是我们所需要的那些。

我们手上这玩意儿，九成九的应该是赝品，要不然之前在博物馆门口守候的那个道人，也不会如此轻松地守在门口。总而言之，我们被耍了，而且还惹上了仇家。正在我懊悔不已的时候，杂毛小道将手里的玉圭往草丛中一放，凝视黑暗处，大声喝道："是谁！"

## 第六章　闭口禅，阴阳界

　　拿到这半点灵气皆无的赝品，我的心里面满是懊恼。不过想来也是，倘若那"泰山三宝"真的有人脑袋老李在孟家扒蹄那儿所说的那般神奇，又怎么是三个蟊贼所能够偷到的呢？又怎么可能这么轻易地，就被我们得了手？一切来得都太容易了。

　　就在我心情复杂的时候，杂毛小道的这一声叫唤，让我愣了一下，扭头过去，见一个眉毛长长的僧人出现在我们的来路上。

　　这个老僧人的年纪颇大了，脸上的皱纹重重叠叠，嘴唇上和颌下的胡须结在了一起，雪白，脏兮兮的，上面还有些绿色菜汤沾着，而他的衣服也是好久没有洗了，脏兮兮的像烂抹布，整个人如同垃圾堆里翻出来一般，端的是一个邋遢和尚。

　　然而我们瞧着这个老和尚，却没由来地心慌，毕竟能够在这莽莽山林中悄无声息地出现在我们身旁的他，实力已经足够让我们所尊重了。这老僧年龄虽然老迈，无处不散发着衰老的气息，但是那一双眼睛，却如同婴儿一般明亮。他直勾勾地盯着我们，然后伸出左手来。

　　我们瞧见他的左手像鸡爪一样枯瘦，似乎张不开来，紧紧握着什么似的。

　　这是一种残疾，不过在他的身上，却并没有半点违和感，天然和谐。这老和尚拦在了我们的面前，将手伸出来，却并没有说话。我一时愣住了，不知道他要表达什么意思，杂毛小道却明了，将我们手上的这两个包裹，三件赝品平放于地。

　　他吸了一口气，然后恭声说道："适才见到有歹人偷取庙内的贡品，我们便出手将其夺过来了；而后见敌人厉害，又追得凶猛，所以才慌不择路，一路奔逃至此，幸不辱命，得保周全。如今见大师你乃庙内的人物，自然还是由您来保管接收吧。"他伸了一个懒腰，哈哈笑道："如此长夜漫漫，我们兄弟俩还待登山探顶，一览那霞光腾现的美景……"

　　他这个人最擅长诡辩，明明是我们起了歹意夺宝走人，此刻反而说成了见义勇为，恨不得岱庙给我们颁发一个"见义勇为好青年"的奖章。然而这老僧见我们将东西放下，转身欲走的时候，身形却倏然移动，又拦在了我们前方。

　　老僧移动身子的速度极为快速，我甚至有一点儿捕捉不到的感觉。

　　见他口中不言，再次伸出如同鸟爪的左手过来讨要，杂毛小道不由得恼怒起来，口中嚷道："这位大师，我们只不过适逢其会，将这东西从贼人手中抢下来而已，现如今也交还给你了，为何还要苦苦相逼，难道你真以为我们哥俩儿是那软柿子，可任你随意拿捏不成？"

老僧人听了杂毛小道的话语,依然不说话,只是将左手前伸,拦在我们的面前。

我本以为这位大师是个哑巴,然而在星光照耀下,却看到他脏兮兮的僧袍内里挂着一个黑色的檀木牌,上面篆刻着"禁语"二字,侧面居然刻下了七道大年轮,不由得心生敬仰,原来我们面前这老僧人,竟然是一位修闭口禅的大师,而且一闭便有七十年。

何为闭口禅?佛家认为,一切众生之生死轮回,皆由于身、口、意三业所致,若消除此三业,可速得解脱;而这闭口禅,则是"止语"或"禁语",即禁止自己说话,目的就是为了减少口业。

"闭口禅"的来历、缘由,多知无益,欲多知更无益,口业少造了,意业反增加。欲得反失也。佛教的意义除了度己,还在度人,倘若自己将与人沟通的语言给停住了,终究走得不远。然而作为一种修行法门来说,这闭口禅可就是真正厉害了。

要知道,佛家讲究克制,修身、修性,世界是一个大宇宙,人体是一个小宇宙,只要顿悟,人人皆可成为觉者,可以成佛,通过这种对意志的反复锤炼,使得修行这种入世法门的僧人,都能够在修行的路上走得更远。

尤其让人震惊的是,我们面前的这位老僧,他一闭口,便有七十多年。七十多年啊,那是多少个日日夜夜,常人一天不说话都要崩溃了,这个老僧并非哑巴,却能够坚持七十多年,这样的老怪物若是将蓄积这么多年的意志,用真言的形式一举激发出来,我很难想象,那将是怎样的一个恐怖场面?

我能够看到那檀木牌,杂毛小道自然也瞧得分明。他收起笑容,拱手好言说道:"大师,东西在此,我们放下来,就此别过,后会无期!"

遇见这样的狠人,他的话语倒也变得简洁明了,没有再耍花花肠子,只求逃遁离开。然而这邋遢老僧人并不理会,一张脸上面无表情,将手伸出来,放在我们面前。瞧他这副样子,我不由得心头恼恨起来,这老和尚不去抓此行的主凶洛飞雨,反倒是与我和杂毛小道这两个酱油党纠缠不休,实在可恶。

然而我们却也不想跟这样的高手白白打一架,不清不楚的。于是耐着性子问,您到底要什么?

老僧用鸟爪一样的左手,点了点我的心下绛宫金阙之地。

我的神情严肃起来,这里别的没有,唯有正在沉眠的金蚕蛊。杂毛小道见我脸色难看,附在我耳朵旁问:"怎么了,他要什么就给呗,洛飞雨在后边跟着呢,我们犯不着跟他打一架,反倒便宜了洛飞雨。那臭娘们估计还记恨着上次在藏边山腹中被我们哥俩摆的那一道,倘若知道我们的身份,只怕我们很难走脱了。"

我苦笑,说这老和尚要的是我的肥虫子,你说我能给吗?

"什么?"杂毛小道眼睛瞪得滚圆,气急败坏地骂道:"老和尚,我们好话说了一万遍,就是想着避免内耗,一致对外,可你还给脸不要脸,是不是真的以为我们哥俩好欺负?"

老僧依然不动，根本不理会这些。

杂毛小道气呼呼地嚷道："小毒物，我们走我们的，这老和尚但凡敢拦着我们，咱就……"

他朝前疾走好几步，结果一道身影闪现，老僧居然又拦在了他的前面。杂毛小道话都还未说完，顿时间一阵羞恼："肥虫子自然是不能够给的，沙钵大的拳头倒是有一双！"因为心急邪灵教洛右使接下来可能的报复，我们需要赶紧离开，当下也顾不得翻脸，杂毛小道挥拳就朝着面前老僧人击去。

不过他出手倒也是知道轻重的，只敢击打那老僧人的肩膀，怕把这个垂垂老朽的和尚给不小心弄趴了。然而杂毛小道的担心很明显用错了地方，他的右拳与老和尚鸟爪一般僵直的左手相交，仿佛撞上了最坚硬的钢铁，顿时就一声痛叫，收回了手，看着拳骨之上，红肿一片。

杂毛小道一声惨叫着往后退开。那老僧正待移动身子前进，突然发现脚下有青黑色的藤蔓游动，将双腿给紧紧缠住，不让走脱。小妖朵朵在我们旁边叫道："愣着干什么，还不赶快跑？"

山林之中，果然还是小妖朵朵的主场，我们相视一笑，朝着南边就是一阵狂奔。小妖蓄积气力，将一大蓬青木乙罡灌注入了这块土地之中后，飞身在我们身后赶来，大声叫道："陆左、杂毛叔叔，这老和尚看似并不厉害，我们合力，或许能够将他擒杀，为何我们还要跑呢？"这小狐媚子的称呼向来就混乱，一会儿叫我哥哥，一会儿又直呼其名，而叫杂毛小道却是学了我。

她这也是妖精本性，不知人间事。我耐着性子跟她解释："即便我们杀了那老和尚，又能有什么好处？一来我们理亏，二来造了这杀孽，我们手头污秽不说，以后就会有一堆报仇的家伙，烦不胜烦。所以呢，这些事情能和解就和解，不能和解就躲开便是。"

倘若老和尚发起狠来，将他那精修七十年的闭口禅给破了，那威力爆发起来，可就让人头疼了。

小妖的青木乙罡并不能将修闭口禅的老僧人拖上多久，这个我们也有自知之明，于是快步前冲，很快就来到了另一边的石道，沿路行走，快步疾奔，总感觉身后的追兵越来越近，而且人数众多。

肠子都悔青的我和杂毛小道翻过了一道百丈崖，这悬崖之上，有铁青色山石形成的河床，洁净广大，最为惹眼的是一条宽约一米的白色石英带横贯河床，横亘在悬崖之上，因被长年流水的冲刷，表面光滑如镜，色调鲜明，十分醒目。

那河床上方有一座拱形石桥，长虹卧波，石英带旁边则是红色的铁栅栏，将这河床分隔了南北，西溪之水天上来，冲刷河床。

我看得有趣，正自驻足，头顶上落下一道肥硕的黑影，惊声尖叫道："对，就是这里，阴阳界！"

## 第七章　大人发威，百鬼夜行

肥母鸡陡然出现，将我们都吓了一大跳，忙问，这阴阳界是何物？

肥母鸡见到我们身后几道淡薄的身影急速追来，也不与我们废话，直接说道："下了那河床，我们边走边聊……"我们毫不犹豫，翻身下了河床，朝着红色铁栅栏处跑去。

虎皮猫大人拍打着翅膀在旁边解释："泰山此地颇为奇殊，自古香火供奉，乃诏告天下之地，囊括了三界——从南天门往上，经天街，到玉皇顶，为天界；南天门至阴阳界为人界；阴阳界以下，西溪水入黑龙潭后继续下行，形成一条河，名字叫'奈河'，为地狱鬼界。周时姜子牙封神镇灵，那武成王黄飞虎被封为东岳泰山大齐仁圣大帝之职，执掌幽冥地府一十八重地狱。这阴阳界，便是隔绝人间阴阳之地！"

听虎皮猫大人如此说，我不由得大声叫道："擦，敢情你这是想把我们往那幽冥地府带去？"

虎皮猫大人回过头来，用居高临下的目光看着我，眼中充满了鄙视，和一种智商上浓浓的优越感："小毒物，你这个不学无术的家伙，亏你还是修行者。传说便是传说，此处或许真的有沟通阴阳的通道，但是这几千年过去了，你还以为真的存在？大人带你们前来，主要是因为此处奇特，依托天然大阵而变化多端，藏住你们这几个小家伙，基本上没有什么问题，不然你们怎么逃过这些家伙的追杀？"

说话间我们已经到达了河床之上，走在了红漆铁栅栏的北侧，此处地势平缓，凉风习习，倒也没有什么奇特之处。当我们跑到中间的时候，一道娇俏的身影出现在虹桥之上，盯着跑动中的我们，尖声厉喝道："两个小贼，将东西给老娘我交出来，不然打断你们三条腿！"

我们回过头去，但见头顶上，正是那个身材劲爆的邪灵教右使洛飞雨。

这个小娘们是邪灵教翘楚之辈，我们犯不着与她硬拼，当下虎皮猫大人一声吩咐，我们纷纷翻过了那道铁栅栏，脚刚一踏地，便见洛飞雨修长的美腿勾着桥栏，身形如若飞燕，朝着我们这边滑翔而来。

在她的身后，那个修闭口禅的老僧也带着四五个精锐的僧徒匆匆赶到，当前鲁智深般模样的一名大汉狂吼道："邪道妖人，把东西留下来！"

这家伙的嗓门可比修为要吓人，我的脚都不由地一哆嗦，脚底打滑，心中暗叫一声："苦也！"

一切似乎都乱了套，洛飞雨并不知道她找的人仅仅偷了三件赝品出来，还以为我们将那"泰山三宝"里面的精华部分,给卷了包袱,而老僧人直以为我们都是邪教妖人,非要将我的肥虫子给消灭正法——如此便宜一贪,倒弄得我们处处树敌,左右不是人。

好在我和杂毛小道行动之初便裹了一块面巾,多少也遮住了些脸皮,没有露出面目。

跨过铁栅栏,走了几步,过了那石英带,我们来到了河床阴阳界的阴面。此处下瞰,悬崖莫测,山风猎猎,胆战心惊,有不可名状的阴寒,从脚底缓慢爬上来,让人心中恐惧不安。

而此时洛右使已从我们的头顶跃过,一剑飞来,十分凌厉。这个邪教妖女,定然是打小就泡在药罐子里面长大的,凶悍得比那母老虎还吓人,孤身杀来却也不惧,秀女剑尖处不断高频率地颤动,估计我若中了此剑,只怕大片血肉就要被撕裂下来。想到此女当日一个人,生生扛住日喀则十名喇嘛高手以及顶级飞尸,之后还能够逃脱生天的实力,我不由得胆寒,往后一退。杂毛小道从我的身后抽出那把鬼剑,淡蓝的剑身上面撒下一片金色光辉,正好将洛飞雨这凌厉的一击给果断化解,将其引到另一边去。

虎皮猫大人很早就到达了这石英带的南面,俯身在上面研究着,并不理会我们。

洛飞雨一剑未中,身子差一点儿冲落崖底,却并没有惊慌,脚尖点地,身子旋转若风车,又冲了过来;杂毛小道上前迎击,我正想上前帮忙,便见一道灰色身影蔽遮头顶,想也不想便挥手拍去,正中了一根坚硬异常的东西。

巨大的力量让我忍不住地后退数步,这才发现竟然是那个年老垂垂的老僧。

这个老僧竟然也从对面飞跃而下,朝着我这里扑来。

我不知道他为何非要我体内沉睡的肥虫子,事关生死,他既然坚决如此,那我再退让,却也有些没了脸皮,于是也管不得太多,咬牙朝着这老僧人攻去。我习的武艺颇杂,有的是《十二法门》固体中练习技,有的是跟旁人学习的套路招法,也有的是在集训营中系统培训,所以形成了天马行空、风格怪异的打斗手法,时而凌厉,时而和缓,在数招之内,却也能够和这个老和尚斗个旗鼓相当。

然而追兵除了这个老和尚,还有三个秃瓢和两个挽着发髻的道人,他们横空飞跃不得,纷纷翻身下了河床,口中大嚷道:"贼子,休伤了我莲竹师叔祖!"

"妖人,敢跟我莲竹师叔祖拼斗,当真是不要命了!"

"小贼!你……"

我与这个闷葫芦一般的莲竹老和尚拼斗三五回合,顿时感觉气血翻涌,不由得心中大骇,暗道自己倒是小觑了天下豪雄。这个名不见经传的老和尚,气力大若蛮牛,浑身如同金刚法身,毛孔紧闭,不垢不净,如同那宝瓶印一般,即便是以我全力驱动腹中力量,予以还击,也根本占不了上风。

不过我这边惊讶,莲竹老和尚那一双清澈若婴儿般的眼睛也是惊诧连连,似乎感觉年纪如同我这般的后生，竟能生生扛住他的降服，实在是太过奇特。

战斗还在继续，我与莲竹老和尚的交手到了白热化的阶段，每一掌、每一击都凶险不已。我的反应当时也是迅疾到了巅峰，如电闪烁，而他浑身的骨髓血脉都在雷鸣一般响动，似乎也是用上了全力，这气势威猛，他身后的那些小字辈都不敢上前，唯恐被触碰波及，一个不小心就跌落山崖，坠落到那黑龙潭中去。

如此高强度的战斗让我精疲力竭，更让我痛苦的是这场战斗根本就是可以避免的，倘若我们不凑这个热闹，说不定还能安安心心地躺在宾馆舒适的大床上，做着美梦呢。不过与这等高手的交战又让我受益匪浅，每一秒的神经都在紧紧绷着，所有的情况，自己的、对手的、环境的……一切都化作了下意识的一个反应，攻击和防守连绵不绝，就连喘息的时间都没有。

好在这个莲竹老和尚并没有要我性命的意思，反倒像是给我喂招一般，虽凌厉但并不凶悍，故而我这边还能勉力应付。然而杂毛小道却应付不了洛飞雨暴风骤雨般的攻击，那女人时不时地将手中飞剑射出，让人避无可避，生死就在一线之间。

就在战斗进入白热化，杂毛小道屡屡惊呼惨叫的时候，一直在旁边的虎皮猫大人突然大笑："嘎嘎，你这个死婆子，还真的以为能够封住我？大人我终于记起来了，就是这样的，就是这样的，对，阴阳两隔，以石英地煞为限，上引天空星辰——此间土地，神之最灵，升天达地，出幽入冥……阴阳界，开！"

随着肥母鸡将翅膀扇动，这一丝微风仿佛是牵动风暴的蝴蝶翅膀，而且引发的速度极为快，几乎就是在一瞬之间，天地都在发颤，以那石英带为界限，河床在裂开，一边朝北边离去，一边往南方靠拢。而那中间裂开的缝隙中，喷薄而出的黑雾将整个天地都阻隔住了，对面隐隐有光，恍若人世间最美的景象，而我们的脚下则是黑雾弥漫，潮气翻涌，无数嘈杂的声音在耳朵边充斥，细细听，有老人的哀号，有女人的抽泣，有孩子的号哭……

所有的悲伤和怨恨，都充斥在了整个空间里，天地黑暗，边缘处有红光闪耀，如同末日的挣扎，瞧着这整体形象，还真的同传说中幽冥地府一般模样。

肥母鸡一咒成阵，颇为恣意，身临天空，肆意地大声喊叫道："力量，哈哈，力量，这就是操纵阴阳的力量，臣服吧，孩子们，在我虎皮猫大人如狱的神威面前，请不要反抗了吧！嘎嘎嘎……"

瞧见这天地陡变，邪灵教洛右使脸色也变得焦急，她放开了杂毛小道，暗掐咒诀，一剑指空，那秀女剑倏然腾空，朝着虎皮猫大人射去。

肥母鸡睁开眼睛，里面有一团火焰小兽在挣扎，它缓缓说道："大咪咪，你外公当年将我暗算，今日我破你飞剑，报应不爽。一饮一啄，莫非天定。"此话一落，那倏然如箭而飞的秀女剑立刻一凝滞，空中陡然生出了许多无面鬼魂，围住飞剑全面蚕食。大地在颤动，我和杂毛小道退到一块儿来，和身旁两个朵朵一同抬头，感觉此刻的虎皮猫大人，分外陌生。

## 第八章　是谁，打扰了我的睡眠？

当时的情况恐怖莫名，当整个河床都随着阴阳界的石英带分离开来的时候，四周的景物都消失了，黑雾从无边之处翻涌上来，无数厉鬼啼哭，而虎皮猫大人如同烈日位临头顶，俯瞰着我们所有的人，淡淡的冷意让它变得极端神秘，仿佛此界的主宰。恐怖的威严从它那可笑的肥鹦鹉身躯中散发出来，让人心中只有恐惧。

洛飞雨看到自己那日夜供奉的秀女飞剑被虎皮猫大人召唤出来的鬼火吞噬，不由得惊声尖叫起来，左手往波涛汹涌的胸口里面摸去，从里面掏出一包粉末，朝着天空的虎皮猫大人就是一撒。这些细碎的粉末呈现出闪亮的金色，一浮现于空中，立刻就化作了一条四丈巨蟒，大体如蛇，但有四翼，发磐磐之音，周身散发着灼热的恐怖气息。此物陡然一出现，立刻嚎天叫地，朝着空中的虎皮猫大人扑去。

虎皮猫大人缓缓拍动翅膀，眼睛呈现出了金色的火焰来，瞧见这条灵蛇，口中讶异道："鸣蛇？想不到王新鉴那个家伙居然还给你留下这么一个小玩意儿。不过呢，你真的是'崽卖爷田不心疼'，想当初我们和沈老总在西南鲜山共同斩杀这条鸣蛇，可费了不少气力呢……"

它话音一落，那条身长四丈的恐怖蛇灵身子便僵直了，动弹不得，虽然还在竭力挣扎，"磐磐"地叫唤，但是那身躯似乎被无形的力量给缓慢挤压，先是一抖，整个骨头抖弄松散后，身子越来越细，慢慢地缩小成一段细线。

看着自己引以为傲的法宝被那头恐怖的肥鸟儿举手灭掉，洛飞雨终于停下了手，缓缓后退，脸上的神色变幻不定，似乎在心惊。

周围的黑雾越加浓郁了，远处似乎有一条河水在流淌，上面血光粼粼，不断有残肢断体在上面翻涌，传来了直入心中的嚎叫，鸣、鸣、鸣……而我们的周围开始有了变化，那些黑雾虽然浓郁，但是我们似乎能够看到一列列的人。这些人有男有女，有老有少，正从我们身边走过，茫然地朝前行进，机械而麻木。

莲竹老和尚仰望头顶的虎皮猫大人，而他旁边的那个"鲁智深"则粗声粗气地问道："你们到底是什么人，居然能够将这阴阳界的大阵给开启出来？"

他问着话，语气却多少有了些恭敬，看得出来，虎皮猫大人这一招使出，即便把我们定位成敌人，他们也不由得有了敬意。很多时候，道理说不通了，拳头或许还能够说话。

我前走一步，拱手朗声说道："我们两个是特勤局的成员，今天前来游览泰山，适逢其会，便阻止了邪灵教谋夺岱庙贡品的阴谋，并将夺得的贡品归还于你师叔祖，没想到他老人家不但不领情,而且还当场就翻了脸皮,与这邪灵教的右使一同追杀我们兄弟至此,不得已,方才使了这等下策……"

听我说了这话,那个浓眉大眼的大和尚不由得诧异,扭头看向莲竹老和尚,问了几句话,老和尚也不答,眨着眼皮子,片刻之后,大和尚朝我们拱手说道:"贫僧释方,两位身手如此厉害,定是有名有号之辈,还请赐教,尊姓大名?"

偷人东西,我自然不敢说实话,指着杂毛小道说,章俊龙,我叫戴二,你们可以找鲁东省特勤局的夏雨沫小姐联系确认!

大和尚释方与旁边几人讨论,结果都摇头,表示没有听说过这名字。

这时那个莲竹老和尚突然瞪起了一双牛眼睛,发出亮光,然后轻轻一掌,拍在了释方的天灵盖上。释方浑身一震,闭上了眼睛,接着又睁开来,难以置信地盯着我说道:"我师叔祖告诉我你身体里面有毁灭世界的邪魔,如果你能够交出来给他超度,他就放过你,倘若不肯,他宁愿拼得这七十五年的闭口禅废去,也要让这邪魔,毁灭于襁褓之中!"

我的眼角一跳,极力控制住自己心中的愤怒,缓缓说道:"原来如此,你们对我穷追猛打,并不是因为别的,而是为了一个莫须有的罪名杀人咯?"

释方回头看了一眼自家垂垂老矣的师叔祖,在得到肯定眼神之后,他点了点头,意志坚定地说:"是的,降妖除魔,这是佛家弟子的本分。便纵是你们发动了这阴阳界的大阵,将我们全数引渡到了那幽冥鬼府之中,也好过将你放回阳间,遗祸世人的好!"

"别再乱扯!"最先暴怒的不是我,而是一直咬牙强忍的杂毛小道。

在洛飞雨被虎皮猫大人弄得完全没有脾气的状况下,他早已将先前拼斗得颤抖的身体调息过来,听到这几个家伙一脸道貌岸然地说着屁话,顿时就隐忍不住,上前怒骂道:"装什么世界警察啊,有本事你跑到太平洋去管一管啊?拯救世界呢,少打着这样冠冕堂皇的旗号!告诉你们,在这片土地里,你们无权做任何事情,识相的赶紧滚蛋,不然一会儿我们自卫杀人,可怪不了谁!"

大和尚听到这话,焦急地回头看了一眼自家的师叔祖,而那老和尚闭目而眠,似乎已经昏昏沉沉地睡了过去。

他见师叔祖并没有给他回应,想了片刻,咬着牙说道:"虽千万人吾往矣。一念成佛,虽身死,佛祖在心中!"他这一字一句地念诵,旁边两个稍微年轻一点儿的师弟也双手合十,跟着念诵,倒是旁边那两个道人颇为尴尬,脸色铁青,也不知道在想什么。

瞧着面前这伙自命正义和公理的家伙,我原本还有些内疚的心中,终于没有了亏欠的情感,哈哈笑了起来,说,既如此,那么何必讲这些冠冕堂皇的理由安慰自己呢你,现在大家就撕破了面皮,没有什么好讲的,是吧?

头顶上面的虎皮猫大人也嘎嘎大笑,说:"你们的这一番话语,倒是让我茅塞顿开,也有了下手的理由。人要杀我,名正言顺,难道我便需要将头伸过去,让你砍不成?正当防卫,正当防卫而已,哈哈哈……"

这肥母鸡第一次操纵大阵,先前还颇有一些兴奋,此刻又回复了本性,大声叫道:"小明,小毒物,小心了,大人我要运转阴阳界的阵法了,你们可得好好护翼好俺家媳妇儿,少了一根毫毛,大人我让你们也随着下那奈河去……"

它肆意大吼着,发出不似鸟鸣的啼叫。紧接着,我们脚下的大地在震动,轰隆隆、轰隆隆,让人站不住脚,身形摇晃,而也就在此刻,那些原本缓慢而机械地向前行走的无数白影,突然间回过头来,惨白的脸上露出了迷茫之色,朝着莲竹和释方一群人就缓慢走来。

瞧见这一副诡异的场景,释方旁边的师弟的眼睛陡然一睁,颤声说道:"百鬼夜行,啊,怎么办?"释方的脸上也露出彷徨之色,倒是莲竹老和尚单手立于胸前,怀中的佛珠之上,闪耀着金色的佛光,将这整个周围圈子给包裹着。

空中到处飘荡着孤魂野鬼的啼哭,而那些逆转回来的鬼魂朝着金色光圈毅然走过去,一步一步,将那光圈撞得波光荡漾,摇摇欲坠,而自己却是化为飞灰。

我看得心惊,问杂毛小道,这是不是太残忍了?

杂毛小道紧紧捏着鬼剑,不由得笑了,低声问旁边飘着的朵朵,小朵朵,它们是鬼魂吗?朵朵摇摇头,说,不是啊,好像是阵法能量幻化的吧……然后我接受了三个人一齐鄙视的目光。虽然如此,那大阵幻化出来的景象是异常真实,无数鬼魂迷茫地朝着金光闪耀的圈中前行,麻木地扑过去,然后化作飞灰湮灭。

这些人的脸变幻莫测,或许还能将阵中受困之人心里面的记忆给勾出来,对于人的心灵,确实是一种莫大的挑战和冲击。

大人玩得高兴,不时发出嘎嘎的笑声,十分瘆人。至于独自一人待在东南角落的洛右使,她则低调许多,将自己的气息收敛至最低状态,逼发出一层淡淡的透明光芒,双袖如刀,但凡有朝她游来的鬼魂,不管什么模样,都是一扫而空,简单明了。

随着时间推移,莲竹老和尚支撑的金色佛光终于被阵法磨砺得摇摇欲坠了,而就在大人准备一鼓作气,给这些自大的法门中人一个教训的时候,天地之间突然又是一阵颤抖,无边的青光从四周蔓延而来,本来悬于空中的虎皮猫大人像一个受惊的老鼠,哧溜一下就蹿到了我们头顶。

它口中惊叫道:"东岳泰山天仙玉女碧霞元君?是谁将这个老姑奶奶给唤醒过来的?啊,莲竹老秃驴……果然最毒不过秃瓢心啊,舍不得自己一身修业,竟然请动了她老人家来镇压俺等,俺可惹不得此间的主人,这可咋办?"

瞧见刚才还不可一世的虎皮猫大人此刻惶急如此,我们都愣住了神,说,这东岳什么元君,到底是何方人物,至于如此害怕?

虎皮猫大人苦笑,还未接话,突然一股庞大的意志,从我们的脚底下缓缓地升了出来:"是谁,打扰了我的睡眠?"

## 第九章　水遁趵突泉

听到这句话，我们不由得都笑了。似乎所有大神出现的时候，都会念叨这一句，简直就像是我们日常打招呼时说的"你好，吃了没"，或者老外平日里的 Say-Hello 一样，简直就烂到了大街。

我们遇见过的大神不多，但是也有那么几个，所以并没有太过上心。虎皮猫大人见到我、杂毛小道和两个朵朵在那里没心没肺地笑，不由得心中大急，破口大骂道："小明，小毒物不晓得，你也不知道？"

见虎皮猫大人说得严重，杂毛小道顺着口中念了几遍"东岳泰山天仙玉女碧霞元君"，念到第三遍，不由得眼睛凸起，失声大叫道："泰山娘娘？"

一说到泰山娘娘，我的心不由得也跟着猛跳起来，这位可真的是神话中的大人物啊——这泰山顶上是玉皇大帝的玉皇庙，接着是碧霞祠里的泰山娘娘，山下岱庙里的天贶殿里，供奉的是东岳大帝黄飞虎，气应青阳，位尊震位，独居中界，统摄万灵……

号称"天下第一山"的山神娘娘，那是怎样的存在？难怪泰山崩于前而不改色的虎皮猫大人会惊慌如此，因为这会儿上来的，正是那泰山龙脉的山神娘娘，大人刚才呼风唤雨的法阵，其实依托的还是人家的道场，它此刻又哪里来的脾气，胆敢对付泰山娘娘呢？

眼瞅着这股气势越来越凝重，似乎就要脱体而出了，虎皮猫大人焦急过后，眼睛一转动，立刻想到了一个主意，朝着我们大声喊道："小明、小毒物，走，走！去黑龙潭，此刻唯有那里，方才是一线生机了！"

大人朝着阴阳界幻化出来的奈河飞去，我们则跟在后面奔跑。

我还是有些莫名其妙，匆匆喊道："即便是山神娘娘那又如何，咱们跟她讲讲道理便是，何必跑呢？"虎皮猫大人魂儿都吓飞了，听到我的话，气冲冲地说道："那一伙人日夜供奉，我们这些人却是过路客，山神是神也是人，倘若是你，动动脑子想，你会帮谁呢？"

我在心里盘桓了一番，发现我自己都说服不了自己，于是放弃，随着虎皮猫大人往前跑路。那边的释方大和尚瞧见了我们要遁走，想起师叔祖的交代，不由得冲出金色佛光笼罩之地，大声喊道："休走，要走也留下你那邪魔来！"

没有了虎皮猫大人主持法阵，他将手中的佛珠一抖，那些朝着他扑来的鬼魂立刻化作飞灰散去。释方大和尚朝着我们这边飞奔而来，他的身子庞大，然而速度却并不算慢，眼看着就够到了我的后背，将身上挂着的佛珠解下，然后朝着我的后心飞甩而来，威势凶猛。

瞧着眼前的杂毛小道和两个朵朵都朝着前方跳下，我感受到了后面袭来的危险，忍不住回过头去，想要伸手抓住那佛珠，结果虎皮猫大人大声喊道："不可！陆左，不要回头……"

然而此刻已经来不及了，我回头朝着袭向我身后佛珠抓去的时候，但见身后的天空之上，浮现出一张巨大的脸庞，这张脸庞属于一个算不上漂亮的女性，庄严肃穆，宛如天神。她的眼睛冷漠而无情，高高在上，似乎是在俯视着整个世界，世间的所有事物，在她的面前都仿佛蚂蚁打架一般。

一种庞大到了极致的意识，在我与空中的"她"对视之后，顺着蔓延过来，我的脑海里漫天都是那巨大的头颅，成倍数级的信息在我的脑子里面，轰然爆炸开来。

我那可怜的脑容量根本就容纳不了这些，顿时剧痛无比，七孔流血，感觉身子仿佛变得轻飘飘地，朝着后方飞了出去。轰……我的脑子一片空白，人就像一叶浮萍飘零，晃晃悠悠地，朝着崖下直坠而去。

恍惚间，我似乎感觉到有人在努力地掌控我的身子，调整着，再调整着，接着我的脑子化作了糨糊，再也感受不到一丁点儿东西，永坠沉沦之海中。

在死寂一般的"无"里面，有一个愤怒的咆哮声在狂吼："贱人，贱人，贱人！"

当我从沉睡中苏醒过来的时候，发现有一只白嫩的小手掌在不断地拍打着我的脸，而虎皮猫大人的声音从我的前方传来："小妖，赶紧催他醒过来，这黑龙潭底可是有那猪婆龙的身影，倘若不及时离开此处，只怕一会儿那个'老妖怪'将其惊醒过来，我们可都得遭殃了。"

杂毛小道闷声闷气的声音在我的左侧响起："哎呀，猪婆龙不就是扬子鳄么，这等柔弱的畜生，来一个杀一个，来一对杀一双，战了一夜，正好饿了，直接烤来吃，多美啊？"

"你可拉倒吧，扬子鳄是扬子鳄，猪婆龙是猪婆龙，这玩意儿不比你们在黄山碰到的那条龙蟒差劲半分，有过之而无不及，不想死的话，赶紧让小毒物这个家伙醒过来，驱动天吴珠，顺着狭长水道遁走，那个老女人不计较便罢，倘若真的追究起来，只怕咱们都见不着明日的太阳了！"

听到虎皮猫大人这咋咋呼呼的话语，我努力睁开眼睛，感觉天空是一片黑乎乎的，像倒扣着的碗，四处晃荡，哗哗的水流声充斥在耳间，伙伴们在身边拉着我的手，而虎皮猫大人则站在我的胸口处，不满地抖着潮湿的羽毛。

见我醒过来，众人大喜，好是一番热闹，不过倒也不敢大声喧哗，在虎皮猫大人的指引下，我驱动着天吴珠，带着大家朝潭底的间隙行去。

总共宽不过一米的地缝，我们行了差不多一里地，眼前豁然开朗，一条宽敞的暗河顺流而下,虎皮猫大人急声催促我们继续前行,我不明所以,问,大人今天为何风度尽失?

虎皮猫大人唉声叹气道:"有把握时端着叫做装,没把握时端着叫作死!你们是不知道那个老妖婆的厉害……小毒物,你知道你刚才有多么危险吗?倘若不是你神魂强大,此刻说不定就脑死亡、植物人了。快走,你被她记住了。还留在此处,分分钟死去!"

虎皮猫大人对此地似乎十分熟悉,在前面领路,一路前行,不知道行了多少里路,前面的水道突然岔开了三条路来。

虎皮猫大人停在岔路口,说,咦,右边这一条,什么时候出来的?

杂毛小道见他如此熟悉此处,便问,大人以前来过这里?它点头,说,泰山北麓泉城地下,有大量的暗河水道,石灰石岩层中便有那蕴积千年的雨红玉髓存在,往日我便是在这里得的,可惜当初藏于水底,水文变化,前两天去寻过,但没有找到。

虎皮猫大人的过往,它不说,我们无人敢问,便指着这三岔路口,问往哪儿走?

虎皮猫大人说往左走的话,直通泉城趵突泉公园;中间这条,直走据说能通黄海,不过我估计是那地底深渊;往右走的话——这右边到底什么时候冒出来的?

我们对视一眼,都觉得不要冒险,还是从趵突泉里面冒出来便是,右边的且不管它,我们现在是在逃命,可没有那闲工夫来探险。

就此商定,我们准备往左离开。突然,虎皮猫大人用爪子挠了挠头皮,像是感应到了什么东西,忍不住朝右看去。我们问它怎么了。它说感觉那里有什么东西在。我们笑了,说,莫不是你藏匿在此的龙涎液?虎皮猫大人摇头说,不是,走吧。

我们往左转,一路潜行,路程曲折蜿蜒,自不必说。终于见到前方有开阔所在,光亮照下,遣了小妖上去瞧,见是一个小池子,左右都是亭台楼阁,环以扶栏,又有许多依依杨柳,翠绿鸣春,池中三股清亮水泉,不断涌出。

杂毛小道笑了,说此处正是趵突泉,只是这池子边上可有人?

小妖回答说有,不过不多。瞧着天色似乎是清晨,大清早也没有几人有游园的兴致。如此,我们便不多言,顺着狭窄的水道缓缓攀上去,然后从角落依次爬出,拧拧身上的衣服,虽然潮湿得要长霉,但也没有落汤鸡的那种丑态,于是将两位朵朵收了,离开了这被康熙爷御赐的"天下第一泉"。

出了趵突泉公园,我们就近找了一个宾馆住下,洗完热水澡,换上干燥的衣服,伸着懒腰听那骨头喀喀作响,倒是颇为惬意。直到此刻,方才想起通知还在泰安的小康,说我们泉城有事,先回来了,让他帮我们将行李带回。

小康电话那头虽然有些疑惑我们为何一夜之间跑到了泉城,不过他知道我们都是些神神叨叨的"领导",也不敢多加埋怨,只是让我们把地址给他,他会赶过来的。

我洗漱完毕,躺了几分钟,睡不着,到杂毛小道房间里去串门。没想到,一进去,便见到桌子上面摆放着一把寒光凛冽的宝剑。

## 第十章　得与失

瞧见这剑，我的眼睛不由瞪得滚圆——这把长不过两尺的青锋剑，寒光凛冽，可不就是邪灵教美女右使被虎皮猫大人毁掉的秀女剑吗？这怎么回事，它不是已经被毁了么，怎么会突然出现在这里？

瞧着我一副大惊小怪的样子，虎皮猫大人嘎嘎地笑，说："傻瓜，都说了是幻术。当时大人我只是将大咪咪的意识与这把飞剑的剑灵给分离开来，让她以为飞剑已然损毁，然后便可以将好东西卷包了。嘎嘎，聪明吧？"

我吓一跳，说，不是吧，这样说来，那条鸣蛇的灵体也给你收起来了咯？

说到这里虎皮猫大人就生气，嘎嘎地叫着，说："小毒物，你也不管管你家小妖，太霸道了，看中了就抢。要不是看在她是我大姨子的分上，大人我才懒得理这小狐媚子呢，呸呸呸。你也别惦记了，鸣蛇幻灵给你家小妖占了，说是要用来加强缚妖索，让那根捆人的破绳子有自主的灵体，也成为真正意义上的法器。"

瞧这情形，应该是我昏迷之后发生的事情，我也不多问，在沙发上坐定，然后问，拿这飞剑，有什么用呢？

舞弄这东西是需要特定诀咒的，而且剑灵也需要认主养灵才对。事实上，夺人飞剑是一件很鸡肋的事情，毁之可惜，用之无解，这一点我们早从李腾飞的除魔那里就已经有过了教训。

杂毛小道笑了，将这柄涂满朱砂的飞剑拿起来，借着窗外的自然光，将上面那一个个玄妙莫测的符文展示给我看："小毒物，很多时候，这飞剑的重点并不在于它的本身，而在于它承载了多少的知识储备。每一柄飞剑都是多年以前留下来的活化石，那些失传的飞剑符箓文化才是真正的精髓部分。如何驱动、如何沟通、如何养剑、如何制敌……在这些美妙的符文背后，隐藏着一个个失落的宝库！"

这个家伙说到自己最感兴趣的事情时，话语充满了压抑不住的激动。至于粗通符箓、天赋不佳的我，意识沉浸入这些奇妙的花纹中去，仔细感受了一下里面的奥妙运转之后，顿时感觉一阵头大，有一种高考面对复杂的电路图那种无奈痛苦。

于是我背靠沙发饮了一杯水，然后伸伸腰说道："现在怎么搞，那三个蛊贼偷出来的是赝品，但是总会有真品在，只不过不知道在哪儿罢了，要不然我们再返回泰安，重去那岱庙，一探究竟？"

虎皮猫大人嗑着桌子上散落的瓜子，一边吐壳一边说道："拉倒吧你。叫你小子不要回头，你偏回头，知不知道你已经被那个老妖婆给记挂住了？现在的你，就如黑夜里面的一只萤火虫,但凡进入那一带,都有可能触动她的神经末梢,倘若醒来,分分钟,把你拍得连自家老妈都不认识……"

还有这等事儿?我睁开双眼,表示不能理解,但见虎皮猫大人严肃的神情,不由得信了七分,说,那可怎么办?

杂毛小道摸着鼻子想了一会儿,拍了一下大腿,说,找大师兄呗。

对啊,寻找龙涎液之事我们也曾经委托过大师兄,他自然也是知晓情况的,那黄釉青花葫芦瓶里面到底有没有龙涎液,问一下不就知道了吗?以我们与大师兄的关系,他有什么事情,定不会瞒我们的。

想到这里,杂毛小道立刻拨打大师兄的电话,接电话的是董仲明,他告诉我们大师兄正在蓝海市开动员会,要过半个小时才有空。我们表示知道,刚刚挂了电话,林齐鸣的电话就打了进来,刚刚接通,那家伙劈头盖脸地一通问,昨天泰山岱庙文物失窃案,你们两个是不是参与了?

我不满地说,什么就我们参与了,这什么意思啊?

林齐鸣在电话那头大喘气,说他刚刚得知昨天夜里泰山岱庙有贼人潜入,将博物馆收藏中最珍贵的三样东西给偷走了。从资料的大概描述上来看,他就知道我们两个当时在场:"怎么回事呢,不是说好去肥城找桃元的吗,你们咋又这么天马行空,跑到泰山去了呢?"

我叹气,真的是好事不出门,坏事传千里,当时朵朵、小妖和虎皮猫大人都露了面,我们也反驳不得,不过好在我们当时的托词还算妥当,倒也不惧被人推敲,于是就照着昨天说给释方的话语,给林齐鸣学了一遍。

这个家伙跟随大师兄日久,脑子是一等一的好使,并不信我这一套,嗤之以鼻,说:"得了,你们还不就是瞄中了'泰山三宝'的妙处?不过你们也傻了,这三样玄机天妙的玩意儿,怎么会随便放在供游人观看的博物馆里?我说你们的贪心能不能不要这么重,一会儿桃元,一会儿'泰山三宝',咱一个一个地来,专一点,行不?"

林齐鸣这个家伙本质虽然正直,但是为人却颇为油滑,并不管我们的对错,也不理会我们的理由。

他告诉我们,昨天夜里岱庙的看守道士重伤了一个,轻伤不计,当时舍身崖的莲竹大师和几个徒子徒孙在场,有一个摔下了山崖,挂在半空中,消防队的人今天白天将他救出来……他问我们,昨天那个黑衣女人,真的就是邪灵教的右使洛飞雨?

说到这里我们就来气,说,倘若那些秃瓢盖儿与我们合力,说不定洛飞雨就蹲在泉城第一监狱里面吃窝窝头,等着受审了,哪知那个老秃驴根本就没有分清主次,就盯着我们追打,反将大鱼放跑了,年纪这么大还老糊涂,真真是白念了这么多年的佛经了。

林齐鸣笑着安慰我,让我不要上火,邪灵教存在这么多年,为非作歹,这是为何?还不就是许多有本事的名门正派蒙上眼睛,各人自扫门前雪,哪管他人瓦上霜吗？那个莲竹他也曾听过，是泰山上少有的几位高手之一，他师兄是鲁东佛教协会的副会长，他本人则精修净土宗闭口禅，是此处的坐地虎，听调不听宣，轻易不出世，你们也算是撞到大运了。

莲竹虽然与我们为敌，但瞧那模样，到底还是一个修为与佛法并重的高僧，不然也不会有如此厉害的意志和手段，而在林齐鸣这个家伙的口中，却被和土豪劣绅归为一类，想来他也是对这些超然于物外的宗教人士，颇有埋怨。

我们此番夺宝，出发点虽好，但到底还是理亏，即便是那莲竹大师咄咄逼人，也无可奈何，于是随便说了几句，便不再言。末了，林齐鸣告诉我们，说他还有几天才能够回来，让我们再安静等一等。

与林齐鸣通完话不久，大师兄的电话就打了过来，是杂毛小道接的，电话那头的大师兄对我们惹事的本事表示了无奈，我们却也没有什么好解释的，只是问以前让他寻找的龙涎液，到底在不在那个葫芦瓶中，能不能让他托点关系帮忙打听一下。

大师兄的声音在电话那头一沉，说，怎么，你们还打算再去碰碰运气？

杂毛小道嘿嘿笑，却不答话。大师兄沉重地感叹一句，说："这也不怪你们，我答应给应文拿药的，结果一拖拖了这么久。实话告诉你们，那黄釉青花葫芦瓶里面的确有龙涎液，不过这东西忒少了，1976年的时候用了一半，2007年的时候就完了，根本就没有剩下来的，所以你们即使惦记，也指望不上了。关于龙涎液的消息，我倒是听说湘南洞庭似有出现，你们放心，应文的伤病，我定会时时挂记的。"

从他语气里面，我们能够听到真诚。这才知道大师兄并非不办事，而是因为雨红玉髓乃天材地宝，钟天地之灵秀，并非菜市场的大白菜，想买就能买。想到这里，我们不由得叹息，看来三叔此劫，却是不好跨过去的。

与大师兄通完话后，我回房休息，当天中午小康找了过来，倒也没有多说什么，傍晚还带着我们去大明湖畔吃了一顿丰盛的晚餐——糖醋鲤鱼、九转大肠、宫保鸡丁、玉记扒鸡、奶汤蒲菜……

鲁菜是八大菜系之首，鲜咸脆嫩，风味独特，善用清汤、奶汤增鲜。如此盘盘盏盏，又将小妖、朵朵和虎皮猫大人一齐唤出，瞧着楼外的大明湖畔清风徐徐、杨柳依依、游人如织，彩灯环湖霓虹闪烁。如此美景无边，美食在前，倒也吃得舒爽，眉开眼笑，总算是将当日的晦气给消去了几分。

小康瞧着我这儿突然多出了两个粉装玉琢的漂亮小表妹，心中狐疑，却也不敢多问，心事重重地吃着酒。杂毛小道见这小子不错，认真给他免费掐算了一场命运，指点一番，至于听不听，便是听之由之了。

次日我们出发，前往肥城，一路行车，最后到了林齐鸣所说的金牛山区域，远眺峰峦如聚、峭壁若屏，我们对视一眼，估计这几天就要耗在这儿了。

# 第十一章　宫老七酒醉奇遇

　　肥城地处鲁东中部、泰山奚麓，是资源丰富的齐鲁宝地，闻名中外的肥桃之乡，古称"君子之邑"，是史圣左丘明的家乡，商圣范蠡最后的定居之地。鲁东特勤局的接待人员小康，他的老家就是在肥城，故而这一路上，跟我们讲了好多关于肥城的历史典故和闻人轶事。

　　不过对我们来说，最感兴趣的是一则关于肥城佛桃的传说。据传这桃园的缘起，竟然是天上蟠桃的果核。具体自不必言，反正涉及王母娘娘和玉皇老儿之类。当然，如此之类的说法大抵都是当地的一种营销策略，让自家的产品，显得高端大气上档次一些。

　　肥城桃树栽培面积已超过六万亩，是目前世界上最大的桃园。小康遗憾地告诉我们，倘若是四月或者九月前来，定可见那漫山遍野的桃花，红的粉艳，白的妩媚，充斥在这天地间，自有一番赏心悦目，而此刻，虽然也有肥美多汁的肥桃可食，但就视觉而言，却少了这一番风景。

　　不过我们此番前来，所为的只有桃元，其余之物，却也不是很在乎，毕竟美景虽好，却不能吃喝。

　　到了地点之后，我们顺着地址找了过去，在一个叫做孙庄的山边小村里，找到了最早遇见此事的村民，此人姓宫，名左平，族中排行第七，乡人皆称宫老七，叫久了，反倒将其大名淡忘。宫老七家中有几亩果林，现在刚开始挂果，正是忙碌时节。中午的时候我们拎着礼物找上门去拜访，邻居告诉我们宫老七到自家果林打虫去了。我们让小康看车，在村子里找了一个闲晃的半大小孩，塞了一张毛爷爷，让他带着我们去找。

　　那个熊孩子拖着鼻涕，将我们带到了村子后山的林子里，站在山脊上朝前一指，说，看到没，穿蓝色劳动服的那个人，就是七伯。

　　小孩说完，转身就跑。我们顺着陡坡走下去，远远瞧见一个四十多岁的汉子，唇上有浓密的两撇胡子，正背着农药箱子打药水。一株株桃树齐整林立，枝头沉甸甸，或红或青的肥桃长势喜人。我们远远地喊了一声"宫老七"，那汉子应了一声，抬起头来与我们相对。

　　见找到了正主，我和杂毛小道走上前，和宫老七开始攀起关系来。这七大姑八大姨、朋友的朋友的朋友……诸多关系经杂毛小道这张能够将死人说活过来的嘴一绕，顿时就亲近了不少。在得知了我们的来意之后，宫老七十分诧异，说这事情还真的是见了鬼,往日说予别人听,都以为我脑子进了水,怎么这两个星期却已经来了三拨人,都来探听消息,你们到底是记者,还是什么人啊?

"三拨人?"听到宫老七的话语,我们心中不由得一紧,知道林齐鸣担心的事情,终于还是发生了。

我们心中惊讶,不过脸上并没有显露什么。谎说我们两个是《探索科学》杂志的自由撰稿人,就喜欢听个稀奇古怪的东西,此番前来,其实也是为了找素材的。

宫老七一愣,说,是不是电视上天天演的《王刚讲故事》那种?

我们两个一听大喜,忙着点头,说,是,就是,不过我们这是以文字形式呈现,要求更加简练简明了,也更注重趣味性和知识性……如此一番忽悠,宫老七也没有了初次见面的生疏,索性放下农药箱子,带着我们来到他果林边的小木屋里面乘凉,喝茶叙事。

宫老七告诉我们,这件事情,发生在前年夏天。那天日暮,黄昏冉冉,生性好动的他喝了点小酒,一个人巡林,看到有一头小兽在林间奔走,蹦蹦跳跳地,虽然看得不是很清楚,但颇为可爱,于是就跟着追去,想要抓过来瞧个究竟。那个小兽有点像松鼠,不过要比松鼠大几圈,蹦跳间速度倒也不慢,朝着后山一直跑。

宫老七别看年纪也快奔五了,却是个犟脾气,而且酒劲上来了便顾不了许多,拔足狂奔,也不知跑了多少里路。他便这么跑着,当时似乎是有些中邪了,不知道累,也不晓得害怕,眼中只有那个可爱的小兽,简直痴了。

如此翻山越岭,走了许多陌生的小道,等到天色暗淡,弯月挂天的时候,小兽都不见踪影了,他还兀自在山中绕了几个圈,酒劲多少也消了一些,那夜里面的寒意爬上背脊,这才感到有些害怕,稳住心神,四处一打量,却根本不知道自己身处何方。眯眼看去,只是漫山遍野的桃树林,皆为野生,不似寻常果林那般齐整。

四周隐隐传来一声又一声的嗥叫,似鬼,又像是狼,酒劲过去的宫老七吓得半死,跌跌撞撞地往前跑,不知道怎么地就到一弯泉眼水潭处,那里有粼粼波光,鱼儿踊跃于水面,荒草丛生,瞧那场景,似乎根本没有人来过。

宫老七本来也是个傻大胆的人物,要不然也不会借着酒劲硬追到这里来,只是瞧着这陌生的环境,以及林间古怪的声音,也吓得双腿直抖,找了潭边不远的一棵看着比较老的桃树就爬上去,在树尖的枝头上坐着,心里面才稍微安定下来。

倘若他那一晚上就抱着树干而睡,第二日天亮下来找寻出路,那也并无故事,怪就怪在他半夜饥饿,忍不住摸了树上结出来的桃子吃了几个。那桃子也才刚刚挂果,模样有些青涩,然而宫老七吃入肚中,却感觉鲜美无比,往日吃过的桃子跟这比起来,就如同尿素泡出来的,寡淡无味。

他连着吃了好几个,感觉浑身有些燥热,嘴角发红、脱皮,胳膊和背部的皮肤瘙痒。他自己便是种桃的,知道这是因为那桃子表面有一层桃毛,倘若不去除便会有这些过敏症状。他之所以生吃,一来是因为肚中出奇饥饿,二来是因为这桃子青涩、桃毛未长,三来是林间危险,不敢下树去潭边清洗,没想到运气居然就是这么差。

宫老七着了道,便不敢再吃,也不敢下树,只是忍耐,然而那痒意越来越重,双手将整个背上都挠烂了,指甲上面全是血,却仍止不住痒,骨头里面仿佛有一万只小蚂蚁在爬。强忍了一会儿,宫老七终于耐不住强烈的痒意,见树下也无甚异常,便翻身下了树,跑到那潭中清洗。说来也奇怪,那潭水清凉幽静,触手冰润,刚才还让他痛苦万分的过敏症状,顿时就缓解了许多。宫老七全身麻痒,那时又是夏天,忍不住将身上那臭烘烘的汗衫脱下来,跳进潭水中去洗。洗到一半,突然听到草丛中有窸窸窣窣的声音传来,吓了他一大跳,见左右无处隐蔽,那潭水又不深,于是就蹲身进入潭水中。

他在潭水中蹲了一会儿,缓缓移动到对面潭边处,然后缓缓升上来。他这一升不要紧,见到了他这辈子都难以忘怀的事情:四五头全身黑乎乎、毛茸茸的大家伙从草丛中钻出来,这些家伙普遍有一米七至一米八——对,没错,这些家伙全部都是直立行走的,一身黑毛,脖子以下是个结实健硕的人类,但是脖子以上,安放着一个凶狠的狼狗般狭长的头颅,嘴巴里犬牙交错,流着腥臭的涎水,风一吹,便钻入他的鼻子里。

但是宫老七惊呆了,身子一动也不敢动。那些大家伙来到潭水边饮水、嬉戏还有大声嚎叫,宫老七便待在水潭的角落里看着。

或许是凑巧,全身发麻的宫老七连呼吸都不敢,却没想到裤脚处传来一阵滑腻,接着有一条长长的滑腻之物,游进了他的裤管里,接着又向上攀爬,爬进了裤裆里,正努力朝着他的菊门处行进,他忍耐了一下,终于还是忍不住这种屈辱和恐惧,伸手一抓,摸出一条花里花哨的金环蛇来。

他吓得使劲一甩,正好飞到了潭边嬉戏的那些家伙身上。瞧见潭中突然多出这么一个人,那些大家伙也吓了一跳,当看明白后,纷纷冲了上来。宫老七当时也是福至心灵,拔腿就朝着他刚才寄身的老桃树那边跑去,想要顺着原先的路径爬到树上去。

他跑得快,然而那些毛茸茸的家伙更是快得离谱,很快就要抓到他的裤脚。就在宫老七面临死神的那一刻,老桃树上面突然爆发出了一团光辉……

说到这里的时候,宫老七浑浊的眼睛里一片闪亮:"你们猜,我碰到了什么?"

## 第十二章　山林诡事

宫老七看着就是个乡间的农民，但是颇有些说书人的派头，值此关键时刻，却吊起了人的胃口，我们想要探知更多的信息，于是只得适时捧哏问道："啊，是什么？"

宫老七一拍手，露出了抑制不住的惊喜："你们知道吗？那棵大桃树突然桃花绽放，奇香扑鼻，一大团光线爆发出来，说不出什么颜色，好像做梦一样——我文化低，形容不出来，反正那些恐怖的怪物脸上顿时就变得和善起来，一双双眼睛晶莹透亮，也没有再朝着我扑来。我当时吓坏了，慌慌张张地爬上老桃树，看见树下面有一团莹亮，那些毛茸茸的大家伙都趴在地下，像哈巴狗儿一样，舌头伸得长长。"

宫老七怕我们不相信，将手不断挥舞，跟我们形容起那些怪物的模样，和当时的情形，口沫飞溅。

我和杂毛小道面面相觑。很久以前我们曾经在火车上听过这种怪物的消息，据说在高密一个奶牛场里面被人抓过，还死了几个警察，至于怪物尸体被运到了哪里，却无人知晓，没想到宫老七竟然会在那地方遇到。至于那棵老桃树和一团莹亮光芒，跟我们所要寻找的桃元，有九成九的相像。

想到这里我们不由得激动起来，问宫老七那地方到底在哪里？

宫老七挠了挠头，接着说他那天晚上一直趴在树上，结果到了下半夜，困得不行了，迷迷糊糊地睡过去了。第二天起来的时候四处一张望，哪儿还有什么桃花林，周边根本就是平常所熟悉的景色，居然就在金牛山的山腹之中。他跌跌撞撞地跑回来，才知道都已经过了三天，家里人找他都找疯了。

然而当他将这件事情说给别人听的时候，却被笑，说他是在山里面迷路迷傻了，编了瞎话来糊弄大家呢。不过说得多了，也有信的。市里面有个干部知道了，就跑过来找他，带着好几个人同他一起进了山，然而转了好久，几乎将金牛山都摸了个遍，结果都没有找到。

那个市里面来的干部倒也客气，没有多说什么就离开了，村子里面的人却风言风语，有人说他怕被人笑话故意说了谎，有人说他遭了邪，有人说他被鬼缠了身，这样的话儿多了，他便也懒得去争辩，渐渐就少说了。

后来，他发现自己身体状况发生了变化。他年轻时摔过腿，得了风湿，每逢下雨天都痛，然而那次事情之后，他就再没有痛过，而且身体壮实，跟个小伙子一样。他觉得那棵老桃树应该就是传说中王母娘娘蟠桃园中落下来的桃核生成的，他所有的病，就是吃了那树上长的桃子才好的。

"找不到了？"虽然事先已经知道了，但是我们还是忍不住地又问了一遍。

宫老七点头说是，找不到了。也不知道是怎么回事，这事儿本来都已经过去了，结果这段时间又前后来了三拨人，都找他询问此事，有人还花了大价钱请他一同去寻找，可惜这一次还是没有找到。就连他自己，都感觉莫非真的是喝酒喝大了，做梦了不成？这个世界上哪里会有什么直立行走的狼人，哪里会有轻飘飘像精灵的荧光团，哪里会有……

不过每次回想起来，都是那样的真实，很多时候他会做梦，又回到了当初的那个夜晚。

我们问，来找你的，都是什么人？

他说，都是大老板呗，要不然还有谁有这闲心来弄这个？也真是奇怪了，你们是怎么找过来的呢？

我们笑。多少也能够估计到，这事前年的时候影响小，故而没有传多远，今年出现了这神秘狼群事件，而宫老七所说的那个市里面的干部，肯定是有关部门的工作人员，案情分析的时候将这个案子也一同转交上去，结果就让人注意上了。既然林齐鸣能够想到这与桃元有关，那么别的人自然也能够知晓，有人来查，也是情有可原。

我们在这里沉默不语，宫老七倒是叹息，说要是能找到就好了，他老娘快七十了，一身的病，倘若能弄一点儿仙桃来，说不定就不会这么磨人了。

我们笑了，说，好啊，倘若是我们找到了，定给你弄点仙桃来吃。

听到我们的话语，宫老七很高兴，在我们拿出来的地图上面指点，跟我们大致说了当时的线路，因为当时他喝醉了，脑子不记事，所以具体的也说不上来许多，只是记得进到那坡弯子里面的时候，有一片蓝色的山崖。

虽然我们同样劝说宫老七带着我们前去，但是他似乎对这件事情的兴趣已经没多少了，即使我们答应出钱，他也不愿意，背起农药桶，径自打农药去了。

我们拿着被宫老七画过的地图出了村子，找到在车里面等待我们的小康，让他带着我们去城里面买一些在山林野地的装备和补给。三军未动，粮草先行，经验丰富的我们足足带了两个大包裹，为了防身，还在军品店买了两把山寨版 95 式多用途刺刀。

如此准备齐全，已经是下午时分。天色虽晚，但对于我们来说却并无挂碍，在与小康交待完之后，我们就开始从宫老七上次进山的路子，往里行走。齐鲁大地多平原和丘陵，即使是山，也不会如同我的家乡那般连绵不绝，不过因为背靠泰山奚麓，此地也是颇有些起伏。

我们行至夜幕降临，太阳留在远山上的光辉消失不见，并没有停留下来安营扎寨，而是趁着夏夜里清爽的风缓缓前行，并且将朵朵、小妖和虎皮猫大人一起放出，四处搜寻。瞧着这重峦叠翠的山林子，我不由得心中感叹，倘若肥虫子这小东西醒着，指不定飞得有多欢畅呢。

如此一路走，一路缓慢搜寻。行至下半夜，感觉周边的景色开始变得生疏，似乎已经深入内里,然而一路上却根本没有发现什么异常情况。这个结果并没有让我们多沮丧,须知除了我们此行之外,这处地方已经有四五拨人查探过。倘若有,早已被人捷足先登,倘若无,我未必是最不幸的那个。我们生活在这滚滚红尘之中,没有人生来便是这命运的主角,故而我们对此并没有抱着太大的期望,于是失望便也相对少一些。

小妖得了我和杂毛小道的激励,与虎皮猫大人打擂台,看看谁能够先将那处桃花源找寻到。她一开始雄心勃勃,试图争一个先,然而随着时间缓缓流逝,很多地方似是而非,最终还是没有如宫老七所描述的情景再现。走了好多冤枉路,饶是这小妖精出发时神采奕奕、精神抖擞,此刻也是有气无力,吐着粉红色的舌头直喊累,太费神了,不找了,不找了,挖地三尺也不是这样一个找法!

最为悠闲的倒是虎皮猫大人,这头肥母鸡根本就不打算出力,它似乎在防备着什么,鬼鬼祟祟的,像是来做贼一般。我们不明其意,叫住它,问为何这么紧张。

大人飞下来,在朵朵怀里蹭了蹭,然后低声说道:"这里是泰山奚麓,算起来也是那老妖婆的地盘,凡事得小心,不得不防……"听虎皮猫大人这般说,杂毛小道略为不满地说道:"大人,这泰山奶奶'庇佑众生,灵应九州',统摄岳府神兵,照察人间善恶,庙宇生祠遍布北方各地,香火鼎盛,信徒无数。俗话说'举头三尺有神明',我们虽然不是那秃头和尚,但是这口业,还是少造一些吧?"

杂毛小道说得恳切,虎皮猫大人却是愤愤不平,说:"倘若往日,大人我与她半毛钱关系也没有,自然尊崇她的地位与司职,敬她一声'奶奶',只是当日大人我从那幽府回转,九死一生,过那阴阳界的时候就是被这多管闲事的老家伙摆了一道,惶急之下,才寄身于这一只痴肥的鹦鹉体内,而且还浑浑噩噩过了好几年,卑微地做着一头卖不出去的学舌蠢货,倘若不是你爷爷将我带回点化,大人我此刻说不定一缕雄魂无落。如此大仇,你说我为何还要敬她?"

瞧着大人一副气鼓鼓的模样,看来它在阴阳界上,似乎记起来很多东西。不过肥母鸡爱卖关子,翅膀一振,又不见了踪影,想要找它问更多,却也找寻不到。

不知不觉,我们来到一条小溪旁,流水潺潺,但两岸并无桃花。这一晚上我们也累了,停下来歇息,洗洗手脚,顺便嚼些干粮,补充一点体能。还没有坐上一会儿,正在溪中戏水的朵朵突然身子一紧,竖着耳朵四处听了一阵,朝着我们低声喝道:"有人过来了,速度很急,快避开一下!"

我和杂毛小道莫名其妙,不过也赶忙将背包带上,藏入溪边大石之后。

没过半分钟,便听到有人一前一后,从西面朝溪边这里狂奔而来。还没清楚情况,便听到一声凄厉的叫声,一具人体重重摔入溪水之中,发出了沉闷的响声,不再起来。

溪水染红,死人了!

## 第十三章　人心险恶，性情大变

死人我们见过不少，但是这金牛山算不得大山，出去不到二十公里便有村落，在这样的地方便敢出手杀人，而且还如此肆无忌惮，端是让人心惊。而且从时间上来看，我们也就刚躲入山石之中，那几人便已然疾冲至此，转手即杀人，想来身手定是极好的，未必会比我们差几分。

我和杂毛小道面面相觑：这大半夜的，到底来的是哪路凶人？

我们都还没有从死人的惊诧中反应过来，便听到风声呼呼，几道身影纠缠在一起，战成一团，拳风腿影，刚劲猛烈，吓人得紧。在这黑漆漆的夜里，我们也分不清楚个敌我好坏，唯有将隐蔽气息的遁世环给反扣在手里，等情形稍微稳定一些再说。

来人共有四个，其中三个人宽衣长袍，头束道冠，作那道士打扮，手中的木剑如林飞动，身形交叠，似乎在布置那简单的三才妙阵，将中间一个魁梧高大的黑色身影，给勉强围困住。

虽然是三个战一个，然而若论起真本事，这三人联手也比不过中间的那个家伙，不由得边打边退，一路退到了溪水边，方才站住阵脚。

就在这短短的几秒钟里，我才发现原来被追逐的，竟然是那三个道士打扮的人，而强大的追兵有且只有一位，便是这个身形高大的黑衣男人。只见这个家伙举手投足间颇为恐怖，那拳风如沉闷的雷声，让人心中寒战。瞧他那好似鬼魅的速度以及如熊的力量，那三个道士的阵法也算是圆润无缺，却被绝对的力量拨动得摇摇欲坠，时刻都处于崩溃的边缘。

如此拳来剑往数十秒钟，道士中身形微胖的一位，喘着粗气厉声尖叫道："等等，你到底是哪个路上混的？你可知道，我们可是崂山观中的道士，师尊无尘真人名列神州十大高手之属，我小师弟可是师尊最宠爱的弟子，倘若是让他老人家知晓被你伏杀，必定星夜兼程而来，将你斩杀！"

这胖道人色厉内荏，说得也十分吓人，然而那个高大的黑衣男人攻势不但没有停住，反而更加猛了，一时间拳影漫天——呼、呼、呼！

他这突然的爆发让人防不胜防，一个照面之下，居然一拳将左边一个高瘦个儿的道士给打翻在地，手上的木剑都飞跌在了溪边，口中鲜血狂涌，泡沫满满，眼看就活不成了。接着他的身形一定，阴柔之声从这个男人口中缓缓传了出来："无尘老头子倘若亲至，我自然也会怕他，不过这消息若是传不出去，我又有什么，需要害怕的呢？"

那个男人身上散发出诡异的黑色雾气，那些雾气飘飘袅袅，在他的周围形成了一个又一个恐怖的鬼脸，扭曲的眼眶和嘴巴十分古怪，恍如魔神再世。我能够感觉这声音中的一缕熟悉气息，也感觉身边的杂毛小道身子一震，不过小妖还是认真地提醒了我们："别动，又有人来了，很厉害！"

小妖向来就是一个天不怕地不怕的小妞儿，能够当得起她"厉害"二字的，估计十分棘手。我们蹲在石头背后，没有动弹。那个胖道人脸上露出惊疑之色，颤抖地说道："你这话，到底是什么意思？"背对着我们的那个黑衣人冷冷哼了一声，也没有多说话。就在此刻，从树林间又冲出几道身影来，为首的一个，正是前日一别的邪灵教右使洛飞雨。

洛飞雨甫一出现，右手一挥，身后的几个黑影立刻将整个场面控制，隐隐地将此地所有的逃逸方向给封死了，瞧见面前的这个黑衣男子出手即杀两人，洛飞雨不由得皱起眉头，不满地说道："黑蝠，你的出手未免太暴戾了。我们的目的只是为了寻找桃元，并且将左道二人击杀于此，你这般旁生枝节，是不是有些大题小做了？"

黑蝠？这个名字似乎有些熟悉，我感觉好像在哪儿听到过啊？

我忍不住探出头来，朝着前方看去。借着蒙蒙的月光我瞧见了黑衣人的侧脸，瞧着那个俊朗中带着一丝阴柔美感的帅哥——这个黑衣人，不就是周林吗？

记忆翻回到了神农架黑竹沟里面。没想到这个家伙最终居然还是跟邪灵教走到了一起，而且瞧这身手，似乎已经突飞猛进了。

邪教功法，果然速成。

我终于明白杂毛小道为何会身子一震，原来他一开始便知道这个黑衣男子，便是自家的表弟周林。

杂毛小道的爷爷总共有六个小孩，四男二女。大姑和他父亲一般都是土生土长的农民，小姑入山修行，那周林便是他大姑的孩子。按理说双方本来是至亲，没承想周林自从我们在神农架，耶朗北祭殿中偷拿了一块黑蝠雕老玉佩，就变得邪恶，满腹怨气，甚至对自己师父加亲叔叔的萧应文，施加了失传已久的银针追魂术，所为的，不过就是想要获得一件厉害的法器。

我们之所以费尽心思找雨红玉髓（龙涎液），说到底，还是在给周林这欺师灭祖的狗东西擦屁股。

我看到杂毛小道在咬牙齿，侧脸上面的肌肉不停地抽动，双手紧紧抓着地下的草，不知扯了几把。然而他并没有动，越是愤怒，越是让自己保持清醒，杂毛小道到底不是冲动少年了，凡事知道轻重，瞧得邪灵教右使洛飞雨与周林走到了一起，而且旁边还有几个实力叵测的家伙，更是小心。

我不担心杂毛小道暴起，却担心场中被围困的那两个崂山道人，三打一都稀里哗啦，此番群敌环视，更是状况堪忧。果然，我还在心中挣扎是否现身救人，他们两个已飞身倒地，一个喉结被捏碎，一个惨遭窝心腿，双双惨死当场。

配合着同伴，火速将这两个实力不错的道人杀害之后，周林才用一种怪异的尖锐语调缓缓说道："他们既然已经知道了我们的身份，而且来此的目的又与我们完全相同，为了剪除竞争对手，防止他们'打不赢叫家长'的恶习，全部杀掉，这无疑是性价比最高的一种手段，洛右使，你说对吧？"

周林不顾溪水中还有尸体，蹲身在溪边洗手，慢条斯理，悠然自得。然而他表现得再怎么潇洒，却难掩古怪的娘气。从生物学上面来说，周林只是碎了两个蛋，或许"小小周"也受到了一些损伤，但是如此尖声尖气、戾气横生，多半还是因为心中的郁气难消，人就有些变态。毕竟对于一个爷们来说，男儿的尊严，实在是太重要了。

这个世界上像岳不群这样恐怖心机的人，毕竟还是少数。周林人长得英俊，而且又青春年少，常年跟着三叔行走，估计少年人的火气都没有什么机会消除，纸醉金迷的生活都还没有怎么过呢，结果那玩意儿又没用了，从生物学上来说，难免会变得如此。

不过我们能够理解，但并不代表不恨他，这狗东西，倘若落我手里面，定叫他生不如死。

相反的，倘若我们落他手里面，只怕也好不了多少。

这仇怨，彼此都已经深深埋在心里。

对话仍在继续，跟着洛飞雨后面来的总共有三个黑衣男子，他们检查了死去的四个崂山道人，从他们身上掏出了一些有用的东西。翻看完毕之后，一个矮个儿黑衣人走到洛飞雨面前来，将摸到的几块符文木牌摊在掌心，伸出手来说道："右使，这个胖子说得不错，他们确实都是崂山道观里面的出家道士，而最早被黑蝠杀死的那个，身上所携带的弟子印信，确实是无尘子的真传弟子。"

听到这话，洛飞雨用严肃的声音对着周林低喝道："黑蝠，虽然小佛爷承认你继承李子坤十二魔星的代理地位，但是你要知道，厄德勒右使司职的是巡查四方，我随时都能够让你从高峰掉落下来。你好自为之！"

听到这句话，周林的脸色数变，最终低下头，恭声说道："属下受教了！"

他的话音一落，突然眉头一扬，朝着我们这边凝神望来："是谁？"

# 第十四章　与"飞机场"同坠溪中

邪灵教人多势众，而且个个都是个中强手，倘若正面相对，强拼起来，我和杂毛小道未必能够在他们面前讨到便宜。我正自心惊，以为是杂毛小道的愤怒，引起了周林的感应，双拳紧紧握起，准备反击。然而就在此刻，一道小小的黑影从身边的四五米处出现，摇动一番，然后朝着溪水的下游蹿去。

瞧那身影，是一个篮球大的毛茸动物，像穿山甲，又像松鼠，奔得飞快。

这东西的出现分散了周林和邪灵教众人的注意力，那个矮个儿瞧见这动物，脸上立刻露出了激动的神情："啊，这是桃花獾，最喜欢吃的就是成精和快成精桃树结的桃子。跟黄金鼠一样，有它在的地方，必定会有灵光宝物出现。黑蝠大人果然好本领。跟上它，我们便能够找到传说中的桃元了！"

我们这才恍然大悟，原来周林末了的那一声尖叫，竟然是发现了这头桃花獾。

瞧着邪灵教诸人跟着那个毛茸茸的黑影子朝着小溪下游奔去，惊出一身冷汗的我站起身来，瞧见杂毛小道蹲在那里一动不动，浑身在颤抖，我将手搭在杂毛小道的肩膀上，轻声说道："老萧，你可千万别激动，周林这家伙虽然可恨，但是我们的实力，并不足以将他留下，还须招人前来，一同伏击才是！"

杂毛小道恨得脸色铁青，不过情绪倒还算正常，点头说："我们跟上吧，通天彻地追寻这个家伙一年多时间，都没有消息，此刻更不能够让他跑脱了。你放心，自知之明我有，而且也不会将大家陷入危险境地，能够不费手脚地擒获他，这是最好不过。"

我点头，小心翼翼地顺着邪灵教飞奔而过的小路追踪，与杂毛小道说道："周林的实力突飞猛进，似乎跟从神农架耶朗北祭殿中拿出来的黑蝠雕老玉佩有关系，而且也从神农架鸿庐李子坤手中学了本事，你瞧见他刚才的那几下没有？崂山派的道士虽然实力并不算厉害，但是一齐围攻你我，相信你我也做不到他这般厉害。这狗东西，果然是坏人活千年啊！"

杂毛小道点头说是，这狗西东在两年多的时间里，居然能够得到小佛爷的承认，成就了十二魔星的位置，想来也是有一定手段的，我们一会儿要更加小心才是。

杂毛小道如此说，说明他的理智都还在，没有被愤怒冲昏头脑，如此的队友方才是可以信任的。

一路潜行，我掏出手机一直看，信号时有时无，在一个转弯口，终于有了两格信号。我让杂毛小道、小妖在前面追辍，我急忙拨打林齐鸣的号码，请求援兵。

此刻已经是后半夜了，林齐鸣白天还在高密的野地中排网搜捕，疲惫欲死，此刻早已是昏昏入睡，半天儿打不通。我熬了十几秒，瞧见杂毛小道消失在视野中，心中更急，马上拨通了大师兄的电话。这一次很快，董仲明董秘书在第三声之后便接了。我将事情的大概，和我们所在的位置告诉他，让他最好尽快申请调集人手赶来。

　　董秘书告诉我，大师兄刚刚忙完歇下，他让尹悦去将大师兄叫起来，立刻与鲁东这边联系，申请调集高手前来。问我要不要跟大师兄通话，我瞧着杂毛小道的身影消失在了我的视线里，心急如焚，连说不用，将手机挂了，急忙追赶上去。

　　我没跑两步，手机突然响了起来。手机铃声哗啦啦地唱着歌，我吓了一大跳，瞧了一眼，是林齐鸣，匆匆接起来，电话那头的林齐鸣睡意惺忪地骂我，说这么晚了，还打电话给他，是不是叫他起床尿尿？

　　我一边跑，一边将刚刚对董仲明所说的话转述于他。然而又一个转弯，手机那边便传来忙音，显然是又没有了信号。此刻正是悄然追击之时，而且离得又近，倘若手机再次响起，那五个邪灵教高手必定会心生警觉。周林走脱还是小事，倘若他们围攻上来，我们说不定就跪了！

　　要知道，周林和洛飞雨都是清楚我和杂毛小道底细的人，他们既然有信心能在这山林中擒杀前来追寻桃元的我们，那么我们就必定会有极大的危险。虎皮猫大人、小妖朵朵、朵朵、肥虫子甚至已经遁去的火娃……我们所有的底牌，敌人或许都已经清楚。

　　虽然不知道林齐鸣能够听到几分，但是大师兄既然已经知道，那么有他在统筹全局，林齐鸣自然也能够知晓。我便没有再管他，先是将手机的声音调至最低，心中仍然不安，干脆将手机给直接关了机。

　　经过这一段时间，我与邪灵教诸人、杂毛小道和小妖已经拉开了一段距离，此刻黑黢黢的夜里，伸手不见五指，什么方向都没有。跑了一段，我不由得心中一阵发虚，回头瞧见在我身后飘荡的朵朵，问，能不能找到小妖姐姐和杂毛叔叔的踪影？

　　朵朵明亮黝黑的大眼睛骨碌一转，双手结了一个变种"内缚印"，朝着前方一击，然后指着左前方的一道小路，撅着嘴巴说道："可能在那边……"

　　听到这话，我紧绷着身子，尽量不发出声音来，顺着草丛往前摸。没有走出十几米路，突然听到身后的朵朵口中惊叫道："陆左哥哥，小心——"我的心脏剧烈一收缩，身子也随之停顿不前，但见黑暗中爆出一大团细碎的凌厉剑光，漫天扑来，如同最璀璨的星光。这剑锋凌厉，准确地洒满了我前方一米处，倘若我没有听到朵朵的警示，继续往前，说不得浑身已经被那瀑布一般的剑势，戳得尽是窟窿，鲜血飙射。

　　我到底是经历过许多风雨的修行者，骤然间已经反应过来自己被人伏击了，说不定就是刚才林齐鸣那个家伙打过来电话惹的祸。不过我也不慌，浑身肌肉在一瞬间绷得僵硬，然后又复放松，灵活得像无数小老鼠一般，一个太祖长拳中的黑虎掏心式，朝着这把剑的主人空门处袭去。

我的鬼剑被杂毛小道拿着追敌而去，最早教过我太祖长拳的破烂掌柜赵中华乃沧州人氏，练得一身好武艺。他曾经告诉我，与这种手持长兵器者相斗，倘若自己并没有与之相交的趁手武器，比较常用的办法无外乎两种：一便是拉开距离，先行逃遁；二则是贴身缠斗，让那人手中的剑，根本发挥不到用处。倘若贴身缠斗，剑的力矩都没有，又如何伤人？之前在城里面准备的山寨95式多用途军刀被我从腰间拔出来，往前一拨挡，正好将朝我胸前挺来的剑尖拨开。当下我也是不管不顾，微微侧过身，势能一下子爆发出来，朝着面前的黑影撞去。事情几乎是在电光火石间发生，我就如同一个炮弹，肩胛与那人的胸口撞在一起，黑影子也想不到我竟然如此刚烈，而且对战机的把握会如此精妙，顿时就着了道，与我滚作了一团。

一撞之下，我期待的胸骨碎裂的声音并没有响起来，这让我失望不已。而在草地上翻滚了几圈之后，从身下那温香满怀中我发觉了，原来暗中伏击我的这个剑客，居然是一位女的，闻着这健康的体香，想来年纪应该还不算大。

莫非是——洛飞雨？

想到这里，我顿时一阵心惊，刚要动弹，便感觉到那把剑贴着我和她的间隙，从内里刺过来。

依我和她的这位置，倘若我被刺中，必定是直入心脏。好精准的手法。不过我从这女人胸前的规模已然瞧出这个"飞机场"并非洛飞雨，心中大定，避开了这一剑。

和寻常高手交锋时那种激烈而精彩的打斗不同，我们两个甫一接触，除了这个女人的剑法大放光彩之后，其余时间里，我们两个就像小孩子打架一样在地上滚来滚去，出奇的狼狈。她拿着贴身剑的手腕被我捉住，而我拿山寨军刀的手腕也被她牢牢抓着，如此翻滚好几下，突然身子一阵失衡，俩人就跌落到了溪水中。

之前的溪水浅浅，两岸皆是草地，而我们现在这里旁边却是荆棘林，溪水也深，咕咚一声掉下水，即使是在夏夜，也不由得一阵寒冷袭来，浑身直打哆嗦。

在水中，我惊奇地发现，我的这个对手并不是很通水性，一入水中便惊慌起来，身子紧绷，肌肉发硬。很快，她的剑便被我打落在水底，脖子也被我紧紧掐着，而朵朵也及时出现在她的头顶处，严阵以待。

溪水不过胯，杀意凛然的我将这个女人拉出水面，正想一拳打在喉头将其解决，突然这个女人从嘴中迸发出几个字来："邪教妖人，你不得好死……"

等等……邪教、妖人？

## 第十五章　洛小北

在与邪灵教教徒长期的斗争过程中，我已经磨砺出一副铁石心肠，举手杀人这样的事情，做出来连眼睛都不会眨一下，因为我知道与他们的斗争，绝对不是过家家，不是你死便是我亡，讲不得半点仁慈。

然而当我手中的这个女人在被我掐住脖子的时候，口中愤怒迸发出来的这几个字，不禁让我一阵失神。倘若此女是邪灵教中的人，自然不会把我叫做"邪教妖人"，但倘若她不是邪灵教众，为何要伏击我？

借着隐约的月光，我仔细打量手中的这个人。落汤猴子一般的她瓜子脸，嘴唇小小，鼻梁挺直，瞧模样倒还是个美人儿，不过头发湿答答地散落在脸庞上，精灵一般的明亮眼睛透射出火烧一般的愤怒，便显得不是那么可爱了。

情形虽然紧张，但是我也不是偏听偏信的人，须知邪教中人，心智如妖者众多，拼斗不赢，未必不会用言语来诓骗我。于是我握着她细嫩脖子的手稍微松一松，压低声音说道："不要叫，这附近有大批邪灵教的人，你倘若不想死，低声，然后我问一句，你答一句，错了半句，死！"

我不知道当时的我脸上表情是什么样子的，事后我曾经对着镜子扮过凶悍，因为刀疤脸的加成，使我显得格外的面目狰狞（山林行走，面具已经摘除），而当时我一副水鬼模样，更是吓人。

我面前这个女剑客似乎并没有经历太多的人生变故，相对显得稚嫩一些，所以出乎我意料地配合，点点头，怯弱弱地说好。

我压低嗓门，沉声说道："你是谁？"

她瞧我这穿着打扮，似乎也能够感觉我跟邪灵教不是一伙的，答我的话道："我是崂山无尘真人的真传弟子，洛小北。"我一惊，这个女孩子竟然和刚才惨死在溪边的四个道人，是一伙的？只是，崂山派里面还有女弟子吗？

我脑子在飞快地思虑着，口中却不停，急迫问道："你们来这里干吗？"

飞机场女孩回答："我是和我四个师兄过来的，目的是为了寻找一种未成神识的精元，给我的剑内注灵。不过我们在山里面遭到了袭击，景阳师兄告诉我来的是恐怖的邪灵教，他让我躲起来……"

我的心中稍微安定下来，盯着这个女孩子委屈的眼睛，说道："如何证明你的身份？"

飞机场女孩焦急地说道："檀木牌，我胸口有一个证明我崂山弟子的檀木牌。但凡是崂山出身，我们都会得到一个檀木牌，证实我们的身份、地位以及实力，你可以看看！"我的左手下移，从她的胸口摸出一个红线捆着的木牌子，上面篆刻着很复杂的符文，隐隐散发出莫名的威严，在蟠龙缠绕的正中有着五个字，分别是"洛小北"、"真传"。

瞧见这，我不由得好奇地看着这个女孩子，瞧她并没有作道姑打扮，却能够成为真传弟子，而且她的漏网应该是那四名死去的崂山弟子使用了"领导先走"的必杀技换来的，想来也是有一定的来历和地位。

不过……那又如何？

我的眼睛里瞬间精光绽放，朝着这个飞机场女孩低喝道："为何袭击我？"

此刻的我，想起刚才那一大蓬绚烂的剑光，依旧忍不住地打寒战，后怕得要死。然而面对我愤怒的低吼，飞机场女孩颇有些委屈："我以为你是邪灵教的妖人，想着能够暗算一个是一个……"

我颇有些抓狂，这个死妞好不容易逃脱生天，居然还有心思除魔卫道，让我怎么说她才好？我继续问："现在呢？"飞机场女孩低声说道："现在看来，你好像不是。你要是，我应该早就死了……"听到这里，我松开了她的脖子，将她放开来。飞机场女孩被我松开，轻轻地干咳了几下，舒缓呼吸，我将手中的山寨军刀收回腰间，低声问道："刚才有没有见到其他人路过？"

她俯身去溪水里面摸剑，听我问起，说："有，有的。先前是一伙人，四五个，后来又有两个，其中有一个还是很漂亮的小女孩子，不过她长得有些奇怪，明明是小女孩子，身材却好得出奇，不知道她穿多大的罩杯呢……"

听着这个女孩子在这里略带酸意地碎碎念叨，我的脑门一阵冷汗，根本没办法将这个冒冒失失的女孩子和刚才那个高明凌厉的伏击者联系起来。想着杂毛小道、小妖与邪灵教诸人渐行渐远，我心中惶急，没有再理会这个女孩子，起身往岸上走去。

"哎！"飞机场女孩叫住了我，我回头瞧她，一脸疑惑。

但见她小心地说道："哎，我的剑给你打掉进溪水里面了，能帮我找一下吗？"我打了一个响指，朵朵出现在她的旁边，手上正捧着那寒光四溢的青锋宝剑。瞧见面前这个粉装玉琢的小女孩子，她不由得母性勃发，双眼冒着星星，惊喜地喊道："好可爱的小女孩，哪家的……"话说到一半，她这平时拉家常的话语立刻顿住了，嘴巴张得大大的："飞起来了，这是人吗？"

此时的朵朵离溪面半米，习过鬼妖婆婆收敛气息法门的她现在如同正常小孩一样，瞧不出半点儿妖气和鬼气来，让这个飞机场女孩颇为震惊。我也不答，见朵朵将剑还给了她，转身朝着岸上跑去，心中正晦气，便感觉到那个女孩子跟着我追来。

她期期艾艾地问道："这位……大哥，你有没有看到四个道士打扮的人在这附近？"

我眯着眼睛朝远处看去，心里计算着前方的人是不是走远了，还是会听到这边的动静，越想我的心中越生气。倘若不是这个糊里糊涂的小娘们儿半路拦截，我说不定就能够追上杂毛小道等人，并肩作战了。我心中气恼，嘴上自然不会太客气："你说那四个人啊，都被邪灵教的人杀了，倘若你能够在溪水里再待十几分钟，说不定能够瞧见他们从上游漂下来……"

"死了？"女孩倏然拦在我的前方，难以置信地说道："怎么可能，我景阳师兄很厉害的啊，周虹、左勤、天意几个师兄也是啊，怎么就这么……"

山寨军刀横陈在我和她之间，将她激动的话语堵在了喉咙里，看着她美丽的眼睛，我淡淡地说道："你可以选择悲伤，可以拒绝相信，可以做任何事情，但是我有兄弟在涉险，每一秒钟都有可能丧命。事关生死，倘若你再耽误我的时间，我不介意让你也下去，陪着你的师兄们一起，前往幽府！"

见我如此凶神恶煞，飞机场女孩也吓到了，侧过身子让我离开。

我浑身湿乎乎的，鞋子里面也进了水，不过焦急之下，也不管太多，迈大步朝前飞奔。又绕过了一个山口，我感觉周边的景色开始有了一些变化，说不来原因，似乎在气息上面跟往日相比，有所不同。经历许多的我已经能够从这周遭的环境中，察觉到了阵法的力量，隐隐存在，然而瞧见前面路上的新鲜脚印，我知道杂毛小道正在前方。我心中惶急，根本也没有多想，朝着前方继续行走。

绕过了一个山梁子，我瞧见了前面林中有一道山缝，借着鬼眼瞧过去，黑黢黢的夜里，那儿荧光点点，发出柔和的蓝色光芒。

我心中一紧，没想到踏破铁鞋无觅处，得来全不费功夫。

我刚刚走到此处，便见到地下一片闪亮，一股浓浓的血腥味从泥土里面传来。这状况让我紧张不已，祈祷着杂毛小道最好不要出事。突然，后面传来了细碎的脚步声，我的山寨军刀一紧，猛然回转过头去，见一道黑影从我来的地方闪现，正是刚才被我威胁的飞机场女孩洛小北。

瞧见了我，她惊喜万分，急匆匆追到跟前来，埋怨道："你跑得可真快，我紧赶慢赶，终于找到你了。"

我蹲在地上，用军刀扎着渗血的泥土，冷冷地问，找我干吗？

洛小北愤愤地说："邪灵教妖人把景阳师兄他们杀死了，我要给他们报仇！"这血腥臭黏稠，应该不是人类的血。我站起身来，回过头来劝她："这伙邪灵教众厉害得很，你师兄们都抵挡不过，你来了也是送死，赶紧回去了，给你师父报信去！"

"我师父知道了，不用报信。至于送死，你这样也不是送死吗？"她倔强地说。我叹气道："说实话我也害怕得要命，不过前面有我兄弟，有我非去不可的理由，这些都比报仇还紧要。"

我没有再理会她，起身朝着山石缝中走去。走了十几米，看到一具尸体倒卧在一块大石头上，身体温热，显然是刚死不久。我走上前去一瞧，这尸体的脑袋都被撕扯下来了，待见到旁边这尸体的头颅时，我不由得惊出了一身冷汗。

## 第十六章　进击的狼人

在我脚下骨碌转动的那个头颅狭长，犬牙交错的嘴巴上面尽是茸毛，形容恐怖。这玩意儿哪里是人头，分明就是一头狼头。

不过瞧这头颅的脸上茸毛颇少，上面的表情丰富，跟人似乎又有一些相似之处，临死前似乎还在嚎叫着什么。我的心中一紧，想起宫老七之前与我们所说的那情景，知道这就是他所遇到的那些朝着老桃树跪拜的狼头人，而这山壁石缝中，也就是所说的蓝色山石。

既然是这样，那么从这山缝往里走，应该能够直入那桃花源里去了。

想到这里，我的心中不由得一阵发紧，瞧这状况，只怕杂毛小道和小妖已经追着邪灵教的众人进去了。我并不知道里面的地形，但是瞧着那蓝色诡异的山石，心里面说不出来的压抑，堵得慌，有一些呼吸不过来的感觉。我沉思了三秒钟，决定拿出手机再次求援。然而当我将手机拿出来时，刚买不久的诺基亚 5800 湿漉漉的，早就已经修成了正果，再无声息。

瞧见洛小北跟着跑过来，我恨恨地瞪了她一眼，伸出手来问她："你手机呢？"

洛小北紧了紧手中的剑，很无辜地说道："我没钱买手机⋯⋯"

她的回答让我一阵无语，崂山派就这么穷？有功夫给她配一个可防止蛊虫降头的檀木牌，却连花几百块钱给这真传弟子配一部手机的经济能力都没有？真传弟子啊！我实在无力吐槽，这些家伙好像活在古代社会一样，连手机都没有。

瞧见洛小北表情坚毅，似乎决定要跟着我一起进去，想起她之前伏击我的时候，那漫天的剑影，又见她如此坚决，我也没有再逼着她离开，只是跟她约法三章，进去之后，一切都要听从我的命令，不要胡乱行事，要是万一她拖累了我，我可无力护花。

洛小北咬着雪白的贝齿点头，说："好，你们是不是上面派来对付邪灵教的？我听你的便是了。"

我笑了，说："你的说法虽不中，但也差不多了。但是常言说得好，不怕神一样的对手，就怕猪一样的队友。我再次跟你申明一点，倘若你由着自己的性子行事，并且惹了祸事，说不定邪灵教的爪牙还没有递过来，我的刀子已经捅到了你的腰眼上了！"

洛小北见我说得严肃，吞了吞口水，再次郑重其事地点头："只要你能够带着我给师兄们报仇，我什么都听你的！"

得到了这个美丽的飞机场女孩肯定的回答之后，我没有再理会别的，将面前的狼头踢开，让朵朵在我身边警戒，一步一步地朝着石缝处走去。这条石缝藏在山丘和林木之间，最宽不过两米，窄处只有半米，两边皆是半人高的杂草，倘若不注意，还真的很难发现。不过这并不是重点，此处似乎隐隐有一种阵法，将这个石缝给遮掩住，平日里瞧见，定然是一座山丘，不见其他。

洛小北跟在我的后面，走了十几米，突然说道："大、大哥，这个地方不对劲啊，好像有东夷迷幻杀戮阵法的气息存在啊？"

我停住脚步，回头瞧她，说，什么是东夷迷幻杀戮？

她咽了咽口水，说："我也不知道，只听我师父说过，以前在青屿往东，有一些散落的岛屿，上面生活的人就被唤作东夷。这些靠海为生的渔民们在与大自然的斗争中学会了很多巫术，特别是海上经常有海市蜃楼，他们从那里学会了如何制造迷幻，并且用来对付登岛的外人，让那些人的心灵最后被杀戮和恐惧所吞噬……"

我拍了拍额头，叹息道："手机没有我就不说什么了，小姐姐，你读书的时候没有学过地理课吗？青屿往东走是大公岛、朝连岛，再往东就是韩国，再走的话就到了东瀛扶桑，小日本的干活，所谓的东海仙岛，完全就是神话传说。当然，倘若你把这些东西当作历史地理来看，我也无话可说……"

洛小北不说话了，不过瞧她的脸色，似乎颇不服我的话语。

我也无奈。顺着石缝走，沿路又见到了两头狼头人，有一个胸口心脏被掏碎，有一个头被打爆成了剖开的西瓜，瞧这出手的狠厉程度，我估计也就是周林这个家伙的得意之作。

越过第二具尸体的时候，我下意识地摸了摸额头上面那"吸血鬼的憎恶"，想到威尔曾经告诉我，想要将这印记给完全抹除掉，需要火蜥蜴血液、狼人内毛以及一些其他材料，其他的都好说，这前面两种都是可遇而不可求的，所以我一直靠着大师兄给的遁世环遮掩气息。

然而这终究是一种让人厌烦的东西。我蹲身下来，在死去的那个狼人下身摸了几把，并没有发现威尔跟我说过的模样，难道说这些都不是狼人，我所需要的那些东西，真的都需要进口才行吗？

又走了三十多米，前面豁然开朗，心中沮丧的我瞧见远处在月光下盛开的桃花，微风拂面，那种甜丝丝、迷人心扉的花香味立刻就传到了鼻翼间，有些醉，也有些痒，想要打喷嚏的感觉。这念头刚刚一上来，立刻被我强忍了下去，还没等我佩服自己警惕性高，旁边立刻传来了喷嚏声。

阿嚏、阿嚏、阿嚏……

洛小北一连打了六个喷嚏，脸上流露出了一丝艳红，颇为妩媚，而我的心却开始往下沉去。洛小北也知道自己闯了祸，连忙用左手捂住了嘴巴，然而下一波喷嚏却已然在酝酿中了。快速走出石缝，瞧着远处丘陵起伏的桃花林，我的心中就有些发慌，

因为除了我们以外，其他的所有人，都消失不见了。

正疑惑间，我听到左边的桃花林中传来了窸窸窣窣的声音，一开始还很淡，然而仿佛就在一瞬间，那些声音开始成倍叠加起来。过了两秒钟，在空中飘着的朵朵突然扭身朝着我大声喊道："陆左哥哥，快跑，往山上跑，往树上跑……"她的话音未落，从下方的桃花林中已经蹿出来四五头身形如同小牛犊子一般的野狼来。这些牲口浑身都是黑色的绒毛，四脚抓地，头颅长长，还伴随着愤怒的嚎叫声。

我心中一跳，刚刚想要回过身去，便想起与狼搏斗不能够背对的基本格斗原理，于是一边后退，一边直面狼群。

这些从桃林里、荆棘丛中蹿出来的畜生个头普遍很大，趴下来接近有两米了，携着呼呼的风势，十分凶猛。领头的是一头左边眼睛处有一条狰狞伤疤的黑狼，离我们还有七八米远，便腾空而起，如一道飓风，朝着我直扑过来。

见惯了大场面的我并不惊慌，努力地调整好自己的呼吸和步调，瞧见这东西轰然扑来，便朝着前方一滚，尽量将自己的重心和方位降低，然后将右手上面的山寨军刀往那畜生温柔的肚子处一举。我来不及多思考什么，便感觉到山寨军刀的尖头处传来了巨大的力量。我顺着刚刚接触的皮肤往上面一划拉，便感觉一大盆温热的内脏和鲜血都喷在我的头顶，腥气四溢，让人作呕。

不过也就是这一下，我醒悟到了，这些狼群之所以会出现在这里，并且朝着我们就是一阵猛扑，想来是它们也闻到同类的血腥味，火速前来增援。它们定然以为那几头狼是我们顺手给杀掉的，虽然我将第一头跑得最快的狼给灭掉，但是接下来汹涌的袭击还是让我防不胜防，在重伤了两头野狼的时候，我已经挨了两记爪子，当时的情形实在是太混乱了，根本就来不及瞧太多，唯有咬着牙包谷，硬挺实打。

然而这些东西实在是太多了，当我摆平第一波的时候，我的身边已经围满了一圈，吐出长长的舌头，虎视眈眈地瞧我，仿佛只要是有人一声令下，它们便会将我们给撕碎的模样。

所幸的是我带着的这个洛小北先前表现平平，此刻手上的剑却如同鱼入大海化为龙，一把青锋宝剑化作细密而凌厉的大网，将所有试图靠近的畜生要么都给赶了回去，要么直接削掉头颅。

我们便这样一边打一边退，退到了丘陵上的几棵树旁，我朝着洛小北喊道："上树！"

她倒也听话，听到我的话语之后，迅速转身而奔，朝着我旁边的那棵大树冲过去，三两下跳上了树枝。我心中稍定，也冲上树去，站在枝头，举目远眺。正在我一边防备树下的攻击，一边四处打量的时候，突然狼群中蹿出一头老态龙钟的家伙来，仰头一阵长啸，凄厉的声音，响彻夜空。

我们被围攻了，而且还是一群狼，一群诡异的狼。

## 第十七章　才出狼窝，又入虎穴

按理说如我这般的修行者，出生入死十多回，斩杀过的凶兽无数，连闵魔这样恐怖的魔怪都丧生于我的手中，狼群对于我来说，仅仅是开胃小菜而已。然而当我站在粉艳桃花绽放的桃树之上，朝着下面瞧看的时候，却忍不住一阵心慌。

这哪里是狼群，分明是一群成了精的野狼。有的四肢着地、体形颀长，有的双足着地、身材高大……黑夜里，它们的眼睛一片红光，里面装载着暴戾和嗜血，以及想要将我们撕成碎片的仇恨。

树下总共围着十三头狼，我们刚刚爬上桃树，惊魂未定，但见一头毛发花白的老狼从后面踱出来，仰着头，长长的脖子下面一撮红毛抖动，凄厉的狼嚎声从它的喉咙里面传出来，仿佛冲锋的战鼓，有着无穷的魔力。这狼嚎声一出，其余的十二头狼立刻就发疯了一般，浑身的毫毛炸起，如同刺猬，朝着树上的我们扑来。这桃树并不算高，六七米的样子，这些家伙后退往地上一蹬，身子便如同利箭，尖锐的爪子就朝着树上的我们抓来。

我们并没有宫老七那般的好运，狼人们不但没有磕头认老大，反而攻势凶猛如潮，我所寄身的这棵老桃树被撞得摇摇欲坠，下方的斜枝全数被抓落，落英缤纷，粉红的、粉白的桃花伴着桃枝落在泥地里，伴随着沉重的巨狼落地声，场面一片混乱。

我还在忧愁着坚持不下，便听到身后传来一声惊恐的尖叫："啊——"

回头看去，见洛小北从我身后的树上跌落下来，摔在一头刚刚落地的巨狼背上。她的叫声引来了四五头畜生的注意，扭头朝着这个手持青锋宝剑的女孩子扑去。我的心一阵剧烈跳动，在思考了零点二秒钟之后，我翻身跳下，与一头朝着我飞扑而来的巨狼一同落在地上。

砰！我的身子重重砸在那头野狼的身上，刻意加重的力量使得它一阵悲鸣。然而到底是开了智性的畜生，它在受创之后，并没有急于爬起来，而是就地一个翻滚，将我给掀翻在地。我神经始终处于高度集中状态，在左肩一着地之后，立刻弹跳起来，朝着洛小北跌落的地方冲去。出乎我意料的事情发生了：洛小北不但没有受伤，而且还将身下的那头巨狼给控制住，双手紧紧抓着那头明显比同伴庞大的野狼脖子处的鬃毛，使劲儿一拉。那畜生一阵悲鸣，居然带着她朝坡下狂奔而去。

洛小北显然有过马术训练，她的身子像最轻灵的燕子，紧紧伏在那头巨狼身上，然后如风一般，从四五头野狼的包围圈中越众而出，很快就消失在桃花林中。

洛小北的成功突围，使得我这次英雄救美变得无比傻瓜。瞧着三两头野狼快速跟去，而其余的都朝着我横扑而来，不敢多作停留，朝着另外一个方向的山坡之下跑去。

人能够跑得过狼吗？

能，我相信这个世界上一定会有这样的人存在，但我还知道，那个人一定不会是我。

虽然我曾学有山阁老在怒江峡谷地府中留下的三条功法线路，那条奇经虽然能够让我拥有类似佛教"神足通"的神通，但是那只是远景预期目标，此刻的我，只是一个逃跑比较快的人类而已。在狂奔到山坡之下的时候，一道腥臭的狂风从后脑吹来——呼！

接着我被一道巨大的身影给按倒在地，翻滚了几圈之后，温热中含着让人作呕的恶臭在我的身后吹拂，我的脖子往反方向一让，余光中便瞧见一个丑陋而狰狞的头颅出现在我的左边，冲过我的肩膀，一口啃在了青草地上，草汁溅在我的脸上，格外青涩。

在高速的翻滚中，我的头有一点儿晕，还没有怎么反应过来。不过一直伴在我身边的朵朵倒是时刻跟紧我，见到我吃了亏，立刻浑身颤抖，萌美的小脸上面全部是青色的狰狞，一下子附在这头畜生的脖子上，使劲儿地拉扯，口中哇哇大叫："放开陆左哥哥！"

朵朵的整个脸庞都变成了青黑色，那头接近一米七的巨狼被她掐住了脖子，浑身颤抖，再也没有精力过来咬我，而是伸出爪子，去刨坐在自己脖子上面的朵朵。

朵朵本来是个十分厉害的小鬼妖，只是这小丫头心善，对于战斗一事并不热衷，故而并没有将自己的潜能爆发出来，此刻看到我被扑倒在地，生死关头，立刻爆发出了巨大的潜能，将力量迸发到了极致，喀嚓一声，竟然将这头恐怖的野狼脊骨掰断。被朵朵来了这一招，那头本来蕴积着巨大力量的野狼一声悲鸣，嗷呜一声，爪子在草地上刨出几个深坑来，最终没有了气力，趴在我的身上不再动弹。

生死就在一刹那。见到朵朵将我身上的那头野狼给弄死了，我心中狂喜，身子一扭，从这庞大的狼尸之下挣脱出来，回头瞧去，但见身后七八头野狼，或双腿或四肢，从坡上狂奔下来，心中胆寒，朝着悬空而立的朵朵大声喊道："朵朵，青木乙罡！"

青面狞目的朵朵听到我的呼喊，脸色一肃，一串咒文从她的口中唱出，刹那间，地上的依依青草全部变了模样，在黑夜中蔓延开来，倏然前伸，好几条狂奔中的巨狼被绊住，身子腾空飞出，重重砸在了草地上，传来骨头碎裂的声音，接着那些荆棘藤蔓便开始蔓延上了身子，将它们给牢牢束缚在了地上，坚韧的木刺扎入这些家伙强悍的皮肤里，沁出鲜血来。

有了朵朵拖延这一点儿时间，我随意找了一个方向，朝着前方就是一阵狂奔。然而朵朵的青木乙罡终究只能起到迟缓的作用，治标不治本，几头野狼很快就开始将缠绕在身上的荆棘藤蔓给挣扎脱了大半,以我的这速度,倘若不找到一个临时的庇身之所,再这样盲目地跑下去,只怕很快就要被扑倒在地,分食一光。

被人扑倒可能是一件美妙的事情,特别是被美女,但倘若是丑陋而狰狞的野狼,或者是狼人,我就真的是欲哭无泪了。就在我焦灼无助地奔跑时,从左边的林子里突然又蹿出一头巨狼,吓了我一大跳。

山寨军刀已然被我握在手里,正准备拼死反抗的时候,突然传来了一声清亮的叫声:"大、大哥,快点儿上来,我带着你出去!"

群狼环伺的情况下,这声音宛若天籁。那头巨狼的身上,竟然就是先前骑狼而逃的洛小北。这个小妮子不但没有逃走,反而骑着狼过来救我了。我也没有时间多想,瞧见她朝我伸出手来,于是跟她拉在一起,借着前冲的力量,纵身就跃上了狼背。

这头巨狼足足有两米多长,比同伴都要强壮许多,力量也恐怖得很,驼着我们俩人也没有晃荡一下,四足着地,鼻子上面喷着白雾一般的粗气,根本没有等我坐稳,便朝着密林深处狂奔。

我以前没有骑过马,此番一上狼背,感觉自己上了一辆高速行驶的汽车,周围的景物飞速掠过,唯一让我难受的就是屁股,被这畜生背脊的骨头硌得生疼。颠簸不已,为了防止被甩下来,我不得不抱住前面的洛小北。然而我这一抱,本来英姿飒爽的女骑士立刻一阵尖叫,大喊,你干什么?

我这才发现自己抱住的是人家的胸,略感尴尬,赶忙将手往下移,搭在了她的小蛮腰上——坦白说,触感几乎一样……

即使如此,洛小北还是很紧张,呼吸急促。危急关头,我也管不了太多。瞧那巨狼似乎倒也熟悉地形,带着我们将身后的狼群给甩开,不由得好奇地问洛小北:你是怎么驯服这头古怪的巨狼的?

洛小北在驾驭的过程中,扬了一扬右手上面一个戴着铃铛的金手圈,得意地说这是她师父送给她的生日礼物,叫做灵宝驭兽环,对于这些禽兽有着很好的驱使作用……

瞧见那布满符文的金手圈,我不由得咽了一口唾沫:果然是名门大派的弟子,这底蕴,这身家,真的让我们这些自己打拼的苦孩子羡慕到心碎。

洛小北跟我说完之后,不再理我,而是紧紧抓住这头巨狼脖子处的鬃毛,在它的耳边喃喃说着话。耳边风声呼呼,我听得不是很清楚,正想问呢,便见到身边的林木一空,我们出现在了一处寒潭岸边。在我们左前方十米处,有一个穿着黑衣的矮个儿,正直愣愣地瞧着我。

这个人,不就是之前认出桃花獴的那个邪灵教高手吗?

这头巨狼居然将我们给带到了邪灵教面前?

## 第十八章　乱拳打死老师傅

我不由得暗叫一声苦也。

不过我虽然心中惊惶,脸上却没有露出半分来。定眼瞧去,不由得松了一口气。

在这寒潭泉眼边上的,有且只有那一个矮个子黑衣人,至于我最为忌惮的邪灵教右使洛飞雨和新任十二魔星的周林,却都不见身影。

我这边惊慌,而那个黑衣邪灵教的矮个儿汉子瞧见从黑黝黝的林中蹿出一头巨狼,身上还骑着两个人,不由得也吓了一跳,身形倏然往后退了两步,然后站定,手往后面一招,立刻出现了一杆绘满符文的旗幡,上面描绘的图案是地狱中的惨状,一株株布满尖刀的铁树之上,吊着好多鬼魂,哭嚎声响彻天地,旗幡上面有黑雾飘下来,将这个矮个儿汉子给渲染得分外恐怖。

我们身下的那头巨狼冲到了泉眼寒潭的边上,刹住身形。这样陡然的停止让我的身子止不住地往前倾去,好在洛小北颇有经验,往后仰了一下,抵消了这股冲力。我趴在洛小北的身后,整个人都被挡住了。矮个子瞧见洛小北这模样,不由得嘿然笑了,说:"黑蝠到底还是年轻,手底下居然漏了人,倒是要让老子来处理。嘿,你们两个小辈,你们的师兄们魂儿还没有走远,下来吧,让你毛乙久毛爷爷陪你们玩玩,然后送你们一程。"

这个自称毛乙久的汉子瞧见洛小北的打扮,知道是漏了网的崂山子弟,便放下了心,朝着我们这边嘿嘿阴笑。

瞧他这托大的架势,我知道这个家伙在鲁东此地,应该也是一个出了名的高手,不然也不会做出这般姿态。毛乙久?我暗自念着这个名字,心中突然一动。在得知我们到了鲁东之后,大师兄曾经托董仲明给我们传来一份名单,上面有一些需要注意和提防的人,这名单里面就有这个人。

毛乙久是邪灵教滨海鸿庐的鬼道高手,出身于海上的渔民家庭,本事传承于某海上散人,手段毒辣,脑子聪明,为人低调,资料颇少,不过去年小佛爷奇袭白城子一案中,便有他的身影。

当时官方可是出动了大批的力量,在随后的追查活动中重重打击了邪灵教东北的势力。大师兄和袖手双城赵承风也就是在这一次事件中光彩大放,屡立奇功,使得在接下来的大整顿中,各自谋到了一方诸侯的职位。

能够在总局猛烈的清洗中保存住性命,并且在此刻还优哉游哉,光是这一点,就足以说明此人的厉害。

洛小北高踞在巨狼背上，瞧着这个身子粗壮矮小的汉子，双眼喷火，咬牙切齿地说道："刚才杀我师兄的，是不是有你一份？"

毛乙久摇动着旗幡，嘿然笑道："杀你师兄的人钻进洞子里面去了，那个家伙下手太黑、太快，我没有捞着，不过呢，杀你们两个漏网之鱼的事情，倒是没有人跟我抢。哈哈，本以为守门口的我捞不上什么好处，没想到还有两个粉嫩嫩的后辈正等待着我，果真是皇天不负有心人啊。来，小妹妹，小弟弟，你毛大爷来疼你们！"

这个家伙说着话，居然将猩红的舌头给吐了出来，这家伙的舌头跟蛇信一般，颇长，居然能够得着鼻子，露出来的这一副造型，让人不寒而栗，与他眼珠子里面的嗜血凶光，倒是妥帖吻合。话一结束，他手中的黑色旗幡就朝着我们这边挥来。一时间黑雾大盛，冉冉的烟雾将寒潭边上渲染成了恐怖的地狱，无数鬼魂啼哭，海鱼的腥臭在空气中充斥。如此情形，倘若是一般新出道的菜鸟，必然会吓尿，连反抗的心思都没有，然而洛小北此刻心中只有仇恨，瞧见这个一米六的粗壮男儿摇动旗幡，双腿一夹，那头巨狼立刻如箭冲出，手中青锋宝剑斜斜扬起，举出了骑兵砍杀的架势。

朵朵飞临上空，双手一招，那些朝着我们这边漫卷而来的烟雾和鬼魂立刻一阵凝滞，不再朝前。

洛小北携着仇恨和巨狼巨大的冲势，朝着毛乙久砍杀过去，威势惊人。饶是毛乙久乃道上高手，却也不敢掠其锋芒，身子往旁边一闪，那黑黢黢的旗幡就朝着狼身上面的洛小北捅去。洛小北有师父所送的灵宝驭兽环，平日里骑过的动物不在少数，自然灵活得很，稍微侧身躲过，那青锋宝剑立刻以精妙的角度刺出，一眨眼，鲜血迸溅，毛乙久右臂上被划拉出了一条口子。

即使毛乙久经验老到地往旁边一闪，但是这样的冲力，还是给他造成了很大的伤害，鲜血将他黑色的衣袖给染得潮湿。这个家伙"啊"地一声大叫，翻滚在地两圈半，跳了起来，眼中满是仇恨："你这个小娘皮还真的是个人物，剑法竟然如此精妙！你毛大爷有日子没有受过伤了，没想到居然在你这里开了荤。好、好、好，如今就要让你们瞧一瞧我的厉害，日后被我炼成幡灵，上了旗幡中，也不会有多少埋怨！"右臂上面的血流了一身，他却浑然不顾，将旗幡往天上一抛，口中开始念起了咒文来。

洛小北瞧见旗幡之下的他威势大盛，恍惚间竟然有滔天的气势，知道这个家伙作起法来，势必厉害非凡，顿时着了急，朝着空地大叫："那位大哥，快来帮忙，倘若让他作法成功，我们就惨了！"我自然知道这里面的道理，暗自稳定心神，然后朝着毛乙久冲去。

这时毛乙久突然放声大叫道："哈哈，晚了！你们全部都得死，都得死！啊……"

他还待说些什么，我已经冲到身前，劈头盖脸就是一通打。此刻的毛乙久好像已经将那旗幡上面的幡灵灌注进了体内，皮肤变得青黑，上面长出了好多坚硬的鬃毛，根根宛如钢针，身形也似乎扩大了许多，虽然依旧很矮，但是整个人仿佛坦克一般，

散发出森严的气势来。

就是在这样的情况下,我与毛乙久对上了,以硬碰硬。然而出乎他想象的事情发生了:信心满满的毛乙久在与我强拼两记之后,居然浑身颤抖,虽然能够略占上风,但是意料中摧枯拉朽的局面却没有出现。如此一来,他的心神不由得就有些慌张,志气被夺,表情不再沉稳。

我与毛乙久拼了几记之后双手酸麻,想着倘若小腹之中的气息没有爆发出来,必定是弄不死这个家伙的。于是退后两步,快速念了一遍九字真言,终于选定一字,手结"大金刚轮印",一声暴喝:"镖!"

手印迭出,正中毛乙久的掌心,这个矮骡子一般的家伙手上的指甲锋利,本来还待收手来抓,哪知我这番击出的力量超乎他的想象,整个人的身子不由得朝后飞跌。

这时身后又一道黑影急冲而来,身在空中、浑身发麻、骨髓被震的毛乙久到底是积年的邪灵教老手,十分明白自己身处的境况,使劲咬了一口自己的舌头,恢复了一些力量,身子一扭,朝着潭中跌去。然而他到底还是晚了一步,乘狼而来的洛小北将手中长剑提起,使劲儿一挥,血光飞溅。

仓促之间也分不清楚,我跨前一步瞧,竟然是一只断臂。

洛小北将这个成名高手的胳膊给卸了下来。

毛乙久跌落入寒潭之中,清亮的月光照耀下,潭面上有鲜血汩汩流出,而地上的那条胳膊还在跳动着。我稳住身形,深呼吸,冲到岸边,黑乎乎的潭水下,什么也看不到。洛小北跳下巨狼,朝着我喊道:"他死了没有?"

我摇头。但见整个寒潭咕嘟咕嘟地开始冒泡,仿佛煮开了的水,这情形维持了三秒钟,突然"轰"的一声巨响,水花四溅,几乎飙高三米多,然后一道巨大的咆哮传出:"死吧,你们全部都死吧,我的胳膊啊!"

一道黑影以恐怖的速度朝着我们这里扑来。我早有准备,从怀里掏出震镜,口中一声"无量天尊",蓝光闪耀,携带着无名旗幡上恐怖力量的毛乙久立刻顿住,我跨前一步,一掌拍在他的头顶,咔嚓一声,颅骨碎裂,毛乙久坠落在地。

他跪倒在地,居然还有一口气,借着月光望了我一眼,叹息道:"焦不离孟,孟不离焦。萧克明出现了,陆左应该也在。果然,我托大了……"话语未完,他便咽了气,身子斜向了右方。我顺着这个方向瞧去,那里有一棵老桃树。

桃树下,是一个黑黢黢的洞口。

## 第十九章　如坠深渊

　　毛乙久此人在鲁东滨海鸿庐的地位，并不比鬼面袍哥会的前四号人物低，平日里也是呼风唤雨之辈，要不然也不会做出如此狂傲的姿态来。他的实力刚才我们也是有瞧见的，倘若真的相拼，我和洛小北必定敌不过他。然而事情就是有这么凑巧，在我、朵朵和洛小北一番狂轰滥炸之下，他竟然被我拍中头颅，碎裂而亡。

　　他失败就失败于将那无名旗幡之上的恐怖幡灵给引导上了自己的身体，而凑巧我手上又有震镜在。这面来历不明的镜子对灵物有着几乎百分之百的延迟能力，在吸收过神秘牛头的蓝色鲜血之后，变得尤其霸道，也就是这东西，终结了毛乙久的性命。这便是命。倘若他身边哪怕是有一个人照应着，只怕局势就会立马反转，我和洛小北两人估计就危险了。

　　瞧着地上的毛乙久，洛小北不相信此人死了，拿着青锋宝剑戳了戳尸体，发现没有了动静，这才终于释怀。她想起来还有些后怕，心悸地拍着胸脯说道："他就这么死了？好厉害啊，他可比我的那几个师叔厉害多了，怎么这就死了？"

　　我没有理她，注意力已经被吸引到了那棵老桃树下面的黑色洞口处去了。

　　那黑色洞口足有半人宽，在老桃树左边两米处，深入地下，而那棵老桃树，枝繁叶茂，竟然有十几米高。这真的是有些让人叹服了，要知道寻常桃树为了保持挂果，超过一定年限就要砍伐掉，最高不过十米，这样子的老桃树十分少见，在周围的同类里，简直就是鹤立鸡群。看到它，我就不由得想起了宫老七谈话中所说到的那棵有桃元的桃树。当然，所谓桃元并非一树一枝，而是无数的桃树凝结而成，我举目瞧去，也没有从这棵树上面瞧出半分能量波动的气息来。

　　毛乙久死则死矣，不过他在临死前说到了几个重要消息，第一点就是他谈到了杂毛小道。

　　要知道，在这里，我和杂毛小道的存在本就是一个无人知晓的事情，杂毛小道在我向官方求援的时候，追辍敌人而与我失散。如今毛乙久在话语里谈及了杂毛小道已然出现，这表明他们已经知道了杂毛小道就在这附近，并且他们已经接触了；第二便是他之所以孤身一人在这寒潭边枯守，是因为他要在门口守着退路，这里符合他话语的，也就只有那一个黑洞洞的土坑。

　　洛飞雨、周林还有其他三个邪灵教众，难道已经进去了？

　　瞧见我朝着右边行去，洛小北紧紧跟着我，一边走一边问道："大哥，你手上那面能够发出蓝光的镜子到底是什么啊？好厉害啊，那个家伙威猛如斯，竟然被你几个照面就弄死了，真的是看不出来啊，你刚才简直帅呆了……他说你叫陆左？陆左，陆左，这个名字好像在哪里听到过，怎么这么熟悉呢？"

我不理会身后这个叽叽喳喳的唠叨女，朝着老桃树走去，然而还没有走出几步，突然听到朵朵一声惊呼："休走！"

我猛地回头瞧去，但见从毛乙久破碎的脑壳里面钻出一缕青黑色的魂魄，如蛇如线，一下子就钻入了倒放在潭边的那杆无名符文旗幡之上去，在半秒钟之后，这旗幡突然一阵颤动，接着被裹挟着，朝着寒潭之中就沉下去。我以前没有遇到过这种死后脱魂的情况，还没来得及反应，身后的洛小北就出手了。

这个女孩一旦凶悍起来，便与之前那个缠人的小女孩完全两样，身形倏然朝潭边移去，一剑削入水中，便有一道浪花炸起来，水花四溅。然而那道黑气裹挟着旗幡朝寒潭底部沉去，倘若要阻止，唯有跳入潭里去，与那黑气残魂拼斗，而且还未必能够拿得到。

洛小北倒也是一个能知轻重的女孩，从身上摸出一张湿漉漉的黄色符纸来，用一根木钉扎在潭边，口中念念有词，然后一拍木钉，一股庞大的威严压在了那寒潭水面上，笼罩结实。

见到我疑惑眼神，她解释道："那魂体虽然能够寄托旗幡之上，不过我已经用我师父给的符箓镇住了这潭面，隔绝气息，这样一来，它就自己出不了这丞场，也给同伴传递不了信息。"

我点了点头，没有多说话，而是走到老桃树面前，抚摸着上面的树皮，试图从上面找到一些线索来。无论是桃元的，还是杂毛小道的，都可以。

桃元没有，不过很快我就看到树上有一道切角30°的伤痕，是新伤，刚刚被人划伤。瞧这出剑的方向和剑痕，我心中一跳，这可不就是杂毛小道手上持着的鬼剑吗？再瞧周围的草地上，还真的有青木乙罡使用过的痕迹。是啦是啦，杂毛小道和小妖定是出现在这里，然后被以洛飞雨和周林为首的邪灵教徒追杀，逃入山洞之中，不再出来。那虎皮猫大人呢？这头肥鸟儿不会是没有跟过来吧？

想到这里，我的心中不由得一阵发麻。要知道，洛飞雨的秀女飞剑正是在杂毛小道的背囊中，而周林与杂毛小道更是恩怨纠结，那位仁兄的蛋蛋，也是被雷罚的前身给捣碎的，此仇不共戴天，我很难想象周林见到杂毛小道的那一刹那，到底会是怎样复杂的心情。

那个小子就是一个白眼狼，萧家待他不薄，然而最后还是怨恨没有学到真本事，而杂毛小道是他此番巨变的祸首，如此仇人见面，必然是一番恶斗，妥妥的搏命节奏，不可避免。

我还在推测着，心忧杂毛小道和小妖，突然洛小北从后面推了我一把，我不解地回头望去，只见这个女孩子秀美的脸上满是着急："陆左大哥，那些狼人追来了，我们往哪里跑？"

我心中一惊，但见从我们刚才来的方向跑过来几头野狼，个头庞大，草汁飞溅。而在它们身后的黑暗中，影影幢幢，更多的野狼都在朝这边赶来。

这后有追兵，使得我的决心更加稳定了一些，指着那个黑黝黝的洞口说道："躲到那里去！"她想的和我一样，点头，朝着洞口跑去。里面一股子土腥味，不过有流动的风吹来，显示里面另外有通道，待洛小北进去之后，我也往洞里爬了过去。

在进入地洞口的最后一秒钟，我忍不住回头瞧了一眼，只见刚才还是名动一方的邪灵教高手毛乙久，此刻已被六七头野狼给撕得四散，血肉分离，里面的肠子都被撕扯出四五米远来。瞧见这幅惨状，我不由得心中难过，朝下走的脚步也快了几分。

这洞口朝下倾斜成45°角，下了好几米，有一个葫芦状的狭口子，再往下面走就变成了直行。身后传来了好几声疯狂的嘶嚎，是那些野狼闻到了活人的味道，一个接着一个地往洞里追进来。

这些大家伙的体形比同类要大上几圈，同时挤入十分困难，不过还是有一头冲得最猛的野狼朝着我张开巨大的长嘴，疯狂地撕咬过来，几乎就够得着我的屁股了。不过也就是这么一点儿距离，却将它给卡住了，卡在那个葫芦形的狭口处，再也前行不得。

虽说如此，但是情形依旧凶险，吓得我和洛小北急忙往前方奔去。不知道是谁触动了机关，我感觉前方传来有机械齿轮的响动，突然脚下一空。这一下子，让我脚踏实地的那种感觉一下子就完全失去了，如坠深渊，仿佛整个人就掉进了一个洞子里，没有底，空落落的，不断地往下面掉，根本就没有尽头，一直掉、一直掉，旁边的风在吹动，将我的头发扬起，无底的深渊坠入让我的精神几乎处于崩溃状态……在那一刻，我以为我真的就要死去了，或者是死于坠落途中，或者是砸成肉饼。

时间不知道过了多久，那种强烈的坠落感还是充斥在我的脑海中，我仿佛跌落到了无底洞中，巨大的超重感让我粗大的神经给吞噬掉。到了后来，我的思维突然从恐惧中醒转——这世界上，哪里会有无底的洞子？我这般坠落，难道真的就没有尽头了吗？

这般一想，意识开始恢复起来。我想起来，这世界上自然没有这样的事情，然而幻觉却可能有。我是陷落到了幻觉中，才会有这种不断的坠落感！

想到这里，那种强烈的坠落感戛然而止，周遭的事物突然就消失了影踪，我睁开眼睛，只见洛小北一脸焦急地给我做人工呼吸："陆左，陆左，你一定要醒过来啊！"

## 第二十章　神仙诡地之迷宫

我从幻阵中苏醒过来，条件反射地坐直身子，头正好跟洛小北磕在一起，我倒没有什么感觉，那小姑娘倒是"啊"的一声叫唤，痛得眼泪都要出来了。

唇间的柔软感觉还在脑海里停留，我摸着被撞得略疼的额头，睁开眼睛四处打量，见这是一个长长的石道，可容一车行走，周围有着恒亮黯淡的灯——那灯是油灯，散发着淡淡的香味。

这味道我很熟悉，是那种千年不灭的鲛人油。

我心里有些发虚，一般有这种东西的地方，通常都是极端凶险的诡地，里面必然是机关重重，没有"破阵专家"虎皮猫大人在，只怕我们很难应付这样的地方。我正愁闷，洛小北却气呼呼地踢了我一脚，骂道："人家好心好意地救你脱离幻境，你不但一声感激都没有，反而弄痛了我，你、你……"

这小姑娘劲儿还挺大，踢得我脚骨生疼，我也不敢反抗，捏着脚苦笑道："姑娘，救人脱离幻境，掐人中似乎要比人工呼吸好得多吧……"

"你、你……你这个臭流氓，你以为我趁你昏迷非礼你啊，你自我感觉也太好了吧？"

洛小北又羞又怒，娇俏的小脸憋得通红，我转头瞧向一旁的朵朵，小丫头将食指放在嘴巴里，迟疑地说道："陆左哥哥，刚才你进来的时候，踩到一块活动砖，结果被一道彩虹射中，人就昏迷过去，朵朵叫你、推你、掐你，都弄不醒，后来还是小北姐姐作了法，然后将津液渡到你的口中，方才将你给唤醒来……"

我心中一动，这方法，莫非是精气双修？

西汉时期张廉夫到崂山授徒布道，奠定了崂山道教的基础。从西汉到五代，崂山分布有太平道和天师道，宗派主要为楼观教团、灵宝派、上清派。后来全真派丘处机在崂山太清宫开立宗门，这崂山道教才进入全真时期，不过遗留一些天师道的法门也属正常。天师道精华之术，莫过于双修。

既如此，难怪洛小北会如此待我。我瞬间计较清楚，知道自己这多少也算是占了便宜，就没有必要卖乖了，于是朝洛小北疑问道："怎么回事，你们怎么没昏迷？"

洛小北指着自己脖子上面挂着的檀木牌，颇为自得地说道："这是我师父亲自灌注力量制成的檀木牌，有驱避鬼邪、克制巫蛊、牵连生死的功效。我早就跟你说过，这里有东夷迷幻杀戮阵法的痕迹，凡事须得小心，你不信，偏偏强冲进来，被困住也是正常的。"

洛小北恼我先前对她凶神恶煞，此刻逮到机会便损我，我也不在意，毕竟自己的命都是人家给救回来的，由她说几句又如何？我坦然接受了她的嘲笑，只见脚下的青石板上面，确实篆刻着密密麻麻的奇形符文，这些符文很怪异，与我所知晓的都不相同，更加贴近于鬼画符，天马行空。

洛小北见我小心打量四周，出声提醒道："我曾经听师父提及过东夷文化的一些事情，对这阵法略知一二，一会儿我们往前走的时候，我在前，你在后，小心地跟着，千万不要乱动。"

我点点头，拱手说好，劳烦姑娘了。

洛小北嘴角往上翘，不满地说道："刚才还想将我给赶走，现在倒是学会假客气了，你这人可真势利！"

我心中一阵郁闷，正待反驳，突然听到身后传来了几声狼嚎，声音越发地近了。

我吓了一大跳，虽然不知道自己昏迷了多久，但想来跟在我们身后的那些巨狼定是从那个"8"字形的口子里冲出来了。当下也来不及犹豫，洛小北已经冲往前方，我便抓紧赶上，往前一路跑。一开始我还有些小心翼翼，然而见洛小北却浑然不在意，青锋宝剑前指，身速疾迅。

走了一百多米，周遭的空间开阔了一些，出现了一个小厅。这小厅宽敞，足足有一个教室那么大，除了我们这处通道口外，另外还有三个石门，石门上面绘着诸般瑞兽祥云，刀工古朴周正，颇有大家之风。这小厅里依然没有人在，不过却有几具骷髅，这些灰白色的骨头架子或蹲或坐，散落在大厅处，旁边还有一些火石、兵刃、布袋等物，蒙尘散灰，显然已经有了一定的年岁。

我感觉这厅中似乎有一丝淡淡的血腥之气，见洛小北停住身子，便蹲身下来瞧看，只见地上铺的青石砖表面有新鲜的血迹，周边一片狼藉，灰尘四散，显然这里不久前发生过一场激烈的拼斗。

左右两边的石门严丝合缝，而正对通道的那扇石门倒是虚掩着，露出一个可容一人进出的口子来。我和洛小北穿过小厅，朝着对面行去。突然，从我们的来路上出现了一头直立行走的野狼，它的身高足有两米，浑身都是油亮黝黑的毫毛，腾空朝着我们这边扑来。它的出现几乎就在一瞬间，厚实的肉垫使得它的行动悄无声息，像一个最高明的猎手。

不过听不见、看不着，并不代表我们就没有防备，我那炁之场域的感应十分敏感，瞬间便知晓了有人偷袭，当下闪身避开，山寨军刀便朝其腹中捅去。

这直立行走的家伙果然要比四脚着地的同类厉害许多，皮肤也厚，形成了死茧老皮的胸膛结痂，我一刀捅去，竟然没能当胸而入，刀尖都只进了一点点。

那头狼人受痛咆哮着，挥爪就朝着我甩来。

我身子一低，感觉爪子拍打在身后的石壁上，石灰岩凝结的墙壁顿时被抓得四散，粉末碎裂。洛小北在石门之后朝着我大喊："陆左，快进来！"我退身而入，洛小

北努力推门，那畜生冲过来，头颅卡在门口，让我们根本就关闭不得。

这石门比我们平常所见的大门略高一些，足有两掌厚，沉重无比，人力推动十分困难，那狼人拼力往里面挤，口中发出巨大的嚎叫来，口涎飞溅，腥气扑鼻，让人忍不住腹中翻腾，恶心得很。

所谓困兽，那便是根本不顾忌生死的家伙，最为恐怖，它如此这般挤入，又撕又咬，使得我们根本无法关闭石门。就在此时，洛小北放开石门，让我先顶住。我不知其意，唯有拼力推动。

正在我和那狼人僵持不下，准备将下丹田的气息提升出来的时候，突然听到"啪嚓"一声响动，接着门上传来巨大的力道，我下意识地一松手，但见这石门以一种无可抵御的气势，断然合拢。石门合拢，那头夹在门口处的狼人顿时就惨了：它已经探进来大半个身子，眼看着就要挤进来了，这一下竟然将它齐腰轧断，小腹被碾成了肉糜，上半身在这边，下半身在那边，肠子牵连着两头，鲜血飙射一地，痛苦的嘶鸣在整个空间里回荡："嗷、嗷……呜！"

它叫得惨烈，一时间却并没有死去，充血的眼睛里面再也没有了凶悍，更多的是求助和哀鸣，毛茸茸的前爪高高举起，朝着我们奋力爬来。

洛小北吓得一声尖叫，而我则果断地一脚高高抬起，猛力踩下。一声脑壳碎裂的声音传来，这狼人留下一声哀鸣，终于死去。

我来不及哀悼这刚刚逝去的生命，回转身子打量四周，发现我们身处一个复杂的路口，头顶上是三米高的坚硬石壁，前面是六七个路口，每一个路口都被地上生长出来的岩石给分隔，一眼瞧去，却是一个巨大的迷宫。

洛小北刚刚从狼人的恐慌中挣脱出来，瞧见这个地方，不由得大惊："这里，这里莫非就是神仙诡地？"

我皱着眉头，说这是什么地方？洛小北给我解释，说她知道的也不多，只是听她师父提及过，在鲁东泰山附近有这么一处地方，曾经是某一位无名仙人的道场，后来那位仙人飞升而去，留下了这么一个场所。

它极端神秘，里面有巨大的迷宫，凶戾的守护灵以及由墨家鲁班营监造的机关，当然，还有无数修行者梦寐以求的法器和修行法门，传言全真七子邱处机便进入过这神仙诡地，取出了一杆纯白如雪的拂尘，才奠定他全真派首座的地位。

洛小北说得虚妄，我并不信，皱着眉头朝着里面瞧去，想着倘若小妖在里面，我应该是有所感应的。正当我准备沟通时，从最左边的一个路口处冲出一个人来，瞧见我还有洛小北，先是一愣，似乎有些难以置信，继而脸上露出了嗜血的微笑，朝着后面招呼道："那个小杂毛跑掉了，但是这里还有一条大鱼，抓住他，萧克明一定会出现的，哈哈，快来！"

## 第二十一章　二小姐

来者正是周林，此刻的他与之前相比，身上又多了几分缭绕烟雾，整个人的形象如同电子投影一般，飘忽不定。他这边说着话，身周立刻多了三位黑衣邪灵教众，居然是除了洛飞雨之外的所有人，都在这门口汇合了。

这些人甫一出现，立刻将前面的几道主要路口给封住，不让我有逃走的机会。此间的邪灵教徒虽少，但能够跟随右使走动的，个个都是如同毛乙久一般级别的高手，再加上神秘莫测的周林，面对这样的组合，说实话，我倒是宁愿回过头去，与那些古怪的巨狼为敌。

我深呼吸，让自己狂跳的心舒缓下来，将身子放轻松，微微一笑道："嗨，周林，好久不见了啊，最近看着精神很多嘛，不知道你用了什么保健品……"

听到我这般八卦，周林一声冷哼，嘴角上翘，勾勒出诡异的笑容来："陆左，你不用拖延时间，你的好兄弟现在正在被我们的右使追杀，只怕根本无暇来救你，你不如束手就擒吧，这样的话，一会儿我倒可以让你死得痛快些……"

他的话还没有说完，旁边一个高个子色迷迷地盯着空中的可爱朵朵，脸上露出了猥琐的笑容，嘿嘿笑道："黑蝠，这小子归你，无论是煎炒烹炸，都随你；那个悬空飞着的小萝莉我可要了。以我老罗的眼光，竟然分不清到底是什么品种，一会儿我捉住了，可要好好地研究一番，嘿嘿……"

旁边两人都发出怪笑，说你这个狗东西，搞正事呢，脑子里面能不能正常一点？

周林面无表情地说道："这个小鬼是头罕见的鬼妖，有着鬼和妖精的双重特性，有点儿难缠。你们自己小心点，一会儿若是吃了亏，可别怪我没有提醒你们！"

那个高个儿老罗不以为意，说这么娇俏可人的小萝莉，能厉害到哪儿去？一会儿我给她调教一番，定让她挨个儿叫你们"叔叔"。几人嬉笑间就将攻击次序商议清楚。让我生疑的是，他们说了半天，竟然对我身边这个崂山派真传弟子视而不见。

倘若洛小北实力差劲，根本不值一提，那就算了，但是这个女孩子一手剑法凌厉，身上的法器又多，绝对是一个值得重视的对手，为何他们会有如此表现呢？为什么周林刚刚前来的时候，见到我和洛小北站在一块儿，会露出惊讶的表情呢？

我的脑子还在飞速转动，不过瞧见敌人隐隐围了上来，也来不及多想，朝着洛小北大声喊道："小北，将石门机关打开！"是的，打开石门，那些在门外守候的狼群或许会一拥而入，这些畜生的冲击，绝对会给周林等人的攻势起到扰乱作用，而我们便可以有机可乘了。

然而洛小北仿佛惊到了，对于我的喊叫置若罔闻，停顿了一下，不动弹。这时，周林已经乘着巨大的冲势朝我奔来，口中还高呼道："这个小子是个养蛊人，你们都提防着点，别栽在这阴沟里了……"

周林提醒别人，自己却浑然无惧，乘着巨大的冲势狂奔而来，拳出如箭，如有风雷之声。早在巴东黑竹沟的时候，我便知道入了邪道的周林通过玩弄活人的生命力，练就得一身惊人的速度和力量，此刻瞧他这气势，比之前更上了几个台阶，让人心悸。周林的拳头转瞬即至，与我在一秒钟之内对击了四拳，我感觉自己仿佛在跟一头霸王龙对抗一般，浑身血气翻涌，酥酥麻麻的，拳骨疼得厉害。周林的身手并非一味刚猛，很快就转了路子，双手宛若面条，朝着我周身的要穴缠来，脚法精妙无比。

如此一番拼斗，我到底不是近身缠斗的行家，被周林一个手肘拐到腰间，斜斜往地上跌去。倒落在地下的我没有片刻停留，瞅见飞于空中的朵朵被一张金光四射的丝网给遥遥罩住，心中知道这些家伙的手段厉害，立刻弹跳而起，腰间的山寨军刀朝着那张小网划去。那小网不知道具体材质是什么，我的军刀砍上去，刀口处立刻爆发出一大蓬的蓝光静电，吓了我一大跳。

身形还未稳住，周林再次袭来，长腿如鞭，朝着我的肩头挂去。这个家伙穿着黑色紧身裤，胯间并没有普通爷们的那种鼓鼓囊囊，然而双腿却极为有力，我躲闪不及，挥臂阻挡，人被抽得往后面疾退好几步，站立不稳。有一个家伙见有便宜，抽刀朝我后腰捅来。身处围攻中，我反而冷静之极，身子微微一偏，错过这一刀，闪身如蟒，缠住此人，正好避开了周林接下来最为凶猛的攻击，一个翻身，脱离了战斗。

瞧见我退到角落，周林并没有立刻追击，而是富有玩味地笑了起来："没想到，多日不见，你居然变得这么厉害，哈哈，好玩，好玩！"

我深呼吸，努力调节着自己的状态，尽力舒缓全身的酥麻，缓缓说道："彼此，彼此！"

嘴上虽然这么说，但是我知道一个周林我倒也还可以拼死对付，但是再加上周围这三个邪灵教高手，我却是对付不了的。正在与那个高个儿缠斗的洛小北也提剑抽身，跃到我的身边，口中大喊道："不行啊，陆左大哥，他们太厉害了……"

她的身形正好挡住了我与周林等人的视线，瞧见那柄锋利的青锋宝剑隐隐封住敌方的进攻线路，我心中一跳，朝着左上方的朵朵一声大喊："朵朵，鬼道真解！"此话说完，我的身子朝着左后方狂退，而空中的朵朵发出了稚嫩的嘶吼："唵嘛呢叭咪吽——鬼变！"

此声一出，立刻有无边的佛音传来，将整个空间震得一阵晃荡，无形莲花朵朵绽放。如此佛意盎然的威势，从一个小鬼的身上发出，让所有人意外之极。那些无形莲花阻隔在我的前方处，趁着洛小北和这无形莲花的掩护，我跟着朝左侧路口飞奔的朵朵就是一阵狂跑。"啊！陆左你这个软蛋！"身后传来了周林愤怒至极的骂声，我毫不理会，连回头一顾的动作都没有，顺着那岩石构成的通道，踮着脚尖就是一通飞奔。

此处果然是迷宫,我跟着朵朵跑出二十几米,便遇到了三个岔路口。身后的敌人随时都有可能追来,我们也是慌不择路,全凭着直觉跑,不知不觉就奔出老远,方向完全混乱。随着路口的增加,身后那种汹涌的杀意也越来越淡,当我越过一个十来平方米的小厅时,朵朵叫住了我。

她指着一个地方,说陆左哥哥,躲这里。

这岩石小厅怪石嶙峋,朵朵给我指点的角落,居然有一个木桶大的地洞,下面黑乎乎的,不知道是什么东西。不过朵朵这个小丫头既然让我躲在这里,自然有她的理由,当下我也没有多想,绕过洞口前的石头,摸下石洞去。

这石洞上窄下宽,岩壁湿滑,并不高,我站在底部,头都能够超出地面来。石洞里面,黑乎乎的瞧不仔细,不过有风,显然也是十分宽广,我们身处的这地方偏矮,只是偏安一隅,深处似乎与地下岩石相连。我刚才狂奔,几乎是要了老命,此刻稍微停歇下来,立刻感到浑身一阵虚弱,心脏都要跳到嗓子眼儿来。

我这番躲藏果然及时有效,刚刚蹲坐在地二十几秒过后,立刻有两个人从石洞上面的小厅处疾奔而过,朝着我刚才奔跑的方向追去。

我不知道这迷宫到底有多大,但是杂毛小道既然能够逃脱,那么搜寻起来应该还是有一定的难度。我将腰间当作钥匙扣的遁世环开启,将我和朵朵的气息隐去,然后调整呼吸,调整自己发麻发酸的身体,仔细地回想刚才与周林的战斗过程。

很难想象,之前表现平平的周林在此刻,竟然有让人心悸的实力,刚才接触不过数秒,他那刚柔并济的力量和缜密的战斗技巧,让我印象深刻,倘若真的一对一决斗,我能干得过这个家伙吗?

答案恐怕是否定的。周林的事情证明了一点,这世间从不缺天才,也从不缺奇迹。

几分钟后,我的心神合一,将状态恢复如初,耳朵一动,听到有人从前方折返回来。我也不敢动弹,屏息凝神,头顶上传来那个高个儿老罗的声音:"二小姐,你刚才为何跟那个陆左在一块儿,还掩护他逃离?你没看到黑蝠刚才追击的时候,整张脸都变得青黑了吗?他的两个仇人,一个萧克明,一个陆左,都给大小姐和二小姐你们放走了,出去之后,只怕他会跟小佛爷告状呢。"

## 第二十二章　东夷迷幻杀戮阵

"啊？老罗，你说萧克明刚才是被我姐给放走的？不可能吧，我姐从藏区狼狈归来，不但没有完成小佛爷交待的任务，而且还身受重伤，这次前往岱庙偷龙涎水，又给这两个小子插手捣乱，不但东西没偷着，而且把外公亲赐的'漓龙真武'飞剑给毁掉了，她恨不得将那两个家伙抽筋剔骨，怎么会放走那个茅山弃徒呢？不可能，不可能！"

听到这个声音，我不由恨得牙齿直痒痒——终日打雁，今被雁啄！平日里都是我和杂毛小道忽悠别人，没想到临了我竟然被洛小北这个丫头片子给骗得一愣一愣的，还真的以为她是那崂山派无尘真人的女弟子了。倘若不是进入这岩石地道中来，只怕我还真的就栽在了这小阴沟里，被人从后背捅了一刀都不晓得。万万没有想到，这洛飞雨、洛小北竟然是姐妹俩！

我这边暗自恼恨着，上面的谈话却仍在继续。老罗低声说道："怎的不可能？二小姐你莫不信，之前我们在外面桃花林边发现那个茅山弃徒，好是一番追，倘若不是大小姐非要抓活的，只怕我和王宇辰王老二的暗算就要得手了；而后进入这洞中，大小姐又叫住黑蝠，非要自己上前，才在混乱中与那个茅山弃徒一同跌入暗井，不见了踪影……"

"就凭这，你就敢诬陷我姐？罗大龙你这个狗东西，看我不告诉我妈，到时候让她来削你。实话告诉你，刚才本姑娘只是想跟那个刀疤脸混熟，然后暗算他，得了那最大的功劳。结果他旁边那个小鬼头看得紧，我这边还没有下手，就被你们这些个演技垃圾的家伙黄了事。那家伙倒也是警觉，一下子就奔了个没影儿。嘿，这男人就是没心没肺，倘若我真的是报仇心切的崂山弟子，他不就成了忘恩负义的小人了？还是说，他根本就是一个彻头彻尾的小人！"

洛小北愤愤不平地嚷嚷着，她的声音依然清脆动听，不过落在我的耳朵里，却忍不住心寒。原来我一进此处就陷入幻境，并不是那大阵的缘故，而是这个狠毒的小丫头片子下的手。要不是朵朵陪伴在我身边，让洛小北这小娘们不知虚实，没有下手，只怕我此刻已经是魂归幽府了。这便是教训，毛乙久因为一个人而意外身故，而我则有朵朵在身边，才得免一死。

老罗与洛小北颇熟，也能够开得起玩笑。不过此时两人都没有谈笑的心思，洛小北不断抱怨老罗和周林等人坏了她的计划，而老罗则埋怨洛小北刚才演戏演得太过投入，以至于让我找到了空隙，逃脱生天。

"这个迷转宫应该就是那个不晓得名字的老家伙留下来的,阵法看来还没有启动,所以才会这样,倘若将那个中枢启动了,只怕这里就真的变成走不出去的大迷宫,我们也可能永远困在这里了,所以你告诉黑蝠他们,一会儿搜查的时候小心一点儿,不要随便乱碰东西,不然真的运转起来,即使是我,也不可能带着你们出去的……"

洛小北的话语里面充满了自信,而就在此时,岩洞突然一阵晃动,天地皆震,空气中有一种"嗡、嗡、嗡"如蜜蜂的响声出现,本来与外界紧密相连的炁场开始变得独立,然后有力量将四周的炁场推动,按照一种难以言叙的规则在运转着。

老罗失声喊道:"二小姐,这是怎么了?"

洛小北无比抓狂地喊道:"啊,是哪个混蛋触碰到了机关?完了、完了,这下真完了,这东夷迷幻杀戮阵我老妈都没有学全,一会儿可真的应付不了……走,走,走,趁着它还没有开始运转成熟之前,我们抢先出去,免得死在这里,跟地上的那一堆白骨一样。真到了那个时候,谁还知道谁是谁啊?人生于世,连一个念想都没有,太恐怖了吧?"

她的话儿挺绕,然而人却已经脚尖点地,飞快冲出了上方的小石厅。

随着两人离开,四周陷入寂静。我所处的这里一片黑暗,倘若不集中精神,什么也瞧见不了。不过我倒也没有什么担忧,最好邪灵教的高手都跑出去,留下我就安全了。到时候我什么也不用干,大字一摆,往地上一躺,等着虎皮猫大人过来解救我就是。

然而凡事期望越是美好,便越是事与愿违。当我正在努力让自己浑身酸麻的肌肉平复下来的时候,便听到我身处的这地下一层,黑黢黢的尽头处,传来了一种古怪的啼叫声:"呱唧,呱唧……"

这声音有点像青蛙,一开始只有一两声,一会儿,此起彼伏,蛙声一片,叫得我心头发毛。忍不住从背包里面掏出强光手电筒,朝着最响亮的地方照射过去。雪白的光束照在黑暗当中,一片碧绿的反光,在我面前处竟然是一大片绿油油的蛙,瞧不出是什么品种,个个都有拳头大,眼睛如豆,吐出的信子红彤彤的,有着诡异的颜色。

骤然瞧见这么一大片蛙,我的心中抑制不住地发毛,感觉浑身发痒,忍不住想逃。然而我能够逃到哪里去呢?重回迷宫里面,与邪灵教的人去拼命?还没有等我做出决定,那些密密麻麻的蛙已经开始动了,它们成群结队地跳跃,朝着我们这边涌来,速度快得出奇。

我刚刚站起身来,准备顺着刚才下来的洞口冲上去,却发觉自己的双脚突然定根在了地上,根本就移动不得。就在我奋力与这岩地作较量的时候,那些绿油油的蛙已经冲到了我的身前,它们跳上我的身体,不断撞击,将我推倒,将我淹没,我的脸上、手上以及身体上,所有裸露出皮肤的地方都是那种滑腻腻的触感,让人鸡皮疙瘩掉了一地。

这些青蛙并不会咬人,但是我很快发现,自己不能够呼吸了,因为我的脸上有几十只蛙在,黏稠的体液糊满了我的鼻子和嘴巴处,满满当当,无法计量的痒意和怪异触感让我发疯,想着还不如死去,也总比这样恐怖的体验要来得好。

这个想法一出现,我立刻发现自己渴望死亡,就像渴望新生一般强烈,倘若死了,一了百了。

几秒钟之后,我突然心中警兆一起——我不会是又中幻境了吧?一想到这里,我本来已经迟缓到僵固的脑海里升起了"灵、镖、统、洽、解、心、裂、齐、禅"九个大字,金光灿灿,将我整个人都给镇得清醒,我双手开始结印,"内狮子印",万物之灵力,任我接洽,此印纷繁,被我艰难地结出来之后,一股真气从我的小腹中流出来,经过喉咙喊出:"洽!"

这一声震天响,与空气中的炁场紧密结合,遍布在我身上的蛙海顿时化作了沙,徐徐流下来,而微风一吹,我竟然看见我那满头白发的老娘出现在面前一米处,朝我伸出手:"陆左我儿……"

我顿时一阵气恼,跳起来,一掌击在这人身上,口中大骂道:"你有没有道德啊,还用我老娘的形象来蛊惑我,你知不知道,我老娘要么就叫我死娃崽,要么就叫我宝崽,哪来的'陆左我儿'啊……"

这人被我一掌击碎,又复化作流沙落下,在我前面又出现了我那木讷的老爹来,伸出手喊道:"宝崽……"

我被这发动的大阵气得无力吐槽了,所谓的东夷迷幻杀戮阵,其实就是将人心底里面所挚爱的亲人和朋友给幻化出来,然后迷惑你的心志,让你陷入真真假假的幻觉里面;意志稍微薄弱的人,最终便难以自拔了。当我将这个幻化成我老爹的黑影击碎的时候,一左一右,又出现了小美和黄菲的形象来。

这样下去总不是一件事儿,我回头瞧到朵朵正瞪着一双眼睛瞧稀奇,便问这小丫头有什么好办法。

朵朵抬手打出一道蓝光,将试图靠近我的"小美"和"黄菲"给打散,然后咬着指甲说道:"其实,我一直觉得黄菲姐姐还不错……"我的脸上顿时一阵黑线,抓狂道:"现在是讨论这个问题的时候吗?我是问我们现在该怎么办,你不是有鬼眼吗?能不能看到一些表象以外的东西?"

"表象以外的东西?比如……小妖姐姐?"

听到朵朵的话语,我扭头过去一看,朝着我款款走来的不就是化身成少女模样的小妖吗?我心中气恼,冲上前就是一阵拍:"真烦,这阵法到底要幻化出多少种来啊,小妖都出来了……"

然而我猛力挥出去的手被接住了,然后是小妖气愤的声音:"陆左,你脑子进水了?"

我被一下子给甩飞出去——这也是幻觉吗?

## 第二十三章　娇蛮小公主

小妖的出现让我欣喜若狂，尽管这个小狐媚子脾气依然是那么地火爆，却难掩真切的关心之情。然而先前的幻境让我疑虑重重，唯恐这也是幻境中另外一种表现形式，于是深呼吸，尝试着去感应她。小妖在化形剥离的时候，由我亲自引导，所以我们两个冥冥之中，便有一种若即若离的感应，这种感应虽然不如肥虫子那般密切，但是辨明真假，还是可以的。

见我双手护胸作防备状，然后闭眼感应，小妖气不打一处来，冲上前来，抓着我的右胳膊，一口咬下去——疼、疼、疼！

这小丫头牙尖嘴利的，我的手上顿时一阵刀割的疼痛，果真是小妖，也唯有这小狐媚子咬人的时候，才会这般没轻没重的。我的手臂流出了血来，朵朵看得心疼，连忙阻止："小妖姐姐，可别再咬了，陆左哥哥会很疼的……"

小妖这才停止了咬我手臂的动作，粉嫩的舌头舔了一舔唇边的血沫子，然后愤愤不平地说道："咬的就是他！打电话叫援兵，结果自己跟丢了不说，还闹出了动静，害我和杂毛叔叔也被人盯上了，差点被那些家伙伏击，就在这之前，我们差一点就被坏人给弄死……你说我能不咬他吗？"

听到小妖的抱怨，我便知晓其中的凶险，也颇有些心惊胆战，拉着小妖朵朵的手，瞧了她一圈，精力充沛，好像没啥大事，便担忧地问："你萧叔叔呢？他人到哪里去了？"

"杂毛叔叔啊？"

小妖脸上露出了苦恼的表情，叹气道："我也不知道啊，之前还在一起的，后来他和那个邪灵教的妖女右使一起掉进暗门里面去之后，我们就分散了。我在迷宫里面躲了半天，刚才是循着你的气味，感应找寻过来的……"

啊，暗门？这说法倒跟邪灵教的老罗一般无二，我的心不由得往下沉去。

要知道，即使洛右使身上有伤，发挥不了最大的实力，但是在近身相搏的时候，她依旧能够完胜杂毛小道。这便是实力，绝对的实力，我了解两者的实力对比，估计此刻杂毛小道已经给洛右使抓住了——当然，这是最好的结局，至少还能有一条活命；要知道，我在这相对安全的地道中，都已经中了三拨幻境攻击，倘若他们跌入暗门中，触动了机关，我很难想象在那样封闭的环境里，有什么人能够逃脱出如此恐怖诡地的法阵运转。即使他们是修行者。

如此看来，洛小北刚才在上面所说的话语，并没有太多夸大的成分，这样恐怖的

大阵一旦开启，我们似乎只有静待外援才是。

我不由得怀念起那个十分不靠谱的虎皮猫大人，期待着它从天而降，解救我们。虽然如此，但是我却不能够放弃希望。杂毛小道是我的生死弟兄，焦不离孟，孟不离焦，倘若只有一个，又怎么叫左道组合呢？想到这里，我不由得信心满满，斗志昂扬，只要我们不放弃，希望就在前方。于是便问起小妖，当时杂毛小道跌入暗门的地方，在哪里？

小妖摇头，说要说这大阵未启动之前，她还可以找得到，此番忐场变化，卦象转移，早就不知南北和西东，想要找到，就如同大海捞针一般。如此说来，我不由得气结，难道我们就这样坐以待毙不成？

我又想起一事，问她先前跟踪邪灵教众，追逐那堪比黄金鼠的桃花獾，有没有找到我们所要找寻的桃元？

小妖说没有，当时太乱了，打成一团，性命都顾不上，哪里能够想到这东西？

不过她隐隐能够嗅到精元的气息，这个地方，应该是有的。我又问小妖是从何处而来，小妖正待回答，突然眼睛一转，伸手阻止道："噤声，有人来了！"

得到她的提醒，我立刻停了下来，竖着耳朵倾听，但听上面传来了急促的脚步声，然后那个高个儿老罗的声音响起："二小姐，外面守路口的毛老二真的被你杀了？"

洛小北不耐烦地说道："关我什么事，毛乙久那个死矮子是被陆左给一掌拍中脑壳而死的。真没想到，那个刀疤脸小子看着文文弱弱，下手却凶残得很，而且他身上有一块铜镜子，能够发出蓝色的光，将人定住，让毛乙久大意失荆州，几招就落败了。咱们事先可说好了，那块铜镜子本小姐可看上了，谁都不能和我抢，哪怕是我姐都不能，知道吗？"

"陆左这个年轻人虽然年纪不大，但是他曾经有过力敌茅山长老茅同真的战绩，掌力惊人，毛老二是大意了一些，可是……"老罗很无奈地说道，"二小姐，毛老二可是咱们滨海鸿庐数得上名号的高手，他死了，就连小佛爷都肉疼呢，这样的人死一个少一个，你当时可就在身边，干吗不出手帮他一把，一起对付那个陆左呢？"

洛小北嘿嘿笑，说："我为什么要救毛矮子？他从我十三岁到十八岁，笑话我平胸咪咪小，不下于一千次，我要是能够打得过他，早就宰了他一千回了。这回陆左帮我动了手，我高兴都还来不及呢……"

这个女人的话语里有着无穷的怨念和憎恨，吓得蹲坐在地下的我都忍不住一个寒颤，鸡皮疙瘩掉落了一地，终于有些理解莲竹老和尚为何修那闭口禅能够修一辈子了，看来少造口业，还真的是有道理的。

两人的声音越来越近，后面还跟着好几个人的脚步声，周林那阴柔的声音响起来："二小姐，我敬你外公力挽狂澜，撑起了我邪灵教的大旗，方才叫你一声二小姐。但是你这拿教友性命当作儿戏的心机，却让我不敢苟同，出去之后，我一定会禀报小

229

佛爷那里,让他老人家,给我们这些无根无凭的散人,主持一个公道的!"

"告状,你去跟我未来的姐夫告状啊,看他是在乎你这个挖了些破烂的土夫子,还是在乎我这个未来的小姨子?"

洛小北先前看着又萌又呆,不谙世事,此刻却像一个头顶双角的小恶魔一般可恶,她嘿嘿笑道:"就算那个农民企业家明察秋毫,但毛矮子死了那只是他本事不济,而我也只是救援不及,顶多就是关几天禁闭而已。为了一个死去的臭嘴巴,得罪我,黑蝠,你自己想清楚了;再说了,你去告状也要等走出这里才行啊?这阵法我不算了,不走了,我困了要歇着,补个回笼觉,你们自己找出路吧……"

说完话,洛小北就撒手不干了,听那动静,似乎从背包里面掏了睡袋出来。周林被这坏脾气的小妞闹得没有办法,也不吭声,倒是老罗和旁人在劝她,别耍小孩子脾气。

劝了一阵,那洛小北也不听,周林顿时就火了,阴恻恻地说道:"生死攸关的时刻,你怎么这么不识大体呢?瞧你这脾气,跟你姐姐真的没法比,怪不得她能够成为教中右使,而你则籍籍无名,永远都活在你母亲的庇护之下……"

听到这话,本来已经歇着的洛小北立刻跳了起来,撑着腰大骂:"我姐是我姐,我是我,什么籍籍无名。那个农民企业家想请姑娘我当他老巢的首席阵法师,本姑娘没有答应而已。我出生十年不开口,而开口说话之日,正好是当世符箓最强者李道子陨落之时,上天就注定了我的不凡之路,你这样的小人物,凭什么对我指指点点?"

天才少女将周林骂得狗血喷头、含恨离去,然后又钻入睡袋中,打起了瞌睡,临睡前还吩咐老罗:"帮我站岗,这些家伙倘若对我有非分之想,就将他们打成猪头!"

老罗欲哭无泪,说二小姐,他们怎么可能对你有非分之想啊?

洛小北气愤地大骂:"老罗,你是不是也认为我平胸,所以一点儿吸引力都没有?"这个刚才对朵朵表现出强烈兴趣的老罗,对这个坏脾气的小妞儿直接无语了:"我、我、我……"

"我什么我,你也走,让我自个儿待着,你们这些成事不足、败事有余的家伙,要是听了我的绝世计划,不但左道二人都抓到了,便是那桃元,都早就已经找到了!"

老罗在一声叹息之后,说了声"二小姐保重",然后跟着众人离开小厅。

洛小北犹在气愤,唠唠叨叨地说着话,过了几分钟,她突然扑哧一笑,暗自得意地说道:"你们这些笨蛋自以为聪明,却不知道我已经算到了这里才是生门所在。既然如此,那你们就像瞎猫一样地在迷宫里面转吧,本姑娘先去找我姐姐,待饿你们几天,再来救你们。"

她的话说完,收拾东西,朝着被岩石遮挡的暗坑处走来。

那迷宫之中有鲛人油光,而暗坑竖洞之下却什么都没有,洛小北倒也不惧,摸黑朝前走。然而还没有走出两步,黑暗中突然伸出六只手,将她给抓得牢牢,刚一张口,立刻被一只粗糙的大手封住。

## 第二十四章　法阵达人

望着被缚妖索捆得紧紧的洛小北，我不由得老怀大慰。

万万没有想到，洛小北这个坏脾气的小姑娘居然会将周林等一干凶悍的邪灵教众气走，自个儿孤单一人，走下这通道来。这送上门来的小羔羊，我们万万没有放过的道理。洛小北一身功夫，剑技出众，偏偏临战应敌的经验不足，在我们一拥而上之下，连呼救的功夫都没有来得及，就给按倒在地。

黑乎乎的地道中，小妖叫我们按住洛小北的手脚，然后掏出还没有来得及灌注鸣蛇灵体的缚妖索，给这个小妞儿来了一个日本花式捆绑，瞧这小狐媚子熟练的手法，简直是堪比大师级的造诣，将洛小北绑得玲珑曲致，娇嗔不已。

一切结束之后，小妖双手一挥，周遭的炁场渐渐凝固，将气息屏蔽住，冰凉的手在洛小北的脖子处拍了拍，然后冷笑道："别喊，喊破喉咙也没用，而且你自己掂量一下，是我杀你的速度快，还是可能的救兵出现得快……"

见洛小北猛点头，小妖将手拿开，虚张着手指，吩咐我将捂住洛小北嘴巴的手拿开来。

洛小北满心想着从此处离开，去寻找她的姐姐洛飞雨，却没想到自己刚刚下到地下一层，什么征兆都没有，就被人伏击了，黑黢黢的空间里什么也看不到，被捆得严严实实的。她呼吸急促，当我的手一离开那饱满的唇边时，立刻出声问道："你们是谁？阵灵、崂山派弟子还是……"

我沉默了一下，淡淡地说道："陆左。"

"陆左？啊！"洛小北眼睛一转，欣喜地喊道："陆左，是你吗？你刚才怎么跑了啊，你知不知道，我一个人差点被邪灵教的人给杀了呢，幸亏我有我师父传给我的遁身符，才得以逃脱。快点放开我啊，我们还要一起给我师兄们报仇呢……"

洛小北的话语里充满了强烈的感染力，仿佛对我的出现有着欣喜若狂的情绪在，倘若我的脑子不清醒，还真的有可能被这个演技一流的小女孩儿给骗了。很难想象，她是哪里来的这天赋，不过我也没有时间跟她再演下去，摸了摸鼻子说道："咳咳，二小姐，咱不演戏了，能谈正事吗？"

"二小姐"三个字，就像致命一击，将洛小北充满笑容的脸击溃，一下子就变得阴云密布了。她没有再说话，噘着嘴巴，气鼓鼓地生着闷气。

小妖在旁边嘿嘿笑，伸手摸了摸洛小北滑若凝脂的俏脸，然后将这个女孩子的下巴托起来，看着她沮丧而充满怒火的眼睛，笑道："小妹妹，不要再撒谎了，你底裤什么颜色我们都知道,现在你既然落入了我们的手里,要么就乖乖合作,要么就死,自己选择吧!"

"我选合作!"洛小北几乎没有一点儿考虑,径直回答道,说完欣喜地瞧向了小妖:"竟然是你啊,你好漂亮啊,身材也很好,这么小的年纪,身材就这么好,是怎么发育的?你天天吃木瓜么,你……"

这女孩子叽叽喳喳地说着,将小妖夸赞得飞上了天,我不得不出面阻止,沉声问道:"你是邪灵教右使洛飞雨的妹妹?"

她点头,说是的,你们都知道了,干吗还问?

我接着又问道:"你还是邪灵教已故左使王新鉴的外孙女?"

洛小北瞪着一双大眼睛,难以置信地说道:"这你也知道?"旁边的朵朵狐假虎威地说道:"老实点,我们家陆左哥哥知道的,比你想得还要多……"洛小北睁大眼睛,夸张地说道:"哇,朵朵你凶起人来好可爱啊,跟我小时候一模一样!"

"是吗是吗,你小时候什么样子?"

"我包里面有照片……"听到这两丫头将话题扯远,我无奈地朝小妖看了一眼,小妖会意,右手一张,五指的丝线扯动神经,洛小北顿时被扯得嗷嗷大叫,倘若不是小妖提前有所布置,只怕上面有人路过便能够知晓了。

洛小北眼泪水瞬间就流满了清丽的脸庞,楚楚可怜的模样,瞧得我都心软了,然而小妖却毫不留情,那一刻简直是容嬷嬷附体,训斥道:"别说这些有的没的,好好答话!"

洛小北很委屈:"可是,可是人家很喜欢小萝莉嘛,忍不住啊……"

听到这三个小姑娘的对话,我不由得拍一拍额头,现在小孩子的思维真跳跃。

不过小妖这一通毫不留情的教训,倒是让洛小北消停了些,这个鬼灵精怪的丫头终于算是正常了一点儿,问了她几个问题,她都给出了答案。据洛小北交待,他们此番前来有两个目的,其一为桃元,其二则是传说中的神仙诡地。周林之所以会出现在这里,则是因为她姐在泰山吃了大亏,在教内发布了召集令,那个讨厌的家伙就凑过来了。而且,这只是第一波,她们之前已经将方位传给了滨海鸿庐的教友,很快就会有大批高手赶过来。

我笑了,说这也是巧了,我们这里也有一大拨高手赶过来,大家火星撞地球,看看谁的拳头硬。

整个过程,洛小北倒是蛮配合的,不过当问到小佛爷的时候,她的脸色立刻严肃起来,直摇头,说她被下了噤口咒,言出即死。这个小姐满口胡诌,小妖自然不信她的话,扯动缚妖索,将她弄得死去活来,浑身大汗淋漓,像是从水里面捞出来的一样,结果愣是没有招。我叹气,说你不是讲小佛爷是你未来的姐夫么,哪个姐夫,会对小姨子下这种毒咒啊?

洛小北被小妖折磨得奄奄一息,不由得弱声惨笑道:"这也只是老辈人的想法,谁知道做不做得准，我是说出来吓人的。他是掌教元帅，权倾天下的人物，对自己的身份自然是保密得很，我和我姐其实连正脸都没有瞧过，甚至还没有佛爷堂的人知道得多……"

我知道，佛爷堂是掌教元帅旗下的一个私人机构，专门吸收像翟丹枫这些对小佛爷忠心耿耿的人，巡视天下鸿庐。不过洛右使惊艳的修为和绝世风华，竟然连自己结婚对象的正脸都没有瞧过，如此悲哀，想想也觉得可怜。

见洛小北基本识趣，我也不再逼迫这个本质貌似不错的女孩子，问她自夸能够破阵，能不能带着我们，找到杂毛小道？

洛小北虽然浑身没有气力，不过脸上却爆发出自傲的神采来："那当然，这里面的人倘若有一个能够出去的话，那便是我了。你别看黑蝠他们对我愤恨不平，过一会儿，肯定还得回来求我。找到萧克明可以，不过你们到时候要放了我，不然我自有手段对付你，信不信？"

瞧她说得笃定，唇边伏线上翘，我咽了口口水，说："好，本来我们也没有想过与你们为敌，你们做你们的大事，我们这种小人物，没什么追求，老婆孩子热炕头，如是而已。倘若老萧落在了你姐手上，我正好用你来换。"

如此谈妥，小妖扶着瘫软在地的洛小北起来，夺去了她的青锋宝剑和灵宝驭兽环，以及一袋子杂七杂八的东西，然后解开了勒得紧紧的绳子，仅留一端在她的腰上。我让洛小北带着我们去找，她告诉我们，茫茫大阵，这样无头苍蝇般的找寻，始终不对路子，若真的想找到人，只有前往大阵的中心，唯有那里，方能够掌控到这里的一切。

我说好，怎么找？

洛小北让我从她的包里面找出一个黄金罗盘，递给她。双手一接过黄金罗盘，她脸上的神色一肃，然后摸出一包金粉，顺风而撒，口中念念有词，几分钟之后，她朝着我说道："我大概知道方向了，不过前路有些危险，护好我。"

我点点头，跟在洛小北的后面，朝着黑暗处走去。

这一层其实也是一个迷宫，一个更加广阔的迷宫。那些岩石仿佛天生，水滴石穿而成，绕绕弯弯，每一处路口都不知道通往何方。

黑黢黢的洞内，唯有我携带的一把强光手电提供光明，而在视线所达不到的黑暗角落里，有着若有若无的动静，仿佛有无数双眼睛在瞧着我们，而当我朝着可疑的地方照过去的时候，却什么也没有。

走了足足半个小时，我们听到有巨大的水流冲击声，从前方传来。快步上前，但见深渊巨瀑、悬空浮岛，正在眼前。

## 第二十五章　悬空浮岛，大阵中枢

　　道路尽头，在我们面前出现一处巨大的瀑布口，白练如洗的瀑布从两侧暗河中流出来，然后朝着黑黢黢的无底深渊飞泻而下，那黝黑的洞口直径足有十数米，下面有好多石头延伸出来，使得那瀑布在撞击下水花四溅，雾气蒸腾。而这蒸腾的雾气将一块约八米直径的半圆形石头托了起来，稳稳当当地悬空而立。

　　飞溅的水雾能够将这重达数十吨的岩石平台给托起来吗？

　　这个问题在物理学上来说，基本上就是一个伪命题。然而当我们瞧见那岩石上面篆刻着的无数神秘符文，隐隐与这四周的炁场相对，并且借助着这些飞溅的水汽积蓄力量，有规律地传动到其他不可知的地方去，我们便理解一切皆有可能的道理了。

　　黑洞悬崖边的风很大，从下而上，呼呼地吹，将我的头发吹得混乱，往上飘扬。我小心翼翼地站在湿滑的悬崖边，那风不但将我的头发吹得高高扬起，便是我整个人，都有一种飘飘欲飞的感觉。

　　眯着眼睛瞧了一会儿，我回过头去，见洛小北正目不转睛地盯着中心那块悬空而立的岩石平台，大大的眼睛里面充满了激动之色，嘴唇颤抖着，不知道在说些什么。我拉着她问道："这个东夷迷幻杀戮阵的阵心，莫不是就在这里？"

　　洛小北口中喃喃自语，"奇迹啊奇迹"，叹服半天之后，才回答："对，是的，就是这里……"她的话都有些语无伦次了，见我的眉头皱起，这才解释道："完美的布阵！利用水力的持续和源源不断，将大阵驱动力量的问题给圆满解决了，通过东夷符文将阵法搭桥勾连，使得整个迷宫都活了过来。厉害啊！我可以断定，这样的迷宫肯定不止一两层，说不定还有更多。怎么样，是不是很有趣？"

　　我托着腮帮子想了一下，说，我只想知道，萧克明到底在哪里，你赶紧给我找到他！

　　我说得不客气，洛小北却并不介意，将下巴仰了仰，指着悬空独立的岩石平台说："上去，那里就是中枢，只有上去之后，才能够将这整个大阵里面的细节了解清楚。在这里，我怎么跟你说？"

　　得到洛小北的答复，我再次打量起悬在空中的那块"浮岛"。这算是一个很大的石块，有点儿像《七龙珠》里面加林仙人所住的圣地加林塔的造型，如同一个正放的碗。因为高出我们的视线，所以上面的景物，我并不能够瞧得仔细，仿佛有许多墓碑一样的石头，上面布满了密密麻麻的符文，像被蚂蚁吞噬过后的动物。它离地四五米，而离我们所站的悬崖处，足有六米。

学过几何的朋友明白，斜边长更远，倘若我就这般助跑跃上去，只怕有九成的可能因为够不着而跌落悬崖。我回想起在这阵中所中的第一个幻境，那种在空中无限坠落的痛苦和失落感，不由得一阵后怕。

我要跳吗？

仰着脖子思索了一下，我一偏头，支使朵朵飞身上去。

小丫头倒也听话，我一声吩咐，她便朝着头顶上面的浮岛飞了过去。然而朵朵并没有飞出多远，便有一道无形的罡风吹过，将她给排斥到旁边去。洛小北瞧见这番模样，急忙出声阻止朵道："这中枢浮岛之上有符文法阵，像朵朵这样的灵体只怕接近不了……"

那小妖可以吗？我瞧向了小妖，这个小狐媚子根本就不试，直接将头颅摇动道："不行，那上面有一种隐约的力量往外面排斥，我不用想也能够估计到，只要靠近，就会有陨落下去的危险。除非是像你这样的人身肉体，要不然，都可能受到那阵法的干扰和限制。"

如此一来，真的只能够冲跳上去了？

我收回了目光，身边洛小北拿着黄金罗盘，眼睛被天池里面的指针所吸引，无暇他顾，而声音却缓缓响起来："你倘若能够上得去，按动左手边的第三块石碑，便能够找到暗门处的景致，混沌中，会有连接的通道展开来，前往、返回皆可，从那里过去，便能够看到所有暗门处的信息……"

她说得笃定，似乎对这样的地方十分了解，仿佛这大阵就是她所布置的一般。我左右也瞧不出一个名堂来，退后了两步，在脑海里模拟了好久，又深呼吸了几分钟，突然想起在入山前我们曾经去户外用品店里面买来的登山尼龙绳，这东西此刻倒是能够发挥上用场的。当下我从背包里面将绳子拿出，在绳头的金属扣子上面缠住我的山寨军刀，挥了挥，试完手感之后，我一个大风车，将绳子往浮岛上面甩去。

咔——匕首很顺利地卡在了石头的间隙处，我拉扯了一番，结结实实，然后将这头的绳子捆系在腰间，后退几步，突然一阵疾跑，身子便腾空朝着浮岛中心飞过去。快到边缘的时候，从上面射出一道光来，打在了我的身上。我根本来不及闪避，唯有闭上眼睛硬抗。不过这道光线并没有什么杀伤力，融入我的身上之后，便不再作用。携着巨大的冲力，我飞临到了悬空浮岛的边缘，双手正好抓到浮岛边缘处。

这浮岛非常稳固，我双手一抓，并没有任何晃荡，我很快就翻身爬上了这座直径八米的空中浮岛。

刚才在下面仰望，什么也瞧不见，此番一看，这是一个巨大的台面，平台上面有林立的石碑，大大小小，中间最大的有四米多高，而旁边最矮的仅仅二十几公分。我想起洛小北的吩咐，顺着左手边，正数第三块是一个齐人高的石碑，上面篆刻有密密麻麻的花型符文，比周围的都复杂。

我走到跟前瞧看，发现并没有什么按动的地方，于是走到边缘来，朝着脚底下的

235

洛小北求助。

她皱着眉头,让我给她形容石碑的模样,我用简洁的语言跟她描述,这般的沟通了好几分钟之后,她点着头,让我看一看那石碑的底座部分,是不是有一个貔貅状的瑞兽。

我点头说有,她告诉我,用手指按动那瑞兽鼓起来的眼睛,便能够开启通道。

瞧着这貔貅那双古怪的眼睛,我舔了舔嘴唇,不知道怎么回事,总感觉哪里有些不对劲,但具体是什么,我又说不上来。我深呼吸,极力将心慌给压制下去,然后一咬牙,手掌高高扬起,朝着那眼睛拍了下去。

咔嚓,凸起的眼睛凹陷,我便感觉到自己所处的这浮岛有些微微颤抖,一开始我还以为果真是那中枢系统起了作用,通道开启,然而当我闻到一股腥臭的风从下方升腾而起的时候,暗觉不妙。跑到浮岛的边缘朝下一看,只见腰间被缚的洛小北突然身子一阵扭动,竟然从小妖的掌控中挣脱开来,然后朝着深渊的洞口一跃,消失在了黑暗中。

糟了,又中计了!

我的脑门一阵黑线,洛小北这个小妞,果真是一个超级演技派,她利用我心中的良善和不欲惹敌的心理,百般示弱,并且一路将我们给引到了大阵的中枢,然后指引我误触到某机关,并且在最后关头,利用所有人的注意力集中在我身上的那一瞬间,竟然从小妖的监视中脱身而出,消失于黑暗中。

我还没有来得及多想,便感觉脚下的岩石一阵震动,似乎有一种恐怖的生物正在接近。我瞧向了下方悬崖边的小妖和朵朵,她们刚从洛小北逃脱的震惊中恢复过来,瞧见我,不由得又露出了恐惧的表情,大声喊道:"陆左哥哥,小心后面!"

我来不及多想,身子往旁边滚去,而我刚才立足的地方,便被一物重重砸到,轰然作响。我翻身站起来,见是一头浑身黑烟和火焰的巨兽,个儿如同杂毛小道的那血虎一般,模样古怪,跟我刚才按动的那貔貅石雕,倒有几分形似。这东西散发着惊人的热力,我根本不敢与之抗衡,转身就朝着浮岛下方跃去,然而就在这当口,我感觉后背被一只粗壮的爪子使劲儿一拍,喉咙里一口血喷出来,人就往着深渊跌坠下去。

"陆左哥哥……"

## 第二十六章　杂毛小道，什么情况？

我并没能如愿跳上对面的山崖，而是直接朝着黑咕隆咚的深渊，坠落下去。我惊恐地舞动双手，试图抓到什么东西，然而什么都没有抓到。猛烈的下坠中，腰间突然传来一股巨大的束缚力，将我下坠的趋势一顿，接着还往上面回弹了几公分。

是安全绳，我刚才攀上悬空浮岛时做的安全绳起了作用，此刻那尼龙材质的安全绳绷得笔直，将我吊在浮岛一侧。安全绳在一点一点地移动，显然末端处的那把山寨军刀卡得并不是很严实，或者它的材质根本不足以支撑我这一百三十多斤的体重。摇摇欲坠，真正的命悬一线。

祸不单行，那头大若蛮牛的护阵兽灵，这时居然踩着朵朵黑色的烟云，从空中朝我袭来。

这大阵不知道存在了多少岁月，能够孕育出来的阵灵自然是极端恐怖的，它能够从大阵运转中获得源源不断的力量，与它战斗，简直就是在力敌大阵。这样的玩意儿，倘若在平地上，我见到也只有灰溜溜地远远跑路，更何况是命悬一线的现在？

安全绳随时可能绷断，我也不敢乱晃，强忍着胸腹中的沉闷，摸出震镜来，沟通人妻镜灵，一声"无量天尊"，蓝光照耀，正好打在这疾扑而来的护阵兽灵身上。它滔天的气势顿时一敛，然而庞大的身子却凝如实体，顺着惯性朝着我这里跌落过来。

倘若被这沉重的家伙撞上，我的这根安全绳必定绷断。要死了吗？危急时刻，一道白影从对面山崖处射来，将我往后推开一个身位，那护阵兽灵巨大的身子擦着我的鼻尖划过。是小妖。她咬着牙，强忍着下面呼呼回流的阵风，借着这一荡之力，将我往山崖边推去。

我的身子在空中晃动，荡到了刚才助跑的地方，朵朵正好在这边将我给接住。小妖从后面跟上，素手一挥，那坚韧的安全绳立刻断开，我抱着朵朵往地上滚了两圈，脚踏实地，感觉无比的美妙。回过头来，见那头护阵兽灵已经从深渊中再次浮现，仰天咆哮一声，踩着黑烟便朝我们这边冲来。

这畜生能够踩在空气中自由行走，速度又快，气势也足，浑身散发着灼热的高温，我并没有与它一战的心思，扭头就朝着回路开跑，心中对那个狡诈的邪灵教妖女洛小北，恨得牙齿痒痒。

护阵兽灵散发出嗜血的气息，跟在我们背后就是一阵疾追，这东西身长三四米，脚步宽阔，很快就要追上我们，那腥热的气息都已经喷到了我的后脑勺。就在我即将被它伸出的爪子抓到的时候，朵朵朝着我大声喊道："左边，走左边……"

这小丫头平日里是个妥妥的路痴，然而今天的表现却让人刮目相看，我瞧见左边不知道什么时候冒出来的石缝，这黑乎乎的窟窿仅可容纳一人行走，那庞大的护阵兽灵却是挤不进来的。我的心中不由得一阵狂喜，不假思考，朝着那石缝就钻了进去。

也真是险，我刚刚旋风一般冲进石缝中，便听到身后传来巨大的撞击声，"轰隆……"整个空间的空气都一震，身后的石头碎裂，朝着我这边飞溅而来，细小的石头拍打在我的后背上，噼里啪啦。那巨大的撞击声不但没停止，反而越加地剧烈起来。那头貔貅一般的护阵兽灵口中发出"吼哇、吼哇"的怪叫，不断地用头撞击着狭窄的石缝，一只巨大的爪子拼力往前伸，朝着我这边探过来。这家伙威猛，瞧着它鼻子里喷出来的白气、爪子上面又黑又亮的指甲以及整个气势，根本就瞧不出是灵体的样子，仿佛实物一般。

我容身的这处石缝刚刚并没有见着，似乎是才出现的，结构并不是很稳固，随着护阵兽灵疯狂的撞击，石缝摇摇欲坠，头顶上面不断有石块跌落下来。

此地不宜久留，我瞧了一眼身边的朵朵和小妖，确定安全之后，朝着石缝深处跑去。足足跑了二十几米，身后还有护阵兽灵那滔天的咆哮声，铺天盖地，不过并不是那么吓人了。如此死里逃生，直到此刻我的心跳才算是舒缓了一点儿。

打量四周，发现这狭长的通道径直往上伸展，仿佛是地壳运动时生生撕裂而来，两边的岩壁里面含得有石英石，黑暗中有一点儿微微的闪亮，却不知道这光源是从哪儿传过来的。我突然想起，洛小北说扭动开关，可以出现一条通道，而那通道则可以直通杂毛小道他们离开的暗门——难道她前半句说的，并非假话？

那个外表萌呆、内心腹黑的洛小北说话真真假假，让人根本无从分辨，不过也正因为如此，我的心中才会生出了期望，顺着此处往前走，也许能够碰上杂毛小道呢？

如此一想，我前进的步伐不由得快了几分。这道路曲折，时宽时窄，不过方向倒是持续向上。过了一刻钟，前面突然有光亮传来，清新的风在鼻翼游动，让在沉闷岩洞中待久了的我心旷神怡，不由得脚步加快，往上疾奔。终于，仰首能看到灰蒙蒙的天，我们到了一个土坑底下。

天啊，我竟然从岩洞中逃脱出来了？

这就是洛小北给我指的路吗？若真如此，她真的是一个顶端高明的阵法师啊！

这土坑离地两米，我摸着边缘就攀了上去，发现依然是在之前的那个桃花林里，落英缤纷，满目绚烂，漫山桃花，微风拂面，令人惬意非凡。

环视一圈之后，我突然从左前方十几米远的地方，看到一幅让我绞尽脑汁都难以想象得出来的画面来：一对男女正在桃树之下搂抱，从我的这个角度看过去，唇齿相缠，双手都伸进了对方的衣服里面，一阵猛力的揉搓……

如此激情的戏码，让我惶然失神，几秒钟之后，我才看清楚这对男女的身份——这男的是杂毛小道那厮，至于女主角，竟然是邪灵教的美女右使，洛飞雨。

这，这什么情况？我脑子里面乱糟糟的，仿佛缺氧了一般，失去了思考。

不知道过了多久，当我的思维恢复正常的时候，立刻想到了我们在金陵捕获到的那成精黄大仙，莫不是郭一指用它肛门处的臭腺炼制成了顶级春药，上回来事务所参观视察的时候，给了杂毛小道三两颗？

除了这种解释，我很难想象还有什么理由，可以让两个本来互为仇人的敌手，在此又搂又抱……瞧这情形，倘若再发展下去，我估计都要将小妖和朵朵收回槐木牌中，免得提前接受那啥教育了。

随着两人身上的衣物渐少，场面越发香艳起来。虽然并没有打扰好事的心思，不过当我将身子探出来的时候，洛飞雨耳朵一动，还是发现了我。

"是谁？"一粒石子朝着我的眼睛疾飞而来，洛飞雨挣脱了杂毛小道的怀抱，白光一闪，人就躲入了桃树后面。那石子又快又急，隔空飞来，我也吓了一大跳，想起这个大美妞的身份，连忙往地上一扑，躲开飞射的石子。

杂毛小道也匆忙将衣服穿起来，瞧见我狼狈的样子，口中惊呼道："飞雨，莫慌，是我哥们儿！"早已穿好衣裳的洛飞雨右手暗扣三颗石子，正准备朝这边射来，听到杂毛小道的解释，眉头蹙起："陆左？"

这话说着，她的敌意便消减了一些。

我完全摸不清楚状况，疑虑重重。看到杂毛小道披着松松垮垮的外套朝着我走来，我不由得好笑："行啊你，老萧，老子在里面打生打死，只以为你被人给制住了，生死未卜，没想到你居然会有如此艳福，倒是我打扰了你的好事。"

杂毛小道这时才勉强将衣物整理好，瞧着我嘿嘿笑，说，陆左，你是怎么跑到这儿来的？

我瞧着这个脸上、脖子上都是火热吻痕的老兄弟，脑中一阵恍惚，不过还是跟他说道："我刚才碰到洛右使的妹妹了，蒙她指点，我才得从那迷幻杀戮阵中逃脱出来。闲话少讲，你……这什么情况啊这？"

## 第二十七章　兄弟相残

　　杂毛小道脸上尽是猥琐的表情，嘿嘿笑，说，还不是因为哥们儿魅力十足，才蒙得飞雨垂青，一亲芳泽啊？

　　他嘴上说着话，伸手过来揽我的肩膀："来，来，让哥哥正式介绍一下你未来的嫂子……"

　　杂毛小道的手搭在我的肩上，我心中骤然一阵跳，有种说不出来的感觉，仿佛被挑衅了一般。可能是我太紧张了吧。我与杂毛小道平日里很少有这种勾肩搭背的动作，而此刻人生得意的杂毛小道，行事难免会张狂一些。

　　我听洛小北说起，小佛爷似乎对洛飞雨有意，托老辈人谈及过与她的婚事，虽然不知道这里面是政治婚姻多一点儿，还是因为喜欢，不过杂毛小道此刻的行为，确实是在给小佛爷戴上了一顶高高的绿帽子。小佛爷这样的人物，跟我们相比，简直就是神仙和凡人的区别，这种亵渎的成就感，尤为刺激。

　　洛飞雨从桃树后面走了出来，穿着一件玫红色的劲装，衣料低调而华美，修身，将她曲致玲珑的身材给凸显无遗，特别是胸口，瞧过了洛小北，此番再见到她姐姐，方才知道什么叫做足质足量。

　　洛飞雨表情清冷，俏脸微红，勉强挤出一丝笑容朝我招呼道："陆左，我叫洛飞雨，我们见过的。"

　　兄弟的女人，能少看便少看，我低着头，尽量让自己显得端重一些："是见过，人生奇妙，没想到我们竟然还会有平心静气自我介绍的一天。"洛飞雨大概是想到自己刚才和杂毛小道激情似火的场面被我瞧了个干净，脸上开始晕红如火，掀起眼帘瞧了我一眼，说，你们兄弟见面，自有一些话儿说，我先去取些水，一会儿过来找你们。

　　这话说完，她逃也似的离开了。

　　洛飞雨刚刚一离开，我立刻掐着杂毛小道的脖子，抓狂一般地说道："怎么回事啊？你是不是欠我一个解释啊？快说，快说，不然我会憋疯的！"

　　我这般玩笑地掐着，本来也没有用力，然而他的眼睛里却掠过了一丝愠怒，吓了我一跳，感觉他的脖子有一些冷，于是松开来，疑惑地问他："咋了啊，有了女人就忘记兄弟了啊？"

　　杂毛小道恢复了笑容，嘻嘻笑，说："没有，怎么可能，只是被你掐痛了而已。具体的情况我也不与你多讲，反正现在洛飞雨跟我们是一边的，还是讲一讲你那边的

情况吧。"

许是激情时刻被打扰，杂毛小道多少也有一些不对劲。我的心里面充满了愧疚，于是和他坐在草地上，讲起了我们分离之后遇到的事情。听到我讲起了洛飞雨的妹妹，杂毛小道很感兴趣，问我这到底是一个什么样子的女孩儿。

我耸了耸肩，说，邪教妖女，性情古怪，有什么好讲的啊？

见我不肯说，杂毛小道竟然有些着急，捅了捅我的腰，说，得了，你这小子别卖关子了，赶紧讲，我正好对这个未来的小姨子感兴趣呢，说说吧？

瞧他这副异常着急的模样，我不由得笑了，说："你这个家伙莫非早就怀着这样的邪心？这可不好，做人要专情一些，人家姐姐抛弃了小佛爷跟着你，真不容易，做人要知足。"

杂毛小道将鬼剑提起，作势威胁道："你去死吧，说不说？不说兄弟翻脸了啊。"

瞧见他说着说着还认真了，我摆摆手，说，好，让我想一想啊。

说完我开始回忆起与洛小北认识的场景：先是崂山派的真传女弟子，一个稀里糊涂的小女生，本事倒还有些厉害，特别是突袭时那凌厉的剑法，让人心寒，而骑狼过来接应我的时候，又让我颇为感动；然后就是与邪灵教众接触的时候露了马脚，我听到她与老罗等人的对话，嬉笑怒骂间便将场面掌控在自己的手心，手段比那积年的老狐狸还要毒辣，暗自对这个内心歹毒的少女起了提防；再之后，她被擒住，表现得跟幼儿园的小朋友一样乖巧，让我产生了这个女孩儿虽然出身邪教，但本质似乎还算是不错的感觉，然而大阵中枢又将我摆了一道，险些丧命，才知道所有的可爱和萌呆都只是表象，在她那美丽少女的躯体里，可是待着一只头生双角的恶魔……

只是，为何她又弄出一条通道，让我找到杂毛小道呢？

我将自己的看法说出，杂毛小道摸了摸下巴，说，看来你小子对她的印象不错嘛。

我大汗，说，什么叫做不错，我明明说的是贬义好吧？

"乱说，瞧你回忆的时候，嘴角上翘，眼珠子发亮，是不是对我的小姨子有想法？"瞧见杂毛小道似笑非笑的笑容，我不由得一时气结，举起左手，赌咒发誓道："我陆左要是对那个飞机场有想法，这辈子都打光棍！"

我自以为把我和洛小北的关系扯生疏了，杂毛小道会高兴，然而他的脸色一变，却阴沉了许多，缓缓说道："你刚才说什么？飞机场？"

我瞧见杂毛小道这架势，不由得好笑，捶着他胸口抱怨道："说你有异性没人性，还不承认，你和洛右使认识不过三两月，好了几个小时，怎么着，说一下你小姨子，至于生气吗？咱们这几年的老兄弟，至于这样吗？"

不知道怎么着，我总感觉面前的这个杂毛小道怪怪的，是"爱情令人愚蠢"，还是……

我的心一跳，顿时有些慌张，不过脸上却没有表现出来。杂毛小道嘿嘿笑，说，吓你的，不要在别人的背后说人坏话，这种习惯真不好。瞧着向来没正经的杂毛小道一本正经地说着大道理，我有一种怪异无比的感觉。

这时洛飞雨从林子尽头走来，手上提着一个鼓鼓囊囊的包，上前来热情招呼："来，刚刚看到有一株桃树，长势是极好的，就摘了一些，用那潭水洗净了，你们先吃一些，养足气力，一会儿我们就出去。"

我看着递过来的包裹，里面露出了红彤彤的鲜桃，上面水珠还在，清香扑鼻，煞是诱人。

旁边的杂毛小道拿一个来，一口咬掉半边，汁水飞溅，惬意地说道："果然是神仙美地，这里的桃儿，跟那天上的鲜桃一般美味，陆左，你尝一尝。"

杂毛小道挑了一个大的，递到我的面前来。他如此热情，我瞧着这诱人的鲜桃，抿了抿嘴唇，说好。接过桃子，我并没有吃，而是瞧着这四周说道："这个桃林古怪，炁场封闭，信号屏蔽，如何出去啊？对了，这里面有邪灵教的家伙怎么办？周林那个小子，咱不弄死他，怎么跟三叔交待啊？"

杂毛小道直勾勾地盯着我手中的桃子，眼珠子不断地转动，和颜悦色地说道："这些先不管，你先把桃子吃了，补充体力才是……"旁边的洛飞雨也点头说，是啊，回去的路我自然晓得，吃桃子吧。

我眉头一皱，说道："桃子先不急，周林那小子……"

"陆左！"杂毛小道突然打断我的话，脸上很不高兴地说道："吃桃子先，不要说别的！"

我心中剧震，脸上若无其事地说道："桃子我倒不是很喜欢吃，不知道小妖喜欢不喜欢……"我回过头去，然而我一直以为就在身边的小妖和朵朵，根本就不见踪影——是没有跟着我走出洞口，还是别的什么原因呢？

我的脑子电光火石地转动，脸色一变，猛然将手中的桃子朝着杂毛小道的脸上摔去："吃你的桃子吧！"

这桃子一出我的手，砸在了杂毛小道的脸上，化作一团黑色浆液，飞溅而起，浓烟滚滚。杂毛小道应声栽倒，洛飞雨一见我翻脸，并不惊慌，唰地一下，拔出秀女剑，朝着我的头顶横削过来。我翻身后撤，避开这女人如滔滔江水般连绵不绝的剑势。虽然未中一剑，但是那剑意却已经遍透我的身体，浑身血管滞涩，仿佛被中间切开了一般，火辣辣的疼痛袭满全身，宛若油锅烹炸。

当下我也是气急了，口中狂呼着骂人的脏话，下腹那股荒凉磅礴的力量开始涌遍全身，热血在沸腾，咕嘟咕嘟滚冒，恶魔巫手瞬时启动，每一根神经都绷得紧紧，与洛飞雨几秒之内，就过了七八招。

所谓拼斗，其实并不如电影或者表演里面的那般花俏眩目，动作也说不上好看，不过每一秒都凶险无比，当你活下来的时候，便觉得管用的招式是最美的。洛飞雨手段厉害非凡，洛小北的剑法在她面前，简直就是过家家。很快，我的右臂就中了一

剑，先是发麻，结果未曾反应过来，便感觉一阵剧痛，一块肉飞溅而起。

而就在这时，杂毛小道突然出现在了我的后方。

我的余光刚一见着，便感觉胸口多了一件东西，低头一看，竟然是鬼剑的剑尖。此时天色已明，鬼剑涂覆着宝蓝色精金，爆发出了眩目的光芒来。

## 第二十八章　大梦一场，杂毛遭殃

　　我当胸透剑，剧烈的疼痛随着鲜血蔓延开来，当我胸口晕湿一片的时候，那种撕裂的痛苦已经让我失去了理智。我往地上一扑，然后回转过身来，也不顾杂毛小道的鬼剑再次朝着我的腹中刺来，伸手朝着他的脸上抓去："你这个狗东西，胆敢冒充我兄弟……"

　　在社会底层打拼多年的我惯于在最愤怒的时候讲脏话，瞧见这家伙和杂毛小道长得一模一样，声音语态也差不多，然而行为却是古里古怪，我心中早就有了怀疑。朵朵和小妖此时不在我的身边，在洛飞雨和伪小道的围攻之下，我居然会这么快就丧失了战斗力？

　　恶魔巫手，左手毁灭，右手希望，一起激发，冰火九重天，当鬼剑再次插入我体内的时候，我掐住了面前这个家伙的脖子，发出了如受伤之狼一般的嚎叫："啊……"

　　被我掐住脖子的杂毛小道也大声叫着："啊、啊……啊！"

　　他的声音骤停，因为我已经开始发力了，而在我腹中的那把鬼剑则奋力搅动着我的内脏，肠子似乎在打结，里面好多鲜血和体液在飙射，这样的痛苦让我一阵恍惚，感觉自己的灵魂都快要剥离开来了。而在我的身后，洛飞雨则在猛力地拍打我的头颅。

　　砰、砰、砰！

　　我一开始还能够听到自己颅骨碎裂的声音，过一会儿，颅压异常，就再也听不到什么了。

　　意识在往下沉，而我的双手则越发地紧了。怀中这个冒充杂毛小道的家伙已经奄奄一息，握着鬼剑的手也变得无力。我的心中突然升起了一丝明悟：要死了吗？我就这般死了吗？

　　好疲惫，如果闭上眼睛，是不是就是宁静而永恒的世界？没有吵闹，没有挣扎，没有痛苦，没有悲伤，没有欲望……所有的一切都没有，这样的世界，是不是就是完美的？

　　我的思绪开始逐渐沉沦，变得缓慢，懒得动脑筋，觉得我的这一生已经够疲累了，倘若能够歇下来休息一会儿，其实也是不错……

　　当意识逐渐变得模糊的时候，我的心突然一动，一股熟悉的意识与我勾连在一起。

　　是肥虫子，与我生死息息相关的本命金蚕蛊，这个本来应该沉睡中的家伙，突然主动地与我沟通着，这让即将放弃挣扎的我不由得心中一动：不对啊，这种感觉似乎在哪里有过？我开始缓缓地转动思维：我面前的这个杂毛小道是假的，那么他为何会如此神似，让对杂毛小道无比熟悉的我，在一开始都没有分辨出来呢？

还有，朵朵和小妖在哪里，为什么她们都不在？

难道是……我现在还在幻境中？我所遇到的一切，包括我就要死去的这些信息，都只是假象？一切皆虚妄？施展迷幻术的那个敌人，他的目的，是不是让我自以为我死了，然后意识消亡，即使身体在，顶多也就是一个植物人，三魂七魄皆无？

我的思绪开始变得越来越快，越来越快，猛然间我口中迸发出一声大吼："洺！"

九字真言的功效我已经普及够多，此言乃"自由支配自己躯体和别人躯体的力量"，在惊慌之下，一举喊出，将我浑身的血液和炁场都震动得一阵沸腾。当那源源不断的佛陀真义从无尽之处遥遥传来之时，我发现胸口伤痕收敛，而周边的景色开始破灭，如同破碎的镜子，化作了无数的碎片，整个世界都消失不见了，唯独剩下"杂毛小道"和洛飞雨两人，脸上露出了难以置信的面容，惊声尖叫道："怎么可能，怎么可能？"

万物没有可能与不可能的区别，而在于心。瞧着面前这两张脸开始变得古怪，如同围绕一个中心点旋转的古怪圆圈，我笑了，面对着这样的敌手，感觉到自己的内心无比强大。

"你怎么可能在这样缜密的迷幻杀戮大阵中苏醒，并且知道自己没有死去呢？"那个声音还在执着地问着，不知道代表着谁的意志。

此番倘若不是肥虫子在，只怕我就真的以为自己死了，意识丧失，魂飞魄散。不过我并不打算告诉"它"，微笑着，开始念起了金刚萨埵降魔咒，反复地在手上结着内狮子印。

终于，那个声音渐渐遥远，而我也从幻境中挣脱开来，发现自己摇摇晃晃，悬在半空，还吊在深渊上空的悬空浮岛之上，那安全绳将我绷得笔直，像钟摆一样，左右摇晃，而小妖和朵朵在悬崖边焦急地看着我，似乎在喊着什么，然而那声音被呼呼的风给屏蔽了。至于洛小北，则完全不见踪影。

我穿越了吗？我开始回想起来，过了几秒钟，我才想起我在跃上悬空浮岛时，上面的石碑曾经射过来一道白光，直入我体内。当时我以为自己没事，殊不知就从那个时候起，我就已经遭了殃，进入了幻境。

不过……后面的事情，到底是真是假？洛小北，她到哪儿去了？

两个小丫头见吊着如同死人一般的我睁开了眼睛来，不由得大喜过望，蹦跳着拍手。我感觉到安全绳末端的山寨军刀似乎有些不牢靠，于是也不多说，小心翼翼地顺着绳子往上爬去。很快，我重新爬上了悬空浮岛，朝着悬崖对面喊道："小妖，刚才发生了什么事情？"

朵朵这个小丫头嘴笨，语言组织能力不强，说不清楚，所以我问小妖。小狐媚子瞧我正常，便答道："刚才上面最高的那桩石碑射下来一道白光，将你笼罩，结果你这个家伙手一滑，就掉落下去，昏迷了，半天都动弹不得。瞧瞧你做的孽，莽莽撞撞的，真不让人省心！"

"白光？"我复述了一遍，果然是这样，于是问，"洛小北那个小娘皮呢？"

小妖脸儿一红，说："刚才光担心你来着，结果回过头的时候，那个平胸妹居然用了缩骨功，逃脱了缚妖索的捆绑，跳下了悬崖，水流一冲，就不见了踪影。这里面阵法精妙，步步为营，我和朵朵又心悬于你，所以就没有追过去。"

我听了，心中并没有责怪，反而一阵感动，要知道那缚妖索其实对猎物的掌控十分敏感，稍有动静，立刻心有所感，怪只怪小妖对我的安危实在是太关心了，结果让洛小北有了可趁之机。小妖这个小狐媚子，就是个刀子嘴、豆腐心的家伙。

我这般心中想着，不由得想起了某年某月某一天，某一个深潭之下的香艳渡气，一下子竟然痴了。

瞧见我这般模样，小妖不由得横了我一眼，大声叫道："发什么呆，洛小北那个死女人跑了，杂毛叔叔生死未卜，你可不能开小差啊。快点，瞧瞧上面什么情况。"

听到小妖的训斥，我这才醒转过来，口中暗自念着金刚萨埵降魔咒稳定心神，然后转身瞧去，这如林竖起的碑塔与我在幻境中所见到的一般无二，让人分不清楚到底哪儿是幻境，哪儿是现实，我只有凭借本心，让自己收元归一，稳定心神，然后逐一瞧过去。

在左手边的第三个石柱处，我找到了之前的那个齐人高石碑，往下瞧，正是那石雕貔貅，似鹿尾长，又似狮子，双角凶猛，栩栩如生，细腻洁白，摸上去有温润如玉的触感。虽然跟随虎皮猫大人良久，但是关于奇门遁甲、阵法八卦之类的知识，我所知并不多，一来不感兴趣，二来则是虎皮猫大人并不是一个耐心的师傅，除了骂人，嘴巴里面没有几句正经话儿，更何况这阵上所篆刻的符文，与常见的道家截然不同，自成一系，所以也瞧不分明。

我摩挲着这貔貅滑润的头，犹豫不决，不知道这一拍之下，是否会如同幻境之中，出现一头护阵兽灵过来追逐。

在思考了五分钟之后，我终于狠下心，将手"再次"拍在那凸起的眼珠子上。

喀嚓，一声动静过后，并无异常，前后没有一点儿变化，我的心中顿时一阵沮丧，脑海里面满是杂毛小道的形象。而这时，我听到朵朵的叫声："光，光……"

我一激灵，快步走到边缘来。在浮岛与悬崖间突然有光出现，接着如同海市蜃楼的景象一点一点形成，我看到了杂毛小道，这个家伙四肢被绑在一块儿，背包散落在一边，一把剑架在了他的脖子上。

接着我看到了握着那把剑的手，洁白细腻，纤长得如同弹钢琴的手指。是洛飞雨。果然，单纯比较起个人战力，杂毛小道还是及不上这邪灵教护法级别的女魔头。他们所在的是一处广阔的广场，地上铺着方正的青石砖，上方是岩石顶，四周灯火昏暗,微风摇曳……这是哪儿?就在我苦恼如何前往的时候,小妖突然朝着我尖叫道:"陆左,朝这边跳,快!"

## 第二十九章　驭兽斋，名二毛

小妖的叫声是如此尖锐，以至于最后一个"快"字，在半空中都形成了一个音爆，四处都有嗡嗡的回响。

其实早在小妖提醒之前，我已经感受到了一股恐怖的气息，正从我的身后汹涌传来。

唰——一道劲风抓向我的后背，我朝着石碑身后躲闪，那粗大的爪子触碰到石碑，顿时化作了虚无，而挥过石碑的那一段，却凝如实体，上面根根黄色毛发，如针一般。我心中惊悸，毫不犹豫地将震镜掏出来，朝着这货兜头一照："无量天尊！"蓝色的光芒倾泻进了护阵兽灵的身体里，立刻凝如果冻，闪耀着诡异的晶莹光芒。趁这当口，我转身朝对面山崖处飞身跃下。身于空中，我所恐惧的拍击并没有来临，朵朵在下方接应我，并没有让我被崖边青苔所滑倒。前冲几步，刚刚稳住身形，我想去拉两个朵朵，大声吼道："快跑！"

然而小妖脸上却浮现出一丝冷笑，娇声叫道："不用！"

她这话说完，突然高声喊道："朵朵，你左我右！"瞧见她摆出迎击的架势，我吓得心脏都提到嗓子眼儿来了，厉声大叫道："胡闹，这东西你们怎么可以力敌？"确实，瞧那护阵兽灵浑身翻滚烟云，脚踩朵朵黑雾，如魔王重返人间，光这威势，都不是人力所能够抗衡的。

小妖和朵朵却自有计较。朵朵腾空而起，单足点地呈飞天状，就在巨兽扑下之时，洁白如藕的小手上，突然出现了一圈精致的金环，上有金色铃铛七枚，叮铃铃，叮铃铃，稍微一抖动，立刻有宛若仙乐的声音发出来，让人如沐春风，感觉置身于仙境一般。护阵兽灵前足落地，脖子上面的鬃毛根根竖起，朝着悬空而立的朵朵"吼哇、吼哇"一阵怪异的嘶吼，似乎在嘲笑她手中的灵宝驭兽环没有用处，然而它还未叫到第三声，脖子一紧，被一根滑若游蛇的绳子给缠上了，将它的脖子掐得紧紧。

九尾缚妖索可是传说中天山神池宫流出的珍品，之后又经过杂毛小道屡次改造，加入了许多珍稀材料，起到了锦上添花、焕然一新的效果，刚才虽然不慎让洛小北使了诡计逃脱，然而却无法掩盖其"绳艺界大拿"的光辉形象，顿时就将这头貔貅一般模样的护阵兽灵给勒得难受，仰头发出一声惊天动地的巨吼："吼哇、吼哇……"

它受痛之后，四足生雾，朝空中腾起。小妖毫不畏惧，翻身就上了这畜生的背脊，如同高明的驭手，紧紧贴在它的脊骨之上，左手抓着飘飞的鬃毛，右手凭空虚张，牵动着这畜生的神经。朵朵这边，则运用鬼力，将灵宝驭兽环给驱动得功效全开，飘飘然的仙乐如魔影贯脑，将那护阵兽灵的意志，一点一点地消磨。

当时的情况凶险万分。护阵兽灵和一转过后的本命金蚕蛊一样，是介于灵体和实体之间的存在，它对那悬空浮岛并无多大伤害，然而撞到悬崖这边的地上和石笋，却是石屑飞溅，几乎没有什么能够阻挡它恐怖的撞击，整个空间都在颤抖、在呻吟，无数的石头从头顶落下来，砸在岩地上，接着又被翻身的护阵兽灵朝着地上一通滚，碾压成飞灰。

这畜生挣扎得越凶，表明小妖和朵朵对它的伤害越大。如此的场面足足持续了五六分钟，当护阵兽灵的动作终于迟缓了一些的时候，小姐妹俩双手交叉握在一起，齐力催动灵宝驭兽环："驭……"

嗤……一声煤气罐漏气的声音传来，接着那篆刻着密密麻麻、蝌蚪般符文的手环突然光芒大放，幻化出无数涌动不停歇的白色光芒，直接笼罩在护阵兽灵的头上。又奋力挣扎几下之后，护阵兽灵终于停止了所有动作，前爪屈伸，像一只大猫一般，趴了下来，舌头长长伸出，喘着粗气，它身上那滚滚的黑烟也开始停歇下来，像快要熄灭的火堆。

朵朵落在它大如箩筐一般的头上，摸了摸这畜生脖子后面的细毛，也不知道朵朵的手上有什么魔力，护阵兽灵竟然发出低沉的吼声，显得无比慵懒和惬意。

被、被驯服了？

这样也行？我有点儿不敢相信。我忍不住结了一个内狮子印，一印击出，发现这并非幻觉，顿时有一种儿女考上大学的那种老父亲心态，满满的成就感油然而生。

小妖将护阵兽灵脖子上的缚妖索松了一点儿，问我有没有零钱，或者金银首饰之类的东西。

我掏出钱包，里面还有上次在泉城吃早餐时补的三个钢镚儿，我掏出来，问，干吗？

还没待小妖回答，护阵兽灵本来趴在地上的脑袋突然抬起来，一条软嗒嗒的舌头一卷，将我手上的钢镚儿卷走，往肚子里面吞去。我勒个去，这货还真的是只进不出的貔貅啊。没等我诧异完，只听小妖得意地喊道："不是说要去找杂毛叔叔吗？上来，我载你去！"

骑在护阵兽灵身上的小妖比开着法拉利、兰博基尼跑车的白富美还要嚣张。护阵兽灵将头一低，拱到我的身下，将我高高抛起，屁股一颠，将我给稳在了身上。小妖把从洛小北那儿缴获过来的青锋宝剑递给我，左手紧紧抓住护阵兽灵脖子上面的鬃毛，右手拎着九尾缚妖索，大声叫道："抓紧了……"

护阵兽灵身体比我们乡下最强壮的水牛还足足大上一倍，根本就骑不了，我双腿紧紧夹着这畜生的背脊，手则抓住了它身上长长的黄毛，说，好嘞。

"是吗？"小妖问道，嘴角露出一丝坏笑，一拉右手的绳索，喊道："二毛，去找到刚才图像里面的那个大厅，驾！"

二毛？这是我身下这头英明神武的护阵兽灵的新名字吗？小妖这取的名字也太恶俗了吧！还没等我吐嘈，一阵天旋地转，护阵兽灵突然腾空而起，皮肤往外面喷发出气体，往前跨了几步，朝着黑黢黢的深渊直跃而下。

骤然失重的感觉让我忍不住大叫出声来，双手本能地朝前一伸，紧紧搂住小妖的小蛮腰，心脏都要跳出来。这痴蠢畜生是要同归于尽的节奏吗？

当然不是。这货腾身而下了十几米，接着朝前方扑去。头顶是飘飘扬扬的水汽，前方一片黑。过了好一会儿才发现，这是一个巨大的圆坑，有大大小小很多通道，朝着不同的地方行去。

瞧见这些孔洞，我便知道洛小北就是跳进了这里逃脱，甚至我刚才的那幻境，都有可能是那个小妮子在操控，要不然为何杂毛小道一直拉着我，问我对洛小北的印象呢？

护阵兽灵对这些路途十分熟悉，也不知道这畜生是踩在实地上还是空气中，速度飞快，整个儿就是风驰电掣，黑暗中也没有什么参照物，耳边的风声呼呼地刮，将我额头上的头发吹得散乱，十分剧烈。

一路颠簸，过了不知道多久，忐场感应，从无比狭窄的通道中解脱出来，来到了一个无比宽阔的地方，风声不再，四处隐隐有回声传来："最后说一遍，你快点将布置在我剑上的手段给我解开，不然我就让你这个臭道士，死无葬身之地……"

这声音，不就是洛飞雨那又糯又软的普通话儿吗？

身下的这头护阵兽灵，居然真的将我们带到了这里来了？

我有些惊讶，为了证明这非幻觉，我再次结印念咒，精神一清，方知并无虚假。正在我确认之时，杂毛小道虚弱无力的声音也从上面传来："牡丹花下死，做鬼也风流。死在你这样的如花美人儿手里，我这一辈子，也算是值得了！"

"好你个没正形的臭道士，看来你是真的不想活了，解一个禁制会死啊？"

杂毛小道忍痛哈哈笑："人死鸟朝上，不死万万年。我解也是死，不解也是死，与其解了让你去祸害我兄弟，不如就这样吧！"洛飞雨咬牙含恨道："留你性命不过是为了我这飞剑，既然如此，那好，我先送你归西，再让你兄弟过来陪你吧……"

听到这话，我使劲儿抓了一把身下的护阵兽灵，那畜生倒也通人性，腾空而起，朝着前方一跃。也不知道碰到了什么，我的眼前突然一亮，见到洛飞雨将秀女剑前指，正准备刺向瘫倒在地的杂毛小道。

## 第三十章　兄弟相聚

杂毛小道倒是没有被绑着，不过浑身好几处伤，卖相颇惨。他自知必死，倒也释怀了，紧紧闭上了眼睛，不作他想。

瞧见这情景，我不由得口中大叫道："不可！"朵朵和小妖更是直接，前者一道蓝光朝着洛飞雨的身上甩去，后者则直接借着护阵兽灵的冲势撞向洛飞雨的怀中。

朵朵的那一蓬蓝光，乃癸水之力凝结而成，里面蕴含着迟缓和致幻的效能，洛飞雨也晓得厉害，手腕一抖，刺向杂毛小道脖颈的秀女剑回转过来，划出一道圆弧，将这蓬光给兜住，旋转到了另外一边儿去。

当她回剑过来的时候，小妖已经将自己的麒麟玉体锻至极限，如一块投石机射过来的石头，冲到洛飞雨的胸前。见到小妖势若万钧的气势，洛飞雨知道硬碰硬不是什么明智之举，于是单手执剑，一套软绵绵、如三月江南朦胧烟雨的剑法展现出来，将小妖这凌厉的攻势给化解下来。两人都是格斗的行家里手，一人剑法出众，一人身坚如玉、势大力沉，电光火石间就过了好几招，那秀女剑尖与小妖玉化之后的肌体擦出蓝光一般的电火花，在昏暗的大厅中绚烂无比。

小妖上前拼斗，我们自然不是木头人。我让朵朵驾驭住护阵兽灵，自己飞跃下来，倒提着洛小北的青锋宝剑，朝洛飞雨冲了过去。瞧见我这边疾冲而来，洛飞雨竟然快我一步，将地上躺着的杂毛小道给抓在怀里，紧紧搂着，秀女剑横在杂毛小道的脖子上，厉声喝道："止步，止步！不然你们见到的，只会是一具无头尸体！"

洛飞雨尖厉的威胁使得我们的身子一阵凝滞，动作也都停了下来。

虽然我想着能不能忽悠一下她，让她以为我们并不在乎杂毛小道的生死，然而我与这家伙的关系熟人皆知，于是只有作罢，几人聚拢到了她的对面五米处，站定。瞧着杂毛小道虽然有些虚弱，但是洋溢着幸福微笑的脸，我愣了一下神，才反应过来：洛飞雨从后面挟持着这家伙，丰满的胸口却是紧紧顶到了他的背上。那感觉，我幻想了一下，嘿嘿，忍不住有些小激动。

彼此僵持，瞧见我们都全神戒备地站在面前，而旁边还有一头造型恐怖的凶兽，洛飞雨不由得紧紧皱起眉头："你们是怎么过来的？"

我不答，盯着这张妩媚柔美的俏丽脸庞，沉声说道："身为邪灵教右使，挟持人质这种事情实在是太跌份儿了，不如你将我兄弟放开，我们光明正大地痛快战一场，如何？"

洛飞雨根本不理会我这热血的提议，她感觉到了杂毛小道正在用后背蹭自己的胸口蓓蕾，不由得气恼地往后躬身，再给杂毛小道脖子划了一个浅浅的口子，鲜血流出。一声惨叫过后，杂毛小道倒是老实了，洛飞雨这才抬起头来，缓缓说道："单挑？这也不是不可以，不过你怎么保证我放人之后你们不会一拥而上呢？如果连公平都保证不了，我为何要冒这么大的风险跟你单挑呢？小子，你要记住，主动权，是掌握在我的手上，而不是你们！"

洛飞雨一番话语，思维缜密，逻辑清晰，不愧是能攀高位的大人物。瞧着她笃定的性子，我眼睛一转，嘿嘿笑道："你不是问我是怎么来的吗？"没等她问起，我将右手的青锋宝剑高高扬起来，得意地说道："我想我们现在可以对一些事情达成共识，并且共同完成一项交易了！"

"小北？"洛飞雨柔媚的眼睛顿时精光四射，露出杀气："小北的剑怎么会在你的手上？"

瞧着这个美女右使露出狰狞面目，我的心情反而变得愉快起来，知道洛小北确实使得她乱了方寸，于是含笑说道："洛小北假借崂山弟子的身份，试图接近于我，结果反而露出了马脚，现在被我生擒于某处，得她指点，我们方能够降服阵灵，找到此处……"

洛飞雨眉头一挑，说："不可能，小北才不会束手就擒呢。再说了，你们人都在这里，为何会留她在别处？"

洛飞雨的疑问让我一滞，她还真的了解自家的妹妹。杂毛小道这时却笑了，嘿嘿说道："右使大人，你仔细数一数，我们的人，真的都在这儿了吗？"

经杂毛小道提醒，洛飞雨目光一扫，不由得肃声说道："那头花里花哨、满口胡言的肥母鸡在哪儿？"

得到杂毛小道提醒，我也嘿然一笑，说，你猜呢？

洛飞雨的脸上阴晴不定，然而到了最后还是妥协了，叹气道："唉！原来她真的没有跟我开玩笑，这个倔蹄子……她没事吧？"

我沉吟了一下，虚实结合道："受了点小伤，不过无碍。你妹妹十分聪明，合作得很，我们是不会伤她的。你将老萧放了，我将你妹妹放了，如此一来，大家相安无事，可好？"

洛飞雨用那一双藏有春水的眼眸，直勾勾地瞧着我，好一会儿才点了点头，说好。

我缓步上前，说，我们这就返回去，当面交换，如何？

尽管我这一招是"诈胡"，手上根本就没有王牌，不过我还是保持淡定，和缓静气地说着话，小心地指了指杂毛小道脖子上的剑说道："松开一些，要是一个不小心，我想到时候你和我，都会很伤心的，对不对……"

洛飞雨听得我的劝，秀女剑终于离开了杂毛小道的脖子，磨着牙齿说道："小北到底在哪儿？"

"她在……"我拖长了语调,而旁边的小妖则朝着杂毛小道使眼色,哪知这个小狐媚子做得太明显,给洛飞雨瞧见了,顿时一声厉喝道:"你们在搞什么鬼?你在骗我,对不对?你……"

她的话还没有说完,一直蓄势待发的杂毛小道身子一伸一缩,屁股一撅,便如同游鱼一般脱离了洛飞雨的掌控,蹲身在地,一招黄狗撒尿,左脚抓地,右腿从下方斜向朝上,朝着身后的这个女人猛力蹬去。

几乎就在同一瞬间,洛飞雨的秀女剑也回转了,竟然不管不顾,朝着杂毛小道的后腰刺去,行的竟然是两败俱伤的路子,显然是对自己被忽悠的事情气愤到了极点。我见状立刻伸剑去挡,而身后的护阵兽灵则一声滔天咆哮,朝着洛飞雨扑去。

这一番交锋实在是太快了,此刻回想起来,我仅仅记得我出剑与其互刺了两记,这位邪灵教右使最终还是没能将杂毛小道刺杀,而是在与我拼了一剑之后,被杂毛小道一脚蹬在胸口,朝着后方飞去。

杂毛小道一点儿都没有怜惜美女的风范,那一招黄狗撒尿简直是老辣万分。洛右使身高一米七几,绝对的高个女神范,结果正好踢在了胸口,波涛一缓冲,使得力道缓解很多,人腾空而起,如她在白居塔上偷取虹光一般,附在了四米多高的岩石顶上,蜘蛛一般滑动。

朵朵身下的护阵兽灵早已饥渴难耐,瞧着这巴掌大的人类居然敢挑战它的领域,顿时一声狂吼,朝上扑去。

我趁着洛飞雨被猛兽追赶自顾不暇的时间,跑到躺在地上的杂毛小道身边,将他扶起来,问,还好吧?杂毛小道从衣服缝隙里面摸出一颗红色药丸,放入嘴中吞服,几秒钟之后,手指上夹着一张符箓,挥舞一番,贴在自己的眼皮子上,朝我看来,终于叹了一口气,说,终于不是幻觉了。瞧他这一副谨慎模样,我就知道他和我一样,都被这东夷迷幻杀戮阵给坑惨了。杂毛小道抓着我的手,捏了捏,说:"小毒物,你知道吗?刚才你开启恶魔巫手,掐着我脖子,我都以为我要死了。结果后来想想不对劲,你吃了豹子胆敢掐老子?于是才发现是幻觉,这才没有自我催眠地死去……"

听到杂毛小道这句话,我顿时一阵无语,不知道这迷幻阵是如何运作,这好得同穿一条裤子的老友,却被安排在彼此的幻境中,自相残杀,这还真讽刺啊!

我们两个这边正感叹着,头顶上突然传来了朵朵的一声惨叫:"啊……"

## 第三十一章　战斗模式

抬头往上一看，如同蜘蛛吸附在天花岩壁之上的洛飞雨嘿嘿笑道："小北身上的灵宝驭兽环，还是我用剩之后留给她的，岂能是你这个籍籍无名的小鬼头，所能够使用的？起开！"

随着她的一声厉喝，朵朵右手手腕处那金光闪闪的手环顿时一阵抖动——叮铃铃、叮铃铃……在手环铃铛不断的响声中，朵朵的右手不受控制地举起来，仿佛有一股无形的力量，在将她的手给牵引得高高抬起来。朵朵是一个倔强的孩子，她骑在护阵兽灵的脖子上，就是不肯将这勒得她小手儿生疼的手环解脱，咬着牙坚持着。

瞧见这个小鬼儿如此这般的坚持模样，洛飞雨嘿然笑道："你这小鬼儿，倒是个心志坚定的小家伙，倘若假以时日，必定是一方人物，不过此时的你，对我来说实在是太弱小了……瞧见你这可爱模样，我便不再为难你了吧。"

此话一说完，手环上面的七个铃铛同时响了起来，接着在肉眼所见不到的空间里，金色手环一阵恍惚，再一次出现的时候，已经佩戴在了洛飞雨白嫩如藕的手臂上。那金色手环在微微昏黄的灯光下，将她的皮肤衬托得分外迷人。

手环易手，洛飞雨开始念起了驭兽的诀咒。正主使用，那效果自然十分显著，原本凶猛如虎的护阵兽灵攻势减弱，行动越加地迟缓起来。瞧这场面，小妖大叫一声不好。飞身跃上护阵兽灵的脊背，从朵朵手中接过了缚妖索的一端，手在这畜生的头顶上一摸，将护阵兽灵扯回了地面上来，焦急地朝我喊道："陆左，这女人的手环太厉害了，阵灵扛不住，只怕要反水了，我将它带到别处去，这里你先顶一会儿，我很快就回来了！"话音刚落，小妖便驾着身下的巨兽，与朵朵一起，朝着先前我们冲出来的洞口跃下。

我拍了拍杂毛小道的肩膀，说，嘿，老萧你没事吧？杂毛小道摇头，说没事。

他嗑完了藏在衣服缝里的药丸，身上、脖子上面的伤口便开始愈合结痂了，然而眼睛珠子却变得布满血丝。待瞧了个仔细，我吓了一跳，再次确认道："你没事？"

他摇头说："真没事，这玩意儿是祖传大力丸，跟上次虎皮猫大人给的差不多，基本上都是兴奋剂的成分，吃完像打鸡血，副作用也不多。怎么，要不你也来一颗？"

头顶上洛飞雨冷声哼道："陆左，倘若你不将我小妹的情况说来，今天你就休想活着出去！"我抬头看着四肢反抓岩顶的洛飞雨，感觉脖子有一些酸。我这个人也是有些傲气，瞧见这个女人一副高高在上的模样，心中便有些腼应，冷哼道："别耍嘴皮子了，你倘若真的有这本事，就不会失剑，又在刚才被我们追得到处乱跑了……"

洛飞雨杏眼圆瞪，恨恨地说道："刚才那古怪的凶兽在，我倒也不想平白耗费实力，现在它走了，就剩你们两个小杂鱼，我何惧之有？闲话少说，去死吧！"

她深信"拳头底下出真章"的道理，见我死鸭子嘴硬，就是不肯说，便想着先将我给撂倒再说。于是不再多说，手中的秀女剑一挽剑花，从上而下，一剑光寒，漫天剑意，朝着我的全身笼罩而来。

这是我第二次与她真正交手，如此单独面对，方才知道这邪灵教高层的顶尖实力，让人根本不可力敌。那精妙的剑法和气势，甫一出手，便已经将我的意志锁定，无论如何闪避，都被料敌于先，死死克制。我手上的青锋宝剑与秀女剑拼了两记，结果"锵、锵"两声响，漫天龙吟升腾，我的右臂一阵颤抖，发麻，差一点儿就想将那剑给扔掉了。

唰唰唰，就这几下，即使身体有着内伤，即使秀女剑的飞剑功能被杂毛小道和虎皮猫大人联合封印，洛飞雨已然凭借自己的剑技和力量，占了上风，剑尖一转，朝着我的脖子处削来。

一柄剑横空而出，杂毛小道不知道从哪儿摸出了鬼剑，将洛飞雨的剑势封堵，两人战作一团，反倒是半吊子剑法的我，却成了看客，插手不得。

瞧着洛飞雨与杂毛小道剑气纵横，我不由得心叹，果然是人比人气死人，洛飞雨并不大我几岁，然而这身修为，却比那些修行了一辈子的老家伙还要厉害——这就是家世的原因吗？

没有雷罚作为道法牵引，手持鬼剑的杂毛小道并不能够胜过还负有内伤的洛飞雨，要不然他也不会在我们之前，就被洛飞雨生擒。即便如此，杂毛小道还是奋力拼搏，每一次进攻和防守都竭尽全力，双剑交击的火花在昏暗的空间里迸射，每一声清越的声音都在直入头顶，在短时间之内，杂毛小道竟然依靠着那颗兴奋剂一般的药丸，顶住了洛飞雨的进攻。

杂毛小道在拼命，我自然也没有闲着，我自知剑技平庸，但是我体内的力量却要比杂毛小道来得浑厚，于是我开始不断地积蓄气力，让自己腹中的那股力量开始逐渐的攀升起来，缓缓地，缓缓地……

突然间，我觉得小腹的那股力量猛然觉醒，仿佛有了自己的意识一般。这意识里面包含着许许多多的战斗技巧，丰富得让人欣喜，一时之间我也消化不了，于是下意识地让我的思想，交给这股力量潜在的战斗意识支配。

这……也许就是道家请神、楚巫扶乩的一种表现形式吧？

终于，我能够感觉到一股陌生的冰冷蔓延上了我的心头，倏然间，我看到了一处"力"的空隙，身不由己地朝前插入，然后一掌拍出。

奇怪的事情发生了，我明明拍在了空气中，但是洛飞雨偏偏在闪避杂毛小道的过程中，退到了那里，结果我一掌拍实，嘭的一声响，洛飞雨虽然及时变了方向，但还是承受了我小半的力道，娇哼一记，右手上面的秀女剑就化作漫天光芒，朝着我刺来。

我毅然不惧，手中的青锋剑及时回援，哗啦啦，竟然化作了肉眼所见不着的剑影，将洛飞雨的剑势一一封堵。接下来又拼了几下，居然招招针对，甚至能够技高一筹，将其凌厉之极的剑势压制。杂毛小道见洛飞雨被我接下，不由得长呼一口气，揉了揉酸得发胀的肩膀，大声叫，小毒物你小心一点儿。

那一刻，我的心冰寒无比，根本没有理会杂毛小道的关心，青锋宝剑挥洒出一大蓬剑花，将洛飞雨逼迫到了广场右侧的一处石柱之前。见到我此刻的身手和之前有着天壤之别，洛飞雨不但没有害怕，反而脸上一阵欣喜，口中高叫道："好，好，好！如此对手，真让人兴奋啊，我们来战！"

洛飞雨此刻却来了战意，秀女剑一挽剑花，与我交锋在一起，一时间，剑光身影四耀，光寒陡然腾升，叮叮当当响，好不凶险。

换做平日里，洛飞雨如此这般的身手必然是稳稳压住我的。此刻我与她势均力敌，本应该自豪骄傲，然而我心中却是一片冰冷，眼中唯有剑，唯有敌手，剑势一涨，攻得洛飞雨节节后退，竟然有些支撑不住。

正当我准备乘胜追击，杂毛小道突然喊道："小毒物，先等等，她在借用与你的拼斗，解除封印！"

什么？我以为洛飞雨此番与我接敌，只为战个痛快，原来竟然是为了解除秀女剑上的封印啊？

我收住剑势，冷眼瞧去，只见洛飞雨一声娇笑道："现在才看出来？哈哈，晚了！"

她将秀女剑往自己的左臂上面一抹，鲜血飙现，以之祭奠，那附着在秀女剑上面的朱砂和符文立刻燃烧起来，淡蓝色的冷焰招摇不定，当我提剑上前的时候，却听到一声铮然笛鸣，清越入空，恍若龙吟，使得我的心神一阵恍惚，先前那种如镜一般的冷静状态顿时如同潮水一般回转到腹中，本我意识回现，刚一抬头，便见到洛飞雨人飞岩顶，秀女剑凝于半空。这剑稍一停顿，朝我飞射而来，气势惊人。

早在与青城山老君阁李腾飞交手时我便已经有过战飞剑的经历，不过李腾飞与洛飞雨自然不能比拟。飞剑如影形，追得我无比狼狈。突然，从东首传来一声佛号："阿弥陀佛，找到了。在这儿呢师叔祖！"

## 第三十二章　莲竹禅师和他的小伙伴们

师叔祖？什么节奏？

很快，来人从黑暗中冲了出来，拢共四个，一水的秃瓢儿闪亮。

我瞧着眼熟，定睛一瞧，哇咔，这几个不就是在泰山顶阴阳界对我们穷追不舍的莲竹禅师，和他的小伙伴们吗？领头的，是那个鲁智深一般魁梧的大和尚释方，待瞧见了我和杂毛小道，以及与我们拼斗的洛飞雨，他也露出了难以置信的惊容，口中沉声道："黑手双城拜托我师叔祖前来救援的人，竟然是你们？"

听到大师兄请来的援兵竟然是这一伙人，我不由得也觉得头大。

别人还好说，这修炼闭口禅的莲竹禅师，根本就是个一条道走到黑的一根筋，倔驴儿，他固执地认为我体内的本命金蚕蛊，是能够毁灭世界的大祸害，先前残酷追杀，哪里会伸出援手，真正与我们相帮？转手追杀，还差不多呢。

请这样的家伙前来，可不就是给我们添麻烦、帮倒忙吗？那个身穿黄色僧袍的莲竹禅师大袖一挥，一道五彩霞云陡然出现，将我身前两米处的秀女剑给紧紧牵扯，不让动弹。洛飞雨一见莲竹禅师这霞云，顿时失声叫道："五彩云尺蠖？你这个老秃驴，竟然跑到这儿来了？"

她右手上的灵宝驭兽环一阵抖动，铃声四溢，那团彩带一般的霞云立刻往两边消散了一些，洛飞雨前冲，右手握秀女剑，左手飞出一道黑色烟云来，将大半个区域笼罩。杂毛小道害怕有毒，往后疾退，而我虽然不畏惧毒物，但也怕在这敌我分明的环境中被趁乱偷袭，于是跟着杂毛小道朝旁边躲闪。

以莲竹禅师为首的援兵却并不放松，释方大和尚一声震天巨吼："妖女休走！"他快步前移，手上居然提着六十多斤的水磨镔铁禅杖，朝空扑来，黑色烟雾中有兵刃交击的声响，丁零当啷。一个高瘦个儿和尚掏出一口巴掌大的黄铜钵盂，猛力拍了一下底部，一股狂风吹出，将那烟雾驱散，却见释方大和尚正挥动那沉重的水磨镔铁禅杖，与一个黑色影子打得正欢。

大和尚耍弄着那禅杖正来劲儿，瞧见面前这玩意儿，不由气得一声大吼，佛号一响，一掌印在黑影之上，空气一震，那黑影就变成了一张纸扎的人儿，飘飞下来。

原来，洛飞雨见到这一群和尚前来，自己一个人不能力敌，于是使出金蝉脱壳之计，早早地离去了。

洛飞雨逃逸，不过瞧着莲竹禅师和释方大和尚等四个来历不明的僧人，我们不敢造次。释方大和尚正在生气洛飞雨的逃逸，莲竹禅师一言不发，有一个满脸粉刺、脸色和善的小和尚倒是走上前来,对着我们施了一礼。他含笑说,小僧释永空,两位莫慌,我们是接到陈局长的借调申请,才前来与你们汇合的,这么说吧,我们是一路人。

我警戒地瞧向了默然不语的莲竹禅师,说,这位大师不要我的本命蛊了吗?

小和尚释永空摇摇头,说不用,陈局长已经专门就此事向我师父保证过了,我们自然就没有什么可说的,对于之前的误会,我师父也表示很抱歉。听到这小和尚的话语,我首先是惊奇,这个一脸青春痘的小和尚辈分居然比释方还高,是这个老木头疙瘩的弟子。接着不由得瞧向了莲竹禅师,这个眉深目重的老和尚见我们瞧过来,点了点头,却又将眼神飘到了另外一边去。

看得出来老和尚对我依然戒备深深,不过出家人不打诳语,他既然看在大师兄的面子上揭过此事,那么我便不用担心这死板的家伙再起异心,便不再管他们,一边与杂毛小道交流信息,一边打量这处广场上的景物。

这是一处两个篮球场一般宽阔的广场,中间有登仙台,可惜似乎很久以前经历过激烈的战斗,垮塌了大半,岩壁上有八盏鲛人油灯,将这空间给隐隐约约地概括出来。广场四通八达,有风从好几个地方吹来,神奇地在垮塌的登仙台上汇合,形成一个小型的旋风带。

何谓登仙台?这种建筑类似祭坛,不过后者是为了祭祀祖宗和神灵,而前者则是沟通天地,感受万物,进而能够将自己的灵魂得到洗涤,超脱于物外,得道成仙。这是古代道家内丹派独有的建筑形式,瞧着建筑颇为古朴,而且奇特,想来应该是东夷迷幻杀戮阵的中心地带。我们在观察的时候,莲竹禅师四人也在打量此处,青春痘小和尚释永空先前与我们没有冲突,这会儿过来套近乎,说这里……是不是传说中东夷遗族的遗迹?

我点头,说,此处大阵乃东夷迷幻杀戮阵,十分难破,你们是怎么闯进来的?

释永空告诉我们,他们本就在附近,得到特勤局的求助通知,便决定前来此处。虽然之前陈局长特意打电话过来与他师父解释过了,但是他们并不知晓营救的竟然是我们。如此也好,大家都是自己人,不打不相识,彼此还多一份交情,是不?再之后误打误撞,竟然一路到了这里,颇为顺利……

这个释永空倒是个长袖善舞的角色,我们点头感谢,不过心头也有些不安,要知道,这个地方十分隐秘,倘若不是那头桃花獾带着,这么多年也没有谁能够找到,整个金牛山翻遍都没有发现,而他们四人却能够一路摸来,似乎有些蹊跷。

我不敢多问,将杂毛小道拉到一边,问他,那桃元可有消息?我们今番前来,目的便是这可以将雷罚融合的灵气,可不能舍本逐末,弄得白跑一趟。

杂毛小道叹气,说那桃花獾溜进了黑洞中,便不见踪影,随后他和小妖就被邪灵教诸人发现,在地下黑洞中一路打打逃逃,逃命的干活,没有时间找寻那玩意儿,再之后与小妖失散,就更是不知晓了。

我回头瞧了一眼几个和尚,掂量了一番,有这四个修佛吃斋的僧人,特别是高深莫测的莲竹禅师,我们此番虽然不能够找到桃元,但说不定能够将周林这畜生擒杀于此,也不算白来。

杂毛小道也正有这想法,于是脸上挂着笑容,开始与四人攀谈。当得知此处的邪灵教余孽仍在,莲竹禅师四人表示可以出手,也好解脱百姓于危难间。

而就在此时,一阵古怪的吼声传来:"吼哇、吼哇……"这声音气劲悠远,雄浑苍凉,几个和尚都吓了一跳,却见左方的黑暗中跳出一头巨兽,正是将护阵兽灵牵走的小妖回返。我正想上前打招呼,却听到小妖惊声大叫:"陆左,这畜生没有灵宝驭兽环镇压,恢复了野性,我这边制不稳了!"

话音刚落,便见那两米多高的貔狄阵灵一如最开始一般暴躁地吼叫,四处乱撞起来。

这畜生脖子处有九尾缚妖索控制,然而没有灵宝驭兽环的配合,它便摆出了宁可玉碎、不为瓦全的气势,颇让人头疼。就在此刻,先前止住洛飞雨秀女飞剑的那束五彩霞云倏然一转,竟然钻入了这头喷着粗气的畜生体内,接着霞云漫天,将护阵兽灵给围绕。那诡异的感觉吓了小妖一大跳,她敏感地跳下了护阵兽灵的背脊,收回缚妖索。两秒钟之后,那头庞大的护阵兽灵轰然倒地,浑身抽搐着,身躯居然渐渐恍惚起来。

杂毛小道吓了一大跳,问旁边的释永空,这是什么?

抱着水磨镔铁禅杖的释方回答:"五彩云尺蠖,我师叔祖采肥城桃花林百里之精华而炼制,专刷法器灵体,一刷……"他得意的话语还没有完,青春痘小和尚打断了他的话语:"释方,戒嗔戒躁,你着相了。"

释方听得这话,念了一声佛号,退下。小和尚和颜悦色地与我们说道:"既然来了这里,不如我们一探究竟,也好知晓此处有甚奥妙,不知几位意下如何?"

宝物动人心,即使是出家剃头作了和尚,也止不住好奇。正在叹惜阵灵消失的我们此时也正想寻找桃元和周林,于是点头答应。大家瞧见此处并无什么有用的线索,于是选了较为宽阔的方向行走,而那头护阵兽灵经过那五彩云尺蠖一番教训,也乖了许多,小妖将它重新捆上,打倔驴一样走着。

不多时,身后油灯的光亮淡去。通道狭窄,我和杂毛小道走在后面,心中计较着事情,不知不觉走了一段路程,突然前方有凌厉风声响起,惨叫顿生,我和杂毛小道朝前看去,但见那个手持黄铜钵盂的高瘦和尚头颅飞起,血喷三尺。

## 第三十三章　东夷杀戮阵之人肉砌墙

这个不知道名字的高个儿和尚，可不是《西游记》里面那头断可生的孙猴儿，自然是一命呜呼，魂归幽府了。在漫天的鲜血中，我看到一个似蝙蝠一般诡异的黑色身影从前方掠过，然后朝着黑暗中遁去。

看到这挺拔俊朗的身材，我下意识地一声大叫："周林？"

那身影一顿，回过头来，黑暗中的眼睛里闪现出红色的光芒，以及雪亮的牙齿，正是周林那个忘恩负义的狗杂种。谁也没有看到周林是从哪儿冒出来的，不过他既然显露出了身形，并且出手杀人，自然再也躲不回去。

我们还没有反应，舍身崖的莲竹禅师出手了，单掌缓缓平推，整个空间的空气立刻变得迟缓凝固，有一股强大的吸引力，以这老和尚为中心缓缓集中，周林那本来快若鬼魅的身影也立刻变得乌龟一般迟缓。莲竹禅师的功法，竟然这般的厉害！

见到周林落单，本来还在跟我探讨如何抵御幻境的杂毛小道顿时一声大吼："周林！"服了大力药丸的杂毛小道话儿才说到半截，就如同一头蓄势待发的豹子，倏然朝前冲去。他的去势惊人，然而刚刚越过莲竹禅师的身边，冲势也化作了慢动作，本来由下而上的鬼剑也变得颤颤巍巍，停滞不前，老年痴呆一般。

时间在那一刻似乎变得十分缓慢，无数气流拉扯，然而当莲竹禅师将手腕一翻的时候，时间又恢复了正常，杂毛小道一剑飞去，身后跟着悲愤欲绝的释方大和尚……

通道黑暗，仅仅依靠着我们手上的强光手电照明，看得并不真切，前面传来拳脚交击的响声，沉闷得像揍面口袋。瘦高个儿和尚的骤然死亡让舍身崖的三位禅师顿时爆发，一阵急追，瞬间就冲向了通道尽头。我瞧了一眼在地道里面骨碌转动的光头，心中不忍，蹲身下来，将他睁得大大的眼睛合上，并且安回了躺在血泊中的尸体上。

前面几人奔行飞快，眨眼间便转入拐角处，我不敢落单，招呼骑着阵灵二毛的两个朵朵紧紧跟上。转了几个弯儿，发现人都停下来了，释方大和尚提着水磨镔铁禅杖正对着一面岩壁猛砸，喉咙里发出野兽一般的嘶吼声。我赶忙走上前去，拉着杂毛小道绷直的身子，问，怎么回事？周林呢？

杂毛小道的脸色一片阴沉，从牙缝里面蹦出几个字："跑了！"

跑了？我的眼睛顿时就瞪得硕大，能够在杂毛小道和三位舍身崖僧人，特别是那一位神秘莫测的闭口禅高僧面前逃走，这得有多厉害的手段啊？难道周林现在已经有这么厉害了吗？

我有些难以置信，低头避开释方禅杖砸出来的碎石，左右一打量，指着那被砸出

脸盆大缺口的岩壁说道:"就是从这里逃的?"

杂毛小道点头,却没多讲话,看得出来,他对周林的恨已经进入了骨子里。往日称兄道弟的家伙,转脸就朝着你关心的人背后捅刀子,还一副别人欠他的样子,洋洋自得,这样卑贱无耻的家伙,怎么叫杂毛小道不痛恨?

青春痘小和尚阻止了释方狂暴的动作,说道:"停吧,释方,从这里遁入岩壁上去的,应该只是一个恍如真实的幻影而已。真正的凶手,早就趁着这迷幻阵的布置逃掉了。那人是高手,绝对的高手,意识、手段、力量、经验和心态,都已经到达了一个巅峰!"

释方不肯信,红着眼睛说道:"你怎么知道的?"

释永空指着默然不语的莲竹禅师,说:"你应该知道,我和我师父,心灵是有感应的。我不知道,但他知道。"听到释永空的话语,释方一阵叹息,手上的水磨镔铁禅杖变得无比沉重,整个人都虚弱了几分。

释永空拍了拍他的肩膀,劝导道:"人总有一死,释能先去见了我佛如来,也是无奈的事情,我们回去,将他的尸体带回舍身崖塔林火化吧……"

三个和尚回转去,小妖驭使阵灵二毛让出一点儿空隙,然后我们跟在后面行走,然而走到了刚才事发现场,除了满地的鲜血和一个紧闭眼睛的狰狞头颅之外,那个高个儿和尚的尸身,竟然消失不见了。

"释能?释能!释能……"

大和尚想来应该是和那个高个儿和尚关系极好,瞧见自己的师兄弟在转眼间变成了一具尸体,回转头来,连尸身都不见了,顿时就有些崩溃,将手中禅杖一甩,哐啷一声响,跪在地上大声地呼喊着。释永空则脸色铁青,朝着四处望去。至于莲竹禅师,他闭上了眼睛,只有那眉头不断耸动,显示出心中的难过来。

我和杂毛小道对视一眼,都觉得事情实在是太蹊跷了,就这么一眨眼的工夫,高个儿和尚的尸身就不见了踪影,难道……周林那小子在鼓弄出那个真实幻影之后,就一直没有离开?

我正在头疼,突然释永空回过头来,盯着我,缓缓说道:"陆左,刚才你应该是最后一个离开的,你都看到了什么?"我摸了摸鼻子,说你们走后,我将这位大师的头颅安放回尸体上,然后给他没有瞑目的眼睛抹上,就跟随大家的后面跑过去了,至于其他,我就真的不知晓了。

"怎么可能,当时这里……"这个小和尚还待再问,突然,一直沉默不语的莲竹禅师走到岩壁边,伸手敲了敲,从石壁上面传来了回响声,清脆。

我们都站了起来,莲竹禅师将手放在了释方的肩上,这个鲁莽僧人立刻明白,将镔铁禅杖提起来,朝着那石壁就是一阵猛砸。

轰、轰、轰……十几秒钟之后,砸出了一个可供一人出入的口子来。

我用强光手电往里面照去,看见了一条人工铺制的甬道,宽两米,高两米五,光照在地面上，有湿漉漉的鲜血在流淌。果然，有人将尸身拖进了这里，然后朝着里间跑去。瞧见这甬道，舍身崖的和尚们根本没有考虑是否危险，释永空从身上掏出了一个布袋来，将里面的东西清空，将高个儿和尚湿漉漉流着血的头颅给包裹进去，然后一个跟着一个，钻进了洞里。

我心中疑惑，邪灵教等人在此之前，并没有来过此处，为何周林、洛飞雨等人对这里的环境却是如此熟悉，甚至能够借助这里的地形和机关，对我们实行暗算和偷袭呢？

难道是……洛小北那个小娘们已经对这大阵的中枢掌控了，所以才会如此为所欲为吗？

倘若如是，那我们此刻就真的有些危险了！

很快，我们所有人都通过了释方凿出来的洞口，沿着血迹朝甬道里走去。这条甬道斜斜往下，尽头处还传来了水滴的声音，嘀嗒嘀嗒，透露出一股子邪劲。不知道怎么回事，我总闻到一股挥之不去的臭味，像是腐肉，又像是积年的粪池，从前方顺着风儿，一丝一丝地吹来。

走了二十几米，释永空突然停下了脚步，转头朝着我们这边喊道："陆左，我师父'说'前方有大危险，能不能让你降服的这阵灵，上前一探究竟呢？"

我回头问小妖，二毛这畜生还行吗？

小妖说可以，经过大师的压制，二毛乖多了。

护阵兽灵庞大的身躯几乎挤满了整个甬道，在小妖的驭使下，缓步前行，我们则跟在后面。走了差不多十几米，听到那头畜生口中巨大的嚎叫声："吼哇，吼哇……"接着朝着前方狂奔而去。

这是接敌了吗？

我们精神一振，朝着前方一阵飞奔，走了几分钟，突然前方一片开阔，昏黄的光线布满视野，而二毛庞大的身影也正在与三条稍微瘦小的野兽在撕咬。那些野兽说是瘦小，其实也只是相对而言，当我们出现在这开阔地的时候，有一头调转身子，朝着我们这边飞扑而来。

释方大和尚一点也不讲究什么"出家人慈悲为怀"，禅杖由下及上，一击即中那黑影的下颚处，我们听到骨头喀嚓一响，便见黑影飞了出去。借着周遭昏黄的灯光，我们也是瞧得仔细，那黑影竟然就是我们在上面桃花林中所见的巨狼。

二毛与巨狼的战斗仍在继续，被莲竹禅师的五色云尺蠛霞光一刷，它的实力似乎弱了许多，被撕咬之下，身子突然朝着东首边的一面肉墙撞去——等等，肉墙？我抬头朝东首看去，只见经过二毛猛力一撞，灰尘飞扬，我居然看见了一堵十来米长、五米多高的墙面，而这墙居然是由那密密麻麻的无头尸体堆成。因为撞击，一具尸体从缝隙里面掉了出来，这具无头尸体浑身血浆裹覆，身上穿着的，居然是和释方、释永空等人一般无二……黄色僧衣。

## 第三十四章  好歹是亲戚，我来看你死

让人作呕的腐肉腥臭，铺天盖地地袭来。当时我整个脑子"嗡"地一下响起，腹中翻腾，差一点儿就要被这臭味给熏翻在地。倘若想要了解这种臭味，人家乡下办丧事的时候，停棺三天，你趴在棺材盖旁边，使劲儿吸鼻子，大概就能够隐约晓得一些。

骤然之间，我也数不清这整整一面墙上，到底有多少具尸体堆叠。有的伸展、有的蜷缩，有的则是一团碎肉，根本分不清是什么器官和结构。这尸墙看着有很久的年头了，不同区域有着不同的颜色，有青灰、有黑浆、有粉嫩……

让人惊奇的事情是，这么多的尸体，竟然没有看到白色的蛆虫爬在上面，整面墙保持着诡异的整齐，强光手电照上去，完整极了。

见到地上那具挂满黑色血浆黏液的尸体穿着黄色的僧袍，高瘦个儿，释方仰头一阵悲鸣，热泪肆流。好一会儿，他左手拿禅杖，右手便准备不顾肮脏扶起那具尸体。

我瞧着那尸体上裹覆着的血浆，心中一动，伸手拉住了他的衣袖，沉声道："不可！"

释方想也没想，直接一个甩手，想要将我的手给撇开。

然而我仍旧将他的衣袖抓得牢牢，语气坚决地再次重复道："不可！"

"他说得没错，释能这身体被阴寒之气感染了，有毒！"释永空这会儿也看出来了，伸手拦住释方，语气低沉，"传说东夷巫族的祭师视人命如草芥，视死亡如回归，一旦杀戮，动则堆砌成人头京观，此番更是将人身堆砌成墙，看来他们的绝迹，还是有一些缘由的。"

上天有好生之德，杀戮过重则为逆天，总是不被这个世间所容的。我们陷入这东夷迷幻杀戮阵中，迷幻经历了好几趟，终于要面临着杀戮了。

情形越是诡异，我越是心头宁静，想着这肥城泰南之地政通人和，向来太平，哪里来这么多尸体，供人堆积在一起？倘若这尸体有了一定的年岁，还不早就腐烂殆尽，化为白骨一堆，又怎么会出现这般人间地狱的景象？陡然出现的巨狼，与这里又有什么样的关系，怎么会出现在这里呢？

我心头疑虑，没说话。在小妖的帮助下，护阵兽灵用前爪按住一头两米巨狼，另外一头也被吓到了，竟然直立而起，朝着角落跑去。它自然是跑不脱的，横空飞来一根长长的水磨镔铁禅杖，将这飞奔而走的家伙砸得一晃荡，继而被悲愤欲绝的释方一拳击在颅骨上。

这畜生的头倒也是坚硬,击打在上面,如钟轰鸣,却并没有死去。然而当它再次爬起来想要作恶的时候,喉口处突然出现了一枚拇指大的檀珠,滴溜溜地转动之后,打入颅腔之内,两秒钟,便轰然倒地,不复起来。

我惊讶地看了一眼释永空,没想到这个满脸青春痘的小和尚指力竟然会这么强,一弹指,竟然将偌大一头巨狼给杀死,果真是名师出高徒。佛爷也有怒,罗汉不超度,这些吃斋念佛的出家人并不是不会还手的教条呆子,瞧见自己的同门惨死,自然是也有愤怒的。

将这三头不知道从哪儿窜出来的巨狼或杀或擒,我们聚拢到了一起来,都觉得这样的地方,实在是太阴森诡异。闻着这浓郁的尸气,我感觉实在难受,从身后的背包里摸出五张裹着艾蒿的湿巾,分发众人蒙上。刚刚系到头上,便听到杂毛小道大声叫道:"小毒物,快跑!"

随着杂毛小道的一声呼喊,我的心脏骤然收缩,感受到一股恐怖的气息正在身前左侧的肉墙之上凝聚蔓延。突然间那肉墙一阵摇晃,本来砌得整整齐齐的墙体下方黑烟一冒,堆积的尸体化作了脓汁,上面的大堆人体便倾倒下来。

瞧着那无数肉块铺天盖地倒下,我感觉事不可为,跟着杂毛小道便朝着回路跑去。释方和释永空这一大一小两个和尚也感觉到了那一股庞大的力量,前者大叫一声好,握紧水磨镔铁禅杖准备战个痛快,却见莲竹禅师也二话不说,朝着回路奔跑,我愣了一下,脚步迟缓,结果落在了最后面。

我跑了几步路,听到小妖在后面大喊"陆左哥哥",身子便腾空而起,再次被阵灵二毛给顶到了徐徐冒烟的背上来。杂毛小道在前方奔走,瞧得眼热,不由得大声喊:"小毒物,这东西给力啊,不如将我给载上?"

杂毛小道一心想坐顺风车,然而二毛却不乐意自己的背上坐一大堆人,拐过头去,并不理会。见这畜生矫情,杂毛小道破口大骂间,很快就返回了刚才的岩石破口,正想冲出去,却见一道黑影守着,黑暗中红光明亮。瞧见这货,杂毛小道也不骂了,脸色阴沉下来:"周林,你终于出现了!"

守在门口的周林见到我们这疾速奔走的一行人,又听到杂毛小道满含怨恨的话语,脸上不由得一阵冷笑:"是啊,我来了,黄泉路上,送你们一程,也算是尽尽心意吧,好歹也是亲戚一场!"

## 第三十五章　尸墙化怪，堆叠而来

　　周林脸上满是幸灾乐祸的古怪笑意，配合着他阴柔俊朗的脸庞，在黑暗中显得尤其的诡异。我们与周林之间的仇恨，说起三天三夜都完结不了。杂毛小道没有废话，将手中青锋宝剑使劲儿捏紧，长剑一扬，倏然前冲。

　　我从未见过杂毛小道的速度达到这样的程度，快得恍如一道魅影，一阵疾风——唰，扬起风，也将杀意冲刺在空间中。我在后面仅仅能够看到他的背影，似乎与堵在门口的周林战了几记，哐啷几声响，漫天剑影飞扬，撞击声不绝于耳。

　　周林堵着的这个口子，是大和尚释方用那六十斤水磨镔铁禅杖硬生生砸出来的，而后经过身型巨大的阵灵二毛一挤，直径足有两米，并不是周林这一夫当关所能够守得住的。然而这个没有蛋蛋的男人却是自信满满，在与杂毛小道的交手过程中，他始终保持着居高临下的高傲和淡定，也不知道他使了什么兵器，那锋利的青锋宝剑砍在他的手臂上，不但没能寸进，反而发出沉闷的金铁交击声，反弹回去，弄得杂毛小道双手一阵颤抖。

　　眨眼的工夫，大家都冲到了通道里。瞧见大队人马赶到，周林不敢托大，眉头一竖，往后一退，双手拍在地上，口中发出不似人言的野性嘶吼。随着他这一怪异举动，那破口处突然生出了滚滚的浓烟，将这整整一片区域裹得昏暗，接着有无数背上两翼、拳头大的黑影，从烟雾中飞出来，口中发着"吱吱"的叫声。

　　我本来跟在后面冲锋，见迎面飞来一物，右手的鬼剑一刺，竟然落了空，接着胸口被重重地撞了一下。我左手握着的强光手电一照，一只相貌看起来非常丑恶的猪嘴蝙蝠附在我的胸口，这厮鼻部顶端有一片呈"U"字形的肉垫，耳朵尖为三角形，吻部很短，形如圆锥，犬齿长而尖锐，上门齿很发达，略带三角形，锋利如刀，正张嘴朝着我胸口咬去。

　　我哪里会让这小畜生得逞，刚一瞧见，强光手电就顺势猛敲一记，将这货砸倒在地，抬脚就是一踩，呱唧一下，鲜血飙射。还没等我踩第二下，四五只猪嘴蝙蝠便撞到了我身上来，我的小腹和左胳膊上一阵剧痛，如被刀割，显然是已经被咬到了，麻麻痒痒，毒性颇深。

　　正在我手忙脚乱地对付这些猪嘴蝙蝠的时候，阵灵二毛已经越过了我的身边，朝着烟雾中剧烈撞击而去。

　　轰——一阵惊天声响，恍若雷鸣，连我都被这空气的音波震得朝后退了两步。刚一站定，瞧见小妖和朵朵被甩飞而来，我伸手将两人接住，问，什么个情况？

小妖气呼呼地说周林这小子依托着那山体，在窟窿上面布了一个结界阵法，二毛撞上去，结果灵体溃散，差一点就挂掉了。我说不可能吧，二毛的形象这么威猛，黑烟滚冒，怎么这么不经事？

　　小妖的目光瞧向了我们的背后，朵朵说二毛离开了大阵中枢，被我们制服，得不到大阵法力的支援，这是其一，最重要的是那老和尚爷爷的霞光，实在是太厉害了，可怜的二毛现在只剩下了平日里二成的实力了。

　　我不由得苦笑，说，早知道你们就应该叫它九毛，那么此刻也不会这般辛苦……

　　我这儿苦中作乐，开着玩笑，两个朵朵的注意力都瞧向了后方，不再理我。

　　前方周林的大阵黑烟滚滚，杂毛小道、小和尚释永空和莲竹禅师都在破阵，人多且挤，释方大和尚则怕误伤到人，站在了阵外，帮着拨挡飞出来的黑色猪嘴蝙蝠。我也没再往前边儿去凑热闹，感觉到后方那股阴寒之气，越发地凝固如霜，接着有庞大动物行走的声音，一脚一个印子，将地皮都震得一阵抖动。

　　咚、咚、咚……

　　那声音越发地近了，而我则紧张得连呼吸都难以持续，沉身握剑，死死地盯着那通道的尽头，用发颤的声音朝着黑雾间喊道："老萧，我日，你们那里搞好没有？这边估计顶不住的！"

　　一片金铁交击声中，杂毛小道的声音飘来："周林这狗东西是吃了激素，他这阵法古老得跟刚出土一样，坚固得很，只怕是肥母鸡那厮过来，都搞不定啊！"

　　我刚想要冲进黑雾中瞧个究竟，甬道尽头突然冲出一个庞大的身影，它实在是太高了，这甬道根本就容纳不下，所以几乎是爬着朝这边来。尽管是爬，但是它的速度简直像是奔跑，我这才发现，刚才的脚步声竟然是一双手制造出来的效果。

　　这一双手青黑肥硕，上面有着蚯蚓一般的脉络和湿滑腥臭的脓液，顺着这手往上瞧，是一个巨大的人形怪物，它的头和双手青黑坚韧，上面有许多钢针一样的黑毛，身体则呈现出一种水泡过后的灰白滑腻之色。它仿佛是恶魔用许多具尸体，胡乱拼凑在一起的产物，脸上根本没有五官，而是许多手掌组成的一大坨肉，整体上看过去，有一种让人发疯的不和谐感。

　　我和大和尚释方都忍不住连着退了好几步，我焦急地朝着后方喊："那东西追上来了，扛不住的，怎么办？"

　　这回杂毛小道没说话，回话的是小和尚释永空："再顶一会儿，我们已经将这阵中的蝙蝠清理干净了，千万要顶住，不然大家都得死！"

　　听到小和尚那带着恳求的急切话语，我心中一沉，将鬼剑紧紧握住，回头瞧见那尸怪已经冲到了前方七八米的地方来，便将左手的强光手电卡在地上，又把脸上的湿巾紧了紧，即便如此，我还是被那滔天的腐臭气息熏得头昏脑涨。

　　旁边的释方大和尚眼中也露出决绝的意志，与我相对，点了点头，叹息道："阿弥陀佛！"此佛号一念完毕，似乎将胸腹中的那一口气，和满满的畏惧都宣泄出来。

他先我一步，朝着甬道尽头的尸怪疾冲而去，手中的禅杖平端而起，像中世纪的重装骑兵，有着一往无前的气势。我也开始冲锋了，紧紧跟在释方的身后，脚步飞快。

　　双方都在冲锋，七八米的距离眨眼即至。最开始与尸怪接触的释方大和尚将禅杖一抖，上面的铜环一阵响，立刻红光大现，重重扫向了这怪物的脖颈处，齐头没入，汁水四溅，黑烟滚滚。

　　然而这禅杖的一击之力也到此为止，那尸怪头上的手掌可不是摆设，居然从头上伸下来，约有四五双，紧紧抓着禅杖的一端，不让进退。与此同时，那尸怪抓在地上的大手开始朝前，伸向了释方的胸口。

　　大和尚分出一只左手来抵挡，结果那尸块堆叠的巨手直接就将大和尚的这只手包裹住，无数肉块像蚯蚓一样，沿着手臂，朝他的身体上蔓延而来。

　　这样的怪物，怎么打？我冲到跟前来的时候，脑子里还在想着这个问题，可是并没有得到答案。

　　有答案要上，没有答案也要上。我唯有硬着头皮，将鬼剑的潜能激发到了极致，朝着包裹住释方那只手的尸怪前肢斩去。这鬼剑乃槐树精华所制，天生对阴灵之体有着强效的吸附作用，而且经过天才符篆师杂毛小道的绘符篆刻，更是加强几分。

　　鬼剑斩出，立刻直入其内，将这一大团肉块之上的阴灵吸附，顿时活力丧失，释方趁机将左手给拉了出来，上面全部是湿淋淋的淡黄色尸液，腥臭异常。

　　一击得手，我并不恋战，舞动鬼剑，在外围小心翼翼地接触，两个朵朵也跟上来牵制，我这儿倒是没有多大危险。至于释方，他正在奋力与那尸怪头上的那些手掌拔河，一时间几成僵持局面。

　　时间不过三两秒，突然头顶一黑，笼罩在尸怪身体中的阴寒气息，朝着我这儿席卷而来。

## 第三十六章　破阵杀敌，夺路而逃

这气息如一张大网，将我紧紧裹覆，如坠冰窟。我脑浆都被冻得凝固，瞬间就嗅到了死亡的气息，仿佛我与那幽府，仅有一步之遥。

不过一步之遥也正是天壤之别，倘若我是普通人，或许就真正死在这里了。就在那一刹那，我的心中生出一股意志，一股不屈服、不妥协、不畏惧的卓然意志，将我心中的所有软弱都给驱赶开去。

我的牙齿咬得咔咔响，心中的愤怒开始成倍地积聚："不过是些提炼的死灵，竟然想让我这样伟大的生命死去，太不自量力了！"

我的心中突然飘过了这样的想法，胸中气息动荡不已，握着鬼剑的右手一阵灼热，那热烈并不同于天上的太阳，而是蕴积在地底的岩浆，含着潜流之下的灼热温度瞬间爆发出来，那些缠绕在我身上的无数鬼脸终于露出了恐惧的表情，开始逃走。来不及逃避的，纷纷被灼烧成了一缕缕毫无意识的气流，灰飞烟灭。

尸怪虽然在我这里受挫，但是与释方大和尚的僵持却取得了绝对的上风。尽管大和尚驱动经文发出的金光将那尸怪灼烧得黑烟四起，焦臭阵阵，但是他手中的禅杖却拔不出一分来，反而被紧紧拽着，朝着甬道的墙壁上摔去。

一声闷响，这个力大无比的大和尚先是被重重砸在墙壁上，接着面口袋一般，被扑倒在地。

为了防止这尸怪上前对那大和尚补刀，我不由得咬牙上前，将鬼剑挥舞得风声乍起，剑影相连，如同一道扇子般，凌厉极了。

尸怪此刻是趴在甬道里的，它倘若站直，恐有四五米高，这一点我们倒是占了大便宜，使得我这边拼命之下，倒也能够占得一丝上风，勉强将昏迷的大和尚救回。然而，能够吓得包括莲竹禅师在内的所有人跑路的尸怪，岂是这么好对付的？

在我激发腹中力量，击退了尸怪两个回合的攻击之后，这丑陋的怪物突然"口中"发出了娃娃鱼一样嘤嘤的叫声，双臂骨肉绷紧，拳头砸在了甬道的青石板上面，我们脚下立刻一阵巨震，接着它居然并不与我交锋，开始蹲身，准备爬站起来。这甬道狭窄低矮，哪里能够容得下它？然而这货不管不顾，将那巷道撑得不断呻吟，岩石的碎裂声不断从头顶传来。我吓得半死，这巷道倘若垮塌，我们必定是活不了的。

当下我不再犹豫，唯有将体内力量凝聚成一条线，一个箭步，朝着那恐怖尸怪的心脏处，挺剑刺去。

那家伙跪在巷道里，双手撑着顶上，空门大开，我一剑刺进去，竟然顺利破入胸膛。如此顺利，我却并不高兴，感觉鬼剑顿时就被那肉块所吸附，拔不出来。我也索性不拔了，将鬼剑在他体内一阵搅动。在搅动的同时，我已经将鬼剑吸附阴灵的能力激发到了极致，从这尸怪体内源源不断地吸收负面能量。

然而鬼剑厉害，却终究有限，我看见剑身洋溢着浓郁的黑色，几乎就成了木炭模样，知道再这样下去，鬼剑不但起不到吸附的效果，反而会被撑爆当场。

就在此刻，那鬼剑的末端似乎被什么给一把抓住，紧紧的，让我动弹不得。就在我生疑之时，尸怪血肉模糊、脓浆四溢的肚皮之上突然裂开了一道口子，一只毛茸茸的手从里面伸了出来。这手一点一点地伸出来，握住我的鬼剑，坚韧的掌心不流一丝鲜血。我的心往下面沉去。

尸怪的肚子终于被剖开，从里面蹦出一个一米九高的毛茸狼人，眼睛通红近妖，前嘴如犬，身坚似铁，浑身毛发上面挂着湿漉漉的尸液，甫一出现，二话不说便朝着我扑来。

这畜生的力量大得出奇，我的双肩被搭上，避无可避，唯有咬着牙，用脑壳去磕那狼吻。

就在我闭眼撞去的时候，预想中的疼痛并没有降临，反而是搭在我身上的那对爪子力道减轻了几分。我心中诧异，当下也把握时机，翻滚起来，听到旁边小妖和朵朵一齐的呐喊声响起："不准伤陆左哥哥！"

这声音中以朵朵那奶声奶气的话语最为着急，我心中一暖，大声叫道："小妖、朵朵，朝我靠拢！"

黑暗中，伸手不见五指，唯有黏稠湿滑的气流在身边流淌而过。我听到了周林一声阴柔的尖叫："啊，你这个老和尚，你怎么可以……"他的话还没有说完，突然间那黑暗便被倏然收敛成一团，有脚步声朝远处跑去，我看见了五彩的光华，在空间里游荡着，驱走黑暗。

杂毛小道又是一身鲜血地站在我的面前，打量了一下我，沉声说道："小毒物，你没事吧？"

我迎着杂毛小道关切的目光，揉了揉沉闷的胸口，说还好，那头狼人……话说到一半，我回身去找那头从尸怪肚中冲出来的狼人，见它正在跟莲竹禅师交手，老和尚仅凭一双肉掌，却能够将这力量极端恐怖的狼人压制得不敢猖狂。

见得我眼中一片清明，杂毛小道赶紧拉着我催促道："走走走！快点离开这里，不然我们就要葬身此处了！"

他拉着我来到刚才周林封堵的洞口，地上躺着一个黑衣人，不过并不是周林，而是另外一个邪灵教众。我跨过洞口，回头看向身后的杂毛小道，问，周林呢？

杂毛小道说，那小子左臂受伤，法阵被破，扔下同伴逃跑了。他回头招呼莲竹禅师："大师，那甬道快塌了，将那狼人引到这边来，我们一齐对付吧？"

这时释永空搀扶着魁梧的释方大和尚钻入这边通道，就连二毛也被小妖给驱使到了此处来,而莲竹大师却还被那头眼睛有着诡异红光的狼人给缠住,小和尚释永空心急自家师父,将释方拜托我们照顾后,返身回去。

瞧到那狼人的速度和力量出人意料之外的恐怖,杂毛小道一边在洞口布置,一边朝着我大喊:"小毒物,震一下!"我会过意来,摸出震镜,当头就是一照,蓝色的光打在了那头强壮的狼人身上,它的身形顿时一滞,莲竹禅师和释永空趁机冲出洞口来,如风一般。

见所有人都出了洞口,来到我们之前的通道上,杂毛小道燃起一道符,化作满天红莲,将此处灼烧,不让邪气冲来。

做完这阻敌之策,杂毛小道回过头来跟众人商量:"各位,此地甚为凶险,我们不可再作停留,速速离开,与大部队会合之后,再来掘宝,如此可好?"

之前的那尸怪与恐怖狼人已经让我们胆气全消,再无冒险之意,于是纷纷点头同意。

我将昏迷过去的释方大和尚甩到二毛背上,让朵朵照顾好,然后沿着原路返回。

一阵疾走,在迷宫一般的岩洞里钻来钻去,突然,在最前面的莲竹禅师停住了脚步,脸色十分难看。见此情形,释永空跟我们解释:"我们的来路被人利用阵法给转移了,出不去了!"

这是意料中事,小和尚说得无奈,我们只有回到石厅,让二毛领路,朝着中枢跑去。

刚刚一回大厅,东首边却出现了汹涌的尸群,角落里,那头红眼狼人正在四处张望。"跑!"杂毛小道一声低吼,我们不再停留,朝通向悬空浮岛的通道跑去。

## 第三十七章　狼人僵尸，魔舍利

我们狂奔猛跑了十几分钟，都感觉疲惫上身，而此处虽然迷宫处处，但是那狼人几乎是一直跟在身后不远处。

我们恐惧的是那头恐怖尸怪和它身周浓郁得如同实体的怨灵集合，至于这一个强力的落单狼人，即使再厉害，也不会让我们太过恐惧。眼看着甩脱不了这头狼人，那些尸群又因为行动迟缓被抛在了身后，我和杂毛小道边跑边商量，要将这头狼人先行拿下，逐个击破。

对于我们的想法，释永空表示了支持，说，不如我们找个地点，使出雷霆手段，伏击那狼人，争取以最快的时间拿下。

达成了共识之后，我们开始选择伏击地点，走过这条路的只有我和两个朵朵，先前我骑在二毛背上，黑乎乎的什么也瞧不见，自然也说不出什么所以然来，倒是小妖颇有战术家的风范，一边驭使阵灵二毛，一边给我们提供建议。

很快，又过了几分钟，我们在一个螺蛳弯口躬身而立，仅仅停止脚步半分钟，便有一道轻灵的脚步声从远处快速传来。

这畜生的速度快得如飞，转瞬即至。第一个出手的是杂毛小道，他的青锋宝剑预定着心脏的位置捅去，又疾又快。让人意外的是这一剑落了空，不是杂毛小道没有把握好机会，而是那头狼人居然瞧出了我们伏击的意图，在最关键的时刻骤然停住了身子。

杂毛小道刺空的一剑，打响了伏击战斗的第一枪，他剑势用老，并不追击，反而回剑防守，正好封住狼人攻过来的雷霆一爪，不过即使以他的平衡感，也倒退了几步回去。红眼狼人正待追击，我和释永空在这个时候已经顶了上来，封住去势。我持鬼剑，小和尚拿着一根敲木鱼的檀木圆棍儿，封住了这头恶狼的攻势。

当时我也是超常发挥，唰唰唰三剑，全部划到了这家伙的左腹之上。锋利的鬼剑划过，竟然只是火花四溅，进入不得寸分；小和尚则是以狼身为钟鼓，敲得怦然作响，筋骨血液一齐震动，使得这家伙身形一滞。

不过小和尚也由此引发了狼人的仇恨，那厮仰天一声嘶吼："嗷呜……"后腿一蹬，朝着释永空扑去。一道黄影闪动，莲竹禅师冲上前来，接应自家弟子。我和杂毛小道朝着几人落地之处扑去，他稳住剑，朝着我高声喊道："小毒物，这东西是哪里来的？你有没有感觉这畜生好像不是活物？"

地上三人缠斗，我无从下手，只有答话道："是那巨大尸怪的肚子里面，被我剖出来的！"

听得我这般说起，杂毛小道浑身一震，高声叫道："是啦是啦，此地有狼妖巢穴，既然人尸可砌墙，那狼尸也可以，能从那东夷尸怪的肚子中出来的，必然是温养多年的僵尸。莲竹大师，这畜生是头厉害僵尸，万不可以用寻常之法对付！"

听得杂毛小道提醒，莲竹禅师和释永空小和尚合力从这凶猛的狼人僵尸的扑咬中挣脱出来，老禅师双手开始结印，此印与我所知的真言宗手印又有不同，很快，居然有一道金黄色的"卍"字浮空而起，一开始只有手掌大，但是一秒钟之后，突然闪现出巨大的光芒来。白光一耀，我的眼睛一片光明，待慢慢恢复视觉的时候，那"卍"字已经如网，将狼人僵尸给紧紧束缚。这头拥有着恐怖力量的狼人僵尸口中发出震天的嘶吼，在通道里传得远远的，它奋力挣扎，结果那金黄色的光芒却越收越紧，将它周身的毛发和皮肤灼烧得黑烟滚滚，焦臭不休。

这时我们所有人都围到了狼人僵尸身前三四米处，瞧着这恐怖的变种僵尸，心中还在为那个消失了的东夷巫术所叹息——太匪夷所思了。

莲竹禅师的双手还在保持着那个古怪的印记，他看了一眼杂毛小道，点点头，算是感激杂毛小道的提醒，然后闭目仰头，似乎在心中为这头挣扎不休的狼人僵尸，念诵往生超度咒文。随着他眼睛闭上，金光越发明亮，最后狼人僵尸开始停止挣扎，浑身有着金黄色的火焰在燃烧，朵朵如莲，绽放在这样丑恶的躯体里，美与丑的对比达到了极致。

借着这金色的火光，我瞧见莲竹大师和小和尚释永空身上都有被这畜生抓到的伤痕，担忧地问他们感觉可好，我们背包里有糯米，是否需要拔毒？

释永空摇头说不用麻烦，他平伸出手掌，引了一朵火莲在自己的伤口处，灼灼燃烧，那伤口便开始结痂，发出焦臭的味道来。

两人将自己的伤口余毒烧尽之时，狼人僵尸也已经燃烧殆尽，地上一堆灰白的粉末。时间仅仅过了一分多钟，莲竹禅师蹲身在地，在灰烬中摸索了一会儿，掏出三颗晶莹如玉的骨头来，分别递给了徒弟释永空和杂毛小道和我。

我接过来，不知其意，小妖在头顶解释："这种级别的异种僵尸，焚毁后会出现类似于高僧圆寂之后的舍利，有人把它叫做魔舍利，也有叫尸丹精元的，能够给我、朵朵和肥肥提供能量补充，瞧这品相勉强能算中等，不过难得，也还算珍贵。龙刺身上必有一颗，那才算是顶级呢，陆左，啥时候叫你龙哥给我们来上一颗？"

她说得两眼放光，留着哈喇子，我却气愤不已。龙哥虽然是僵尸魔物，但于我却如同兄长一般，这小狐媚子竟然敢打他的主意，真是个没轻没重的小妖精。

我将手中的魔舍利扔给她，呵斥道："少胡思乱想，这个堵住你的嘴！"

小妖接过来，并没有留手，将这黑光流连的魔舍利扔进了身下二毛的肚子里："朵朵恢复真身需要能量，我就不用它这旁门左道的玩意儿了，这小狗儿被刷了一下，马力不足，先添一点儿油钱。"

那护阵兽灵嚼着这魔舍利，美味无比，兴奋得直打喷嚏。

听得小妖这话儿，杂毛小道苦笑着将手中还没有焐热的魔舍利抛给了朵朵，踢了我一脚，说，你家的小妖精，小心眼儿可真多。

这边分完赃，身后的尸气却越发浓重，脚步声似乎近在耳边，我们不再停留，朝着前方继续行走。

吃过了魔舍利的二毛终于没有了萎靡不振的模样，消化完毕之后，叫了一声"吼哇"，奔行如飞。我来的时候骑在它的背上，一路上风驰电掣，根本不知辛劳，此刻跟在屁股后面一阵跑，累得够呛。如此跑了不知道多久，那畜生腾空而起，脚底生云，冲向了前方。

我们连忙刹住脚步。前方有飘飘洒洒的水瀑落下，撞到突出的岩石，顿时化作万千碎玉水珠。清风吹来，合着那冰冷的水珠扑在我们的脸上，使得浑身湿气的我们精神一振，所有的头昏脑涨都消失一空了。

这口子处常年沾水，湿滑得很，而下边则是万丈深渊，杂毛小道小心翼翼地走到旁边来，将青锋宝剑插在岩石缝中，探出身子去瞧了一眼那黑黢黢的无底悬崖，回过头来问我，这是你们降服那头貔貅灵兽的大阵中枢？

我点了点头，说，那畜生现在的名字，叫做二毛。

杂毛小道脸上露出压抑不住的苦笑，说这里到处都飘扬着残破的古怪符文，显然是一个失落的东夷文明古阵，不过不知道怎么的，他能够嗅到危险的气息。此地处处凶险，不知道我们大家能否逃脱生天？

我叹了一口气，这时护阵兽灵二毛的身子回到洞口，将我们分两批驮了上去。

我们没有回崖边，而是直接上了悬空浮岛，二毛驮完我们之后，直接化作一道黄色光芒，射入我之前拍打的那块石雕之上，不再出来。小妖自有办法，她伸出手，在石雕之上摸了两圈，居然直接将其切割下来。

杂毛小道和莲竹禅师等人好奇地四处打量着，我则蹲身在地，瞧小妖处理这蕴含着阵灵的石雕，莫非这丫头片子准备将二毛带回家里去？正瞧着，我突然心生警兆，抬头看去，见两道婀娜倩影从东首的通道内缓缓走来，立即启动遁世环，低声朝着浮岛上的众人喊道："伏地，噤声！"

## 第三十八章　洛氏姐妹

其实不用我出言提醒，众人都已经感觉到有人来了。此处除了我们，倘若有人，十有八九是敌人，于是纷纷伏卧在地，不动弹。这浮岛之上尽是石碑，藏人方便得很，很快，在那两人走到近前崖边之时，我们都已经藏匿好了身形。

作为一个成熟的修行者，我们都知道如何收敛自己的气息，并且在遁世环的帮助下，倒也没有外泄气息。我不敢直视下方，生怕敏感的对方会感应到我的注视，不过仅仅从刚才的那一瞥，我的胸中已经了然，来者两人，应该就是洛氏姐妹。

虽然经历过一番苦战，不过若要对付这两人，有莲竹禅师在，我们其实还是蛮有信心的。两人在谈话，我们便竖着耳朵监听，试图从她们的对话中，找到一些我们所不知道的秘密来。

这姐妹两人边走边谈，洛飞雨似乎对洛小北的行为十分不满，高声指责道："……此番前来收集桃元，你答应过我，你只在幕后，绝对不会走上前来冒险的，为何又跑去跟那个陆左凑在一起？而且还将毛乙久给杀了？你知道么，刚才我与陆左他们遭遇，那小子就用你的青锋宝剑和灵宝驭兽环来威胁我，倘若不是被我识破，只怕你老姐这会儿就被他们给制住了。你啊你，真的不省事啊，早知道我就不答应老妈带你出来了，没一件事情让我省心！"

听到姐姐的抱怨，洛小北浑然不觉，当作没事人一样笑，说："安啦安啦，我知道错了。不过这一次你们能够在这东夷迷幻杀戮阵中自由穿行，还不是得益于我在中间指挥调度？倘若不是我，你们说不定就在这个大迷宫里面打圈圈，最后饿死得了……"

说到这里，洛飞雨似乎停下了脚步，揪着自家老妹儿问："我说这次来寻找桃元，你这么上心呢？这东夷迷幻杀戮阵，你怎么会了解得这么清楚？"

洛小北摆出一副很不屑的样子，嘲笑她姐姐："洛飞雨小妞儿，一看你就是个不爱读书的坏孩子。你不记得了？我五岁的时候，还是你带着我去翻老爸的书房，结果翻出一本落款是屈阳的手写书来——《古今阵法概略演义》，你还记得不？当时你跑去翻那修行的白皮书，结果我倒是抱着那本手写体读了好几年，人都痴了，不离不弃。"

"《古今阵法概略演义》？"洛飞雨笑了，说，"怎的不记得？当初你疯魔了，老妈吓得半死，说这孩子哑巴也就算了，如今又变成一个呆子，那可怎么办？她还说屈阳这个狗东西，害了外公郁郁而终就不说了，现在还害得小北这丫头疯魔，果真不是一个好种！"

听洛飞雨这般说起,洛小北满鼻子的不满意,大声说道:"可不能这么说,屈阳他可是人家的男神。要怎么样的奇男子,才会写出这般广博专注的书文来?实话告诉你,这东夷迷幻杀戮阵,也是屈阳书中的记载,要不然我哪里能够知道这消失了几百年的物件?"

"好了,好了,不说那个叛徒了。小北,你跟我说实话,那几个和尚是不是你放进来的?还有,你为何纵容陆左杀害毛师傅?你可知道,他可是我们滨海鸿庐数得上名号的高手,他此番死了,我如何跟小佛爷和老妈交代?"洛飞雨的声音变得有些严肃了,似乎在凝视自家的妹子。

洛小北"阿嚏"一声,揉了揉鼻子,不满地说道:"老姐,实话跟你说,毛矮子我怨恨已久,他这次死了,也算是了结了我的心愿——反正又不是我杀的;至于黑蝠,这个连自家师父都敢杀害的怪物,我觉得掌教元帅收留他,并且委以重任,绝对不是一件明智之举,这样的错误,如果能够通过敌人的手来解决,未尝不是一件好事。一人做事一人当,倘若此事暴露,我自当一力承担,绝对不会连累到你和老妈的……"

洛飞雨一声轻叹,说:"唉,小北,我知道你对教内很多人、很多事情看不惯,你觉得只有打破这些东西,重新树立规矩,才能够将我们厄德勒发扬光大。但是你可知道,上溯至沈老总,再到外公,历届先贤划下来的圈子就是这样,哪怕是掌教元帅,都跳不出这个圈子。你丫头,果真如小佛爷所说的,是一个自我毁灭的性格,真真就是一个作死的命,总有一天,你会自己作死的!"

她知道自己劝也无用,于是一声长叹之后,不再说话。

两人在崖边待着,彼此都生对方的闷气,也没有上到这悬空浮岛的意思。我趴在石碑后面,与旁边的杂毛小道面面相觑,没想到这姐妹两人彼此的观念,竟然会有这么大的区别。沉默啊沉默,沉默了好一会儿,洛飞雨才开口说道:"莲竹老和尚的加入,使得陆左等人实力大增,让这次行动变得诡异莫测了,我们不要再牵挂东夷人留下来的财产,离开吧。你知道如何离开这大阵吗?"

洛小北的情绪有些恹恹,不过还是答道:"简单,那悬空浮岛就是一个电梯模型,倘若想要离开,只需驱使下面的符文水汽,就可以很快脱离此处……"

这边两人说着话,从东手边的通道里又跑出两人来,正是之前消失无踪的周林,他旁边还跟着浑身大汗淋漓的老罗。

瞧见这两人急忙冲来,洛飞雨眉头一皱,急声问,王宇辰、丁道人他们人呢?

周林的左臂缠着绷带,脸色有些阴沉,没有说话,反而是老罗喘着粗气答道:"王宇辰被莲竹那老和尚刷中,阵破人亡,而丁道人刚才引人的时候落了单,结果被一群游走的狼人盯上,我们赶到的时候,已经被撕扯得只剩下一个头颅了……"洛飞雨的脸色阴沉,喃喃说道:"死了三个、三个!"

洛小北才不管究竟死了几个呢,直接问周林道:"黑蝠,陆左和萧克明他们的情况怎么样？"

周林眉头皱得紧紧，他阴着脸说道："刚才按照你的计划，我把他们引入了那面积尸之墙，然后将口给封堵上，本以为能够两面夹击，将他们几人弄死，结果没想到那突然出现的老和尚坏了大事。他有一种五彩霞云的法器，在我这阵脚上面刷了几记，结果那结界法阵就动摇了，最后负责支援的王宇辰给那老和尚弄死了。我的真影分身是有冷却时间的，幸亏他们为了应付暴露在空气中的尸墙诡物而没有追来，不然说不定你们就见不着我了！"

听到周林的这番话语，洛小北不由得有些诧异，说，你黑蝠不是自夸厉害非凡吗？为何此番又这么低调？

周林盯着这个漂亮非凡的平胸妹子，脸色难掩阴霾，一字一句地说道："倘若是陆左和萧克明，我自然手到擒来，只是旁边还有那个修了一甲子佛法的莲竹老家伙，我虽然自信，但是没有到完全没有脑子的地步，也知道什么叫做进退！你再想想办法，看看如何将陆左、萧克明与那几个和尚分开来，不然我完全找不到机会下手！"

洛小北耸了耸肩膀，说，没有办法了，我老姐刚才说了，我们准备撤离此处，回到地面上去了。

听到洛小北的话语，周林的眼睛顿时一鼓，那帅气俊朗的面容顿时变得有些扭曲，死死盯着洛飞雨那美得如鲜花绽放的脸，一字一句说道："为何？"

洛飞雨没有瞧他，而是将目光瞧向了黑黢黢的悬崖下方，缓缓说道："没有为什么，只是此番人死得太多了，而且莲竹和尚的出现，也代表着特勤局插手此事，如果我们再不走，说不定就给官方包围，堵在这里了。我不能拿自己和别人的命，来做赌注！"

听到洛飞雨的解释，周林大声叱喝道："人死都死了，还能活过来吗？既然死了，为什么不让他们死得有价值一点？这里是东夷人曾经的据点，里面一定会有大量的法器，一定会有很多秘密，可以满足我们厄德勒需要。我们不能走，在这样的大阵中，即使特勤局来人又如何？填一千个人来，照样还不是一个死字？"

洛飞雨并没有理会周林的嘶喊，她的眉头越发紧皱，耳朵不停地动，害得我们都不敢看过去，紧紧低伏着身子。不过她所关注的显然不是我们这儿。这个时候，空间里开始弥漫着难闻的尸气，还有古怪的声音从下方传了上来。

这声音是……我心中一动，视线朝着水瀑下方瞧去，只见之前一直跟在我们背后的尸群已经出现在那洞口，推推挤挤，有的已经跌落黑暗深渊中，接着那头五米尸怪出现了，正顺着悬崖的岩壁，努力朝上面攀登。

## 第三十九章　周林啊周林，你在作死吗？

　　瞧见这副场面，洛飞雨不由得大为惊讶："这尸群怎么被引到这里来了？难道那些家伙也顺着原路，跑回中枢来了？"

　　尸怪仰头瞧见活人的气息，兴奋不已，不由得发出"嘤嘤"的叫声，叫人耳膜发麻，朝上攀登的劲头更加足了，巨手将岩壁震得一阵抖动。

　　洛飞雨、洛小北和老罗的心思都被这悬崖之下攀爬上来的巨大尸怪和无头尸群所牵绊，然而周林却并不理会这些即将降临的威胁，拉着洛小北问道："你跟我说过，这悬空浮岛之上，可以了解到身处大阵之中所有人的踪迹，对不对？你赶紧查一下，萧克明、陆左那两个杂毛到底在哪儿？"

　　洛小北对周林本来就观感不佳，又值此危急时刻，见周林只为私恨，对眼前的危急根本就不管不顾，不由得气愤地说道："理论上是可以。只要你上得了那悬空浮岛，心里面强烈地想着对方的形象，就会出现。不过也做不得准，什么样的程度叫强烈？你的脑电波能否被这法阵运转的意志所吸收？这都是没明确标准的，你若有那本事，我倒是想看看……"

　　洛小北语气模糊，话带嘲讽，然而周林却如禀圣旨，嘴角流露出一丝邪异的微笑："别人不行，我却是可以的！"

　　话语未落，他身子便朝后缓缓退了几步，头扬起，蓄势，然后一个箭步，朝着比崖边高出好几米的悬空浮岛飞跃上来。周林这个家伙的身体素质好得出奇，我看着没有半分把握的那种高度，他根本一点儿安全措施都不用，身形如同翔于天空的苍鹰，飞腾而来，来势又急又猛。

　　眼看着就要轻松跃上悬空浮岛，一道身影出现在他落脚的地方，唰，刺出一剑。这身影自然是对周林恨之入骨的杂毛小道，这家伙见有便宜可占，也顾不得暴露身形，青锋宝剑刺出，凌厉得发出尖啸之声，瞧那轨迹，在下一秒钟周林的喉骨就要被杂毛小道刺穿。

　　然而周林居然在这千钧一发之际，将身形强行扭转，伸手拍在了这凌厉的剑势之上。他虽然躲闪及时，然而受伤包扎起来的左臂衣袖却化作碎片飞扬。周林落于悬空浮岛边缘，脚步未稳，冲到跟前的我便是一招绝杀——黄狗撒尿：蹲身在地，右脚朝后上方，如狗儿撒尿一般，将腿高高踢出！

　　周林胸口中了这一脚，本身就立足未稳，此刻更是整个身子都失去了平衡，"啊"的一声惨叫，便朝着悬空浮岛旁边的深渊跌落下去。瞧着他跌落深渊，我心中不由得一阵狂喜,这家伙,终于要死了吗?我有些难以置信,杂毛小道也冲到了浮岛旁边,往下瞧去,并没有见到什么东西。

然而此刻的他,似乎并没有大仇得报的快感,反而是一阵摸不着头脑的迷茫。

周林就这般死去了吗?怎么可能?

事出反常必为妖。我们都不敢相信周林就这般死去,于是均戒备着四处找寻。我们的出现使得洛飞雨和洛小北吓了一大跳,洛小北大声叫道:"原来他们上了浮岛,太过分了,他们是怎么过来的?啊,对了,他们将那头护阵兽灵给降服了!"

她抖着洛飞雨还给她的灵宝驭兽环,大声吟唱起来,试图将护阵兽灵给反正,殊不知此刻的兽灵已经改名二毛,而且还凝固成了石雕貔貅状态。

就在洛氏姐妹准备冲上来的时候,一只青墨色的巨手带着浓烈的尸臭味,攀上了悬崖。我们都幸灾乐祸起来,那尸怪可是她们留给我们的敌人,结果现在却盯上了她们,可谓天理昭昭,报应不爽啊。然而我们在这儿幸灾乐祸,后方却传来了释永空的一声惊叫。

"啊……"

释永空的惊叫声让我们吓了一大跳,回过头去,却见周林从斜边处攀着底部重新跃了上来,伸手一抓,竟然将离得最近的小和尚半件僧袍都撕扯下来,露出了白色的内袍。此刻的周林似乎有些发狠,之前还说对付有几个和尚在旁边的我们,不可力敌,现在却是不管不顾,那一股子蛮劲儿腾升而出,身形如鬼魅,在莲竹禅师救徒的当口,朝着我们这边扑来。

身形提升到了极致的周林还真的就如同一只黑色蝙蝠,在高速行进中还保持强大的反应力,避开莲竹禅师的攻击,舞动双拳,朝着最为痛恨的杂毛小道当胸砸来。

杂毛小道手中锋利的青锋宝剑挽动一朵剑花,朝着周林的喉间抹去。周林的手臂上面有铁质护臂,与剑交击,顿时一阵铮然鸣声响起,身怀本命血玉的杂毛小道竟然不敌,朝着后方疾退几步,终于在即将掉下浮岛的时候稳住了身形。

杂毛小道退后,自然是我上前抵御,鬼剑游绕,我一剑划破了周林的小腹,衣袂翻飞,却感觉这一剑竟然像砍中了木头,没有鲜血迸发,反而是剑止在了肉里。

杂毛小道在我身后急声提醒:"小毒物,这个家伙已经将玉灵凝练于身,气力和体质都已经不似人类了,你小心!"周林嘴角露出了邪魅的微笑:"提醒晚了,你们这两个小杂种,明年的今天,就是你们的忌日!去死吧……"

周林的身上突然升起了巨大的黑色阴影,如雾摇曳,幻化成一只巨大而狰狞的猪嘴蝙蝠,那蝙蝠一如之前的那种小蝙蝠一般模样,不过在经过成倍放大之后,根根毛发竖起,就显得恐怖了。周林的双手瞬间绷大几分,五指皆有长长的指甲,黑色、尖锐、含着黏稠的毒浆,朝着我当胸抓来。

我将鬼剑松开,朝后疾退数步,大声喝道:"齐!"一股旷达平和的心境涌入灵台之中,再次看向外表柔美、狰狞的周林,我感觉没有那么恐怖了。此刻,反应过来的诸人也都没有了一开始的惊慌，我与杂毛小道兄弟联手，迎战周林，即使是硬碰硬，也步步为营，不畏半分；朵朵在照料昏迷的释方，小妖将那块石雕纳入怀里，冲上来，对着冒着森森妖气的周林就是一阵乱打。

场面太乱，莲竹禅师和释永空并没有冲上来交手，莲竹禅师在周林的退路上站定，一边遥遥控制场面，一边防备着下方正在与尸怪火拼的洛氏姐妹和老罗过来援手。

被周林剥去半边僧袍的小和尚释永空踞住东南一角，手中佛珠陡现，不时一颗飞来，劲道大得厉害，总能够破解掉周林的一次凌厉进攻。

与周林战斗，我的心越发惊奇。初遇周林之时，感觉此人不过是有些道行的世家子弟，身怀金蚕蛊的我随时能够让他跪倒在地；经过神农架耶朗祭坛变故之后，这个家伙已然入魔，在巴东黑竹沟腊制人肉，当时就变得十分强悍了；至此，已经成就了让很多人一辈子都无法企及的高度。此刻的周林，真的已经有了继承李子坤的实力，成就一方人物了。

然而我这边心惊，身处围攻中的周林却更加着急。他本待借助着仇恨的怒火将我或者杂毛小道速杀，不料陷入这番泥潭一般的围攻当中，优势不再，便有了遁去之意。腾身而起，跳到空中，衣袖一卷，一阵烟雾朝着后方的两个和尚扑去，然后身子竟然能够在空中借到力量，像一只巨大蝙蝠，朝着悬崖下方滑翔而去。

这家伙腾空足有三四米，我根本够不着，心中恼恨，难道就这样，又让他逃脱了吗？

然而当周林滑到悬空浮岛的边缘时，却被一股无形力量挡住，缓缓地落下来。惊诧莫名的他回转过头来，看见手放在石碑之上的杂毛小道嘿然说道："周林，你别忘了，虎皮猫大人的半部《金篆玉函》，我可没有白学！"

## 第四十章　周林之死，而或重生

周林站在悬空浮岛的边缘处，难以置信地伸出双手，触碰到浮岛边缘处，不得寸进，在那里有一层肉眼所看不到的阻隔，使得他被囚困在此，不得逃离。周林开始发力，黑色烟雾在他的手上积蓄，那层阻隔也如同在平静湖水里丢下了石子，现出了水纹一般的层层涟漪来。

整个悬空浮岛，被杂毛小道化作了一个隔离的独立空间，进不得，出不得。

悬崖之下的洛小北见此状况，不由得惊呼："天啊，这是浮岛中枢的防御法阵在激发，我之前试过，怎么都不行啊！怎么可能？这世界上怎么可能有人比我还了解这东夷迷幻杀戮阵，这不可能，我一定是中了幻觉，一定是！"

杂毛小道也是拼得有些精疲力竭，不过他的脸上还是洋溢着得意的微笑："我虽然没有专攻法阵，但精通符篆，这符篆与法阵本来就是相生相克的东西，真当我是菜鸟一个啊？"

周林终于放弃了逃脱。杂毛小道脸上的笑容转冷，缓缓说道："周林，我亲爱的表弟，自你给三叔、你的亲舅加师父施加了银针追魂术之后，我找你差不多有了整整两年时光。漫漫时光，几如一梦。上次在黑竹沟里让你逃脱，我夙夜难寐，后悔不已；老天可怜，如今又让你来到了我的面前，是时候，让我清理门户了，将你这个忤逆之子，送入幽府，以慰重病缠身的三叔……"

见后路被封，周林的脸色数变，终于有了破釜沉舟的决心，柔媚的脸上露出了浅浅的笑容，深情望着杂毛小道，说道："萧克明，我的表兄，废话暂且不多说，你恨我，我恨你，冤冤相报何时了，不如今天赶早。不要跟我谈什么礼义廉耻，像你们这样平凡的人类，怎么可能理解我……"

周林后面似乎还说了一句话，然而这话被他刻意压低，听不清楚意思，接着周林便化作了一蓬黑影，无数拳头大的猪嘴蝙蝠从黑影中出现，充斥空间，而周林也化作了一道迅疾的黑影，朝着前方杂毛小道扑去。

他这一扑，一来是因为恨透了这个让自己蛋碎、不复男人的杂毛小道，二来则是因为杂毛小道掌控了这悬空浮岛的防御法阵，倘若能将杂毛小道拿下，说不定还有一线生机。一为仇恨，二为逃命，周林在此刻爆发出比平日里更加恐怖的力量，脚一动，立刻有强风从对面横扑而来。杂毛小道也是早有准备，"啊"的一声愤怒大吼，身子伏低，青锋宝剑拖在地下，划出了星星点点的碎末火花，剑尖化作了红色，由下及上，破天一击。

轰——一道火龙腾现,这是光,火红色的光芒,砍在周林浓烟滚滚的手臂之上。

周林平伸双手,与这热得发烫的一剑对拼了一击,铛,声音清脆响起,周林左臂之上的精铁护臂轰然碎裂,化作了几块散飞出去,而那柄质量绝对上乘的青锋宝剑则发出了一声几乎就要碎裂的悲鸣。听到这声音,在悬崖上的洛小北心疼地大声叫道:"我的青蛇剑啊……你这畜生!"

两个人都用尽了全力,这样的巅峰对决,双方都形不成绝对的压倒性优势,彼此都被对方富有最强攻击力的一击给震得连退了好几步,胸腹中血气震荡不已。

杂毛小道后退,立刻有我将其扶住;周林往后退,却被从蝠群中冲出来的小妖踢了一脚,虽然用右手挡上,却失去了平衡,踉跄地朝着碑林中跌去。此刻,舍身崖的两位大师终于出手,小和尚释永空的一个箭步侧冲,将周林仅剩的注意力牵引住,接着那个眉毛长长、僧袍邋遢的老和尚缓慢上前,左手朝前一抓,整个空间顿时一阵凝固,时间仿佛停止了。

在所有人都几乎停住的那一刻,周林动了,他动得很艰难,如同在水中划动,脸上的肉仿佛被强风吹到,往两侧挤动,古怪得很。

我看到莲竹禅师也在动,相比周林,他的动作更加坚定,更加执着。这里的空间不大,很快两人就相遇了,老禅师伸出如同鸟爪一般枯瘦的右手,朝着周林的胸口捣去,而周林则挥动那双巨大的手掌来阻挡。这回合交击,周林再也没有刚才战杂毛小道的凶悍气势,整个人稍微一顿,便如同面口袋一般,腾身而起,朝着塔林那儿跌去,看似缓慢,其实重重撞击在了一块高大的石碑上。那块石碑,正好是左手边的第三块,我之前将护阵兽灵二毛唤出来的那块。

这一击将周林所有的气势都击碎,他身上那股滔天的黑雾立刻收敛,之前被幻化出来的黑色猪嘴蝙蝠,也都嗤的一声,化作了乌有。周林像纸片一样滑落在地,恢复了人形模样,口中吐着血。他吐的不仅有鲜血,还有好多说不出名字的肉块,混在红色的鲜血中,显得有一些黑,有一些黏糊,让人以为他直接将自己的内脏都吐了出来。

鲜血顺着嘴角流下,滑过脖子,我看到了一块散发出隐隐光芒的物件在他的脖子上面挂着,正像海绵吸水,将周林口中的鲜血给吸走。

我瞧出来了,这个应该就是姜宝给我们描述的违禁之物,黑蝠雕老玉佩,一件从耶朗祭殿中带出来、被诅咒过的东西,周林之所以会变成此刻这般让人嫌弃的模样,有八成以上,都是它的原因。它给了周林胆气、欲望以及蔑视世俗的一切心性,也使得周林在这短短的时间里,实力成长得让所有认识和知道他的人,都心惊肉跳。

维持这样凝固的空间需要耗费极大的精力,莲竹禅师见周林重伤,也放下了防备,将操控场面的左手放下,然后拍了一拍满脸怒色的小和尚释永空。

青春痘小和尚跨前一步,单手执佛礼,长号一声"阿弥陀佛"之后,循循善诱地说道:"施主,苦海无边,回头是岸,你中了邪魔的蛊惑,才会变成此番模样,但是如果你能够忏悔心中的罪恶，相信我佛还是能够原谅你的……"

这一番"放下屠刀立地成佛"的教导，对周林显然没有什么吸引力。他看向缓步围上来的杂毛小道和我，眼神里面有着毒蛇一般的阴狠。我面无表情，看到这个家伙陷入了末路，心中反而更加不安。毒蛇平日里就会咬人，绝望中的毒蛇，更加恐怖。

瞧着停住咳血的周林，杂毛小道脸上并没有多少快意，而是摇头叹息，说，周林，你后悔吗？

千言万语未曾说，杂毛小道只是问了这么一个问题。后悔什么？后悔不该从耶朗祭殿中将东西偷出来，还是后悔不该为了一件法器就谋害三叔，还是后悔此番孤身前来……我听不懂，但是周林却听懂了，阴柔的声音从他满是鲜血的口中说出来："呵呵，我后悔！倘若我当初下手的第一个对象是你的话，以后所有的事情都不会发生了！"

杂毛小道很诧异，说，你这么恨我？是因为我把你的蛋蛋给碎了吗？

听到面前这个家伙又提及了他一辈子都不愿意面对的事情，周林的脸上一阵扭曲，深呼吸了几口，才平缓气息，眼睛里面的恶毒变得更加浓郁了。他咬着牙，一字一句地说道："萧克明，你知道吗？我从小就恨你，你出生就有本命血玉，我出生只有一个鸡鸡；你少年便能够入修行圣地茅山宗后院，我却傻兮兮地学习语文数学；你有无数人关心宠爱，而我……从头到尾，都只是一个打酱油的！所有的一切，都只因为你是长孙，而我则是萧家女儿的儿子……"

他越说越气愤，厉声说道："我长得比你高、比你帅，天资禀赋，什么都更胜你一筹，为什么我不能享受如你一般的人生？为什么我就要做一个配角，卑微活着？我恨，从小我妈就拿你来跟我比，把你夸得天花乱坠，好像我不是她亲生的一样……你能够理解我的心情吗？"

杂毛小道叹气。周林的这番说辞，与上次在黑竹沟里见他的时候，一模一样，显然经过这么久的时间后，他的怨恨更加深沉了。

没有说话，杂毛小道只是将手中的青锋宝剑高高举起，这剑已经破了，不过杀人，却还可以。

瞧见杂毛小道这副模样，周林嘿嘿地笑了，脸色扭曲，几如鬼魅。他笑得肆意，口中缓缓地说道："你们以为你们赢了吗？萧克明，你以为你现在就可以审判我了吗？唉，虽然一直抗拒，但是这一天终于还是来了啊，不过有你们的陪葬，我即使死，也无憾了，申鸠雏，我同意了，剩下的……交给你吧？"

他的眼帘垂下，口中有一种陌生的声音发出："不，你不是死，而是重生！"

## 第四十一章　我欲成佛，奈何奈何

话音刚落，周林胸口的那块黑蝠雕老玉佩开始光芒大放。

我心中明悟，此刻的周林想必已然被鸠占鹊巢了，现在住在他身体里面的，倘若我估计没错，应该就是那块黑蝠雕老玉佩里面潜藏着的恶灵。

我的胳膊有些发冷，空气中的温度都已经冷了三四度，有一种恐怖的邪恶在这空中回旋腾升。周林在僵直地站立完毕之后，将头缓缓地抬了起来，脸惨白，嘴唇乌紫，有一个诡异的弧度弯起，眼睛眯得成了一条线。

他环视了我们一圈。被这个家伙瞧上，我便有一种毒蛇从脖子后面爬过来的诡异恐怖。接着他笑了，呵呵呵，那声音似乎从地下冒出来，阴森森的，飕飕凉风吹起。

周林笑完，定睛瞧着不言不语的莲竹大师说道："地下方一日，世上已千年。尘封往事，物是人非，沧海桑田，没想到我申鸠雏竟然还有重见天日的一天。所有的一切，都是拜诸位所赐，在这里，我给你们所有人，鞠躬了！"

瞧见这个家伙似乎十分客气，我摆了摆手，嘻嘻笑说，不用，这位前辈多礼了，咱不兴这礼节，重回这人间自然有许多乐子，不如我们一起出了这大阵，握手言欢之后，各奔东西，如何？

"哈哈哈……"周林一声长笑，伸伸手，伸伸脚，全身的骨骼噼里啪啦，仿佛爆豆一般在响，每一声响起，我们面前的这个男人便会强大一分。此货九成九是敌人，但是他实在是太恐怖了，所以我们都不敢异动，静静围观，全神戒备，随时准备出手。

长声笑完，这个家伙的声调变得不再那么陌生，又和之前的周林一般柔媚："各奔东西？哈哈……"

他仿佛听到了什么很好笑的事情，忍不住地放声肆笑起来："这种感觉实在是太美妙了，早知道如此，我为何会一直抗拒呢？如果我早日接受申鸠雏的劝解，或许你们这些家伙，早就已经肌体腐烂，化为白骨了。可惜啊可惜……不过么，现在动手，似乎为时未晚！"

听到这声音，杂毛小道瞪眼说道："周林，你没死？"

周林身上的骨骼终于响完了，身高陡然到达了两米高度，整个人显得高大而健硕。他跨前一步，突然有风将他额前的头发吹起，将那整个柔媚俊朗的脸容给展露出来，周林的眼睛显得特别的红，红得如血："是我，我没死，正如申鸠雏所说，我重生了！"

"怎么可能？一具躯体里面，如何能够装载得下两个灵魂？"

这回说话的却是旁边的小和尚释永空，他的脸上露出了难以置信的表情，缓步上前，将周林包围在我们四人中心。周林的头发高高飞扬，露出了少年不屑而高傲的微笑："你们这些凡人，怎么可能理解神的智慧，说予你们听，反而拉低了我的档次，不如你们死了吧？死了，万事皆空！"

他竟然根本就不与我们多废话，后退一步，双手一点儿也不弯曲地从前及后，抓住了刚才被撞得鲜血淋漓的石碑，那块被小妖割去石雕的石碑也没有见周林用了什么劲儿，便开始咔咔作响，不一会儿，那深入地下半米的两米石碑，竟然被周林给硬生生地拔了出来。

轰隆一声，石碑给周林拔出来之后，毫无预兆地朝着我们这边甩来。我和杂毛小道都不敢硬拼，唯有抽身闪避。那高速飞驰的石碑从我的身旁擦过，光是带过的劲风，便让我的肌肤产生刺痛，难受不已，接着便听到一声"轰隆"巨响，天地一阵摇晃。

石碑将杂毛小道启动的护阵屏障给砸得摇摇欲坠，那无形的隔离几乎透明，仿佛用手指轻轻戳动一下，就会破开一般。

杂毛小道回头看了一眼，脸色变得青黑，知道周林此举并不是想用那石碑来砸伤我们，而是在于立威，展示他强悍而恐怖的力量，顺便将刚才害得他逃脱不得的法阵壁障砸得稀烂，以泄当初之愤。

由此可见，此刻的周林还是之前那样神经质，一点也没有变。既然如此，那么我们就没有什么侥幸可以期待了，无非是拼命罢了。瞧见身后的波纹虚弱，杂毛小道捏紧了手中破损的青锋宝剑，口中大叫一声便冲了上去。

我口中默念九字真言壮胆气，一声"灵"，感觉浑身一震，也冲了上去。

我和杂毛小道并肩作战已经有了三年左右的时间，已经形成了极为默契的配合，双剑一出，立刻有铺天盖地的凌厉剑势，将周林给笼罩；另一厢，释永空和莲竹禅师也开始动作，一人手持敲木鱼用的檀木圆棍儿，一人则空着双手，形如鸡爪，朝着周林袭去。

面对一干强手的围攻，周林不慌不忙，身形往左边一闪，双手又拔出一块石碑，又窄又长，他将那还带着泥土的石碑末端，朝着冲在了最前面的杂毛小道挥去。杂毛小道拿青锋宝剑去挡，钝石撞精钢，钝石固然出现缺口，碎石飞裂，而那青锋宝剑也发出一声不甘的铮然声，剑身从中间折断，跌落在地。

杂毛小道是恨透了周林，故而出手也失去了一些理智，剑势又急又重，根本就不留后手，故而剑断人退。至于我，则是小心翼翼，见到周林竟然在瞬间化作了倒拔杨柳的鲁提辖，随手便找到了这般的重兵器，于是鬼剑耍了一个虚招，人就朝着后方跳开去。周林见杂毛小道退后，心中也是恨极，急追两步，那石碑朝着杂毛小道身上狠狠砸去。

所谓格斗一技,说一千道一万,无外乎力量、速度和敏捷的巅峰配合,周林的招式并不高明,然而速度和力量都是一流水准。杂毛小道刚被震得虎口渗血,还未待反应过来,石碑已追着身后砸来,避无可避,被砸在了后背上。

　　他的背上除了一个背包,还斜挎着一把剑,此剑名雷罚,原本的卖相颇为拉风,然而自从裹覆了剑脊鳄龙的体内精血之后,便如同一根烧火棍或橡胶棒,瞧着难看。此刻恰恰是这难看的棍儿,救了杂毛小道。石碑砸在上面,干碎的凝血飞溅,我似乎听到雷罚有一声咔响,杂毛小道便翻滚着朝碑林中遁去。周林还待再追,小妖冲过来,一拳打在了他的后心处。

　　小妖的这一拳可不是什么花拳绣腿,这一擂搞得周林一阵踉跄。刚刚跌开两步,释永空又冲了上来,那木鱼棍儿朝着周林的侧腰击去。这个小和尚也算是一个开悟明了的高手,以人为鼓,一下敲得周林如鼓响动,浑身血气翻涌,脸上瞬间变得血红。周林的身形有些摇晃,小和尚退后一步,诵了一声佛号:"阿弥陀佛……啊!"

　　他的劝解之言还未说出口,便一声惨叫响起。周林如同恶魔一般,双手一绞,也瞧不见什么动作,我们便觉得眼前一花,顿时漫天鲜血飞溅,释永空左手的半边臂膀,居然就给那个家伙给生生撕了下来。

　　释永空悲鸣着往莲竹禅师身后退去,而拿着那只左臂的周林陡然间放出滔天的恐怖气势,将我们所有人都压制死死,头都抬不起一下来。周林那特有的柔媚声音说道:"果然,凡人就是这么脆弱,那么,所有人,都死吧!"

　　他浑身一震,立刻散发出蝙蝠状的黑色雾气来,满天飞腾,有着灭世魔王的睥睨气势。一个声音突然响了起来:"我欲成佛,奈何奈何……"

## 第四十二章　南无阿弥陀佛

这陌生的声音从左方传来，让所有人都很诧异。

是莲竹禅师。他双手合十，眼睛里面有着小太阳一般的明亮光芒，刺眼得很。

失去左臂的释永空呲牙咧嘴地躺在碑林之前，脸色苍白，面如金箔，身体不时地颤抖。莲竹禅师则不悲不喜，眼睛直勾勾地瞧着面前这个形如魔鬼的周林，嘴唇翕动，再次重复了之前的那句话："我欲成佛，奈何奈何？"

听到这苍老而生涩的话语，我的眼睛不由瞪得滚圆，望着莲竹禅师胸口处的"噤言"木牌，震撼不已。

要知道，这个老禅师的闭口禅，可是修炼了一甲子，大半辈子的修行，即将圆满，可他竟然在此时此刻，甘愿毁于一旦。要知道，这种诡异的修行方式，它的神秘和坚持，所蕴含的力量，要比我们所能够想象的，更加恐怖。

也正因为如此，我的心情才会显得沉重。莲竹禅师修为高深，斗争意识和经验都比我们这些初出茅庐的小子要厉害，在还未交战的时刻就发此狠招，显然已经意识到此刻的周林，已成大患。这祸患使得他不得不开口，不得不以破除闭口禅而得到的力量，来战周林。

这是为了痛失左臂的爱徒释永空，也是为了我们所有人。

瞧见面前这和尚朝着自己缓缓走来，周林诡异的嘴唇似乎咧得更加开了，眼睛眯成了一条线，嘿然笑道："哎哟喂，这是什么节奏啊？老和尚都开口了啊。这样才有意思嘛，要不然光杀你们这样的小杂鱼，实在是太没有成就感了，简直就是辱没了我申鸠雏的名声。来吧，老和尚，咱家倒是有了兴趣，来看看你的本事！"

在瞧见了对自己最具威胁的目标之后，周林轻身而出，如箭一般，朝着莲竹禅师飞去。

"咄！"一声炸响于空中顿现，那威力简直就如同雷声一般，空气都震得一阵发颤。

这是除了之前那一句之外，莲竹禅师发出来的第二句话。他的声音是通过腹腔、口腔和鼻腔一起共鸣而出，有着宏亮的回音，一经出现，立刻有无数的禅唱在我们的臆想中生成，轰隆隆，轰隆隆……接着我看到两人交击，双手重重地拍打在了一起。

砰！天地之间便是一阵摇晃，火星撞地球是什么状况，当时便是什么状况。站在浮岛之上的我们感觉脚底一阵摇晃，根本就站立不稳，从两人交击的中心有巨大的震荡传出，飓风飙出。

过招之后，我便感觉自己站立不稳，见杂毛小道吐着血从地上爬起来，似乎无碍，便招呼朵朵和小妖先暂时稳住。这神仙打架，我们能占便宜则罢，要是占不得便宜，远远围观便是。朵朵一直在照顾昏迷了的释方，此时和小妖一起合力将这大和尚拖入碑林中。我也抓住一方石碑，在天旋地转的摇晃中稳住身形。片刻之间，周林已和莲竹禅师战作一团。

　　这两位顶级强者的战斗，并没有多么的漂亮和花哨，一拳一脚，实在是平常得很。不过每当他们挥出一拳的时候，怃场敏感的我便能够体会当中的恐怖，仿佛周围的气息都集中在了一个点上，倘若击中，必定受到如山崩海啸一般的攻击，常人哪能抵挡？

　　常人不行，这两位却是实打实地扛住了对方的攻击，即便被击打在了身上，也只是身体一迟滞，然后继续战斗。周林一开始几如常人，然而越战，魔气越猖，之前缠扰我们那些猪嘴蝙蝠，此刻除了被我们给弄死的，也都朝着前方这个真言被破的老和尚攻去。

　　瞧见周林快若鬼魅、气势若山的攻击力度，我心中汗颜，知道这样厉害的角色，我还真的过不了几招。我自愧不如，莲竹禅师却能够轻松应对。他虽然开了口，但是话儿依旧不多，佛门三千六百法印，纷繁众多，莲竹禅师却来来去去只用几种印法：攻无不克的宝瓶印、防守无敌的金刚印以及意象高远的内外狮子印法……

　　这些印法配合着老禅师如同念禅一般的"咄"，每每都是威力逼人，哪怕是周林恐怖如斯，他也能够以慢打快，在最准确的时间里，将印法施加在周林的攻击中。

　　这两人一旦战至酣畅，便有些舍身入忘。他们这种级别的战斗，对于我们来说简直就是一场噩梦，城门失火殃及池鱼，浮岛之上坚硬如铁的碑林在这样的高手面前简直就转了属性，烂豆腐一般，随随便便一碰触，便飞了起来，四处乱砸，我们小心翼翼地离得远远的，而且还要躲避掉落下来的石块儿，免得被砸到。

　　架打到这个分上，我们别说是上前帮忙，不被误伤，已是万幸了。杂毛小道在一阵躲避之后，终于来到了我的旁边，瞧着不远处的战斗，他咽着口水，说，周林这狗东西，他到底是拿了什么玩意儿，那黑蝠雕老玉佩竟然会这么厉害，倘若是我们与他交手，只怕真如他所说，白骨一堆了啊……

　　我偏头避开一块飞来的碎石，皱着眉头说："也不一定，人不到临死的时候，永远不会知道自己的潜力有多强大。白骨一堆什么的，都是没有逼到那个分上而已。在此之前，周林还不是被我们打得满地乱窜的一货？未必有多么了不起……"

　　我的话儿还没有说完，瞧见周林和莲竹禅师两人都跳上了碑林正中那最高的一块石碑之上。这石碑上面刻着扭曲的符文，荒凉、古朴、简单，里面又透着一股子让人敬畏的气息。战斗短暂地停顿了一下，周林那种死太监的声音传了出来："没想到，你这个开口说话的老和尚竟然会如此难缠，看来我在地底待了太长的时间，脑子生锈了，还真的不能适应日新月异的变化啊。万蝠归元！"

他突然转身，放声狂喊，脖子处的青筋如蚯蚓一般扭动，有无数的魔气从他的身子里面喷薄而出，然后这个人消失了，化作了一大团黑雾，黑雾在短暂的凝形之后，化作了密密麻麻的黑色蝙蝠，这些蝙蝠比以前的更小，拇指盖儿大，大部分朝着莲竹禅师围绕而去，而小部分则朝着我们几人这边扑来。

见周林放出如此恐怖的招数，我将手中的鬼剑一扬，激发出内中吸引邪灵的力量，按照茅山入门级剑法，中规中矩地舞动出一个合格的场域来，防止被那些黑蝠蚕食。

莲竹禅师瞬间被那些成千上万、密密麻麻的小蝙蝠给淹没。我的心中焦急万分，生怕老和尚就这样被吞噬一空了。莲竹禅师收敛姿态，五彩霞光刷了几遍，先是将最凶猛的一波给灭了，然而根本挡不住，终于被吞没了。

黑色蝙蝠以莲竹禅师为中心，形成了3米多高的巨大柱子，密密麻麻的蝙蝠攀附其上，来回攀爬走移，让人浑身都起了鸡皮疙瘩。然而从里面发出了一声佛音："南……"

这一声响起，整个黑蝠形成的肉柱先是一涨，继而收缩。

"无……"

"……阿、弥、陀、佛！"

这六字佛号，一个字一个音，我活了二十多年，第一次听到有人能够将话儿说得如同佛寺里面的铜钟一样，轰然作响，蕴含着巨大，甚至可以说是恐怖的力量。那肉柱涨了又缩，缩了又涨，来回四五个回合，到了最后一个"佛"字出口，便轰然炸开，里面出现了一个瘦弱的身影。

黑雾朝着四方散去，空中还回荡着周林凄厉的惨叫声，似乎这凝聚了老禅师一甲子功力的真言，已经将他的猖狂给予了最沉重的打击。

黑雾再次集中，却开始撤往了悬空浮岛的边缘——他想跑了！

可是他跑得掉吗？我嘴角往上一撇，不由得冷笑，周林终究还是托大了，殊不知敝人这儿，还有一件专治疑难杂症的法宝呢。

当下我也不敢拖延，将震镜掏出来，朝着那快要凝结成型的黑雾兜头一照："无量天尊！"

## 第四十三章　小道清理门户，周林恶贯满盈

一大蓬蓝光如大网，兜头撒落而来，将这还没有凝聚成形的黑色氤氲给定在了当场。

瞧见震镜居然神奇奏效，我连膀胱都不由得一阵悸动，扬着鬼剑就朝前划去。我这边快，与我配合多年的杂毛小道更快，对周林满怀怒火的他一直在隐忍，终于趁着这狗东西被莲竹禅师恢宏佛音所伤的这当口，果断出手了。

相比我，杂毛小道显得蓄谋已久，他将手中半截的青锋宝剑给丢弃，将被震得血沫子飞溅的雷罚给拿了出来，经过几个月的凝固，这玩意儿终于没有当初被茅山刑堂长老刘学道击破之后的脆弱，如橡胶棒一样，重重击打在了这人形黑雾的腰间前方一寸处。

形如血棒的雷罚作为利器，并不尖锐，作为钝器，还不如一根实实在在的木棒子，然而杂毛小道之所以会选择使用久未露面的雷罚，正是要将其中的雷意给发挥出来。

雷罚一击，便有幽蓝色的电光游绕出来，击打在黑色雾气之上，周林再次露出了面容。不过此刻的他不复之前盖世魔王的风采，但凡裸露的皮肤处，都有冒着黑色气息的粗糙豁口，衣服破碎，浑身狼藉，脸上的表情狰狞而凶狠，死死地盯着跟在杂毛小道后面袭来的我，将手一举，稳稳地托住了我手上的鬼剑。

即使遭受到如此的打击，周林还能够将我这凌厉一击给化解，足以见得此人的厉害。我手腕一抖，将鬼剑旋绕，开始吸住魔气，周林愤怒地大叫着："为什么?!"

这一声嘶吼，似乎鬼剑之上传来了一阵让人手脚酥麻的震力，还没有来得及感受，我便飞了起来，鬼剑离手，身体朝着后面的碑林撞了过去，一连撞塌了两块本就摇摇欲坠的石碑，最后落在一块巨大的石碑之上，胸中震荡，一口甜血喷出，两眼便发了黑。

另一边，战斗还在持续，杂毛小道似乎跟重伤垂死的周林又比斗了几下，莲竹禅师发出凝聚自己一甲子闭口禅修为的惊天一声，震废了化身为蝠的周林之后，也有些脱力，勉强冲上来与周林拼了一手，五色霞光一刷，人便往后退去。

高手的对决并没有太多的绚烂。刚才周林的一招"万蝠归元"，莲竹禅师的一招"南无阿弥陀佛"，便是此次战斗中最为精彩和关键的一次决斗，也是通常所说的高潮，以我的眼界，都难以立马判断出高下，仅仅知道结果便是周林受伤，而莲竹禅师脱了力。

当我再次爬起来的时候，才发现，刚才的巅峰对决，不但使得两位绝顶高手都拼伤了，连着悬空浮岛、这整个东夷迷幻杀戮阵的阵心都受到了波及，周围摇摇欲坠，正中那块巨大的石碑表面露出了蜘蛛网一般的纹路，一点儿、一点儿地往下延伸，一直传递到了整个地面之上。

我接过小妖丢过来的鬼剑，转过头去找敌人，便见到杂毛小道的整个人此刻也腾飞到了空中，一道黑影紧紧跟随，发疯一般地狂喊："快，快将这法阵给解开，放我出去，不然我让你们给我陪葬，要死大家一起死！"

杂毛小道在空中一曲身子，居然诡异地借到了力，避开了致命的一击，重重砸在一块倾斜的石碑上，滑落下来，一边咳血，一边放声大笑道："哈哈哈，周林，你终于知道害怕了？你终于知道死亡是如此临近，几乎触手可及了？你可曾想过三叔当日的感受？你可曾想过大姑面对亲人责难眼神之时的心情？你可曾有过后悔？"杂毛小道笑得如此肆意，仿佛受伤咳血的不是他，而是那若隐若现的周林一般。

听到杂毛小道的诘问，那团雾气中露出了半张脸，狰狞而充满了疯狂，大声喊道："我不后悔，如果能够重来，我还是照做不误！萧克明，既然你不放开法阵，那么我就杀了你，再将这破烂法阵，给砸得稀巴烂！"

黑雾中出现了一只爪子，朝着杂毛小道的胸口抓来。这爪子上面的指甲尖锐修长，泛着黑光。

杂毛小道脸上的表情也有些疯狂了，似冷笑，也似解脱，他将跌落在地上的雷罚血棍再次拿起来，高举过头，用尽自己所有的气息狂吼道："句容萧家，不孝子孙萧克明，在此清理门户了，列位祖宗在天之灵，请保佑啊！"

那雷罚在一瞬间，突然集聚了恐怖的电光，除此之外，似乎还有一道微微的诡异虹光，朝着扑来的周林斩去。

"去死！"

"你去死吧！"

两个人在同一时间，异口同声地厉声大喊着，周林的左手陡然长了好几尺，凌厉万分，而杂毛小道则将雷罚以最凶猛、最简单粗暴的"力劈华山"，由上而下，不闪不避，以剑作棍轰然砸下。这对表兄弟，此时此刻，彼此都露出了狰狞的爪牙，对拼在一起。

唰，杂毛小道剑上仿佛有风，带着一记诡异的划空声，艰难地将那黑雾剖开来。

雷罚上面一片暗红，凝固的剑脊鳄龙精血簌簌掉落，露出了黑红色的木质剑身来。此刻，一个人跪倒在地上，不断地咳嗽着。他吐出来的不是血，而是如同棉花糖一样的黑色气息，黏稠而蓬松。我缓步走到了战场的中心，将浑身颤抖的杂毛小道扶起，才使得他没有倒下。

咳完最后一口黑气之后，周林终于抬起了头来，死死地盯着杂毛小道，一双眼球似乎都要凸出来了，喉咙里面像咳痰一般："怎么可能？怎么可能……"

杂毛小道在我的扶持下勉强站稳，嘿然说道："嘿嘿，真享受啊！每次看到你们这些家伙那难以置信的表情，我都有一种接近高潮的快感。不管你是周林，还是申鸠雏，我只想告诉你，这雷罚上面有九天之上的至阳雷意，也有破碎虚空的高僧虹化之力，对付你这种在地底里面潜藏多年的宵小，实在不费什么气力。你太高看自己了，邪永远也胜不了正，这便是道——天道！"

随着杂毛小道的话语缓缓说出，跪倒在地的周林开始往两边倾倒，左边身子倒向左边，右边身子倒向右边，一股灼热的雷意将他被一分为二的身子给封住，没有血流出来。

分开了两半的周林还是没有死，虽然看不到他的脸，我依然能够从这躯体里面听到不甘的声音响起："申鸠雏，我不服啊！为什么会变成这样，为什么我都选择了放弃身体，却还不能够看到他们两个死去？为什么死去的是我，而不是萧克明，我一生的仇敌！"

最起先的那个声音沉默了，在几秒钟之后，突然哈哈大笑起来："够了，能够重新为人，哪怕只是短短几分钟，我也足够了。既如此，那么大家一起死吧，魂归幽府的路上，都不寂寞！"

听到这句话，在我们后方的莲竹禅师突然一声暴吼："不可！"

然而当他冲出来的时候，周林已经将生命最后的力量给激发出来，瞬间引爆，连通那摇摇欲坠的地面，陡然间，天地一震，接着我失去了平衡，身子被甩飞出去，杂毛小道惊慌的声音在我的耳边响起："糟了，糟了，这狗东西居然还有气力，将这本来就快崩溃的悬空浮岛给捣碎。天啊，崩溃了，崩溃了，整个悬空浮岛，整个东夷迷幻杀戮大阵，都要崩溃了！"

悬空浮岛碎裂了，大片的罡风从缝隙中吹了上来，朵朵一声惨叫，朝着我的胸口扑来，小妖则将释方扶起，朝着悬崖边飞跃而下。

我跌落的地方正好离之前跃上来的悬崖口最近，千钧一发之际，我竭力将心情平复下来，朝着对面飞跃，然而就是差了那么一点，并没有跃上崖口，而是滑落其间，顺着垂直的崖壁滑落。

啊——

291

## 第四十四章　诛杀尸怪，同坠崖间

我大声叫喊着，双手胡乱挥舞，因为正好卡在了悬崖口，结果很快就摸到了悬崖边的一处藤蔓，身体在急速坠落，先是重重一顿，接着继续往下掉，如此两下，我终于紧紧抓住了又一处藤蔓，绷紧了发酸的手臂，不再下坠。

刚刚稳定身子，我便着急地朝着头上瞧去。悬空浮岛已经碎裂，之前将浮岛托起来的罡风，将我的脸吹得疼痛，正彷徨无措，听到头上传来了杂毛小道的大声叫唤："小毒物，小毒物！"

听到杂毛小道的喊声，我激动万分，朝上看去，见杂毛小道从崖顶上露出半张脸，焦急地朝着我挥手。

我以为他在担忧我的下跌，挥挥手，说无妨，我这儿抓得紧，很快就能够上来。

然而杂毛小道根本不理我的招呼，大声叫道："小心你身后！"

我回过头去，认真地打量四周，发现我虽然抓住了藤蔓，没有跌落深渊，暂时留住了性命，然而万事并没有那么幸运，我这纵身一跳，竟然跳进了之前往上攀爬的无头尸群里面来。一闻到生人的味道，前后左右，几乎有十来头腐臭尸体回过"头"，朝着我攀爬过来。

虽然没有头，但是这些家伙依然发出了"吼、吼"的嘶叫声，这是它们体内恶灵在咆哮，对于所有拥有生命的生灵，它们都怀着天然的敌意。我尽力往尸体少的地方躲闪，感觉自己的双臂发麻。

头顶的杂毛小道露了一面，就不再出现，上面传来了打斗声，不知道谁与谁。我深吸了一口气，回想起莲竹禅师使用真言之时的情景，自己也尝试着体会那种高深的境界，那真言由心而生，顺着胸腔、声腔和鼻腔开始共鸣，大声地喊了一声真言："统！"

真言出口，一股绝境重生的不屈意志从心中腾升出来，我体内莫名地多了一股子气力，当下避开了好多抓来的腐臭手掌，将一口气提至胸口，纵身朝上，轻轻点踏着几头无头死尸，人便朝着崖口跃去。

当我攀上悬崖口，见到一只如藕玉手凭空生出，朝我的身子拉来。我没有感觉到敌意，任其抓拉，人顺势翻身上了悬崖。

是小妖。不过我还没有明白状况，便有一只巨大的手臂朝着我挥来。当下我也顾不得形象，连滚带爬朝旁边避开，翻身起来，见之前那头巨大的尸怪正在崖顶逞威。几个身影鹊起飞腾，正在与尸怪搏斗。身前突然伸来一把剑，小妖的声音在我的耳边

响起:"陆左哥哥,接着!"

我将鬼剑接过来,见到身前两米处闪过一个英姿飒爽的身影,像个轻快的小精灵,手上摇晃着铃铛,一直在吸引着那恐怖尸怪的注意力。她的速度总是比尸怪要快上一线,总能够稳稳避过尸怪的攻击。

洛小北?我对这个心机叵测的平胸丫头非常警惕,印象十分差劲。鬼剑一紧,就准备着朝她身后袭去。我刚刚跨前一步,还没有动作,杂毛小道从黑暗中闪出,拍了一下我的肩膀,低声说道:"先不要动她,我们合作将这头尸怪给弄死,不然单独杀,谁也没有这个本事,到时候,大家反而都得死!"

我心念一转,此时减少内耗,共同对付这头闻所未闻的恐怖尸怪,似乎更加适合明智者的决定。我还问杂毛小道:"雷罚怎么样?用来对付这头尸怪,能不能起到效果?"

杂毛小道带着我绕到另一边,边闪避边苦笑:"雷罚没有经过桃元滋润,被我强行驱动来斩杀周林,虽然我得以血刃仇人,但是雷罚也基本上废了……"

杂毛小道已经将雷罚收到了背上,双手燃符,脸上尽是惨白之色。刚才在火拼周林的时候,他也是将底牌打尽,使得雷罚还未成型,便已经失去了威胁。更加让人担心的是,他在最后展现出了虹化高僧所携带的力量,不知道身处崖边与尸怪激斗的洛飞雨,有没有感觉到,倘若洛右使知道自己千里迢迢赴藏所图的东西就在杂毛小道身上,不知道会不会又生起一场波澜。

战斗依然在持续,我随着杂毛小道在旁边游斗。大和尚释方躺在一处石缝中,小妖朵朵在照顾;莲竹禅师和断了一臂的小和尚释永空,却不见人影。洛飞雨和洛小北两人配合十分巧妙,将那头庞大的尸怪耍得团团转。不一会儿,洛飞雨驱动秀女剑,将其右臂斩下,那尸怪喷薄着腐臭的血浆嘶鸣,却更加的奋力,整个崖顶一片狼藉。

腹中热量游动,我身上的尸毒渐渐消解,瞧见这头尸怪给洛飞雨的飞剑戳得成了漏筛,却是越战越勇,又瞧着我们的来路早就被落下的巨石给堵死,想着再这般下去,只怕我们所有人都会被耗死,于是与杂毛小道比划着手势,设计攻击方案。

杂毛小道与我心意相通,瞧见我的手势一比,顿时就明了了,点点头,从衣袋中掏出一张红色朱砂描绘的符箓,趁着那尸怪在攻击左方的洛小北之时,跳起身子,拍击在了这家伙的腰间。

符箓及身,立刻有紫色的火焰蹿起来,尸怪回手拍火,我则抬手便是一声"无量天尊",将其定在当场,小妖也适时发挥,青苔蔓延,将这尸怪给阻挡了一会儿。杂毛小道朝着如同蜘蛛一般贴在岩顶的洛飞雨厉声喊道:"这怪物全身无气,此时不斩头颅,更待何时?"

听得杂毛小道的招呼,洛飞雨眼睛突然爆发出火星,悬空的身子一阵颤抖,右手剑指一挥,在空中翕动的秀女剑朝后方一缩,便朝着尸怪脖子削去。

噗!飞剑入体,接着一个漂亮的托马斯回旋,偌大头颅,便横空飞起,洒落一大蓬的腐臭血浆，黑气冲天而出。

　　洛飞雨身上绑着蚕丝一般的坚韧丝线，从岩顶滑落。手掐剑诀，秀女剑挥舞出了最美丽的图像，半圆、圆弧、全圆，数息之间，尸怪被分解成无数肉块，变成了真正意义上的死物。

　　我们刚想歇口气，那被切成许多尸块的尸怪身体开始不断膨胀，在我们没有反应过来的时候，突然爆炸开来，巨大的气浪将我们高高抛起，朝着深渊跌落下去。

　　终于……还是掉下去了！

## 第四十五章　地底大殿，修为屏蔽

在跌落悬崖的一刹那，我觉得死亡离我，从来没有这么近。

我已经记不清楚自己是第几次这么直面死亡了，这样的情形遇得多了，我似乎也能够保持淡定。人在空中急速坠落，我也能够感觉到左右有人陪伴，即使是那些从下方吹起来的罡风，也变得不那么凌厉，倘若能够利用好这风的轨迹，我似乎还能够勉强操控身体。

坠落就在一瞬间，又仿佛永恒。黑暗中，似乎有人紧紧抓着了我的手，接着另一只手也抓住了我。小手是小妖朵朵，而大手，则是整日篆刻和画符，磨得粗粝的杂毛小道。这两人都在我的身边，还有胸口处槐木牌中的朵朵，哪怕是地狱，我也无所畏惧。心开始平静下来。人在坠落中，时间感错乱，不知过了多久，我感觉到自己重重地砸在了一处深潭之中。

往上浮起的过程中，我们竟然遇到了那些无头尸体，七八具，在水中没有目的地抓着手，似乎感应到了我们的气息，笨拙地朝着我们这边划水。我、杂毛小道和小妖浮出了水面，感觉眼睛一阵刺痛，瞧见我们居然身处一间大殿的中心，周围足足有一个足球场那么大，顶高三两丈，古朴的石雕和花纹环绕，四处都是幽静燃烧的鲛人油灯，比上面似乎明亮十倍。

我们身处的水池是人工开凿出来的，深五六米，呈现出一个巨大的"王"字；我们的对面，是一排古怪的屏风，石头雕刻，一律两米高，四米宽；之外，大殿之中还有许多石俑石马，以及一些风格古怪的石鼎。大殿总体上呈现为一个巨大的倒梯形，从上到下，十一级台阶拾级而下，中间如同斗兽场一般。

我们从"王"字形的水池中浮出来，头顶有碎玉一般的瀑布落下，拍打在水面上，形成了"啪啦啪啦"的水声。因为池子里有无头尸体，我们都没有停留，来到了池子边缘，攀爬上来。

不知道是建筑分隔，还是光线错落的缘故，这水池边缘，竟然有一层异常的明暗界线，使得这水池和大殿分离成两个世界。池子边缘离水面仅仅几十公分高，即使是摔得浑身软弱无力的我们，也能够很轻松地爬上岸，朝着大殿中间转移。

那些无头尸体也顺着我们的路径朝上攀爬。因为心急身后的危险，我并没有感觉到什么怪异。直到上岸好几步，看到那些力大无穷的无头尸体攀上水池，朝着我们这边冲来时，摇摇晃晃好几步，竟然跌倒在地，没有一点儿动静，我们才发现不正常。

我们离水池边大约十米，看到五六米开外栽倒的八具无头尸体，不由得面面相觑,不知道这到底是什么缘由。

杂毛小道浑身酸疼欲死,筋骨松散,见这些无头尸体失去了威胁,便一屁股坐在了地上,大口地喘着气。我倒是还有一些气力,缓步走上前去,抽出鬼剑,去拨动在前面的一具无头尸体,结果它并没有如我想象中的那般站起来,而是如同一具真的尸体,毫无反应。

我依次试了其余的七具尸体,都没有动静,这才放下心来。瞧见杂毛小道湿漉漉地坐在地上,而小妖则将一同跌落山崖的释方和尚给平躺在地,给他掐人中,结果并没有醒来,呼吸沉重。

我指着地上的尸体,疑惑地问,怎么回事?杂毛小道喘着气没答我,反而是小妖说,陆左哥哥,你有没有感到身体有什么异常情况?见小妖这般问起,我不由得深吸一口气,结果脸色发苦——竟然是这般情况?

原来这些无头尸体之所以会冲出水池便跌倒在地,再无动弹,竟然是因为此处大殿,有着抑制所有修行力量的法阵存在。之所以会这么说,是因为当我深呼吸,将劲力提起来的时候,发现我就如同一个普通人一样,除了与生俱来的气力,往日的修行在此简直就是一笔勾销了。

为何会如此?此刻浑身酸疼欲死的我也没有多少心思考虑。我拖着疲倦的身体四处瞧看了一番,发现这大殿似乎不像有什么危险,至于跟我们一起跌落下来的人,却一个都没有看到,既没有莲竹禅师等人,也没有洛氏姐妹。

我回过头去问杂毛小道,他撇了撇嘴,说那两个小娘们精明得厉害,说不定根本就没有掉落下来,至于莲竹禅师和释永空,兴许那地底罡风往上吹,将我们给分隔到了不同的地方。

这里是哪里?对这个问题,杂毛小道皱着眉头,说:"这个地方,瞧这动静、这排场,以及周边的压强,很有可能已经在很深的地底,传闻此地有那东夷遗民中一成仙大拿的洞府,说不定我们就在这神仙洞府的腹地了。"

杂毛小道的话语让我有些不相信,他也拿不出什么证据来,只是让我看看周围的景致,自己考量。

当下小妖去四处搜寻,而我们则躺在地上歇息。从高处坠落,虽然有了水池的缓冲,但其实对我们的身体伤害也是巨大的,杂毛小道便足足咳出了好几口黑血。当浑身的肌酸渐渐退却,我们这才相互搀扶着缓慢爬起来,朝着那醒目的屏风走去。

绕过最前面的屏风,杂毛小道一声惊奇的大叫,打破了大殿之中的平静。

我急忙跑过去,见屏风之后,有成堆的箱子,还有许多瓷器和玉器,有的箱子开着,散露出金属的光芒,有黄金的堂皇富丽,有白银的耀眼璀璨,皆被铸成了上窄下宽的条形状,而其余珍珠宝石、珍贵纸帛,更是不计其数……

瞧见这幅情景,我们都不由得诧异万分,杂毛小道接连开了好几口箱子,里面都是黄灿灿的金子,激动得他浑身颤抖,大声高叫道:"小毒物,咱们这是要发

了啊！"

　　石屏风之后，满目的繁华和珠光宝气。我想起刚才的凶险，骤见财宝的兴奋心情顿时减轻到了极点：人死了，天大的财宝也不过是神马浮云。一阵激动之后，杂毛小道终于平复了心情，将这些东西草草鉴定了一番，深呼吸，想跟我说一个数字，结果估摸了几回，最后说出了四个字："价值连城！"

　　晋平城也是城，南方城也是城，这话等于放屁。

　　从激动中恢复过来，杂毛小道又陷入了脱力的虚弱，他坐在箱子上面喘着粗气，指使着我去四处查探环境，看看有没有什么出路，或者有何隐患。我见他实在是有些脱力，行动不得，便勉强支撑起身体，招呼小妖与我四处查探。

　　大致将这宽敞的大殿走了一圈儿，我发现这大殿果真不是坟墓的布置，四通八达，不过处处皆是黝黑深深，单独不敢前行。手指蘸了点唾沫，竖在风中，有微微凉意，这里有风，看来不是死地。

　　大约明白了这里的格局，我们稍微地将心放下，回到了屏风之后。此刻，杂毛小道已经不再流连于诸多金银财宝，而是将双手放在了躺倒在地的大和尚释方胸口，不断地拍打。

　　大和尚脸色发青，嘴唇发紫，显然是在之前与那尸怪拼斗的时候，中了尸毒。我问杂毛小道怎么样，他摇头叹气，说已经用糯米拔毒了，至于能不能挺过去，就看他自己的造化了。

　　我叹息，此番倘若肥虫子没有沉眠，说不定还能够救得他一命，不然还真的很悬。

　　舍身崖一行四人，释能头颅离体，释永空左臂被斩，又和莲竹禅师一起不见影踪，倘若连释方也死去，只怕是要全军覆灭了。我摸着他滚烫的额头，摇摇头，说，去池子边弄点水，给他降降温，免得给烧坏脑子。

　　杂毛小道说好，我便带着小妖朝池子那边行去。刚到池子边，便听到杂毛小道一声惊叫。但见释方大和尚将杂毛小道扑倒在地，口中发着古怪的吼声，死死掐住他的脖子。

　　尸变了吗？

## 第四十六章 释方的病情

"小毒物,救命啊……"见到我冲到近前来,杂毛小道一边挣扎,一边奋力喊叫。

我瞧见杂毛小道被释方给推倒在地,脖子被青黑色的双手死死掐住,不由得笑了,一边走上前,一边笑闹道:"老萧,你刚才不是乐得跟神仙一样么,怎么这会儿就蔫了?一个释方都搞不定,似乎有损你这茅山道士的名头啊……"

见我这般幸灾乐祸,杂毛小道一阵气恼,一边将释方凑过来的头颅推开,一边焦急叫道:"老子刚刚战周林的时候拼了老命,又跟那尸怪大战三百回合,再从高处跌落这地底,没有死便是万幸了,哪里 hold 住这家伙的热情?"

我嘴上调笑杂毛小道,手上却不敢怠慢,几步走上前,下意识地积聚力量,却感觉恶魔巫手根本激发不出来,便是胸腹中的一口气息,也提不上来。

没有了修为,我们如何能够跟异变了的释方比拼?

此时我方能够理解杂毛小道为何会被扑翻在地,像个娘们儿一样无法反抗。不过,没有修行之力,我还有一股子蛮力,一下子便将释方给拉扯住,脱离开了杂毛小道身上。释方的肩膀被我擒住,反手过来抓我,我并不紧张,顺着力道避开。对付尸变的人我有着足够的经验,它们的力量普遍都很大,但是敏捷度不够,于是我顺着圈圈,将释方给晃得手足无措。

杂毛小道见我在与尸变的释方绕圈圈,翻身爬起来,手上弄出一张地灵镇尸符,趁着释方不注意,左手一拍,魔术一般地贴在了释方的额头之上。然而这符箓并没有生效,释方将额头之上的这张黄符纸给一下子撕开,朝着我们狂吼一声,继续追来。

我与杂毛小道朝着水池边跑,我一边回望这满脸狰狞的释方,一边大声问:"这大和尚到底什么个情况?为什么这个大殿能够禁止所有的修为,这死灵之气,却没有抑制?不但没有抑制,你的这绝技符箓都派不上用场了?"

本事全消,杂毛小道也鼓不起直面释方的勇气,跟在我后面跑动,还一边儿跟我分析,说这有两种可能性:一是释方没有死,他此刻并不是诈尸,所以法阵限制不了他;第二点,既然大和尚没有死,那么操纵他变成这般模样的原因,有可能是中毒了——中了尸毒,诡异的尸毒,所以才会如此,他应该是有救的。

小妖也失去了修为,此刻如同一个普通的小女孩一般,在我们前面轻快地跑动着,不知不觉便将我们带到了大殿的西侧,那里有一排规则的石制回廊,越过回廊,便是一排三张石床,周围石桌石凳皆有,那跟前屏风上挂衣服的挂钩都有,显然此处是一个"生活区"。这大殿的主人,应该曾经在此生活过一段时间。

正当我们跑得气喘吁吁，突然一道黄色的影子朝着紧紧跟在我们身后的释方飞去。释方那家伙看着不畏生死，然而见到这黄色影子，却"嗷"的一声叫唤，蹲在了地下，吓得不敢动弹。我回过头去，却见这黄色影子是一个毛茸茸的东西，黄色绒毛，形如松鼠而大几分，毛发隐约能见到桃色的印记。

"桃花貛？"杂毛小道不由得发呆，这三个字脱口而出。

我一听这名字，心中也惊异，桃花貛不就是之前将邪灵教诸人引入桃树林，并且将我们带入这地下溶洞中的那家伙吗？传言有桃花貛的地方，都有宝贝，它跟传说中的黄金鼠是同一级别的祥瑞之物，却不承想还能够将释方这样尸变的家伙制得服服帖帖。

见此机会，小妖第一个反转回来，手往腰间一抽，那根九尾缚妖索便出现在了手上，虽然此刻不能够发挥这索的法效，但是用来捆人，还是绰绰有余。

当我们将释方给七手八脚捆了起来的时候，再回头找那桃花貛，却是早已无踪影。

见到桃花貛，杂毛小道一开始的那种郁闷感顿时一扫而空。有桃花貛，那桃元应该并不算远，有了桃元，雷罚便能够得到修复。雷罚恢复这件事情，比那些珠宝金银要更加让人期待和欢喜，怎么不让我们高兴呢？

当时也急，我们最主要的精力都集中在了释方身上，当回过味来的时候，那桃花貛已然不见。杂毛小道忍不住骂娘。我拍了拍杂毛小道的肩，让他先不要急着找寻桃花貛，先看看释方大和尚才是。一番激烈的追逐和搏斗之后，释方终于没有了之前的狂躁，眼帘低垂，皮肤白皙，似乎恢复了正常。当瞧见他似乎已经被催眠一般，我们才放下心来，然后开始用尽了糯米、新茶叶等驱邪除灵的东西，想将他身上的余毒拔掉。

当一切都恢复到正轨的时候，我给释方号了一下脉，感觉脉象清晰平稳，似乎跟以前没有太大分别。我和杂毛小道讨论了一番，发现释方的身体开始转为平静，可是最终也没有确诊释方此刻的病情，也不知道该如何处置。

一口气放松，不由得感觉腹中一阵咕嘟，饥饿感袭上心头。这一整晚的时间都在拼命地奔波忙碌，即使是铁打的人儿，也会感觉到疲累和饥饿。我们从背包里掏弄出一些干粮就食，稍微填了一下肚子之后，困意又上来了。那桃花貛再是吸引人，也抵挡不住睡意袭来。小妖朵朵自愿帮忙照看释方，于是我和杂毛小道便伸展四肢，躺倒在石床之上，深深呼吸了一口土腥中略带清新的空气，闭上了眼睛。

不知道睡了多久。我迷迷糊糊地揉了揉眼睛，站起来，发现小妖正蹲身守在平躺着的释方身边，杂毛小道还在旁边呼呼大睡。我走过去，摸了一下释方的额头，依然有一些烫，但是呼吸均匀而绵长，绝对不是死人所能够发出来的。

既然如此，那么便是中毒了。

这样的毒性倒也少见，没有肥虫子在，我束手无策。四处张望了一番，心中不由得一动：此处既然号称仙人洞府，而我们修为尽失似乎也验证了此处的不凡和伟大。释方大和尚所染之病，正是在上面与尸怪搏斗之时得的，不知道此地是否有一些秘笈、宝典或者宗卷什么的，能够提及治疗的方法，使得释方能够恢复常人姿态？

想到这里，我便返回了之前发现金银珠宝所在的屏风区，将里面留下来的书帛竹简等能够承载知识的东西给翻出来，仔细辨认。

结果让我十分失望，这些里面除了一些分不出价值的书画之外，倒是还有一些书籍，不过都是用一种上古文字写成的，似乎就是东夷文字，而我对此则是一窍不通。

我与这些文字干瞪眼了好一会儿，终于还是败退了，回去将杂毛小道摇醒。杂毛小道还处于迷迷糊糊的状态，给我揪着耳朵拉到了石屏风处，瞪着眼睛瞧了好一会儿，大眼瞪小眼，半天儿也说不出一句话来。过了好久，他才吭吭哧哧地抬起头来，很无辜地问我："小毒物，咱能不能换一种文字，这玩意儿跟'雅蠛蝶'一样，谁知道啊？"我无奈，知道将所有的希望寄托于他的身上，实在是一件很无稽的事情。

然而我终究还是希望释方能够完好无损地活着出去，毕竟，我们总是要给舍身崖，留一点儿香火的。

默然间，从大殿的东侧突然传来了脚步声。我急忙拉着杂毛小道躲入屏风后，刚刚藏好身，便听到一个熟悉的声音响起来："姐，这个地方，莫非就是东崖子得道成仙前修葺的东夷殿？"

## 第四十七章　握手言欢

听到这声音，我和杂毛小道不由得面面相觑，来人竟然是洛飞雨、洛小北两姐妹。

两人说着话，也不知道为什么，便朝着石制屏风这边走来。洛飞雨也是奇怪，问，为何径直走去那里？洛小北答："望气。觉得那里珠光宝气，定然有好东西，说不定记载中那东夷子流传下来的宝物和典籍，便都堆在那儿呢。我们误打误撞进入了这里，也许正是老天的旨意呢。"

这两人越走越近。杂毛小道将右手朝我一伸，我知道他在跟我讨剑，也不犹豫，将鬼剑拔出，倒转剑柄递给他。

杂毛小道将鬼剑拿在手里，低伏着身子，眼睛中有着闪亮的精光，嘴角朝上，勾勒出坏坏的笑容。他胸口的本命血玉无效，但是自小打熬的身体和手腕上的剑法却没有被剥夺，这些或许能够与洛氏姐妹拼搏一番。

想到这里，我也沉下心来。西边，小妖朵朵已经将被捆得严严实实的大和尚拖到了石床后边去藏起，因为失去了妖力，这小狐媚子如同十三四岁的少女一般，力气也不大，累得满头汗水。

我开始数自己的呼吸，一下、两下、三下……当我数到第七下的时候，洛飞雨和洛小北已经快要走到屏风处来，她们的话题竟然也转移到了我们的头上："姐，你说陆左和萧克明那两个混蛋也掉落深渊，是不是也到了这大殿里来？我看着殿中有这么大的水池，池边还有几具无头尸体，说不定他们也生还了呢？"

洛飞雨叹息，说："这两个人倒也是相当有本事的家伙。据内线消息，南方省鹏市，闵魔全军覆没一役，便出现过他们的身影。这样两个成长速度如此可怕的家伙，实在不知道，他们以后，会对我们厄德勒，是福是祸……"

说着话，洛飞雨已经走入了最前面的石屏风，当她瞧见了周遭成堆的金银和琳琅满目的珠宝，纵使身居邪灵教右使高位，也不由得双眼发亮，刚刚想要惊叹一声，突然从角落飞出一道剑光，朝着她的喉咙划来，这剑气势凌厉，毒辣而精准，瞬间就将那些黄白之物的风采给尽数夺去。

然而，洛飞雨又岂是易与之辈，她既然能御飞剑，自然也是剑中大家，秀女剑立刻挥出，与杂毛小道袭来的鬼剑一绞，两人便战作了一团。眼见两人往旁边跳开，我朝着惊讶万分的洛小北嘿嘿笑，小妹子，没想到我们又见面了，怎么，是不是奇怪我们还没有死啊？

出乎我意料之外,洛小北不但没有跟她姐一样,对我剑拔弩张,反而巧笑盈盈,说:"陆左哥,没想到我们在这里都能够碰面啊,瞧瞧这里,这么多金银财宝,你们未必能够拿完,不如我们合作,对半分,一起运出去,共同发财,可好?怎么,不愿?要不然四六分,我们四你们六,不能再退步了……"

这个小姑娘像菜市场斤斤计较的菜贩子,在她姐跟杂毛小道打生打死的时刻,跟我讨价还价,不由得让我啼笑皆非。我摸了摸鼻子,说,小妹儿,貌似你之前在上面,好像是想要我们的命啊?

"此一时彼一时也,之前是周林跟你们有仇,我姐的飞剑也在你们手里,现在周林挂球了,我姐飞剑解禁,大家现在同是天涯沦落人,落难于此,都想重见天日,活着出去,这样一来,就有了合作的基础,何必在这里打生打死,到时候彼此一堆白骨,留这些仇怨给谁看呢?你说是不是这个道理?"

洛小北嘴巴伶俐,叽叽喳喳说着,对我没有半分敌意,不过我却对这个演技高超的小姑娘不敢再信任,将刚刚从背包里面摸出来的山寨军刀对准她,说:"话虽如此,但是我要怎么相信你不会如以前一样,在合作中途,从背后给我们捅刀子呢?"

洛小北托着下巴想了一下,眼睛滴溜溜地转,说:"也是哦,立场为敌对双方的我们,合作基础还是淡薄了一点儿,真难办啊。要不然……我先把初吻押给你?反正看你也不是很讨厌的样子……"

这个机灵古怪的女孩儿一副可以商量的样子,结果正在跟杂毛小道拼剑、并且占到上风的洛飞雨,和从西边冲过来的小妖一起气愤地大叫道:"不可以!"

洛飞雨气愤得要命,一边将杂毛小道暴风骤雨般的进攻击退,一边接着说道:"小北你个猪头,女孩子家家的,怎么能讲这种话?"洛小北一脸无辜,没好气地说道:"姐,你真封建啊。刚才我们已经都转了一大圈,实话告诉你,我也没有信心走出这里去,倘若真是这样,说不定我们就永远也走不出去了。要是如此,说不定我们就要像杨过和小龙女一样,在这里繁衍子孙……"

听到洛小北说出这种雷人的话语,洛飞雨实在是没脸了,一剑逼退杂毛小道,抽身后退,以手扶额,有一种举起一个写着"我与此人没有半点关系"的牌子,立刻逃离的冲动。

洛小北的话语让我们所有人都啼笑皆非,只有小妖叉着腰表示了反对:"你想得美!即使永远逃不出去,陆左哥哥也不是你的,绝不!"

一番喧闹之后,我静下心来,感觉倘若无路可走,这一番拼斗当真是没有半点儿意义,毕竟我们真的没有仇,也没有拼死一战的必要。于是在杂毛小道的提倡之下,大家彼此小心翼翼地收起了防备,凑到一起,说起掉落悬崖之后的际遇。

洛氏姐妹告诉我们,她们跌落到了另外一个深潭之中,那潭中有些银白色的小鱼仔,食肉,差一点儿她们就给吃了。她们在黑漆漆的潭边待了好久,后来寒意渐生,最后攀上了四米高的小石柱,找到了一个溶洞,一路顺着走,终于走进了一个石门,然而进来之后，修为尽失，觉得奇怪，便一路而来，最后遇到了我们……

为了不让对方生出各自有异心的感觉，洛飞雨姐妹两个倒也没有一开始的凶悍，姐姐如同淑女，妹妹好似可爱的小孩儿，而我和杂毛小道自然也尽显绅士风度，从背包里面拿出了潮湿的干粮和能量棒，给饥渴难耐的两人填了腹中。

至于水，大家也没有嫌弃那池子被尸体浸染过的情况，在鉴定无毒之后，纷纷饮用。

为了防止尸体腐烂，污染环境，我们还在洛小北的建议下，通力协作，将池边的几具无头尸体拖到了一处有风的通道里，往里拉去，然后找到一个深坑，将其丢到里面埋葬。忙完这些，洛飞雨瞧了一下昏迷未醒的释方和尚，不过也没有什么办法，她有些感慨，说周林对于尸体啊毒性之类的，倒是有一些门道，只可惜死了，不然说不得还真能够治好这禅师。

洛飞雨说着，眼睛往杂毛小道那里看去，而杂毛小道则摸了摸发青的下巴，说，周林必死，这没商量。

洛小北深以为然，说："这种欺师灭祖的二货，死了是活该。不过，道士哥哥，你斩杀那二五仔的那一招好帅，到底是什么啊？能不能把你的剑，拿给我看看？"

面对洛小北的殷切期盼，杂毛小道理智地拒绝了。雷罚之上有很多秘密，也有很多底牌，这些都是不能随意给人知晓的。面对杂毛小道的推却，洛小北十分不满意，噘着嘴巴说，你这个家伙真是的，人家的剑都给你弄坏了，影子都不见，你也不补偿补偿，哼，不理你！她说不理就真不理。但是一个多小时后，又屁颠屁颠地跟在杂毛小道身后，问，那《金篆玉函》你真的看过啊？

如此这般，自不必言。我们在大殿之中待了两个多小时，彼此都多了一些了解。又过了一会儿，我找到将杂毛小道困扰得烦不胜烦的洛小北，将找寻出路一事，跟她提及。说到离开这里，自称对这儿十分了解的洛小北面露难色，说这里跟那阵法，完全没有相似之处，只有瞎摸索。

这时，小妖突然发声，说都跟她走。

我们不明所以，见到小妖的身影消失在了左边角落的一个通道尽头，不由得紧跟上去，疾行了差不多十五分钟，空气没有之前的沉闷，而且还带着浓重的泥腥味。我走得急，突然感觉到脚下一绊，人跌飞开来，滚落在地的时候，居然摸到粗粗的树根，好大一丛。

图书在版编目（CIP）数据

金蚕往事. 10 / 南无袈裟理科佛著. — 上海：上海社会科学院出版社，2020
 ISBN 978-7-5520-3020-4

Ⅰ. ①金… Ⅱ. ①南… Ⅲ. ①长篇小说－中国－当代 Ⅳ. ① I247.5

中国版本图书馆CIP数据核字(2020)第001236号

## 金蚕往事. 10

著　　者：南无袈裟理科佛
责任编辑：王　勤
封面设计：人马设计
出版发行：上海社会科学院出版社
　　　　　上海市顺昌路 622 号　　邮编 200025
　　　　　电话总机 021-63315947　销售热线 021-53063735
　　　　　http://www.sassp.cn　　E-mail:sassp@sassp.cn
印　　刷：上海盛通时代印刷有限公司
开　　本：890 毫米×1240 毫米　1/32
印　　张：9.75
字　　数：370 千字
版　　次：2020 年 10 月第 1 版　2020 年 10 月第 1 次印刷

ISBN 978-7-5520-3020-4/I·384　　　　　　　　　　定价：49.80 元

版权所有　翻印必究